ألعاب العمر المتقدم

ألعاب العمر المتقدم

لويس لانديرو

ترجمة: صالح علماني

دار جامعة حمد بن خليفة للنشر
HAMAD BIN KHALIFA UNIVERSITY PRESS

الطبعة العربية الأولى عام ٢٠١٧

دار جامعة حمد بن خليفة للنشر
صندوق بريد ٥٨٢٥
الدوحة، دولة قطر

books.hbkupress.com

Juegos de la Edad Tardia

Text Copyright © Luis Landero, 1989

First published in Spanish language by Tusquets Editores, Barcelona, Spain, 1989.

All rights reserved

حقوق الترجمة © صالح علماني، ٢٠١٧
الحقوق الفكرية للمؤلف محفوظة.

جميع الحقوق محفوظة.
لا يجوز استخدام أو إعادة طباعة أي جزء من هذا الكتاب بأي طريقة بدون الحصول على الموافقة الخطية من الناشر باستثناء في حالة الاقتباسات المختصرة التي تتجسد في الدراسات النقدية أو المراجعات.

الترقيم الدولي:
الغلاف العادي: ٩٧٨٩٩٩٢١٩٥٢٠٨

MIX
Paper from responsible sources
FSC® C020471

تمت الطباعة في بريطانيا العظمى بمعرفة CPI Group (UK) Ltd., Croydon CR0 4YY.

مكتبة قطر الوطنية بيانات الفهرسة – أثناء – النشر (فان)

لانديرو، لويس، 1948- مؤلف.
[Juegos de la Edad Tardia]. Arabic
ألعاب العمر المتقدم / لويس لانديرو ؛ ترجمة صالح علماني .– الطبعة العربية الأولى .– الدوحة : دار جامعة حمد بن خليفة للنشر، 2016.

صفحة؛ سم
تدمك: 978-999-21-952-08 (غلاف عادي)

1. القصص الاسبانية -- مترجمات إلى العربية.
ب. علماني، صالح، مترجم.

PQ6662.A616 J84124 2016
863.7 – dc 23

إلى «سيبريانو» و«أنطونيا»
إلى «كوتيه»
إلى «لويس» و«أليخاندرو».

«إن تخيلًا يُستخدم ضدي يمكن أن يُستخدم بصورة قوية جدًّا بحيث يمكن لي أن أموت بتخيل شخص آخر».

باراسيلسوس

«كان «لوسيان» في مثل وضع ذلك الصياد الذي يَرِدُ لا أدري في أي أسطورة عربية، وقد أراد الغرق في وسط البحر، فسقط وسط بلد تحت بحري ونصبوه ملكًا هناك».

بلزاك

«كل يسعى جاهدًا، حين يكون ذلك في متناول يده، كي يبقى في كيانه».

سبينوزا

القسم الأول

الفصل الأول

في صباح الرابع من أكتوبر، استيقظ «غريغوريو أولياس» في وقت أبكر من المعتاد. كان قد أمضى ليلة مضطربة، وظن عند الفجر أنه يرى في الحلم رسولًا يحمل مشعلًا ويُطل من الباب ليخبره بأن يوم النكبة قد حلَّ أخيرًا. قال له:

- انهض أيها البطريق، صوتُ الطبول يُسمع قريبًا!

نظر «غريغوريو» إلى الحجرة المظلمة، وأعاد على الفور إغماض عينيه راضيًا بوهم أنه يرى حلم يقظة. ردَّ وهو بين النوم واليقظة:

- ياه، ما زال الوقت متأخرًا للهرب.

وعلى الرغم من أنه عدَّ نفسه بمنجى للحظات، فقد انتبه على الفور إلى أن تقدمه عبر اللامعقول سينتهي به إلى العثور فيه على قوانين منطقية تربطه بالواقع. فاستجمع شجاعةً ليقول: «إنني ضائعٌ»، ثم أضاف: «ضائعٌ في أدغال الأمازون، ومعي عُلبة حذاء وسكين متعدد الاستعمالات»، وأدرك مرة أخرى أنه يَنصبُ حاجزًا على عَجَلٍ ليحميه من شِراك العالم. ولكن لا بد أن الكلمات قد فقدت خصائصها السحرية. وليتأكد من ذلك قال بصوت عالٍ:

- «بينيبيان».

وظل متنبهًا، يصغي لمفاعيل قوله المهيب. لم يحدث أي شيء:

حتى الأشياء المُجَرَّبة المعروفة، بأسمائها المشهورة المعهودة، لم تُبدِ أدنى اعتراض على ظهور الدخيل. دقت ساعةٌ معلنةً الثامنة، وهدد الوقت عندئذ باستعادة مغزاه السوي.

ومستلهمًا صدى دقة الساعة الأخيرة، تخيل «غريغوريو» احتضار حركة مندفعة. رأى موت الأمواج مرتطمة بالفنار، وقطع النقود المعدنية المتبقية من ثروةٍ كبيرة، والزَّفرة الأخيرة لرُوحٍ مشبوبة، ولم يرفض الاعتراف بأعراض الحاضر المبكرة في تلك الرؤى وحسب، وإنما رجع القهقرى في الزمن إلى أن التقى بـ«آخيل» وراء السلحفاة، وحين كان على وشك أن يعلنَ أن العالم ما هو إلا وهم وليس سوى وهم، خرج إلى الواقع بجرعةٍ من الهلع.

ومع ذلك، ما هي ضجة الهرج والمرج تلك التي تُسمع الآن في الخارج؟ أصغى بانتباه كبير، وسرعان ما تعرف على وقع مرور بعض الزَّحافات على الثلج وعواء الذئاب في غابةِ أشجارِ تنّوب، وامتلأ للحظات بالغبطة الكئيبة لبطله التخيلي المفضل، «تورنير»، بطل رواية «حيوات وحشية» الذي ترد معلومات عنه في ملفات المكتبات العامة كلها بالمدينة. وحين ستتلاشى، بعد زمن طويل، ذكرى تلك السنوات ويزهر في البلاد جيل بريء، ربما سيجد أحدهم عندئذ اسمًا يطفو على غير هدى العصور، اسمًا غير مرتبط بجريمة أو برأس مال أو بكلمات، ولا حتى بحكاية طريفة، وإنما مجرد ذَرَّة بسيطة وسحرية معلقة في الفضاء، شديدة العبثية والدقة قد تبقى كرمز لشرط العصر وقَدَره.

ولكن لا: الاحتمال الأكبر - تنبه قلقًا من الصحوة - أن ضربة خفيفة من عقب بندقية شرطي تكفي لإحباط تلك الحيلة التي افترض لها الكثير من الحياء والأرق والجسارة. وكان قد تأهب

للرجوع إلى الأمازون حين عاد الرسول للدخول، وتوقف بجانب الكومودينو المجاور للسرير. أحس بأنفاسه في أذنه وسمعه ينطق اسمه بحشرجات أنفية:

- «غريغوريو»، «غريغوريو»، سوف نذهب، ستبقى وحيدًا، إنها الثامنة، والطبول صارت تُسمع قريبة!

تذكَّر عندئذ أن الجنرال سيمر بالمدينة في هذا الرابع من أكتوبر. وفي الردهة، بدت المرأتان مستعدتين للمغادرة، تؤخرهما في الظلمة دومًا مسألة آخر لحظة.

قالت إحداهما بنبرة تخفي أثر التأنيب في كلماتها:

- تزيني زينة حفلة، تعطري، انتعلي حذاءً فاخرًا، أغمضي عينيكِ وظلي هنا منتظرة مثل شبح.

حين سمع أخيرًا وقع الخطوات الخشبية على السلم، فتح عينيه وتعرَّف من خلال الستارة على ضوء الخريف. عندئذ تذكر حياته بالضبط، مثلما تركها في الليلة الفائتة، ومع أنه توغل بعيدًا في الماضي بحثًا عن وجهةٍ تخلصه من الحاضر وتسوغه في تلك الساعة الحاسمة، سرعان ما تأكد من أن وجوده قد تحول إلى أجزاء لا تتوافق فيما بينها، وكل محاولة للبحث عن نظام لها تعادل على الدوام لعبة حظ وحيدة، حيث تحدث خسارة كل شيء أو كسبه، ولكن حيث تتفكك الأجزاء في النهاية ويعاد البدء من جديد. قال لنفسه: «أشبه بمحاولة خطٍّ إشارة «x» بريشة أو بسيف». وفي تلك اللحظة انهال الحاضر عليه بتعالي دوي آلات موسيقية.

جاب جلدَهُ، كعنكبوت، زمنٌ يقدَّر بستة وأربعين عامًا. وبينما هو يسمع قرقعة أحشائه ويعيد، بالتلمس، بناء صورته ككل صباح، راح يفكر مرة أخرى بحالات سوء التفاهم والعادات التي أوصلته

إلى هناك: دخوله إلى العمل في المكتب بملابس ربيعية عند العصر، والمسار الذي يعيده إلى البيت مع حلول الظلام، وتبادله الحديث مع «آخيل» مرتين في الأسبوع طوال تسع سنوات، والكذبة الأولى، وكانت باسمة وغير مناسبة، والأخيرة، يوم أمس بالذات، الثالث من أكتوبر، عندما أغلق الهاتف إلى الأبد، ونفخ مصباح الكحول ثم اجتاز الدرب الرملي، بخفة غير متوقعة، وهو يشعر تحت قدميه بإحساس عدوانية مبهم ما زال يلح عليه حتى الآن.

ومن أجل المصادقة على ذلك، صدمت قطعة حديد كاحله. كل شيء يتحالف ضده هذا الصباح. فعند إشعال الموقد، اشتعل عود الثقاب في أظفاره، ولم يكد ينتهي من إطلاق لعنة إلا وهبت الريح في الجانب الآخر من البيت، ففتحت الباب ودخلت مجرجرة معها زوبعة أوراق صحف. عندئذ سمعَ الطبول. كانت تصل من الشارع صرخات أناس يؤدون واجبًا وطنيًّا، اختلطت وامتزجت على الفور مع غليان ماء القهوة. تأمل في الإناء وجهه ذا الأسماء الكثيرة، وقام بإيماءة لامبالاة وجلة واستغرق أخيرًا بذهول وهو يمص إصبعه المصابة وينظر إلى لهب الموقد. «"آخيل" يكسب في النهاية على الدوام»، فكر بينما هو يسمع دقات الساعة من مذياع بعيد. اعتبر ذلك الإعلان تنبيهًا إلى الانتصار الحاسم للحاضر، وكي يهرب من تهديده حاول مرة أخرى أن يتذكر الماضي. ولكنه لم يتوصل إلا إلى استعادة تركيب الحلم الذي رآه في الليلة الفائتة. حلم أنه تاجرٌ وأن عليه أن ينقل برًّا كمية معينة من فراخ السمان، ولخشيته من أن تتعرض الشاحنة لحادث وتهرب الطيور وتضيع البضاعة، حاكَ حيلة ربط قائمة كل فرخ منها بظرف شاي صغير يكون بمثابة ثقَّالة. فعل ذلك، ووقع حادث بالفعل، ولكن الطيور لم تستطع الطيران، وتمكن بدهائه من استعادة الفراخ كلها وبيعها بربح وفير.

كشف له حلم اليقظة أنه يؤخر لحظة مواجهة الواقع باستدعاء كوابيس أخرى. قال دون تفخيم: «إنني ضائع»، كما لو أنه يؤكد واقعًا غريبًا عن أشد مخاوفه بُعدًا. وعلى الفور، بوازع الخوف من الفشل، خرج نحو الباب ونظر إلى الصالة المعتمة. فوق الأرغن تتراكم ثيابه كمحتال، وعلى كرسي تقبع علبة حذاء وستة كتب متشابهة ومهجورة، بترتيب أوراق لعب خاسرة. وإلى جانب النافذة، على كرسي ينتظر غياب صاحبته، ميَّز الخيوط وإبر الحياكة. بدت الأشياء المعهودة كأنها محاطة بهيئة تجدد معادٍ. حتى جلجل الكلب الذي رنَّ بغموض في أقصى الردهة، كانت له مشيئة ووقع الرغبة في التعبير عن مفهوم.

وحين انتبه إلى أن أشد العادات سلمية قد فقدت انسيابيتها وتطالبه بانتباه حِرفي، عندئذ فقط أدرك أنه قد استسلم للهلع. ولكن حتى هذا بدا له غير واقعي. نزع فوطة الصدر، وطواها في مثلثات مضبوطة، ثم مسح شفتيه وأعادها إلى الدُّرج. نظر إلى الساعة: إنها الثامنة والنصف. تردد بين اتخاذ قرار مفاجئ أو أن يرجئ الأمر حتى الليل. وبينما هو في ذلك التردد، اغتسل وارتدى ملابس الأعياد، ومسح وجهه بالكولونيا، وبإحدى يديه على مقبض باب الحمام، كمن يقف على مِرقاة قطار جاهز للانطلاق، أبَّد لحظة على تلك الحال، بوجه صورة رسمٍ ذاتية، منتظرًا أن يرى أي الاثنين هو التائه، هو أم مَنْ في المرآة. خرج بعد ذلك إلى الردهة، كرر الحركة نفسها تحت ساكف الباب الأخير، وقبل أن يغلقه، ذَكَّر نفسه: «أنت تعرف! إنك «غريغوريو أولياس» ولا تدري أين هو «فاروني». لا تعرف شيئًا عنه، وأنت مستعجل. لا كلمة أقل ولا كلمة أكثر من هذا».

وفي الخارج، بدا كل شيء مرتبًا وصامتًا. إنه بناء قديم، ربما كان على شيء من الأبهة في أزمنة أخرى، وإن لم يكن بما يكفي

لإطالة أمد الشهرة في مرحلة ترديه. كل شيء كان قديمًا ووسخًا، متداعيًا ومظلمًا منذ الأزمنة البعيدة التي تابع فيها «غريغوريو» سنته الأخيرة كطالب، حين كانت هنالك في الطابق الأول أكاديمية ليلية، وكان يصل إليها عند الغروب وهو يدخن مخفيًا السيجارة بتكوير يده، ويصعد السلم بترنح استهانة تعلَّمه من أفلام السينما السوداء التي تُعرض في الحي. ولا بد أن البناء كان قبل ذلك كأبنية قصةٍ وأجواءٍ «غالدوسية»[1]، بيت مشترك عرف في أصوله شبكة موظفين كبار ومتوسطين، وتجارٍ ومهنيين وأصحاب مداخيل، وسيدات قداس يومي، ممن يحتفظن في أفواههن على الدوام بمذاق رشفة قهوة صارمة، وفي أيديهن بمسحة الفوطة الخفيفة التي تختم جانبي الشفتين على آخر إدانة أخلاقية؛ وشهد بعد ذلك حركة ذهاب وإياب متقاعدين يضعون قبعات «بيريه» ولفاعات، وعيادةً أقامها متخصص في الأمراض الزهرية بين ليلة وضحاها في الطابق الأول، وأرملةً مُثقلة فتحت نُزلًا في الطابق الثاني، وأقيم متجر بياضات وألبسة داخلية في الطابق السفلي، إلى أن أُغلق أخيرًا النزل بعد زواج الأرملة، ومات المتقاعدون وأصحاب المتجر، وفوق رماد آخر آلام ذلك العالم الذي كان في تحلل متواصل، ظهرت الأكاديمية الليلية، وأمام بابها الذي يزدهي الآن بلافتة ب. أ. **نُظم تجارية**، توقف «غريغوريو» بعد خمسة وعشرين عامًا.

«هنا تعرَّفتُ إلى «أنخيلينا»»، قال لنفسه وهو يستند إلى الشرفة ويشعر بأنه متهور، أجل إنه كذلك الآن، بفضل الذكريات المبهرة. «لا بد أنه كان يومًا خريفيًّا، مثل هذا اليوم». أغمض عينيه ورفع

---

(١) نسبة إلى «بينيتو بيريث غالدوس» (١٨٤٣-١٩٢٠)، روائي ومسرحي إسباني، أبرز ممثلي الرواية الواقعية الإسبانية في القرن التاسع عشر. (المترجم).

يدًا محاكيًا الأمان الدنيوي نفسه الذي استخدمه آنذاك ليحيِّيها حين كانت تنزل كل ليلة بمشية تكاد تكون غير محسوسة. كانت تشاطر أمها عزلة حِداد قاس، وتحتفظ من أمسيات الحِداد بمهارة البطء والعتمة وعادة الانتظار غير القابلة للذوبان. كانت تدخل، تمشي قليلًا ملتصقة بالجدران وتتوقف في ملاذها الخاص: النظرة الساهية، تهدل الكتفين، اليدان المضمومتان إلى الصدر، وملمح تناسق الحذاء المنخفض، وإحكام الملابس المحتشمة.

اسمها «أنخيلينا» وتأتي لدراسة الضرب على الآلة الكاتبة، كان هذا هو كل ما توصلتْ إلى قوله في اليوم الأول. وصرح لها «غريغوريو» بأنه يدعى «غريغوريو» (على الرغم من أن البعض يسمونه «غريغور»)، وأنه يعيش في نزل، ويعمل ساعيًا في مكتب تأمين، وعرض عليها قلم حبر جاف عليه شعار الشركة. وفي اليوم الثاني أخبرها بأنه يكتب أشعار حب يائس، وأنه يعرف أغنيات حزينة، يترنم بها على أنغام غيتار. وفي اليوم الرابع أهدى إليها قلم الحبر الجاف، وأخبرها أنه سيصبح مهندسًا وسيبني جسورًا معلقة في أدغال الأمازون. عندئذ أخبرته بهمسة ذاهلة - ذلك أن الحزن ما زال يضفي انخفاضًا على بوحها - أن أباها كان نقيب خيالة، وأنهم ما زالوا يحتفظون في البيت بأرغن أناشيد عسكرية، كرمز لأزمنة الازدهار عندما كان أبواها يأخذانها فيها «لتبلل بسكويتًا في الإسطبلات العسكرية».

كانت وديعة وسمينة، تعبق برائحة صابون جوز الهند، وصوتها ينكسر مع نهاية كل جملة، كما لو أن الحياء ينبهها إلى أنها قد اقترفت تهورًا ما. ولكنهما على الرغم من ذلك كله تغلبا على شكوك الأيام الأولى، وبعد أسبوع اكتسبت لقاءات المصادفة صفة المواعيد. وبينما هما يجلسان على مقعد في عمق أحد الممرات المعتمة، كان

رأساهما يتلامسان كل ليلة ويلتصق أحدهما بالآخر غير عابئين بمرور طلاب ناعسين يدخلون إلى قاعات الدروس ويخرجون منها باستمرار.

كانت تتخلل محادثاتهما فترات صمت طويلة. وحين يصمتان، تظل «أنخيلينا» جامدة دون حراك، ركبتاها متلاصقتان وعيناها مصوبتان إلى الأرض، ولكن «غريغوريو» الذي يرتدي بدلة من القطن الخام، ومن شاهد الكثير من أفلام الجواسيس ونقل هوايته تلك إلى الحياة الواقعية، كان يبحث عن مسند المقعد، يدخن متخفيًا بياقة سترته ويظن أنه دنيوي ورشيق، مع أنه كان قصيرًا أيضًا وبلا جاذبية، وكان الشحوب المميز لتلميذ بكالوريا ليلي غامض، والنعاس المديد الذي يعانيه، يمنحه شيئًا من مظهر تلميذ مدرسة دينية يعاني أزمة ضمير. وربما كان مفهومه الطيب عن نفسه، إلى جانب انطباع العري المحتشم الذي يسببه له الصمت، هو ما حمله إلى التحدث عن ماضيه. ولكنه ما كاد يبدأ روايته - تذكر «غريغوريو» بعد خمسة وعشرين عامًا - حتى اكتسبت كلماته تلك النوعية الغامضة التي سترفع مكانته في المستقبل، وستؤدي إلى نكبته في نهاية الأمر. روى بعض الحقائق، وهي أقلها ضررًا، ولكنه صمت عن حقائق كثيرة أخرى، وزين حقائق أخرى، واختلق غيرها بإيحاءات كان قد نسيها ولكنها فاجأته آنذاك بتدفقها ومعقوليتها، ذلك أنه لم يعِ ولو للحظة أنه يخون النموذج الواقعي بصورة سافرة.

صحيح أن أبويه كانا قد توفيا، وأنه في التاسعة أو العاشرة من عمره جاء من الجنوب ليعيش مع القريب الوحيد المتبقي له، عمه «فيلكس أولياس» الذي رفعه باختلاق سهل إلى مرتبة فنان بوهيمي، مالك مكتبة إكزوتيكية هائلة، وخبير بموضوعات مطبخية، وجغرافية، وتربوية. هذا ما كان عليه أن يقوله لها، ولكنه ربما تذكر

في تلك اللحظة، بصفاء الرابع من أكتوبر نفسه - وهنا جلس على الدرج مستعدًّا لأن يحلل ماضيه بموضوعية ويعثر فيه على أصل نكبته السوداء - اليوم البعيد الذي وصل فيه إلى المدينة في قطار فحم ليلي، وفجر اليوم الغائم الذي رأى فيه عمه أول مرة، متلفِّعًا عند حافة الرصيف بمعطف قديم، عيناه تدمعان من البرد، وبحذاء يغطيه الوحل، وجسد نحيل مرتجف مطل على العزلة.

كان لعمه وجه آكل بُقول نزيه، ورِقَّةٌ خرقاء تبدو كأنها على وشك الرغبة في قول شيء. وقد قاله: تحدث عن سمكة قُدٍّ، وعن مجمر تدفئة، وعن قصة استثنائية، ولكن نفثات بخار أنفاس العم وصخب الحشود حالا دون سماع «غريغوريو». كان الوقت شتاء وماطرًا. ومن عمه، ما زال «غريغوريو» يتذكر إيقاع تنفسه اللاهث وحرارة جلده حين أمسك بيده، دون كلام، وراحا يمشيان عبر متاهة شوارع موحلة. كانت تُسمع وسط الضباب أبواق جامعي القمامة، ولا تزال تومض عند النواصي بعض مصابيح الإنارة المستنفدة بفعل ضوء الفجر. اجتازا أمكنة سيبحث عنها «غريغوريو» بعد سنوات دون طائل، وقد بدت له في ذلك الحين سقوفًا هائلة بثقوب يقطر منها الماء. وكانت الحال مثيرة للفضول: يكاد لا يكون هناك أناس، والعابرون القليلون يمضون متوحدين ومسرعين، ومع ذلك فإن الانطباع بوجود حشود وصخب كان يزداد دون توقف. سلكا شوارع ضيقة مرصوفة وهما مثقلان بالإيقاع المتوعد الذي راحت تكتسبه المدينة، وأسرعا بوهن تحت المطر. بديا كما لو أنهما يجوبان دروب الحياة الرمزية، ولكنهما دخلا أخيرًا عبر بوابة، صعدا درجًا قاتمًا وخرجا إلى فناء أروقة ذي عوارض خشبية وأُصص هاجعة على الشرفات، حيث لا تُسمع إلا وشوشة الفجر.

القَدَرُ نفسه الذي اقتادهما على ما يبدو إلى هناك، جعلهما

يتوقفان أمام باب عالجه العم بعناد متردد. وقبل الدخول التفت برأسه فوق كتفه المتدثر بالمعطف:

- تشجع يا بني. ففي هذه الظروف يُصقل أبطال الغد.

وترك الكلمات تلتم حول معنى وتنازع هنيهة بين الاكتمال والتحلل. نظف قدميه ودفع الباب نحو العصر الجديد. ودخل مسافرا الفجر الجسوران، أحدهما يمسك بيد الآخر.

إنها شقة من حجرتين، تفصل بينهما ستارة مزينة برسوم عصافير محلقة. في منتصف الحجرة الأولى، على أرضية الآجر المغسولة حديثًا، يوجد مجمرٌ رماده فاتر، وحوله، بعيدًا في وهج الفجر العكر، هنالك خزانة ومنضدة وكرسيان. لكل شيء مظهر البساطة المُعَقَّد الذي يحاول مداراة البؤس بمعارضته بشيء تزييني غير مفهوم. وعلى الجدار يُعلق تقويم مزين برسم فنار بحري، وعلى المسمار نفسه تُعلق لفافة خيط ثخين.

بعد مرور تلك السنوات الطويلة، ما زال «غريغوريو» يتذكر أن عمه، بعد أن بادر إلى تسعير الجمر، التفت ونظر إليه بالتركيز الحساس نفسه الذي يجب تذكر الأحلام الحديثة به كي لا تتلاشى، وكان هو نفسه لا يزال يحتفظ بالنظرة المتراخية لرؤيته مرور أشياء من القطار، بحيث إنهما نظرا أحدهما إلى الآخر كشخصين مجهولين يلتقيان في فسحة من غابة، من دون أن يتجرآ أن يرمشا. كانت هنيهة وحسب، ومع ذلك، لأن نفير بوق جاء على الفور ليخرجهما من خذلانهما. اقترب العم منه وهو يهرش قذاله، ووضع يدًا على كتفه واقتاده إلى الجانب الآخر من الحجرة. بدأ القول له:

- انظر يا بني، هذا هو مسكننا.

- هنا (وضرب على المنضدة ليثبت متانتها)، سنتناول طعامنا،

وعليها ستكتب واجباتك وأُجري أنا حسابات متجري. لأن لدي متجرًا، هل تعرف؟ سترى ذلك. وهذا مذياع، أترى؟ لاحظ كيف يُسمع جيدًا. وهذه الخزانة، بهذه الزخرفة المنحوتة التي تمثل محاورة حيوانات، إنها خزانة جيدة، ومثل أشياء هذا البيت كلها، لها تاريخ طويل جدير بأن يُروى. هناك نحضر الطعام (وأشار إلى ركن توجد فيه خزانة جدارية، وموقد كيروسين وحوض جلي من الطين). هل تحب سمك القُدِّ؟ أنا أتقن تحضير سمك القُدِّ بست طرق مختلفة: مع الكرنب، ومع الأرز، ومع الشعيرية، ومع الحمص، ومع البطاطا، ومع الطماطم، وهذا النوع الأخير هو ألذها جميعًا (عدَّد بانشراح)، وأُحضِّر كذلك وجبات أحشاء ودهن مع بصل تلعق أصابعك معها، وفي بعض الأيام الخاصة، مثلما هو هذا اليوم، لحم ماعز مع البطاطا. ما رأيك بكل هذا؟ وهنا (قال وهو يزيح الستارة) غرفة نومنا.

عندئذ صمت كما لو أنه قد وصل قبالة مشهد بانورامي. إنها حجرة صغيرة بلا نوافذ، بجدران عارية من الكلس، ظلا فيها وقتًا أطول مما تتطلبه رؤية سرير حديدي وكومودينو، توجد في خزانته مخلوعة الباب مبولةٌ مطليةٌ بالخزف، ولكنه أقصر مما يكفي للعثور على الكلمات اللازمة لعودتهما من الصمت الذي يبدو في بعض اللحظات أنه نهائي. تقدما خطوة إضافية. وظهر في أحد الأركان غيتار مسلوخ، وفي ركن آخر صندوق مزين بزخارف نحاسية. واصلا النظر، وعندما لم يعد هنالك ما ينظران إليه، أحس «غريغوريو» بتنفس عمه وتعرَّف فيه إلى الهواء المستعمل نفسه الذي يخدر جو الحجرة، فشعر بحزن شديد بدأ معه بالبكاء في داخله، دون أن يذرف دمعة واحدة، ودون أن يمتقع وجهه أو تهتز كتفاه، مفكرًا في أن برودة ذلك الفجر ورائحة تلك الدجاجات النائمة لن تفارقه أبدًا. عندئذ جلس العم على السرير وتقافز عليه قليلًا ليختبر مرونته. ثم استغرق في النظر

ما بين قدميه، كما لو أنهم طرحوا عليه أحجية تحكم عليه صعوبتها باللعنة. ولكن أبواق الاستيقاظ صدحت مرة أخرى. وبمعطفه الطويل والثقيل الذي يمنحه بدانة متهدلة، اجتاز العم الحجرة، أشعل الموقد، ورجع باسمًا وظل في وضع تأهب بهيج.

كان الضباب آخذًا بالانقشاع، وعندما جلسا لتناول الفطور، أحاط بهما شعاع شمس في جو شفافية ذاهلة. تناولا الطعام بلا كلام، بلا تبادل نظر، العم يغمس قطع الخبز في فنجان حليبه؛ و«غريغوريو» يأكل بِقِلة شهية ضعيفة الذاكرة وحزينة. كان الصخب يقلب الصباح رأسًا على عقب، وفي الخارج تلوح إمكانية مدينة كبيرة ونشطة.

وعند الانتهاء من تناول الطعام فقط، عاد العم إلى الكلام. ومتخففًا من قلقه، نفض فتات الخبز عن صدره وصفق تصفيقة رضا.

قال وهو يهز سبابته:

- فلنر، هل تعرف من هو الأسقف «أكونيا»؟

- لا.

- وهل تعرف ما الذي تعنيه كلمة «abuna»؟

- لا.

- وتعرف أين تقع «أكابولكو»؟ لا؟ سوف ترى إذًا كيف أنك ستعرف كل هذا قريبًا جدًّا. أولم يحدثك جدك أو أبوك عن الشجن؟

- لست أتذكر جيدًا.

- هكذا أفضل، لأن هذه كلمة ملعونة. وهل تعرف أنني أعرف الشيطان شخصيًّا؟

- لا.

- سوف أحدثك عن هذا الأمر أيضًا.

نظر إلى الساعة.

- أما الآن فعلينا أن نسرع. وعندما نصل إلى المتجر سأحدثك عن المشاريع التي رتبتُها لحياتنا المشتركة، وسأروي لك قصة ستعجبك، ولم أروها لأحد حتى اليوم.

خرجا إلى الرواق، اجتازا شارعًا متعرجًا انتهيا منه إلى تقاطع تمر منه حافلات الترام مطلقة الشرر. وهناك، تحت شجرة أكاسيا، يقع المتجر. أشار إليه العم من بعيد:

- أتراه؟ قد يبدو لك شيئًا ضئيلًا، غير أن متابعة تموينه يوميًّا بمواد متكاملة وحديثة، يتطلب الكثير من الانكباب على العمل والخبرة. ولكن عمك، هذا الذي تراه أمامك، تاجر عظيم. المحزن أن الحياة لم تمنحني فرصة إثبات ذلك.

كان المكان كشكًا من ألواح خشب خشنة مطلية بالأخضر ومثبتة بأحزمة من صفيح، وهو مترع بترهات للأطفال، وسجائر «فرط» وروايات غرامية وبوليسية وعن الغرب الأمريكي.

دخلا القهقرى منحنيين من بويب سرِّي واستقرا في الداخل، بين نوافذ صغيرة من زجاج مغبّش، جلس العم على كرسي بلا مسند وبين ساقيه مدفأة أسلاك، و«غريغوريو» منكمشًا على رزمة مجلات مصورة حيث لا يتوصل إلا إلى رؤية أغصان شجرة الكينا العالية التي تهزها الريح.

من مخبئه سمع صراخ التلاميذ وضجة عربات الترام. وبينما هو يسمعها غفا وحلم بمدخل بيت وبامرأة تخيط بعذوبة على انعكاس ضوء فناء يضج بالشمس. رأى شعاع شفافية ملائكية حيث تنزل زنابير إلى شجيرة ياسمين، وسمع في أشد لحظات المساء خفية خريرَ ماءٍ صاف. وحين استيقظ أخيرًا، تفاجأ بتكتم المطر، وأحس أنه يهوي في الفراغ، وأنه يفتقد الهواء للتنفس. وباختناق، هو صرخة

دون صوت، وكمن يهرب من جسده بالذات، انتصب مرتعشًا في العتمة. وعمه الذي كان يضع كتاباً كبيرًا على حِجره، أوقف إصبعه الذي يتابع فيه ما يقرأه، والتفت بابتسامة خرقاء.

قال وهو يطبق الكتاب ويقاطع يديه فوقه، وهما يدان قويتان كأنهما أدوات عمل، لكنه فعل ذلك ببطء متصلب يقوم بأي حركة بعناد مكابر:

- الآن وقد استرحت، فلنتحدث عن نفسينا. ومن أجل البدء سأروي لك القصة التي وعدتك بها.

ومن جديد انكمش «غريغوريو» على نفسه في ركنه، محاطًا برائحة دجاجات نائمة وببرودة الفجر الباقية.

- انظر يا بني، لقد كنتُ حاجبًا. وأنا الآن متقاعد، لي راتب ضئيل وأساعد نفسي بهذا المحل الصغير الذي تراه هنا. إلى ما قبل سنوات كنت سعيدًا بقدري وكان ضميري مطمئنًّا، وإن ظلَّ لدي، في الحقيقة، ألمُ أنني لم أستطع الوصول إلى ما هو أفضل. ليس شيئًا عظيمًا مثل قاضٍ أو طبيب وإنما حِرفيٍّ جيد، ميكانيكي أو نجار أثاث أو أي مهنة ماهرة يمكن لي التوصل إلى إتقانها بصورة متوسطة. وكان ذلك محزنًا لأنني ما إن تقاعدتُ حتى جرى لي ما جرى لجدك، إذ بدأتُ أكتشف كفاءاتي الممتازة، المجهولة حتى ذلك الحين، لممارسة أشد المهن صعوبة وأفضل المهمات المختارة. فإذا ما رأيتُ ميكانيكيًّا يعمل، قلت لنفسي: «يا للميكانيكي العظيم الذي ضاع فيَّ!»، وإن رأيتُ بناء، «يا للبناء العظيم!»، وأقضي الساعات مطلًّا من أبواب الورش، أرى عمل معلمي المهن وأتحسر على سوء حظي. ووصل بي الأمر إلى الاقتناع بأنه كان يمكن لي أن أكون شرطي مرور متميزًا. وأصابني الهوس إلى حد أنني كنت

أغلق متجري في أي وقت وأذهب إلى تقاطعات الطرق لمراقبة عمل الشرطيين، وأجد فيهم عيوبًا على الدوام. «يمكن لي القيام بالعمل بصورة أفضل»، أقول لنفسي، وأتخيل نفسي أرتدي زي الشرطي وأوجه حركة المرور بحركات أنيقة ونشطة، وأترنم بالصفارة مثل حسون. كان ذلك يملأني بالفخر، ولكنه يحزنني أيضًا ويسمم تفكيري. وبدأت أتساءل لماذا صرتُ حاجبًا على الرغم من مواهبي الجيدة الكثيرة. عشت على تلك الحال بضع سنوات، وعندما كنت على وشك الإذعان لقدري، سترى ما الذي حدث ذات يوم.

كنتُ هنا أتناول العشاء (أتذكر جيدًا ما كنت آكله: سمك قُدٍّ مع الطماطم) حين وصل رجل متوسط العمر يضع عباءة سوداء وقفازين خلعهما بتمهل شديد. كان قويًّا، ويتحكم جيدًا بمظهره. وكانت هنالك ندبة جرح في جبينه، أشبه بأم أربع وأربعين، يداه ترتجفان قليلًا. أنا لم أعد، على كل حال، أتذكر مظهره جيدًا، مع أنه بإمكاني أن أقدم لك ألف تفصيل عن ملامحه. إن له هيئة متميزة ووبيلةً، أجل، هذا ما فكَّرتُ فيه فور رؤيتي له («هذا الرجل مُغوٍ»، قلتُ لنفسي)، وكان ينظر باحترام وبعدم اكتراث في آن واحد. وما جرى أنه وضع هنا، على منضدة «الكونتوار» هذه، حزمة كبيرة ملفوفة بأوراق جرائد. ظننتُ أنه آت لاستبدال روايات. فهنالك أشخاص كبار في السن يخجلون من قراءة الروايات ويأتون بها مخبأة في الليل، ويتلفتون دائمًا حولهم. بني، أنت لا تقرأ روايات أبدًا، لن تقع في هذا الإدمان أبدًا، لأن الكلمة نفسها تقول ذلك: رواية، تعني «لا رؤية»، وهكذا يجب أن تسمى، «لا رؤية»، مع التشديد على «لا». هل تسمعني يا بني؟

أجاب «غريغوريو» من هناك، في الأسفل:

- أجل يا عماه.

- حسن، لاحظ إذًا. وضع الرجل الحزمة هنا دون أن يقول شيئًا. بل على العكس، راح ينظر إلى جهة أخرى، كما لو أن هنالك اتفاقًا مسبقًا بيننا. «أتريد استبدالها؟»، سألته واللقمة تتلوى في فمي. «أريد استبدالها»، قال لي، بنطق بالغ الوضوح، شبه مُغنًّى. فتحت اللفافة ووجدت فيها ثلاثة كتب ضخمة، ومجلدة جيدًا بكرتون يحاكي جلد عجل. ولأن اللقمة كانت لا تزال في فمي فقد رحت أمضغها دون أن أعرف ما عليَّ قوله، مستشعرًا أن ذلك كله نذير كارثة. «ماذا ستعطينني مقابل هذا؟»، سألني الرجل. ولاحظ يا «غريغوريو»... صدر عني جواب عبقري جدًّا، لستُ أدري كيف. أزحتُ الكتب قليلًا وقلت له: «متأسف، ولكنني لا أفكر حتى الآن التوسع في تجارتي». فقال لي: «ومع هذا، قدِّم لي عرضًا». عندئذ حدث شيء من الصعب تفسيره، شيء استثنائي لا يمكن أن يفهمه إلا من جرَّبه. بدأنا نشعر بإلهام ورحنا نتبادل سخريات وعبارات جريئة. فقدنا الخجل وصرنا نتصرف كفنانَين حقيقيَّين. لم يحدث لي شيء مثل ذلك قط، على الرغم من أنني في القائمة التي وضعتها لصفاتي لا أستخف بصفة الخطيب. وكنت واثقًا من أنه إذا ما واتتني الفرصة فسوف يصدر مني خطاب جيد، وليس مهمًّا حول أي موضوع. هذا الأمر نفسه كان يحدث لجدك، وكان يرغب في أن يكون كاتبًا بالعدل. أم أنك لا تعرف أن جدك كان كاتبًا بالعدل، وأن أباك كان «كولونيلًا»، وإن يكن ذلك كذبًا، فهذا هو ما يسمونه الشجن؟

- لا أتذكر جيدًا.

- هذا أفضل، لأن هذه الكلمة ملعونة. ولكن لنرجع إلى ما كنا فيه. كان الرجل ينتظر أن أقدم له عرضًا، فجاريتُ اللعبة حينئذ

وعرضتُ عليه القمر (وأتذكر أنه كان هلالًا)، فردَّ علي بأنه لم يأتِ معه بسلة ليحمله فيها. فعرضت عليه جلد الدب الذي سأصطاده في عام «ماريكستانيا»، إضافة إلى مئة عصفور محلق وكافة الأعناب العالية التي يستطيع الوصول إليها، وعرضت عليه أشياء أخرى مستحيلة، وكان يرفضها بظرف، بعد أن يفكر فيها. وعندما ضعف إلهامي قدمت إليه، وليسامحني الرب، حفنة سكاكر وضحكة مدوية. فكان يضحك بشهية ويقول لي: «اعرض علي كذلك زيك الكامل كشرطي مرور». كيف يمكن لذلك الرجل أن يعرف سري ما لم يكن الشيطان، ويعرف كيف أفكر؟ ولكن ما كان يقلقني في تلك اللحظة هو إنقاذ شرفي وحسب. حتى إنني عرضت عليه قصعة سمك القُدِّ. وواصل هو الضحك والمطالبة بمزيد من الأشياء: مالجي كبنَّاء، مفتاحي كميكانيكي، إزميلي كنجار، شِعاري كحاجب. وضعتُ له هنا على المنضدة (وكنت أمضي كمجنون، دون أن أعير اهتمامًا لاستعراض السلطة الخبيث ذاك) ساعةً زائفة، ومسدس ماء، وقناعًا بوجه قرد، وكل ما هو موجود هنا. ولكنني حين أخرجتُ كومة من الروايات والقصص، دون تمييز، أبدى ملامح الجدِّ، ووضع يده فوقها كما لو أنه سيحلف يمينًا وقال: «قبلتُ الصفقة، الكتب الكبيرة الثلاثة مقابل هذه الرزمة». أفزعني صوته الذي صار أجش فجأة، مثل صوت مقامر محترف. ولكي أكون على مستوى تلك الظروف، وافقتُ، حتى لا يظن أني مجرد ثرثار تافه. وهكذا حمل الرزمة والتف بالعباءة بحركة بدا معها أنه سيختفي في باطن الأرض، ولبس قفازيه دون أي تسرع، وأحنى رأسه انحناءة فنان ولم أعد إلى رؤيته قط. ما رأيك بما جرى؟ أليس عملًا من أعمال الشيطان؟

أجاب «غريغوريو»، الذي لن يفهم تلك القصة إلا بعد سنوات طويلة تالية:

- لا أدري.

- انظر يا بني، هذا أحد الكتب الثلاثة، وهناك الكتابان الآخران، محفوظان كما يُحفظ الذهب، وبهذه الكتب ستصير أنت رجلًا نافعًا. لو أنني علمتُ مسبقًا بوجود هذه الكتب، لكنتُ الآن رجلًا عظيمًا، ومن يدري إن كنت الآن قاضيًا أو طبيبًا، أو حتى كردينالًا في روما نفسها، وليس بالكلام مثل جدك أو مثل أبي وإنما فعليًّا وبوثائق نظامية تمامًا.

كان الكتاب الأول معجمًا.«هنا ترد كل الكلمات الموجودة، لا تنقص ولو كلمة واحدة منها». والثاني أطلس: «وهنا كافة أمكنة العالم وتضاريسه»، والثالث موسوعة: «وهذا أشد الكتب الثلاثة استثنائية، لأنه يُورد في ترتيب أبجدي جميع معارف الإنسانية، من أصولها حتى اليوم. هل كنت تعلم بوجود كتاب مثل هذا؟ وأنا أيضًا لم أكن أعلم بوجوده إلى ما قبل ثلاث سنوات. ومنذ ذلك الحين وأنا أدرسه. لقد وصلت إلى كلمة «إيتيوس»، وقد كان قائدًا رومانيًّا قتل «الكونت بونيفاسيو» في عام ٤٣٢ وهزم «أتيلا» ملك قبائل الهون، في عام ٤٥١، ولكنه اغتيل على يد الملك «فالينتيانو الثالث» الذي خشي من اتساع نفوذه. إنني أتقدم ببطء لأني صرت عجوزًا وذاكرتي ضعيفة، ولكي أفهم شيئًا لا بد لي قبل ذلك من نسيان شيء آخر. ثم هناك الأطلس والمعجم. في كل يوم أتعلم خمس كلمات جديدة واسم نهر أو مدينة. وحين أفكر في كمية الأشياء التي كان يمكن معرفتها الآن، لو أن هذه الكتب وقعت في يدي قبل خمسين عامًا، وكانت لدي آنذاك الروح التي تملأني حماسة اليوم. لا وجود لما يمنحني العزاء، لأني أعرف أنني قد أخطأت في مسار حياتي، وهذا أمر لا علاج له. أما أنت يا «غريغوريو»، فكل شيء يعمل لمصلحتك. يبدو أن القدر قد أرسلك ليصلح السخرية التي اقترفها

معي بمنحي الخبز بعد أن فقدتُ الأسنان. وها قد صرتَ تعرف، منذ الغد سنبدأ بتعليمك، ولا سبيل إلى إضاعة الوقت.
استدار بمشقة، ووضع يده على رأس «غريغوريو»، ثم هتف بصوت غيَّره الوقار:
- بني، أنت ستكون رجلًا عظيمًا.

الفصل الثاني

وهكذا كانا يخرجان من البيت في ساعة مبكرة كل صباح، وما إن يستقرا في الكشك حتى يفتح العم الموسوعة، ويبدأ، مستعينًا بأصابعه، في تقطيع الكلمات إلى مقاطع صوتية واضحة وتلقينه إياها، ولا ينتقلان أبدًا إلى مادة أخرى قبل أن يكون «غريغوريو» قد حفظ سابقتها جيدًا عن ظهر قلب. وبعد ذلك يعملان في المعجم، ثم يقومان أخيرًا بتفحص الأطلس. بدآ بالبيرو، وكانا مصممين على عدم التحول إلى بلد آخر إلا بعد أن يصبحا قادرين على التجوال في أنحائه عن ظهر قلب، وتسمية أدنى تفصيل في تضاريسه دون أي خطأ. يأكلان في الكشك، ويعودان إلى البيت عند الغروب.

وفي البيت يتم إنجاز العمل الأخير في اليوم التربوي حيث ينكب العم، باعتباره خطاطًا جيدًا، على تعليمه فنونه في النسخ.

- وهي ليست إلا فنون الفكر.

يقول مؤكدًا، ثم يضيف:

- فالفلسفة هي فرع من فروع فن الخط، تولد كنتيجة للتركيز الذي يشدد على المطالبة به أول الخطاطين.

يُخرج قلم رصاص وورقة. يبدأ القول بالإيقاع نفسه الذي للكتابة الانسيابية والمتشابكة:

- فلنقترح أول الأمر مثلًا سائرًا أو حكمة. لأن وضوح الرمزهو المقدمة الأولى للتوغل به إلى الذهن؛ إنه أشبه بتفسير متعقل للمسألة. أترى يا بني؟ هكذا يسيطر أحدنا على المفهوم، ويلمُّ بجوهره كله.

ويوضح له أن أعظم جهل سائد في العالم إنما يعود إلى انتشار الآلة الكاتبة:

- اخترعها مستر «ريمنجتون»، وهو أمريكي بلا قلب.

ومنذ ذلك الحين لم يَضِعْ فن الفلسفة اليدوي وحسب، وإنما ضاعت كذلك وضعية التفكير السوي التي كانت تتمثل في الجلوس بجذع منحنٍ قليلًا إلى الأمام وبوضع رياضي؛ أحد المرفقين على الركبة، والذقن مستندة إلى مسند من الأصابع، أو أن الأصابع توضع كواقية على الجبين، بينما الذراع الأخرى تستقر بقوة على الفخذ، واليد تتدلى في الفراغ والعينان مصوبتان نحو أفقهما. وكانا كلما أسلما أمرهما إلى الذاكرة، سواء في الكشك أم في البيت، أو اعترضهما شك ما، يتخذان وضعية المفكِّر الكلاسيكية تلك، ويتمكنان دومًا من حلِّ المصاعب.

وفي الفراش، كان يُعلمه نغمات الغيتار والعزف عليه أو يروي له قصص الغزاة والفاتحين، وبخاصة ملحمة «ألبارنونيث كابيثا دي باكا»[1] الذي تؤجج أفعاله إلى حدٍّ ينتهي معه إلى التكلم صارخًا، أو باكيًا بتأثر في بعض الأحيان.

- كان يمكن لي أن أكون غازيًا جيدًا لأراضٍ مجهولة.

يقول هذا ثم يضيف:

---

(١) ألبار نونيث كابيثا دي باكا (١٤٩٠-١٥٥٨)، فاتح إسباني، اكتشف الشواطئ الجنوبية لأميركا الشمالية ابتداء من «فلوريدا» مرورًا بألاباما ومسيسيبي ولويزيانا. وتكساس ونيومكسيكو وأريزونا وشمالي المكسيك، وصولًا حتى خليج المكسيك، وضم هذه الأراضي إلى الإمبراطورية الإسبانية. (المترجم).

- غير أن القدر حكم عليَّ بالعيش في عصر تتلخص فيه المهمة العظمى بغزو لقمة العيش. ولكن، أتتصور لو كان عمك قد اكتشف نهرًا؟ نهر «أولياس»! أو بحرًا داخليًا: بحر «أولياس»! عندئذ كنت أنا من سيسخر من الموت. ولهذا فلنر إن كنت أنت يا «غريغوريو» ستكتشف شيئًا، فيروسًا ما أو قانونًا ما. سيُقيمون لك تمثالًا. وسيكون عليك عندئذ أن تتذكر عمك، وأن تقول إنني كنتُ معلمك. وبذلك تدفع لي مقابل كل ما أفعله من أجلك.

في بعض الليالي يفاجئ النعاس «غريغوريو» خلال القصة، وينتهي الأمر بعمه الذي يكون قد بدأ برواية حيوات نموذجية، إلى رواية أوهامه الخاصة.

وفي اليوم التالي يعودان إلى المهمة نفسها. ولكنهما كانا يتقدمان ببطء شديد، حتى إنهما لم يتمكنا، بعد انقضاء عام، من تجاوز نصف فصل الحرف الأول في المعجم، وفي الموسوعة ما زالا في أنهار وقمم البيرو الأخيرة. وكان «غريغوريو» آنذاك قد تحوَّل إلى الشخصية النهائية التي سيستحضرها بدقة في صباح ذلك الرابع من أكتوبر: سترة بحار طويلة كانت لعمه، وطاقية جلد بواقيتي أذنين ولفاع أشهب ذي ثلاث لفات كاملة. «كنت أمضي آنذاك نصف عاشق» قال لنفسه مساء اليوم الذي سلَّمه فيه عمه السترة. وكانت لها ستة أزرار نحاسية وعلى بطانتها بطاقة مكتوبة بحروف إنجليزية ومذهبة، حيث ما زال بالإمكان قراءة كلمة:« ترَّاسا»، وهو ما جعل العجوز يتنهد:

- كان يمكن لي أن أكون تاجر أقمشة جيدًا، وخياطًا من الطراز الأول أيضًا، وكان يمكن لاسم أسرتي أن يُذكر في بطانة المعاطف لسنوات طويلة. آه، يا «غريغوريو»، الحياة رائعة، ولكني أضعتها برأسي العنيد، وانظر إليَّ، لم يعد لي من عزاء!

ويتظاهر بأنه يبكي، بتقطيبات طفل.

كان ذلك هو هوسه. في الجو الجيد يُخرجان كرسيين إلى الفناء ويستمتعان بالبرودة حتى منتصف الليل. وعندئذ يقدم إليه عمه نصائح جيدة للحياة. يقول له إن المعرفة لا تشغل مكانًا، وإن ما يفعله إنسان يمكن لآخر أن يفعله، وإن المثابرة هي أم الفضائل كلها وإنه يجب ألا ينام في أي ليلة دون أن يكون قد تعلم شيئًا جديدًا. وروى له كيف أن أباه كان يسأله عند النوم: «ماذا تعلمت اليوم؟»، وإذا لم يكن قد تعلم شيئًا يجبره على الخروج إلى الشارع، حتى لو كان الوقت شتاء، ولا يسمح له بالدخول إلى أن يرجع وقد تعلم شيئًا جيدًا. «أجئتَ بشيء؟» يسأله من الداخل. ولا يمكنه أن ينسى أبداً تلك الليلة من يناير التي اشتد فيها المطر ولم يجد أي جديد يفتح له الباب المغلق. «تعلمتُ أن الجو ماطر!» قال صارخًا. «هذا غير كافٍ»، ردَّ عليه أبوه. «وهنالك برد!». «وهذا غير كافٍ أيضًا».

- كان الظلام حالكًا وكنت خائفًا. عندئذ سمعت موسيقى وترية، بطيئة جدًّا وعذبة. بدا لي أنها هناك بالذات، ولكنني كلما أوشكت على الوصول إليها كانت الموسيقى تبتعد قليلًا، ومشيتُ على تلك الحال لوقت طويل إلى أن توقفت عند بيت منخفض، ومن خلال الباب نصف المفتوح رأيتُ عجوزًا يعزف على كمان على ضوء عقب شمعة. ركضتُ إلى البيت وقلت لأبي: «تعلمتُ أن هناك عجوزًا في الأسفل يعزف على غيتار!» (لم أكن أعرف آنذاك ما هو الكمان، وأكاد لا أعرف ما هو الغيتار). أمرني أبي بالعودة وبأن أعرف بصورة أفضل ما رأيته. ذهبتُ مرة أخرى، دخلت البيت وطرقت الباب. «ماذا تريد؟»، سألني العجوز دون أن يلتفت أو يتوقف عن العزف. كان عقب الشمعة قد تضاءل، وكان ظلُّ الموسيقيِّ يملأ الجدار. فقلت له: «أريد أن أعرف اسم هذا الغيتار». «هذا الغيتار

يدعى كمانًا»، قال لي، وواصل العزف، ودائمًا الموسيقى نفسها. هل تريد أن تعرف بقية القصة يا «غريغوريو»؟
- أجل.
- فلنواصل إذًا. رجعتُ إلى بيتنا مبتلًا وقدَّمتُ الجواب من الخارج. «هذا غير كافٍ!»، صرخ أبي، وأضاف: «اسأل الموسيقيَّ عن اسمه! لا ترض بالقليل! ألا ترى أن المعرفة لا نهاية لها؟» وهكذا رجعتُ عبر الطريق نفسه، وفي كل مرة كان الظلام والبرد يشتدان، وكانت جميع الأبواب مغلقة وبلا نور، باستثناء باب العازف العجوز. وعندما وصلتُ كانت الشمعة قد انخفضت كثيرًا ويكاد لا يُرى أي شيء، ولم يعد لظل الموسيقيِّ أي شكل محدد. قلتُ له: «ما اسمك يا سيدي؟». فردَّ عليَّ دون أن يتوقف عن عزف اللحن نفسه: «اسمي «مانويل»». ركضتُ مرة أخرى إلى البيت وقدمتُ الجواب. كان المطر يهطل بحورًا، ماء جليدي وعاصفة، وربما كانت هناك ذئاب في الشوارع. ولكن أبي قال لي: «والموسيقى، ماذا تسمى الموسيقى التي يعزفها؟ هيا اذهب واسأله! اركض!». وركضتُ، ولكنني كنت متعبًا وكان تقدمي بطيئًا. وحين وصلت، كانت الشمعة قد انطفأت ولم تكن هناك شمعة، ولم يكن العجوز هناك. أطللت من الباب وصرخت: «ما هو اسم الموسيقى؟». ولكن أحدًا لم يُجب. لم يكن يُسمع أي شيء، باستثناء الماء، وعدتُ إلى البيت باكيًا. فتح لي أبي الباب عندئذ وقال لي: «الآن تعلَّمتَ شيئًا حقًّا، تعلَّمتَ أنك لن تعرف أبدًا اسم تلك الموسيقى. ستتذكرها، ولكنك لن تعرف اسمها، ولهذا ستكون رجلًا تعيسًا». آه يا «غريغوريو»، كم كان أبي محقًّا! مازلتُ أتذكر القليل من تلك الموسيقى - وأترنم بها بلا ظرافة وبلا معنى - ولكن لا أحد ممن دندنتها لهم يعرف اسمها، وسأموت دون أن أعرفه. هذا هو أعظم حزن أشعر به.

وفي كل يوم، كان «غريغوريو» يتعلَّم شيئًا جديدًا، وكلمات كثيرة، وأسماء أنهار وجنرالات.

خلال تلك السنوات الأولى، احتفظ عمه بصفاء ذهنه وعناده. يأكل أي شيء بشهية، يدرس أوراقه بين حين وآخر (درج ممتلئ بوثائق منتهية الصلاحية، ورسائل، وصور، وقصاصات صحف)، يعزف الغيتار، يذهب يوميًّا إلى مرحاض عام مجاور للفناء، وفي أيام الآحاد يذهبان إلى حمام عمومي، يخرج العم منه وقد استعاد الشباب، متحمسًا وبه رغبة في الرقص. ويرجعان بالترام، وخلال الطريق يشير بالإصبع إلى التبدلات التي طرأت على المدينة خلال الخمسين عامًا الأخيرة.

لكن تلك البهجة لا تستمر إلا قليلًا. ويتذكر «غريغوريو» أنه ذات مساء صيفي، بينما هما يراجعان قصة بني سراج، أغلق عمه الموسوعة فجأة، وتبدلت ملامحه ليقين مفاجئ خطر له، وقال بنبرة يأس لامتناهية:

- لن نصل أبدًا إلى أن نكون مثل «كابيثا دي باكا»، لن نصل أبدًا إلى المكسيك ولا إلى أن نكون مثل «دون لوبي دي أغيرِي». وربما لن أصل أنا بالذات أبدًا إلى الأمازون. سأموت، سأتعفن، وحتى أنت نفسك يا «غريغوريو» ستنساني. سأموت يا «غريغوريو»! وماذا سيكون من أمر «فيلكس أولياس» إن لم يعد هنالك من يعرفه؟ نحن آل «أولياس» ملعونون يا بني. ولهذا، لأننا ملعونون، ظهر لي الشيطان وأغواني. اتخذت عيناه هيئة ملاح راصد، وصرخ وهو ينظر إلى اللامتناهي:

- الشـــــجـن!!

ومتغذيًا بحدس أنه لن يصل إلى الأمازون، وأن النسيان هو موت ثانٍ أشد رهبة وحسمًا من الموت، راحت عاداته تتباعد وإيقاع تعلُمه

يضعف. ركز على تفحص درج الأوراق، وبدأ يتكلم وحيدًا وبصوت عالٍ، وعند الغروب يقضي الوقت في حك رأسه، ويقيس الحجرات بخطوات واسعة مهيبة، مستبعدًا على الدوام اللقى المفاجئة التي تجعله يتوقف للحظات، هناك حيث تواجهه الذكريات. لم يكن «غريغوريو» يعلم أنه ما زال يحتفظ في الصندوق بزي الحاجب ذي الكَتِفيَّتين المذهبتين والمجدولتين بأبهة، والذي ظهر ذات صباح، دون إشعار مسبق، وهو يرتديه مزهوًّا، واقفًا تحت ساكف حجرة النوم ومشرقًا بابتسامة يجتمع فيها الكبرياء والأمل، والدوار والبراءة لتشكل علامة جنون غائمة. بعد شهور من ذلك امتنع عن الخروج من البيت، باستثناء خروجه إلى المرحاض العام، وعند مجيء الربيع استقر في الفراش، وفيه صارت تمضي حياته محاطًا بأوراق يقرأها ويعلق عليها مرات متعددة وبأمزجة مختلفة، دون أن يجد أبدًا سبب حزنه ولا هدف رضاه.

- حين أموت يا «غريغوريو»، هل ستتذكرني؟
- أجل يا عماه.
- حين تكتشف شيئًا، حين تصبح رجلًا عظيمًا، لا تتوقف عن ذكر اسمي يا بني، ولا عن القول إنني كنت معلمك. إياك أن تنساني!

بعد زمن قصير من ذلك- تذكر «غريغوريو» في صباح الرابع من أكتوبر- رفض العم أن يطبخ واقتصرت حميته على بعض الثمار الجافة في اليوم. يقضي الساعات في تقشير فول سوداني، ومص تينٍ وقرض كستناء، تائهًا وسط بحر من رزم الأوراق التي يعيدها كل ليلة إلى الصندوق كي ينثرها فيما حوله من جديد في اليوم التالي.

وبرائحته التي كرائحة حيوان حبيس في قفص، وخطابات أرقه المتقطع وقرقعة فضلات مأكولات الحمية، كان من الصعب التوصل إلى النوم، وبخاصة حين يخطر له أن يشعل النور في منتصف الليل،

ويطلب الصندوق ويأخذ في البحث بين الأوراق عن سبب أرقه، أيًّا يكن.

- لماذا لا تنام يا عماه؟

- نوم؟

يهتف بعينين زائغتين من الذهول، وذقنه متصلة بحنجرته في تجهم طائر جارح:

- كيف أنام!

ويهز حفنة من الأوراق:

- وهل ينام الحرف يا ترى، هل يستريح مغزاه؟

ويخطر له التفوه بأشياء غريبة، كالقول إن الديدان ما هي إلا كلمات حية من لغة ميتة أو إن الكرسي الذي بلا مسند هو كرسي أعمى في مملكة الكراسي.

وفي ليال أخرى، يحمله خوفه من لصوص الأوراق إلى إيقاظ «غريغوريو» قائلًا:

- ألم تسمع ضجة أشرار؟

ويطلب منه النظر تحت السرير والذهاب للتأكد من أن الباب مغلق جيدًا بالرتاج، ولكنه يتأفف ويزفر غير راضٍ عن ذلك التفتيش، ويلعن بصوت خافت، ويغفو أخيرًا في نوم هش سرعان ما يخرج منه ليرى كم الساعة، وينهض بعد ذلك بطاقية النوم ذات الشَّرابة وجلباب العجوز البخيل ليرى إن كان الضوء قد تقدم من خلال النافذة، ويعود متذمرًا إلى الفراش ويتناوم على غير هدى في غليان وديع. اعتاد أن يقول بصوت النائمين المحزون، الخارق للطبيعة والمنزه عن الخطأ:

- لن نصل أبدًا إلى الأمازون.

كان يعاني الإمساك أيضًا. وصار يصف بنفسه لنفسه ملينات وقوابض حين بدأ يربط بين الصحة وانتظام البراز وكميته. وهكذا

كان يخرج عند الفجر، لأنه يبكر في الاستيقاظ، ويلتصق بجدار المرحاض العام ويجتهد في إفراغ إزعاجات أحشائه، مصدرًا أنينًا مجهدًا، متعددًا وأجش يوقظ معه من ينامون في محيط الساحة الصغيرة المستديرة، وحتى عصافير الجوار تستبق موعد تغريدها. وباختصار، كل شيء يستيقظ قبل موعده، على إلحاح ذلك الاستدعاء القاسي.

بعد شهور من ذلك - لا يتذكر «غريغوريو» في أية لحظة - فقد اهتمامه بالأوراق أيضًا. يعتقد أن ذلك بدأ في يوم ربيعي، عند الضحى، حين حدث صخب في الشارع، ضجة أصوات وأبواق، وتراكض يتزايد ويتناقص في الممر، وأخيرًا صمت آلة نفخ موسيقية يمتد إلى ما هو أبعد مما ترقى إليه الذاكرة. وما لبث أن تعالى الصدى النائي والواضح لموسيقى بدت للحظة أنها تنأى في الذاكرة، ولكنها انصبَّت فجأة تحت الشرفات بدوي جوقة احتفالية وملأت الجو بصراخ أطفال، ورايات مذهبة وأدخنة مفرقعات. وكما لو أنه يستجيب لنداء إلهي، اجتاز الغرفة بخطوات بالغة التردد - عندئذ فقط انتبه «غريغوريو» إلى الحدود القصوى التي بلغتها شيخوخته - ووصل إلى النافذة، ونظر إلى أسفل بعينين ممتلئتين بالدموع، وظل ينتظر إلى أن ابتعدت الموسيقى وأُغلقت الشرفات وعاد الصمت من جديد ليتحول إلى أعجوبة.

سأل أو تساءل:

- هل سمعت؟ هل سمعت؟ كانت موسيقى وهي تنبئ بشيء ما. بدا لي للحظة أنها تلك الموسيقى التي لن أعرف اسمها أبدًا.

وواصل في حنان هذياني. فإذا كان الواقع محرمًا عليه من قبل، أو مقتصرًا على الانشغال بالأوراق، أو متروكًا لذاكرة لا تذعن للنسيان، وإذا كان قد كرَّس له أفضل أوقات أرقه وأشد نكباته حدة،

فإن ما يمنعه الآن من النوم هو الرؤية المليمترية للعالم والمعاناة من أمور تافهة لا قيمة لها. حين كان طفلًا، وهو يتذكر ذلك جيدًا، أقدم على قتل عصفور مسالم برجمه بالحجارة: إنها جريمة لا يمكن لأي سلطة أن تغفرها. وما القول بالحشرات التي ماتت من أجل أن تضيف إلى طفولته هدية من القسوة؟ كان يبكي بسبب ذلك، يرشف المخاط، يهز رأسه غمًّا. وفجأة يتحمس براحة تكفير متأخرة:

- كيف حال عصفور البوابة؟ أيغرد في موعده؟ أيتقافز بين عيدان القفص؟ هيا، اذهب وأخبرني ما الذي يفعله الآن! وهذه الأَرَضة التي تقرض عارضة السقف، أتسمعها كيف تقرض؟ والذباب؟ كم ذبابة لدينا في البيت الآن؟

ويتحدث إلى تلك التي تمضي لتقف على الفراش:

- صباح الخير أيتها الذبابة! كيف حالك؟ ياه، يا للقوائم التي لك.

ويمتد حبه الضاري إلى الأشياء المادية: كلس الجدران، أربطة الأحذية، لطخات الثياب، العصافير المحلقة على الستارة: يحدثها جميعًا، يبكيها جميعًا، ويَشرق بالمخاط عليها جميعًا ويهز رأسه غمًّا. وقد اعتاد القول:

- ليس للأشياء شجن لأنها نقية وبسيطة.

وكان ينوم «غريغوريو» عند قدميه، وفق أشد تعاليم الإحسان صرامة، ويكركره في بعض الأحيان لإضحاكه. أو يخترع حيلًا، أو يحاكي أصوات الحيوانات الداجنة دون ظُرف.

في تلك الفترة بالذات، حين كان يسمع عند الضحى صوت ساعي البريد في الفناء، يقول لـ«غريغوريو»:

- اذهب وانظر إن كانوا قد كاتبونا.
- ولكن، من الذي سيكاتبنا؟

فيقول له:

- هذا ما لا يمكن معرفته أبدًا. لأن الرسائل مثل العصافير، تذهب وتجيء أحيانًا لمجرد الذهاب والمجيء.

ولكنه قال في أحد الأيام:

- الرسائل مثل...

ولم يتمكن من تذكر كلمة «عصافير»، وحين أراد أن يقول إنه نسيها، لم يتمكن كذلك من تذكر كلمة «نسيان»، وحين حاول أن يضيف أنه لا يتذكر هذه الكلمة، نسي كذلك كلمة «تذكُّر». ومن أجل ترقيع ثقوب الذاكرة، صار «غريغوريو» يقرأ له من المعجم كل ليلة الكلمات التي فقدها في النهار، ولكنه لم يكن يتوصل كذلك إلى معرفة معنى المفردات التي تشرح الكلمة، فكان لا بد له من البحث عن معاني تلك المفردات الجديدة، فتحيله هذه بدورها إلى مفردات أخرى بطريقة ينتهي بها إلى الدوران في حلقة مفرغة منهكة ولا خلاص منها.

بعد ذلك، ودون معرفة كيف، صار العم يسهو عن الحنان، ويظل صامتًا، وعيناه جامدتان على الفراغ، مطلقًا بين وقت متباعد وآخر ريحًا وهو يرمش في آن واحد بذهول حكيم، بعيدًا بصورة شبه نهائية عن أي زمن أو عادة أو ميل.

ولأن عمه لم يعد قادرًا على تعليمه أي شيء - واصل «غريغوريو» مراجعة ماضية- أرسله إلى مدرسة قريبة، هي غرفة سفلية وكئيبة يُسمع التلاميذ فيها طيلة الوقت وهم يرتلون جداول حساب الأعداد وترتيلات العقيدة. وما يتذكره «غريغوريو» من المعلم أنه كان ينظر دومًا من النافذة بينما هو يملي بصوت رتيب جمل خدع إملائية مستترة أو يطرح مسائل حسابية عن أكياس رز. رأسه المكشوف، المعتاد على القبعة، يبدي بياضًا فاحشًا كبياض

سيدة سمينة. ويتباهى بشارب مخطوط بدقة فوق فم أشبه بثمرة تين ناشفة. له ناب ذهبي، ويضع ربطة عنق سميكة مشجرة.

ولدى خروجه، كان «غريغوريو» يتأخر في الحي، دون أن يتجرأ على تجاوز حدوده. وحين يكون في البيت، ومتحمسًا بآخر ومضات إشراق عمه، ينكب على الدراسة في الكتب السحرية الثلاثة. ولكنه لا يلبث أن يشرد تحت وطأة أعاجيب أخرى، إذ سرعان ما يؤرقه النزوع إلى اكتشاف أسرار في كل كلمة، وهكذا يقضي ساعات في سماع الرنين الصوتي السري لكل مفردة، فيتركها تذوب في فمه مثل قطعة حلوى لا يتوصل إلى استخلاص مذاقها، والبحث عن العلاقة الخفية بين الاسم والشيء المسمى، ووضعهما وجهًا لوجه وانتظار حدوث إشارة تواطؤ بينهما تكشف أصلهما المشترك. ولم يكن يذهله شيء أكثر من تلك القناعة السخيفة في إطلاق تسمية «برقوق» على زهرة وفقدان الزهرة بذلك براءتها كمخلوق ما يزال بلا اسم.

- لماذا أنا أدعى «غريغوريو»؟ كيف هي ممكنة هذه البلاهة وأن أسمع ««غريغوريو» تعال إلى هنا» أو ««غريغوريو» اذهب إلى هناك».

أكثر من مرة كان يقترب من عمه ويتلفظ ببطء: «العــــم فيــلكس»، على أمل ألا يتطارش في إحدى المرات. ولأنه يعتقد بأن هنالك كلمات تظهر بعد موتها كأشباح تئن وتئن بحثًا عن شرطها الضائع كأشياء، فقد كان يناديه في أكثر من مناسبة أيضًا باسم زائف:«سار ــ كوــ سو»، ولكن يتوجه إليه بإلحاح وتمادٍ ينتهي معهما عمه إلى التعرف إلى نفسه في ذلك الاسم، ويصرخ:

- أي «كونيو» هذا الذي تقوله وتعيد قوله؟

ينطق الكلمة نفسها مرتين، كي يعبر بصورة أفضل عن تشوشه. يقول زاعقًا:

- «فيلكس أولياس». اسمي «فيلكس أولياس»!

كان يستمع في بعض الليالي إلى المذياع. ما إن شغّله في المرة الأولى حتى صدر عنه صفير طويل شارد أكد شكوكه في أن العالم مكان غريب وموحش بالفعل. كانت هناك محطات تبث بلغات أخرى، سرعان ما تعلم محاكاتها، كما لو أنه يحاكي تغريد عصافير. أو يرسم دوائر وموشورات، دون أن يدرك إلى أي احتياجات المعرفة تنتمي تلك الأشكال الباهرة. الخطوط المتوازية توحي له بدراما هندسية بليدة، في ذلك التعريف بأنها لا تلتقي أبدًا، ذلك الاستعراض للوفاء والصد الذي يصوغ خرافة زمان ومكان لامتناهيين. وأحجيات أخرى مثل الثالوث المقدس، حيث «الواحد» و«الثلاثة» تتراكب لتنفي ذاتها على الدوام، أو أحجية «آخيل» والسلحفاة، الراسخة إلى حدٍّ لا يمكن معه للواقع نفسه أن يدحضها (وحتى إلى ما بعد سنوات طويلة ظل «غريغوريو» يتذكر أنه ما إن كشف المعلم عجز «آخيل»، حتى بدأ أحد الفتيان بالضحك بوقاحة والقول إن ذلك مجرد أكاذيب وترهات قدماء، فاندفع المعلم نحوه ولحق به وأدركه سريعًا، وبعد أن عاقبه أعاد ضبط ربطة عنقه وواصل كلامه كما لو أن ذلك عرض لمعضلة منطقية غير قابلة للحل)، وتخلفه مستغرقًا في تأملات غير قابلة للتحلل.

وانتهى به الأمر إلى عدم فهم أي شيء سوى أن العالم شيء مبهم بصورة رهيبة، مهما حاول الإنسان التخفيف من ذلك بتمويهه بقِناع من خطوط وأرقام وكلمات. كان ينظر إلى السماء، فتطل في عينيه بصيرة كئيبة، بصيرة المراهقة المتوحدة.

ربما كان الانبهار بالكلمات، أو غريزة العزلة الابتدائية، هو ما جعله يكتشف الشعر. تذكر أن عمه وجد في الصندوق، في وقت سابق، كتيب أشعار، وأنه راح يلقيها بصوت من يطلق لعنة حرمان ديني. لم يوله اهتمامًا آنذاك، ولكنه بحث عن الكتيب الآن، وفتحه

لا على التعيين وقرأ بصوت عالٍ «خرافة الحمار عازف الناي». وفي نوبة صحو، طلب منه عمه أن يقرأ خرافات أخرى، ثم هتف أخيرًا:

- كان يمكن لي أن أكون ناظم خرافات عظيمًا لولا يباس رأسي! كان يمكن لي أن أكتب خرافة «الغول وفتاة الثلج»، المجهولة حتى اليوم. ولكنني سأموت دون طائل. بني، عندما أموت انتبه كي لا تسقط أي قرنفلة من الإكليل ويدوسها الناس. وإذا ما توصلتَ إلى أن تكون شاعرًا يا «غريغوريو»، لا تنسَ أن تذكر أنني تعرفت إلى الشيطان وأنني كنت بحارًا في شبابي.

قرأ «غريغوريو» الكتاب بإحساس بالذهول أكثر من الورع. ومثلما سيختلف بعد سنوات مع الأشياء، اختلف الآن مع الكلمات، لأنها تحجب عنه رؤية الأشياء مباشرة. فقد كان من المستحيل عليه رؤية السماء دون أن تقف كلمة «سماء» حائلًا بينهما. ولم تكن الأشياء كلها تعاني من عائق الاسم فقط بل إنه، مذ بدأ يحفظ عن ظهر قلب صفحات كثيرة من الكتب الثلاثة، كان رأسه يمتلئ بأسماء لا تحيله إلى أي شيء مادي معروف، ولا تنفع في شيء ولكنها موجودة مع ذلك: عنيدة، دقيقة، لا تُهزم. كان العالم معاديًا بقوة الإبهام. لم يكن يفهم شيئًا من الحياة، وربما لهذا السبب نسي الشعر وبدأ يمتلئ بمشاريع تهرُب غامضة.

يتخيل مكانًا صافيًا ولطيفًا، يكون فيه كل شيء بسيطًا ولا حاجة معه إلى الذاكرة من أجل العيش، ولا وجود فيه لأسرار يجب تعلمها. بحث في الأطلس: قدَّر موسيقية أسماء كثيرة، خط دروبًا غير مطروقة، أحاط بدوائر حمراء أمكنةً يظنها مجهولة ومنسية، واخترع كلمات وعبارات، «جوز في الربيع»، يجب النطق بها بصوت عالٍ، حين تكون خطة الهروب قد نضجت. تصور حياته الجديدة، البرية والمتوحدة، رشيقًا بين الصخور، يغتسل عاري الصدر في جلبة

الينابيع، ويلبس الجلود ويعلق قرنًا حول عنقه، وقوسًا على ظهره، ونبالًا في الكنانة، وقبعة من قشر القصب، وحذاء من لحاء الشجر. وفي الليل، يخبئ عينيه المفتوحتين تحت ملاءة الفراش، وعندئذ يحول الضغينة وفقدان الإرادة المتراكمة خلال النهار إلى نفس ملحمي، ويسمح لنفسه بالذهاب إلى صخرة، في وسط البحر، هي جزيرة الأسى، حيث يعيش ويزدهر على بعض السرطانات، وعنزة حمراء، ومؤونة ناجين من سفن غارقة، مخبأة تحت الرمال في كهف. وفي الكهف يستضيء بدهن ويستمع إلى زمجرة العاصفة في الخارج، أو يرى نفسه يصطاد المحار على أرصفة الصخور البحرية، ويجمع حطبًا ويشرب قهوة إلى جانب النار وهو يغطي كتفيه ببطانية، ويسمع وقع المطر الوديع في ما حوله.

هكذا كان ينام، ولكنه يذهب عند الاستيقاظ إلى الأطلس، ويجوب بإصبع حالم دروب الخلاص. خطَّ صليبًا على موقع ناءٍ ومعزول جنوبي المحيط الهادي، قريبًا من المناطق القطبية: تلك هي جزيرته الصغيرة؛ اسمها «وداع». وفي أحد الأيام، حين رآها، انفجر في البكاء منبطحًا وكتفاه تهتزان دون أن يتوقف عن النحيب. سأله عمه:

- ما الذي أصابك؟ ماذا أصابك، هل أنت خائف من شيء؟

أجاب «غريغوريو»:

- أجل.

- وما هو؟

فمد إصبعه وأشار في الأطلس لا على التعيين فخرجت كوبا. وضع العم يديه على رأسه وصرخ:

- ولكن... ألا تعلم أنني كنت في كوبا في شبابي، بهذه السترة

نفسها التي ترتديها، إنها جزيرة مترعة بالشمس والخضرة، وبزنوج وببغاوات وأغنيات بديعة مثل هذه الأغنية التي أعرفها؟

تناول الغيتار، وبصوت متعثر غنى أغنية جميلة حقًّا، شديدة الكآبة، وبالغة العذوبة الإيقاعية، حتى إن «غريغوريو» أحس هذه المرة برغبة في البكاء من السعادة، من الامتلاء بحب الأسلاف، من أنه ولد في عصر آخر وأنه كان ملاحًا وأنه ظل في ذاكرة البشر مختلطًا بروعة تلك الأغنية.

ضبطت أغنية «لاهافانيرا» إيقاع زمن مراهقته، فكانت تواسيه في لحظات الحزن. بنغماتها يعزِّم على الوحدة، ورائحة الدجاج وبرد الصباح الدائم، فقد صار الآن عصيًّا على التأثر كما لو أنه يملك كلمة حماية سحرية. يكفيه أن يذكرها ليكون سعيدًا، أو كيلا يكون تعيسًا بالكامل على الأقل. وهكذا ما إن يجلس ليدرس، سواء في البيت أم في المدرسة، وما إن يستخلص من الكلمات الأولى طبيعة العالم الضبابية، حتى ينظر من النافذة إلى مرور الغيوم ويترنم دون توقف بأغنيته. لم يكن يرتاح لها في لحظات الغم وحسب وإنما كذلك في أمسيات أيام الآحاد اللامتناهية (أو في أمسية الأحد الوحيدة اللامتناهية) التي وصل خلالها إلى ذروة المراهقة.

يتذكر من تلك السنوات أن جماعة شبان كانت تسكن الطابق السفلي، وكانوا ينطلقون بعد تناول الطعام إلى حفلات الرقص ومهرجانات الأحياء النائية، متزينين بملابس الاحتفالات، صارخين وحاملين ابتهاجهم في وسط الشارع، إلى ألّا يتبقى أخيرًا سوى وهم أصواتهم نابضة في ذاكرة الأذن. إنها الإشارة التي يبدأ بها المساء في اتساعات لا يمكن المرور فيها. عندئذ كان يتسكع في الحجرة، أو ينزل ليمشي قليلًا في محيط المكان ويرجع من فوره مثقلًا بوقت دون وجهة، متوقفًا عند النافذة لرؤية مرور عربات الترام

في فضاء شارع جانبي يتصوره نائيًا، ويجلس أخيرًا ويستمع من بعيد إلى صخب يوم الأحد، وإلى جانبه عمه يرتل مزاميره، يتخللها أنين وزفرات وحيوية هرٍّ. يلي ذلك نغمة موسيقية طويلة تبدأ بالطنين في عمق أذنه قوية الذاكرة: ربما هي طريقة في تبني العزلة، وربما تستنبط منها ضحكات تخيلية، أجزاء من أغنيات، عبارات بلا مغزى، همس محادثة حيث تبدو الحوارات متوافقة في كل شيء، وبخاصة في وقفات الصمت الطويلة، وعلى إيقاعها يأخذ «غريغوريو» بالتكاسل دون أي مفاجأة سوى الخشية من أن تكون تلك هي الحياة: مساءٌ يتأبد في رماده بالذات.

وفيما هو يرى مجيء الظلال ينأى في السنين إلى أن يجد زمن الطفولة. لقد كانت وقائع عبثية ومطموسة المعالم، إذ لم يكن قد بلغ آنذاك وضوح الذكريات الذي صار إليه بعد سنوات، حين كان يبدو أن الذاكرة قد أثرت في الذكريات بمفاعيل عدسة مكبرة. عندئذ فقط، وبعد انتظار هذه اللحظة العابرة التي لا تطاق تحديدًا، قرر تناول الغيتار والترنم بالأغنية التي تذلل كل شيء، وتفتح ثغرة جانبية في خط الزمن نحو عمرٍ تجريدي مغرق في القدم، لم يطأه البشر بعد ولم يخضع لخبرة العادة، ولكن حيث من المستحيل الضياع.

ومن هامشه الوهمي، مطلًّا على الصحو مثل فأر يطل على رف خزانة حائط، كان العم يرافق ترنمه بتمايل تائه. مرتان، ثلاث مرات، أربع، تسع، وحتى عشرين مرة. وبعد ذلك يهيمن صمت الليل. وعلى رماده يأتي، على الفور، ما بعد ظهر يوم الأحد.

الفصل الثالث

في صباح ذلك الرابع من أكتوبر، وبينما هو يعود لنزول الدرج مترنمًا بالأغنية، تذكَّر «غريغوريو» أنه، في القصة التي رواها لـ«أنخيلينا» قبل خمسة وعشرين عامًا، صمت عن أحداث مراهقته كلها أو تجاوزها تقريبًا، ولاسيَّما تلك الوقائع التي تلت مساء يوم الأحد اللامتناهي، حين أكمل الخامسة عشرة من عمره وكان عليه أن يتولى مسؤولية الكشك، ذلك أن دخل عمه الزهيد راح يتضاءل ولم تعد حسابات أصابعه الهاجعة تخرج بنتيجة صائبة: ربما لأنه كان مجنونًا، وربما بسبب بؤسه. وهكذا استقر بين نوافذ زجاج الكشك المغبشة وتحت أغصان شجرة الكينا، وما إن تغلب على لحظات الرعب الأولى حتى قال لنفسه إنه يمكن للمكان أن يكون، على أحسن وجه، جزيرة أساه غير المأمولة. أهمل واجباته الدراسية وأصبح يقضي الوقت في قراءة روايات بوليسية وتدخين سجائره الأولى التي سرعان ما صارت تتوالى بإيقاع جنوني كما يفعل الروائيون بأبطالهم. وكان أن تعرف عندئذ إلى أصدقائه الأُوَل.

كانت تقف إلى جانب الكشك، عند الغروب، جماعة شبان (شبيهة بتلك التي رآها مرات كثيرة من النافذة في أمسيات أيام الآحاد)، يأتون من كافة جهات الحي، تتواصل جلبتهم إلى حدود

منتصف الليل، يشترون سجائر ويتكلمون صارخين، دون تمييز في النبرة، عن نساء ودراجات نارية. كانوا أوفياء فيما بينهم ولكنهم مستهزئون مع الغرباء، ومخيفون للفتيات اللاتي يغامرن أو يضللن الطريق في مناطقهم. ولكنهم خدومون تجاه الشيوخ والأطفال. كان بعضهم يدعو «غريغوريو» بلقب «غريغور»، فيشعر هذا بالامتنان لتلك الدعوة إلى التواطؤ، على الرغم من أن طبعه الخجول والصعب يشله عن هذه الأمور الدنيوية. وفيما هو محبوس في كشكه، كان يستمع إليهم بانبهار. ففي أحاديثهم ومزاحهم استعراض لتجارب يتصور أنها أقل قليلًا من مستحيلة لفتيان في مثل سنه. ما الذي يمكن له هو أن يضيفه - هو الذي يرتدي ملابس يومية مستعملة جدًّا، وطاقية الشتاء التي لا بد منها، وسترة البحار ولفاع الوقاية من الزكام - سوى الإعجاب الحذر، والفخر بعدم التقصير، وبفن الصمت الذي يحول دون الوشاية التامة ببساطته؟ ومن أجل اكتساب أصدقاء ورفقة كان يضحك لكل ظرافة منهم، ويقدم لهم سجائر في بعض الأحيان.
يقولون له:

- اللعنة يا «غريغور»، يا لك من شخص رائع!

ويكور أحدهم يديه على الدوام ليقدم إليه عبر منضدة «الكونتوار» نارًا لإشعال سيجارته.

من اخترع لقب «غريغور» هو فتى شعره شبه أحمر متهدل على جبهته، ووجهه كثير البثور وله أسنان أرنب، وكان أحد أكثر المتكلمين ومن لديه - على الرغم من مظهره البستاني- قصص أكثر يرويها عن النساء. اسمه «إيليثيو رينون». يعمل مُستخدَمًا في محل أزهار، ويمر أحيانًا برداء عمله الرمادي وهو يحمل إكليلًا جنائزيًّا على كاهله. يمضي مسرعًا، ويحيي دون أن ينظر، مشيرًا من بين الشرائط بإبهام الانتصار، ويظهر عند الغروب متأنقًا دومًا

ببدلة متقنة، وحقيبة سوداء تحت إبطه، يحمل فيها مستقبله المأمول. ففيها نشرات دعائية وبيانات لعروض عمل خرافية: كيف تكسب مالًا ومجدًا بالجرأة والطموح، أو كيف تُقنع الغير بالكلام، أو كيفية التوصل إلى الثقة بالنفس، أو الحصول على ذاكرة فيل، أو إغواء امرأة بنظرة. ولكنه لم يحسم أمره قط بترك عمله، من جهة لأنه ما يزال فتيًّا جدًّا، ومن جهة أخرى لأنه ما إن يفكر في مشروع حتى يجد على الفور مشروعًا آخر أفضل منه. تخلى عن أن يكون راعيًا في أستراليا كي يلتحق كصبي بحار في سفينة صيد حيتان، ثم تطلع بعد ذلك إلى أن يكون مرتزقًا في أفريقيا ومبشرًا في الشرق، وكان مربي قوارض همستر مستقبليًّا، وصياد ضوارٍ، ومهربًا، وشرطيًّا، ومضاربًا في البورصة، وعازف كمان في كباريه. بل إنه تابع كذلك، بالمراسلة، دورة تنويم مغناطيسي على أمل التوصل إلى تنويم رئيسه والاستيلاء على محل الزهور، فضلًا عن الفوز بصفقات الحب في عطلات نهاية الأسبوع. ومع ذلك، وعلى الرغم من أسلوبه الرائع في تموج حركة يديه، وصوته الكئيب وعينيه اللتين كجمرتين، إلا أنه لم يتوصل قط إلى تنويم أحد، فتخلى عن هذا المشروع أيضًا، مثلما تخلى عن مشاريع أخرى كثيرة، إلى أن ظن أخيرًا أن فرصته قد حانت حين علم أنهم في بعض صالات الحفلات وأوكار العاهرات يتعاقدون مع أشخاص أشداء من أجل الحفاظ على النظام في المحل، وأنهم يدفعون أجرًا خرافيًّا مقابل ذلك، فضلًا عن الاحترام والفتنة اللذين توفرهما الوظيفة. وهكذا راح يتعلم فنون القتال بالمراسلة ويتدرب بنفسه على استخدام السكين. وذات صباح ضاق فيه ذرعًا بالإكليل الجنائزي، أطل من فوق منضدة «كونتوار» الكشك وقال:

- اخرج لحظة يا «غريغور»، سأقدم لك عرضًا عمليًّا.

انتظره متأهبًا بوضعية قتالية، وما كاد يظهر من الباب السفلي،

حتى لوح بيديه أمام وجهه وثبته بصرخة وبحركة مصارعة بارعة. وكان يشرح في الليل الأسلوب الذي تُوجه به طعنة سكين إلى البطن، أو كيفية انتزاع سلاح الخصم بحركة دوران سريعة أو دق عنقه برفسة واحدة. ويقول أخيرًا وهو يعيد ترتيب بدلته:

- أضف إلى ذلك، هذه هي الوظيفة التي يمكن المضاجعة فيها أكثر من كل ما عداها، أكثر من التنويم المغناطيسي ومن العمل كمبشر، وأكثر بكل تأكيد من العمل بحارًا، حيث المضاجعة نادرة جدًّا وينتهي الأمر بالمرء إلى ظهور قرون له.

كان الآخرون يستمعون إليه وهم يهزون رؤوسهم بحركات دوارية، مثلما كان يستمع دارسو اللاهوت في العصور الوسطى إلى أدلة ميتافيزيقية لوجود الرب. وكان هو الوحيد الذي قدَّر «غريغوريو» حقًّا، وراح يحثه على البحث عن مهنة ذات قيمة، حتى إنه اقترح عليه أن يكون شريكه في فكرة عمله الجديد والنهائي.

عليهما قبل كل شيء أن يغيرا اسميهما. وسوف يرى «إيليثيو» أكثر اسمين مناسبين لهما في المهنة الجديدة. وذات صباح أطل عبر منضدة «الكونتوار»، رفع إبهامه وغمز بعينه قائلًا:

- لقد وجدت الاسمين المناسبين: «غريغور هوليز» و«إيليك رينو»، طاغِيَتا الليل.

وهنا توقف «غريغوريوأولياس»، على الدرج، في الرابع من أكتوبر، والتفت إلى أعلى بابتسامة متكلفة. فكثيرة هي الأسماء المستعارة في مسيرته كمحتال بقدر ما هي مشؤومة ومريعة، وإذا كانت أشد وقائع الحياة تفاهة مدعوة للتنبؤ بها، وإذا كان كل سهو يعمل من أجل الوصول إلى نهاية صارمة، وإذا كانت كل إيماءة مقتضبة تخلده في صورة ذاتية يعبر تحديدها عن حياة، فإنه كان «أوديب»، و«نرجس»، وكان «بروميثيوس»، وكان المراسل الذي يحمل خبر تصفيته، وكان

قبل كل ذلك الرجل ذا الستة والأربعين عامًا الذي يكتشف، لدى مرور الماضي، في كل حدث طارئ تهديدًا ونذيرًا، ويظل هناك، هادئًا في الظلام، يفكر في أن ذلك الحدث لا بد أن يكون بالفعل نذيرًا أو عقابًا أو واحدة من هذه المصادفات التي يستفيد منها القَدَر كإعلان مسبق عن نفسه، لأنه ما إن قدم «إيليثيو» خبره الجديد، وما إن بدأ «غريغوريو» بتذوق طعم اسمه الجديد والتلاعب برنة وقعه، بالتلفظ به بصوت عال ومنخفض وبنغمات متعددة وبنوايا مختلفة، إلا ولاحظ شيئًا مفاجئًا في الجو، حوَّله إلى جو صاف كما الذهن، يمتلئ بشذا ليمون غامض يحمل تنبيهًا موسيقيًّا متعاظمًا سمعه طويلًا قبل أن تظهر يدان على منضدة «الكونتوار» وصوت يقول من أعلى، جاعلًا من الموسيقى المستحيلة حقيقة واقعة:

- قطعة من حلوى السُّوس ورواية حُب.

أحس برعشة غمٍّ وبوجوده في جزيرة صغيرة وكل شيء. أراد أن يقول شيئًا، دون أن يدري ما هو، وما كاد يبدأ قوله، حتى قطع كلماته هاجس غامض، ولم يسمع سوى قرقعة سرية في أحشائه. وبينما هو يبحث عن الروايات ويُحدث هناك في الأسفل ضجة انهيار، تجرأ على النظر إلى اليدين لبرهة. كانتا دافئتين وهشتين. تمسك إحداهما بطرف سلسلة كلب ذي سلالة راقية وتلعب الأخرى بقطع عملة معدنية، تجمعها وتعود لبعثرتها، بغطرسة متكاسلة، كما لو أنها لا تزدري قطع العملة وحسب وإنما جمالها نفسه. أخرج أخيرًا رزمة الروايات، ابتلع لعابه، قال شيئًا هكذا مثل «فابورال» وظل متورطًا في تلك الكلمة مثل ممثل سينما صامتة كوميدي يتوازن على حبل.

لم يجد وقتًا حتى للإحساس بأنه مضحك، إذ أحس على الفور بأنه مثقل بغم، أو بغثيان بكلمة أدق، سيعذبه فور تلاشي تلك الرؤيا وبقائه وحيدًا، مفكرًا في الأمر المضحك الذي انتهى من فعله للتو.

وذروة الدواهي أنه نسي «لاهافانيرا». حاول أن يصفر لحنها فخرج معه نفخ بلا موسيقى، نوع من صفير بائس حوَّل المضحك إلى مجرد حالة تدعو إلى الشفقة. غير أن معرفته المعهودة بأنه ساذج شجعته على إقناع نفسه بأن سلوكًا عبثيًّا وغير متناسب، مثلما هو سلوكه ذاك، لا يمكن له أن يكون واقعيًّا في الآن ذاته. ولكن أسنانه بدأت تؤلمه في تلك اللحظة بالضبط، ليس في الفم وإنما في المعدة، ما دحض عقلانيته على الفور.

حاول عندئذ أن يتخيل ما الذي يفعله أبطاله البوليسيون في مثل هذا الوضع. تجرأ على القناعة بأن الصحة والهدوء يعتمدان أحيانًا على فعل إرادي نشط، فأشعل سيجارة وقرر أنه ليس بالشخص القابل للانفعال بسهولة. تراجع إلى الوراء وترك الدخان يطمس ملامحه. «غريغور هوليز»، قال لنفسه باعتزاز. ولكن ذلك التفاؤل لم يدم أكثر مما استغرقه تلاشي قِناع الدخان.

اليدان الماهرتان في ممارسة الاستبعاد والانتقاء اختارتا سريعًا إحدى الروايات. قدَّم إليهما «غريغوريو» كذلك لوح السوس، كمن يقدم حلوى لوحش حبيس قفص. ثم جرى تبادل سريع للنقود، وظل في آخر الأمر وحيدًا، موزعًا بين الإحساس بأنه مضحك والهواء العابق برائحة الليمون.

وعلى الفور (إذ كان متعجلًا في منح مغزى لذلك التشوش الذي لا تفسير له)، أطل برأسه من فوق «الكونتوار»، وعندئذ رآها.

سيعرفُ من الشبان، في تلك الليلة بالذات، أن اسمها «أليسيا» وأنها جديدة في الحي. أما في تلك اللحظة فلم يُصب إلا في رؤيتها تختفي عند الناصية ملتفة بتطاير شعرها. وعاد يراها راجعة، بعد أن ظل يرصد لساعتين من خلال زجاج نوافذ الكشك المغبشة.

بدت كما لو أنها مرسومة بأربعة خطوط سريعة من تلك التي

يرسمها خياطو باريس. كانت طويلة القامة بما يتناسب مع يديها، وترتدي عباءة مدرسية مثبتة إلى الكتفين بدبوس فضي، وتمشي باعتدال وإحدى ذراعيها ممدودة مع اندفاع كلبها الذئبي الذي عرف في تلك الليلة أيضًا أن اسمه «دريك» - وهو كلب مختلف جدًّا، آه، عن الكلب الصغير الذي سيتشمم بعد سنوات خطواته الأولى كمحتال!

كبح أنفاسه ليرى. ثم جلس بعد ذلك على المقعد الخشبي. نظر إلى السماء (لن ينسى أبدًا، كان ذلك في العشرين من مارس، وكانت هناك غيوم عالية)، نظر إلى شجرة الكينا (الريح تصفعها من الداخل مثل سمكة عالقة في شبكة)، نظر إلى الفراغ وقال لنفسه، بصرامة أخافته، إن العالم مكان كئيب ولا يمكن لأي شيء يحدث فيه أن يهمه، لأنه من الآن فصاعدًا (وهنا توقف ليضطلع بصرامة كلماته)، لم يعد جديرًا بأن يعيش.

ولكنه (وهذه أولى أعاجيب الحب) ما إن تنكر للعالم إلى الأبد حتى أحس فجأة بصفاء غير متوقع يهيمن عليه ويجبره على أن يعيد طرح ذلك التخلي من جديد وبصورة عاطفية. بدا كما لو أن الواقع، مطرودًا بركلات من الوعي، قد هرع ليتزين من أجل الاحتفاء بساعة اللقاء والمصالحة، ويعود الآن مبهرجًا كسفير في بلاط السلطان التركي الأعظم، محملًا بهدايا عجيبة ومألوفة في آن واحد.

اكتشف «غريغوريو» عندئذ أنه لم يقع في حب «أليسيا» وحسب، وإنما كذلك، وباللهفة نفسها، في حب أشيائها كلها: العباءة، الدبوس، العطر، الكلب وسلسلته، كل دبوس شعر وكل ثنية في ملابسها. وبعد أن جاب ممالك حبه الحزينة، لم يستطع تفادي إغواء مقارنة تلك الأشياء بأشيائه، ولكنه توقف هنا دون أن يتجرأ على تعدادها. منذ ذلك الصباح، وطيلة الربيع كله، عاش في رعب غمٍّ أنه يمكن لها

أن تأتي فجأة، تطل على الكشك وتكتشفه هناك، في الظلال، مستقرًا مثل مهراجا في ذروة بؤسه. وهكذا صار يقضي النهار مترصدًا حركة المرور على الأرصفة، وفي الليل يكتفي بإراحة عينيه في الظلمة.

حين كانت تقترب (لم يكن بحاجة لرؤيتها، لأن اقترابها يُعلَن عنه بألم أضراس مفاجئ لا يلبث أن ينزل إلى معدته، بينما تصعد معدته إلى حلقه ويصل قلبه إلى فمه)، يشعل سيجارة ويختبئ وراء كتاب. لم يكن شجاعًا ولكنه لا يذعن كذلك لأن يكون جبانًا، وهكذا يطلب ألا يبدو حاجز الدخان والحروف المطبوعة ذاك شديد الهشاشة ولا بالغ الأمان: أن يكون في الوقت نفسه ستار حماية ومدخلًا. وبالطريقة نفسها، كان يتمنى أن تمر مرورًا عابرًا، ويتمنى بالشراهة نفسها أن تتوقف من أجل حلوى السُّوس والرواية. فالكشك لم يعد ملاذًا وإنما هو سجن مخادع، وإذا كان يكشفه، من جهة، على ما يريد الاختباء منه فإنه يخفيه، من جهة أخرى، عما يريد كشف نفسه له. إنه كمن هو كائن وغير كائن، ولهذا كان يغلق الكشك أحيانًا ويهرب من «أليسيا» إلى الحديقة بالتحديد، حيث تذهب «أليسيا» للتنزه كل مساء مع كلبها. وحين تظهر «أليسيا» (وهي تمضي وحيدة في معظم الأحيان، ولكنها قد تكون أيضًا مع جماعة من الفتيات يقتربن منها كي يهمسن في أذنها بعبارات مقتضبة وهن يضعن يدًا بمحاذاة الأذن)، فيجهد هو في حركة التفاف ذئب كي يصل إلى الكشك في الوقت المناسب ويختبئ منها ومن أجلها. وإذا ما توقفت وهي في طريق العودة، تضطرب أحشاء «غريغوريو» إلى حد يكاد لا يسمح له بسماع صوت الحبيبة. أما إذا مرت عرضًا، فتسقط روحه حتى حذائه، وعندئذ يسمع بوضوح لا يطاق كل ما كان يمكن لها أن تقوله لو أنها توقفت في الواقع.

في بعض الليالي تتوقف للتحدث مع الشباب الذين يتوددون

إليها بتدفق ويجعلونها تضحك (ولاسيما «إيليثيو») بخواطرهم المرحة. كان «غريغوريو» يدخن ويترصد وسط الدخان، مُظهرًا ما هو أكثر من حقيقة جلية: إن ذلك التصرف لا يليق به بالفعل. الحب وحده هو القادر على تفسير تلك الأعجوبة الأخرى في أن يكون في مكانين في آن واحد، وفي أن كل تظاهر منه يتوافق بصورة حتمية مع الصراحة.

يحدث أن تدفعه غريزة حب البقاء إلى أن يطرح اليأس كمعضلة ذات حدود مترادفة، وأنها حين تتكاثر كما في متاهة مرايا، تتيح له مواجهة أقنعة لا متناهية على وجه ما. فهنالك بين اليأس وفقدان الأمل ممر يمكن للحكمة وحدها أن تُدعى لتذرعه. لقد جعله الحب حكيمًا. اكتسب معارف غير متوقعة: تعلَّم على سبيل المثال التنبؤ بلحظة الغروب بدقة من خلال عصفور يحط على شجرة الكينا، وعرف أنه في سياج محدد من شارع معين، وفي ثقب صغير منه، يوجد مخبأ حرذون صغير، وفي مكان من الحديقة لا يعرفه أحد سواه توجد زهرة لها إحدى عشرة بتلة، وعلى جذع شجرة سرو نُقشت الحروف الأولى من اسمين لا يمكن لأحد فك رموزها أبدًا. وتعلم قبل كل شيء قراءة قَدَره في الأشياء. لا وجود لأشياء محايدة: جميعها مدعوة لأن تكون موضع ثقة لهفة حبه أو معادية له، وأي منها لا تعلن عن حبه إنما تلتمس موتها. لا، ليس هنالك من طائر إلا ويكون لوجوده إشارة طيبة أو خبيثة، ولا غيمة إلا وتخلف لدى مرورها إشارة مجافية أو مواتية. «الحب أو الموت»، كان هذا هو شعاره، أو معضلته التي بلا حل بكلمة أدق.

اكتسب في تلك الأيام نزوة إغماض عينيه وتجعيد أنفه والعد حتى أربعة بالذهن والفكين: إيماءة «تِك» مقتضبة ومهووسة تتركه معلقًا وأعزل في الفضاء مثل أرنب أُخرج للتو من قبعة الحاوي، يدرأ

بها مكائد الواقع. كان يقرأ في الهواء نبوءات الأمل، ولكن سقوط ورقة بعد قليل يكون معناه أن مصيره قد تقرر دون مفر. وفي بعض الأحيان يتضمن النذير نبوءتين متناقضتين، وهو ما يعني عندئذ (ذلك أن البلبلة في الطبيعة سابقة للنظام دومًا) أن الإشارة التالية ستكون الحاسمة. ولكنه يجد على الدوام الطريقة لتحييد عسف النبوءات المشؤومة غير القابلة للاستئناف. فالشعوذة تحميه من الأعداء الذين تختلقهم هي نفسها. وقد كان ذلك الربيع، دون شك، ربيع لُقى كئيبة.

«إيليثيو» وحده هو من انتبه إلى وحدته المعذبة. عبثًا كان يسأله، ودون طائل حاول تشجيعه بمشروع شراء دراجة نارية، «كي نذهب يا «غريغور هوليز» هذا الصيف إلى الشاطئ ونصاحب نساء هناك مثل قردين». وعبثًا أقر له بأنه هو أيضًا يعاني من مصاعب الحاضر القاسية وأنه ينبش بحثًا عن المستقبل مثل فأر ينبش في كومة روث، هكذا قال، وهو يمزق الهواء بزفرة تنين.

كان «غريغوريو» يُظهر أسنانه في ابتسامة امتنان حزينة كابتسامات مرضى الحالات الميؤوس منها. وإذا ما حاول أحدهم مواساته، بدا له ذلك وقاحة لا تُقارن إلا بمن يتجرأ على تجاهل عذابه. وحين يتخندق في الصمت يبدو له أن الإلحاح لا يقل وقاحة عن التحفظ. ولهذا انتهى الأمر بـ«إيليثيو» إلى التربيت على كتفه، والإشارة له، بكل هدوء، برفع إبهام الانتصار المشترك. ولكنه حين لمح هوة الرغبة الفسيحة وأيقن أنه لن يتوصل إلى نيل حب «أليسيا» إلا بمعجزة، لجأ إلى العلاج المستعجل الوحيد المتبقي له: نَفْض الغبار عن حماسته الدينية والطلب من الرب أن يحقق له تلك المعجزة، وعَرَض مقابل ذلك التخلي المهيب عن أية رغبة أخرى، إضافة إلى حجٍّ إلى روما وثماني صلوات للسيدة العذراء يوميًّا طيلة ما تبقى من حياته.

إحدى الذكريات التي كان ما يزال يحتفظ بها آنذاك من طفولته الريفية هي الورع الديني. لقد نقل عدواها إليه كاهن يدعى «بيلايو مارين»، له جبين من فضة، ذلك أنه أُجريت له في طفولته عملية ثقب للجمجمة، استيقظ منها مع ومضات برق صوفية، وظهرت له العذراء ثلاث مرات وكانت تقدم إليه وصفات بسكويت وحلوى زنجبيل، فسرها على أنها سلفة من المتع التي سينالها العادلون في الفردوس، حيث الأبدية هي أمسية ماطرة مكرسة لمهارات صنع الحلويات. وهكذا كانت العائلات المتدينة تدعوه بكثرة إلى تناول الحلوى والقهوة. يسألونه:

- أيها الأب «بيلايو» أهكذا ستكون الأبدية؟

يصحح لهم:

- بل أفضل، فهناك سنكون حكماء وسنتمكن من التحدث في اللاهوت وتربية النحل بينما نحن نأكل الرقائق مع العسل وحلوى شَعرِ ملاكٍ حقيقية. ولأن الجميع يكونون هناك عالمين بكل شيء، فإننا نوجِّه أسئلة لمجرد أن نسمع أنفسنا بالذات بأصوات مختلفة. إنني أتخيل منذ الآن القديس «برثولماوس» يُحاضر حول خصائص ذرق الحمام من أجل تذهيب الجلود السلمنكية، أو أنا نفسي أحاضر حول قانون الجاذبية الكوني، وهو أمر لم أفهمه قط، وبينما أنا أتكلم تذوب في فمي حلويات «لحم السماء»، و«المجيدة»، و«عظم القديس» وغيرها من اللذائذ السماوية.

ويتذكر «غريغوريو» أنه كلما كان يرى الكاهن، يهرع إليه ليقبِّل يديه. جميع الأطفال كانوا يفعلون الشيء نفسه، لأن رائحة «حلوى التين» تنبعث من يديه، فهو يطليهما بها كل صباح كي ينشر الحب للرب، ويُثبت وجوده. وعلى الرغم من أنه قبَّل أيدي كهنة آخرين، وكان منها ما يعبق برائحة برتقال، وشوكولاتة، وفراولة، وبسكويت،

إلا أن أيًّا منها لم تكن مثل يدي الكاهن «بيلايو مارين»، فرائحتهما تجعل أسرار الديانة سهلة ولطيفة. ولكن مع مرور الزمن، وخاصة منذ توليه مسؤولية الكشك، فقد مذاق الحلويات اللامتناهي واكتشف روائح أخرى (رائحة دور السينما، والتبغ الأشقر الأمريكي، والبيرة، وقبل ذلك كله بالطبع رائحة عطر ليمون «أليسيا» عند الغروب)، وبما أن كهنة الأحد القليلين الذين تعامل معهم في المدينة لم تكن لهم أية رائحة (أو ما هو أسوأ من ذلك، حين تنبعث منهم رائحة الشعيرية أو الدُّش البارد)، ولا حتى رائحة القميص الداخلي المشبع بالكافور، فقد الإيمان والأمل السري بالتوصل إلى أن يكون قديسًا. وبعد سنوات طويلة من ذلك، سيقول «غريغوريو» لو أنه التقى بقديس يعبق برائحة البنزين، فربما كان سيتحول أيضًا إلى كاهن في أراضي الكفار.

ولكنه في تلك الشهور جدد إيمانه كي يطلب من الرب نعمة الحب. «رباه، إذا ما وقعت «أليسيا» في حبي، فسوف أحبك أنت أكثر من حبي للأشياء كلها». هكذا كانت شروط الاتفاق. وراح ينتظر المعجزة، ولكن معجزة أخرى حدثت، وكلما كان وضعه أشد يأسًا كانت آماله أيضًا تزداد تعجلًا ووهمًا.

وهكذا جاء الصيف، ما بين سهادٍ وصلوات وحيل. وعند غروب يوم من أيام يونيو الأخيرة، توقفت «أليسيا» لحظة كي تودع الحضور. سوف تذهب في إجازة ولن ترجع حتى سبتمبر. وعلى الفور تحلقوا حولها، فكلمتهم عن البحر والجبل، وأزاحت شعرها ورفعت صوتها كي تتكلم كذلك عن مذنبٍ وعن سفينة، وعن أشياء أخرى لم يتوصل «غريغوريو» إلى فهمها لأنه أحس فجأة بأن أحدهم (أشبه بعجوز هرم يصلح بوهن إهانة شرف في الحلم) يوجه صفعات بقفاز إلى وجهه إلى أن يحوله إلى وجه أبله، وأن أذنيه ممتلئتان بنغمات، وعينيه مصباحا ضوء.

لعن عجزه عن التنبؤ، وهو ما يتركه تحت رحمة الكوارث، وجبنه الذي يعرِّضه دومًا للمجازفة. وعلى الرغم من أن المكر - أو بعبارة أدق غريزة توقع الأحداث الطارئة - قد خدعه بتعليمه إستباق المصادفات وازدراء قوة العادة، إلا أن مواهبه التنبؤية لم تغادره في تلك الساعة: هجس بأنه لن يتجاوز الصيف حيًّا.

هناك خارج الكشك، كانت الغبطة تتعاظم. راحت «أليسيا» تقول للجميع:

- إلى اللقاء في سبتمبر.

كان الكلب ينبح وأخذ «إيليثيو» يحاكي ضجيج دراجة نارية تنطلق. وفي فوضى الوداع، مدَّت يدها عبر منضدة «الكونتوار»، كما لو أنها تمسح زجاجًا مبللًا، وقالت له أيضًا:

- إلى اللقاء في سبتمبر.

بدا لـ«غريغوريو» أن اليد العابقة برائحة الفانيلا هي من تكلمت وجاءت من تلقاء نفسها لتودعه. بل إنها آتية لتبقى، مثل الآنسات اللاتي يهربن من بيوتهن مع الحبيب، وللحظة تصوَّر كم سيكون سعيدًا بالعيش مع اليد في مكان يكون فيه هذا الحب ممكنًا.

كان ذلك كله عبثيًّا إلى حدٍّ افتقد معه شجاعة أن يردَّ «إلى لا لقاء»، وكان لديه فائض من الكلمات ليقول «وداعًا»، فجعد أنفه، وعدَّ حتى أربعة وسمع تلاشي نباح الكلب. وعلى الفور أيضًا، انصرف الشبان.

كان يمكن لـ«غريغوريو» أن يتمنى أن يكون الصمت حيوانًا ضاريًا، أسدًا على سبيل المثال، كي ينقض عليه ويمزقه مزمجرًا بين مخالبه، ولكنه كان صمتًا متكتمًا مثل أفعى ويأتي من كل الجهات على شكل ضربات نواقيس، وخطوات في العتمة الظليلة، وأصداء دوي نائية، وحتى حشرجة مبحوحة تأخر في التعرف فيها على لهفة

أنفاسه بالذات. كان الصمت أشبه بمسرح يحترق في فيلم سينما صامتة. يُرى وميض الحريق، ولكن لا يُسمع أي شيء. هكذا كان الصمت الذي خلَّفه ردُّه الذي لم ينطق به. وربما سيظل محكومًا إلى الأبد بتلك الجملة («إلى لا لقاء»)، لأنه ما إن يكررها حتى تعود لتتشكل مثل رؤوس «الهيدرا».

وهكذا كان، بعينين ما تزالان مغمضتين وهو يلوك عبارته التي لا تنفد، عندما سمع صوتًا واضح النطق، وشبه مغنى، يقول له من أعلى:

- تشجع يا فتى، فأشجار السرو تواصل تفتحها ونموها أيضًا على الرغم من حروف الأسماء الأولى المنقوشة عليها.

وخشية أن يكون ما سمعه حلمًا، أطل «غريغوريو» برأسه ورأى رجلًا ملتفًّا بعباءة يبتعد بخطوات واسعة. هتف:

- الشيطان!

وتساءل إن لم يكن قد مات في لحظة سهو وهو الآن في الجحيم، محكوم عليه بأن يكرر العادات الأرضية في كابوس الأبدية. جزء من الثانية فقط حال دون رؤيته وجهه، ولكن ليس الندبة التي على جبهته مثل أم أربع وأربعين.

الفصل الرابع

حسم ذلك الصيف حياته. فلعدم قدرته على البقاء في البيت، أو في أي ركن آخر، ولأنه لم يعد لديه الآن مكان يذهب إليه، خطر له أن يتسكع في شوارع الحي وأركانه المجهولة لديه حتى ذلك الحين. كان يتوقف في التقاطعات ليتأمل شرفة عليها نبتة جيرانيوم أو مدرسة من الحجر، ولكن ما كان يراه في الحقيقة هو تنميل ذهنه المشتت، وعلى إيقاعه – فهو جامح في بعض الأحيان وبليد في أحيان أخرى، بحسب تنازل الإرادة أو عدم تنازلها عن دفاعها الذاتي – يتابع بصورة حزينة مسيره الشبحي. صارت المدينة شبه مقفرة وجعل الحر من مواصلة العادات أمرًا شاقًّا.

فكر في أنه لن يتجاوز حيًّا، بالفعل، ذلك الصيف المُنهِك. بل إنه لن يصل إلى شهر أغسطس، لأن يوليو يبدو له متاهة لن يستطيع الخروج منها. كانت الأيام بلا نهاية، يكرر بعضها بعضًا، وكذلك الليالي برياحها العالية وهي تقطع المدينة كرايات حربية سوداء، وهكذا يجب أن تكون – فكر «غريغوريو» وهو يتابع مرة أخرى مسيره دون وجهة محددة – تواريخ الأبدية: صباح شوارع لاهبة وبين وقت وآخر (ولكنه ليس وقتًا وإنما وحل وعرق) مفاجأة الجيرانيوم الكئيبة، والشعار، والساحة المستديرة مع بركتها الراكدة. «أليسيا»،

«أليسيا»، «أليسيا»: تتجمع أشتات ذهنه لتجأر كما في أعماق غابة موحشة. ويملأه التعب شيئًا فشيئًا بأحقاد كامدة.

صار عدائيًّا في كل شيء: ليس مع عمه فقط (في إحدى الليالي، وبوحي عدوانية مفاجئة، ركله متظاهرًا بأنه في كابوس، وهو يدعوه «ساركوسييو» المجنون، «ساركوسييو» القواد، «ساركوسييو» النتن، ودون أن يدري عمه ما الذي يحدث بالضبط، قال شيئًا هكذا مثل إن بائعي صنادل الكتان سيقضون على جائحات الصنادل الجلدية) وإنما عادى كذلك الأشياء: فمجرد فكرة اللمس تحرق أصابعه، والألوان تُلهب عينيه، ولا يضيع فرصة ليضرب، يبصق، يشتم، يخمش أي شيء في متناول يده. قشَّر طلاء فناجين القيشاني لمجرد الخبث، مزق أوراقًا، كشط قواعد أعمدة، كسر عكاكيز، جرَّح زجاجًا، حرق بالسجائر طيور الستارة، وراح يركل حجرًا وجده في الشارع منذ العصر حتى الغروب. ولكنه عادى المسنين بصورة خاصة، ليس فقط لأنهم يضايقونه حين لا تكون «أليسيا» موجودة، وإنما لاعتباره أن الحبيبة تمثل الجمال، بينما يبدو له المسنون شيئًا أكثر سوءًا: إنهم تجسيد «القبح» بالذات.

مع المسنين، أصيب «غريغوريو» بالهوس. يراهم يمرون مع انتهاء المساء، ممسكين بعكاكيزهم كما لو أنهم يمسكون يدًا أبوية وكما لو أن طفولة جديدة تأتي لتضعهم موضع السخرية في خراقات جديدة. ولكنهم سريعون مع ذلك في اجتياز الشوارع والدخول إلى الحدائق العامة عبر دروب سرية. وحين يصبحون هناك، لا بد من رؤيتهم: لماذا ينهمكون في أنشطة لا تكل، يضربون بعكاكيزهم أفواه أنابيب السقاية، وجذوع الأشجار، والأسيجة، والنوافير، والشجيرات؟ ما الذي يبحثون عنه بكل تلك اللهفة؟ أتراهم يبحثون عن كنز مخبأ؟ عن حيوان خرافي ما؟ أيخوضون هم أيضًا حربًا صماء ضد الأشياء؟

كان هنالك مسنون محترمون حقًّا، ولكن آخرين كانوا من أولئك الذين انتظروا الشيخوخة ليتخلصوا من تكلف لطف الشباب. وهكذا حصلوا على عكاز جيدة، وقبعة ذات واقية، وحذاء شتويًّا وبدلة رمادية واسعة الجيوب ملأوها بأشياء شديدة التنوع، وخرجوا إلى العالم بجرأة من ليس لديه ما يخسره. وقد كان مشهدًا حزينًا رؤية كيف يتخلى لهم الآخرون عن المقعد في كل مكان، وكيف يحتجون صارخين من أي شيء، مع الثقة بأن أحدًا لن يتجرأ على مواجهة غضبهم. أو أنهم يخوضون في أحاديث مع من يشاؤون: يروون طرائف سخيفة، ويعرضون كدليل على صحة كلامهم أشياء مما يحملونه في جيوبهم، حيث لا يُعدم وجود حفنة من الخيوط، وبعض أحجار الولاعات، وقطعة رصاص، ولفافة سلك صغيرة، وعود أسنان، وسكاكر نعناع وأشياء كثيرة أخرى، ولكل شيء منها يختلقون قصة، ويبحثون لكل قصة عن مستمع لا يسمحون له بالذهاب قبل أن يرووها له بالكامل. ومن أجل ضمانٍ أكبر للبث يختارون بصورة خاصة سائقي عربات الترام الصبورين، تلك الكائنات التي يبدو أنها وجدت لتكون تسلية ودمية للشيخوخة، ومعدومة الحماية دومًا في مواجهة إلهام الآخرين. كم من المرات رأى «غريغوريو» مرور ترام بسائقه الشاحب والأعزل يحاصره مسنٌّ متسلط ثمل بالبلاغة! وهم يطلبون على الدوام مساعدة لاجتياز الشارع، ومساعدة لصعود درج، ومساعدة لجمع الأشياء التي يتركونها خفية (يا لهم من مستبدين! منافقين!) تسقط من جيوبهم: مساعدة هذا العجوز على جمع ممتلكاته القليلة، البقايا الأخيرة من أملاكه التي استطاع إنقاذها من أبنائه الجشعين. وفي مشاهد الشوارع الاستعراضية، يكونون في الصف الأول، ويقدمون رأيهم على الدوام، يتسللون إلى كافة الأمكنة، يطلبون معلومات من الجميع (اسمع، أيها الشاب، ما هو

هذا الشارع؟ كيف الذهاب إلى مكان كذا؟ أيمكنك أن تخبرني كم الساعة؟)، ويكونون متملقين أو غاضبين وفقًا للمحادثة.

ركز «غريغوريو» عليهم ضغينته العامة التي يشعر بها تجاه العالم. مشاغلهم ضئيلة جدًّا مما يجعلهم لا يكلون، لأنهم بممارسة نشاط يستريحون من نشاط آخر. وعندما يرجعون إلى البيت، بعد حلول الليل، يواصل بعضهم الانشغال في الحدائق العامة بمكابرة خرقاء. هذا ما جرى لـ«غريغوريو» مع المسنين ومع الأشياء. يبدو، فعلًا، أنه لن يتجاوز الصيف حيًّا، بكل ذلك الحزن والعدائية.

وذات مساء، مع ذلك، وكان مستنفدًا من التسكع في متاهة يوليو الملتهبة، رجع إلى البيت في وقت أبكر من المعهود وجلس للاستمتاع بالبرودة في الساحة الصغيرة. كان الظلام قد بدأ بالانتشار. وكان هناك آخرون قد اتخذوا أمكنتهم ليشهدوا نهاية اليوم. رجال بقمصان قطنية يدخنون بصمت، امرأة تغني تهديلة، وفي الأعلى تصخب العصافير في كورال جماعي. كان الجلوس ممتعًا هناك مع الإحساس بانحدار مسار الحياة. الإحساس بثقل الجسد وبالقدرة الوديعة للأيدي العاطلة عن العمل. وأولئك الرجال: يبدون قباطنة سفينة مجتمعين هناك بنبل تحت مفعول الصمت. في كل مكان يُسمع ذلك الهمس المسهب والحدودي، الفاصل بين العمل والبطالة عند انتهاء النهار. بدا كما لو أن الزمن قد وجد مخرجًا إلى البحر. البحر الذي لم يره قط، حيث الأمواج، الطيور، الريح، الليل. وهنا توقف: الريح، الليل. أحس أن ذاكرته تومض بصورة مؤلمة إلى أن تكتسب شفافية «أكواريوم» مشهدية وغير واقعية. ومع أنها كانت ظاهرة تمتلك البطء المكثف لبزوغ فجر، إلا أنها لم تدم سوى هنيهة. بدا كما لو أن القَدَر يمنحه، مقابل تضحية بالنفس، سلطةَ ذكرياتٍ واضحة وغير متوقعة. أو ربما هو الحب الذي يفاجئه بأعجوبة جديدة. عندئذ

أغمض عينيه، وتذكر أنه اعتاد، هناك في الطفولة البعيدة، أن يجلس كما يجلس الآن لاكتشاف بنية الليل السرية. كان يتصور تشكيلة متنوعة من قطع قاتمة تخرج عند الغروب من مخابئها: البئر، كرم العنب، شجرة ربما تكون شجرة كينا، الأحجار، الحُجرات، وتجتمع مثل لعبة تركيبية لتشكل الليل ثم تهرب عند الفجر من جديد إلى مخابئها. ويحدث أحيانًا أن تتأخر قطعة منها عن الموعد فيكون هنالك ضياء يطفو على غير هدى. وفي بعض الأحيان تُسمع أيضًا همهمة قطع الليل التي لم تتوصل بعد إلى اتخاذ مكانها بين القطع الأخرى، أو صفير الريح التي تقوم بدور الراعي، ويصل إنذارها إلى داخل الغرف مستدعية إلى المشهد الظلال المتكاسلة المختبئة في الجِرار، في المدخنة، في القدور أو تحت الأسرَّة. لكن القطعة الأكبر حجمًا تختبئ في شجرة الكينا، ويا للغضب الذي كانت تصفعها به الرياح ذات غروب لتُخرجها من حصنها! وكم كانت تقاوم تلك القطعة الخروج وتزمجر بين الأغصان! إلى أن تقفز خارجًا في النهاية، فتوقف الريح اندفاعها وتهرع إلى حيث ظلال أخرى. عندئذ يطلع القمر ويختم الليل بنوره. وقد كان الصمت كثيفًا إلى حدٍّ يضيع معه مفهوم الزمن، ويمكن للمرء أن ينفجر في البكاء أسى ما لم يدرك فورًا وجهة الساعات وطبيعة الحياة الأرضية.

لقد احتاج إلى عشر سنوات كي يكشف له عذاب الحب ذلك الفصل المنسي من الطفولة. وبدا كما لو أن الذاكرة تقدم إليه إمكانية الملاذ الأخير، وارتعش للحظة في الظلام مفكرًا في أنه قد يكون أخطأ البحث عن الجزيرة، متصورًا إياها في الأقاصي «الأقيانوسية» وليس في الخريطة التي لا تقل خرافة عن ماضيه. وممتلئًا بخفة إعجازية، ضغط عينيه وترك نفسه يغوص في الزمن. وبسبب حساب خاطئ انتهى به المطاف في مصر القديمة، ولكنه في العودة إلى

الحاضر أرهف النبض ووجد المساء الذي أخذه فيه جده معه لانتزاع أعشاب. وحين بدأ الغروب وصار الحقل همهمة، استند جده إلى المجرفة، وهتف وهو ينظر بعيدًا:

- الشجن!

لم يكن «غريغوريو» يعرف تلك الكلمة، ولكن فاجأته النبرة المؤثرة التي تلفظ بها جده الكلمة، كأنه يزيحها عن كاهله بلهفة، ويريد أن يملأ بها الليل والصمت. خُيِّل إليه للحظة أنها تشير إلى اسم طائر أو إلى رؤيا إجمالية، وراح هو أيضًا ينظر إلى البعيد، دون أن يرى شيئًا. وكرر جده للمرة الثانية، بهمس رهيب، معجلًا حتى العمق رنين الكلمة، ومطيلًا إياها فيما يشبه عواء ذئب:

- الشـــــجن!

بدا كما لو أنه بحار مجنون يكتشف أرضًا جديدة ويمنحها اسمًا.

رجعا فورًا إلى البيت.

سأله:

- ما هو الشجن يا جدي؟
- الشجن هو الرغبة في أن تكون رجلًا عظيمًا، وأن تحقق أشياء عظيمة، والألم والمجد الذي يُحدثه ذلك كله. هذا هو الشجن.
- وأبي أيضًا لديه شجن؟
- لديه أيضًا.
- وأنا؟
- قريبًا ستبلغ السن التي يكون فيها لديك شجن.
- وأمي؟
- أمك لا. النساء ليس لهنَّ شجن.
- والحيوانات، الكلاب، الأفاعي؟

حلَّ المسألة بنفاد صبر:

- ليس لها أيضًا.

وصلا بعد ذلك إلى البيت. كانا يعيشان في الريف، في عزلة سهل وبعض الجبال الوعرة، إلى جانب مناجم أنتيمون مهجورة، وينزلان مرتين أو ثلاث مرات فقط كل عام إلى قرية صغيرة، شوارعها منحدرة وبيوتها واطئة ومطلية بالجير.

يكرس أبوه وقت الغروب للتدخين بصمت. يذهب للتدخين بعيدًا، على حجر إلى جانب درب. يدخن، يبصق، ويحرك التراب بقدميه. مشهدٌ كئيب كانت رؤيته هناك وحيدًا يمج سيجارته بغضبٍ وتَلوثٍ بأفكار خبيثة. وكان جده يجلس تحت شجرة الكينا مرتديًا، كالعادة، القميص التقليدي الطويل والفضفاض، ينبش في قِدر من الألمنيوم حيث يوجد، بين أشياء أخرى، أدوات إشعال، وورق لف وكيس تبغ، ولوزٌ مر لالتهاب المفاصل، وبذور للكسور والحمى الثلاثية، وخيط خياطة، وقطع عملة عليها رسم ملك، وأوتار قيثارة قديمة من أمعاء ذئب، وناب خنزير بري، ومرآة حب وقطعة حديد محفوظة تحسبًا لإمكان أن تنفع في أمر ما. وكان أول من ينسحب لأن الاستيقاظ في الفجر يلح عليه. وبينما أمه تنشغل في المطبخ، كان أبوه الذي لديه هارمونيكا، يُخرجها أحيانًا من تابوتها ويعزف عليها ألحان أغنيات مختلقة، يقول إنها من حقبة أخرى. قال «غريغوريو» لنفسه في ليلته من شهر يوليو: «كان عمري آنذاك خمس سنوات وكانت تلك أسعد فترة في حياتي». بعد ذلك، أحس بثقل بدنه يتضاعف من التعب، فأغمض عينيه مرة أخرى.

كان جده رجلًا قليل الكلام، ولكن إذا تطلب الأمر رواية قصة البيت (كيف تصوره أولًا برسمه بعود على الرمل، وكيف نقل مواد البناء على متن أربعة حمير تدعى جميعها «فيلكس»، وكيف شيده

أخيرًا بقوة ذراعيه العاريين، دون مساعدين أو شهود، وزرع شجرة الكينا وكرم العنب، وبنى من أجل متعته الخاصة مصطبة حجرية، وحفر بئرًا أعطت ماءً له مذاق الحديد واليانسون، وكيف استراح في الخريف، راضيًا عن العمل ولكنه قلق لأنه فتح ذهنه بذلك لوهم أعمال أخرى، وسرعان ما لم يعد يخطر له ما يمكن أن يفعله، وصار انعدام اليقين يحول بينه وبين الراحة والعمل في آن واحد)، فإذا اضطر إلى رواية هذه الوقائع، فإنه يتحول إلى رجل كلام متدفق وحاسم، ولا يمكن لأحد أن يعارضه. ولكنه لم يعد يروي قصته الآن إلا للغرباء، وبما أنه لا وجود في ذلك الريف كله إلا للبيت، وبما أن الطريق الموصل إليه لا يؤدي إلى أي مكان آخر، فإن الغرباء نادرون، ولا يأتون إلا بطريق الخطأ دائمًا. لم تُتح لـ«غريغوريو» الفرصة لسماع القصة إلا في العام التالي، حين بدأوا بمدِّ الخط الحديدي وجاء العمال في طلب ماء البئر وتناول الطعام في ظل شجرة الكينا، وهو أفضل ظل في محيط المكان. عندئذ صار جده يرحب بهم بمزاح عن النساء، ويتفلسف على هواه وينتهي إلى القول إن العالم يحتاج إلى قوانين عادلة وخطابات جيدة أكثر من حاجته إلى قطارات. فكان الرجال يُسلمون في هذا الشأن. كانوا أناسًا مكسورين وعلى قدر كبير من الجهل. ينتعلون صنادل ويعتمرون قبعات قش، مع سنابل منقوشة على حوافها. يأتون في فرق عمل، يتمددون تحت شجرة الكينا ولا يرفعون أبصارهم عن قوتهم. يقف الجد متصدرًا وممتدحًا الماء والظل. ولا شك في أنه ينتظر لحظة مناسبة كي يروي مأثرته. «كان غروب يوم صيفي، مثل هذا اليوم»، قال «غريغوريو» لنفسه بذاكرة متوقدة.

كان حارسًا ومهتمًّا بالحكمة إلى أن وجد في تلك الليلة طرف الخيط وبدأ يروي قصة أصل الإنسان والأشياء. وكقارئ للعقيدة، نأى

في الزمن إلى سفر التكوين: الرب صنع الماء والحيَّات، وبمحاكاة للنجوم ولدت الأسماك، وكانت الريح تصفر بشدة إلى حدٍّ خرجت معه عصافير، امتلأت الأرض بضوارٍ وديدان، وفي كثافة الدغل ظهر الإنسان مطرودًا، بعينين لامعتين بإرادة وخبرة. كان صوته يرن برتابة صوت نبي منبئ بالغيب. الريف والسماء يضفيان مهابة على كلماته. والعمال المضطجعون ينقادون للخطاب ويستمعون دون نقاش، بينما الأب يجلس على الحجر البعيد، يدخن ويحرك التراب بقدميه. كانت ليلة صيف، هادئة وصافية، وتنين نجوم يدس رأسه بين تشابك أغصان الشجرة العالية.

– كنت قد أنجزتُ الأعمال أيها السادة. وكنتُ قبل البدء بها قد تقاضيت مقدمًا سعادة إنجازها. وهكذا جلستُ على المقعد الحجري لأفعل الشيء نفسه بعملي القادم. ولكن قبل ذلك، لماذا عدم الاستمتاع بخطاب جيد؟ منذ صغري والخطابات تروقني كثيرًا، ولكنني لم أجد القوى ولا الجمهور لممارستها. في بعض الأحيان أشعر بالإلهام، وإذا كنتم لا تعرفون ما هو الإلهام أقول لكم إنه طاقة بلا طمأنينة ولا وجهة، غضبٌ يصير رهيبًا إذا ما فكر المرء في أن «الحياة قصيرة»، بينما هو يشعر في داخله ببذرة الخلود اللعينة. عندئذ يتسمم أحدنا بالشعوذات ويصرخ: «مادام الإلهام مستمرًّا سأكون بمنجى من الموت!». ولكن الإلهام ضعيف ويكاد لا يستمر أكثر من لمح البصر، وهكذا إذا ما توصلتُ إلى الحفاظ على الإلهام نقيًّا، دون التنقل في انجازه من هنا إلى هناك، إذا ما كبحتُ اندفاعه بقوة الإرادة، إذا ما تمكنتُ من التآلف مع رغبة مستحيلة، فسوف أموت أيضًا، ولكنني سأكون خالدًا في أثناء ذلك، وسأستمتع في كل ساعة بالحياة. لماذا الانهماك بوضع أبواب للريف؟ كنتُ أشعر أن الإلهام صفقة سيئة وأن خدمتها أشبه بالعمل للغير، أنا أحب عمل المرء لنفسه، حسب

قناعاتي. وبالتالي قلت لنفسي هناك على المصطبة الحجرية: «الحياة قصيرة وهي مصنوعة على مقاس طيبي القلب. اعزق بستانًا، أحط نفسك بماعز، أنجب أبناء، وكن إنسانًا خيّرًا. زوجتك سيكون اسمها «إنكارناثيون»، وأبناؤك سيُسمون «بيدرو»، «ألونسو»، و«بالتاسار». ستجمعهم كلهم في كل ليلة وتروي لهم قصة بيتك وكيف ضحيت من أجلهم، متخليًاعن غريزة المجد، وعن المنشآت المائية والميل إلى نشر الحضارة في السهوب، فأعمرتَ أرضًا كلسية حول بصيص غراس كرمة عجفاء، وبينما هم يستمعون إليك بإعجاب واحترام ورهبة، سيقولون: «أبونا قديس، رائد، مصلح»، وينتشر صيتك في هذه القرى وتسمع من يقول: «هناك حيث مناجم الأنتيمون يعيش رجل عادل، رجل بكل معنى الكلمة، أشبه بـ«سينيكا»». ويأتون ليطلبوا منك النصح، وتحكم في نزاعات، وتقوِّم طباعًا، وتتاح لك الفرصة لتروي قصة البيت ألف مرة». وظللتُ على هذه الحال وقتًا طويلًا، أضع طباعي موضع الاختبار وأتسلى بمتعة الاجتهاد القانوني. «كم هو جيد الحديث دون الحصول على تعليم!»، كنت أقول لنفسي، «يا للمُشرِّع الجيد الذي كان يمكن لي أن أكونه! يا للقاضي العظيم الذي يخسره العالم!»، لأن الشغف بالحقوق والقوانين يُبقيني هادئًا هناك، أخطط روائع. وقد ظللتُ ثلاثة أيام أهز رأسي، دون أن يخطر لي شيء آخر باستثناء ذلك الأمر في أن أكون حقوقيًا عظيمًا، وأكسب دعاوى وألقي خطابات في الجمعيات العامة. ما سوى ذلك كان أعمالًا تافهة، غير جديرة بطموحاتي. «اطمح ويتحقق ما تطمح إليه»، كنت أقول لنفسي. وأنظر إلى البعيد، عبر الجبال، وكنتُ حزينًا في جانب، لأن الحكمة قادتني إلى تمني المستحيل، وفي الجانب الآخر كنت سعيدًا لأني لا أبدد الإلهام في شؤون تافهة وفانية، لأن الطموح هو أعظم ما في الإنسان وما يميزه عن الحيوان، وكلما

ازداد الطموح ازداد المجد، وهذه كانت ميزتي التي لا يمكن لأحد أن ينتزعها مني وتمنحني الشعور بالفخر بحياتي. «سأكرس حياتي للرغبة في أن أكون كاتب عدل»، وانتهيت إلى القول: «سيكون هذا هو مجدي وجزائي».

أنتم منبوذون وتفهمون لغتي. أيمكن أن يكون هنالك شيء أكبر مما هو غير موجود؟ أيمكن أن يكون هنالك ما يتجاوز الشجن؟ وهكذا نهضت بعد ثلاثة أيام عن المقعد الحجري، امتطيت الحمار، تزوجت، أحطت نفسي بماعز وأنجبت ابنًا. انظروا إليه هناك على الحجر. إنه يريد أن يصير كولونيلًا. لقد تعلم مني أن الشجن وحده هو الذي يُبقينا أحياء ونهمين. لقد كان في الخدمة العسكرية وكان يمكن له أن يصل كحد أقصى إلى رقيب. أليست رغبة المرء في أن يكون كولونيلًا أفضل من أن يكون رقيبًا؟ هنالك من يقنط لعدم هطول المطر أو لألم في ساقٍ أو لأن الثعلب جاء وأكل له الديك الرومي. الفقراء يقنطون لأنهم فقراء والأغنياء لأنهم ليسوا أكثر ثراء. ولهذا، أليس من الأفضل القنوط من أجل المستحيل؟ ألا نوفر الطريق؟ أليس التخلي عن الرغبات الصغيرة فرصة كبيرة من أجل متابعة رغبات أخرى أكبر، أعلى، أنبل، ولا نخجل منها في لحظة موتنا؟

لا يمكن لأحد أن يقول عني: «هذا رجل مَرَّ دون ألم ودون مجد». لا، لقد مررتُ بكليهما. بأحدهما أوقفت الآخر، خدعتُ الاثنين، ربطتهما معًا إلى عربة الشجن. ألا أتكلم جيدًا؟ ألستُ خطيبًا حقيقيًا؟ لهذا أقول لكم ألا تقصروا في الطلب. ألم تسمعوا عن أن الرب رحيم وعادل؟ استمعوا إلي إذا كان لكم أبناء: لا تضعوا أبوابًا لطموحاتهم. إن أرادوا أن يصبحوا بنائين، قولوا لهم: «كونوا مهندسين»، وإن أرادوا أن يكونوا مهندسين اطلبوا منهم أن يكونوا وزراء إعمار. لا تسمحوا لهم أبدًا بأن يكبحوا الشجن، لا تضعوا

الأحلام في متناول أيدي الأطفال كيلا يصيروا عمال سكة حديد بائسين مثلكم.

صمت. وكان الصمت أكبر لأن المستمعين كانوا قد توقفوا أيضًا عن الاستماع. لم يكن يُسمع سوى تغلغل الهواء بين الأغصان. أما «غريغوريو» المختبئ في الظلام فظل جامدًا بلا حراك، مسحورًا بالخطاب، إلى أن أمسكته أمه من يده واقتادته للنوم. وعلى الرغم من أنه لم يكد يفهم شيئًا إلا أنه أحس برغبة في البكاء. ومن الفراش سمع ضحكات العمال وهم ينصرفون. وعندما تلاشت أصواتهم، جاء أبوه إلى المصطبة الحجرية وبدأ يعزف على الهارمونيكا واحدة من أغنياته الحزينة التي تعود إلى زمن آخر. «هذه الموسيقى تجتذب الموت»، هذا ما فكر فيه «غريغوريو»، وغفا على الفور.

وكان أن عرف بتلك الطريقة أن جده سيكون كاتب عدل وأباه كولونيلًا. في النهار يشتغلان في الأرض وفي رعاية الماشية، وفي الليل يجلسان لإجراء حسابات الرغبة، أحدهما على المصطبة والآخر على حجر الطريق. في بعض الأحيان يتواصلان من بعيد («إيبيه!» يصرخ أحدهما؛ «إيبيه!»، يرد الآخر، ولكنهما يتظاهران بأنها أصوات مستقلة أحدها عن الآخر)، أو يسعلان، أو يتبادلان في أقصى الحالات تنبؤات عن الطقس أو يصيخان السمع ليسمعا غناء الثعلبة، وهكذا يتجنبان تفاهات زوجتيهما.

جاء بعد ذلك الشتاء. وكانت برودة المساء تجمعهم جميعًا في المطبخ. يشعلون نارًا تصل حتى السقف، يجلسون حولها ويمدون أيديهم نحوها حتى استنفاد آخر الجمرات.

وفي واحدة من تلك الليالي (لمع لـ«غريغوريو» وميض الذكرى واضحًا) سأله جده فجأة عما يريد أن يكون حين يكبر.

أجابه دون تردد، بقدرة الإلهام، كما لاحظ جده على الفور:

- أريد أن أصير ثورًا.
قال الأب:
- بلاهات، ستكون أميرالًا. يبدو في وجهك أنك ستصير بحارًا وأنك ستتزوج أميرة.
صرخ الجد:
- دع الصغير يتكلم! فلنر، ماذا تريد أن تصير؟
- ثور.
اعترض الأب:
- هذه ليست مهنة.
عاد الجد للصراخ:
- إذا كان راغبًا في أن يكون ثورًا فسيصير ثورًا!
- هل حقًّا هذا ما تريد أن تكونه؟
- أجل، ثور.
هتف الجدُّ مبهورًا:
- ثور!
عندئذ تدخلت الأم:
- بني، ألا تريد أن تصير كاهنًا؟
صرخ الجدُّ:
- أبدًا! قديس على الأقل! أو بابا!
- أنا أريد أن أصير ثورًا.
قال الجدُّ:
- ستكون ثورًا إذًا. من الإجرام انتزاع طموح طفل. ثور! يا للشجن العظيم!
ولكن الأب نهض وضرب ضربة رهيبة على المنضدة:

- إذا ما عدت لسماع أي كلام عن ثور، أو عن قديس، أو ثور قديس، فسوف أحطم المنضدة هذه الليلة بالفأس، وأُشعل النار في البيت بعود كبريت.

وفي الحال سُمعت في الخارج ضجة مجهولة. ونبحت الكلاب. أنهى:

- لقد سمعتْ الكلاب الثعلبة.

كانت النار تذوي. ويُسمع غليان القدر ودوي المحرك الكهربائي.

قال الأب وهو يلقي حطبًا في النار:

- فلنر، هل تعرف ما يوجد وراء الجبال؟ هل تعرف؟

- لا.

- وراء الجبال يوجد البحر.

قالها، وأخبره بأن سفنًا تبحر عبر البحر، يقودها أميرالات يقفون منتصبين في المقدمة. كان يلقي حطبًا إلى النار ويتذكر أسماء البحار.

تدخلت الأم:

- أنت لم ترَ البحر قط.

صرخ بها:

- لقد رأيته في الأحلام! حلمتُ ذات مرة أنني غواص وأنني ألمس قيعان الماء.

سأله «غريغوريو»:

- هل البحر أكبر من الحقل؟

- يكفي أن تعلم أن الأرض كلها ما هي إلا عارض مائي. ولكي تفهم النسبة جيدًا، فكر في أن عريفًا في البحرية هو أهم في العالم من كولونيل على اليابسة.

ألقى بالحطبة الأخيرة إلى النار.

- وذات مرة حلمت أيضًا بأني أموت بضربة سكين في مرفأ دولي.

أراد الجد أن يقول شيئًا ولكن الأب صرخ:

- اصمت أنت!

ثم لطَّف صوته:

- أخبرني يا رفيق، هل تريد أن تصير أميرالًا؟

نظر إليه «غريغوريو» بعينين مغرورقتين بالدموع.

قالت الأم:

- إنه صغير جدًّا.

- أي لعنة إذًا تريد أن تصيرها أنت؟

- لا أدري، لا أدري.

ردَّ غريغوريو، وانفجر في البكاء.

اقتادته أمه إلى الفراش. بعد هنيهة سمع الهارمونيكا وفكر مرة أخرى في أن تلك الموسيقى تجتذب الموت. وفي هذه اللحظة غفا.

فتح «غريغوريو» عينيه في ليلة يوليو القائظة. أدرك الآن أن عمه ربما يكون قد أصيب بالجنون بسبب الشجن، فامتلأ بالخوف والشفقة عليه. وتساءل عما إذا لم تكن تلك الذكريات، المستقرة في مناطق الطفولة النائية، قد تحوَّلت إلى كوابيس مع مرور السنوات. ولكن على الرغم من الضيق الذي يسببه الإحساس بأنها بالغة الواقعية بقدر ما هي واضحة، فقد قال لنفسه وهو يدخل إلى البيت، إن الحياة تستحق أن تعاش، ولو لمجرد الحفاظ على تلك الذكريات وتحريكها كل ليلة مثلما يفعل بخيلٌ بنقوده الذهبية. وفجأة أحس بالنفحة الداخلية لهويته الخاصة، وتوصل إلى رؤيا مبهرة للبقعة الدقيقة التي يشغلها في الزمن، وظن أن لديه القوة لمقارعة نكبات الحب. ولأول مرة منذ شهر مارس، نام تلك الليلة بعمق، ونهض

عند الضحى متصالحًا مع العالم من جديد. وكما في كل يوم، غامر في المتاهة، ولكنه لدى الوصول إلى أول تقاطع انتبه فجأة إلى وجود محارب في الشعار المنقوش على الحجر، وإلى أن سيف المحارب يشير كما يبدو إلى الطريق الذي يجب أن تسلكه الزنابير كي تصعد حتى الجيرانيوم، وأن زنبورًا منها ينطلق من «الجيرانيوم» طائرًا نحو سماء يوليو وأن السماء تتوافق مع ماء البركة الراكد في التقاطع الثالث، حيث ترتجف سحابة كما ترتجف الإبرة قبالة المغناطيس، مقدمة بذلك لـ«غريغوريو» الوجهة التي عليه اتباعها من أجل الوصول إلى الحديقة العامة ورؤية كيف تخفق الأوراق، مهتزة مع الريح، في السماء كما في عمق البركة الممغنط.

ومثلما كانت أغنية «لاهافانيرا» من قبل وبعد ذلك الحب، صار الكشف المفاجئ للماضي الآن هو ما يعيده إلى العالم - ووجد نفسه يتقصاه بالبهجة المحمومة لمن يرجعون من تخوم اليأس. اكتشف أن كل شيء ليس إلا واحدًا، وأن أشياء الكون مرتبطة بعضها ببعض بروابط سرية بدأ يعرفها الآن، وهي شديدة الاتحاد إلى حدٍّ أنه «لو أن الواقع سجادة»، فكر «غريغوريو»، «وشد أحدنا خيطًا منها، فإن كل شيء فيها سينتهي إلى الانفراط بما في ذلك الكواكب نفسها». قرأ مرة أخرى كتيب الأشعار وأدرك، أجل، أن الحياة نهر حقيقي والحب نار، وأن هنالك موسيقى صامتة، وألوانًا عذبة، وشفاهًا هي بتلات وعيون من زمرد. بدت له الأشياء جديدة جدًّا فجأة، وأنه لا يعتاد على أسمائها، مثلما حدث له قبل سنوات مضت، ولكن السبب الآن ليس الظلمة وإنما الانبهار. طلب من المسنين الأكبر سنًّا في الحديقة العامة أن يرووا له قصص حيواتهم، وكيف كان العالم قديمًا، وإذا كان للأشياء آنذاك الأسماء نفسها التي لها الآن. بعضهم قال له إن الأشياء فيما مضى كانت تسمى بأسماء أجمل بكثير. وقد

صدقهم «غريغوريو» لأنه اكتشف لغة الشعراء وصار يفكر في أن كل شيء يستحق قصيدة وليس كلمة واحدة، أو أن يُسمى على الأقل بطرق مختلفة في آن واحد، في انعكاس دقيق للتطابق الكوني. ولكن هنالك شعر في كل كلمة، أجل بالطبع، فكلمة «بييِّثا» (جمال) مثلًا: ما الذي تُذكر به سوى بخيطٍ ينسل دون ضجة، «بييِّثا»، لا تُخلف صدى وتجعلنا نشك في أننا قد تلفظنا بها فعلًا، كما لو أننا ننطقها بعيوننا، «بييِّثا»، رفة رمش أو أخف، لا تُفهم وأليفة في الآن ذاته، «بييِّثا»؟ وهذه الثاء التي تعمي الكلمة، مخلفة إياها مواربة في الفم، كما لو أنه مشلول بحلمٍ صيفي وجيز؟ وماذا نقول عن كلمة «رِكونديتو» (خفي)؟ على أحدنا أن يتأهب بالتراجع بضع خطوات حتى الواو الأولى فيروضها باللجام مثل راعي بقر في حلبة ثم يقفز باندفاع إلى الواو الثانية، فالكلمة تطفر بانحراف مهددة برمي الفارس وبتعريض معناها نفسه للخطر. ثم كلمة «كاراكولا» (حلزونة). يكفي أن تفركها كي يخرج منها جنِّي من دخان، جني رهيب إلى حدٍّ لا وجود معه لرغبة إلا ويكون قادرًا على تحقيقها في الحال. يكفي أن تطلب منه دون حياء، تطلب منه «كوليفلور»، «باركارولا»، «كورال»، «أوندا»، «مار» و«لوث»، «كوريمبو»،«ليمبو» و«باراليمبو»، «ماريمار» و«مارينا»، «كاراكول»، «كوروكول»، «كيريكيل»، «كوكوتيرو»، «إسبوما»، «آلكون»، «أوآسيس»، «نيلو» و«ميسيسيبي». تكفي كلمة واحدة، فأي منها تتضمن الأخريات كلها، وفي أي واحدة منها يمكن لأحدنا التعرف على موطنها غير المحدود. يا لها من هدية لشاب شجاع! وهكذا، رشيقًا في متاهته، وجد نفسه يتقصى العالم بشغف نهم. وبالطريقة نفسها التي اكتشف بها أن الواقع لا ينفد، اكتشف أيضًا أن الحياة قصيرة بصورة لا يمكن التسامح معها، فإذا كان الشك يجعلها لا نهائية والتماثل يصاهر بينها وبين الآلهة، فإن الساعات

والشهور تعيدها إلى الطين، وقد أحزنه ذلك من جديد وجاء ليشوش خفة أفكاره.

لم يعرف قط بأية نِسب خلط القَدَرُ حدود معضلته، «الحب أو الموت»، من أجل اختزاله وتوجيهه نحو مهمة عادية، ولكنه في مساء يوم من آخر أيام يوليو، وبينما هو يتتبع المعنى الذي تشير إليه الأشياء، ظن بغتة أنه قد وصل إلى زقاق مفاجئ بلا مخرج، أو بكلمة أدق إلى مركز متاهة عزلته بالضبط. كان يخط بعودٍ رموزًا على الرمل. وفجأة، أنزل العود في الهواء ونظر إلى السماء. لا أحد يتوقع أنه يمكن لذلك الفعل أن يحسم حياة، ولكنه كان كذلك. وسيذكره الشيطان ذو العباءة والندبة بعد زمن طويل كيف رمى العود وخرج هاربًا من الحديقة بتعجل جعله يصطدم بعجوزَين ويوجه إلى آخر دفعة خلَّفته مستغرقًا في لفة دوران خدروف أخيرة.

- اركض بحثًا عن كنزك!

اعتذر «غريغوريو» وهو يركض، والعجوز الثالث، وكان ما يزال يترنح، هز العكاز كما لو أنه يلعن مدينة بأسرها من أعلى جبل. صرخ:

-ابن أكبر عاهرة!

ولكن «غريغوريو» لم يستطع سماعه لأنه كان قد ابتعد وهو يركض من منعطف إلى منعطف وبعد قليل كان يجلس قبالة ورقة وقد انتهى للتو من كتابة كلمة «سماء».

كان على وشك أن يضيف إليها «رمادية» أو «زرقاء» ولكنه تردد، شطب، استبقى، صحح بإحساس جموح وافر. كان يضع يدًا على الخد وأخرى ممدودة بوهن على الورق الأبيض، بينما راحت الأشياء فيما حوله تتخذ أوضاعًا، بعضها مشفق وأخرى معتذر، إلى أن ولَّفت لوحة تأملية في مركزها، كجهاز إبداع، وكان مُبدع السماء الزرقاء أو الرمادية، يرصد بحرص من خلال مصباح. وفجأة خامره

إحساس بأن الواقع يَنْحُل كخيط نور ماسي ويمر بدقة من ثقب إبرة. «السماء الزرقاء تتحول رمادية/ مثل روحي بين الأوراق»، وكانت أبياته الشعرية الأولى. عندئذ نهض وذهب لرؤية السماء. أحس أنه سعيد جدًّا إلى حد اضطر معه إلى التنفس بعمق، بعينين مغمضتين، كي لا تغرقه السعادة في صخب مطر طوفاني.

ومنذ ذلك اليوم، صار يكتب الأشعار دون راحة. وكانت تلك آخر وأعظم عجائب الحب. لأنه إذا كان يجهل ماضيه حتى ذلك الحين فربما يكون السبب في عطالة الحاضر الطاغية، الحاضر الذي خدعه في حيلة التعجل اليومي. أما عندما حوَّل الحب خط الزمن إلى دائرة انتظار، وصار للأيام فائض من الساعات، وللساعات فائض من الدقائق، وللأسابيع فائض من الأيام، وصار يدور في الزمن كما في أرجوحة دوارة، عندئذ حثته الحاجة إلى ذكريات تمنح مغزى لانتظاره، إلى البحث عن آثار المحبوبة في كل مكان. فعلى ذلك المقعد في الحديقة اعتادت الجلوس عند الغروب، وعلى الأرض تطفو آثار خطواتها غير المرئية، وفي الهواء تحوم بثبات موسيقى صوتها، وتطاير شعرها ورائحة بشرتها، وعلى منضدة «الكونتوار» الصغيرة تبدو رشاقة يديها الغائبتين مستقرة إلى الأبد، والروايات التي قرأتها مختلفة عن غيرها من الروايات، لأن صفحاتها تحتفظ بصفاء عينيها وبمهارة أصابعها المستخفة، وحتى ما ترويه يعبق بحضورها الذي لا يُستنفد. وهكذا علمته ذكرى «أليسيا» ربط أمور بأخرى، واكتسب العالم مغزى متناسقًا وصار كل شيء مغمورًا بخلاصة الحب.

أيكون ذاك هو الإلهام الذي تحدث عنه جده؟ أتكون تلك هي أولى أعراض جنون الشجن؟ كان «غريغوريو» يتجاهل ذلك، مثل تجاهله لكل ما ليس له علاقة بحُمَّى الأشعار. جعل من كل نقص إنجازًا سريًّا ومن العزلة أداة انتقام. وعلى الرغم من أن الحياة قصيرة

حقًّا، إلا أن الشعر يتيح عيشها بمزاج الخلود. لا وجود لترياق أفضل منه ضد توعد المستقبل. وعندما كانت نفحة الإلهام تمنعه من الكتابة - ذلك أن غبطة معرفته أنه شاعر كانت في بعض الأحيان أقوى من المهمة نفسها- عندئذ يشعر بأنه مختار لقَدَر سامٍ. وإذا لم يبق له يومًا أي شيء، اللهم إلا سترة البحار، سيكون له وحده مع ذلك اتساع العالم الفسيح - فكَّر - لأن العالم هو بيته كشاعر، قرية مولده التي لا يمكن له أبدًا أن يكون غريبًا فيها. بل على العكس، كان يشعر بأنه متضامن مع الزنوج المتوارين في الأدغال، مع الصينيين الذين يزرعون الرز، مع عرب الصحارى، ومع «الكاوبوي» الأمريكيين. إنه حرٌ وبلا حدود مثل عصفور. قال ذات صباح وهو يرى سرب طيور مهاجرة خلَّفت في مرورها الهواء نظيفًا:

- أنا مثلكِ، أنا مثلك وقريبًا ستحين لي أيضًا ساعة الرحيل.

وسألها عما إذا كانت الورود قد تفتحت في «كورفو» (مع أنه يجهل أين تقع «كورفو» ويجهل إن كانت الطيور تفهم لغته، فقد كان يشعر بأن له الحق في استجواب الأشياء وفهم أجوبتها)، وأن يمدح لها محبوبته ويُحمِّلها أشد أسرار قلبه تأججًا. كل الحزن المتراكم خلال وقت طويل، تحوَّل إلى سبب لا ينضب للحكمة. لا وجود لسرٍّ، بين الأسرار الكثيرة التي أثقلت عليه قبل سنوات، يمكن مقارنته بإضافة سر جديد إلى العالم. ولأن كل ما يلمسه الشعر يتحول إلى سر غامض، بما في ذلك الأشياء التي تبدو للشاعر أحجيات يجب حلَّها، لم يشعر قط بمثل تلك السعادة، تلك الحيوية، وتلك الخفة. «ومع ذلك»، تذكر «غريغوريو» في صباح الرابع من أكتوبر، «ربما كان ذلك الصباح بداية نكبتي».

موضوعاته اقتصرت على الحب والرحلة. كتب أشعارًا للطريق، للطيور، لأثر مرور السفن في البحر، لدخان القطارات، لدرب

التبانة، للمتشرد ولنفسه بالذات، فكل شيء يصير واحدًا حين تآزف ساعة الرحيل، ويتحول إلى حقيقة ذلك الشعار الذي وجده في دفتر مدرسي وصار يقود حياته الآن: «اخرج من أرضك، من عشيرتك ومن بيت أبيك إلى الأرض التي أُريك». وضع أسماء جديدة للأمكنة المعهودة: «حديقة البتلات الإحدى عشرة»، «تقاطع الشعار والزنبور» أو «شجرة الربيع الحزين»، وهي شجرة الكينا، ولأنه لم يكن يكتفي بالأسماء العادية للأشياء، سمى الرمل «مطر الموتى الأبدي»، وسمى القمر «قطعة عملة ذهبية أضاعها الرب». وكتب قبل ذلك كله أشعارًا لـ«أليسيا»، مشيرًا إليها بأسمائها السرية، أسماء العصافير والأزهار، أو بالاسم الشعري المستعار «أوندين». «أوندين» مع الكلب، من دون الكلب، عند الأصيل، في الفجر، بعباءة وبلا عباءة، مستيقظة ونائمة، عذبة وقاسية، متلاشية في الغياب، هاربة بين الأوراق، واضحة وثابتة قبالة البحر. انتظرها واثقًا، فهو الآن شاعر، وهذا لا يفتديه من بؤسه فقط وإنما يمنحه آمالًا بأن يُقابل بالاستجابة. «سأعطيها الأشعار»، كان يقول لنفسه، «وعندئذ لا يعود بإمكانها تجاهلي ولا يبقى لها مفر سوى الوقوع في حبي».

ولكن ما إن رجع «إيليثيو» الذي لم يتمكن من الذهاب إلى البحر وإنما إلى قرية أبويه في عمق المناطق الداخلية، والذي سيواصل الادخار كي يشتري دراجة نارية، حتى قرر «غريغوريو» أن يجعل منه أول قارئ لأشعاره. أعطاه إياها مع التنبيه إلى أنها نسخة مؤقتة وغير نهائية. قرأها «إيليثيو» بسرعة وبدت له جيدة. قال:

- إنها جيدة، وأمر أنيق أن تكون شاعرًا، وخاصة أن تكون شاعرًا يائسًا، ولكن الشاعر لا يضاجع إلا قليلًا ولا يخرج من الفقر، وهذه مشكلة. أنا أعرف من المدرسة حياة الكتاب ويمكنني القول لك إن الوحيد الذي ضاجع حقًّا هو «لوبي دي بيجا». أما الآخرون،

فقليلًا فقط. «خوسيه إسبرونثيدا ديلجادو» مثلًا، اختطف واحدة تدعى «تريسا» وأخذها إلى باريس، ولكن، هل تظن أنه ضاجعها حقًّا؟ أنا أظن أن لا، لأن الشعراء لا يعرفون الحياة ولا يعرفون أن النساء يحتجن إلى أمور أخرى فضلًا عن الشعر. شعراء الحب الحقيقيون هم الأوغاد والأشخاص القساة حقًّا. ولكن من الجميل أن تكون شاعرًا وتمضي متمردًا في الحياة. هذا أشبه بأن تكون راهبًا أو متشردًا. أمر عظيم، ولكن لا بد من البروز.

وشجعه على كتابة قصائد عن مركيزات متهتكات، وأميرات حاميات، وكونتات بقرون، وشعراء «تروبادور» أوغاد، وأن يختار كذلك اسمًا مستعارًا كشاعر: استبعدا أسماء عديدة وأخيرًا عثرا على الاسم المستعار الذي سيرافق «غريغوريو» إلى الأبد: «فاروني».

قال «إيليثيو»:

- الشاعر «فاروني». إنه جميل جدًّا ويبدو ماركة دراجات نارية. وكاسم أول يمكنك أن تسمي نفسك «أغسطو». «أغسطو فاروني». لست أدري إذا ما كان كثيرًا عليك.

انتهى شهر أغسطس. استنسخ «غريغوريو» الأشعار بخط منمق، وأحرق حواف الورق كما لو أنها مخطوطات عُثر عليها في مكان كئيب وقديم، ورسم في الزوايا قلوبًا مصابة بسهام وافتتح رزمة الأوراق بإهداء: «إليكِ يا امرأة، أيها الحب اليائس، من شاعركِ المجهول، «أغسطو فاروني»». ولكنه لم يكتفِ بهذا، فأضاف: «شاعر عالم العدم، والحب، والأشياء، والموت». وفي الأسفل أيضًا، كصرخة أخيرة: ««فاروني»، بحروف مقشعرة من الرعب».

في نهاية شهر أغسطس جاءت «أليسيا». كان قد حسم اللقاء مسبقًا، ولكن غريزته كشاعر أكدت له النبوءة في هذه المرة: ظهر شعرها طافيًا من الناصية في يوم ماطر. كانت تنتعل جزمة مطاط،

وترتدي رداء مطريًا أبيض كالثلج وكنزة سوداء مغلقة تبرز منها، كحليب يغلي، ياقةٌ مخرمة. هكذا سيراها في أحلامه الليلية. فبقوة تخيل التأثير الذي ستُحدثه القصائد في «أليسيا»، انتهى إلى تخيل نفسه متوجًا بالغار في حفل عام. كان هناك قصر كقصور الحكايات وحشد في الخارج وقروي يسأل:

- ما الذي يحدث هنا اليوم؟

فيرد عليه مواطن نموذجي:

- ولكن، كيف! ألا تعلم أنهم يتوجون في القصر اليوم الشاعر الغنائي العظيم «فاروني»؟

وقد حدث كل شيء مثلما يمكن للقروي أن يراه أو يتخيله (هنالك سجاجيد مزينة بغزلان ذهبية وكلاب سلوقية فضية، وثريات متلألئة بالنور وموسيقى إمبراطورية يصعد على إيقاعها الشاعر إلى حيث ينتظره ملكٌ بمعطف من فراء قاتم ليضع الإكليل على رأسه، وعندئذ ينفجر الحشد بالهتاف، ويدوي التصفيق، ووسط الحشد، يتمكن حتى ذلك القروي من أن يرى في الصف الأول فتاة شابة فاغرة الفم من الدهشة، تتقدم بتذلل، وذليلًا يبدو كذلك الكلب المرافق لها وسط نهر كلاب سلوقية، تتقدم باتجاه اليد التي يمدها إليها الشاعر، وقد تُوِّجَ، من مقعد الشرف)، ولكن غريزة شبه المعقول - إذ يتبين في النهاية أن الراوي والقروي هما الشخص نفسه - تحركه لتنقل التخييل إلى الحديقة، بوجود سلطات محلية وفرقة موسيقية بلدية، و«أليسيا» التي تكتفي بالبقاء في الصف الأول، وقد أصابها الذهول بالبكم. يتجاهل «غريغوريو» عندئذ أن تلك الاختلاقات سواء أكانت حقيقية أو وهمية (ففي نهاية المطاف توجد الأشعار، والشاعر، والحبيبة، ولا ينقص إلا إكليل الغار) هي المؤشر الأول للغة الحقيقية التي سيتكلمها في المستقبل.

تكررت مواقف من أزمنة قديمة، ولكن «غريغوريو» يشعر الآن بأنه مدعوم بسلطة تمنحه إياها معرفته أنه شاعر. وقد بدأ فوق ذلك بقصيدة ملحمية حول «ألبار نونيث كابيثا دي باكا» وصار يقضي الوقت في نظم ثُمانيات ملكية، في الكشك، في البيت، أو في الحديقة. ومع ذلك، راح يؤجل تسليم الأشعار. بدا كأنه ينتظر فرصة استثنائية مواتية، وقال لنفسه إن ذلك الانتظار قد يكون ذريعة حاكها الخوف من بقائه دون أمل. وهكذا راح يحدد مواعيد غير قابلة للتأجيل ولكنه يتخلى في اللحظة الأخيرة عن إنجازها. جاء يوم العشرين، والخامس والعشرين، والثلاثين من أكتوبر وهو لا يزال يؤجل. وعندئذ بدأ المطر يهطل، وصارت «أليسيا» لا تكاد تخرج من البيت، أو تخرج لتتخذ وجهة أخرى، لأن الحديقة تحولت إلى مخاضة وحل.

استمر هطول المطر طوال نوفمبر. وانتهز «غريغوريو» الفرصة ليحدد الأجل النهائي عند انتهاء الأمطار. أعدَّ نسخة جديدة من الأشعار وتوسع في الإهداء بعاطفية شجية بدت له فجأة مخجلة بقدر ما هي غير كافية، وكان عليه في ليالٍ كثيرة أن يناضل ضد الرغبة في تمزيق القصائد، والركض وراء «أليسيا» والارتماء باكيًا عند قدميها، والطلب منها أن تحبه إشفاقًا عليه وألا تفارقه أبدًا. ولكن الكرامة أو الخوف كبحاه، وكذلك الغضب من أنه قد أذل نفسه وامتدحها كثيرًا في أحلامه. وقال في نفسه إنه يمكن للواقع وحده أن يخلصه من خطايا التخييل. وأخيرًا ترك للمطر - الزمن - أن يحل التناقضات، واستسلم للتفكير في أنه يمكن للإخفاق الغرامي، في نهاية المطاف، أن يفيده في الإلهام، وأن الفشل قد يكون وسيلة من القدر للإسهام في مجده الشعري. وكان يكرر لنفسه: «لا يمكن للشعراء أن يكونوا

سعداء، هذا هو الثمن الذي يجب دفعه من أجل الخلود». وبعد ذلك تسارع كل شيء.

توقف المطر في الأيام الأولى من شهر ديسمبر. جاءت أيام باردة، رياحها ركنية، وسماؤها متسخة، وبإطلالات شمس بلهاء. عادت «أليسيا» للمرور كل يوم متوجهة نحو الحديقة. في يوم الرابع عشر توقفت عند الكشك لتستبدل رواية غرامية، وطلبت من «غريغوريو» أن يحتفظ لها بها حتى عودتها. عندئذ سألها «غريغوريو» بخيط صوت متهيب:

- أيمكن لي التحدث معك فيما بعد؟

ردَّت «أليسيا» وهي تستجيب لجرِّ الكلب لها:

- آه، طبعًا، أجل!

هيأ «غريغوريو» المخطوطة، قرأ الإهداء مرة أخرى، محاولًا تخمين الانطباع الذي سيُحدثه في «أليسيا»، وكرر الكلمات التي أعدَّها منذ أكثر من شهر:

- انظري، هذه بعض أشعار كتبتها وأقوم بتقديمها للجميع كي يعطوني رأيهم فيها.

تكور فوق المدفأة، أغمض عينيه وأفرغ ذهنه تمامًا كيلا يغرق في تشابكات شكوك الانتظار. ولم يطلب (وهو يردد عدة مرات تعويذة تفادي المخاطر) سوى ألا يأتي الشبان قبل مجيء «أليسيا»، وقرر أنه إذا ما ظل هادئًا، دون أن يفتح عينيه ودون أن يفقد هدوءه، فسوف يخرج كل شيء على ما يرام. ومن أجل شغل الوقت راح يتلفظ في كل الاتجاهات بكلمة «ليما».

كان الظلام قد بدأ يخيم، وهو الوقت الذي ترجع فيه «أليسيا» عادة، حين سمع وقع خطوات متعجلة. «هذه هي اللحظة»، قال

لنفسه. تناول المخطوطة والرواية وهيأ صوته. ولكنه ما إن فتح عينيه حتى رأى عند منضدة «الكونتوار» ظهور وجه يتكلم بتسرع شديد. وتكلف جهدًا في التعرف فيه على إحدى الجارات في الساحة المستديرة، وفي فهم كلماتها أيضًا:

- أسرع إلى البيت يا «غريغوريو»، عمك في حالة سيئة جدًّا ولا بد أن المسكين يحتضر!

في منتصف الليل اعترف الجدُّ بأنه تقبل خدمات من الشيطان، وبدا كما لو أنه قد استعاد صفاء الذهن، ولكنه وجد نفسه عند الفجر يتلعثم بأسماء أمكنة في البيرو، وخلط بين نفير جامعي القمامة وأبواق البلاط السماوي الملائكية. وفي اختلاطه الأخير دعا الرب باسم «ألفار نونيث»، وأعلن تخليًا وقورًا عن الشجن ومات وهو يتلفظ باسمه، «فليكس أولياس». وفي اللحظة الأخيرة، جاء شخص مجهول، قدَّم نفسه على أنه رفيق متاعب للمتوفى؛ فأغمض له عينيه ثم التفت إلى جمعية الجيران معلنًا أن رجلًا صالحًا وعادلًا قد مات للتو. وحين رآه «غريغوريو» هناك، مستلقيًا على ظهره، بتركيز بالغ وانتشاء تام بوظيفته المستجدة كميتٍ، فكر في أن عمه قد وجد أخيرًا العمل اللائق بطموحاته. اليوم التالي كان يوم أحد وقد انطلق الموكب الصغير تحت سماء عادت تهدد بالمطر. اجتازوا شوارع مقفرة وأراضي بورًا. ويتذكر «غريغوريو» قبل أية تفاصيل أخرى أن رجلًا يحمل في يده حزمة عيدان زلابية توقف ليرى مرورهم وضيَّق عينيه من المفاجأة، كما لو أنه يتفحص نقطة نائية أو يحاول فك طلاسم كتابة مطموسة المعالم. ولدى العودة، أخذ الرجلُ المجهول «غريغوريو» جانبًا وقال له إنه سيتولى البحث له عن عمل وإنجاز معاملات العم المتوفى. وعهدَ به إلى إحدى الجارات، بحثت له عن سكن في بيتها بالذات ونقلت إلى غرفته أمتعة الميراث: الغيتار،

والكتب، وصندوق الأوراق وأشياء قليلة أخرى. أما ما تبقى، مع الكشك، فبيع بالمزاد، وسُلِّمت النقود (بعد اقتطاع تكاليف الدفن) إلى «غريغوريو»، فاشترى بها بدلة من قماش قطني وحذاء من الجلد.

بعد أسبوع من ذلك، دخل للعمل كساعٍ في الشركة نفسها التي عمل فيها عمه حاجبًا طيلة أربعين عامًا. وفي مساء ذلك اليوم بالذات، وكان قد تهندم جيدًا، وتعطر بالكولونيا، وحمل المخطوطة تحت إبطه، توجه نحو الحديقة مستعدًّا لتحقيق اللقاء المؤجل مع «أليسيا». ولكنه وفيما كان يجتاز شارعًا سمع من يناديه بصرخة متعاظمة:

- «فارونيييييييي»!

بدت صرخة مشوشة قبل أن يسمع الصرخة من جديد، لكنها أخف هذه المرة، ويرى «إيليثيو» يمر بأقصى سرعة على دراجة نارية، قائلًا له وداعًا بإحدى يديه، ووراءه تطايرٌ مشعث لشعر طويل ويد أخرى، تماوجت حركة أصابعها في ذاكرته، وهي تقول له وداعًا أيضًا، ليس لهنيهة فقط، وإنما ظلت لسنوات في الذاكرة، حتى إن ذلك الوداع الأخير والسريع الذي بلا نهاية، كان ما يزال يلح عليه في الرابع من أكتوبر.

الفصل الخامس

سأل الفرَّاش، وهو يوجه إليهما المصباح اليدوي كما لو أنه يطلي الوجهين بالضوء:

- ولكن، أما زلتم هنا؟

ودون أن ينتظر جوابًا، تدفعه واجبات أشد إلحاحًا، واصل جولته التفقدية.

في تلك الأكاديمية الليلية التي توقف «غريغوريو» عند بوابتها في الرابع من أكتوبر، وتابع الدراسة فيها قبل خمسة وعشرين عامًا، كانت هنالك على الدوام مجاعة عظيمة للنوم. إنه طابق داخلي، مظلم ومتاهيٌّ، سيئ التهوية، بسقوف عالية تتدلى منها أنوار خافتة تكاد لا تكفي لتبديد العتمة. جميع الطلاب تقريبًا (وبينهم من يزيد عمره على خمسين عامًا) يشتغلون في مكاتب وورش، بعيدًا عن بيوتهم، وبما أنهم لا يجدون متسعًا من الوقت لتبديل ملابسهم، يأتون إلى الدروس بزي أو بدلة العمل. يصلون في الساعة التاسعة، بعيون مُحمَرَّة من النعاس وبملامح عذبة بالرغم من الإرهاق. يدخلون كمنوَّمين إلى القاعات ويقضون الساعات في التثاؤب، رؤوسهم تتمايل من النعاس، ويتعرضون لاختلاجات مفاجئة. بعضهم يغفو فوق الدفاتر، وأقلام الرصاص في أيديهم، فيتوجه إليهم الأستاذ عندئذ ويوقظهم

بلمسة سحرية على رؤوسهم من مؤشره. ويحدث أحيانًا أن يغفو الأستاذ نفسه، ولكنه على الرغم من ذلك يواصل إملاء موضوعه، دون أن ينحرف نقطة واحدة عن البرنامج. وبين درس وآخر، يغفو بعضهم إغفاءة قصيرة، وآخرون، ممن هم أكثر اجتهادًا أو حيوية، يذهبون إلى المرحاض ويُبردون وجوههم بالماء، بل إن بعضهم يقوم بتمارين رياضية في الممر. ولكن هنالك البعض أيضًا ممن يستغلون الأركان العديدة والمظلمة في الأكاديمية كي يناموا بصورة سافرة، سواء في ركن ما (على حزمة نظيفة أو تحت مقعد) أو في إحدى الحجرات حيث يخزنون أكياس فحم أو نشارة أو أدوات التنظيف. فهناك يوجد على الدوام أربعة أو خمسة طلاب يستسلمون للنوم بعمق. ولهذا يقوم الفرَّاش كل ساعة بجولة عبر الممرات، يتفحص الأركان بمصباح يدوي، ويوقظ النائمين ويُخرجهم من مخابئهم.

ما زال «غريغوريو» يتذكر حالة الشاب الذي نام في امتحان الفلسفة. كان الأستاذ يجلس مصالبًا ساقيه، ينظر إلى الساعة، يتثاءب ويشد مطاط جوربه ويفلته. وأخيرًا لم يبق سوى تلميذين في مقعديهما. خرج أحدهما على الفور، وكان يفرك يديه كما لو أنه أنجز لتوه صفقة جيدة. أما الآخر فظل مستغرقًا في الورقة. صاح الأستاذ فجأة:

- الوقت، لقد انتهى الوقت!

ولكن التلميذ لم يتأثر. اقترب الأستاذ منه ولمسه بعصاه. ولكن التلميذ ظل جامدًا.

- إيييه!

صرخ، ولا شيء. فاستدعى الفرَّاش وقد أصابه الذعر، وحضر هذا من أقصى الممر الكئيب، شاهرًا ضوءه النقال. سلَّطا عليه المصباح اليدوي، هزهزاه ولم يتحرك. اجتمع التلاميذ الآخرون عند

الباب، بين مُصفر ومتثائب، وأخيرًا أرسلوا من يخبر المدير، جاء منفردًا وببطن تنوس مهتزة، فقد كان بدينًا جدًّا ومهيبًا. تأمل الحالة، ضرب كفيه في تصفيقة واحدة (مناسبة لإفزاع طيور الكراكيِّ أكثر منها لإيقاظ تلاميذ) وفي الحال استعاد التلميذ وعيه، ابتسم، فرك عينيه الناعستين ونظر نظرة حالمة إلى أساتذته.

ربما تتزايد الرغبة في النوم مع ضجة درس الآلة الكاتبة: ثلاثون مقعدًا، ستون عينًا، ثلاثمئة إصبع، وفي الأعلى ذلك الضوء المتذبذب الذي يلف كل شيء بعتمة مُصلّى، وفي الأسفل الصوت الواضح والحاسم لرجل يملي دون كلل رسائل تجارية. تلك الضجة كانت أشبه بشبكة عنكبوت حيث تتصارع الأفكار وقد ألقي القبض عليها. كم من المرات حاول «غريغوريو»، دون طائل، متابعة شرح فلسفي أو رياضي! لا جدوى، ففي لحظات الصمت في الدرس تُسمع كلمات نائية، واضحة، ومنوِّمة من ترتيل مزمور تجاري: «ردًّا على كتابكم بتاريخ يوم أمس»، «يسعدنا أن نرفق لكم مواصفات الشحنة والفاتورة رقم ١٢٣»، «يهمنا استلام البضاعة خلال الأسبوع القادم»... ثم هنالك من يصلون متأخرين ولا يتوقفون عن السؤال عن الموضوع الذي يدور الكلام عنه. وبما أنه قد فاتهم تدوين بعض الملاحظات، سيكون عليهم، بصورة مؤثرة، أن يستردوها بعد الساعة الثانية عشرة – وهي ساعة إغلاق الأكاديمية – بكتابتها وقوفًا، عند البوابة، تحت أحد أعمدة النور.

ومن أجل وضع حد للبلبلة، نقول إن قاعة درس «غريغوريو» تتصل بغرفتي المدير ومالك الأكاديمية. وبما أنها المدخل الوحيد إليهما، فإنه لا بد للزائرين من المرور منها. وتخرج المرأة، زوجة المالك، بالرداء البيتي المبطن لاستقبالهم في قاعة الدرس، أو قد يتوقفون فيها طويلًا للوداع، وعندئذ يحتفظ الأستاذ بالصمت إلى

أن يخلو له الميدان. وبعض الزوار الذين يأتون لمسائل مرتبطة بصفقات، يضطرون إلى الانتظار هناك قبل دخولهم للقاء. فينتهز الطلاب وجودهم في قاعة الدرس للسخرية منهم أو رميهم بكرات ورقية صغيرة، وأكثر من يتكالبون عليه هو خطيب ابنة مالك الأكاديمية الذي يأتي كل ليلة، منذ أول ساعات الدوام، بدقة كئيبة، مرتديًا السواد وحاملًا باقة أزهار عند مستوى القلب. ولم يكن يحظى بالاستقبال في كل يوم. بل على العكس، ففي بعض الأحيان تطل الأم وتصده بحركة من ظاهر كفيها كما لو أنها تنفض فتات خبز. تقول:

- اليوم لا.

فيحييها العاشق بضرب كعبيه بحركة عسكرية وانحناءة من رأسه، وينسحب دون أي كلمة احتجاج. وعندئذ يستعيد الأستاذ خيط الحديث، ولكن بعض الطلاب يكونون قد ناموا على المقاعد، ولا يتذكر آخرون ما كان يتحدث عنه، ويكون آخرون قد استغلوا التوقف وطلبوا الإذن بالذهاب إلى المرحاض ولا يعودون أبدًا.

وباختصار، وبسبب هذا كله، اعتاد «غريغوريو» اللقاء بـ«أنخيلينا» في أحد الممرات، حيث يأتي الفرَّاش في كل لحظة لمفاجأتهما. يقول لهما:

- ولكن، أما زلتما هنا؟

فيعتذران بأي عذر مدرسي.

وهناك، على امتداد ثلاث ليال، استمعت «أنخيلينا» إلى قصة مراهقة «غريغوريو» ما بين المتخيلة والمتميزة بتكتم، واستمع «غريغوريو» بدوره لرواية، لا تقل تميزًا متكتمًا، عن حياة «أنخيلينا» اليومية. وعندما لم يعد لديهما، بعد وقت قصير، ما يرويانه وكررا بالتسلسل آخر ما صارا يعرفانه، تقدما كثيرًا في معرفة شخصيتيهما

إلى حد أن الحكاية نفسها كانت تبدو لهما جديدة على الدوام، إذ لم يعد التكرار هو ما يهمهما بقدر ما يهمهما نضج العادات وضمان اللقاءات التي اكتسبت مظهر مواعيد ليلية رسمية.

بعد نبش الماضي، تواصل التفحص المرتعش للمستقبل. ماذا سيحدث من الآن فصاعدًا؟ جمعا رأسيهما من جديد، مثل ماءين وديعين حول جذر. ليس لدى «أنخيلينا» مشاريع مستقبلية حاسمة، أما «غريغوريو» فبلى، فبعد خمس سنوات من البدء بالشعر، أجبرته سنتان من تسرع الحاضر والحس العملي بالأوهام على الاعتقاد بأن اللحظة الحتمية أو الملائمة للقطيعة مع الشعر الغنائي قد أزفت، حتى وهو يحتفظ منها بتميُّز وإعجابِ مَن مارَسِ شعرًا أحلامَ المراهقة المُلغَزة، وبعد سنة من عدم معرفة إلى أية وجهة يوجه جلبة قلقه، قرر في النهاية أن يعود إلى الدراسة ويتحول إلى مهندس، وأن يسافر إلى بلد بعيد ومتوحش ليشق دروبًا في أراضٍ بكر ويمد جسورًا على أنهار غزيرة ويعيش حياة غير مختلفة كثيرًا عن التي تخيلها في أحلام يقظته كشاعر.

كان لا يزال، في تلك الأثناء، يعيش في الغرفة نفسها التي انتقل إليها بعد موت عمه. وهناك كتب آخر أشعار شبابه. وكانت منظومات مقتضبة، حيث يظهر على الدوام رحالةٌ يصل كل يوم اثنين تائهًا قبالة البحر. إنها النسخة الغنائية لحياته اليومية. لقد واظب خلال خمس سنوات، في جميع أيام الآحاد، على ارتياد دور سينما الأحياء لمشاهدة أفلام أكشن، ورفع ياقة معطف مطري متخيل ليتابع في الشوارع آثار جاسوس معادٍ، وقد رأى غروبًا من وراء ستائر نافذة مطعم رخيص، ونام وهو يخترع قصصًا بوليسية يكون هو نفسه فيها بطل الغرامِ والمجازفةِ الوسيم، وكان ينهض كل يوم اثنين فوق رماد الواقع اليومي البارد.

ولكن لم يكن كل شيء رماديًّا، أو محتدًّا أو رتيبًا. فمن احتداده كشاعر ما زال يحتفظ بعادة انتظار حدث استثنائي ما. ليس بقلق ولا بحماسة، وإنما كدَيْن يدين له به القدر، وسيطالب به في الوقت المناسب. ولم يكن يفتقد حماسته في ذلك الحين. بل على العكس، فبعد تخليه عن مشاريعه كشاعر، وكانت تجبره على نوع من السهر السعيد وإن كان مرهِقًا، أحس أنه قد أعفي من مسؤولية خطيرة، حتى إنه شعر بالسعادة لأن «إيليثيو» قد انتقل إلى حي آخر ولأن «أليسيا» ذهبت للعيش في مدينة بعيدة، على شاطئ البحر. فبهذه الطريقة يمكنه أن يوجه حياته بلا شهود يذكِّره مجرد حضورهم باستمرار الماضي. ومع ذلك، ومن أجل تخفيف خسارة كل تلك الأحلام ووساوس الضمير، تخيل مستقبلًا يوفق بين الحس العملي وإحباط أحلامه القديمة. سيدرس باجتهاد – مضحيًا في سبيل هذا الهدف بإمكانية مرحلة شبابية لاهية وبديعة – وعندما يصير مهندسًا سيسافر إلى الأدغال دون أن يخلف وراءه أي مسوغ للحنين. سيكون رجلًا قاسيًا وبلا ماض، متوحدًا وقليل الكلام، مثل أبطال السينما. وتلك في نهاية المطاف هي طريقة أخرى ليكون شاعرًا ويكتب أشد الصفحات انتقائية في كتاب الحياة.

إيحاء صورته النموذجية، حيث يُرى بملابس كشاف، في يده سوط وعلى خاصرته مسدس، كان قويًّا وقريبًا من المعقول إلى حد لم يتوقف معه عن التساؤل عن مدى قابلية خططه للحياة. وكانت تقلقه لدغات الأفاعي السامة أكثر من قلقه من ضآلة مهارته في الرياضيات. ربما كان قد اكتشف القدرة الكلية للعادة في تحويل اللاواقعية إلى ظاهرة جدية ويومية. ربما كان يثق في أن الزمن سيحل المصاعب، ويوفر عليه بذلك جهد طرحها، أو ربما كان آخذًا بالتحول إلى شاب بالغ يرى في هزيمة الأوهام مدخلًا غير

واعٍ إلى السخرية، أو ربما لا يحدث أي شيء يختلف عن نزاعات الحياة الأشد بدائية. ومع ذلك، وعلى الرغم من أنه لم يتوصل قط إلى إقرار العلاقة بين الكتب والأفاعي السامة، فإن جهد الدراسة كان يصالحه مع الحق في الإبقاء على روتين الحلم حيًّا. ليس من أجل خداع نفسه، بل من أجل الاحتياط من المستقبل، فإلى أن يأتي يوم تقبله عدم جدوى مسعاه، ربما سيكون قد وجد طريقة أكثر بساطة لمقارعة بؤس الواقع. وفي أثناء ذلك، سيقارعها بمجازفات مدينية متواضعة. ففي كل يوم يخرج من البيت رافعًا ياقته الجاسوسية المتخيلة، مع سيجارة معلقة بالشفة ونظرة المكر المواربة. يتوقف عند واجهات المتاجر، ويتظاهر بحالات فضول غير متوقعة، يوارب نظراته، وينسل جانبيًّا للتخلص من مطاردات ولتجاوز كمائن، وينهي المرحلة الأولى من طريقه. وابتداء من هناك ينتظره نوع آخر من المخاطر. فإذا ما وقف ينتظر الضوء الأخضر لاجتياز شارع وكانت إلى جانبه امرأة بثوب أسود، فإنه يخسر ورقة إشارة مرورية رابحة. أما إذا كان الثوب أزرق، فإنه يكسب الحق في إسراع الخطى مدة دقيقة. وإذا ما لحق بعابر أعرج أو أعمى، فإنه لا يستطيع أن يتجاوزه ما لم يحرره رجل يحمل ثقلًا على كاهله. ويظل أسيرًا في الساحة إذا كانوا يسقون نباتاتها أو إذا كان هنالك طفل يضع قبعة، ولا يستطيع اجتيازها إلى أن يمر كلب أو تحلق حمامة طائرة. ولكن إذا ما توقف الكلب لقضاء حاجة، فعليه هو أيضًا أن يتوقف وأن يحبس تنفسه، وإذا ما فعل عكس ذلك فإن قواعد اللعبة تجبره على التراجع إلى أن يجد راهبة أو أي شخص آخر يرتدي زيًّا موحدًا. وللحظات، كانت الحياة تبدو له مشوقة.

في المكتب- حيث بعد خمس سنوات من العمل كحاجب، رُقي إلى معاون إداري- كان يعمل بدأب مسالم، لم يلحظ أحد فيه ما يشير

إلى أنه شاعر أو تقني مستقبلي في الأدغال. وحين كان المعاونون الآخرون يشجعونه على مرافقتهم لسهرة عربدة، لدى الخروج من العمل، كان «غريغوريو» يتلعثم باعتذار ما في معظم الأحيان، وإذا ما وافق، يكاد لا يتكلم، وسرعان ما يغادر بحجة ارتباطه بالتزامات مستعجلة. وجد نفسه مضطرًّا إلى اختلاق خطيبة له، ووضع لها اسم «كريسبينيلا»، وقطٍ أسماه «إيتشبيريا»، وكانا اسمين غير موفقين، ذلك أن ذريعة الاعتذار باغتته فجأة، وقال أول ما خطر في باله.

في طريق العودة إلى البيت، يمر أحيانًا ببعض مرايا التَّشويه المجانية في أحد شوارع الحي التجارية. كان قد ازداد سمنة، وقد أظهره التضخيم الأخير بقامة متوسطة وملامح عادية، يكاد يصعب التعرف فيها على تألقه القديم كشاعر. ولكن بينما هو يبحث، في المرايا، عن أفضل المؤثرات، فكر في أنه قد اكتسب هيئة متكتمة، لرجل تمرس على سياط الحياة. وبدا أكثر قوة، وبمظهر أكثر ثقة، وبلا ملامح الخدر التي كان عليها في سنوات سابقة، حين كان يبدو كأنه كلب تملأه البراغيث ويقف خائفًا أمام مسيل مائي، كما بدا أكثر أناقة وأكثر دنيوية؛ على الرغم من أنه - وهو يعترف بذلك دون حرج - ليس وسيمًا ولا جذابًا في كتلته، إلا أن لـ«بروفايله» إغواء الثلج، وفي عينيه إطلالات ساخرة تعرف أيضًا كيف تكون عذبة حين تتطلب المناسبة ذلك. هذه هي الصورة التي كانت راسخة في ذاكرته في ذلك الصباح من أكتوبر، وكان عليه أن يبذل جهدًا في التركيز كي يتذكر نفسه في غرفته، وهو جالس إلى منضدة عند الغروب وبهيئة مختلفة جدًّا عن تلك التي يسرقها من المرايا. هناك كان يدرس الدروس اليومية، وتسقط بين حين وآخر نتفة من قشرة الرأس، وفي بعض الأحيان تمتلئ الصفحة بندف القشرة قبل أن يكون قد استوعب الدرس. وحين يمنعه التعب من المواصلة، يراجع

مجموعة بطاقات الدخول إلى السينما التي يحتفظ بها بين صفحات كتب الدراسة، مع عنوان الفيلم، وأسماء الممثلين، وتاريخ مشاهدته له مكتوبة على قفا البطاقة. أو أنه يقضي ساعات في تشذيب أظفاره، أو تنظيف أذنيه من الشمع أو يقلب لمجرد المتعة سكينًا متعددة الاستخدامات اشتراها من عربة متجولة، ويحملها على الدوام معلقة بسلسلة إلى حزام البنطال.

هكذا كان يخفف من صرامة الحياة، وعندما كانت مخططاته في أن يكون مهندسًا قد صارت شبه منسية، تعرَّف إلى «أنخيلينا»، فجدد تلك المخططات ليضفي أهمية على نفسه، وكذلك من أجل عادته المناسبة في السهو. تكلم عن الأفاعي وعن مخاطر الرمال المتحركة. ابتسمت «أنخيلينا» متفهمة: هي أيضًا تود لو تعيش في الريف وتعنى ببعض الدجاجات الحاضنة. كان هذا هو حلمها مستحيل التحقيق. ولكنها تعلنه دون أسى، وبما يشبه سعادة امتلاك رغبة وتشهره كما لو أنه صورة ظهرت فيها بوضع سيئ، بل ومضحك حتى لها هي نفسها.

يسألها «غريغوريو»:

- وأية أشياء أخرى ترغبين في فعلها؟

- الحياكة.

قالتها «أنخيلينا»، وأرته كنزاتها التي تصنعها هي نفسها بصنانير. لمسها «غريغوريو» وشمها، محولًا التفحص إلى مداعبات قسرية. وجاءها هو بالمقابل ببعض القصائد، قرأها بصوت هامس، ملامسًا إياها بأنفاسه.

سألها أخيرًا:

- كيف ترينها؟

قالت «أنخيلينا» وهي تنظر إلى الهواء وإحدى يديها مغروسة في وجه العازبة:

- كئيبة.

قال راضيًا، مثل بائع يخبئ قوائم أسعاره وراء عرض براق:

- لأن الحياة أيضًا كئيبة.

عاد يسألها:

- وماذا تحبين أن تفعلي أيضًا؟

ردَّت «أنخيلينا» دون تردد:

- لا أدري.

ولكنها اعترفت أخيرًا بأن أكثر ما يسليها في أوقات الفراغ هو لعب لعبة «عروستي». وقالت:

- إنني ألعبها جيدًا.

قاما بتجربة، وبالفعل، وعلى الرغم من أنه لا وجود في ذلك الممر إلا لخريطة، وجدار ومصباح، أثبتت «أنخيلينا» مهارتها باختيارها أشياء خفية لم ينتبه «غريغوريو» إليها.

قالت ذات ليلة، بعد استنفادهما الأسماء كلها:

- هناك في البيت مع ذلك أشياء كثيرة يصعب على إحدانا قولها.

جعلهما ذلك البوح يحمران خجلًا ويصوبان أنظارهما إلى النقطة الواعدة والغائمة نفسها في الفراغ.

في يوم السبت التالي تواعدا في الحديقة. مشيا في ممر رملي متسائلَين عن كيف أنهما يعيشان في الحي نفسه دون أن يرى أحدهما الآخر من قبل. فقال «غريغوريو» إنه، باعتباره شاعرًا، قلما يخرج من البيت، وإنه كان يغامر في الليل فقط بالمجيء إلى هذه الحديقة بحثًا عن الإلهام. أما في النهار، ففضلًا عن الكتابة، كان يهتم في بعض الأحيان بكشك كان يملكه عم آخر له، ليس العم الذي عاش معه تلك السنوات، وإنما عم آخر، معتوه ومختل العقل بعض الشيء،

قال، مستبقًا بذلك احتمال أن تكون «أنخيلينا» قد رأته هناك وتذكرت كيف كانت حاله.

قالت «أنخيلينا»:

- أظن أنني قد رأيتك ذات مرة، كنت تركب دراجة نارية ومعك الفتاة صاحبة الكلب.

افتتن «غريغوريو» بسوء التفاهم السعيد ذاك، واعترف بأنه كانت لديه بالفعل دراجة نارية، وأنه تعرَّف على تلك الفتاة، وخرج معها لبعض الوقت.

أخفضت «أنخيلينا» رأسها.

قال «غريغوريو» وهو يدعوها للجلوس على أحد المقاعد:

- ولكنها لم ترق لي، من تروق لي حقًّا هي أنتِ.

ورفع وجهها بأحد أصابعه، ممسكًا بذقنها. وشعر برغبة في أن يحيطها بنظرة إغواء لا تُقاوم، ليختطف خصرها بعد ذلك ويقبل شفتيها بالسيطرة الرجولية نفسها التي يفعل بها ذلك أبطاله السينمائيون. ولكنها أغمضت عينيها ولم تسمح لنفسها بالنظر، وأبعدت خصرها عندما وضع «غريغوريو» ذراعه على كتفيها وقال لها:

- «أنخيلينا».

- ماذا؟

- انظري إليَّ.

- لماذا؟

- كي أراكِ.

التفتت «أنخيلينا» قليلًا، وعندئذ استجمع الشجاعة ليصل إلى شفتيها بقبلة مغتصبة ومفاجئة.

جميع الأشعار التي كان قد نظمها بدت له استعدادات خرقاء من أجل الوصول إلى تلك اللحظة. ومع ذلك، لم يحدث أي شيء. دقت ساعة معلنة الثامنة، وكنست الريح الأوراق، وهرب شيء حي بين العشب. أخفضت «أنخيلينا» رأسها من جديد: كان الوقت يتقدم ولا بد لها من الرجوع. احتفظا ببطء بالصمت. راح «غريغوريو» يجمع حصى صغيرة عن الأرض، وحين اجتمع لديه كثير منها قال، وهو يريها لـ«أنخيلينا»:

- انظري كم من الحصى.

وردَّت هي:

- صحيح.

واهتزت أوراق الصفصاف قائلة: «صحيح، كم من الأحجار». وكرر عصفور بين الأغصان المتشابكة: «كم، كم». لا يمكن لأي من قصائده أن يعادل تلك الكلمات، لأنها ولدت من تلقاء نفسها وكانت ضرورية وبسيطة مثل ماء المطر. نظر إلى سحابة، وبمجرد النظر إليها راوده إحساس بأنه قد نظم أجمل قصيدة يمكن تصورها عن الغيوم. «إنني أحد شعراء الحياة»، قال لنفسه وهو يضغط بقوة على الأحجار الصغيرة.

- إنه مساء جميل، أليس كذلك؟

قالت «أنخيلينا»:

- أجل.

وبدت له الكلمات كلها سحرية. وبوحي من الفن السهل الذي تبثه الأشياء، حاول تقبيلها مجددًا، ولكنها تفادته وقالت:

- الجو بارد.

وانحنت أعشاب الحديقة كلها بعمق إلى الجهة نفسها. عاوده الإحساس بأنه شاعر عظيم بلا كلمات، وبثروة وقناعة كبيرتين إلى

حد أنه عاهد نفسه، وهما يغادران الحديقة، ألا يقرأ منذ الآن أي كتاب سوى كتاب الحياة المفتوح دومًا.

على درجات ذلك السلم نفسه التي نزلها في صباح الرابع من أكتوبر، صعد في أمسيات أخرى للسمر مع المرأتين. لقد تبدل مظهره منذ ذلك الحين، فهو لم يعد يرتدي بدلات وحسب، وإنما صار يستخدم كذلك «البرينتين»، وولاعة مذهبة وطقم خواتم، وأزرارًا لمعصمي القميص ومشبكًا لربطة العنق. وقبل أن يقرع الباب، يُخرج مشطًا، وكمشعوذ، يمر به عميقًا في شعره عدة مرات تخلف نظرته نظيفة من أي خبث. ثم يضغط بعد ذلك الجرس، وتظهر «أنخيلينا» التي تفتح الباب بحركة نزيهة، ووراءها كلب صغير، اسمه «أوريون»، ينبش فروه بحثًا عن البراغيث في وضعية حارس مرمى غير معقول، ويعض نفسه بهمة ويمسك البرغوث الدخيل بإمعان من خلال غمص عينيه، ووراءه الأم التي تظهر منتصبة وهادئة في أقصى الردهة، منتظرة اللحظة التي تتنهد فيها وتترأس الموكب إلى الصالة، وتدعوه للجلوس على قطع أثاث مغطاة بملاءات، حول منضدة صغيرة عليها حلويات مصفوفة مسبقًا فوق شرشف مخرم.

وبعد تعليقٍ ما حول الحياة، وحبائلها وهباتها، حيث تُقحم ذكرى الأيام الحميدة، وبعد كثير من التنهدات وشد التنانير والياقات، يستسلمون للصمت، وتظل العيون موجهة إلى فتحة عميقة يتبدى منها المساء المغادر، وهكذا، بينما هم يلوذون بالعتمة الخفيفة، يشهدون نهاية الغروب، ويحمل إليهم مشهده الأخير إيقاع أكورديون معتاد على الحنين، يستمعون إليه كتأكيد لماضٍ سعيد، وإعلان عن مستقبل واعد. وفي أثناء ذلك، يبدو في العتمة الظليلة أن زجاج اللوحات قد تشظى أو غُمر بماء مطر متسخ.

تقول الأم باندفاع مفاجئ:

- قطعة حلوى أخرى يا «غريغوريو».

تشجعه «أنخيلينا» تحسبًا لأن لا يكون قد فهم تمامًا:

- أجل، أجل.

وتنشغل المرأتان للحظات حوله كما لو أنهما تحيطان وليدًا حديث الولادة حياته في خطر.

يعتذر «غريغوريو»، يهز رأسه، وأخيرًا يتناول قطعة الحلوى، ثم تعود الظهور إلى الاستناد إلى المقاعد، ولا يُسمع إلا إيقاع عقارب الساعة. وقد كانت الساعة تحديدًا هي التي ساعدته على تأكيد استمرار المواعيد. فقد تعطلت في أحد الأيام وشجعته الأم على إصلاحها.

قال لها:

- ولكنني لا أعرف.

- هيا يا «غريغوريو»، حاول على أية حال، ولا تكن كسولًا.

وقد حاول «غريغوريو»، وبلغ ذلك النشاط حدًّا تحول معه لسنوات طويلة إلى إحدى تسلياته المفضلة. كان يركِّب الساعة ويفككها بسكينه متعدد الاستعمالات، أمام انتظار المرأتين الآمل، وأخيرًا يقوم بحركة يأس ويخبئ الأجزاء المفككة في علبة بسكويت. لم يتمكن قطُّ من جعلها تعمل.

تقول له الأم:

- سوف ترى كيف ستتمكن من تحقيق ذلك، لا تيأس يا «غريغوريو»، ربما تعمل الساعة غدًا.

وفي اليوم التالي، عند وصوله تكونان قد هيأتا له المنضدة وعلبة البسكويت.

من دون نبض الساعة، ما كانت تُسمع إلا تنهدات الأم. تستغرق أحيانًا في النظر إلى يديها: خاتم الخطوبة، وخاتم الزواج، وخواتم

الأسماء والمناسبات، وتقول، ملتقطة بطرف المنديل دمعة اضطرارية مفترضة:

- آي، الحياة الحياة!

في أحد الأيام الأولى، بينما هي تنظر إلى «غريغوريو» بإمعان، سألت «أنخيلينا»:

- هل أخبرتِ «غريغوريو» من هو أبوكِ؟

- قال «غريغوريو»:

- أجل يا سيدتي، لقد كان نقيبًا.

دققت الأم بأسى تاريخي:

- كان بطلًا، قويًّا مثل ثور، حساسًا مثل شاعر، سعيدًا مثل ملك. كان يمكن له أن يصل إلى رتبة جنرال. وكان يمكن له أن يقدم إليك يا «غريغوريو» نصائح جيدة. إنني أتخيله يقول لك: «ادفع صدرك إلى الأمام يا فتى، وارفع رأسك عاليًا! النظرة إلى الأمام!».

قالت مرة أخرى، باستسلام حيال ما هو جلي:

- أجل، لقد كان رجلًاعظيمًا.

قالت «أنخيلينا»:

- كان يغني غناء جميلًا جدًّا.

اضطربت الأم:

- جميلًا جدًّا؟ تصوري يا ابنتي، حين كان يرجع من المناورات (وكنتِ أنت صغيرة جدًّا)، يبدأ بغناء أغنية حب عن بُعد ثلاثة شوارع من البيت، وكان الجيران يطلون من النوافذ لسماعه ورؤية مجيئه. كان يأتي على حصان، بدويٍّ صوته. وهل أخبرتِهِ يا «أنخيلينا» كيف تعرَّفتُ إليه؟

- لا يا سيدتي.

- إنني أتذكر جيدًا، كما لو أن ذلك يحدث اليوم (ونظرت

إلى الأفق كي تُثَّبت التذكر). كنتُ أرتدي زيًّا أزرق له حواشٍ من خيوط وصدرية بحرية، وكنتُ قد غسلت وجهي للتو بماء ليمون وكان شعري مضمومًا في ذيل حصان. كنا قد خرجنا في رحلة، وكنا نلعب على ضفة نهر. كانت الراهبة هي الدجاجة العمياء ونحن نُطل بنصف أجسادنا من وراء الأشجار ونصرخ فيما حولها. وأتذكر أن قصف المدافع سُمع فجأة وشوهدت القنابل الدخانية وغبار وحدات الخيالة. أتتذكرين يا «أنخيلينا» أننا روينا لك ذلك مرات كثيرة؟

- أجل يا أماه.

- بعد ذلك، لستُ أدري كيف، لا بد أنه القَدَر، مضيت عبر الحقل ألتقط توتًا وتوغلت في الأجمة الكثيفة. وحين انتبهت كنت أصعد رابية ووصلت إلى أعلاها، وكانت الريح قوية إلى حد أنها طوَّحت شعري، وكان أسود فاحمًا. جلستُ على العشب أعبُّ الهواء. وكانت قذائف المدافع قد توقفت ولم يعد يُرى سوى صنيع الرب. بدا الصمت مطبقًا وكنتُ حينئذ في أقرب حال يمكن أن يظهر لي فيها ملاك، وأتذكر أنني قلت:«ها هي ذي عبدة الرب». ولكنه كان هو من ظهر لي، مرتديًا زي تلميذ ضابط. كانت شفتاي مصطبغتين بالتوت، وكنت قد عطرت شعري بعطر له رائحة النعناع. وكان هو يحمل في يده سيفه مجردًا وحصانه خلفه يأكل نَفَلًا. نظرَ إليَّ وقال: «مساء الخير أيتها الملكة». كان ينتعل جزمة بمهمازين، وقميصه مفتوح يكشف صدره، وبنطاله ضيق ملتصق بساقيه، وشعره مُسرح للتو. وبضربة واحدة من سيفه قطع زنبقة، غرس السيف في ساقها وقدمها إليَّ على رأس الفولاذ مع انحناءة احترام. «لقد سقطتْ من شفتيك أيتها الملكة»، قال لي. فأجبته أنا التي ظننته الملاك: «فلتكن مشيئة الرب». هكذا تعارفنا. ما رأيك يا «غريغوريو»، ألم يكن زوجي ملاكًا؟

قالت «أنخيلينا»:

- لقد كان يحبني كثيرًا.

أزاغت الأم عينيها:

- كثيراً! كان يعرف محاكاة خبب الحصان ويقلده كي تنامي. كنتِ تنامين بين ذراعيه. لقد كان قويًا جدًّا! ذات يوم كنتُ مريضة وجاء الطبيب، ولكن مهابة زوجي جعلته يبدو كما لو أنه الطبيب؛ فعندما قال له إن إحدى كليتيَّ في حالة خطيرة، انفجر مقهقهًا وساومه: «فلنُوقف الأمر عند تشنج عضلي، أيبدو لك مناسبًا يا دكتور؟». وماذا كان بإمكان الطبيب أن يقول أمام ذلك الرجل العاصف؟ أجل إنه تشنج عضلي. ما زال يظهر لي في بعض الليالي، ويقول لي:«احفظي نفسك يا ملكة». أجل، لقد كان يحبكِ أنتِ كثيرًا. كان يناديكِ كشعار. يأتي إلى البيت، وكنتِ أنت صغيرة جدًّا، ويصرخ بصوت يسمعه الحي كله: «أنخيليييينا»! كنت لا تزالين صغيرة جدًّا، مثل عشبة البشتة، وهو يمص بطنك ويقول: «لا أحب عصير اللوز». وفي أحيان أخرى يتصنع كما لو أنه ينتف ريشك ليضعكِ في قدر الطبخ.

- يا لأبي المسكين.

- في إحدى المرات أطال لحيته، وكنتِ صغيرة جدًّا وكان يخبئك كلك في لحيته وهناك تعيشين. وكان عليَّ أن أُخرجك كي تأكلي لأنك ما كنت تريدين الخروج. بعد ذلك حلق ذقنه. أنا طلبت منه ذلك في إحدى الليالي: «احلق ذقنك، هيا، أرضني يا كابتن». وفي اليوم التالي اهتز البيت لدى وصوله. وكان ذلك أشبه بمعجزة لأن الأرغن راح يعزف من تلقاء نفسه مع تقدمه في الممر، فهرعتُ للقائه وكان الوقت قد فات، لأنه لم يتح لي الوقت إذ وجدت نفسي طافية في الهواء محمولة بين يديه: «انظري إليَّ يا ملكة»، قال لي،

وعندما فتح فمه توقفت الموسيقى ولم يعد يُسمع أي شيء، لا شيء على الإطلاق، ولا حتى طيران فراشة.

والتفتت نحو «غريغوريو»:

- ما رأيك بزوجي ذاك؟

اعترف «غريغوريو»:

- رجل عظيم، صراحة.

تلك الاعترافات المبكرة شجعتها على أن تطلب من «غريغوريو» تفاصيل عن عمله. في البدء، وكي يتجنب شروحًا يمكن لها أن تُذلَّه، كان يتناول رشفة قهوة أو يرتب طية شرشف المنضدة الصغيرة، موكلًا الرد لأريحية أي عبارة مقتضبة. ولكنه ما لبث (ربما مدفوعًا بقناعته المبكرة بأن الكذب أكثر فعالية بكثير من الصمت، ومتشجعًا بتأييد الإعجاب الذي يُحاط به) أن خاطر بفرضيات بدت له في العمق محتملة، متحدثًا- تحت عين الكلب الخبيثة- عن ترفيع وشيك أو عن التقدير الذي يكنه له رؤساؤه، ولاسيما التحدث عن مشاريعه المستقبلية كمهندس، وبهذا تتحمس المجموعة وتومئ الأم لـ«أنخيلينا» بنظرات سعادة ماكرة، ولكنها تعود سريعًا، كمن هي نادمة، إلى مظهرها الصارم كأرملة نموذجية. وتظهر «أنخيلينا» حاملة، كقربان، علبة خيزران مزينة بعصافير متأرجحة في سماء لَكٍّ ياباني، وعندئذ تفتحها الأم بكلتا يديها بحركة لطيفة ومتباطئة لمنح الوقت لموسيقى أحشاء نحاسية، تمتد في نغمات أكثر فأكثر التباسًا وتسمعها المرأتان بأنفاس محبوسة وهما تنظران شامختي الأنف إلى البعيد. وبعد ذلك، حين يطفر آخر نابض في ذلك اللحن، تبدأ الأم بإخراج الصور والإشارة بإصبعها:

- هذا هو زوجي حين كان ملازمًا، وهذه هي «أنخيلينا» في مناولتها الأولى، وها نحن الثلاثة معًا إلى جانب البحر.

ثم تلي الصور بقايا آثار من الماضي: ميداليات، أوشحة، قوارير صغيرة فيها ماء عجائبي، خصلة من شعر الجدة، حصوات كلية الزوج، قطعة مؤكدة من ذخيرة عود الصليب، قطرة دم سليمة من القديسة «غيما غالغاني»... تلك هي بقايا الزمن السعيد. وبالرغم من أن الزمن قد تبدل إلى الأسوأ، إلا أنهما تعيشان بشيء من الراحة لأنه، كما تقول الأم، حين تكون الأسرة عريقة ومتينة، وتكون هنالك بقايا أثرية تشهد على الألق الغابر، يكفي الانقياد للعادة من أجل العيش بكرامة:

- هذه هي العناية الإلهية.

ويأخذ «غريغوريو» بهز رأسه موافقًا وبتمرير تلك الطلاسم إلى «أنخيلينا»، ملامسًا أصابعها في أثناء ذلك، إلى أن يوحي الصمت للنفوس، إثر إعادة تلك الأشياء إلى مكانها، بتفاهات مبهمة، ينبههم إلى الحاجة إلى وداع فوري.

وبانحلال عقد الجلسة يتجهون لاجتياز الردهة وسحب مزلاج الباب. ولأن «غريغوريو» لم يُصب في فتحه في اليوم الأول، صار يُدعى في كل مرة، بسخرية حميمة، لتكرار المحاولة بمزيد من النجاح، فكان هو، من أجل الاستجابة والمشاركة في المزحة، يتصنع أنه غير قادر، أنه عاجز عن فتحه، وأن تلك الأدوات ليست على مقاس إمكاناته، وهذا يعني أن القدر قد خصَّ كل شخص بمهمة، هذا ما تقوله الأم بينما هي تُفلت المزاليج بإصبع واحد (بهذه السهولة)، متقدمة قليلًا جدًّا، كما لو أنها تراهن في ليلة حظ مجنونة على عجلة الروليت. وبفتح الباب، يخرج مهندس المستقبل إلى بسطة الدرج تسبقه المرأتان اللتان تقفان على بُعد خطوة من العتبة لرؤيته يغادر.

لقد كرسوا ليالي كثيرة ليلعبوا لعبة «عروستي». كانت «أنخيلينا» وأمها تعرفان محتويات الصالون على أكمل وجه، وكافة خباياه

وتفاصيله، فتحزران على الدوام أسماء الأشياء التي يطرحها «غريغوريو»، أما هو بالمقابل فكان يُقر بعجزه فورًا. ولكن الأم لم تكن توافق على هزيمته بسهولة وتُمضي في بعض الأحيان وقتًا طويلًا في تعداد أشياء تافهة، إلى أن تفقد خيط الحاضر وتأخذ بالنبش في الماضي، وتروي بصوت موجوع القصة العاطفية لكل شيء من تلك الأشياء. وحين يتأخر «غريغوريو» في اقتراح الحروف، تهتف الأم بنفاد صبر:

– هيا يا «غريغوريو»، قل الحرف دفعة واحدة!

كانوا يلعبون كذلك «البرجيس». «أنخيلينا»، شديدة التراخي في حركاتها بفعل الحياء والعفاف، قليلة التعليم ولكنها مزودة بالوراثة بذلك الملخص الثقافي المتمثل بحسن التربية وحكمة العادات ومهارة في التجمل والحذر. كانت تُظهر نشاطًا طفليًّا. تهز كأس النرد بشراسة، تَعُد الخطوات بسرعة دوارية، تأكل أحجارًا وتكسب في معظم الأحيان. الأم تتدخل بعدم اكتراث فاتر، ولكن كثيرًا ما تبث فيها تحولات اللعب الحماسة، وإذا ما جافاها الحظ تصرخ وتخرِّب اللعبة بحجة أنهما يغشانها أو أنهما تلاعبا بورق اللعب، أو أن شباب هذه الأيام يجهلون قواعد «البرجيس» الحقيقية. وإذا هي لم تلعب، يقتصر دورها على المراقبة والتدخل لأي سبب، بملح وذكريات عن الماضي السعيد. وهكذا كان «غريغوريو» يتابع على الجبهتين كلتيهما. وعلى الرغم من أنه كان يتصرف في البدء كسيد مهذب، ويسمح في مجاملة استعراضية بأن يؤكل أو يتصنع السهو ويتجاهل حركة جيدة متاحة له في اللعب، متيحًا بذلك رؤية أن قلقه يتطلب ميادين أكثر طموحًا، وواقعية ورجولة. ومع الزمن صار يلعب بقوة أيضًا، دون التنازل للخصم ودون منحه أدنى منفعة. وكانوا يستسلمون بعد ذلك من جديد للصمت، بحماسة مشاهدين.

في لحظات التخلي السحرية تلك، تنهض الأم عند غروب أحد الأيام وتتوارى في حجرة النوم. عندئذ تتوقف «أنخيلينا» عن التطريز وتصغي بوجه متوتر، وشفتين نحيلتين، وعينين متواطئتين مع الأذنين، وفي الحال يُسمع صوت «أووو، أوووو» وما يشبه النشيج، وما يشبه صراع أحدهم مع نفسه. فتقول «أنخيلينا»:

- إنها تتذكر أبي، تتذكر كم كان شجاعًا وأنيقًا.

وبعد قليل تعود الأم للظهور، يتبعها الكلب الذي يرافقها في تلك الكروب، ثم تجلس مترقِّقة في زفرة وتقول:

- استمتعا بالحياة الآن وأنتما شابان، ولكن حافظا على مخافة الله أيضًا، وكونا طيبين ولطيفين. مثله، هو الذي كان بطلًا.

ثم تضيف بصوت أشد خفوتًا:

- بطل.

كان «غريغوريو» يعلم أن العسكري مات في فراشه بمرض مزمن، ولكن الأم بدأت منذ وقت مبكر في دس فرضية موت بطولي، على شكل ارتياب مبهر في أول الأمر، وبعد ذلك كإيمان راسخ، وانتهى الأمر بالثلاثة مع كثرة التفاصيل وتلك الرواية إلى الإذعان لليقين، ولكن دون نسبته إلى الزوج وإنما إلى كائن متخيل انتهى بدوره في آخر الأمر، وبصورة متخيلة أيضًا، إلى أن يكون الزوج في الواقع. كانوا يرتلون تكريمًا لذكراه في كل ليلة بعض الصلوات، توجهها زوجته الأرملة التي صارت تميل منذ ذلك الحين إلى إدخال تنويعات جريئة على الصلوات. ومع تلك الترتيلات ينتهي اليوم.

مرَّ الزمن والزيارات التي كانت أسبوعية في البدء، تحولت إلى يومية وإجبارية. كان «غريغوريو» يحضر عند حافة الغروب - بقرنفلة في عروة السترة أحيانًا أو حاملًا علبة حلوى يقدمها إلى الأم بنصف

انحناءة احترام - وبما أنه بدأ آنذاك بتعلم الإنجليزية من أجل تعزيز إمكاناته للمستقبل، فإنه يحيي ببشاشة:

- خاوآريو؟

تتلقاها الأم بحركات متصنعة مناسبة:

- لا أدري أين سننتهي!

تتصنع الاستنكار وهي تشق طريق الموكب باتجاه الصالون. يجلسون وهم يتنهدون معًا في كورال، وتقول الأم:

- آي، يا للحياة الحياة!

وعلى الفور يضمون صمتهم تضامنًا ويثقون بحمايته. قلما يكونون بحاجة إلى التكلم كي يتفاهموا. كان «غريغوريو» قد غادر دراسة البكالوريا، بذريعة أن المستقبل في تعلم اللغات، و«أنخيلينا» تتعلم الضرب على الآلة الكاتبة. كانوا يطلون من النافذة ويرون نوافذ قاعات الدرس في الأكاديمية والطلاب الناعسين في القاعات، أو يطفون كالأشباح في الممرات.

يقول «غريغوريو»:

- أسوأ ما في الأدغال هي الأفاعي السامة. وإذا كنت لم أذهب، فإن الأفاعي هي السبب. هنالك أفعى صغيرة، ملونة، الأفعى المرجانية، تقتل المرء خلال عشر ثوانٍ. ويقال إنه إذا ما لدغتك أفعى المامبا فلن تتمكن من المشي أكثر من ست خطوات. هل ستكونين سعيدة في الأدغال؟

تقول «أنخيلينا»:

- الحال هنا جيدة.

- ولكن، ألا تذهبين بدافع الحب؟

- لست أدري.

- ألا تؤمنين بالحب؟

- الناس يتزوجون.
- ولكن... ألا تؤمنين به؟
- بلى.
- هل تعلمين أن هناك نباتات لاحمة يمكنها أكل بقرة في لقمة واحدة؟
- لا أعرف.
- وهل تعرفين أن هناك أخطبوطات أضخم من هذه الغرفة، وعناكب بحجم الفئران وعقارب طولها ثلاثون سنتيمترًا؟
- ولكن لا وجود لها هنا.

ولكنها موجودة، أنا أعرف ذلك. لقد قرأت ذات يوم أن هنالك في البرازيل ضفدعًا يمكن له بقطرة سم واحدة أن يقتل مدينة تضم مليون نسمة. ولاحظي، في ألاسكا، هل تعرفين ما تكون عليه درجة الحرارة في الشتاء؟ ثمانون درجة تحت الصفر. إنني أتخيل نفسي هناك أحيانًا فأتدثر جيدًا باللحاف وأشعر بالمتعة.

- المسألة أن لديك الكثير من التخيلات.
- هل ركبتِ طائرة؟
- لا.
- ولا أنا. ألا يروق لك عمل ذلك؟
- لا أدري.
- أما أنا فأدري. هنالك طائرة نفاثة تنطلق بسرعة تزيد على ألفي كيلومتر في الساعة. ألا يروق لك القيام برحلة؟
- أمي ترغب على الدوام في الذهاب إلى روما لرؤية البابا.
- أنا أحب أن أذهب إلى القطب الشمالي، في زلاجة. ربما أذهب ذات يوم.

١١٠

- لا أدري.

- ولكنني لن أذهب، (يعترف دون حزن، وسعيدًا بالاعتراف دون حزن) لأنه يمكن لأحدنا هنا أن يكون سعيدًا أيضًا.

وبالفعل، بينما هو مستقر مرة أخرى ذات مساء لامتناهٍ، تساءل «غريغوريو» عما إذا كانت السعادة لا تفرض على المتطلع إليها جهدًا آخر سوى الاعتياد على سر رتابتها. لأن الوقت يعود مرة أخرى ليكون لغزًا، وخاصة في تلك الأمسيات الأبدية حيث يولِّد لديه السبات والسلام ميلًا إلى الذكريات غير الواعية. عندئذ تتشوه الأحجية في كابوس. فقد صار الآن في الثانية والعشرين ويمكنه أن يتذكر أحداثًا جرت قبل خمس سنوات، عشر سنوات، وحتى قبل أربع عشرة سنة، ولكنه حين يصل إلى هناك تنفتح هوة عميقة ولا تبقى سوى حدود واهية تفصل الطفولة عن السقوط في الإمبراطورية الرومانية وعن أحداث أخرى تعلمها بصورة غائمة في المدرسة. ومن أعالي هاوية العصور يمكن له أن يشير بالإصبع إلى ديناصور، إلى زقورة، إلى «آخيل» يركض وراء السلحفاة، إلى الحمار عازف الناي، وإلى «ديوجين» في برميله أو إلى الإسكندر الكبير يخطب بحماسة في جيشه. وتتفاقم تلك الرؤى الممسوخة مع تزايد خراب النسيان. حاول في أحد الأيام أن يغني «لاهافانيرا» ولم يستطع. عانى طوال شهرين من وهم أنه على وشك أن يتذكرها، ولكنه حين يفتح فمه ليصفر اللحن لا يخرج معه سوى هواء خيبة يرثى له. وفي يوم آخر نسي كلمة السر التي عليه النطق بها للهرب إلى جزيرته، وفي يوم آخر نسي اسم الجزيرة، وفي يوم تال آخر اسم كلب «أليسيا». ولكن مع ذلك كله، يا للحدث العظيم، يتكور «غريغوريو» على نفسه في عتمة الصالون، يا له من هذيان متبصر هذا الشعور بأن العالم يصير ضئيلًا على خفة كغريق في بحر العصور. ومع اكتساح النسيان لحيز

أكبر من الذاكرة، كان يفقد مفهوم الزمن أكثر فأكثر، ويزداد تمترسه في الحاضر وتصبح الأحلام أشد عذوبة وإعادة للنشاط.

- «غريغوريو»، إنك تغفو مرة أخرى! هيا يا رجل، فلنرَ إن كنت ستصلح لنا هذه الساعة!

يخرج «غريغوريو» من الحلم برعشة خفيفة، ويبتسم ممتنًّا للواقع. كل شيء ما زال مثلما هو في العادة. «أنخيلينا» تطرز إلى جانب النافذة. والأم، السائقة الملكية لعربة الغروب، تُصرِّف هبات المستقبل بمهارة، ولا يفلت شيء من الشكليات من سيطرتها ومن ميلها الغريزي للمحادثة. كانت تعرف كيف تجعل من كل سهرة فن توقع، ومن كل توقع فن أمل، وتضفي على كلماتها دومًا مسحة وعد غامضة. وتحت حراستها لم يكد يتاح للشابين أن يتعارفا. فـ«أنخيلينا» المُجِدَّة المثابرة، وذات النزاهة اللاجنسية تقريبًا، لا تتكلم بشيء من الإسهاب إلا حين تستذكر أمها حكايات من الماضي. و«غريغوريو» لا يتكلم إلا مجاراة لمناسبة، محتفيًا بكلمات المرأتين بزينة زفافية. وتُدخله استراحة تناول قطعة حلوى في حديث عن متع الحياة المنزلية. صوته نفسه الذي فقد نبرة الفتى الأمرد ليُصقل في إيقاع حلقي وحيد، وبثبات حكيم، يرن بثقة في إصدار الأحكام القاطعة، وفي الصمت يبقى بعض من تردد أصداء رتابته كثيفة.

من الخجل استنبط الاعتدال، وصمته يؤخذ على أنه طيبة. يبتسم الشابان في شبه العتمة بنأي يحوله الحياء إلى كآبة. وفي موعد محدد تجتاز الأم الصالون بكبرياء وقور، ثم تشعل الضوء وتعود لتحتل مكانها بأبهة سحرية. عندئذ يميل «غريغوريو» مستندًا إلى الكنبة، ومن خلال عتمة المساء يحرك بصره حتى فخذي «أنخيلينا» التي تكون قد تحركت بفعل الضوء واستندت إلى الكنبة وقاطعت ساقيها،

وتكون تنورتها الناعمة قد انحسرت قليلًا بتسرع الحركة. وبينما الأم غائبة، يداعب يدها أو ركبتها. وفخذيها أيضًا: يميل نحوها كما لو أنه يتفحص حبكة التطريز، وإحدى عينيه موجهة إلى الردهة، ينسل بيده بين ساقيها، باحتدام سري، فيجاهدان بصمت دون أن ينظر أحدهما إلى الآخر، هي تقاوم، وهو يستعجلها، إلى أن يعيدهما مجيء الأم إلى هيئتيهما المثاليتين كشخصيتين في أيقونة.

خبرات «غريغوريو» الجنسية كانت شبه مقتصرة على واقعة غائمة من الطفولة. كان عمره خمس سنوات وعمر جده ستين عامًا، وكان الجد يرغب بكل السبل في أن يتعلم حفيده على الفور كيف يكون رجلًا. ولأنه صياد عظيم، كان لديه عدة أزواج من قوارض ابن مِقرض، وذات يوم ربيعي أراه إياها في البستان، تتقافز هنا وهناك. فسأله:

- ما الذي تفعله؟

وأجابه «غريغوريو»:

- تلعب بملاحقة بعضها بعضًا.

فصحح له الجد:

- لا، إنها تتزاوج.

نظر «غريغوريو» ولم يفهم. وفي يوم آخر ذهبا لرؤية الحمير. كان لديهم ثلاثة حمير وثماني أُتُن.

وجلسا على حجر للمشاهدة. ظلا وقتًا طويلًا هناك. «غريغوريو» ينظر إلى الحمير وجده ينظر إليه. وفي اليوم التالي ذهبا لرؤية الخراف. وقال الجد:

- إنها تتزاوج أيضًا، ها أنتذا تتعلم كيف أن الجميع يتزاوجون في الدنيا.

بدأ المطر يهطل، ورجعا بتمهل إلى البيت. وفي الليل قال له:
- أنت أيضًا عليك أن تضاجع.
- أنا؟
قالها «غريغوريو» متفاجئًا.
- طبعًا. فأنت لا تريد أن تكون مخنثًا، أليس كذلك؟
- لا!!!!

وحدث في يوم نزلا فيه إلى القرية أن مرت أمام باب البيت طفلة بمثل عمر «غريغوريو». كان الحفيد والجد يجلسان عند العتبة فناداها الجد:
- إيه، أنت، أيتها البنت، تعالي هنا!
جاءت الطفلة وأجلسها الجد على ركبتيه.
- انظري إلى الحفيد الذي لديَّ، هل يعجبك؟
قالت الطفلة:
- أجل.
- هيا إذًا، تعاليا معي.
واقتادهما إلى غرفة في عمق البيت. كان هناك سرير حديدي كبير، وطست وجرة. حبسهما هناك وأغلق الباب بالمفتاح.
جلس «غريغوريو» في أحد الأركان وظل يبكي طيلة الوقت. ظلت الطفلة تنظر إليه دون خوف، بعينين متوسعتين من الذهول. وفي نوبة هلع، قلب «غريغوريو» الجرة فتدحرجت. عندئذ فتح الجد الباب وأمرهما بالخروج بالتناوب:
- أنتِ أولًا أيتها البنية، فأنتِ لستِ مذنبة؛ والآن أنتَ أيها المخنث!

وراح يضربه بجزمته مفلتة الحزام، ويلاحقه حتى عمق الدهليز، ومن هناك، ولسنوات طويلة، عبر أشد أركان الذاكرة خفية.

أما الآن، وبعد أن أصبحت أشياء كثيرة شبه منطفئة في الذاكرة، صار من السهل جدًّا البحث عن جمار العواطف، فاكتفى بمناوشات الخطيبين الخاضعة للمراقبة تلك، بل إنه كان يشعر بالامتنان لأن المناسبة لا تضطره إلى ما هو أكثر من ذلك. لم يكن يشعر، في الحقيقة، بحالات الهيجان والقلق التي أوحت له بهما «أليسيا». ولكنه لم ينسب التراخي العاطفي إلى اختلاف نوعية الهدف المحبوب وإنما إلى المؤثرات الخاصة بمرور الزمن، التي منحته أسلوبًا هادئًا في فهم الحب. ومستفيدًا من عبرة الفشل، صار يفكر في أن الحب لا يستحق العناء إلا إذا حمل بين أعاجيبه الأمان واستمر فيه إلى الأبد. والآن وجد «غريغوريو» الأمان أخيرًا. ففي صرامة أيام العمل، يتذكر أن لديه عند الغروب مكانًا يذهب إليه، ويكرر لنفسه أنه إذا كان قد نسي «لاهافانيرا»، وأشياء كثيرة أخرى، فإنما لأنه لم يعد بحاجة إلى أغنية من أجل تفادي تهديدات العالم. فهناك، في دفء المنزل الجديد، وعندما تحول الظلمةُ الخفيفةُ الكلماتِ إلى أحلام، يبدو كما لو أن الصمت هو رجع موج يعيد مذاقات النهار كله مُحلاة. كان يفكر فيما إذا لم تكن السعادة إلا بعض المشاعر المتأخرة، وأنها تأتي بين وقت وآخر لافتداء الأشجان القديمة، وإذا لم تكن سوى التعب الذي يخفف من الطموحات الخرقاء ويصفي حساب ديونٍ من أيام الشباب. لأنه ربما يكون قد تصرف بذلك المزيج من حذر المستثمرين الماليين وخشيتهم، مولِّدًا توقعات أوكل إرضاءها لمساعي المستقبل حلّالة المعضلات. كما لو أن ذلك المستقبل جنية محبة طيبة، وكما لو أن المكاسب تعتمد على الحماسة المعقودة على تحقيق دور «سندريلا» المتميز. ويتساءل الآن، بعد انقضاء سنوات، عما إذا كان يحصد أولى ثمار ذلك الزرع الشبابي الذي عانى الحرمان.

- إنني سعيد.

قالها لـ«أنخيلينا» في المساء الأول الذي قلصت فيه الأمُّ الحِداد إلى النصف ومنحتهما الإذن بالخروج للتنزه في محيط البيت. قالت:

- وأنا أيضًا.

دخلا إلى الحديقة وبحثا عن حميمية درب أشجار الدلب. وداهمت «غريغوريو» عندئذ آخر انتشاءات شبابه الغنائية: توقف أمام بعض الأغصان المنخفضة، انتزع ورقة جافة وقال:

- كم هي جميلة، تبدو وكأنها قلب نجمة.

كان الوقت شتاء، وبخطوات شتاء بطيئة، وصلا إلى حاجز مُشبك ورأيا وسط الضباب كتلة المدينة الصاخبة. أشارت «أنخيلينا» بإصبعها إلى عمارات الآجر؛ واكتشف «غريغوريو» واجهة حجرية يغطيها الطحلب؛ فأشارت إلى برج كنيسة وأشار إلى نافذة عليها أصيص جيرانيوم، وكانا يتأهبان للرجوع عندما تشابكا، وهما يستديران، في عناق ملتبس، وبعد أن ظلا لبرهة ينظران إلى الأفق متقابلين، تبادلا قبلة وأقسما على الحب الأبدي.

بعد سبع سنوات من ذلك، كان «غريغوريو» لا يزال يحتفظ ببدلة القطن الخام التي تعرف بها على «أنخيلينا». ولكنه لم يعد مع ذلك إلى كتابة الأشعار، ولم يبق من مشاريعه سوى عادة تحاشيها أو التحدث عنها كنزوات قديمة من أيام المراهقة. لم ينه البكالوريا، ومن اللغة الإنجليزية ظلت تطفو في ذاكرته بعض الجمل والعبارات اليومية، وحول النسيانُ الماضي، لحسن الحظ، إلى زمن منتهي الصلاحية. وهكذا، في اليوم السابق لانتقاله إلى بيت «أنخيلينا»، شكل لفافة من تلك القوافي وحفظها في علبة حذاء وفكر للحظة في

١١٦

أن يتركها هناك بالذات، ولكنه حملها معه في نهاية الأمر وسلَّمها إلى «أنخيلينا» مع القول:
- ها هي تلك الأشعار الحزينة، افعلي بها ما تشائين.
أهملتها «أنخيلينا» في أعماق خزانة، إلى جانب الغيتار. وفي ذلك اليوم بالذات شغَّلا للمرة الأولى الأرغن الذي ظل مغطى بملاءة منذ موت الزوج العسكري. وقطع «غريغوريو» العلاقة نهائيًّا مع عوز الماضي وأسلم نفسه إلى حاضر تستبعد فيه السعادة تدخل الذاكرة.

القسم الثاني

الفصل السادس

توقف «غريغوريو» على الدرجة الأخيرة من درجات السلم في صباح الرابع من أكتوبر. قالت الأم بوجه أشبه بوجه «العذراء الثكلى»، حين عرفت بأمر علاقتهما:

- إنكما فَتِيَّان جدًّا، مجنونان جدًّا، طائشان جدًّا.

وبعد ذلك توالت سنوات مضطربة، تراكمت بكثرة في الذاكرة بفعل الرتابة، وأُسيئ إهمالها بالنسيان، فلم يتوصل إلى أن يستذكر سوى إصلاحه الساعة بالسكين متعددة الاستعمالات أو إطلاله من الشرفة بملامح ملاح، يرى مرور الغيوم ويكتشف رسائلها السرية. لم يفقد قط مزيَّة رؤية هيئة شخوص وأشكال في الغيوم. فمنذ طفولته، حين كانوا يروون في المدرسة قصص المعارك بين الرومان والقرطاجيين، أو مآثر شمشون، كان ينظر إلى السماء ويرى هناك تمثيلًا لها، بكثير من التفصيل والواقعية إلى حد يفسرها معه على أنها رؤى يرسلها إليه الرب مكافأة لتقواه، وأن تلك الأعجوبة الإعجازية مقتصرة عليه وحده، بل إن الطابع الخاطئ لبعض المشاهد جعله يدرك أن سببها هو قدرته على أن يرى في الغيوم كلَّ ما يرغب فيه. فكان يقول: «سأرى الآن حمارًا بوجه أسد»، وينظر إلى أعلى فيكون هناك الحمار بوجه أسد. وكان في سنوات الخطوبة لا يزال يحتفظ

بتلك القدرة، وإن تكن قد تضاءلت بسبب تضاؤل الإيمان من جهة والسينما من جهة أخرى. وحاول إدخال المرأتين في اللعبة، عارضًا عليهما في أول الأمر دليلًا على مهارته. أشار إلى شرفة في السماء هي الشرفة التي يقفون عليها وإلى ثلاثة أشخاص مثلهم هم أنفسهم، ولكن الأم، ضعيفة النظر، لم تتوصل إلى التعرف عليهم، وكان أكثر ما توصلت إلى لمحه هو زوجها ممتطيًا حصانًا أبيض وفي يده سيف لامع. ولم ترَ «أنخيلينا» شيئًا كذلك، بالرغم من تشجيع «غريغوريو» لها على اكتشاف وجهيهما في الغيوم، إلا أنها لم تميز سوى «بروفايلٍ» مجهول، ولم تؤمن بلقى «غريغوريو» تلك، وقالت:

- لعبة «عروستي» أفضل.

ولم يعودا إلى محاولة ذلك قط.

أعادته طقطقة عارضة سقف إلى الحاضر. وبذاكرة حية خرج إلى الشارع وتوقف على الرصيف مرتبكًا بسبب دوي الطبول. «خمسة وعشرون عامًا»، فكر. وبينما هو يمضي دون إيمان، مثل قطعة عملة تتدحرج نحو متسول، مضى باتجاه مصدر الصخب. وعند وصوله إلى ملتقى شارعين، ظهرت وراءه فرقة موسيقية، ولاحقته بإيقاعاتها العسكرية، فأجبرته على تسريع خطواته.

من كل الجهات - من البوابات، من الشرفات، من الشوارع المجاورة - بدأ الناس يخرجون لدى مرور فرقة الموسيقى. كان هناك أطفال يأتون راكضين باتجاه البقعة نفسها من اتجاهات مختلفة وحين التقوا بالموسيقى اجتمعوا معًا واختفوا راكضين عبر زقاق مثل دوامة مياه وسخة. في تلك اللحظة انعطفت عند الناصية جماعة عمالقة وذوي رؤوس ضخمة وانطلق صاروخ ألعاب نارية مخلفًا حبل دخانه فوقهم. رآهم «غريغوريو» يتقدمون وهم يحركون أذرعهم ويقومون بحركات دوران متخشبة إلى أن أجبرهم اندفاع الفرقة

الموسيقية على التقهقر، وظهر الأطفال من جديد وهم يركضون في اتجاهات معاكسة، ويصلون إلى الأسيجة الحديدية ويتعلقون ظافرين بآخر قضبان الحديد. صرخ أحدهم من إحدى الشرفات:

- يحيا «الكاوديو»[١]!

ركض البعض خائفين من إضاعة أي حدث رئيسي. ولم يدر آخرون إلى أين يوجهون ذهولهم وهم يحافظون على ملامح ضياع فظ. كانت هناك حلقات رقص لا يُرى منها سوى حركة الأذرع ترتفع فوق الحشود. وعلا صوت امرأة على الصراخ طالبة فتح الطريق لمُقعدٍ في عربة من الخيزران يهز راية صغيرة بحركة ثابتة كإنسان آلي سعيد. ولم يغب عن المشهد الكاهن الشبيه بأيقونة قديمة، عجوز نحيل، يمشي شارد الذهن، شبه غائب عن الوعي، مثل كلب سلوقي مريض، والشرطي البلدي البدين الذي ينعطف عند ناصية بتثاقل وعود أسنان ما بعد الغداء معلق بين أسنانه، وينظر إلى كل شيء بعينين خدرتين، ويشد تحت إبطه على محفظة تبليغات صغيرة مشدودة بحبل مطاطي سميك.

أسلم «غريغوريو» تقدمه لحركة الحشود حتى الشارع الذي سيمر منه الموكب عما قريب. وتمكن هناك من الوقوف على عتبة بوابة، وفي الحال تعالى دوي صفارات إنذار من بعيد. عندئذ بدأ الجو يبرد. فقد غيَّمت السماء واحتل ضابط شرطة منتصف الشارع بين حشدين، نافخًا صدره وناظرًا فيما حوله بوجه مخبول ماكر. وسواء أكانت الغيوم هي السبب أم ظهور الضابط، فإن الناس صمتوا، ما أتاح سماع نزاع زوجي حاد في الأعلى. وفجأة اندفع ثنائي من راكبي الدراجات النارية، وبعد لحظات انتظار، مرَّ موكب سيارات «دودج»

---

(١) اللقب الذي كان يُطلق على الدكتاتور «فرانثيسكو فرانكو». (المترجم).

سوداء. اعترض مرورها كلب وعارضها بنباح محزن. في تلك اللحظة (رأى «غريغوريو» الضابط ينظر إلى أعلى ويرفع ذقنه كما لو أنه يتلقى إهانة) بدأت الفرقة الموسيقية بعزف مارش عسكري.

كان الموسيقيون مستقرين على إحدى الشرفات، وعلى شرفة أخرى زوجان متوسطا العمر - من المحتمل أنّ كلًّا منهما، بعد أن أجَّلا شجارهما، يمسك الآن بخاصرة الآخر في إيماءة حب تاريخية. وعلى شرفة أخرى هناك عائلة تصطف بصرامة فوتوغرافية، وعلى شرفة غيرها رجل وحيد يرتدي السواد، ويحمل في يده بأناقة مهذبة منديلًا مزينًا بتطريزات دقيقة.

كبح «غريغوريو» صرخة ذهول. وبقفزة واحدة اختفى في البوابة القريبة، ضبط إيقاع تنفسه، أغمض عينيه وتذكر دون جهد يومًا ربيعيًّا قبل أربعة عشر عامًا، حين ذهب مدفوعًا بإعلان في جريدة إلى بناء قديم من طابقين ذي سقف قرميدي مائل. وكان هناك حاجز شبكي وراءه ورود وممر رملي يؤدي إلى بوابة كراج مغلقة. استقبله رجل يرتدي بدلة صارمة السواد لم يتوقف لحظة واحدة عن إبداء مفاجأته، حتى إنه مع كل كلمة من المتقدم كان ينتصب مبديًا ملامح الحَوَل وناظرًا كطائر جارح. كانا في عمق الكراج، حيث لا يوجد سوى منضدة وكرسيين.

- هل أنت بروتستانتي؟

- لا.

- ممتنع عن التدخين؟

-لا.

- تتقن الضرب على الآلة الكاتبة؟

- بعض الشيء. (وهز إحدى يديه جانبًا كي يخفف من وقع التأكيد).

- هل تعدُّ نفسك ضارب آلة كاتبة ممتازًا؟
- لا.

تلا ذلك تقييم صامت. كان الرجل يدخن ويفتح فمه دون أن يبتلع الدخان.

قال أخيرًا كاستنتاج:
- يوجد مرشحون كثيرون.
- أتفهم ذلك.
- لماذا تستبدل عملك؟
- أفلست الشركة.
- كم عمرك؟
- اثنان وثلاثون عامًا.
- هل لديك من يقدمك، أعني حاميًا لك أو وسيطًا؟
- لا.
- ما هو اسمك؟
- «غريغوريو أولياس».

كرر الآخر:
- «أولياس». هل تعرف شيئًاعن الأنبذة والزيتون؟
- لا.

وبإصبع شاحب شديد التدقيق راح يعرض عليه أدوات العمل: كرة خيطان ثخينة، آلة كاتبة، قضيب شمع أحمر، مصباحًا كحوليًّا.
- حسن، في حالة قبولنا لك، في الداخل يوجد مقص وأدوات مكتب. لن يكون عليك سوى الاهتمام بتصنيف وتصريف المراسلات، وتعليب مساطر منتجاتنا، وربما يكون عليك ذات يوم أن ترد على المكالمات الهاتفية.

تحمس «غريغوريو»:

- تمام!

بعد وقفة تأمل (بدا كما لو أنه يقوم بفعل ندامة). نظر الرجل ذو البدلة السوداء إلى «غريغوريو» بعينين خاليتين من الشفقة، كمن يبحث فيه عن سبب ما زال غير مفهوم للتسلية والذهول.

سأل مقدرًا كل كلمة من كلماته ومتراجعًا فجأة إلى الخلف، كمن هو معجب بالمحصلة النهائية لها جميعًا:

- هل لديك طموحات؟

أجاب «غريغوريو» بشيء من خبث في الإيماءات:

- حسنٌ، ضمن ما هو عادي.

دقق الآخر نظره، وهو يحمي الآن عينيه بوضع أصابع يده على جبينه كواقية، وزمَّ شفتيه ممتلئًا بالغمِّ، فكان على «غريغوريو» أن يكرر الجواب لأن ما قاله لم ينفع، لأن الآخر استهجنه - فكر- بصمته الرغوي.

- حسن، عادي.

كررها بجدٍّ هذه المرة، مخففًا من فتح ذراعيه ومؤكدًا على وفائه بكل كلمة.

ولكنه انتبه على الفور إلى أن تأكيده لم ينفع في هذه المرة أيضًا. تبين له ذلك من رنة صوته بالذات ومن الطريقة التي أشعل بها الآخر سيجارًا، باعتدال شديد، مانحًا وقتًا لـ«غريغوريو» نفسه كي يقتنع بعدم جدوى ردِّه.

قال أخيرًا ذو الملابس السوداء، بعد صمت صعب:

- حسنٌ، فلنتجاوز هذا الأمر.

ورطَّب شفتيه قبل أن يتابع:

- لديك أبناء؟

- لا.

- تشرب كحولًا؟
- لا.
- تعرف لغات؟
- لا.
- هل سافرت؟
- لا.
- أتعاني مرضًا ما؟
- لا.
- هل أنهيت الثانوية؟

تململ «غريغوريو» في المقعد:
- حسن....
- هل أنهيت الثانوية؟
- لا.

نظر إليه رجل الملابس السوداء بقلق.
- هل سمعت من قبل باسم شركة «ريكينا وبيلسون»؟

قال «غريغوريو» معتذرًا:
- لا.

أطبق الآخر عينيه. وغطت ظلال تعب لامتناه جبهته بالقتامة.
- اعلم إذًا (بدأ بالقول كما لو أنه يقارب بصورة خطيرة حدود الصبر)، «ريكينا وبيلسون» هي أقدم مؤسسات هذا الاختصاص التجاري وأكثرها أرستقراطية. تأمل ظهر مقعدك. هذا هو شعارنا: برميل خشبي يحرسه نسر وثعلب. الشموخ والدهاء. الإلهام والثبات. وأضاف باللاتينية:

إذا كنت تحب الرب، فها لديك فرصة حقًّا. تبادلا النظر بحظ غير متكافئ.

- هل تعرف اللاتينية؟
- قليلًا جدًّا.
- حاول الترجمة.

ولكن لم تكد تمضي لحظة، حتى بدا أن ثقل ذنوب الآخر غير محتملة بأي حال، فقال رجل الملابس السوداء:

- حسنٌ، فلننسَ ذلك، أرى أنه ليس من السهل التفاهم معك.

حاول «غريغوريو» القيام بإيماءة قلق وبراءة، لكن الآخر حرف بصره عنه وغمره بأمل كئيب. وأضاف دون أن ينظر إليه:

- اعلم أيضًا، هذا البيت هو شركة خاصة. في الطابق العلوي يعمل ثلاثة رجال، تحت إمرة السيد «بيلسون» المباشرة. وتحت، في القبو، يعمل اثنان آخران في تعبئة القناني والتعليب. لدينا أيضًا شاحنة وبائعان. التنظيم متقن كما ترى. منذ مئتي عام ونحن نحافظ على عدد العاملين نفسه. لم يوجد قط واحد زائد أو ناقص. كان يمكن لنا أن نكون ثمانية أو عشرة أشخاص، ولكن لا، إننا تسعة، تسعة بالضبط. هذه هي ضمانتنا، وعليها تقوم قوتنا. ولكن، أخبرني أخيرًا، هل لديك معتقدات سياسية؟

قال «غريغوريو» معتذرًا:

- لا.

نظر إليه رجل البدلة السوداء بشفقة تحليلية.

- «أولياس»، إيه؟
- أجل.

أمسك لحيته الصغيرة غير المنتظمة. وفكر بصوت عالٍ:

- أنت رجل فريد حقًّا.

نهض، ومن فراغ الباب، متخذًا وضع تمثال خطيب روماني، مدَّ

ذراعه بعد ذلك وحركها في حركة مخلب دائرية كما لو أنه يُركب لمبة مصباح، وأشار إليه بمبالغة، قائلًا باللاتينية:
- تواضعي غير مناسب لمنفعة مجدك.
وخرج حاملًا وراءه موكب تكتمه الخاص.

بعد ستة أيام من ذلك، تلقى «غريغوريو» رسالة وفيها دعوة لبدء العمل في اليوم التالي وقائمة بـ«منتجات «ر. وبيلسون»، أنبذة وزيتون».

هكذا كانت بداية الأربعة عشر عامًا التي جلس خلالها وراء منضدة في عمق الكراج، تحت قبة إضاءة صغيرة تمشي عليها الحمائم وتشوه الهواء في الصباحات الصافية بتموجات مائية.

اعتاد «غريغوريو» على أن يجد كل صباح، في المكان نفسه على المنضدة، العمل الذي عليه إنجازه خلال النهار، وتركه ناجزًا في ذلك المكان المبهم نفسه المتفق عليه. يكتب أولًا رسائل تجارية، وهي بالصيغة نفسها دائمًا، ويرفق بها الفواتير ثم يذيب الشمع الأحمر على المغلفات ويختمها بخاتم الشركة. ويُعدُّ بعد ذلك علب نماذج، ويحزمها، ويختمها بالشمع الأحمر ويتركها جاهزة للبريد. وبعد الظهر يكون قد أنهى المهمة، ويصير عليه أن ينتظر المكالمات الهاتفية. ولكن الهاتف لا يرن أبدًا فيقضي «غريغوريو» الوقت وهو يرى من بعيد صعود ثقالة مصعد ونزولها، والنظر إلى السحب، وتنظيف أظفاره أو أذنيه بالسكين متعددة الاستعمالات. وكان يسمع الأصوات كذلك، وتعلم على الفور تمييزها. فالآتية من أعلى كلها معدنية. أحيانًا يُقرع جرس أو يسقط على الأرض شيء رنان. أما أصوات الأسفل فهي همس أصم، أشبه بقطعة بحر متسخة تلطم جدارًا. «بوم، بوم»، هكذا. وفي حوالي الساعة السابعة تتوقف، وعلى الفور يرى «غريغوريو» رجلين يسيران على درب في نهاية

أرض خلاء. لا بد أنهما يدخلان للعمل في وقت أبكر منه ويخرجان قبله ويفعلان ذلك من باب آخر، لأن «غريغوريو» لم يرهما قط عن قرب، بل إنه لا يعرف اسميهما كذلك. وليسا هما وحدهما: فمن الموظفين الثمانية، لن يعود إلا بعد أربعة عشر عامًا، في الرابع من أكتوبر، لرؤية الرجل الذي استجوبه، مرتديًا السواد كالعادة، ومستندًابمرفقيه إلى شرفة، وبين أصابعه منديل أبيض.

لقد انغمس في العمل بلا شغف ولا تهاون. ومع ذلك، لم يرن الهاتف طوال ست سنوات.

كان زمنًا مُبَسَّط العادات. عند الغروب يخرج إلى الممر الرملي، يجتاز السياج الشبكي ويبدأ، على خطوات اليوم السابق، الرجوع إلى المنزل. وفي البيت، بينما «أنخيلينا» والأم تطرزان تحت نور مصباحٍ تزين قمته رسوم كرز، يقوم هو دون توقف بتنظيف أظفاره، ويلعب «سوليتير» بورق اللعب، ويفك ويركِّب الساعة التي التزم بإصلاحها منذ ما يزيد على عشر سنوات، أو يجتمعون معًا ليستمعوا من المذياع إلى روايات الحب المسلسلة والأغاني المهداة.

أعادوا حيوية الشباب إلى الشقة. «ستريان كم سنكون سعداء». هذا ما قالته الأم في نوبة انشراح، لدى عودتها من الكنيسة. طلت الأثاث بالورنيش، نظفت الستائر، طلت الجدران، زرعت أزهارًا في كل الغرف وخبأت في مخدعها ذكريات زوجها العسكري، ووضعت مكانها لوحات تقاويم، وسلال نباتات مجففة، ولوحات غزلان زاهية. «ستريان كم سنكون سعداء»، كانت تكرر وهي تخفف من الألوان القاتمة، وتشتري رداء بيتيًا مزينًا بطواويس، ومجلات موضة، ومقاعد خيزران، ووسائد برسوم حراجية، ومصابيح إنارة وزعتها في كل مكان، ومذياعًا بمفاتيح لؤلؤية، وساعة جدار تنفتح كل ساعة بمصراعين ليطل منها بوق يعزف لحن الاستيقاظ. «ستريان

كم سنكون سعداء»، وأخرجت أدوات صنع حلوياتها وصارت تكرس أمسيات السبت لتصنع معجنات بالبندق، وبسكويت الفاكهة، وحلوى «خصيتي الراهب»، وبسكويت «ليون»، وفطائر مغطسة بالقطر، وزلابية مع القشدة والكريمة.

ساهمت «أنخيلينا» في تلك التغييرات بعناية وديعة. ومع أنها لم تكن جميلة قط، إلا أنها اكتسبت فتنة غير محددة بقوة كونها هي نفسها وعيشها دون مفاجآت. والحقيقة أنها واصلت حياة العزباء بعد الزواج، وصارت قوية، شبه منيعة، في حصن العذرية المتوحدة. فعندما يصل «غريغوريو» في المساء، ترفع بصرها وتنظر إليه من تخوم كوة تطريزها، عبر هواء مسحور بنور يوضح صمتًا حاسمًا. يكادان لا يتكلمان، يتنافسان في الإضمار، يتبادلان نظرات خفية، وزفرة منهما تساوي الكثير من المناجيات. وفي الفراش، يواصلان في بعض الأحيان لعب لعبة «عروستي»، أو التعداد الألفبائي لأسماء أزهار وحيوانات.

منذ اليوم الأول للزواج أدرك «غريغوريو» أن علاقتهما ستكون امتدادًا لخطوبة خجولة، حيث لم تكن هنالك حاجة حتى لتجديد الصمت المتوافق عليه منذ اللقاء الأول، بعد اعترافهما باسميهما وبأذواقهما وميولهما. لقد قاما برحلة إلى الساحل في السنة الأولى. وخلال الطريق في القطار، شبكا يديهما وراحا يهتفان:
– نهر! بقرة! قلعة! قرية!

جمعا أصدافًا على الشاطئ، وزارا كنائس، ونكسا رأسيهما خجلًا أمام أناس يتكلمون لغات أخرى، وكتبا بطاقة بريدية ذكرا فيها أنهما جمعا أكثر من ألف قوقعة، وأنهما أبحرا في زورق بمحرك، وأنهما يتنزهان مساء في حديقة ويتحدثان عن الاستخدامات الكثيرة التي توفرها الأصداف، وكيف سيكونان سعيدين لأنه لا وجود لما

يحول دون كونهما كذلك. كان «غريغوريو» يرغب في إنجاب ابنين:

- واحد سيكون اسمه «غريغوريو»، مثلي، وسأروي له حكايات رعب وأعلمه النظر إلى الغيوم، وفي أيام الآحاد سآخذه إلى ملاهي بيت الضواري.

فتقول «أنخيلينا»:

- لا أدري.

- ألا تحبين الأطفال؟

فتقول:

- الأطفال يكبرون ثم يذهبون.

- هكذا هي الحياة، ولكننا حتى ذلك الحين سنقضي الوقت معًا على أحسن حال.

-لا أدري، فليكن ما يشاؤه الرب.

قاما برحلة العودة متقاسمين الصمت نفسه. وروى لهما تاجر أقمشة جوال مغامراته. كان يتكلم عن نفسه كما لو أنه يتكلم عن ورقة يانصيب رابحة. لم يعودا إلى الكلام عن الأصداف، ولا عن الأبناء، ولا عن السعادة. استسلما للأيام الموعودة: الشهور تمر، وكل شهر يأتي بصورته في التقويم، وبوصفاته، وطرائفه، ومناظر الثلج أو السنابل الخاصة به. تمضي الفصول، وتحمل الريح ورقة أو فراشة. تمر السنون، وكل الأشياء التي تتصدر السعادة تستمر في مكانها الدقيق.

كان معتادًا بصورة موفقة على سياق الحياة، يعتمد البساطة في طقس العادات الحميد، وفي صورته في المرآة كل صباح، إلى أن حدث عصر ذات يوم، بعد ست سنوات من دخوله للعمل في شركة «ر. وبيلسون»، أن رن الهاتف في المكتب.

تلا صخب رنين الهاتف طيران مذعور لحمائم سقف الإنارة.

وبطفرة واحدة انتقل «غريغوريو» من المفاجأة إلى الذهول، ومدَّ يده بعد توقف طويل، وجلا صوته، واتخذ هيئة وقار ثم تناول السماعة وسمع من الجانب الآخر للخط، بصوت أنفي كصوت طفل عجيب:

- أنا «خيل».

قال بتصميم:

- «أولياس» يكلمك.

كرر الصوت:

- أنا «خيل»، ممثل شركة «ريكينا وبيلسون» في الأرياف.

- نعم.

- سجل ملاحظة من فضلك. خمسون كيلوغرام زيتون لمؤسسة المأكولات الإيبيرية؛ وعشرون صندوق نبيذ وثلاثون كيلوغرام زيتون لمتاجر «لابروبينثيا».

ثم قدَّم عنوانًا وختم المكالمة بالقول:

- سأعاود الاتصال يوم الخميس.

ترك «غريغوريو» الطلبية على المنضدة. وفي اليوم التالي وجد في مكانها ملاحظة: «ابق على اتصال منتظم مع «خيل»».

عند عصر يوم الخميس رن الهاتف من جديد.

- أنا «خيل».

سُمع الصوت الصافر.

- أيوه.

- لا شيء لدي اليوم. إنني أتفاوض مع تاجر جملة وربما أحصل على أخبار غدًا.

قال «غريغوريو»:

- حسنٌ، ابق على اتصال منتظم.

هَدَل «خيل» الذي يتكلم دومًا بصوت مذعور:

- سأحاول، ولكن الهواتف هنا لا تعمل أحيانًا، وهنالك قرى لا وجود فيها حتى لهواتف.

قال «غريغوريو»:

- حاول بأي طريقة.

واتكأ في المقعد مستعدًّا لتكرار الجملة نفسها طوال الوقت.

- ربما ألجأ إلى استخدام البرقيات.

- لا، لا، من الأفضل استخدام الهاتف، الهاتف وحسب.

صرخ «خيل»، فخرج صوته كديك:

- سأفعل المستحيل، ولكنني لا أعرف إن كنت سأتمكن من الاتصال دومًا. ولا بد أن تأخذ في الاعتبار أنني هنا كمن هو في نهاية العالم.

ابتسم «غريغوريو» بجرأة:

- حاول ذلك.

قالها بثبات.

منذ ذلك الحين صار «خيل» يتصل كل أيام الاثنين والخميس. يملي أولًا الطلبيات بسرعة، ثم يبدأ بعد ذلك بوقفات صمت تزداد طولًا أكثر فأكثر.

يسأله «غريغوريو»:

- أما زلت على الخط؟

في أحيان كثيرة يُصدر صوت تأكيد هامس، ثم يصمت من جديد. بينما «غريغوريو» يرسم زهورًا أو يلعب بالسكين متعددة الاستعمالات.

- أتريد شيئاً آخر؟

ويعزز السؤال من كثافة الصمت، ويُسمع عندئذ صوت «البوم

بوم» من القبو، ويُسمع تشويش خيوط الهاتف، ويُسمع تنفس «خيل» اللاهث.

يرفع صوته:
- أمازلت على الخط؟
- أجل...
- هل تريد شيئًا آخر؟
- شيء آخر؟ (يُسمع الصوت من بعيد) لا...
- حسن، الوداع إذًا ولتبقَ بخير.

ولكن «خيل» يظل في الجانب الآخر، منصتًا، ولا يحسم أيٌّ منهما أمر إغلاق الهاتف.

يتصل في مرات أخرى. يعلن «غريغوريو»:
- «أولياس» يكلمك.

ومع أن «خيل» يظل صامتًا، إلا أن «غريغوريو» يتعرف عليه من إيقاع تنفسه ونوعية صمته الغامضة. يظل كلاهما منصتًا، فإذا ما ضرب «غريغوريو» الميكروفون بقلم، فعل خيل مثله، وإذا قال «هل أنت «خيل» يا سيدي؟»، ينزل الآخر إلى مناطق صمت أشد عمقًا ويواصل الترصد حتى النهاية، حيث يعمد بحذر بطيء إلى الضغط على زر الإقفال ويترك «غريغوريو» في حيرة الحامض الحلو.

توجد أرض خلاء وراء النافذة، وفي العمق واجهة البناء الخلفية حيث تصعد وتنزل طيلة النهار ثقالة المصعد. وبعينين تائهتين في ذلك الاتجاه، يستغرق «غريغوريو» في التفكير كيف يمكن أن يكون ذلك الرجل الذي يبدو فجأة كمن يتجسس بقدر ما يتخذ نبرة بوح مريرة. لأنه، أحيانًا، في بعض الأيام، يبدو ثرثارًا.

- أتعرف؟ (اتصل ذات يوم اثنين)، الجو بارد اليوم، السماء رطبة والقبرات تشدو.

١٣٥

ألقى «غريغوريو» نظرة غير مصدقة إلى الأرض الخلاء. قال دون تفكير:
- تهانيَّ.
- أجل، وانظر، لقد مضى زمن طويل دون مطر وها هي السماء غائمة الآن.

فقد «غريغوريو» صبره:
- رائع.
- ولكن هذه المهنة قاسية جدًّا على أي حال. تصور إذا هطل المطر، ماذا سأفعل؟

لم يجد «غريغوريو» ما يقوله.
- هل تسمعني؟
- أجل.

- لستُ راغبًا في الشكوى، ولكن الأمر قاس جدًّا. لدي حقيبة كبيرة جدًّا وأنا انتقل بها في كل مكان، مع الحقيبة دائمًا. وإذا ما سمحت لي بأن آخذ راحتي، سأقول لك إنني أتحدث إلى الحقيبة. أقول لها:«انظري أيتها الحقيبة، الجو جيد اليوم»، أو أشجعها عندما يكون الطريق طويلًا. أخبرك بهذا كي تعرف أن هذه المهنة شاقة جدًّا. هناك واحد من معارفي، وهو مندوب مبيعات جوال أيضًا، ويقول لي: «نحن الجوالين يا «خيل» فنانون». ما رأيك؟
- أرى أنك ربما تكون محقًّا.

- لا أدري، لا أدري (بدا كأنه يعذب نفسه). وهناك بعد ذلك الانتظار. في بعض الأحيان يجعلونني أنتظر لساعات، وحتى لأيام بكاملها. وباختصار، لا أدري. أضف إلى ذلك يا سيد «أولياس» (وانكسر صوته)، إذا ما سمحت لي أن أقول لك الأمر مثلما أشعر به، الحذاء يضغط على قدميَّ.

قال «غريغوريو»:

- تشجع يا رجل.

عندئذ صمت «خيل». بدا متوقفًا حيال سؤال كمن هو على شفير هاوية، وصار صمته معادلًا للَعتمة.

- حسنٌ، هل لديك شيء آخر؟

ولكنه لم يردَّ، وبعد مرور بعض الوقت فقط سُمع، هناك بعيدًا، احتجاجه الأنفي:

- البنسيونات باردة، القطارات بطيئة، الشاحنات طويلة جدًّا.

ولم يحسم «غريغوريو» كذلك أمره بإغلاق الهاتف.

على الرغم من مكالمات البوح تلك، لم يكن «خيل» يتأخر عن العودة إلى الاتصالات التي يكتنفها الإبهام. لم يكن يتجسس وحسب: كان يُصدر أصواتًا كئيبة كذلك، تبدو في بعض الأحيان أشبه بأنين الرياح، وفي أحيان أخرى مثل حشرجة احتضار، وتحاكي أحيانًا تشوش الخطوط الهاتفية.

تجرأ في أحد الأيام على سؤاله:

- أخبرني يا «خيل»، ألست أنت من تتصل وتُصدر أصواتًا؟

- أنا؟

- أجل، هناك من يتصل ويُصدر أصواتًا. ألستَ أنت حقًّا؟

- لا أدري ماذا أقول لك. أصوات؟ لست أدري.

- كيف لا تدري يا «خيل»؟

- أنا أطلبك أحيانًا، أجل، ولكنني لا أتمكن من الاتصال. وأسمع عندئذ أصواتًا في الخط. لا أدري، أتكون الأعطال، أم تداخلات خطوط، أو أنني أتصل من بعيد جدًّا فلا يصل الصوت. أجل، لا بد أن هذا هو السبب، إنني أتصل من بعيد جدًّا، ألا تظن ذلك؟

دمدم «غريغوريو»:
- لا أدري، ربما.
- ومع ذلك، يبدو الأمر كالكذب، أليس كذلك؟
- أي أمر؟
- الهاتف. ألا ترى أنه اختراع عظيم؟
- بلى...
- اختراع عظيم، أجل يا سيدي. ومع ذلك، ماذا تقول لي عن الكهرباء؟ أليستْ شيئًا أعظم؟

لم يدر «غريغوريو» ماذا يقول.

- إنها شيء عظيم. اخترعها مستر «إديسون»، العالِم الأمريكي العظيم (وانكسر صوته من التأثر).«توماس ألفا إديسون» (كرر على الفور بصوت منكمش). أما أنا يا سيد «أولياس» (أضاف مذهولًا) إذا سمحت لي الثقة فسأقول لك إنه لا حق لي بالتلفظ بهذا الاسم.
- آي، لا؟ ولماذا؟

أكد «خيل»:
- لا يحق لي، لستُ جديرًا. والآن، إذا سمحت لي، سأملي عليك الطلبية.

اتصل في يوم اثنين آخر، وتلخصت تحيته في الإعلان أنه مريض:
- إنني ضعيف، وأعاني الحمى، تصور عندما يحل الظلام، ما الذي سأفعله؟

تطلع «غريغوريو» إلى الأرض الخلاء مهزومًا.
- هيا يا «خيل»، لا داعي للانهيار. ستشفى من المرض. الرجل يُعرف في الشدائد.

- أجل، أعرف ذلك. إنني أكثر حماسة الآن. أخبرك بهذا كي تعرف أن هذه المهنة شاقة جدًّا.

تفلسف «غريغوريو»:

- أجل، ولكن عليك أن تتذكر أن الحياة لم تكن سهلة قط.

سارع «خيل» وقال:

- هذه حقيقة عظمى، الحياة ليست سهلة على الإطلاق!

قال مازحًا:

- وأقل من ذلك حياة الفنانين.

- شكرًا للمواساة يا سيد «أولياس». أنت متفهم جدًّا.

في أثناء ذلك كان «غريغوريو» قد جازف بإفلات جُمل كاملة، وتعليقات جريئة، وعبارات مقتضبة واثقة. لم يتكلم من قبل قط بمثل كل تلك المهابة والرسوخ. فما إن يرن الهاتف حتى يستند إلى الكرسي، ويشعل سيجارة ويقاطع ساقيه:

- «أولياس» يتكلم.

وينتهز فرصة تقديم نفسه كي يزيح الدخان بصورة فنية، مثلما كان يفعل أبطال أفلامه القدماء.

عندما استتبت الثقة بينهما، سأله ذات خميس إن كان يعمل منذ زمن طويل لدى شركة «بيلسون».

فقال «خيل» متحسرًا:

- منذ تسعة عشر عامًا وخمسة شهور وثمانية أيام.

- وكيف لم تتصل من قبل؟

- كنت أرسل برقيات إلى الطابق العلوي. أرسلها إلى رجل، لا بد أنك تعرفه، يلبس بدلة سوداء دومًا ويوجه الكثير من الأسئلة، بعضها باللاتينية. أتعرف من هو؟

- أجل.

- إنه هو. وقد قال لي بعد ذلك إنه من الأفضل العودة إلى نظام الهاتف وهأنذا هنا.

أتبع ذلك بصمت طويل.

قال «خيل» فجأة، بأفضل نبرة ذاهلة:

- أتدري؟ إنني الآن في قرية صغيرة، بلا نور كهربائي، وأشعر بألم في أضراسي. أتفهمني؟

- هيا يا «خيل»، تشجع.

- حسنٌ، ولكن افهمني. إذا ما منحتني الحرية، سأقول لك إنني في الثامنة والثلاثين من العمر.

و«غريغوريو» الذي كان يوشك على بلوغ التاسعة والثلاثين، قال له دون اهتمام إنه ما زال شابًّا.

أبدى خيل الحذر:

- الأمر يعتمد.

- علامَ يعتمد؟

- لو أنني بنَّاء، مثلًا، فإنني شاب، ولكن لو كنت كيميائيًّا فإنني عجوز.

- ولكنك بائع، أليس كذلك؟

- بلى.

- أنت شاب إذًا.

- لا تظن ذلك، لا تظنه.

- أنا لم أفهم إذًا.

- ليس من السهل الفهم.

- اشرح لي إذًا.

- الأمر غير قابل للشرح. أعذرني.

وتمترس بالصمت. صرخ «غريغوريو»:

- أتسمعني؟ قل شيئًا!
قال «خيل» بصوت يرثى له:
- اعذرني.
وأغلق الخط.

في الأسبوع التالي، وبعد أن اعتذر عن فظاظته، عاد للشكوى من البنسيونات، وكيف أنه حزين لأن فيها على الدوام نساء في حالة حداد، والمجهولون يُذكِّرون دومًا بشيء من الميت، وبالتالي فإنه يعيش حالة جنائزية دائمة.

- والطرق كلها مترعة بالغبار لأن المطر لم يهطل منذ أربع سنوات. وفي المدينة أيضًا لا يهطل المطر، أليس كذلك؟
- لا يهطل.
- مع الزمن سيصبح هطول المطر بكبسة زر، كما النور.

لم يجب «غريغوريو».

- ألا تظن ذلك يا سيد «أولياس»؟
- الأمر ممكن.
- لدي إيمان كبير بالعلم. لا وجود لشيء لا يمكن لرجال المدينة التوصل إليه.

رأى «غريغوريو» صعود ثقالة المصعد. قال متذكرًا جملة سمعها مؤخرًا من المذياع:
- إنها ديناميكية التقدم.

هتف «خيل»:
- ديناميكية التقدم! يا للقول السديد! أترى؟ هناك في المدينة لديكم على الدوام الطريقة الدقيقة في تحديد الأشياء. يكفي الاستماع إليك لمعرفة أنك رجل دنيا.

تنحنح «غريغوريو» بلباقة.

١٤١

- ألا أزعجك بهذه الأقوال؟
- بالطبع لا يا «خيل».
- أتسمح لي إذًا بسؤال؟
- بكل تأكيد.
- هل تؤمن بوجود المريخيين؟

رمش «غريغوريو» مذهولًا.

- لست أدري، ماذا يمكنني أن أقول.
- أتفهمُ ذلك.
- ما الذي تتفهمه؟
- لا شيء، أمور تخصني، وليست مهمة. أمور مندوب مبيعات جوال. أنا... أتدري يا سيدي؟ أنا أيضًا عشتُ هناك، في المدينة، منذ سنوات طويلة.
- لم أكن أعرف ذلك.
- أجل يا سيدي. كانت لي خطيبة، وأُسرةٌ وهرٌّ.

لم يجد «غريغوريو» أي تعليق مناسب، وبدا أن «خيل» قد سقط في صمت نهائي. سأله على الفور:

- حسن، لا شيء إذًا. ألديك شيء آخر؟
- لا.

تأخر «خيل» في الرد، ولم يكن متأكدًا جدًّا من نفيه. لقد حافظا على تواصل منتظم خلال الصيف والخريف والشتاء. لم يستطع «غريغوريو» قط معرفة الطريقة التي اكتسب بها «خيل» الحق أن يُقحم من خلال إملاء الطلبيات التجارية، وبمزيد من الألفة في كل مرة، قصة بؤسه اليومي كبائع جوال. فعندما لا تؤلمه أضراسه يضغط الحذاء على قدميه، وفي مرة فاته اللحاق بالقطار، فأصيب بنوبة فواق وظل يفوق على رصيف المحطة وحذاؤه مفلت الرباط.

١٤٢

وبما أن اليوم كان خميسًا، فقد اتصل من هناك بالذات ليعيد ترسيخ نفسه في قسوة الحياة التي لا ترحم. قال وهو يطلق الفواق، وبشيء من الغضب الصبياني:

- أخبرك بهذا كله كي تعرف.

قال «غريغوريو» بتعقل:

- لا تكثر من الشكوى وتصرف.

- إنني أحاول ذلك يا سيد «أولياس»، ولكن عليك أن تعرف أنه صعب. فأنتم هناك في المدينة لا تفهمون ما يعنيه العيش في هذه العزلات. واعذرني لقولي هذا.

- هيا يا «خيل»، لا تدع اليأس يسيطر عليك.

واصطنع وداعًا مرحًا. ولكن الآخر لم يغلق الخط. ظل ينصت، ويفرك السماعة، وسمع «غريغوريو» ما يشبه الأنة، وحَارَ فيما إذا كان «خيل» يفعل ذلك أم إنه مجرد نحيب يُحدثه بُعد المسافة.

انقضى الشتاء، وتثبتت صورة «خيل» في ذاكرته مع وابل عباراته المتماثلة، والغامضة أحيانًا، وتجواله عبر قرى متشابهة، ولياليه في بنسيونات هي البنسيون نفسه على الدوام، وتشرده في دروب تكررها الشمس والغبار حتى اليأس. كان صوته أحيانًا هو الصوت المتكلف لرجل الدنيا:

- سيد «أولياس»، الحياة لا تتوقف وها أنذا من جديد: سجِّل ملاحظة بهذه الطلبية.

ثم يملي عددًا من صناديق النبيذ وكيلوغرامات الزيتون. إنه صوت الغبطة:

- وصلتُ للتو إلى قرية لديها احتفالات! عملية البيع مؤكدة!

وصوت غم يرثى له:

- عاودني ألم الأضراس، لا أستطيع النوم وطعام النزل يسبب

لي حرقة في المعدة. بهذا الجفاف، أشعر أحيانًا كما لو أنني ضائع في حجرة مظلمة.

كم عامًا انقضى بالفعل دون مطر. في صباح الرابع من أكتوبر، لم يكن «غريغوريو» يتذكر جيدًا إذا ما كانت الصورة الغائمة لتلك الحقبة هي شأن من شؤون الجفاف أم من الحمَّام السحري الذي يُصلح به ذكرى تمزقات النسيان. غير أنه كان يحتفظ دومًا في ذاكرته بصفاء يوم الأحد ذاك من شهر مارس حين اقترح الذهاب إلى مهرجان شعبي أقيم في ضواحي المدينة. وقد أبدت المرأتان حماسة متباينة للدعوة. فـ«أنخيلينا» لم تقل نعم ولم تقل لا، وبعد نظرة حيرة، عادت للتركيز على مهارات التطريز. أما الأم فتركت العمل وانطلقت بالصراخ:

- العالم آخذ بالانتهاء والشيء الوحيد الذي يخطر لك هو الذهاب إلى المهرجان الشعبي. إلى المهرجان الشعبي، يا له من خاطر! كما لو أن الحياة بهذه السهولة: هيا، سأذهب إلى المهرجان! فأنهض من فوري، وهيا إلى المهرجان! هنالك زلازل في العالم بأسره، وأمراض لا علاج لها، وذئاب بجلود حملان، وأناس لا يتوقفون طيلة الليل عن السعال، ويخرج لي أحدهم ويقول، إلى المهرجان! لامتطاء الأحصنة الدوارة! لتناول الزلابية! لشرب البيرة والإتخام بالحلويات! إحدانا أرملة ويأتي صهرها، وانظري ما الذي يخطر له، هيا يا سيدتي، ارتدي ملابس الحفلات، تزيني بالمجوهرات، تعطري، فسوف نذهب إلى المهرجان. إلى المهرجان! نذهب إلى المهرجان! كما لو أننا لا نعرف ما هي الحياة. سرحي شعرك فسوف نذهب! كما لو أن إحدانا قادرة، هكذا في لحظة، على تسريح شعرها، كما لو أن لدى إحدانا فساتين أفلام، وذيول ثعالب وزينات ملابس، ومجوهرات وشالات استخدام يومي. آه،

١٤٤

هذا جميل جدًّا! إحدانا توشك على الموت، وفي أثناء ذلك، هيا، فلنذهب إلى المهرجان! وإن لم تكن لديك زينات تضعينها، فإلى المهرجان أيضًا ولا فرق! ولنعشْ فما الحياة إلا يومان! حتى لو كان العيش خرقة بالية. ولينتزعوا منا ما تمتعنا به! لديك زوجي، وكان بطلًا، وها أنذا أرملة، أقتل بصري. آه، عالم أعمى! ما الدنيا إلا وادي دموع. تكون إحدانا منشغلة في أعمالها ويأتون ليقولوا لها، انتعلي حذاءك فسوف نذهب! انتعلي! وعشر سنوات مضت دون أن أشتري حذاء. كما لو أن إحدانا تمضي على الدوام بحذاء الحفلات ومتأهبة للمشاركة بحفلات التنكر! آه يا «غريغوريو»، كم أنت قاسٍ أحيانًا وكم أنت ساذج! ولكن يا للجرأة! فلتضعي القناع يا سيدتي، فأنا أشعر اليوم بالأبهة! آي، يا للعالم، يا للعالم! أتسمعينه يا «أنخيلينا»؟

- أجل يا أماه.

- وإذا ما ذهبنا إلى هذا المهرجان الشعبي اللعين، فلنرَ، أية ملابس أرتدي؟

- الفستان المطبع ليس سيئًا يا أماه.

- المطبع؟ يا لما أسمعه!

- أو الأخضر الأملس.

- الأخضر؟ ألكي أبدو مضحكة؟

واصلت التحسر من غرفة النوم، وواصلته أيضًا عندما خرجت متزينة بملابس عرس، وعندما أعادت ترميم تسريحتها وطلت شفتيها ونفثت بتكتم قليلًا من العطر.

قالت باضطراب:

- لقد توصلتما إلى بغيتكما. هيا، اضحكا عليَّ!

انطلقوا فورًا. يتأبطون ثلاثتهم أذرع بعضهم بعضًا، وركبوا حافلة، ثم حافلة أخرى، ولم يتوقفوا عن السؤال عما إذا كانوا يمضون في

الطريق الصحيح إلى المهرجان إلى أن رأوا من بعيد تلألؤ الألوان وسمعوا صخب الموسيقى.

قالت «أنخيلينا»:

- يا للبلاهة.

سألها «غريغوريو»:

- أي بلاهة؟

- المجيء إلى المهرجان.

تدخلت الأم بفظاظة وهي تتلمس تسريحتها:

- للظهور كمضحكين!

قال «غريغوريو» محتجًا:- سنقضي وقتًا ممتعًا.

نزلوا عبر منحدر ترابي بخطوات متسرعة، وسط حشد تائه يمضي متجمعًا باتجاه دعوة الأضواء.

وقبل رؤيتهم الجموع، رأوا الغبار المتصاعد وجو السعادة الريفية. ومذهولين بومضات ودوران الأنوار، وبصخب أرجوحة الأحصنة الدوارة وضجيج موائد اليانصيب (وليس من دون احتجاجات من الأم التي حاولت الصراخ بشيء ألغته مفرقعة بانفجارها)، توغلوا بجسارة بين الحشود. ومن إحدى البسطات، بعد كثير من التداول، اشتروا دستة عيدان زلابية.

- إنها باردة.

وجهت الأم اتهامها وهي تنظر بطرف عينها إلى «غريغوريو». ولم يعودوا إلى التكلم طيلة تناولهم الوجبة. كانوا يمشون ذاهلين وسط دوي الرنين والتزمير مع بداية وانتهاء كل دور على الألعاب، وصخب الموسيقى المتداخلة وصرخات رواد الألعاب الذين يتنافسون ليلهو كل منهم أكثر من الآخرين. وبعد وقت طويل، اقترح «غريغوريو» ركوب قطار الرعب.

قالت «أنخيلينا»:
- يا للحماقة.
أوضحت الأم تعاستها ببياض عينيها:
- كما لو أن الحياة ليست رعبًا!
ورفضتا كذلك الركوب في الناعورة.
قالت «أنخيلينا»:
- ما هي في النهاية إلا دوران.
وأضافت الأم:
- وكي يضحكوا من إحدانا. يا لصغر عقل هذا الرجل!
سأل «غريغوريو» بمرارة:
- لماذا جئنا إذًا؟
أرعدت الأم:
- وهل كنت أنا من جئت هائجة بصخب إلى المهرجان الشعبي؟ أرأيتِ مثل هذه الوقاحة!
واصلوا المشي بين الجموع. كان هناك رجال يرتدون ثيابًا مشدودة تمامًا على أبدانهم، وفتيات يضعن مناديل ملونة على أكتافهن وأزهارًا مقطوفة للتو في شعورهن.
سألت «أنخيلينا» بعد قليل:
- حسن، ما الذي نفعله هنا؟
- اسألي زوجك هذا السؤال، فهو من يأمر ويرتب.
توقف «غريغوريو» وقال:
- يمكننا الرماية على هدف.
سألت «أنخيلينا»:
- وما الذي سنكسبه بذلك؟
- حسنٌ، أنا ذاهب للرماية.

١٤٧

وتوجه بتصميم إلى كشك رماية.

رمى وأخطأ الهدف.

- أنتما السبب.

قال ذلك بصوت خافت وهو يتجه إليهما.

التفتت الأم بتوسع مبالغ نحو المستمعين:

- تأكدي يا ابنتي، لو كان موجودًا أبوكِ، ليحفظه الرب في مجده، لما أخطأ رمية واحدة.

وبعد ذلك، تجادلوا بمرارة أمام سيارات التصادم، وعند زوارق المجد والجبل الروسي، وهدد «غريغوريو» بأن يركب وحده في ألعاب الملاهي تلك. عندئذ حلَّت الأم المسألة باقتراح شراء بضع بطاقات يانصيب. وإلى هناك ذهبوا وهم يضغطون على أسنانهم. نالوا جائزة بالبطاقة الأولى. طلبوا منهم أن يختاروا بين علبة سيجار وكلب صغير من الفرو. فاختارت الأم الكلب على الفور. ووضعته بين ذراعي «غريغوريو» قائلة:

- أرأيت كيف أنني على حق؟

ومتحمسة بحسن حظها، قررت ركوب الأرجوحة الدوارة.

عللت طلبها:

- كي تعرف أنني لا أكنّ لك أية ضغينة وأن ما أريده هو سعادتكما.

أما الآن فكان «غريغوريو» هو الذي قرر عدم ركوب الأرجوحة.

صرخت الأم باحثة فيما حولها عن دعم جمعية عامة وفية:

- ولماذا جئنا إذًا؟

وأخيرًا استقروا ثلاثتهم في دوارة أحصنة، كما لو أنهم ينتظرون في قاعة استقبال في عيادة طبية، وبدأوا الدوران.

راحت «أنخيلينا» تقول:

- يا للبلاهة.

تذمرت الأم:

- بالرغم من السعادة التي كان يمكن لنا أن ننعم بها.

أما «غريغوريو»، وكلب الفرو بين ذراعيه، فكان وجهه مقلوبًا ومستاءً، ونظرته مجردة. رأى شبانًا يطيِّرون طيارة ورقية ومع كل التفافة يرى الطيارة ترتفع إلى علو أكبر. رأى طفلًا ينفخ بالونًا، ومع كل دوران كان البالون يكبر أكثر. ورأى فتاتين تصرخان في أرجوحة زورق بندولي وبفعل الحركات المتوالفة يراهما دائمًا في وضع النزول نفسه، وكانت الصرخة أيضًا هي نفسها، وشعور الفتيات تطفو متيبسة في الهواء؛ ورأى ثلاث طفلات يقذفن كرة بالتناوب وكيف أن واحدة منهن فقط تتلقاها، بينما الاثنتان الأخريان تنظران إلى المحظوظة بصبر يصير أكثر فأكثر حزنًا. الحوارات تتحول إلى مونولوجات، والتحيات لا يُرد عليها، وهنالك من يردُّ على أسئلة لم يوجهها إليه أحد، ومن يتلاشى أو يعود للظهور في مكان أبعد كما في فنون السحر. أحدهم يتناول قطعة بطاطا مقلية، وآخر يبتلعها، وآخر يمضغها، ومن هو أبعد منهم جميعًا يلحس شفتيه. وعلى إيماءة يأتي رد هذياني بإيماءات أخرى، كما في «بانتوميم» ببرج بابل يقدمه ممثلون هزليون. سيدة وقعت منها مروحتها اليدوية وتلقاها سيد متجول بقبعته. طفل يسخر من أمه ويتلقى ابتسامة كمكافأة. شاب تبتعد عنه خطيبته عندما حاول تقبيلها، وتضيع في سحابة من غزل البنات، وسرعان ما يقبلها كمن يلتهمها، وكل ذلك يجري بالرخاوة نفسها دومًا. عندما توقفت الأرجوحة الدوارة، تكلف «غريغوريو» مشقة في تقبل المعنى السوي للأشياء. فالزورق ينوس، والطفلتان الحزينتان تضحكان وهما تتلقيان الكرة، الناس يتكلمون ويتصرفون بالتناوب والطفل قد تلقى ما يستحقه على يدي أمه.

ركوب الأرجوحة أضفى حلاوة على المعنويات. ساروا طويلًا بصمت. وعند أحد الأكشاك، عند نهاية موقع المهرجان الشعبي، جلسوا إلى منضدة وطلبوا بيرة وبطاطا مقلية. فوق منصة مزينة بأكاليل وحبال زهر ومصابيح وثمار قرع وكرات ورقية ملونة، كانت تتوزع فرقة موسيقية تعزف أغنيات الرقص المعهودة. كان مساء لطيفًا، وقد بدأ الجو يتحول إلى شيء من البرودة، وبدا ممتعًا شم الغبار والانضمام إلى سعادة أناس أُنهكوا قليلًا، وفي أجواء شبه حميمة. كان الموسيقيون الذين يرتدون الأزرق النظامي ينظفون النظارات أو الأيدي بين كل معزوفة وأخرى، ويلبون رغبات الجمهور. وكان مدير الفرقة يستدير مع انتهاء كل معزوفة، ويُحيي بانحناءة مقتضبة وهو يقاطع عصاه على صدره. وفي الأسفل، متقاعدون وآنسات بعمر الزواج وأطفال في سن البراءة يصفقون فوق أنوفهم. هنالك في ذلك كله ابتهاج سهل ومن أجيال تتوالى دون تعقيد. أحس «غريغوريو» بالسعادة. ودعا «أنخيلينا» إلى الرقص، ومع أنها رفضت، إلا أنه أمسكها من يدها وسحبها بقوة، وبينما هما ذاهبان إلى الحلبة أشار إلى الأم ضاحكًا:

- واستعدي لأنك ستكونين مراقصتي التالية.

فهتفت وهي تهز طرف فتحة الصدر في ثوبها:

- يا يسوع، يا يسوع.

رقصا أول مرة منذ يوم مأدبة الزفاف، وبدا لـ«غريغوريو» أن الموسيقيين، كما في تلك المرة السابقة، يعزفون لهما وحدهما فقط.

- «أنخيلينا».

- ماذا.

- ألا يبدو أن الموسيقيين يعزفون لنا فقط؟

- يا للحماقة.

- هل أنت سعيدة؟
- أجل.
- وأنا أيضًا يا «أنخيلينا».
- ماذا.
- أتدرين ما علينا عمله عندما ينتهي الجفاف؟
- لا.
- حاولي التكهن.
- لا أعرف.
- أن نشتري سيارة.
- يا للجنون.
- وأن نرجع إلى الساحل، إلى المكان نفسه الذي ذهبنا إليه في المرة السابقة. ما رأيك؟
- لا أدري.
- يمكننا عمل أشياء كثيرة. مثلًا، هل ذهبتِ إلى المسرح ذات يوم؟
- لا.
- ولا أنا. علينا أن نذهب.
- المسرح كذب، احتيال.
- والروايات الإذاعية أكاذيب أيضًا.
- ولكنها مجانية ولا تلهينا عن العمل.
- حسنٌ، ستخبرينني برأيك عندما نذهب يا «أنخيلينا».
- وماذا.
- ألا تحبين العيش في الريف ورعاية الدجاج؟
- بلى.

- سنذهب ذات يوم إلى الريف إذًا. أنا أزرع قمحًا وتكون لديكِ أنت دجاجاتك.
- هيا، دعك من الحماقات، أراك في حالة غريبة هذا المساء.
- وأحب أن أحتضنك في هذه اللحظة بالذات، وبنوايا خبيثة.
- بالله عليك يا «غريغوريو»، كفى. لا تفكر إلا في تلك الأشياء.
- أية أشياء؟
- أنت تعرف. وكفى. سوف تجعلني أحمر خجلًا.

رقصا معزوفتين ورجعا. وبينما كان «غريغوريو» يستعد لإخراج الأم إلى الرقص، سمع فجأة صرخة شلَّت تهذيبه المتملق.

- «فاروووووني»!

عرفه في ذهنه قبل أن يلتفت. إنه «إيليثيو». رآه يطفو وسط الجلبة بخفة سهلة ومرونة تمنحه إياهما السترة البيضاء والقميص الكهربي اللماع والحذاء المخرم، وتقدم متفاديًا الراقصين بسحر ابتسامة دنيوية تكشف أسنانه. وبحركة غريزية، متجاوزًا المفاجأة، تقدم «غريغوريو» للقائه وإبعاده عن فضول المرأتين. بدا له، في ذاكرة الرابع من أكتوبر، أنه لن يتوصل أبدًا إلى اجتياز ذلك الحيز الصاخب الذي يحوله الغروب والتذكر إلى متاهة وهمية من الذهب، حيث للهواء رعشة السراب الصافية وشفافيته المخادعة.

تعانقا في منتصف حلبة الرقص. ابتعد «إيليثيو» عنه قليلًا ونظر إليه من أعلى إلى أسفل:

- «غريغور هوليز».

قالها وهو يوجه لكمة مداعبة إلى معدته.

ردَّ عليه «غريغوريو» مرتبكًا:

- «إيليك رينو».

وفجأة داهمه الإحساس (إحساس مزعج، يكاد لا يُطاق) بأن

«إيليثيو» لم يتبدل: نحيل الذهاب والإياب نفسه، الصوت نفسه، الحركات نفسها، أسنان الأرنب نفسها.

سأل بأفضل صوت شبابي لديه:

- «إيليثيو»، هل مازلتَ في السادسة عشرة من العمر؟

أجاب «إيليثيو»:

- طبعًا! (ورفع إبهام الانتصار)، ولكن اسمع يا «غريغوريو» (وحين اتخذ هيئة الجدية تحول إلى رجل في الأربعين مثلما هو في الواقع)، إنني مع بعض الأصدقاء. تعال معنا. سنفجر المهرجان.

قال «غريغوريو» بصوت خافت، كما لو أنه في كنيسة:

- لا أستطيع، لقد جئت مع الأسرة.

سأله «إيليثيو» مشيرًا إلى المرأتين:

- هل تزوجت؟

بالغ «غريغوريو» في ابتسامته وأعاد إليه اللكمة باليد اليمنى، ولكنه لم يجب على السؤال.

كان الناس يرقصون حولهما بسرعة متزايدة، ربما بسبب برودة الغروب، وربما من أجل استغلال أفضل للرقصات. كانا وسط الجلبة والموسيقى، وكان «غريغوريو» و«إيليثيو» يتبادلان النظرات بهز رأسيهما بإعجاب.

وفجأة بدأ «إيليثيو» التكلم مع إيماءات سريعة وواثقة. لم يكن «غريغوريو» يفهم ما يقوله ولكنه ينظر بافتتان إلى يديه المسحورتين مثل مشغولة يدوية دقيقة وخبيرة، كما لو أنهما تديران خيوطًا غير مرئية أو تقولبان أشكالًا خيالية بعجينة الكلام المطواعة. بدا كأنه ممثل، وكذلك كشخصية عظيمة تلعب مع طفل بأن تُخرج له سكاكر من أذنيه.

سأل فجأة:

- إذن، ما أخبار حياتك؟ ألا تتذكر أنك كنت تريد أن تكون شاعرًا وأنا «غانغستر» (رجل عصابات)؟ لقد كنتُ أقول على الدوام: «غريغور» هذا يتمتع حقًّا بروح شاعر، وسيصل بعيدًا. مازلتَ تكتب أشعارًا، أليس كذلك؟

كان «غريغوريو» يرغب في أن يفتح فمه وأن تخرج الكلمات وحدها، مثل موسيقى الأفلام المستحيلة. ولكنه أجاب مع ذلك:

- حسنٌ، أحيانًا، ماذا أقول لك؟

وبدا له جوابًا مضحكًا ما جعله يضيف:

أشعار «سافيكية»[1]،

وأطلق ضحكة قصيرة ومكفهرة.

سأله مضفيًا الوقار على صوته:

- وأنت، ما الذي تفعله؟

ومرة أخرى بدأ «إيليثيو» الكلام بذلك التدفق غير المفهوم وتلك الإيماءات الأنيقة والمنوِّمة. وفهم منه «غريغوريو» أنه يعمل «بارمان» في صالة حفلات لها تسمية «تروبيكالية»، وأنه يكسب نقودًا، ويخمد مشاجرات، ويغوي نساء. وأن له ابنًا بالعمر نفسه الذي كانا عليه في ذلك الزمان، ولكنه ليس متزوجًا وإنما مُساكِن، وأن امرأته مغنية. وتحدث بعد ذلك عن سيارة لها لون الكريمة وشرح نظام تبديل السرعة. ثم قال:

- كنت في الخارج وفي السجن، وها أنت ذا تراني الآن، إنني سعيد في حياتي.

ثم تراجع خطوة وقال:

---

(١) مقطعات من ثلاثة أبيات كل منها من أحد عشر مقطعًا صوتيًّا، وبيت رابع خماسي المقاطع الصوتية. (المترجم).

- يا لمظهرك يا «فاروني»، وكم مضى من زمن. اسمع، إنك أكثر سمنة، صحيح؟ وبدأت تظهر لك صلعة.

ووجه إليه صفعة تودد على وجهه.

دافع «غريغوريو» عن نفسه بضحكة بدت له متذللة وبلهاء.

- أولم تكتب كتابًا؟

قال «غريغوريو» مجردًا الأمر من الأهمية:

- ليس بعد.

- لقد كنت أقول على الدوام للجميع: «لدي صديق شاعر سيحقق الشهرة ذات يوم». لا بد أنك تتذكر الاسم، «فاروني»، الذي أطلقته أنا عليك.

أحس «غريغوريو» بالخجل وبأنه ممتلئ باستياء مفاجئ وغامض. سأله بصوت بدا مضحكًا بصورة مرعبة:

- وماذا عن «أليسيا»؟

- لم أعد لرؤيتها. أظن أنها تزوجت من سياسي، حاكم مدينة أو شيء من هذا القبيل. أتتذكر أنك كنت مغرمًا بها؟ وهل تتذكر كلبها «دريك»؟ يا له من زمن! ولكن... لماذا لا تأتي معنا؟

وعاد يوجه لكمة أخرى.

- لا أستطيع.

قالها وهو يتكور وينطق بأخفض صوت ذلك الاسم الغريب «دريك»، والذي حاول منذ سنوات أن يتذكره دون طائل.

قال «إيليثيو» الذي كان رفاقه يستعجلونه بأصوات احتفالية:

- انظر إذًا، تعال ذات يوم للقائي، (وبدأ يتقهقر مبتعدًا ويرفع صوته) يجب أن نتكلم عن تلك الأزمنة. وأنت تعرف (صاح) «الصحة والثروة والحب». إلى اللقاء دائمًا يا «فاروني»!

غمز بعينه ورفع إبهام النصر فوق كتفه وهو يختفي بين جموع الناس.

ظل «غريغوريو» دون حراك وسط حلبة الرقص، يسمع صدى اسمه القديم وهو مستغرق في ذكريات كان يظنها منسية بصورة نهائية وها هي ترجع الآن مثل تجشؤ مرٍّ. «فاروني، دريك»، قال لنفسه دون أن يفهم سبب الحنين المفاجئ والساحق. عندئذ بالضبط هبت الرياح وصارت رائحة الهواء رطبة. تسارع إيقاع الموسيقى وراح الراقصون يرقصون بسرعة وسط زوابع الغبار.

- هيا.

قالها «غريغوريو» باقتضاب مذهل.

انتظرت الأم إلى أن ابتعدا كي ترتب معزوفتها.

- استعدي يا سيدتي، فسوف نرقص! استعدي فدورك التالي! ابتلع هذه الأكذوبة! زوجي ميت، وأنا بهذه الحالة من المرض، وإلى الرقص! أرأيتِ قلة حياء مثل هذه! وكم هو سيئ رقص هذا الرجل! يبدو أشبه بفرخ بط دائخ. ومن هو ذلك الأخرق ذو الملابس البيضاء؟

- أحد أصدقاء أيام الشباب.

- الشباب! ولماذا يدعوك «ميلوني» أو «بيروني»؟

- أمور فتيان.

- يا للفكرة! وهل تظن أنني سأرقص؟ لقد كنتُ ريشة بين ذراعي زوجي حين كنا نرقص في صالون القيادة العسكرية ليلة عيد الميلاد. «أتسمحين لي بهذه الرقصة أيتها الملكة؟» كان ذلك في يوم رياح مثل هذا اليوم. وكنتُ أرتدي فستانًا بديعًا بلون السلمون مع وريقات ثلجية، ومعطف فرو، وحذاء أحلام بأحزمة فضية، والشعر الأسود حتى الخصر وأُعلق به مشبكًا له شكل سمندل ذهبي، وعلى

الجبهة إكليل من الماس. كنتُ أبدو ملكة شرقية حقيقة. نادوا بي ملكة، كثير من القرنفل، وكثير من الأوركيد، وكثير من الشخصيات البارزة انحنت لي، «سيدتي، رهن قدميك، أنت رائعة». وكان هناك ماريشال فرنسي قال لي بالفرنسية وهو ينحني باحترام: «سيدتي، أنت بديعة». وكان زوجي يطوق خصري وأشعر بأنني أطفو تحت ثرياتِ الإنارة، كما لو أن أنغام الكمنجات تحملنا محلقين، وكما لو أن فستان السهرة مجرد بخار.

شدَّ «غريغوريو» «أنخيلينا» وبدأت الأم تتخلف عنهما.

- كل ما عشته أنا ويأتيني الآن شخص لبخة ليدعوني إلى الرقص وسط زوبعة غبار، رجل لا ينفع حتى في إنجاب أبناء، ويدعوني إلى الرقص كما لو أنه يقدم لي جميلًا أو صدقة، ثم يتركك فجأة لأن هناك من يدعوه بلقب «ميلوني» أو «بيروني»، يدعوه برأسه الذي كفراء قط ووجهه كوجه أرنب بري، وهيا! يذهب راكضًا ليراه ويترك سيدة مهجورة لضحك الجمهور! أرأيتِ يا «أنخيلينا»، أرأيت يا ابنتي كيف كان الناس ينظرون إليَّ ويضحكون بخفوت متخفين بالمرافق؟ وهل سمعت بعد ذلك كلمة اعتذار واحدة، عبارة ترضية، بعد أن انتهى من أخذ راحته مع الصديق التافه؟ لاااا! «هيا بنا!»، هذا كل ما قاله، «هيا بنا فأنا نلت اليوم نصيبي». وكيف ضحك الناس! كم من الضحك والسخريات! أنا وحدي أعرف العذاب الذي عرَّضتني له يا «غريغوريو»!

واصلت على هذا النحو إلى أن خلَّفوا وراءهم المهرجان الشعبي وتوغلوا في المرتفع الترابي. وحين وصلوا إلى أعلى، عادوا إلى رؤية المشهد. الأنوار تدور ويُسمع صدى دوي الموسيقى.

قالت «أنخيلينا»:

- يا لكثرة الأضواء، كأنها بيت لحم.

صرخت الأم:
- أضواء؟ أكاد لا أرى أضواءً! رباه، إنني أصاب بالعمى! لا أرى شيئًا!

أحس «غريغوريو» بأن أي إيماءة أو كلمة أو فكرة ستُغرقه أكثر فأكثر في الغم الآخذ بالتحول إلى غثيان. حاول استذكار واقعة من الماضي، وأسماء أخرى من تلك التي نسيها منذ سنوات عديدة، ولكنه لم يتوصل إلا إلى رؤية الشيطان بعباءة وندبة ويركب بشهامة على حصان خشبي في الأرجوحة الدوارة.

كانت الأم تصرخ خارجة عن طورها:
- إلى المهرجان، إلى المهرجان!

في تلك الليلة بالذات سمعوا كيف كانت الريح تذرو أوراقًا حتى الممرات، وتدفع الأبواب وتجرح النوافذ. ثم ساد الصمت وعلى الفور، كما لو بعد تردد مقتضب شاركت فيه جميع الأشياء والأشخاص، بدأ المطر يهطل بضراوة كبيرة.

الفصل السابع

هطل المطر حتى نوفمبر، وبصورة يومية تقريبًا، واكتسب العالم حجاب فجر خريفي شفافًا.
حكمت الأم:
- إنه الطوفان.

وكانت «أنخيلينا» قد توقفت عن العمل وراحت تنظر إلى الخارج. إنها تُمطر فعلًا، وتجتمع رؤوس الثلاثة لبعض الوقت لرؤية هطول المطر. وعندئذ يتساءل «غريغوريو» من منهم سيتنهد أولًا. وكي لا يطيل الحيرة، يتنهد هو نفسه، وتخرج منه زفرة شديدة الفظاظة فتعاقب الأم بطرف عينها ذلك الدخيل إلى أستاذية حزنها، وحتى الكلب الصغير يقشعر حين يشعر بفقدان وجهة الحلم. الغم الذي اكتشفه «غريغوريو» بعد اللقاء بـ«إيليثيو» تحول إلى ثِقل قاهر، فكان يجد في المرايا وجه البلاهة الذي أبداه في أول أيام المطر.
- إنني مزكوم، (اتصل «خيل» في أكتوبر)، إنني أتصل بك من محطة قطار وهناك قطرات دَلْفٍ تسقط على رقبتي. إنني مبلل حتى العظام وقدماي غاطستان في بركة ماء.
قال «غريغوريو»:
- اخرج إذًا.

- لا أستطيع، فسلك الهاتف قصير لا يصل إلى الخارج، وهذا هو الهاتف الوحيد في القرية. كما أن الدروب صارت موحلة والبريد لا يصل، تصور الوضع الذي نحن فيه.
- سوف يتوقف المطر.
- أجل، ولكن لاحظ. منذ الساعة الخامسة يخيم الظلام، فإلى أين يمكن لأحدنا الذهاب؟ لا مفر من الذهاب إلى البنسيون. ولكن الغرف باردة والرياح تتسرب من الأبواب. وهناك في المطبخ على الدوام نساء يتكلمن بصوت عالٍ.
- ليس هذا بالأمر السيئ يا «خيل».
- يتكلمن بصوت عالٍ (رفع النبرة، مؤكدًا شكواه). وبما أنه لا وجود لما يمكن عمله، فإنني أنام باكرًا، وأستيقظ عند الفجر طبعًا. حسنٌ، عندئذ أسمعهن وقد عدن للكلام من جديد. متى تستريح أولئك النسوة؟
- ابحث لنفسك عن تسلية. التنزه، القراءة، الذهاب إلى السينما.
- لا مجال للتنزه. كيف يمكن لعامل تجارة جوال أن يتنزه في وقت الفراغ؟ وتكاد دور السينما أن تكون معدومة في الأرياف، أما القراءة، فالإضاءة سيئة، وفي بعض الأحيان يقطعون الكهرباء منذ الساعة التاسعة. وبعد هذا كله، وكما قلت لك، البريد لا يصل. وأكثر ما يمكن الحصول عليه هو نشرة ماشية زراعية محلية. وباختصار، وضع كارثي.
- ليس إلى هذا الحد يا رجل.
- إنه كارثي يا سيد «أولياس»، أقول لك إنه كذلك. هذه أمور لا يمكن فهمها هناك في المدينة. يجب أن يكون المرء هنا، بقدميه في البركة وقطرات الدلف تنزل عليه. سيد «أولياس»! (قالها صارخًا).
- نعم.

- لقد مرَّ الآن كلب تحت هذا المطر.
- كلب؟ حسنٌ، وماذا في ذلك؟
- لا، لا شيء. يمضي في الطريق، وكأنه غير عابئ. لقد صار بعيدًا.

اتكأ «غريغوريو» على الكرسي دون أن يدري ما يقول.
- سيد «أولياس»!
- أيوه.
- أيمكن لي أن أطلب منك جميلًا؟
- بكل تأكيد.
- أتخبرني إذا كان قد حدث شيء مهم في العالم خلال شهر أكتوبر؟

ردَّ «غريغوريو»:
- يا رجل، يمكنني طبعًا.

واصل «خيل» الانتظار غير مستعد لأن يسمح لوقفات الصمت أن تهزمه.

قال «غريغوريو» متذكرًا ما كان قد سمعه من المذياع:
- حدث زلزال أودى بحياة ألف شخص، وثورة أودت بحياة ألفين.

استحثه «خيل»:
- أين؟
- في الهند على ما أظن.
- أترى؟ هذه أمور لا يعلم بها أحدنا في هذه القفار. الطرق في حالة مستحيلة والبريد يكاد لا يصل. وأنا أحب أن أكون على اطلاع جيد. فالإنسان سيئ الإطلاع أشبه بحيوان، أشبه بهذا الكلب الذي مرَّ للتو. ولكن في الأرياف، كيف يمكن لأحدنا الاطلاع؟

وكان عليه أن يتحمل وقفة صمت أخرى.

- هل لديك مانع في أن تطلعني بين حين وآخر على ما يحدث في العالم؟

نظر «غريغوريو» مذعورًا إلى الضياء الخريفي العكر.

- ولكن... أليس لديك مذياع؟

- لا وجود لمذياع ينفع هنا. كما أن محطات البث لا تُلتقط جيدًا. من أجل الاطلاع على الأخبار الحقيقية لا بد من العيش في المدن الكبرى، وأنت تعرف هذا الأمر أفضل مني. فهنا لا تصل إلا الأخبار الثانوية، الفضلات كما يقال، وهذا إن وصل شيء، بينما هناك يطّلع المرء على كل شيء بمجرد الخروج إلى الشارع وإرهاف سمعه، أليس كذلك؟ المدينة مثل كتاب مفتوح.

أصاب الذهول «غريغوريو».

- هذا الذي تقوله غير معقول.

- كيف؟ أين يمكن أن تُعرف الأمور؟ أين تستقر الحكومات، والجامعات، والمنتديات، والمتاحف، والمطارات، ومقرات الشركات الكبرى؟ أين تنشأ الأخبار الحقيقية؟

- في أي مكان، ما الفرق؟

- من الأفضل أن تقول (أعلن «خيل» بمرارة) إنك لا تريد أن تخبرني بشيء.

سُمع ما يشبه حشرجة احتضار.

- بالله عليك يا «خيل»، ليس الأمر كذلك. ليس كذلك حقًّا.

سأل بذعر:

- لا مانع لديك إذًا من إبقائي على اطلاع؟

لعب «غريغوريو» بقلم الرصاص محاولًا كسب وقت للردِّ،

ولكن «خيل» منعه من ذلك صارخًا ومتعجلًا من الجانب الآخر للخط:

- ألديك مانع؟

غمغم «غريغوريو»:

- ولكن ما الذي سأخبرك به؟

- ما تشاء، ما تسمعه عندك. هذا أقل ما يمكن.

- ولكنني أنا نفسي لا أسمع شيئًا!

- بل تسمع يا سيد «أولياس»، أنت تسمع. كل ما هنالك أنك لا تريد أن تقدم هذا الجميل لتاجر جوال بائس. وفي هذه الحالة، اعذرني لإزعاجك.

قال «غريغوريو» وقد صار أعزل حيال ذلك العناد المتمسكن والمتوعد، وبصوت يأس لامتناهٍ:

- «خيل»، قل لي ما الذي عليَّ عمله.

- هل ستوافق إذًا؟

- أجل، ولكن قل ما الذي تريده.

- أنت تعرف، ماذا سأوضح أنا لك؟ أن تروي لي ما يحدث في العالم، هذا ما أريده وحسب.

دمدم «غريغوريو»:

- سأفعل ما أستطيعه.

- سيد «أولياس» (تأثر «خيل»)، كنت أعرف أنك لن ترفض. كنتُ أعرف ذلك. أنت رجل كريم، وأقدم إليك في المقابل الشيء الوحيد الذي أملكه: شكري اللامتناهي.

منذ ذلك اليوم صار «خيل» يطلب دون توقف أخبارًا عن العالم، وصار «غريغوريو» يروي عن حالة أبٍ طعن ابنه بسكين، وخبر سفينة غرقت في بحر هادئ، وعن عالِم توصل إلى تحسين تام لنقل الصور

عبر الأثير، وعن قرد سيُطلق إلى الفضاء، وعن رجل ظل يتكلم دون انقطاع لمدة ثلاث وسبعين ساعة.

- هذه هي الأخبار الحقيقية! (كان «خيل» يضج متأثرًا في أيام الاثنين والخميس) إنها أخبار تُلحظ فيها روح المدينة وإشارات مؤكدة إلى التقدم.

وواظب على رواية كل أنواع الأحداث له لأنه افترض أن وحدة «خيل» تحتاج إلى مثل ذلك الإكسير. لقد استثار حماسته ذلك الاهتمام غير المتوقع. فلم يحدث من قبل قط أن استمع إليه أحدهم بمثل هذا الاهتمام مقابل شيء ضئيل جدًّا. ولهذا عقد العزم على ألا يخيب آماله، وبدأ منذ ذلك الحين بشراء صحف وقراءتها كل ليلة بحثًا عن أخبار. فكان هو نفسه أول معجب بالوقائع الاستثنائية التي تحدث في العالم، وقد تأسف لأنه عاش طويلًا وهو يدير ظهره لكل تلك الأعاجيب اليومية. وبينما «أنخيلينا» والأم مستغرقتان في التطريز تحت المصباح المزين بحبات كرز، كانتا تنظران إليه أحيانًا مستغربتين تلك النزوة المفاجئة. كان «غريغوريو» يستبعد عناوين ويضع خطًّا تحت عناوين أخرى: «فرض حصار على الصادرات»، «البابا يحث حشود الزوار يوم أمس»، «رجل ينتحر باستخدام سلك»، «رعب في منطقة الشرق»، تأخذ بالاختلاط بدمدمات المرأتين: «عليكِ أن تشتري معطفًا»، «آي، يا يسوع، كم من الزمن مضى»، «يُهرس فصا ثوم في المهراس»، «إنني أفقد البصر ساعة بعد أخرى».

كان «خيل» يتلقى الأخبار بكثير من التوقع: ففي المدن الكبرى يتقرر مصير العصر، أما في الأقاليم البعيدة فيعاش حاضر ثابت لا تستحق أشد أحداثه ابتذالًا إلا بالغ الاستهزاء. فمن نوافذ جميع البنسيونات تُرى على الدوام الساحة نفسها، وفيها رجال يستندون إلى ساق واحدة ينتظرون بلا أوهام وصول شاحنة. وبين حين وآخر

يبدلون الساق التي يستندون إليها، قلقلة القلق، نباح الكلب، دقات الساعة.

- لا وجود هنا لمن يمكن تبادل الحديث معه (يتحسر «خيل»)، وعندما أحاول ذلك يبدل الآخر ساقه ويبتسم، كمن يقول: ما يعنينا نحن ما يجري في العالم؟

قال ذات يوم اثنين:

- هنا، يا سيد «أولياس»، لا نعلم بأي شيء.

- ولكن كيف لا تعلمون؟ الأخبار تصل إلى كل مكان.

- مثلما أقول لك. أنتم لا تدركون ما هي هذه الأنحاء النائية. خذ مثلًا، كم من الحروب تدور الآن في العالم في تقديرك؟

- لا أدري.

- بصورة تقريبية.

- مئة حرب على الأقل.

- مئة! لاحظ هذا! فما نعلم عنها نحن هنا هي حرب واحدة أو اثنتان في أبعد الحدود. أليست هذه كارثة؟ وهذا دون أن نتحدث عن الاختراعات، عن الأشياء العجيبة التي تُخترع كل يوم، والأفكار العظيمة التي تخطر يوميًّا لعظماء الرجال، دون أن نعلم بها هنا! التقدم لا يصل إلى هنا يا سيد «أولياس». والأخبار، لا يصل منها إلا ما تلفظه المدينة كفضلات. سيد «أولياس»!

- نعم.

- أيمكنني أن أتصارح معك؟

- طبعًا.

- أنا أعتقد، واعذرني لقولي لك هذا كما أشعر به، أنك لا تخبرني بكل شيء. وأن هناك أخبارًا لا تُعرف إلا في المدينة، وهذا

ينطوي على أحد أمرين: إما أنك تحتفظ بتلك الأخبار لنفسك أو أنك لا تخبرني بها لأنك تعدها معروفة. أليس كذلك؟

- بالله عليك يا «خيل»، لا تبدأ هكذا.

- أليس صحيحًا ما قلته؟

- اسمع...

- لستَ مضطرًّا لأن تشرح لي أي شيء! إنني أتفهم! لا أريد التسبب لك بأي إزعاج! كل ما أريده أن تخبرني بين حين وآخر بما يبدو لك مناسبًا. ولكن أنت تعرف أنني أعرف.

سأله «غريغوريو» بصوت محبط:

- ما الذي تعرفه؟

- أنت تعرف أنه... كفى، سأصمت. ألا تذكر أنني عشتُ في المدينة، منذ سنوات طويلة؟ وقد كانت لي يا سيد «أولياس» خطيبة هناك، وأسرة وهر، هناك، في المدينة. ولهذا آمل أن تخبرني ذات مرة بتلك الأخبار العظيمة التي نعرف كلانا أنها موجودة. أخبار من تلك التي تدور وتتفاعل وتطفو في جو المدينة، ولا يستطيع معرفتها إلا من هم هناك فقط. تفهَّم رغبتي. في كل يوم اثنين وخميس أقول لنفسي: «اليوم سأتصل بالسيد «أولياس» وسيخبرني بحقيقة ما يجري في العالم». وإذا كنت تريدني أن أكون صريحًا، هذا هو حلمي الوحيد.

انكب «غريغوريو» أكثر فأكثر على الأخبار، وعلى دوره كمخبر لا جدال فيه، وصار يبقى في ليالٍ كثيرة حتى ساعة متأخرة يستمع إلى المذياع، كما في أزمنة المراهقة البعيدة. ووجد أن هناك محطات تظهر عند حدود الفجر، وتبث من أمكنة نائية جدًّا وتتحدث عن عوالم مجهولة له حتى ذلك الحين. وبما أن «خيل» يطالب بأحداث غريبة، يظن أنها حصرية وامتياز يقتصر على سكان المدينة الكبيرة، لم

يتخلف «غريغوريو» عن التركيز على معلومات عن بلدان إكزوتيكية في أفريقيا وأقاصي الشرق، وكلما كانت الأحداث أشد فرادة وأكثر تحريًّا ازداد تقييمه لها ونيله إعجاب «خيل». وهكذا، من أجل إرضاء تعطشه إلى المستجدات على أحسن وجه، ومن أجل الراحة أيضًا، راح يبدل بعض الأخبار، ويختلق أخبارًا أخرى بكل بساطة. فاختلق في شهر يناير حربًا، «حرب المناجم الكبرى»، بين بلدين متخيلين، أطلق عليهما تسمية «تاماركا» و«سويلان». ومنح زعيميهما اسمين (الجنرال «بانتوكا» وخصمه الماريشال الدموي «فوسيو»، وهذا الأخير أصلع متين البنية ويضع «مونوكل» من الذهب)، كما أنه اختلق التضاريس الجغرافية، والمعارك والمعاهدات والتحالفات. وحدد مسرح العمليات في الأدغال، في محيط مناجم ماس، وفي كل ليلة - إذ كان الاختلاق صريحًا وكرونولوجيًّا- ينام وهو يتابع سياق الأعمال الحربية. وقف إلى جانب «تاماركا»، ولكن الانتصار بقي دون حسم طيلة شهور ثلاثة. لم يكن «خيل» يتوقف عن السؤال.

- كيف تمضي الأحوال في حرب المناجم الكبرى؟

فيخبره «غريغوريو» بكل التفاصيل، ويحلل الأحداث في بعض الأحيان بمنطق سليم يتنبأ بنتائجها:

- أخشى أن يكون الماريشال «فوسيو» قد ارتكب خطأً استراتيجيًّا سيكلفه غاليًا جدًّا.

ويكلفه ذلك غاليًا بالفعل، عاجلًا أو آجلًا. وكان «خيل» يُعجب ببعد نظر «غريغوريو»، واحترامه له يتعاظم كثيرًا بقدر تعاظم امتنانه له.

- لا أحد هنا يعرف شيئًا عن هذين البلدين ولا عن هذه الحرب، ولا تقل لي بعد اليوم إن الأخبار تصل إلى كل مكان. ما هو موجود هنا يا سيد «أولياس» كثير من الجهل وكثير من الغطرسة.

قال ذات خميس من شهر مارس:

- كيف ستكون الحال، فما زال البعض هنا يشكون في كون الأرض مكورة.

و«غريغوريو» الذي ظل يحتفظ دومًا بشيء من التحفظ بشأن المسلمة المدرسية، رأى أن الواجب يحتم عليه أن يضحك.

سأل بابتسامة متوقفة على أسنانه:

- وكيف ستكون إذًا ما لم تكن مكورة؟

- يقولون إنها مسطحة. أقول لهم إنها تظهر مكورة من أعلى، ولكنهم يبدلون ساقًا بأخرى ويبتسمون، كأنهم يقولون: وما أهمية هذا كله؟ أجل، إذا سمحت لي، هل ركبتَ طائرة؟

وأضاف قبل أن يمنحه وقتًا للرد:

- من المؤكد أنك فعلت.

وقبل أن يتمكن «غريغوريو» من التصويب، قال له:

- أترى؟ أعرف ذلك. وكيف هي؟

- من تعني بكيف هي؟

- الطائرة. هل تُشعر بالخوف؟

قال «غريغوريو» دون أن يتجرأ على مخالفة كلام «خيل»:

- لا، لا يلحظ أي شيء.

- يبدو الأمر أشبه بالكذب، كيف تبقى معلقة في الهواء.

- هذا قانون فيزيائي بدائي.

وبدأ يتسلى برسم بتلات زهرة.

- أجل، أعرف ذلك. باختصار، ما يحدث هنا هو أن أحدنا يصيبه الخبل لأنه لا يجد من يتكلم إليه. أما هناك في المدينة، فلديك أصدقاء تتبادل الحديث معهم حول كافة المسائل، أليس كذلك؟

أقر «غريغوريو» بصوت مجرد:

- حسنٌ...

- وكيف تمضي أحوال المدينة؟ أما زالت توجد مقاهي الفنانين ومنتديات المفكرين والعلماء؟

- ماذا؟

- المقاهي.

- المقاهي؟

- أجل، أنت تعرف، مقاهي الفنانين.

- أجل، أعتقد أنها موجودة.

- ولكن هل ما زالت مثلما كانت قبل عشرين عامًا؟

و«غريغوريو» الذي كان يرسم بيتًا وبقرة أمام بابه، قال إن العلم والفن لا عمر لهما.

البشر يموتون، والأعمال تبقى.

قالها، ثم أضاف:

- ما الزمن إلا وهم.

فتنهد «خيل»:

- يا لطريقتك البارعة في الكلام. وهل تؤمن يا سيد «أولياس» بالعلم، بأن العلم سينقذ العالم؟

- العلم والفن يا «خيل»، العلم والفن.

زقزق «خيل»:

- أجل، الفن أيضًا. عندما كنت فتيًّا رغبت في أن أكون كيميائيًّا ومفكرًا. ولكن ها أنت ترى، صرتُ في الأربعين وأنا الآن مندوب مبيعات مؤسسة أنبذة وزيتون. مازلت أفكر في بعض الأحيان بأن الوقت لم يفت بعد، ولكن هنا، ما الذي يمكن عمله هنا؟

هكذا بدأ بالانزلاق، ما بين إملاء طلبيات تجارية وتقارير إخبارية، وفصول درامية من حياته. إنه خارج المدينة منذ عشرين

عامًا، ولكن هذا الزمن تضاعف بفعل كل ذكريات وأحلام الشباب المحبطة، بحيث إنه تكلم عن الماضي كما لو أنه كائن عزيز ميت. وعندما جفت الدروب واستُنفدت الذرائع، ظهر بوضوح سبب اهتمامه الحقيقي. فـ«خيل» يريد أن يعرف بالتفصيل التحولات التي طرأت على المدينة خلال العشرين عامًا الأخيرة.

قال «غريغوريو»:

- سترى، معرفتي سيئة بالمدينة.

قال متحسرًا:

- أفهمك، من العدل أن يكون رجل يعيش هناك وركب طائرة غير راغب في التعامل مع مندوب تجاري جوال مثلي. إنه أمر عادل وأنا أتقبله، وأقول لك: «سيد «أولياس»، احتقرني، لأن احتقارك لي عادل» (وتغير صوته).

وهكذا وجدا نفسيهما، بعد ذلك مباشرة، يتحدثان عن المدينة.

- لقد توسعتْ كثيرًا منذ ذلك الحين.

- أجل، بالطبع.

- لا بد أنها صارت هائلة.

- بكل تأكيد. ولكن، فيها ترام وسيارات سريعة جدًّا.

- إنه التقدم.

- هذا ممكن.

سأل عن نافورة عامة لم يكن «غريغوريو» يعرفها. فأجابه على سبيل الشفقة بأنهم قد نقلوها إلى مكان آخر.

سأله «خيل» مختنقًا:

- وماذا يوجد مكانها الآن؟

- لا تعتمد عليَّ، ولكنني أظن أنهم أقاموا هناك مرصدًا فلكيًّا.

وبالصرامة الجريئة التي يفرضها الجهل، أشبع له فضوله كله.

كانت ذكريات «خيل» غامضة جدًّا، حماسته للمدينة شديدة جدًّا، وكان مهزومًا جدًّا بحنين غيابه، ما جعل «غريغوريو» يشعر بأنه واثق من اختلاقاته، واتخذ في ذلك نبرة حاسمة ومحايدة. لم يتكلم من قبل بمثل تلك الثقة بالنفس، ولا بمثل ذلك التدفق الذي ذكَّره بـ«إيليثيو» حين التقى به في المهرجان الشعبي، وبدا كما لو أن الكلمات تتدفق كتدفق الماء من نافورة لها شكل فم أسد. تحدث «خيل» عن حديقة رأى فيها، وسط تلويح مناديل، صعود منطاد بالوني؛ وردَّ عليه «غريغوريو» أنه صار من المعهود الآن رؤية حتى نصف دستة من مناطيد «زبلن» تمخر سماء يوم الأحد؛ تكلم «خيل» عن فرقة موسيقية كانت تعزف في إحدى الساحات، فقال له «غريغوريو» إن فرقًا موسيقية كثيرة الآن تعزف في الميادين. أما المتاحف، والمسارح، والتماثيل التي عرفها «خيل»، إما أنها لم تعد موجودة أو أنها تحولت إلى أمكنة لاستخدامات أخرى. ووسَّع قدر ما يستطيع حدود المدينة، ولوَّن عربات الترام بالأحمر، وشيد ناطحات سحاب، واختلق أنفاقًا وجسورًا معلقة، وأقام تماثيل وأسس متحفًا سماه «متحف التقدم والأشياء الجديدة». وقد تحمس كثيرًا لتخيلاته إلى حدٍّ أنه أحس برغبة في ارتياد تلك المدينة التي أمضى فيها أكثر من ثلاثين عامًا ويكاد لا يعرف الحي الذي شاء له القدر أن يعيش فيه، وكان ذات مساء على وشك القفز إلى ترام والتأكد من مدى صحة أعاجيبه المختلقة. ولكنه اكتفى، من أجل التخفيف من اندفاع المخيلة وتهدئة الوساوس، بشراء خريطة للشوارع وكتيب صور سياحية، وكلما اتصل «خيل» كان يفتحهما مسبقًا إلى جانب بعض الصحف المؤشَّر على أخبار فيها وكافة المستجدات مرتبة. ولم يكن يردُّ بتدفق على كافة الأسئلة وحسب، وإنما صار يتعمق، دون انتباه منه تقريبًا، في تدرجات الألوان والظلال. وحيث ينتهي شارع يمدده

حتى نهاية الخريطة، أو يطلقه في تعرجات متاهية، وحيث توجد عقارات وأراض خالية يقيم تماثيل وأبراجًا، وعلى قطعة الأرض التي أقيم فيها المهرجان الشعبي، شيَّد هرمين وزقورة. بدَّل أسماء شوارع كثيرة، ونقل الساحات من أمكنتها، وصحح الحدائق، وحتى إنه حرف مجرى النهر وجعله صالحًا للملاحة وملأه باليخوت والزوارق السريعة وسفن شحن تبعث الجنون في الجو بصوت إنذارها. وكان يوجهه في ذلك على الدوام إحساس بالشفقة، فقد اقتنع بأن إسعاد «خيل» يكلف قليلًا جدًّا وكذلك يساعد على ترسيخ حضوره هو، يومي الاثنين والخميس، في يوتوبياه الخاصة. وبما أن «خيل» لم يكن يصدق تلك الأعاجيب وحسب وإنما يطالب بها باسم التقدم والحنين والقَدَر المحتوم، فقد تأكد «غريغوريو» على الفور من أن الناس سرعان ما يقتنعون بما يناسبهم ما دام هناك شخص آخر يساند مسوغاتهم. أو بمعنى آخر: إن رأيين متماسكين يشكلان قناعة راسخة.

في أحد أيام شهر مايو تحدث «خيل» عن الشارع الذي عاش فيه في أزمنته المدينية.

- كانت بناية من خمسة طوابق، ومركزية تقريبًا.

تفحص «غريغوريو» الخريطة.

- توجد هناك الآن حديقة عامة. (ورسم دائرة).
- حديقة عامة؟
- أجل، هذا ما أظنه. فلنرَ، ألم تكن هناك ساحة وفيها كنيسة؟
- كنيسة القديس «هيلاريوس».
- توجد حديقة الآن، وحيث كانت الكنيسة يوجد مسرح، مسرح الفن الأولمبي، هذا ما أظنه.

ساد صمت طويل، وسُمعت قرقعة الهاتف. «هذا بالضبط

ما ينتظره «خيل» مني. تابعا معًا، أحدهما بذاكرته والآخر بقلم الرصاص، المسارات التي اعتادها «خيل»، وأثبتا أيضًا أنه لم يعد من الممكن التعرف إليها.

- لقد كنت أخمن أن المدينة قد تغيرت كثيرًا منذ ذلك الحين.

اعترف «غريغوريو»:

- إنه التقدم.

- بالضبط. بينما أنا هنا، أبيع زيتونًا. قل لي إذا لم تكن هذه الحال نكبة.

احتج «غريغوريو»:

- ولكنني أخبرك بهذا كله كي أشجعك!

- إنني أحاول يا سيد «أولياس»، إنما عليك أن تلاحظ أننا لا نعيش إلا مرة واحدة وثمن الأخطاء يظل يُدفع إلى الأبد.

قال «غريغوريو» كاذبًا:

- الأخطاء هي ملح الحياة. ولا تنسَ أننا بشر.

- طبعًا، طبعًا. (سُمع الصوت البعيد) ولهذا السبب بالتحديد أتحسر.

عند الغروب يطفئ «غريغوريو» الأضواء، ويخرج إلى الممر الرملي، ثم يتخذ الطريق إلى البيت رافضًا أي دعوة من وساوسه. لقد كان متفاجئًا أكثر مما هو مرعوب، يفكر في أن الزمن سيتولى توضيح الخطأ. ومع ذلك، كانت هناك لحظات يلمح فيها الخطر بتبصر يصل أثره حتى معدته، فيرفعه هواء الرعب طافيًا فوق الأرض. إذا ما عرف «خيل» الحقيقة ذات يوم، ماذا سيقول له؟ فيفكر عندئذ على غرار أخبار الصحف، فأخباره كانت بريئة، أو أن المدن تتغير كثيرًا إلى حد يمكن معه لأخباره أن تكون حقيقية أمس وتصبح

١٧٣

زائفة اليوم. هنالك طرق كثيرة لتبرير أكذوبة! يمكنه أن يقول له على سبيل المثال إن ذلك كله لم يكن إلا مزاحًا، أو التظاهر بالجنون، أو التأكيد له بأنه إنما قدم إليه رؤية فنية للمدينة، لأنه شاعر (ومن خلال معرفته بـ«خيل» ستكون هذه الحجة حاسمة) وينظر إلى الدنيا بعيني شاعر. أو أن يذكِّره بأنه هو نفسه، «خيل»، قد أدخله في ذلك التلفيق بنزوته في تسول الأخبار. ولكن ما كان يخيفه حقًّا، في العمق، هو تحطم الصورة التي كوَّنها عنه «خيل»، وهي صورة فيها بعض تجسيد لأحلامه الشبابية، لأنه منذ اللقاء مع «إيليثيو» صار يشعر بحنين إلى مرحلة الشباب، بالرغم من أنه لا يتذكرها إلا بصورة مبهمة جدًّا، مثل أغنية نسي موسيقاها ولكنها تلح على الذاكرة بمرافقة أحاسيس وأشياء من الحقبة التي عرف فيها تلك الأغنية وغناها، وهو ما يحدث له بالضبط مع أغنية «لاهافانيرا». وهكذا قرر، وهو بين آمل وخائف، أن يترك للزمن حل سوء التفاهم.

ولكن «خيل»، مع تقدم فصل الصيف، أقدم على خطوة أخرى نحو الهدف الحقيقي لاستقصائه. ففي أحد أيام شهر يوليو سأل، كما لو أنه يتذكر مصادفة، عن موقع واسم مقهى.

- أتعرف؟ أتذكر أنه كان هناك مقهى له باب دوار. وكان يسمى «هيسبانو إكسبرس». كنت أمر من هناك في بعض أيام السبت. في المرة الأولى أخذني أبي. كان هناك كثير من الفنانين والمثقفين وكانوا يقضون طيلة المساء في الحديث. وطبعًا، أنا لم أدخل إليه قط.

سأله «غريغوريو» مأخوذًا:

- لماذا؟

- لم أكن أتجرأ. ولكنني كنت أنظر من خلال الزجاج. ويكون أربعة أو خمسة أشخاص آخرين ينظرون أيضًا. كان هناك منتدى ثقافي، وتوجد مرايا في كل الجهات. المعلم يجلس إلى جانب

العمود والجمع يجلس فيما حوله. وأتذكر كذلك لوحة طبيعة صامتة فيها فاكهة وطيور حجل، وصورة فيلسوف نحيل جدًّا، له أسنان ذهبية. إنه أعجوبة مدهشة.

- ولماذا لم تكن تدخل؟

- كيف سأدخل؟ لقد كنت فتيًّا جدًّا وكنت أدرس. أدرس للحصول على شهادة البكالوريا بمفردي. وطبعًا، عليك أن تفهمني، لم أكن أشعر بأنه يحق لي الدخول، كنت سأبدو دخيلًا. وضَعْ في اعتبارك أن الجميع هناك كانوا جامعيين أو خريجين، ويعرفون بعضهم بعضًا. والمعلم يسألهم أحيانًا. كان ذلك أشبه بنادٍ. وكان هناك آخرون (واصل بعد صمت قصير) لا يتجرأون على الدخول ولا على النظر والمراقبة. فالدخول يبدو لهم تجاوزًا للحدود، أما المراقبة فأقل قليلًا، فيمرون على الرصيف كما لو أن ذلك كله لا يهمهم. وكانوا ينظرون إلينا نحن الذين نراقب بنظرة إشفاق، وإلى من يدخلون بنظرة حسد، أو هذا ما كان يبدو لي على الأقل. وأتذكر أيضًا أن أرائك الجلوس كانت حمراء.

وارى «غريغوريو» فضول ذهوله المجامل، وسأله:

- وما الذي كنت تكسبه من المراقبة؟

- يا رجل، لقد كان يذهب إلى هناك أفضل حكماء البلاد، تصور، علماء، مخترعون، فلاسفة، شعراء... لم أتوصل قط إلى معرفة ما كانوا يتكلمون فيه، ولكن يمكن للمرء، بمجرد رؤيتهم يومئون بتلك الحركات المفعمة بالتعقل، أن يتعلم الكثير، ويبدأ أحدنا بالتعرف إلى الأجواء والتهيؤ لليوم الذي يستطيع فيه الدخول كصاحب حق في ذلك. وكذلك على سبيل الفضول والإعجاب. وأن يكون المرء هناك خيرٌ من أن يكون بعيدًا، أليس كذلك؟

أحس «غريغوريو» بالبلبلة.

- هل تسمعني؟
- أجل، أسمعك.
- أما زال المقهى موجودًا؟

نظر إلى الأرض الخلاء. وفي خلفية البناء كانت ثقالة المصعد تنزل بتكتم.

- طبعًا، إذا كان المقهى نفسه الذي أفكر فيه.

تعجل «خيل»:

- ما زال موجودًا إذًا؟
- أجل، واسمه الآن مقهى الدارسين. (وقال لنفسه: «أفعل هذا على سبيل الشفقة»).

هتف «خيل» بذهول:

- مقهى الدارسين! ولكن... أما زال في المكان السابق نفسه؟
- أظن ذلك.
- ولوحة الطبيعة الصامتة، والمرايا والأعمدة، أما زالت موجودة؟

كان «غريغوريو» قد فقد حس المجازفة ووجد نفسه كمن هو ملهم برؤيا، فقال:

- حسنٌ، المرايا والأعمدة ما زالت موجودة، أما المقاعد فهي خضراء الآن، وبدلًا من لوحة الطبيعة الصامتة توجد الآن لوحة لجرف صخري وفنار.

قال «خيل» بتأثر:

- نور التقدم!

تقاسما كلاهما لحظات صمت التقدير.

كان اليوم خميسًا، وفور الانتهاء من إملاء الطلبية، قال «خيل»:

- نعم، (وتنحنح في سعال رنان، حاميًا بصورة مسبقة غنائية كلماته) أنت تعرف إذًا مقهى الدارسين، مقهى «هيسبانو إكسبرس» سابقًا.

وكان «غريغوريو» قد قرر في تلك الأيام أن يُصلح الاعوجاج باستحضار روح المرح، ولكنه بسبب الخوف، أو بفعل جاذبية مشابهة للدُّوار، أجاب بنعم. وقال مسوغًا:

- الجميع في المدينة يعرفون المقهى.
- ولكن ليس الجميع يعرفون أن هناك منتدى أدبيًّا، ولا أن المقاعد خضراء، ولا وجود لوحة الجرف الصخري والفنار.
- حسنٌ، أنا أعرف ذلك مما سمعته.

أبدى خيل صوتًا نائيًا ومتوجعًا:

- إنك تخدعني يا سيد «أولياس»، وعذرًا لوقاحتي.
- أنا؟
- أجل. إنك تشفق عليَّ وتريدني أن أصدق أنك مجرد شخص عامي، مثلي.

قال «غريغوريو»، دون نفور:

- إنني كذلك، إنني رجل عادي، موظف مثلك تمامًا.
- أيمكنني التكلم بصراحة؟

ارتجف «غريغوريو»:

- بكل تأكيد.
- إنك يا سيد «أولياس»، تخفي سرًّا.
- أنا؟
- أجل، هنالك سر. ولكنني أريدك أن تعرف أنه يمكنك الوثوق بي. فأنا شخص نزيه.
- ولكن ليس لدي شيء أخبرك به!

- وأنا أقول لك إنني شخص نزيه. لم أخن ثقة أحد بي قط، مطلقًا! دعني أقل لك إنني رجل طيب.
- ولكن إذا...
- إنك لا تثق بي، ألاحظُ ذلك، وهذا يجرح مشاعري ويوجعني. أنت لا تحترمني يا سيد «أولياس». إنك تحتقرني. ولكنني أتقبل ذلك وأصمت.

قال «غريغوريو» محاولًا بصبر، مستعينًا بحدِّ يده، أن ينظم ذلك التشوش:
- فلنرَ يا «خيل»، أي سر هذا الذي يمكن أن أخفيه؟
- ذهابك إلى المنتدى الثقافي، الأمر واضح. إنني أستشف ذلك، ولا تقل لا لأن هواجسي القلبية لا تخطئ أبدًا. ألا تذهب إلى المنتدى؟

سمع «غريغوريو» حمائم سقف الأنوار، ورأى ثقالة المصعد وأدوات العمل، وبدا كما لو أن ذلك كله يقول له: «هيا يا «غريغوريو»، لا جدوى من قولك لا، فلا تخف، نحن شركاؤك في التواطؤ ونحن هنا لحمايتك. أضف إلى ذلك أن «خيل» لن يصدق بأي حال. تقبَّل الهزيمة، ولو على سبيل الرحمة. وما أهمية أن يذهب المرء أو لا يذهب إلى مقهى، مهما كان المقهى فاخرًا؟» رأى مرور السُّحب، وفجأة بدا له العالم مكانًا بريئًا وبلا مخاطر، والحوار الذي يجريه مع «خيل» مجرد لعبة صبيانية من أسئلة حمقاء وإجابات خرقاء. وهكذا اتكأ في الكرسي وانتظر اتخاذه وضعًا مريحًا كي يجيب، كما لو أنه يستسلم، وخرج منه صوت بطل، ساخر ورجولي:
- لقد كشفتني.
- أترى؟ كنت أعرف ذلك، كنت أعرفه! وهل تذهب بكثرة إلى هناك؟(سأله «خيل» مخففًا نبرته).

- بين حين وآخر.
- وطبعًا، تشق طريقك إلى الداخل.
- أقول... أجل.
- ولديك أصدقاء هناك، أليس كذلك؟
- بعض الأصدقاء.
- وتعرف المعلمين.
- حسنٌ، بصورة عادية، مثل الجميع.
- وأنت، إذا سمحت لي، لماذا تذهب إلى هناك؟

تلا ذلك صمت تلميحي، أحس فيه «غريغوريو» بتهديد خطرٍ لا يطاق يتعرض له لاوعيه بالتواطؤ مع «خيل» والأشياء المحيطة. كان يمكن له أن يقول، دون أن يكذب بالكامل، إنه شاعر، أو حتى مهندس، وكان في إحدى اللحظات على وشك أن يقول ذلك، بل إنه أحس في فمه بتزاحم الكلمات التي سينطق بها، ولكنه شعر بالخوف، وملأه الخجل من الخوف بغيظ مبهمٍ وعكرٍ تجاه «خيل». ولهذا قال:

- اسمع يا «خيل»، لا تغضب مني، ولكن هذه الأمور شخصية، والحقيقة أنه لا وجود لما يستحق التحدث عنه. يمكننا الكلام في أي شأن تريد، ولكن ليس عن حياتي. لأنها بلا أهمية من جهة، ولأنني من جهة أخرى لا أحب الحديث عن نفسي. لست أدري كيف أقول لك ذلك.

دمدم «خيل»:

- نعم، لقد فهمتك. اعذرني، أرجوك (وأملى الطلبية).

منذ ذلك الحين صار «خيل» يتوجه إلى «غريغوريو» باحترام شبه تبجيلي. يتلعثم أحيانًا، يتنحنح، يطلب الاعتذار دومًا على التمادي، ويتغلب في أحيان أخرى على خجله بصرخات عصبية أو

بعبارات تفخيم متقطعة، ويُدخل في أسئلته كافة الشكوك التي تعذبه منذ عشرين عامًا. بدأ «غريغوريو» يطرح أسئلة متنوعة. فلم تعد هنالك حدود لفضوله: أتؤمن بوجود حياة أخرى في الماوراء؟ أتظن أن الإنسان سيصل إلى القمر؟ وهل هنالك حقًّا مخلوقات فضائية؟ هل صحيح أنه يمكن السفر في الزمن؟ هل يمكن للإنسان أن يخلق حياة؟ وكان «غريغوريو» يجيب على ذلك كله باختلاق وتسلط، وحتى أشد خواطره غرابة كانت تؤخذ بورع، وحتى أشد كلماته التباسًا تجد لها لدى «خيل» خلفية رموز يقينية.

- من بعيد يظهر بوضوح أنك رجل معاصر.

كثيرًا ما كان «خيل» يقول ذلك، وهنا كان «غريغوريو» يتزين بصمت مفخم.

- أنت رجل معاصر، أجل يا سيدي.

ثم يضيف فورًا:

- ولديك سر لا تبوح به لأحد.

لأن «خيل»، منذ اليوم الذي عرف فيه أنه يتردد على المقهى، لم يعد يهتم كثيرًا بأخبار العالم والمدينة كمرجعية لحياة مُخبره في مدينةٍ انتهى بها الأمر، تحت رعايته، إلى أن تكون متجددة بالكامل.

حاول مرات كثيرة نقل الحديث إلى الميدان الشخصي، وعلى الرغم من أن «غريغوريو» كان يتملص من أسئلته بإجابات متهربة أو بكلمات إنكار صريح، فالخوف من إضاعة صورته المشهودة، التي تُلمح في ذهن «خيل»، ألهمه رسم خطة دفاعية ممتلئة بدعوات إلى المحاصرة.

- لا وجود في شخصي ما هو جدير بالتحدث عنه.

يقول بلهجة مرحة؛ أو يقول بنبرة تهذيب مغلفة بالغموض:

- أرجوك، إذا لم يكن يزعجك ذلك، أفضِّلُ الحديث في شأن آخر.

كانت هناك أيام تلتقي فيها الاستراتيجيتان كلتاهما (إستراتيجية «خيل» بضغطٍ من خذلانه، وإستراتيجية «غريغوريو» بالسعي إلى محاصرته بعبارات صد مقتضبة) في نقطة تلاقٍ من أجل نجاحهما المشترك. لأن المضي بعيدًا جدًّا كان يصيب «غريغوريو» في بعض الأحيان برعب من المواصلة قدمًا، وعندما يسقط في فخ التقليل من قيمة الوقائع المتخيلة باعتبارها مجرد طرائف، يعود ليجد، في مستويات أدنى، الأسباب نفسها التي تحمله على الرضوخ لمحاولات «خيل» الخرقاء. وهكذا كان أن حدث في النهاية، بعد عام من زيارة المهرجان الشعبي، أن استند بعد ظهر أحد الأيام في كرسيه، وكما لو أن الوضع الناشئ بينهما قد صار لا يحتمل، سمع نفسه يقول فجأة:

- ولكن، فلنرَ، ليس للذهاب إلى مقهى الدارسين أدنى أهمية.

ردَّ عليه خيل باقتضاب غاضب:

- ليس له أهمية في نظرك بكل تأكيد.

قال بنبرة مازحة:

- يا رجل، كيف تتصورني أنت؟
- أنت؟
- أجل.

لم يتردد «خيل»:

- رجل معاصر، مثقف، شاب، مثالي، ويحصل دومًا على ما يريد. بكلمة موجزة: شخص ناجح.

ودون أن يطرأ على «غريغوريو» أي تغيير، قال وهو ينظر إلى الفراغ:

١٨١

- إنك تتملقني، ولكنني أخشى أنني لستُ كما تتصورني.

- إنك شخص ناجح، أجل يا سيدي. ولهذا أتفهم أنك لا تريد التعامل معي، فأنا رجل بائس، أو أنني بكلمة أدق رجل فاشل.

- هذا غير صحيح يا «خيل». فأنا أيضًا موظف، مثلك.

- ولكن الحال ليس مماثلًا. هل أستطيع التكلم بصراحة؟

- بكل تأكيد.

- لقد أحرزت تعليمًا، أليس صحيحًا؟

أغمض «غريغوريو» عينيه وقال إن الدراسة اليوم أمر شبه روتيني.

- أترى كيف أنني لم أخطئ؟ أراهن أنك تحمل شهادة جامعية؟

- إذًا...

- أترى؟ كنت أعرف ذلك. ولكنك لا تريد أن تخبرني بدراستك، أليس كذلك؟

- حتى لو كنت أحملها، ما أهمية ذلك؟

- أترى؟ كنت أعرف أنك لن تخبرني.

رسم «غريغوريو» إشارة الصليب ذهنيًا، عدَّ حتى أربعة، قام بحيلة التعزيم:

- حسنٌ، ما دمت مهتمًا بكوني دارسًا، فلنقل مثلًا إنني... مهندس (وبدا له مشينًا أن يواصل الحديث محاولًا التغطية على كذبة بأخرى).

قال إن لديه عرضًا للسفر إلى الأدغال لبناء جسور وطرق، وعدَّدَ ووصفَ أفاعي سامة وأزهارًا آكلة لحوم ثم أخفض صوته أخيرًا ليؤكد أنه لن يذهب حاليًا، لأن ميله الحقيقي، وسره الحقيقي (بما أن «خيل» مصمم على اكتشاف كل أسراره) هو أمر آخر.

توسل «خيل»:

- ما هو؟

قال:

- حسنٌ، أنا في الواقع شاعر.

ومع أنه تذكر اللقاء مع «إيليثيو» وعاد يشعر في معدته بملامس الغثيان، فقد كان لديه يقين مبهم، إنما مطلق، بأنه لم يكن يكذب تمامًا في هذه المرة.

صاح «خيل»:

- شاعر! مهندس وشاعر، إنك واحد من فناني المقهى، أليس كذلك؟

- لقد أخبرتك بأنني أذهب إلى هناك أحيانًا. (ومرة أخرى بدا له كل شيء غير واقعي: بدا له أنه عميل سري ويتظاهر بغير ذلك للتمويه على الخصم).

كان خيل كالمتحجر في الجانب الآخر.

قال على الفور:

- أيمكنني أن أوجه إليك سؤالًا آخر؟

- إلى الأمام.

- المسألة، افهمني، إنني مشوش. من كان يمكن له أن يقول لي إنني سأتعرف عن قرب إلى أحد فناني المقهى؟ وهذا يعني أنك لا بد أن تكون شابًّا، أليس كذلك؟

أحس «غريغوريو» أن الهواء المركز في معدته بفعل جرعة هواء عميقة سوف يرفعه محلقًا بين لحظة وأخرى.

قال باسمًا:

- ليس إلى هذا الحد.

- أتسمح لي أن أحزر؟ لم تبلغ الثلاثين. أنت في السابعة والعشرين!

عندما حاول «غريغوريو» قول الحقيقة، وقد أرعبته فجأة خطورة تلك الكذبة الكبيرة، كان الوقت قد فات، لأنه سمع نفسه يعلن لنفسه، بصوت حاسم وصاف وشبابي:

- خمسة وعشرون عامًا من أجل دقة أكبر، (وأحس بالإعجاب والرعب من كلماته نفسها).

هتف مبهورًا، وبنبرة مرارة طفولية:

- خمسة وعشرون! لاحظ، فتي جدًّا ومهندس وشاعر ويتحدث في المقهى. رباه، كم استغللت وقتك على أحسن وجه!

عض «غريغوريو» شفتيه وفكر: «هذا أمر لا علاج له». ولكنه حاول ترتيب الأمر قائلًا إن العمر مسألة نسبية وإن المهم هو الروح. ووضع مثاله الخاص:

- هناك أناس تجاوزوا الأربعين ولهم روح من هو في الخامسة والعشرين، والعكس بالعكس.

قال «خيل» محزونًا:

- أما أنا يا سيد «أولياس» فإنني في الأربعين جسدًا وروحًا، لو أنني صرت كيميائيًّا ومفكرًا لكنت عجوزًا بالجسد، ولكنني لست كذلك وها أنذا هنا، عجوز مزدوج.

ساد صمت طويل.

سأله متجاوزًا غمَّه الخاص:

- وأنت يا سيدي، هل تتكلم إذًا في المقهى؟
- حسنٌ، الجميع يتكلمون هناك.
- ولكنني أعني أنك تجلس إلى جانب العمود.

١٨٤

- إلى جانب العمود؟ أجل. ولم لا؟
- هذا يعني أنك معلم.

عرف «غريغوريو» أنه لم يعد قادرًا على التراجع وقال إنه أراد قول ما يقوله هو، وإنه لا فرق على أي حال سواء أكان التكلم بجانب العمود أم في نفق. ولكن «خيل» لم يتوقف للنظر في تلك التأملات. سأل:

- والجميع هناك يعرفونك بالسيد «أولياس»، أليس كذلك؟

سارع إلى القول:

- لا، لا، أستخدم هناك اسمًا فنيًّا مستعارًا.
- وإذا كانت المعرفة ممكنة، ما هو الاسم؟

أغمض «غريغوريو» عينيه كي يستغرق في كمال اللحظة. قال:

- «فاروني»، وبدا له وقع الاسم ساحرًا، كما لو أنه اخترعه للتو.

شدد «خيل» قليلًا على الحروف:

- «فاروني»، إذا سمحت لي يا سيدي فسوف أدعوك أيضًا السيد «فاروني» من الآن فصاعدًا. أيبدو لك ذلك جيدًا؟
- أجل بالطبع. (وشعر بإحساس مختلط من الذعر والغبطة).
- وهل يمكنني مصارحتك؟
- طبعًا.

قال «خيل» بصوت تذلل مؤسف:

- أنا أظن، أن لديك سرًّا آخر.

ذُعر «غريغوريو»:

- آخر؟
- أجل، لأنك تعمل في منصب غير مناسب لمهندس، ولاسيما لفنان في المقهى.

و«غريغوريو» الذي كان قد انتبه إلى عدم التناسب ذاك، قال إن لديه، بالفعل، سرًّا آخر، لا يريد كشفه الآن.

قال «خيل»:

- ثق بي، أنا أعرف أنك بوهيمي، وأن الفنانين ذاتيون جدًّا ويضحون بكل شيء في سبيل الفن، أليس كذلك؟

قال «غريغوريو» مقدرًا الوجهة السهلة التي تتخذها تلك التلفيقة:

- هنالك شيء من هذا.

- وأكثر من ذلك، إن سمحت لي. أليس لسرك علاقة بالسياسة أيضًا؟

تردد «غريغوريو»:

- حسنٌ...

هتف «خيل»:

- أتفهمك! أتفهمك! لا حاجة بك لأن تقول لي شيئًا. الأمر خطير: أعرف ذلك! أعرفه! ومن خلال أمور أخرى سمعتُ عنها، من المؤكد أن ما تكتبه تحظره الحكومة. أليس صحيحًا؟

- المسألة...

قاطعه:

- لا حاجة بك لأن تقول شيئاً! وإذا كنت تسمح لي، ما هو اسمك الأول؟

قال:

- «غريغوريو».

ثم أضاف دون تفكير:

- وإن كانوا يعرفونني في بعض الأوساط المعينة باسم «أغسطو»، لأن اسمي «غريغوريو أغسطو أولياس».

غرد «خيل»:

- «أغسطو فاروني»! ولكن، أترى كيف أستطيع أنا أن أخمن الأمور؟ إنني أفهم الفنانين. أنا رجل طيب يا سيد «فاروني».

- أعرف ذلك يا «خيل»، أعرفه، ولهذا أقدرك.

- شكرًا. ولكن لو أنك تعلم كم أحسدك، بالمعنى الطيب للكلمة، وكم أنا حزين على نفسي! لو أنك تعرف حياتي لرثيت كثيرًا لحالي. إنني مدعاة للخجل. أتدري؟ أنا أردت أن أكون كيميائيًّا ومفكرًا.

- هيا يا «خيل»، لا تيأس.

- لست يائسًا. إنني في العمق رجل صلب، وإن كنتُ لا أبدو كذلك. إنني متعصب للتقدم ولكنني شخص صلب. إذا ما رويتُ لك حياتي ذات يوم فسوف تكتشف بنفسك أن لدي فائضًا من الأسباب لأكون رجلًا بلا أسرار. كان يمكن لأي شخص مكاني أن يتحول إلى ضبع، ولكنني رجل واقعي وأفضل أن أكون على علاقة جيدة بالقدر.

- هذا قرار جيد.

- ما أريده يا سيد «فاروني»، إذا كان ذلك ممكنًا، أن تروي لي أشياء عن المقاهي وعن الرجال العظماء، كل ما لم أستطع التوصل إليه حين كنت في المدينة. هل ما أطلبه كثير؟ (وخرجت منه الكلمات برنة أنفية).

عندئذ أدرك «غريغوريو» صعوبات المتاهة التي راح يقيمها، دون أن يدري كيف، حول نفسه. واستشف أن حياته، فيما هو آت، لن يكون لها سوى وجهة واحدة: الحفاظ على شعلة الخطأ متأججة، والانكباب على مهمة تسويغها وجعلها قابلة للتصديق إلى حيث تمكنه قواه.

قال مثقلًا بعبء المسؤولية:

- الحقيقة، لم أفهم قط هوسك هذا بالمقاهي.

- لأن حلمي العظيم، أتدري ما هو حلمي العظيم؟
- ما هو؟
- التوصل إلى أن أكون رجلًا معاصرًا، رجلًا حالفه الحظ.
- وهل تظن أنك ستتوصل إلى ذلك في المقاهي؟
- كيف لا! ألا تُخترع هناك النظريات، وتُملى الموضة، ويُدفع الفن قدمًا، وينشأ التقدم؟ جميع الرجال العظام ذهبوا إلى المقاهي. هذه حقيقة من الواقع، وأنت يا سيدي تعرفها أفضل مني بكثير. ولهذا، ما أريده هو أن تخبرني بما يحدث هناك، إن لم يكن ما أطلبه كثيرًا.

دمدم «غريغوريو»:
- الحقيقة أنه لا يوجد الكثير لروايته. هنالك كثير من الأسطورة.
- أنا أقنع بالقليل.
- أضف إلى ذلك أني أريدك أن تعلم أنني رجل متوحد وقليل الكلام.
- لأنك فنان، ولا بد من تفهم الفنانين. هل يمكنني أن أطلب منك شيئًا آخر، ولن أزعجك بعدها؟

ذُعر «غريغوريو»:
- ماذا؟
- أن تسمح لي بأن أكون تلميذك، وهذا سيكون آخر طلب لي.

ابتلع «غريغوريو» لعابه وقال متهربًا:
- حسن، يمكن لك أن تسأل، وأنا سأحاول الإجابة عن أسئلتك.
- شكرًا يا سيد «فاروني». أنا سأسأل وأنت يا سيدي تجيب. ستقودني عبر أسرار العالم. ستدلني إلى طريق المعاصَرة. ستكون مثالًا لي، ضوءًا في الليل، مثل فنار المقهى. إنك يا سيدي بالغ السخاء مع البؤساء، وفي هذا الأمر يُلحظ كذلك أنك رجل عظيم.

فور إغلاقه الهاتف فتح «غريغوريو» السكين متعددة الاستعمالات ونظف أظفاره بدقة. كان الغروب قد بدأ. خرج إلى الدرب الرملي وراح يعد الخطوات إلى أن نبهه شطط الأرقام إلى أن العدَّ مختلف، وحين جلس إلى جانب النافذة ظل قلبه يخفق إلى حيث لا يمكن لسلطة الأرقام أن تصل.

لم يتكلما خلال بعض الشهور إلا عن الأرقام. فـ«غريغوريو» المنقاد لأسئلة «خيل» ولبعض الأوراق التي يحاول بها الاحتياط في الإجابات، وسع المقهى، بل وضع فيه مدرجات ونوعًا من المنبر يصعد إليه الخطباء. ورسم على الجدران مشاهد ترمز للآداب والعلوم: ريشة إوزة، إكليل غار، قيثارة، «آخيل» وراء السلحفاة (وهذه أحجية أثارت استغراب «خيل» الذي أدهشه أنه لم يسمع بها حتى ذلك الحين)، وتفاحة «نيوتن»، وكهف أفلاطون، وطيارة «فرانكلين» الورقية ورموزًا أخرى تشير إلى عظمة التقدم، وحيث لا يغيب كذلك ميزان العدالة وحمامة السلام. إنها بقايا فشله كطالب ليلي. ولكن فضول «خيل» لم يكن يعرف الإشباع ولم يكن يمر يوم اثنين أو خميس إلا ويوجه فيه سؤالًا ما، بعد إملائه الطلبية التجارية. ما الذي يفعلونه على سبيل المثال في المنتدى فضلًا عن عرض الأفكار والمناقشات؟ حسٌ، في بعض الأحيان يغنون، ولاسيما حين تُنهكهم المجادلات. وهل يلتقي أعضاء المنتدى خارج المقهى أيضًا؟ أجل، يعلن «غريغوريو»، فهم يمارسون الرياضة في بعض الأحيان. يذهبون إلى حديقة عامة، وجميعهم في بيجامات رياضية، بمن في ذلك المعلمون المتقدمون في السن، ويركضون جماعيًّا. ويتناولون الطعام في الريف ويعقدون هناك بالذات جلسة مسامرة ثقافية، بطريقة غير رسمية. وفي الشتاء، يخرجون ذات يوم أحد للتزلج. فيتخيل «خيل» المنتدى بكامله، علماء وفلاسفة وفنانون

ينزلقون بأناقة على الثلج بسترات التزلج الملونة ونظاراتهم الكبيرة القاتمة وتلك الأحذية التي كأنها أحذية غوص هوائي. وأمر آخر، هل يشارك أناس مهمون، إضافة إلى أعضاء المنتدى المعهودين؟ أجل، هناك على الدوام شخصية بارزة، كونت أو ممثلة مشهورة. وكثيرًا ما يدعون «فاروني» للعشاء في قصور أو شاليهات. وهو يذهب أحيانًا وفي أحيان أخرى لا يذهب، لأن الخطر الأكبر على الفنان، والإغواء الأعظم له هو البريق الاجتماعي، وهو يفضل عزلة حجرته المُغْفَلة ككاتب. ومن هم أبرز المعلمين هناك؟ حسنٌ، من أجل ذكر أحدهم، يمكنني تذكر «دون أوكتافيو فريسو»، و«دون فاوستو ثينفوينتس»، و«دون فيليثيانو باييستروس ماتاموروس» أو «مارك سبرمان»، البيولوجي النيويوركي الكبير. وأخيرًا، عمَّ يجري الحديث في المقهى؟ عن فن الرواية والنظرية النسبية.

- وبالمناسبة، ما الذي تكتبه الآن يا «فاروني»؟»

وأجاب «غريغوريو» بأنه ينهي رواية ويبدأ في كتابة دراسة.

- وأي نوع من الدراسات هي؟

- إنها تأملات حول الفن، والسياسة، واللغة، والعزلة.

وردًّا على أسئلة «خيل»، أوضح أنه فضلًا عن هذه المهمة، يذهب إلى المسرح وإلى الحفلات الموسيقية (وهنا اعترف بأنه يعزف على البيانو والغيتار ويغني أغنيات من كلماته)، وقبل ذلك كله، يتبادل الأحاديث مع الأصدقاء. يجتمعون في أحد البيوت أو مشارب البيرة وكثيرًا ما يتواصل النقاش حتى الفجر. وأمر آخر، أما زال يواظب ذلك الفيلسوف ذو الأسنان الذهبية على حضور المنتدى؟

قال «خيل»:

- إنني أتذكر أني طلبت منه في أحد الأيام توقيعًا لدى خروجه، ولكنه لم يكن يحمل قلمًا وكان قلمي قد فرغ من الحبر. وأتذكر أنه

قال لي: «في المرة القادمة يا فتى». تصور، «فتى»، يا للزمن. ثم ربت على ظهري. أتدري؟ كثيرون ربتوا على ظهري. الجميع يربتون على ظهري. ولكن تلك التربيتة، لا أدري، كانت مختلفة. كانت كما لو أنه يقول لي: «تشجع يا فتى، سوف تصل». أتفهمني يا «فاروني»؟

لم يدر «غريغوريو» ما يقول ولكنه ظن أنه مضطر إلى الكلام وعلق بالقول إن لذلك الفيلسوف الآن ساقًا اصطناعية، وعينًا من زجاج وجمجمة من فضة، وثقبًا حديثًا في القحف. فاستغل «خيل» الفرصة ليسأل إن كانت الروبوتات موجودة حقًّا. وأجابه «غريغوريو» بأن نعم، وأنه هو نفسه رأى واحدًا في المقهى، وكان يرد دون خطأ على ما يوجه إليه من أسئلة باستثناء سؤال واحد، عن اسمه، فقد تبين أن الروبوت لا اسم له، ويا للجلبة الساخرة التي حدثت. وبحث الجميع له عن اسم، وكان هو، «فاروني» نفسه، من عمَّده باسم «لونلي»، الروبوت «لونلي»، ويعني «وحيد» بالإنجليزية.

هتف «خيل»:

- يا لما وصل إليه التقدم، ومن يدري! ويا للوقت الطيب الذي تقضونه أنتم هناك! وأنت يا سيدي بهذا تعرف الإنجليزية؟

أجابه «غريغوريو» سعيدًا بالجواب الذي لم يكن زائفًا بالكامل:

- أجل.

- والفرنسية؟

وعاد «غريغوريو» للشعور بأن ما يجري هو لعبة أسئلة وأجوبة بلهاء، فأجاب:

- «وي مسيو». ومن الذي لا يتكلم لغات اليوم؟

- أنا يا سيد «فاروني»، أنا لا أعرف سوى الإسبانية وبصورة سيئة. وحتى لو كنت أعرفها، ماذا ستفيدني في هذه الأمكنة القاحلة؟

وكان «غريغوريو» يشجعه بالجملة نفسها التي اعتاد أن يغلق بها الحوار: «لا تيأس يا «خيل»، كن شجاعًا». وبعد الإغلاق، يظل «غريغوريو» مصوبًا نظره نحو الأرض الخلاء، بذهن خالٍ وانطباع بضوضاء تطن في أذنيه أشبه ببحر قريب ومستحيل.

فينفخ من فوره على المصباح الكحولي، ويخرج إلى الدرب الرملي ويضيع بين الحشود.

الفصل الثامن

- قل لي يا سيد «فاروني»، ما هو الفن؟
- الفن. كيف أقول ذلك؟ يمكن الحديث عن أعناب عالية، عن غابة متأججة، عن... ولكن لا، الفن هو الحياة. أو إنه الروح إذا رغبت. الروح المتمردة التي تغير الأشياء وتحكمها وتتحكم بها. إنه السيطرة على الأشياء. الروح المتمردة التي تسيطر على الأشياء. العصافير لا تتكلم، ولا النمل يتكلم، ولكن الشاعر يمنحها صوته. شيء من هذا القبيل، شيء شبيه بموسى. إذ لم يكن هنالك ماء في الصخر، فجاء هو وأخرجه بعصاه. الفن هو الروح المتمردة التي تسيطر على الأشياء، وتُخرج... تستخرج... لا، لا، بل تذيب المادة، الغموض، لا، إنه الجمال الخفي في الأشياء.
- قل لي يا سيد «فاروني»، ما هو الفن؟
- قدرة الروح على إذابة أحشاء الأشياء. مثل قلب الأشجار، إنه كبد النجوم.
- وما هو الإلهام؟
- أقول إنه... نفحة، هواء، لا، إنه فوحان، وهو وميض أيضًا. فكِر في رحالة تائه في ليلة عاصفة. يكاد لا يرى الطريق، وفجأة يومض

برق ويضيء الهاوية التي يمشي على شفيرها. هذا هو الإلهام: رؤيا قصيرة، لا، رؤيا خاطفة في الظلمات.

- والفنان، هل يولد أم يُصنع؟
- يولد. لا، بل ينبجس، ينبثق. هكذا، أجل. الفنان ينبثق من اتحاد القدر والـ، والـ، والعاطفة. لا، بل القدر والـ، بل الحرية والقدر. الفنان ينبثق من اتحاد العاطفة والحرية والقدر والـ، والجهل.
- الجهل؟
- أجل، لم لا؟ الجهل. أو المصادفة إذا شئت، ما أهمية الكلمة. إنها كالعثور على كنز. لا، إنها مثل أولئك الأطفال الذين يضيعون في الغابة ويعثرون على بيت من الحلوى. هكذا، أجل. الانقياد للجهل هو أكثر طريقة مؤكدة للوصول إلى مكان ما. بل إلى هذا المكان بالذات، إلى... إلى... إلى بيت الحلوى. أي حيث لا يصل أحدنا وفق حسابات مسبقة. مثل أطفال الغابة. الفنان يولد من سهو إلهي. فلنسجل هذا.

أشعل «غريغوريو» نور المنضدة الصغيرة التي بجانب السرير وسجل في دفتر الملاحظات تعريف الفن، والإلهام، والفنان.

- من يمكن له أن يكون شاعرًا إذًا؟
- من يختارهم القدر للضياع في الغابة. فنحن الشعراء لسنا سوى تعساء. لا، لا.

راجعَ المعجم.

سألته «أنخيلينا»:

- ماذا تفعل؟
- شؤون العمل.
- تبدو مثل بومة. تشعل الضوء في مثل هذا الوقت.

قال «غريغوريو»:

- هيا نامي، سأطفئ النور.

«نكبة، سوء، كارثة».

- إننا كائنات تعيسة.

سألته «أنخيلينا»:

- ماذا تقول؟

- أمور خاصة بالمكتب، لقد أخبرتك.

- ستُستهلك من كثرة تقلبك في الفراش. من لا ينامون يصيبهم الجنون. وأنت آخذ بالتحول إلى وجه بومة.

نظر إليها «غريغوريو» ببطء بدا لـ«أنخيلينا» مُلغزًا. ثم سجل بعد ذلك الجواب، ورسم إشارة الصليب، وكمُلهم بفرح طفولي مفاجئ، اندس بين الملاءات بحركة واحدة.

قال وهو يطل برأسه من تحت الملاءة:

- هذا وجه الفنانين.

- أي فنانين؟

- لن تفهمي. مهمة الفنانين في هذا العالم ألا يكونوا مفهومين. إننا كائنات تعيسة.

- هيا، نم، انتهى الأمر.

ألقى نظرة أخيرة على دفتر الملاحظات وأطفأ النور.

قال:

- يجب أن نرجع إلى الساحل.

- أتعرف كم الساعة الآن؟ لقد دقت معلنة الرابعة.

- سنشتري سيارة، أو دراجة نارية. وسنذهب حتى إلى الخارج. هل تعرفين أن هناك بلدًا يدعى «تاماركا» ونهرًا اسمه «نهر الزمرد الناري»؟

- يا للبلاهات.

- يمكننا الذهاب إلى روما لنسلم على البابا.

- هيا، نم الآن، يبدو أنك مصاب بتنميل.

ظل فاتحًا عينيه في الظلام.

- ما هي الحياة يا سيد «فاروني»؟

- إنها حلم. لا، (وعندئذ تذكر بصورة مبهمة أنه في مراهقته كان يتخيل العالم مثل سجادة مشغولة من خيط واحد) من الأفضل القول إنها لعبة.

لقد تعلم ذلك من الروايات البوليسية. وإلا، ما الذي يفعله التحري سوى شد طرف خيط السجادة؟ وما هو في الواقع اسم ذلك التحري ذي القبعة المتهدلة، والنظارة القاتمة، ومنديل الحرير حول عنقه والياقة المرفوعة؟ أهو «ناكي»، «نك»، أم «نوك»؟ هو من عَلَّمه أنه إذا كان هدف ما يؤدي إلى آخر، وهذا يؤدي بدوره إلى آخر وهكذا على التوالي، فإن أحد تلك الأهداف سينتهي، حكمًا، إلى أن يكون هو القاتل أو عقد اللؤلؤ.

- الفنان يا «خيل» هو تحرٍّ عن الجمال الدائم.

نهض، تناول الدفتر وخرج متلمسًا طريقه. وفي المطبخ، على بريق الفجر المتسخ، دوَّن ملاحظة طويلة. «اسمه «نك»، وكان أعسر»، تذكر عندئذ اسم التحري. كان ينتعل حذاء خفيفًا بلون القرفة، ويرتدي سترة زرقاء بأزرار نحاسية. «إنه شاعر حياة». وفي طريقه إلى حجرة النوم، سمع الأم تقول بصوت نعاس لزج:

- لقد أتى الطبل بالتكريم.

دخل في الظلام، وما كاد يضطجع حتى دوى من بعيد صوت بوق الفجر الأول. وبينما هو يتحكم بتنفسه، أغمض عينيه محاولًا النوم.

- ولكنك يا سيدي شخص متوحد.

أجاب دون تردد:
- الوحدة هي ثمن المجد. معاناة عدم التفهم وازدراء العالم. الفن ضرب من القداسة.
- وما هو الفرق بين العالِم والشاعر؟
- حسنٌ، إذا كذب العِلمُ فقد قيمته، أما الشاعر فإنه يقول الحقيقة دومًا، مع أنه يكذب. ما يقال شعرًا لا يمكن لأحد أن يعارضه نثرًا، لأنه لا يشكل رأيًا وإنما إشارة. ما هو جميل يكون حقيقيًّا أيضًا، وهذا ما قاله أفلاطون. بعد ذلك هناك الحرية. فنحن الشعراء لا أسياد لنا.
- برافو يا «فاروني»! وقل لي، متى ستظهر كتبك؟
- أفضل الكتب ظهرت بعد موت مؤلفيها. أنا لا أتطلع إلى مثل هذا و... حسنٌ، الحكومة مثلما تعلم صادرتها كلها. وهي مخبأة، كما سمعت، في سرداب، تحت لوحة قبر تقول: «مدفن عظام عاطفية». ولكن في العام القادم، سيقوم أصدقاء لا يُقدرون بثمن بطباعة مختارات غنائية من أشعاري. وسيكون عنوانها: «أشعار الحياة الفنية الكاملة».
أشعل النور وكتب.
قالت «أنخيلينا»:
- ولكن، مرة أخرى؟
قال «غريغوريو» وهو يطفئ النور:
- يجب أن نذهب إلى الساحل، أريد العودة لرؤية البحر، وأن أجلس على حجر وأعُدَّ بإصبعي السفن التي تمر. أتمنى لو أنني كنت قرصانًا.
- يا للبلاهات، وفي مثل هذا الوقت.
- كان أبي يريد لي أن أكون أميرالًا. وكان يسمي ذلك الشجن.
- لا تعرف الصمت.

- ولكنني كنت طفلًا بلا شجن. أو إنه كان لدي، لم أخبرك قط بأنني كنت أتطلع إلى أن أكون قديسًا أو ثورًا، أو ثورًا مقدسًا؟ يا للأزمنة.

- مدينة.

- اسطنبول.

- ما اسم حبيبتك؟

- «فيوليتا»، بنفسجة برية هكذا أدعوها أنا، وأدعوها كذلك القبَّرة البحرية.

- لونك المفضل؟

- الأزرق.

- كلمة؟

- محصول.

- ما هي مشاريعك المستقبلية؟

- القيام بجولة حول العالم، ركوب منطاد، النزول إلى الأعماق تحت البحر، زيارة قريب مشهور في روما...

ولكنه كان قد صار يتكلم ضمن الحلم. مرَّ الكلب وتوقف عند الباب يستمع. وعلى الفور سُمع ما يشبه وابل دبابيس تثبيت يبتعد عبر الممر. «كائنات تعيسة»، قال مرة أخرى، وأحس أن الكلمات تسيل من بين شفتيه، مثل عجوز مرتعش يأكل حساء باردًا.

أكثر من عشرين ليلة أمضاها «غريغوريو» وهو يُجري مقابلات ليلية. وكانت تلك بداية تحول طويل سيتذكره ذات يوم أحد من أكتوبر، بعد أربع سنوات، كلعبة اعتباطية ظاهريًا، حيث يكسب اللاعب الذي يكتشف القواعد أولًا، ولا تُفهم دقتها السرية إلا بعد النهاية. كانت المهزلة تتطلب منه الآن تمرينات حذرة. وسرعان ما اشترى دفتر ملاحظات بغلاف مشمع وكتب على الغلاف: «حسابات»، وكي

يتجنب أية تعقيدات مستقبلية وضع تحت الكلمة اسمًا متخيلًا: «ألبارو أوسيان»، دون أن يخطر له أن هذا الاسم المستعار سينتهي إلى أن يصير شخصية أخرى في مسيرته كمحتال. كان يقتصر حينذاك - من أجل التسلية أو بدافع الفضول - على متابعة لعبة، بما أنها بلا قواعد، لا تأخذ بالخدع أيضًا. وفي دفتر الملاحظات، بمساعدة المعجم، كان يسجل إجابات البطل المديني المرسوم وفقًا لتكهنات «خيل» الجريئة، فصار يستبق الأسئلة، وعند حدوث أي طارئ، إما إنه يقوم بالمراوغة كي يتوصل إلى الكلمات المناسبة، أو يحتفظ بصمت مزعج يعزوه «خيل» على الفور إلى طبيعة الفنانين المتقلبة. كان يخرج في أيام الاثنين والخميس من البيت ودفتر الملاحظات تحت إبطه، ويمشي بسرعة أكبر من المعهود ولا يتيح له الخوف أن يهدأ، ولكن ما إن يرن الهاتف حتى يتنفس بعمق، ويتنحنح، ويعد حتى أربعة ويستعيد السيطرة على أحشائه والسلطة على إرادته.

انقضى الشتاء، وفاجأهما الربيع وهما يتفحصان أسرار الفن والعلم. سأله «خيل» كيف يمكن معرفة النقطة الدقيقة التي وصل إليها التقدم في العالم. و«غريغوريو» الذي كان قد توقع السؤال، قرأ من الدفتر أن هنالك مكانًا شبه سري يذهب إليه الفنانون بأعمالهم، والعلماء باختراعاتهم، والفلاسفة بنظرياتهم، والأطباء بأدويتهم العلاجية، والخطباء بخطاباتهم. مكان يُشترى فيه ويباع ويُناقش ويُشهر، كما في «سوق عظيم للذكاء» أو «بازار للتقدم». وهناك يقرُّ الخلود أوالانتقال إلى النسيان.

سأله «خيل» عن الاختراعات التي يعمل عليها المخترعون الآن ومن هم المدعوون منهم لإبهار العالم في العقود القادمة، وأجابه «غريغوريو» بأن هناك، بين أبرز الاختراعات، آلة الإلباس: يدخل المرء عاريًا من جهة ويخرج من الجهة الأخرى مهندمًا بحسب

العمر، والموضة، وأسلوبه في العيش، والفصل. وأن هناك كتابًا مضيئًا للقراءة في الظلام، ومشروعًا لتزويد التماثيل بآلية داخلية تجعلها قابلة للحركة، بحيث يتمكن الجنرال من العدو على حصانه وهو يهز سيفه، ويمكن للخطيب أن يخطب وهو يحرك يديه إيقاعيًّا، وللكاتب أن يكتب وللمفكر أن يحرك رأسه بينما هو يداعب جبينه.

قال «خيل» بصوت شديد الملائكية أُمكن معه لـ«غريغوريو» أن يتخيل نظرته المروضة ببراءة مشهد شاعري رعوي:

- بديع.

سأله:

- أين أنت الآن؟

قال «خيل» متحسرًا:

- في غرفة متجر خلفية. تصور، لقد بدأتْ اللقالق بالمجيء.

عندئذ وردت إلى ذهن «غريغوريو» قصيدة مدرسية.

- «يا لها من حياة مريحة». أتعرف الأبيات؟

- لا.

- «يا لها من حياة مريحة، حياة من يهرب من الصخب الدنيوي، عبر درب خفي مضت فيه قلة ممن كانوا حكماء في الدنيا».

- هل أنت من كتبها يا سيدي؟

- وما أهمية هذا؟

- إنها جميلة جدًّا، ولكن هذا كان فيما مضى، لأن الحكماء جميعهم الآن في المدينة.

- إنك تبالغ يا «خيل»، لأن العلم والحكمة لا وطن لهما.

- ما قلتُه لك هو الحقيقة. فأنا لا أعتقد بوجود حكماء هنا. وكل ما في الأمر أنكم، أنتم الشعراء، مثاليون.

راح «غريغوريو» يرسم هَرَمًا.

- وهل يمكن العيش بلا مثالية يا ترى؟

صاح «خيل»:

- لا! أتجرأ على القول أن لا، وأنا هنا، في حجرة متجر خلفية، ومحاط بالقالق. فأنا أيضًا، مع أنني «السيد نكرة»، وقد بلغت الأربعين وتجاوزتها، أنا أيضًا مثالي. أنا، يا سيد «فاروني»، أقول لك هذا بكل تواضع، إنني تعيس أيضًا، على طريقتي.

- لأننا جميعنا شعراء في أعماقنا. ولكن يجب عدم الشكوى كثيرًا من العيش بعيدًا عن المدينة. ففي أي مكان يمكن لأحدنا أن يكون حكيمًا بذاته.

وقال:

- إن العالم سجادة منسوجة من خيط واحد، وبمعرفة استخدام العقل، يمكن لنا من خلال أي شيء أن نستنتج كل شيء.«الأمر الأساسي هو التفكير، والعثور على خيط السجادة وشدُّه».

صاح «خيل»، بصوت كصياح ديوك وتفتت شظايا:

- بالضبط!. ألم أخبرك بأنني كنت أريد أن أكون مفكرًا؟

- وماذا تنتظر؟

- المسألة أنه لا يخطر لي أي شيء. الأمر فظيع. أستغرق في التفكير، ولا شيء. كان لدي أستاذ في طفولتي يقول إن الفلاسفة ينجحون أكثر على ضفاف البحر لأن الناس هناك يأكلون الكثير من السمك، والسمك يتضمن الكثير من الفوسفور. وقد اعتاد القول، واعذرني للتعبير: «ما يأكله البغل تُخرجه مؤخرته». ومع أن الأمر فظيع، إلا أنني أعتقد أن مصير كل شخص يبدأ بالفلسفة. مشكلتي، على سبيل المثال، في عينيَّ. إذا ما أطبقتُهما، يخيل إلي أنه حيث كانت العينان يتشكل ثقبان أراهما ذهنيًّا، وأرى الكثير من الجذور البيضاء تشغلني ولا أتمكن من التفكير. وإذا فتحتهما تشغلني كذلك

الأشياء المحيطة ولا أتمكن أيضًا من التفكير. يثير إعجابي الناس القادرون على التفكير حتى وهم في بازار. أنا أسهو فورًا، وهذا فظيع. أضف إلى ذلك أنني أعاني آلامًا في قدميَّ وأضراسي، وأعاني حرقة في المعدة. أنا، يا «فاروني»، لا يمكن لي أن أكون مفكرًا. إنني مريض، هذا ما أنا عليه (وسُمع ما يشبه إجهاشة مكبوحة).

دمدم «غريغوريو»:

- هيا يا «خيل»، لا تيأس.

- لست يائسًا يا سيد «فاروني». لقد قلتُ لك إنني شخص صلب في أعماقي. وكل ما يحدث هو أن التفكير غير ممكن هنا. في إحدى المرات، مع ذلك، (وسطع صوته) منذ سنوات، خطرت لي فكرة جيدة. أتريد أن أخبرك بها؟

- إلى الأمام يا «خيل».

- سيبدو لك حماقة. لم أُخبر أحدًا بهذه الفكرة كي لا يسرقوها، أنت تعرف، ولكنك يا سيدي مختلف لأن لديك أفكارًا كثيرة ومن المؤكد أنك ستضحك من فكرتي. انظر، إنها حول الحياة. فأنت يا سيدي تعرف دون شك خرافة الغراب والثعلب، أليس كذلك؟ أتتذكر أن الغراب يفقد قطعة الجبن لأنه أراد الغناء؟ هكذا هي الحياة، إما أن تغني أو تأكل. حسنٌ، أنا فكرت أن الوضع النموذجي هو في ضمان قطعة الجبن والنعيق من جانبي المنقار. ما رأيك؟

- أرى أنها فكرة جيدة.

تحمس «خيل»:

- هذا ملخص فقط، وهناك تنويعات عديدة، حسب تفكيرنا لما يمكن أن يكون الثعلب، والغراب، والجبن. كما يمكن تحديد الناس، الناس جميعًا، استنادًا إلى أنهم يغنون أو لا يغنون، وإذا كانت قطعة الجبن تسقط منهم عند الغناء أو لا تسقط، وكذلك تحديد من

هو الثعلب بالنسبة لكل شخص وما هو نوع أغنيته. هنالك أناس لا يهمهم فقدان قطعة الجبن لمجرد أن يُغَنوا، وهناك ثعالب نزيهة لا تسعى إلى سرقة الجبن وإنما إلى سماع الأغنية. الفكرة تبدو لي عظيمة في بعض الأحيان، شبه لانهائية، ولكنني في أحيان أخرى أتنصل منها ويسيطر عليَّ اليأس. بصدق يا سيد «فاروني»، هل تبدو لك فكرة جديرة؟ لا تُضحكك؟

- بالعكس، تبدو لي فكرة بالغة الاتساع، وهي عملية قبل أي شيء آخر. جميعنا لدينا شيء من هذا في الحياة. أنا نفسي على سبيل المثال.

- طبعًا، لقد فكرتُ في الأمر: إنك تثبت قطعة الجبن في شركة «بيلسون» وتنعق في المقهى، أليس كذلك؟

- أنت قلت. أترى كيف هو الفكر الجيد؟

قال «خيل» معذبًا:

- لا أدري، لا أدري، ربما تقول لي هذا بدافع الشفقة.

وخطر عندئذ لـ«غريغوريو» إلهام مفاجئ. حاول بسرعة خاطفة أن يقوِّم المخاطر والمكاسب من اقتراحه، ولكنه بدا له اقتراحًا منطقيًّا وكريمًا فقال، قبل أن ينهي حساباته:

- بل إنني راغب، إن سمحت لي، في أن أذيعها في المقهى.

- كيف! فكرتي؟

- أجل.

- ولكن هذا مستحيل! سيسخرون منها.

قال بصوت خفيض:

- ويمكن لها أن تقدم اسمك أيضًا.

تلعثم «خيل»:

- ولكن... أيمكن ذلك؟

- طبعًا، ولم لا؟ إذا أنت وافقت، فسوف أعرض يوم السبت القادم فكرتك واسمك في المقهى.

- هذا رائع! أشبه بحلم. هل ستفعل حقًّا؟

- بالتأكيد، وسترى أن مسألة المقهى كلها ليست صلفًا كما تصوره أنت. يوم الاثنين سأخبرك بما سيقولونه هناك.

عندئذ باح «خيل» بخوفه من أن يسرقوا فكرته، ليس أعضاء المنتدى وإنما الفضوليون الذين يجولون خارج المقهى كنسور الرخمة. فطمأنه «غريغوريو» بالقول إنه، إلى جانب فكرته، سيعلن للجمهور اسمه ومهنته، وأمام كل أولئك الشهود سيكون الأمر أشبه ببراءة اختراع.

قال «خيل»:

- يا لمقدار امتناني، ولكن لاحظ، ظهور فكرة بعد تجاوز الأربعين. أليس أمرًا يدعو للبكاء؟

قال «غريغوريو»:

- لا، لأن المهم هو النوعية،

وأخبره أن هنالك حكماء ليس لديهم سوى فكرة واحدة، وعلماء لديهم معادلة واحدة، وكُتابًا لديهم كتاب واحد فقط. هنالك حالة سقراط مثلًا، فقد اكتسب الشهرة بعبارة واحدة: «أعرفُ فقط أنني لا أعرف شيئًا».

- أترى، نال المجد بست كلمات فقط.

وما قولك عن الفيلسوف الذي قال: «أنا أفكر، إذًا أنا موجود»، وبفضلها ما زال يُذكر حتى اليوم؟ أو من قال: «الإنسان ذئب للإنسان»؟

- وهكذا من يدري إذا ما جاء يوم، بعد سنوات كثيرة، وتذكركَ الناس أيضًا بفكرتك عن الغراب؟ التاريخ يغص بحالات كهذه.

ولهذا لا تخجل من عدم امتلاكك سوى فكرة واحدة. بل على العكس، يجب أن تكون فخورًا بذلك.

- شكرًا يا سيد «فاروني» (تأثر خيل)، مع أنه لا بد من حديث كثير حول هذا الأمر. ولكنني سأطلب منك شيئًا آخر. لا تذكر مهنتي، لأنهم سيضحكون عندئذ من الفكرة أيضًا. إنك تعرف أهمية هذه الأمور، فلا مساواة بين رأي فحام ورأي طبيب، كمثال وحسب.

- ماذا أقول إذًا؟

- لا تقل شيئًا.

- وإذا سألوني؟

لم يدر «خيل» بم يجيب.

همس «غريغوريو»:

- يمكننا القول إنك كيميائي.

استنكر «خيل»:

- لا، لا، هذا كذب.

- ولكنها كذبة غير مؤذية، وهي في خدمة قضية عادلة، مثلما هي الفكرة.

- لا، لا.

- فكر في الأمر. وإذا لم تشأ، نقول فيلسوف. والفكرة موجودة في نهاية المطاف.

- لا أدري، لا أدري.

- انظر، دع الأمر بين يدي. سأفعل ما تتطلبه المناسبة.

- موافق يا سيد «فاروني»، إنني أثق بك بصورة مطلقة. ما تفعله يا سيدي سيكون جيدًا.

- حتى يوم الاثنين إذًا يا «خيل»، وليبق هذا الأمر كله بيننا وحسب.

في تلك الليلة نام «غريغوريو» في وقت أبكر من المعتاد. فبعد أن صلى «السلام عليك يا مريم» ورسم إشارة الصليب، أغمض عينيه وفي الحال رأى نفسه يمشي في شوارع المدينة الليلية. ولكنه لم يكن هو وإنما الصورة التي يرسمها «خيل» له. كان شابًّا ووسيمًا، وإن يكن بلا ملامح ثابتة، ذلك أن حافة القبعة تجعل ملامح وجهه غائمة. وكان يلبس كتحرٍّ (حذاءً خفيفًا بلون القرفة، وبنطالًا أبيض، وسترة قصيرة زرقاء، ومعطفَ جاسوس، وقميصًا لؤلؤيًا ومنديلًا حول العنق)، وينزل عبر شارع عريض، نهرِ أنوار محظورة. يمضي بقبعته وسيجارته المتهدلة بين شفتيه وبنظرة خبرة لا نفع فيها، ومع كل خطوة تُكتسب شهرة الوحدة بجهد ذاتي. يجب أن يكون آتيًا من بعيد جدًّا: تعبه يتميز عن حالات تعب أخرى بأن هذه متشابهة ومتسرعة بينما لتعبه البطء التأملي لمن يحمل بوقار ثقل أحجيات قديمة دون حلول. لا بد أنه وسيم، له ذلك الجمال المعقد الذي للرحالين دون وجهة. وعلى الرغم من أنه أربعيني في الواقع، بتقاطيع عامية وقامة مُغْفَلة، إلا أنه لم يكن هنالك تناقض بين الصورتين، فكلتاهما تفسحان المجال في حلم اليقظة لتلتقيا وتتعارفا في ملكوت الإيحاء الغائم. كان يتقدم في قلب المدينة، مخلفًا في كل خطوة قرارًا لا رجعة عنه، متوقفًا ليرفع ياقته وليشعل سيجارة في الوقت الذي ينظر فيه فيما حوله بعدم مبالاة أصلب من الفولاذ، فهو يشعر أنه فنان في خضم حياته، وعمله هو حركاته، نظراته، خطواته، الخطر الخفيف الذي يحيط به، توعد أمثاله الذين يلامسونه لدى المرور. وممتلئًا بتقدير ذاتي خطر له إطلاق صرخة ابتهاج، زعقة طائر ملك في أعماق الغابة: «هويفي! هويفي!». ولكنه كبحها: يكفيه أن يعرف أنه سيد أهواء عالية، مسرف في الزوغان، فريد في المؤالفة. معطف مطري، قبعة مرنة، منديل حريري حول

العنق: كان في تلك الزينة سبب غامض لدفع النساء إلى حبه دون أن يطلبن شيئًا بالمقابل. رأى نفسه يمشي واثقًا وطليقًا بين الحشود. لقد كان الطريق ذريعة بقدر ما هو سبيل، ونظرته كغريب ينظر إلى بحر يمكن لها أن تبث الخوف في نفوس أناس ملوحين بأشعة خارجية، ولكن لهم وطنًا وبعض السلاسل الجبلية. وهنا كان عليه أن يكافح إحساسًا باللاواقعية ويضع نظارة قاتمة، وفي الجيب كتاب لا يُقرأ منه سوى عنوان: «أشعار الحياة الفنية الكاملة». تنهد، ودخل مطر خفيف إلى المشهد. عجَّلتْ كتلٌ بشريةٌ مكفهرة خطاها تحت الرذاذ الخريفي، مفرغة الشارع، وظلت المدينة مستغرقة بلغز تاريخها نفسه. وبينما هو يمشي دون تعجل، رافضًا الدعوة إلى مغامرة المغازلة أو الشجار، وصل إلى ساحة وتوقف أمام ومضات إعلان مضيء: «مقهى الدارسين»، بحروف إعلان ماخور مائلة، وبدا كما لو أن تلك الأنوار تخرج للقائه محتفية به بحركات كلب متواثب، أو أنها تعترف له وحده بالمغزى الدقيق لندائها. دار حول الساحة ووصل أمام المقهى.

إنه مكان فسيح بالفعل، محاط بزجاج، والمقاعد خضراء وهنالك لوحة، هائلة، تمثل فنارًا بحريًا. رأى الأعمدة، أعمدة معبد إغريقي، متضاعفة في المرايا، وحشدًا كبيرًا بدأ التصفيق فور رؤيته يدخل، فأسكتهم بحركة من يده، وصرخات تقول: «فليتكلم «فاروني»، الشاعر، الكائن التعيس، الرحالة العالمي!». وشبه مختف بفعل الياقة المرفوعة، والنظارة، والقبعة، نظر شزرًا إلى المجتمعين. كان هناك عمه «فيلكس»، وجده، وأبوه، و«إيليثيو»، والشيطان ذو العباءة والندبة، و«أليسيا» مع كلبها، و«أنخيلينا»، والأم والكلب «أوريون»، ينظرون إليه بعيون عمصاء. ولكنه تمكن من إزاحتهم من المشهد، وعندئذ فقط صعد إلى نوع من المنبر، وخيم على القاعة صمت كأنه

صمت البدء بالاستماع إلى موسيقى. «السيدات والسادة»، قال، ورأى نفسه، بلا وجه وبلا صوت، يقوم بإيماءات أنيقة ويبدأ خطابًا لا يُلمح منه سوى الانسيابية العجيبة. لا بد أنها كلمات رائعة، لأن المستمعين ظلوا ثابتين دون حراك كالمسحورين بغناء. سُمع أنه يقول شيئًا من قبيل «اليوم ليس يوم أشعار، سأنزل اليوم في اقتحام خالص للأراضي البكر، ومن حكمتها سأعرض عليكم كيس رمادها وجلدها كمعزى»، ولكنها كانت كلمات حالمة، كأنها آثار في الماء. ومع ذلك، أحس فجأة بحاجة ملحة إلى إدخال «خيل» في الحلم، وعندئذ تعرف إلى صوته وإلى معنى الكلمات الحقيقي: «لدي صديق كيميائي في مدينة صغيرة، هناك في القفر. وأنتم تعلمون أن «بنجامين فرانكلين»، بالرغم من كونه صانع صابون، وبلا تأهيل تعليمي تقريبًا، توصل إلى أن يكون عالِمًا عالميًّا مشهورًا. حسنٌ، هذا المصير نفسه هو ما أتنبأ به لـ«خيل»، وهذا هو اسم صديقي. إنه يعمل على اختراع مادة تشفي لبعض الوقت من وجع الأضراس والقدمين، ونوع من السماعات تحول إلى موسيقى أصوات النساء اللواتي يتكلمن صارخات في مطابخ البنسيونات الباردة والكئيبة. لقد اخترع كذلك مادة أخرى، من أجل أن تخطر للمرء أفكار سعيدة. وقام بنفسه بالتجربة وخطر له، فيما يتعلق بغراب الخرافة المعروفة، أنه كان على الغراب أن يأكل قطعة الجبن وينعق من جانبي منقاره، وأنا أقول لكم إنه لا وجود لفلسفة أفضل من هذا الإعلان للمضي في الحياة. ألفت انتباه حضراتكم، أيها السادة المحترمون، والسيدات الفاضلات، إلى هذا الرجل الذي يعمل في عزلة القفر. لم يكتشف أي نظرية كونية، مثل أفلاطون، وإنما هو يتأمل وقائع يومية صغيرة مثل هذه التي رويتها لكم، ويبحث لها عن نسق ضمن التعقيد الريفي المتواضع. اسمه «خيل» وهو كيميائي وفيلسوف. وهذا كل ما أردت قوله».

سمع تصفيقًا وصيحات «يحيا «خيل»! يحيا كيميائي القفر!». نزل عن المنبر، وبينما هو ينظر إلى الجمهور أحس بأن اللاواقع يسيطر عليه. فالخوف من خلق صورة بعيدة عن الواقع، لا يمكنه التعرف فيها إلى نفسه، أبقاه متوقفًا لبرهة طويلة. «إلى أين ستذهب الآن يا «فاروني»؟»، سأله أحدهم. «إلى بابل لرؤية البحر»، أجاب من الحلم.

في اليوم التالي استيقظ بضمير متخفف من الذنوب. وإذا كان «خيل» قد ورطه في تخيلات حنينه، فقد فعل هو الشيء نفسه في أحلام يقظته الليلية. «إننا محتالان نحن الاثنين»، قال لنفسه، ودوَّن في الدفتر مستجدات المهزلة.

الفصل التاسع

رنَّ الهاتف يوم الاثنين في وقت أبكر من المعتاد. سُمع صوت العلفل المعجزة الأنفي:

- أنا «خيل».

كرر، كما لو أنه يخشى ألا يكون قد تم التعرف إليه:

- أنا «خيل».

لم يتجرأ على السؤال عن القدر الذي آلت إليه فكرته، وكان «غريغوريو» هو الذي قال:

- تهانيَّ.

تصنَّع «خيل».

- على ماذا؟

- يا رجل، على مسألة الغراب. لقد عرضتها في المنتدى ولاقت نجاحًا كبيرًا.

- لا أصدق!

- إنها الحقيقة. جرى الحديث هناك عن أشياء كثيرة. في أول الأمر أحضر مخترع آلة لتحويل الكراهية إلى طاقة، تمكن من جعل مروحة تدور بعد أن ركزنا جميعنا على تذكر أسوأ خصومنا.

هتف «خيل»:

- ولكن... هذه أعجوبة!

- ليس إلى هذا الحد (انتزع «غريغوريو» الأهمية من الأمر)، إنه استغلال بسيط لطاقة العقل. ألم تسمع بأن هنالك أشخاصًا يحركون كراسي بقدرتهم الذهنية؟

- أجل سمعت ذلك، ويحركون كؤوسًا.

- لماذا تستغرب إذًا؟ المسألة ببساطة هي تحويل قوة المشاعر النابضة إلى قوة ميكانيكية.

فسأل «خيل» إن كان يمكن للحب أيضًا أن يتحول إلى طاقة. وراحا يفكران وتوصلا إلى أن نعم، وأنه قد يكون بالإمكان التوصل في المستقبل إلى طائرة تطير بلا وقود، بالاكتفاء بزوجين عاشقين حقًّا على متنها، أو إلى إشعال النور بنظرة رقةٍ مُحِبة.

- ولكن مثل هذه الأمور ما زالت تحتاج لسنوات طويلة، ويبدو لي أننا لا أنا ولا أنت سنتوصل إلى رؤية ذلك. ولكن فلنظل فيما يهمنا. فبعد تلك التجربة، عرض كل شخص هناك أفكاره، وعندما شرحتُ فكرتك صفق الجميع أيضًا، وهتفوا، ولكن أحد المعلمين، ذاك المعروف بأسنانه الذهبية والاصطناعية، اهتم بك، وهل تدري ما الذي قاله؟

تلعثم «خيل»:

- ماذا؟

أخفض «غريغوريو» صوته:

- «خيل» هذا سيصل بعيدًا.

- أقال ذلك حقًّا؟

- هذا ما قاله، وإنه يرغب أيضًا في التعرف على أفكار أخرى لك.

قال «خيل» بكآبة:

- أرى أن هذا أكثر صعوبة.
- وسألني عن عملك. ومن أجل تجنب تقديم تفسيرات قلت له (وجعل صوته كمن يبوح بسر) إنك كيميائي ومفكر. الواقع أن الفكر يناسبك.
- طيب. ولكن، ماذا لو عرف؟
- سأحافظ على سرك. فليس هنالك أحد سوانا يعرف الحقيقة. وبالنسبة للآخرين، ماذا يهمهم هذا كله؟
وختما الاتفاق بصمت طويل.
سأله «غريغوريو»:
- هل أنت سعيد؟
- تصور. إنني أتحرق شوقًا لمجيء الليل كي اضطجع وأتذكر كلّ ما قلته لي. لو أن أبي علم بأنه قد ورد ذكري في المقهى!
- وهل مات؟
- لا، يجب أن يكون هناك في المدينة. وكذلك أمي.
- ولا تعرف شيئًا عنهما إذًا؟
- لا، ولا عن خطيبتي.
لم يدر «غريغوريو» ما عليه قوله.
- اسمها «ماري».
- من تعني؟
- خطيبتي.
- وما الذي جرى لك مع أبويك وخطيبتك؟
- حياتي، أتدري؟ إنها كارثة خالصة. (وانكسر صوته من الأسى) لم أروها لأحد قط. ويمكنني أن أتجرأ على روايتها لك أنت فقط، لأنك فنان والفنانون يعرفون كيف يتفهمون البائسين. وطبعًا، إذا ما رويتها لك، فربما ستحتقرني بعد ذلك.

٢١٢

- إنك تُغضبني يا «خيل». ليس هناك أفضل من شاعر لسماع نكبات الآخرين وتقييمها.
- أشكرك يا سيد «فاروني». أتريدني أن أروي لك حياتي إذًا؟
- إنني أسمعك يا «خيل».
- أجل، ولكن من أين أبدأ؟ من الصعب رواية الأمور! اسمع ما الذي حدث في أحد الأيام. رويت نكتة عن قط وكلب وحصان. وكان معي ثلاثة تجار جوالين وانظر ما حدث. الأول لم يسمع جيدًا ما رويته عن القط، فسأل المتجول الثاني عما قيل. وبينما هو يشرح له، تحدثتُ أنا عن الكلب، ولم يعرف الاثنان ما قلته أيضًا. وهكذا سألا الثالث، وبينما الثالث يشرح لهما عن الكلب، تحدثتُ أنا عن الحصان ولم يسمع أي من الثلاثة النهاية. أليست هذه مصيبة؟ وطبعًا سيقولون بعد ذلك إن النكتة سيئة.
- أنا وحدي من يسمعك الآن يا «خيل». نحن الاثنان وحدنا. أخبرني بلا خوف.
- حسنٌ، اسمع إذًا، أنا الآن في الحادية والأربعين وكنت في تلك الأثناء في حوالي الثامنة عشرة. كيف تبدو لك هذه البداية؟
- جيدة جدًّا. إلى الأمام.
- كنت أعمل في «ريكينا وبيلسون». وكنت أرد على الهاتف أيضًا وأسجل الطلبيات. كنت أتصل بشخص يدعى «جوميث»، وقد مات. صدمه قطار ذات يوم ضل فيه «جوميث» الطريق بسبب الضباب. ولكن، أتلاحظ؟ لقد بدأت أضيع القصة. كان عليَّ أن أبدأ بكوكا كولا. وأنت تذوقت طبعًا الكوكا كولا وأنت صغير جدًّا، أليس كذلك؟ أنا لم أتذوقها حتى بلوغي الثامنة عشرة تقريبًا. سترى، سوف أروي لك، كي تعرف مع أي نوع من الرجال تتعامل يا سيدي. كنت في الثامنة أو التاسعة من عمري. وكنا في درس التاريخ المقدس وكان

الكاهن يروي لنا قصة معركة «داود وجلعاد». أتذكر أن ذلك كان في الشتاء، عند العصر. وفجأة نهض الكاهن، نظر من خلال النافذة وصفق براحتيه مرتين بقوة. وقال: «أيها السادة! لقد وصلت كوكا كولا!» والمسألة أن كوكا كولا كانت تقوم بتقديم عروض في المدارس والقرى، كي تُعرف أكثر. نهضنا واقفين وبقينا في حالة استعداد. وقد أتيحت لي فرصة النظر ورأيت في الأسفل، في الفناء، شاحنتي كوكا كولا وسائقيهما، وكانت عليهما إعلانات رسوم متحركة. عندئذ قال الكاهن: «والآن، لا يستطيع الذهاب إلا من ليسوا في خطيئة مميتة». وكنت أنا، يا سيد «فاروني»، في الخطيئة، لأنني اقترفت في الليلة السابقة فعلًا فاحشًا. وهكذا ذهبتُ أولًا إلى المُصلى، مع آخرين كثيرين، وهناك فرضوا علي كفارة أن أكرر لا أدري لكم من المرات صلاتي «أبانا الذي في السماوات» و«السلام عليك يا مريم». وأتذكر أنني كنت أردد الصلوات بسرعة كي أتمكن من الخروج راكضًا إلى الفناء. وعندما انتهيت، ماذا جرى؟ كانت الكوكا كولا قد نفدت. وبسبب ظروف أو أخرى لم أستطع تذوقها إلا بعد عشر سنوات من ذلك. وبهذا ترى، بكلمات قليلة، ما الذي كان عليه قدري. حسنٌ، انظر إذًا. كنت آنذاك في الثامنة عشرة و... أترى؟ ها أنذا أروي القصة مرة أخرى بصورة سيئة. ما كان عليَّ أن أبدأ هكذا.

- أظن يا «خيل» أن القصة تمضي على ما يرام حتى الآن.

- لا، سأحدثك أولًا عن أبي. أتدري؟ تؤلمه إحدى ساقيه ولا يستطيع العمل، وهكذا يقضي النهار في البيت مرتديًا السواد ومعتمرًا القبعة، كما لو أنه مستعد للخروج، ولكنه لا يخرج أبدًا. يجلس إلى المنضدة بصورة مائلة، ويظل هادئًا هناك وكمن به مرارة. كنا نعيش، كما أخبرتك، في شقة بوسط المدينة. أتذكر وأنا صبي أننا كنا نخرج نحن الثلاثة معًا، أبي وأمي وأنا، لنتمشى في الحي. كان أبي يتقدم

علينا بمسافة لا بأس بها، مختارًا المسار، ونمضي نحن وراءه. وبما أن ساقه كانت قد بدأت تؤلمه آنذاك، فقد كان يضطر إلى التوقف كل بضع خطوات، فنفعل نحن الشيء نفسه وننتظر إلى أن يستجمع قواه. بعد ذلك يلتفت ويشير لنا بيده، مثل دليل قافلة في الغرب الأمريكي، فنواصل جميعنا المشي دون تبديل في المسافة بيننا. كنا نذهب لمشاهدة حوادث سير. أبي يعرف الأمكنة التي تقع فيها حوادث تصادم السيارات وصدمها للمشاة. في ما بعد لم يعد يقع أي حادث، ولكننا كنا نذهب نحن الثلاثة وننتظر. فكانت أمي تحتج وتقول إن فعلنا ذاك خطيئة. فيرد أبي: «ما الذي تعرفينه أنت! ما الذي تعرفانه أنتما عن الحياة؟» وعندما يجتاز شخص ضرير الشارع يتقدم أبي لرؤيته وهو يعبر الشارع، فربما يصدمونه، وحين يصل الضرير إلى الجانب الآخر، يقول: «لقد نجا هذا بجلده». في إحدى المرات صدموا راكب دراجة. فصرخ أبي: «هناك، هناك!»، واندفع راكضًا وذراعاه مرفوعان والهواء يملأ سترته. لم أكن قد رأيته يركض من قبل، وقد أحسستُ برغبة في البكاء، وأظن أنني صرت أخافه أكثر منذ ذلك اليوم. عندما وصلنا إلى مكان الحادث، وجدناه محاطًا بفضوليين وهو يروي كيف حدثت الصدمة وكيف كان هو أول من وصل لإسعاف الضحية. وأتذكر أننا خرجنا في إحدى المرات كالعادة لمشاهدة كوارث، ومرت طائرة هيلوكبتر تحلق على انخفاض كبير جدًّا. كنا نمضي ثلاثتنا معًا، وفجأة سُمع هدير الهيلوكبتر وجميعنا لم نعد ندري إلى أين ننظر. كان أبي هو أول من رآها. أمسك بي من ذراعي وقال لي: «انظر يا فتى!»، ورفع ذراعه ومعه العكاز ليشير إلى الهيلوكبتر. نظرتُ، لكنني لم أتمكن من الرؤية لأنه كان يحجب عني الرؤية بيده التي يشير بها، بينما كانت يده الأخرى تسبب لي ألمًا في ذراعي. وكلما قال أبي «أتراها، أتراها؟»، وشد أكثر على

ذراعي ليشير إليها وضغط أكثر بيده الأخرى، كنت أرى الهيلوكبتر أقل. وأخيرًا قال لي:«هل رأيتها؟»، فأجبته بدافع الخوف أن نعم. فقال هو: «في الشوارع، يجب أن يمضي أحدنا متأهبًا على الدوام، ففي أي لحظة يمكن للأرنب أن يقفز». وبعد ذلك، بين حين وآخر، وطوال سنوات، كان يسألني فجأة: «وماذا، هل رأيته». فكنت أجيب بنعم. فيقول لي: «يجب التيقظ دومًا. هذا درس يجب ألا تنساه أبدًا». يا لها من أزمنة. كان يقول لي: «هل تريد أن تلعب شطرنج يا فتى؟» لم يكن هنالك شطرنج في البيت ولم يكن أي منا يعرف لعب الشطرنج. فكنت أجيب: «لا، الوقت متأخر». وكان يقول: «في مرة أخرى إذًا». كان هذا هو كل ما نتبادله من حديث. وحين يحل الليل، يتناول العشاء. وباستخدام رأس سكين الجيب، دون أن يخلع القبعة، كان يتناول العشاء. يتأخر طويلًا في تناوله. يراكم أكوامًا من الخبز والجبن، ويقشر الفاكهة بدقة شديدة، ثم يقطِّع اللحم إلى قطع صغيرة جدًّا، ويبدأ بالتقاطها برأس السكين وأكلها، ببطء شديد، كما لو أن ذلك يستثير شجونه. لا يترك تلك السكين لأحد أبدًا، ويخشى أن ينتزعوها منه. يخبئها في أعماق بدلته السوداء ولا يُخرجها إلا للأكل، ولكنه بين حين وآخر يتلمسها من خلال الثياب ليرى إن كانت لا تزال مخبأة هناك. يفتحها بيد واحدة، مثلما يفعل السحرة بأوراق اللعب. يشكّ بها الطعام ويُقطِّعه، يستخدمها كمعول وكرفش، ومن أجل حك ظهره، ومن أجل التقاط أشياء والتخلص من أشياء أخرى. وأخيرًا يجمع فضلات الطعام بحد السكين، ثم يمسحها وينظفها، ويُطبقها ويعيدها إلى مخبئها. هل أمضي جيدًا يا سيد «فاروني»؟

- على أحسن حال، وإن تكن بطيئًا بعض الشيء. ولكن تابع مثلما تشاء.

- كنتُ أدرس، أتعلم؟ لقد بدأت التعلم في وقت متأخر وبنفسي، وكنت أريد نيل شهادة. حسنٌ، كنت أسمع أبي وهو يتناول العشاء وكان ذلك يلهيني عن الدراسة. وكنت أتساءل: «أيكون قد انتهى؟» وطبعًا، بما أنني لا أعرف ذلك، كنت أنهض لأطل خارجًا، بينما هو يواصل تناول العشاء. وفي كل مرة أطل فيها خارجًا يكون الظلام أشد كثافة والضجيج أقل، ولكن لا يبدو عليه هو أنه يتقدم في عشائه. وأخيرًا تتبقى كومة من الجلد والعظم ونخاع العظام. ولكنه يُلهيني عن الدراسة. عندئذ بتذكر السكين، فكنت أفكر رغمًا عن إرادتي: «عندما يموت ستصير السكين لي». ولكن ألا ترى أنني أروي القصة بصورة سيئة؟ كان عليَّ أن أبدأ بمسألة الحلاق والفروج.

- أي حلاق؟

- لم يكن أبي يُرى متحمسًا إلا عندما يأتي الحلاق ليحلق له شعره. عندئذ يتكلم كثيرًا، يمازح ويضحك مقهقهًا. وكذلك عندما يكون لدينا فروج للطعام. ولأن ذلك يروق له كان ينسى المرارات كلها. «ماذا ينقصنا لنكون سعداء؟»، يقول لي ولأمي. ويؤكد لو أن الجميع مثله ما كان لأي حروب أن تنشب، ولما كان الهاتف قد اختُرع بعد. «ولماذا نريد الهاتف؟» يتساءل، ويمسك السكين كما لو أنه يتكلم بهاتف، مقلدًا أصواتًا بسخرية: «ألو؟ نعم؟ آه! أتسمعني؟ أمازلت موجودًا؟ نعم؟ نعم؟ آه! طبعًا، طبعًا! أجل، أجل! أتسمعني؟» ولكن ذلك لم يكن يُضحكني. لا، كان يبدو جديًا، شبه متوارٍ تحت القبعة السوداء. كان سماعه رهيبًا، يبعث على الخوف، وما كنت أجد مفرًّا من خفض عيني. حتى أمي كانت تفلت منها الدموع. أتسمعني يا سيد «فاروني»؟

قال «غريغوريو»:

- أسمعك يا «خيل»، وهذه قصة غريبة فعلًا.

- ولكنني لا أرويها جيدًا. كان عليَّ أن أبدأ منذ كان عمري أربعة عشر عامًا. في تلك الأثناء كنت أريد أن أصير صحافيًّا. وعندما عُرف ذلك في البيت، صار أبي يقول:«الصبي يريد أن يكون صحافيًّا»، كما لو أن لتلك الكلمة سلطة. في أحد الأيام كان لدينا زائرون وأفلت الفنجان من يدي. ارتعبوا جميعهم باستثناء أبي الذي قال بهدوء: «الصبي يريد أن يكون صحافيًّا». إنها أمور لا تُنسى وتذكرها فيما بعد يبعث على الأسى. ولكنني لم أكن أقرأ صحفًا حتى ذلك الحين. وكان أبي يقول: «كيف نفسر وجود حوادث اصطدام في الصحف على الدوام ولا وجود لها في الشوارع؟ إذا كنت تريد أن تصير صحفيًّا يا فتى سيكون عليك أن تذهب بعيدًا». ولم أكن أعرف آنذاك أن ذلك كان أشبه بنبوءة بشأن مصيري. ولكن، ما علينا، فلنواصل. ومثلما قلت لك، أنا بدأت دراسة البكالوريا متأخرًا جدًّا وبنفسي. كنت أدرس ليلًا. اشتريت مصباح منضدة وأتذكر أنني كنت أتوقف عن الدراسة أحيانًا وأفكر في حسن حظي بامتلاكي مصباحًا متوهجًا لي وحدي. فكنت أقول لنفسي: «ربما يراني السيد «إديسون» الآن من السماء، ويرى أنني بفضل اختراعه أستطيع الدراسة مهما كانت شدة الظلام في الخارج». وأتصرف كما لو أنه يراني حقًّا: أُقرِّب أشياء من المصباح، أشعله وأطفئه، أدير المصباح لأضيء السقف وأبادر إلى القول: «شكرًا يا سيد «إديسون»، شكرًا باسم الإنسانية». هكذا كنتُ أقضي أوقاتًا كثيرة. كنت معجبًا بالتقدم وبالرجال العظماء. حسنٌ، في ذلك التنقل بين شيء وآخر، كان كل شيء يلهيني. وكان لدينا هرٌّ، وقد أطلقت عليه اسم «إديسون». فكنت أسمعه يموء على الشرفة، وأفكر: «لا تأكل الزهور»، لأن «إديسون» كان يأكل أصص الزهور ولم يكن هناك شيء في الدنيا يروق له أكثر منها. كنت أفتح النافذة وأخيفه بالصراخ. ولكن أبي كان يهرع على الضجة حاملًا

مصباح الفتيل. فأنصرف أنا، ويكون ما أسمعه عندئذ هو حركة أبي وهو يقلب كل شيء ويدس مقدمة حذائه في كل مكان. ويصفر أيضًا صفير كلمة سر، ولا أدري إن كان يفعل ذلك من أجل اجتذاب الهر أم لإفزاعه، ولكنه كان صفيرًا طويلًا وكئيبًا يثير سماعه الحزن. لأن أبي كان يصفر جيدًا. فبعد الساعة العاشرة يطل على الشرفة ويبدأ الصفير كمجنون، ويصفر الألحان نفسها على الدوام، ألحان أغنيات حرب. وكان ذلك كله يلهيني عن الدراسة، وحين لا يكون هذا الشيء يكون هناك شيء آخر. ولكنني أظل جالسًا إلى المنضدة، مستعدًّا للدراسة من أجل اليوم الذي أتمكن فيه من الدخول إلى المقهى. وموضوع المقهى كان واحدًا من أمور أبي، وسأرويه لك. أظن أنه كان علي أن أبدأ من هنا وأن أقفز عن موضوع الهر، ألا تظن ذلك؟

استحثه «غريغوريو»:

- لا فرق يا «خيل»، فلنذهب إلى لب الموضوع.

- اسمع إذًا، قبل أن يقع مريضًا ويتحول إلى الحزن الشديد، قدم لي أبي الدرس الوحيد الذي يمكنه تقديمه إلي: أخذني إلى خارج مقهى الدارسين، وكان يسمى آنذاك مقهى «هيسبانو إكسبرس». تطلعنا من خلال الزجاج وقال لي: «أترى أولئك الرجال الجالسين إلى المناضد؟ إنهم رجال دنيا، فنانون، علماء لامعون، شخصيات تاريخية. إنهم مثل المركيزات والكونتات السابقين. حاول أن تكون واحدًا منهم، ادرس وخالط هؤلاء». وأخذني بعد ذلك إلى حديقة يجتمع فيها المنبوذون والسكارى، وقال لي: «هؤلاء صعاليك، أناس هزيلون. انظر ذلك النفاية الذي يصنع عقدًا بحبل. لم يستفد من مرحلة الشباب، وها هو أمامك، يفعل الشيء الوحيد الذي يحسن عمله». لم يقل أكثر من ذلك. وبدأتُ أنا الدراسة فورًا كي أدخل ذات يوم إلى المقهى. وكان أن قررتُ عندئذ أن أصير كيميائيًّا

ومفكرًا. فكرتُ في أن كل شيء سيأتي حكمًا مثلما يأتي عيد الميلاد والموت، وها أنذا هنا الآن: واحد وأربعون عامًا تقريبًا، وبائع أنبذة وزيتون.

صمت ممزقًا. فواساه «غريغوريو» بأفضل ما يستطيع وشجعه على أن يواصل.

قال «خيل» متجاوزًا الأسى:

- الآن بدأت أدرك أنه كان علي البدء بقصة السيد «إديسون». كان يجب أن أبدأ: «لو أن السيد «إديسون» لم يخترع النور، فربما كان يمكن لمصيري أن يكون شيئًا آخر، ولما كنت الآن هنا أتحدث إليك». ما رأيك؟

قال «غريغوريو» بصدق:

- أجل، كان يمكن لها أن تكون بداية جيدة.

- ما يحدث هو أن كل شيء يخطر لي بعد فوات الأوان، عندما لا يعود بالإمكان إصلاح الأمور. ولكن ما علينا، فلنتابع قُدمًا. انظر، كنتُ قد أمضيت قرابة عام وأنا أدرس بنفسي عندما مات «غوميث»، البائع الجوال، وعرضتْ عليَّ شركة «ريكينا وبيلسون» أن أحل محله. «سيكون ذلك لبضعة شهور فقط»، هذا ما قاله لي الرجل ذو البدلة السوداء. وكانت لي خطيبة، خطيبة رسمية، اسمها «ماري» وتعيش في الحي نفسه. كلمتها في الأمر وكلمت أمي. «عليك أن تذهب، عليك أن تكسب الموقع»، قالتا لي. قاومتُ ذلك بحجج بدت في النهاية مضحكة: لدينا هر، وهنالك خطيبتي، ولي أب مريض وغريب الطباع، وأريد أن أدرس وأصير كيميائيًّا ومفكرًا. وكنت أعزف على العود ألحان رقصات «الغابوتا» و«السربندة» و«الفالس»، وكان لدي دفتر موسيقى أدون فيه بنشوة. وكان أبواي يطلان علي معًا بفخر ويستمعان إلي وأنا أعزف، حتى إن الهر كان يظل ساكنًا ليستمع إلي

وذيله مرفوع وإحدى قوائمه في الهواء. وكان يأتي شخص أعمى لإعطائي الدروس، وفي كل ليلة أقول لنفسي: «لقد تقدمت اليوم كثيرًا؛ إذا ما اهتممت فسترى أنك ستصبح عالميًّا وموسيقيًّا محترفًا قبل انقضاء عشر سنوات». وهكذا كنتُ أقول: «ماذا سيكون مستقبلي إذا ما ذهبت إلى الأرياف؟» أضف إلى ذلك أنني كنت أنا وخطيبتي قد وضعنا مشاريع. كانت خطيبتي تدعى «ماري». وكنا نفكر في الزواج عندما أنهي دراستي، والقيام برحلة إلى الخارج، وكنا على هذه الحال عندما اضطررتُ إلى المجيء إلى الأرياف. وقد قالوا لي: «خذ معك العود والكتب، وواصل الدراسة هناك وعند عودتك تصير كيميائيًّا». وكنتُ أقول لا. عندئذ خرج أبي عن صمته. أخرج سكين الأكل، قدمها إلي وقال: «اذهب يا فتى. هناك بعيدًا يمكنك أن تصير صحافيًّا». أهدت إليَّ خطيبتي مرآة ذات غطاء، وحاكت لي أمي كنزة صوفية سميكة من أجل الشتاء. وهذا هو كل ما أحتفظ به منها. وهكذا تركت المدينة إلى الأبد. الآن انتبهت إلى الأمر، لقد عرفت الآن من أين كان يجب علي أن أبدأ القصة. كان علي أن أبدأ باسمي. أتدري يا سيدي ما هو اسمي؟

- «خيل».

- وما هو اسم العائلة الثاني؟

- لا أدري.

- إنه «خيل» أيضًا. والاسم الأول؟

- ممم...

- تصور، إنه «خيل» أيضًا.

صمت خجلًا.

- إنها فكرة أبي. فقد اعتاد أن يقول إن اسمًا واحدًا يكفي لمناداة أحدنا، وبما أن اسمي العائلة متماثلان، فلماذا السعي إلى وجع الرأس

بالاسم. وأتذكر أنه في أحد الأيام، ومن أجل إثبات ذلك، ذهب إلى الجهة القصوى الأخرى من البيت وصرخ: «﴿خوان أنطونيو غونثالث ألباريث لوبيث مارتينث دي تشوروكا آي ميندوثا﴾! أتريد أن نلعب الشطرنج؟». وهكذا يمكن لك أن تعرف أنني: «خيلخيلخيل». أليس مضحكًا؟

فكَّر «غريغوريو» في أسمائه المستعارة، وقال:

- الأسماء لا أهمية لها. والأعمال وحدها هي التي تبقى.

ردَّ «خيل»:

- أنا لا أظن ذلك. أنا أرى أن قدر الإنسان يبدأ بالاسم.

- غيِّر اسمك إذًا، ابحث لنفسك عن اسم مستعار مثلي. ولا تسمح للقدر بأن يسيطر عليك.

قال «خيل»:

- سيكون هذا رائعًا، (وعطس).

سمعه «غريغوريو» بوضوح وهو ينظف صوته ثم يقول:

- سيكون هذا رائعًا، ولكنني لا أتجرأ عليه. ثم... ما هو الاسم الذي سأختاره؟

- سنجد اسمًا مناسبًا لمقاسك. ولكن واصل قصتك الآن.

- حسنٌ، لم يبق إلا القليل. انظر، كنتُ في البدء أفكر في العودة إلى المدينة، ولكن الأمور راحت تتعقد. فكلما كنت أذكِّر رب العمل بوعده بأن أحدهم سيأتي ذات يوم ليحل محلي، يقول لي: «دعك من الأوهام يا «خيل»، حياتك هناك. شركة «بيلسون» تحتاج إليك بالضبط في المكان الذي جعلته بنفسك غير قابل للتحويل»، ثم يضيف عبارات باللاتينية. وهنالك بعد ذلك أبواي وخطيبتي، فقد راحوا يقولون لي: «إذا جئت ستفقد وظيفتك، سنشعر بالخجل منك، ستخيب أملنا ولن نستطيع النظر في وجهك». إلى أن توقفوا

بعد مرور عام عن الرد على رسائلي. عندئذ طلبتُ من رب العمل أن يستفسر لي عما جرى، فقال لي إن أبوي ما عادا يعيشان في البيت نفسه، وإنهما انتقلا من الحي ولا يعرف إلى أين. لقد أرسلا لي صورة فوتوغرافية في رسالتهما الأخيرة. كانوا ثلاثتهم يتناولون وجبة خفيفة في الريف، باسمين جدًّا، وكانت خطيبتي تجلس على ركبتي أبي، وأمي تضع قبعة أبي والقط عند أذيال تنورتها (لقد كان قطًّا شرسًا لا يسمح لأحد بإمساكه)، وكان أبي يضحك وهو يشير لكلتيهما بإصبعه إلى الكاميرا. بدوا كمن استعادوا الشباب وكانت هنالك أزهار في شعورهم وأيديهم. وعلى قفا الصورة إهداء يقول: «إننا على ما يرام. "إديسون" يرسل لك قبلاته». ولم أعد أعرف شيئًا عنهم. هذه هي قصتي، وعلى الرغم من سوء روايتها، ستقول لي يا سيدي إن كانت هنالك قصة أشد حزنًا من قصتي.

حافظا على صمت حِداد. وأخيرًا قال «غريغوريو»:

- إن الإنسان يشاء والرب يقرر، وإن الوقت لم يَفُت بعد للتوصل إلى أن تكون مفكرًا على الأقل، إن لم يكن ممكنًا أن تصير كيميائيًّا.

أجاب «خيل»:

- لا، لن أتوصل أبدًا إلى أن أكون مفكرًا. خلال ثلاثة وعشرين عامًا لم تخطر لي سوى فكرة جيدة واحدة. فإذا ما عشت ثلاثين عامًا أخرى، على سبيل الافتراض، فسوف أتوصل في النهاية إلى فكرتين أو ثلاث، وليس هناك ما هو أسوأ من خجل المرء من نفسه وهو عجوز هرم. لا، أنا أكتفي بالتحدث معك، فأنت فنان في المقهى ويبدو كما لو أن القدر قد أرسلك لمواساة أحزاني الكثيرة. أتعرف؟ لقد أرسلتُ إليك هدية.

- هدية؟

- أجل، شيء بسيط، مجرد تفصيل. ليس مكافأة على صبرك

معي، ولا على طيبتك، لأنهما لا يقدران بثمن، وإنما لأؤكد لك بعض امتناني. ربما ستتلقاها غدًا.

احتج «غريغوريو»:

- ما كان عليك أن تزعج نفسك يا «خيل».

- بالعكس، هذا شرف لي. فمثلما كان يحدث لي مع «إديسون» من قبل، صرت أفكر فيك كلما قرأت شيئًا وفي أنك تراني وتحثني على أن أواصل قدمًا. وهكذا فإن هديتي هي تكريم وتقدير صغير.

قال «غريغوريو» بتشوش أكثر مما هو بتأثر:

- شكرًا.

في اليوم التالي وصلت الهدية. وكانت مرطبان عسل ورطل حلوى سفرجل. ومن بين أوراق اللف سقطت بطاقة تعريف: ««خ. خ. خيل». بائع متجول لدى شركة «ر. وبيلسون»». وعلى الوجه الخلفي للبطاقة إهداء بحروف متقنة وزخرفية: «إلى الفنان الكبير السيد «فاروني»، امتنانًا لحكمته وطيبته، من المعجب المخلص «خيل».»

عادت تلك التقدمة لتملأ «غريغوريو» بالوساوس. وأوضح في البيت أنها هدية من أحد مرؤوسيه، وبينما الأم تملأ فمها بالعسل وتبكي فقدان حلاوات أفضل، كاشفة بذلك مكر الغراب الناعق الشره، كان «غريغوريو» يتذكر عبارة الإهداء ويقول لنفسه: «يا لك من ابن عاهرة، تخدع بهذه الطريقة رجلًا مثل «خيل»». ولكنه لم ينته إلى الاقتناع بالتأنيب، ولم يقتنع أيضًا بالحجج التي تبرئ سلوكه. فقد خطر له فجأة أنه ليس محتالًا تمامًا. صحيح أن الخداع ما فتئ يذهله، ليس لما تثيره الأكاذيب من استنكار وإنما لسهولة ما بلغته قابليتها للتصديق. فكان يقول لنفسه: «هذا يعني أن هنالك شيئًا صحيحًا في

هذا كله، لأن الحقيقة لا تظهر نقية أبدًا بل تكون بحاجة على الدوام إلى المظاهر، مثل أعمى الكلب. وهكذا، باستبعاد المظاهر، أكون أنا «فاروني»»، أعلنَ ذاتَ مساء، وعرف على الفور، من وقار النبرة، أنه انتظر طويلًا لحظة النطق بهذه الكلمات.

لا، ليست المسألة سخيفة بالكامل. فبعد أن أخذ يعتاد على هويته الجديدة ويتوغل في ملذات الاختلاق ومجازفاته، صار يُفتن بإثبات أنه إذا قرر أحد أن يكذب حول نفسه بالذات، فإنه يكاد لا يتمكن من اختلاق أي شيء (إذا كان الخداع نزيهًا) إلا ويكون قد خطر له في ماضيه، إلا ويكون حقيقة بطريقة ما في أعمق أعماق قناعاته ورغباته. وبينما هو يسند مرفقيه إلى الشرفة بمهابة بحار، كان يستسلم لنهر الغروب العريض والمتكاسل، ويكاد لا يحاول تذكر بدء المهزلة - المترعة بتفاصيل ما زالت مجهولة حتى ذلك الحين، وباهرة الوضوح في خيلاء ماض غريب عن الوجود ولكنه مرتبط به بإرادة ذاكرة هائمة ومتحررة تميل إلى تصويب النسيان وملئه بوقائع على الرغم من أنها وهمية في الظاهر إلا أنها تتحول إلى حقيقية بفعل الحنين إلى ضياعها- كان يبدأ بالشك في أن كل حياة ما هي إلا حياتان على الأقل: إحداهما الواقعية وغير القابلة للاستئناف، والأخرى هي التي يمكن لها أن تكون وما زالت تعيش فينا كروح هائمة، تجول في الذاكرة وتنمو فيها إلى أن تكتسب مؤشرات استقلالية وواقعية، منازعةً الحياة الأخرى، الحقيقية، فضلات من الماضي، وتحل محلها أحيانًا مهيمنة على تلك المناطق الشاسعة التي هي النسيان وتستقر فيها كسيد إقطاعي محزون، قاس، هزلي ومشاغب. ربما يكون الجنون، أو الشجن، هو انتصار النغل على الحقيقي، ولكن لم يكن لدى «غريغوريو» استعداد لقتل الأخ وإنما مطالبته بممتلكات منهوبة. وقد كان هناك شيء كبير في ذلك

الإدعاء، فصحيح أن الجريمة سيئة ومدانة، إلا أن القاضي يبرئها في حالات الدفاع المشروع عن النفس، ويصل الأمر في حالات الحرب إلى اعتبارها عملًا بطوليًّا، وكذلك الكذب. وبما أننا نعيش في حرب مع الآخر ومع أنفسنا بالذات، فإنه يمكن للجريمة أن تكون مفهومة بل وقد تتمخض عن مآثر. وإذا ما حدث ذات يوم، مثلما هو متوقع، أن وصلت إلى «خيل» أخبار دقيقة عن المدينة، والأسوأ أن يكون ذلك من خلال «أولياس» الحقيقي، وجاء يطالب بالحساب عن السخرية منه، فربما يمكن لـ«غريغوريو» أن يؤكد أنه إنما كان يفسر ماضيه بعيني فنان، ولكنه يستطيع كذلك أن يوبخه بعبارات مريرة: «ألم تكن أنت نفسك أيها التعيس من قلب حياتي بأسئلة غير مواتية ومخادعة؟ أتراك لا تعلم أن أفضل ما يمكن لإنسان عاقل ورحيم أن يفعله مع شخص مجنون هو مسايرة نزواته؟ وهل ستأتي الآن لتأنيبي مقابل ما قدمته إليك من الجميل؟»

بهذه التأملات وتأملات أخرى مشابهة، توصل «غريغوريو» مرة أخرى إلى تهدئة ضميره، وحين وجد أنه راسخ في مسوغاته وحججه، أسلم نفسه للتخيل بحرقة أشد من أي وقت مضى. فكان يكتب في كل ليلة فصلًا ما من حياته المتخيلة. بل إنه اقتنع بأن ما يحتاج إليه «خيل»، كدرس، هو عِبرة جيدة، وأن التعب الذي تسببه له ازدواجيته ينفع كفارة عن خطاياه كلها.

تلت ذلك حقبة طويلة من المناجيات المذهلة. لم يكن يمضي أسبوع دون أن ينهيا بسرعة مسألة الطلبيات كي يتحولا إلى الحديث عن همومهما الحقيقية. فـ«خيل»، المتصلب الذي لا يلين في الحنين والإعجاب، السعيد ومتهدج الصوت لأنه يتعامل عن قرب مع فنان معروف في منتديات المدينة، لا يعرف من أين يبدأ في إشباع نهمه. في أحد الأيام الماطرة، وبعد أن تحسر مجددًا على نكبات

الماضي، تكلم عن السفر، عن القلق الذي تسببه له فكرة بلوغ الشيخوخة دون أن يكون قد سافر إلى الخارج وتذوق عسل لغات أخرى وملأ روحه باندفاعات لا كابح لها.
- ومع ذلك، ها أنت ترى، إنني هنا، ومرة أخرى تحت قطرات الماء التي تسقط على رقبتي.
قال «غريغوريو» مستشعرًا وجهة الحديث:
- وأنا أيضًا هنا، والمطر يهطل هنا أيضًا.
- ولكن الأمر مختلف. فأنت يا سيدي تعرف لغات. ومن المؤكد أنك سافرت إلى الخارج ولك ماض جدير برجل عظيم. ولا يشبه بأي حال ماضيَّ (قال بنبرة خجولة وملحة)، لا في الجوهر ولا في طريقة روايته. والفنانون يُعرفون، كما يخيل إلي، من ماضيهم بصورة خاصة.

وقع «غريغوريو» في كثافة كمين الصمت. لقد ألمح ذات مرة إلى ماضيه، وهو لا يجهل أن «خيل»، مقابل حديثه الآن عن ماضيه، سيطالب عاجلًا أو آجلًا بالحق بتلقي الثمن المماثل. ومن أجل استباق مطالباته قدم بلا شهية رواية مقتضبة وغير واضحة المعالم للحقيقة. فكان رد فعل «خيل» مثلما يحدث كلما تلقى أخبارًا عن العالم وارتاب بالضَنِّ عليه بأفضلها، ملمحًا إلى أن تلك الأخبار الثانوية ما هي إلا طريقة ليخفي عنه - ربما بسبب تواضعه - وجود قصة عظيمة. وقد أدرك «غريغوريو» مرة أخرى أنه لن يجد مهربًا. ومع ذلك، وخلال أحلام يقظته الليلية التي كرسها لاختراع ماض على مستوى متطلبات «خيل» العالية، لم يتوصل إلى حياكة قصة تكون في الوقت نفسه استثنائية وممكنة التصديق. فذلك أشبه بمحاولة جعل عجينة طرية ولزجة تنتصب واقفة، فما إن يبدأ بالتهرب من الواقع حتى يقع دون مناص في أشد حالات اللامعقول جنونًا، وكلما هرب

من اللامعقول أو توغل فيه يعود إلى نقطة البدء: إلى القفر القاحل الذي لا يقل قصورًا عن الواقع.

قال «خيل»:

– هل أخطأتُ؟

تنهد «غريغوريو»: لقد حانت ساعة الخيار ولا تخطر على باله أي عبارة مأثورة. وأخيرًا، متحمسًا بالمجازفة، أوكل نفسه إلى الإلهام المشوش، وإن يكن المتبصر، لساعات أرقه، وأجاب:

– حسنٌ، إنه ماض عادي وليس ذا أهمية، فقد كان لي في نهاية المطاف أبٌ أميرال، وجدٌّ حقوقي، وعم كردينال.

اختنق «خيل» بالذهول، وطلب راجيًا أن يروي له ذلك الماضي الباهر، ففتح «غريغوريو» الدفتر على الفور وروى أنه عاش طفولته في المدينة، في بيت ذي ثلاثة فناءات مكشوفة، وحديقة مطلة على النهر، فيه خمسمئة أصيص زهر وسبعون طائرًا مغردًا. لقد كان هذا في الحقيقة بيت طفولته، قوضته ذاكرته وأعادت تشييده بإسراف صارم من ذكريات لجوجة أخرى. ظلت حيةً منها شجرة ليمون تدني ثمارها من أناقة جدران مطلية حديثًا بالكلس، ودهليز مقنطر، ونباتات زينة في أصص عالية وقواعد خزفية تتخللها خطوط متشابكة تنفع في الصيف دروبًا للنمل، ويلي ذلك عُليَّة خشبية، ونبتة ياسمين، وتعليقة ملابس لها قوائم تيس، وغرف بلا نوافذ وشجرة الكينا، حيث تغرد في برودتها حساسين برية. ولكنه نقل موقع البيت إلى المدينة، على ضفة النهر الصالح للملاحة، وبدَّل الطين بالحجر، واستبدل بالكلس المرمر، وفي الأعلى، فوق الطابق الثاني، تخيل برجًا دائريًّا بنوافذ قوطية وقطع زجاجية ملونة مثبتة بخطوط من رصاص. هناك كان يشتغل جدُّه الحقوقي.

لقد رآه «غريغوريو»، في أحلام يقظته، يكتب على مسند قراءة

بريشة طائر. وحوله رفوف عالية جدًّا عليها كتب مجلدة بجلد طبيعي تغطي الجدران. وهنالك منضدة مكتب ضخمة من خشب الأبنوس والفضة، وكرة أرضية، وسجادة مصنوعة من خيط واحد ومزينة برسوم تمثل تاريخًا موجزًا للبشرية، ابتداءً من الفردوس وحتى اختراع الطائرة، وقبة مرسوم عليها الكون، بمجموعات نجومه، وأفلاك كواكبه وملائكته يحلقون في فضاء البروج - مثلما يتذكر أنه رآه في رسم توضيحي طفولي في كتاب تعليم الديانة المسيحية. وإلى هناك كان «غريغوريو» يذهب للتجسس على جده مختبئًا وراء منضدة المكتب، وكان ينظر بافتتان إلى ريشة الطائر، وكيف كان جده يغمسها بين وقت طويل وآخر في دواة حبر لها حجم دمجانة ويسايف بها على أوراق من الرق محدثًا صريرًا يبعث على الصمم، مثل جماعة مشائين عبر غابة أوراق جافة.

كل شيء كان يمضي هناك بطريقة استثنائية. أهي تهيؤات طفل، أم كوابيس ذاكرة، أم مسوخ حنين؟ «غريغوريو» يجهل ذلك، ولكنه يكاد يعجز عن تحريك أقدم الكتب، ويضطر إلى استخدام كلتا يديه لتقليب صفحاتها الهائلة العابقة برائحة السلفور. وفي أحد الأيام حاول تحريك الكرة الأرضية (وكان جده يجعلها تدور بإصبع واحدة) فلم يستطع، وفي إحدى المرات تسلق إلى مسند الكتابة وحمل الريشة بمشقة وحاول كتابة شيء، فلم يستطع أيضًا، وفي تلك اللحظة دخل الجد الحقوقي لتدوين شيء ما، ووجد «غريغوريو» الوقت اللازم بالضبط ليُفلت الريشة ويختبئ في تشعبات حرف هاء كبير («ويقولون بعد ذلك إن حرف الهاءلا نفع فيه»[1]، قال «خيل» مازحًا)، وراح يصلي كيلا يخطر لجده قَلب الصفحة.

(١) حرف الهاء باللغة الإسبانية يُكتب ولا يلفظ، ولهذا يقال إنه بلا فائدة. (المترجم).

قال معلقًا ليختبر مدى صدقية ما يرويه:
- لستُ أدري إن كانت مجرد تخيلات طفل، ولكن هذه هي ذكرياتي الأولى، أو ربما من الأفضل القول حالات نسياني الأولى، لأنك تلحظ غرابة الأمور التي أحتفظ بها من طفولتي.

برر «خيل»:
- طبعًا، لأنك فنان وقد كنت آنذاك طفلًا، وقد تضخمت الأمور منذ ذلك الحين. من المؤكد أنك تتذكر جدك كرجل طويل القامة جدًّا، أليس كذلك؟

قال «غريغوريو»:
- أجل، إنني أتذكره جيدًا.

كان يستخدم عباءة رومانية، مع معصمين مطرزين وقلنسوة، وهكذا أراه في أحيان كثيرة تحت شجرة الكينا، يتدرب على خطاباته ويضبط نبرة صوته بحركة متشنجة من يديه اللتين كيدي مغني «تينور». كان له صوت راعد، وعينا حريق ويدان قادرتان على كبح عواصف.

قال «خيل»:
- يجب سماعه يتكلم في المحاكمات.

ولكن الحديقة كانت أكثر استثنائية. فهناك بدأ «غريغوريو» الدخول في أسرار الفن والعلم، لأنها حديقة مكرسة للحكمة، وفيها كان يجتمع علماء البلاد وآخرون يأتون من أمكنة أخرى من العالم.

أكد «خيل»:
- هذا يعني، كما في المقاهي الآن.

- أجل، ففيما مضى، حين لم يكن ثمة مقاهٍ، وُجدت الحدائق. مثل تلك التي أسسها أرسطو في أثينا وسماها أكاديمية. ففيما مضى، كانت هنالك دومًا في المدن الكبرى حديقة للحكماء ومحبي العلوم. وقد أسس حديقته أحد أسلافه قبل قرون، وكانت تسمى «ملجأ

العبقري»، وإذا ما أمعن «خيل» النظر فسيلحظ أن كلمة «آسيليو» (ملجأ) مؤلفة من حروف «أولياس» نفسها.

- صحيح.

قال «خيل» ذلك بعد لحظات، متفاجئًا من وضوح الأمر.

وعلى الرغم من أنه في أحلام يقظته كان يتسلى بتعداد اللقى الأثرية التي راح يخلفها أولئك الرجال (طاقية نوم «ديكارت»، لمة شعر «نيوتن» المستعارة، تلسكوب «غاليليو» وأشياء كثيرة أخرى راحت تنقض عليه كضواري الهذيان، وكان يحاول استبعادها دون جدوى)، والحقيقة أنه اكتفى بإشارة غامضة إلى رجال بارزين لم يكن يعرفهم آنذاك بسبب صغر سنه، وترك لـ«خيل» أن يتخيل أعاجيبه بنفسه.

أما بشأن طفولته، فقد سافر منذ نعومة أظفاره. لا بد أنه كان في الثانية عشرة من عمره عندما أدخله أبوه، وكان يقود سفينة خاصة، كصبي بحار. لقد كان أبوه قويًا وطويل القامة، له لحية شقراء وعينان زرقاوان، ويدخن غليونًا من حجر زبد البحر. وقد أبحر معه عبر البحر الكاريبي، وبحار الشمال، وبحر الصين، والمناطق القطبية الشمالية، وفي الأنهار الكبرى بمنطقة الأمازون، وفي الخريف كانوا يصعدون في زورق عبر نهر السين ويرسون إلى جانب «نوتردام». وقد داروا مرتين حول العالم، واكتشفوا في المرة الثانية جزيرة صخرية صغيرة سموها «صخرة الوداع». وفي الأمازون قتلوا تماسيح بمسدس، ولدى دخولهم إلى باريس كانوا يرفعون راية قراصنة ويثيرون الاضطراب في المدينة بإطلاق زخات من الرصاص.

قال «خيل»:

- هذا ما يمكن القول إنه عيش الحياة.

وكان أبوه، فوق ذلك، عازف كمان عظيمًا. و«غريغوريو» يتذكره

حين كان يعزف على سطح السفينة وهو بزي الأميرال، ويتمايل مع نغمات موسيقاه. وكان غطاسًا أيضًا، وفي واحدة من جولات غطسهم اكتشفوا مدينة سليمة تمامًا ربما هي إحدى مدن أطلانطس، وبين الغرائب التي شاهدوها هناك سمكة قرش تسبح على هواها في قاعة العرش في القصر، وأفعى بحرية تخرج من مبنى حمامات وحوت ظل محبوسًا في كاتدرائية.

قال «خيل»:

- لم أسمع مثل كل هذه الأعاجيب دفعة واحدة، ولكنني لا أستغرب لأني أعرف أن في الدنيا أشياء رائعة. وقد سمعت بالفعل ذات مرة كلامًا عن أطلانطس، أما الغواصون فرأيتهم في السينما.

ارتجل «غريغوريو»:

- العالَم كتاب مفتوح.

- أجل، ولكن لا بد من السفر من أجل قراءته، أليس كذلك؟

- ولكنك تسافر كثيرًا.

- لا، هذا ليس سفرًا، إنه أشبه بالدوران في أرجوحة دوارة وحسب. السفر هو أن تكون قد ذهبت إلى باريس أو أمريكا، أو أن تكون قد قتلت تماسيح في الأدغال ونزلت إلى المدن الغارقة في البحر. وما سوى ذلك أشبه بالذهاب من هنا إلى ناصية الشارع. ولكن ما علينا، واصل قصتك ولا أريد مقاطعتك بشكاواي.

منح «غريغوريو» نفسه وقفة صمت كي يستعيد إيقاع القصة. فالذكريات عن تلك الحقبة ليست واضحة، ولم يكن هنالك الكثير لقوله. فبعد وقت قصير توفي جده، وبعده بسنوات توفي أبوه. نزل إلى المدينة الغارقة ولم يرجع بعدها قط. أما أمه، فلم يكد يتوصل إلى معرفتها، فقد ذهبت إلى روما لتعيش مع القريب الوحيد المتبقي لديها، وهو عم لها، يدعى «فيلكس دي أولياس»، وكان كردينالًا.

علق «خيل»:

- كردينال في روما.

وفي مقابلاته، اختلق بعض الأحداث (في واحد منها يظهر الشيطان محاولًا إغواء الكردينال بثلاثة كتب سحرية) بهدف الإضاءة على ذلك الجزء من حياته. غير أن «غريغوريو» كان قد فقد إيمانه بالقصة ولم يعد يعرف جيدًا من أين يتابع. وباضطراره إلى إلغاء بعض الأحداث الطريفة، اختزل خاله إلى عجوز مسالم مترع بالتوعك والنزوات، يتكلم وحده في ممرات بلا نهاية في قصر خريفي. وانتقل إلى القول إنه هناك، في روما، بين الآثار والنوافير، اكتشف العالم الكلاسيكي. فهناك قرأ أفلاطون و«فيرجيل» و«سالوست» و«بيكو ديلا ميراندولا» وكثيرين غيرهم. كان ذلك زمن التساؤلات الأساسية الشبابي، وزمن التشرد في الجامعات والمنتديات والمكتبات والمختبرات والمتاحف بحثًا عن أجوبة عن أسئلة جديدة، وعن لحظات صمت حاسمة.

عطس «خيل». وسمعه «غريغوريو» يبقبق في السماعة ويقول:

- أنا أيضًا أحسست، على طريقتي، بنار الحكمة الشبابية هذه. ففيها يتصلب الرجال العظام، ومنها ينبثق ينبوع التقدم.

وبدت في صوته رعشة حماسية.

أما «غريغوريو» المهزوم أمام جدب المخيّلة، فانتظر أن يتعافى من إرهاق الاختلاق. ثم روى أنه كتب في روما ديوانه الشعري الأول. وكان عنوانه «تلميذ البِحار»، وفيه يمتدح الحياة البوهيمية والإبحار بلا قوانين ولا سادة، وبلا أي ديانة سوى الحرية وبلا أي وطن سوى العالم. ولكن الكتاب وصل كما يبدو إلى يدي الحكومة، ويقال إن «الجنرال» نفسه قد نبذه أمام الملأ وأمر بحظره. ويُقال إنه قال: «لا بد من ربط «أولياس» هذا بحبل قصير».

وعندئذ قرر التخفي باسم مستعار، وكان له صديق، يدعى «إيليثيو ريناتي»، اقترح عليه اسم «فاروني».

حزر «خيل» بهمس:

- طبعًا، هذا هو السبب في أن للاسم رنة إيطالية. كل شيء يبين أنك يا سيدي شخص مكرس للمجد منذ صغرك.

انتهز «غريغوريو» الفرصة ليعترف بأنه لا يسعى إلى المجد وإنما إلى كمال الفن.

قال:

- لا شيء يهمني سوى الفن وأنت ترى أنني غير قادر على تجنب الإغواء الفني حتى وأنا أروي حياتي.

- ولماذا تقول لي هذا؟

- يا رجل، لأن طريقتي في رواية الأمور، لا أدري، فيها شيء من المبالغة، أو الشعرية.

استغرب «خيل»:

- مبالغة؟ لا، فمثلما قلت يا سيدي، حين يكون المرء فنانًا يروي الأمور كفنان، يجعل من الحياة شعرًا، أليس كذلك؟ أضف إلى ذلك أنني لست جاهلًا جدًّا إلى حدٍّ لا أعرف معه أن في العالم حقوقيين، وأميرالات، وكرادلة، وغواصين، وأسماك قرش، ومدنًا غارقة في البحر. ما هو الغريب في هذا كله؟ العالم عجيب. لاحظ: الإنسان يتحدر من القرد، هنالك كائنات فضائية، ووجدت ديناصورات، ثم هنالك سر الثالوث المقدس، وسرعة الضوء، والمغناطيس، والهليكوبتر، ومسألة «آخيل» والسلحفاة التي رويتها لي، وأشياء كثيرة أخرى. ولهذا أطلب منك بتذلل أن تروي لي قصة حياتك ولا تنظر إلي كجاهل غير مصدق.

كان «غريغوريو» قد تخيل تلك الفترة من ماضيه المتخيل

كمُتوالية مجازفات ومغامرات مغازلة، على طريقة بعض أفلام الاحتيال التي أعجب بها في شبابه. غير أن الحصافة والوقار جعلاه يتخلى عن تلك البلاهات. واكتفى بالقول إنه غادر روما، عند موت خاله، واستقر في باريس. وقرأ من الدفتر: «في روما اكتشفتُ الفن، وفي باريس العلم والحب».

وما سوى ذلك يمكن تصريفه بكلمات قليلة. ففي باريس أنهى دراسته الجامعية وراح يتعرف على المقاهي، والقاعات، والمكتبات العامة. وخاض مواجهة مشهودة مع فيلسوف عالمي مشهور، وقصة غرامية رعوية مع فتاة تضع قبعة «بيريه» وتدرس العزف على البيانو. وقد قادته روحه البوهيمية المتمردة إلى العمل كموسيقي في ملهى، وصحفي، ومتسابق على دراجات نارية، ومحض متشرد. وزع حياته بين الفعل والفن. ويمكن له القول، كشاعر، إنه شرب ماء من الأنهار كلها ولم يكن أي منها أكثر عذوبة من سواه. أراد «خيل» أن يعرف كيف هي منتديات باريس الأدبية. فتهرب «غريغوريو» بالقول إنها كمثيلاتها في جميع مدن العالم، وإنه هو نفسه أسس منتداه الخاص، على متن سفينة شراعية في نهر السين. ويتذكر نفسه مستلقيًا على أريكة في مقدمة السفينة، يدخن بمبسم من العنبر ويتكلم تحت قبعة من القش مطلية بورنيش أزرق. أجل، لقد كانت أزمنة سعيدة. كيف ينسى الليالي التي كان فيها يجتمع في حجرة على السطح مع جماعة من الأصدقاء العلماء والفنانين مثله، ويناقشون همسًا أو بأصوات صارخة الأسئلة الجوهرية حول الوجود الإنساني، أو جولة الفجر المرحة، حين كانوا يخرجون إلى الشارع ويلتقون بجماعات أخرى في مكان بوهيمي، حيث يشربون البيرة ويأكلون أسماك الحنكليس ويتنافسون في حدة الذهن والضحك والغناء؟

تحسر «خيل»:

- كان يمكن لي أن أقدم أي شيء مقابل أن أكون هناك، في ذلك العالم الشبابي المكرس للصداقة والمعرفة.

هكذا عاش بضع سنوات. سافر كثيرًا. شارك على سبيل المثال في حملة استكشافية إلى مناطق القطب الشمالي، وكان أستاذًا لعلم الجمال في مدرسة أمريكية. وألف خلال ذلك الوقت كتابين بحثيين ورواية وكتاب أشعار ثانيًا بعنوان «أشعار الحياة الفنية الكاملة»، وهذه الأعمال كلها، في الواقع، لا يمكن العثور عليها عمليًّا، لأنها طُبعت وبيعت في الخارج وما زالت محظورة هنا. وكان قد استسلم لحياة المنفى عندما دعاه بعض المعلمين (ومنهم الفيلسوف ذو الأسنان الذهبية) للعودة إلى موطنه، وبين الحنين وتلك التوسلات قرر الرجوع، على الرغم من المخاطر.

جاء في القطار، مخفيًا عمره الحقيقي بالتنكر وباستخدام وثائق زائفة، وبحث عن عمل بائس وغُفْل، وانصرف منذ ذلك الحين إلى أعماله والذهاب إلى المنتديات تحت اسم مستعار.

قال «خيل»:

- طبعًا، لهذا السبب أنت تعمل في شركة «بيلسون». الآن فهمتُ كل شيء. الآن أفهم السبب في أن رجلًا مثلكم يعمل في شركة للأنبذة والزيتون. هذا هو سر حياتك، وهو ما كنت أشك فيه منذ بعض الوقت.

قال «غريغوريو» وهو يكبح الغثيان الذي تسببه اللاحقيقة:

- إنني واثق من تكتمك، لا تخبر أحدًا بهذا، على الإطلاق.

- أقسم لك أني لن أفعل يا سيد «فاروني»، أقسم لك بالرب. ولكن، هل يمكنني أن أصارحك؟

قال «غريغوريو» باشمئزاز مسبق من الكلمات التي سيكون عليه التلفظ بها:

- إلى الأمام.

همسَ:

- هل أنت... ثوري يا سيدي؟

رجع «غريغوريو» إلى الدفتر. ففيه توجد الخطوط الرئيسية لأفكاره السياسية.

- فلنقل، من أجل أن أكون حذرًا، إنني أؤمن بالأخوة العالمية (قرأ من الدفتر) وأقول لك فقط إن هنالك فقراء. أناس بهم جروح وقروح. هناك من يجلسون إلى المائدة وآخرون تحتها يبحثون عن الفتات. إنها طريقة حذرة في الكلام.

- أجل، أجل، أفهمك جيدًا. أما أنا... هل تعلم يا سيدي؟... لدي بعض الإيمان بالرب وبعقيدة الكنيسة. قضية الغني «إبولون» والفقير «ألعازر». ويا سيدي، إن كنت تسمح لي، هل تؤمن بالرب؟

قال «غريغوريو» وهو يعي سلطة كلماته:

- لا بالرب ولا بالشيطان.

أصيب «خيل» بالبكم.

تابع «غريغوريو»:

- أنا أؤمن بالإنسان فقط. أعتقد أن العالم سيحكمه ذات يوم الشعراء ولن يفتقر أحد إلى شيء، كما العصافير.

قال «خيل»:

- أفهمك، أفهمك، وكم هي جميلة هذه الكلمات!

- ولكنني أريد أن أقول لك شيئًا آخر أيضاً (ارتجل غريغوريو) أريدك أن تعلم أنه يمكن لتعاملك معي أن يورطك في مشاكل. قد يتهمونك بالتواطؤ، أو التستر، وأنا لا أريد تعريضك لمخاطر. ولهذا ربما يكون من المناسب، وقبل فوات الأوان، أن نعود إلى علاقاتنا التجارية وحدها.

صرخ «خيل»، وخرج صوت ديك:

- ولا بأي حال! أبدًا. أشعر بالشرف والفخر لتعرضي لهذا الخطر.

- لا تكن مجنونًا يا «خيل».

نصحه «غريغوريو» مصالحًا، عمليًّا، عاقلًا.

أعلن «خيل» بوقار:

- إنها أول مرة أشعر فيها بأنني رجل جدير، بل ومهم.

كانا يتحدثان منذ أكثر من ساعة. ولم يعد «غريغوريو»، منهوك القوى من جهد الاحتيال، يدري ما يقول. كان يشعر بألم متزايد في فكيه وبطنين في أذنيه.

- أيمكنني أن أطلب منك معروفًا أخيرًا؟

- اطلب.

- أن تتذكرني عندما تخرج من حياة السرية وتترك العمل في شركة «بيلسون»، وتسمح لي ذات يوم بأن أتصل بك هاتفيًّا.

تأثر «غريغوريو» حقًّا وأحس بملاقط الشعور بالذَّنْب في حنجرته.

- ستبقى على الدوام أفضل من أبوح له بأسراري. إنني أقدرك حقًّا يا «خيل»، لأنك رجل طيب ومتواضع ونزيه. إنك صديق حقيقي.

- شكرًا يا سيد «فاروني». لقد أثَّرت فيَّ هذه الكلمات. إضافة إلى ذلك، لاحظ، إنني أشعر في أعماقي بالفخر بحياتي لأنها، مع تجاوز المسافات، تشبه حياتك قليلًا. فكلانا تشده المدينة، إذا كنتَ قد لاحظت ذلك. الفرق الوحيد هو أنهم استدعوك يا سيدي بينما أنا لا أزال هنا. ألا ترى ذلك؟

وافقه «غريغوريو»:

- هذا صحيح. وأرجوك، من الآن فصاعدًا تحدث إلي برفع

الكلفة. فأنت تعرف الكثير من أسراري، وأنا أعرف الكثير من أسرارك، ولا يمكن أن نظل على هذا التعامل الرسمي. موافق؟

- موافق يا سيد «فاروني». ففضلًا عن أنك رجل عظيم، سيدي... لا أدري... إنك قديس يا سيدي.

قالها «خيل» وأغلق الهاتف وهو على حافة الإجهاش بالبكاء.

كان الوقت قد تأخر، والمطر قد توقف عن الهطول. رتب «غريغوريو» أدوات العمل ونفخ على مصباح الكحول، ثم خرج إلى الممر وتجاوز سياج الحديقة. كان الصيف ينتهي. وصل إلى البيت بذهن معطل وبفكين ينبضان عند الصدغين. بحث لبعض الوقت عن عزاء في الإيقاع العميق لتنفسه. ومرت في ذهنه مرورًا خاطفًا سيرورة تحولات المهزلة كلها، منذ أن طلب منه «خيل» معلومات عن العالم إلى أن أخبره هو نفسه، «غريغوريو»، عن وصوله السري إلى البلاد. كان قد قدر، بسخاء في التحسب، أنه لا يعرض نفسه لأي مجازفة في تلك الخدعة، والآن فقط بدأ يرتاب في أن الواقع يتوصل دومًا إلى الهارب ويعاقبه. لم يكن يشعر بأن لديه من القوة ما يكفي لإسناد صورته كبطل. «ففضلًا عن أنك رجل عظيم، إنك قديس يا سيدي»، تذكر. وفكك القول إلى كلمات، باحثًا عن براءة تركيبتها النحوية. وكرر «قديس» مذوبًا المقاطع الصوتية في فمه إلى حدِّ استنفاده المعنى واستذكاره أيام الطفولة المضيئة في المدرسة، حين كان المعلم يكتب على السبورة أشد العبارات حكمة والتي لن يسمع بمثلها أبدًا بعد ذلك: «الهر ماءَ عند الماء في الحديقة»، «فوق مشمع المنضدة شمعة»، «هناك رجل يقول يا رِجلي». تذكر دفعة واحدة العشرين سنة التي أمضاها جالسًا هناك، في العتمة الخفيفة، تفوح منه رائحة الدجاج، وكما لو أن ذلك الزمن كله يقوم بتكشيرة يأس. كان يشعر بأنه ضحية خدعة قصر الحياة. «اثنان وأربعون

٢٣٩

عامًا»، قال لنفسه. وكانت المرأتان لا تزالان تتهامسان في الظلام.

سألته «أنخيلينا»:

- أتريد أن تنام؟

أجابها «غريغوريو» بصوت أجش:

- أجل.

الفصل العاشر

استكمل خلال فصل الخريف، بذهول بين حلو وحامض، صورة «فاروني» النهائية. وعلى الرغم من التباس روايته، فقد أحس «غريغوريو»، أول مرة، بالحضور الحي للبطل، وشاطر «خيل» إعجابه بذلك الرجل الوسيم والجامح، وفضوله في معرفة تفاصيل أخرى عن شخصيته. ولعجزه عن تمييز نفسه عنه، ترك لـ«خيل» مسألة تنزيه الأخطاء. وقبل أن يتطرق إلى مظهره البدني وطريقته في اللبس، وكي لا يقع في خيانة سافرة، بحث عن صورة من أيام الشباب تنفعه كملحق مع الواقع. وجد في علبة الموسيقى صورة من رحلتهما وهما عروسان إلى الساحل. يظهران فيها وهما يضحكان للكاميرا. في الخلفية يظهر البحر وكل منهما يحمل حفنة أصداف كأنه يعرضها - وربما لهذا السبب كانا يضحكان بخوف، يكشفان أسنانهما ويحاولان إخفاءها في آن واحد، كما لو أنها أعضاء من المخجل إظهارها، وإن كانا يفعلان ذلك أيضًا بشيء من الامتنان، ربما لكونهما معًا، وفي أيديهما حفنات أصداف على ضفة بحر لطيف. لقد اكتسب سمنة منذ ذلك الحين. غلالة شعر ذاو، على شيء من البياض، حلّت محل الشعر الأملس المسرح والمفروق. كما أن الذقن الحادة والنظرة الصافية تكادان لا تُلحظان اليوم بين

تراكم اللحم وإطلالة العينين العكرة. فالكتفان المتهدلتان، والشحوم الراكدة، وتلاشي دقة الوركين، وبداية اللغد، تمنحه مظهر ضب أعزل ومتصالح مع ذهوله الخاص.

ومع ذلك لم يستسلم للمظاهر. فمن خلال الصورة والنموذج المختلق في أحلام يقظته – وهو نموذج سخي الاصطناع ومذعن بتسامح لعدم وضوح الذاكرة – شجع «خيل» على رسم الأوصاف بنفسه.

سأله «خيل»:

– طويل القامة؟

وأجاب «غريغوريو»:

– أجل.

سأله «خيل»:

– نحيل؟

وقال «غريغوريو»:

– نعم.

سأله «خيل»:

– قوي؟

وقال «غريغوريو»:

– يعني...

حل «خيل» المسألة:

– رياضي! أترى كيف أني لا أخطئ؟ ولا شك في أنك وسيم، أليس صحيحًا؟

وهنا انتبه «غريغوريو» إلى أنه لا يمكن للوصف أن يكون دقيقًا أبدًا، لأن حياة السرية وروحه القلقة تتطلبان تبديلًا منتظمًا في مظهره، فحتى لو كان شعره طويلًا وأسود، فإنه يحلقه بالكامل أحيانًا ويتظاهر

بنوع من الصلع، أو يصبغه باللون الأشقر، كما أنه ينوع حجم اللحية وشكلها، حين يطلق لحيته (وهو لا يطلقها الآن)، بل إنه يمشي منحنيًا بعض الشيء ليواري طول قامته ويتستر على حقيقة سنه.

- وهكذا، كيف أنا؟ طويل أم قصير؟ أشقر أم أسمر؟ شاب أم عجوز؟ سمين أم نحيل؟ جميل أم قبيح؟ الحقيقة أنني، في بعض الأحيان، لا أعرف ذلك بسبب الأزمنة السيئة التي نمر بها.

قال «خيل»:

- ولكنك يا سيدي، على أي حال، شخص لا يمكن الخطأ فيه كما أتصورك أنا.

وواصل أسئلته حتى توصل إلى تصور دائم لهيئته: طويل ورياضي، عينان زرقاوان، بريقهما متأجج لا يلين، و«البروفايل» كلاسيكي وحالم، والمظهر واثق والمشية أنيقة.

وفي أحد أيام الشتاء تحولا إلى تفحص طريقة اللباس. كان «غريغوريو» قد وصف نفسه، عرضًا، بملابس رياضية: حذاء قماشي، «سويتر» مُطبَّع، بنطال أبيض من قماش لين وقبعة بحرية. ونموذج المجلة الذي استوحاه (الصفحة التي اقتطعها من المجلة أمامه) هو لشاب يضع نظارة شمسية ويستند إلى حافة يخت شديدة البياض، الورك منكسر بحدة والابتسامة تتجه بنظرة إغواء نحو فتاة بملابس تِنس تأتي ركضًا من عمق الصورة بذراعين مرفوعتين وشعر مُفلَت وكأنها مدفوعة ببهجة خبر عظيم. ولكنه باستثناء تلك المناسبات القليلة، يلبس باستهتار، مثلما كان يرى نفسه في أحلام يقظته: منديل حول الرقبة، نظارة قاتمة، قبعة لينة ذات إطار منخفض وياقة معطف مطري.

قال «خيل» مبهورًا بالوصف:

- لا بد أنك شديد الرشاقة.

قال «غريغوريو» مازحًا، وهو يطوي الصورة المقتطعة من المجلة:

- حسنٌ، أتحرك بخفة عندما يناسبني ذلك، ولكنني على العموم رجل مرن ومتوحد.

قال «خيل»:

- رجل رشيق ومتوحد، يا للأمر العظيم! وأنا أيضًا كنتُ رشيقًا عندما كنت أعيش في المدينة. ومن هو غير الرياضي هناك؟ كنت كما لو أنني من المطاط. أما الآن، فحركاتي صارت خرقاء.

توقف، تردد.

قال:

- عضلاتي صارت أقرب إلى السمنة ولدي كرش صغير.

قال «غريغوريو» مقتنعًا بصحة تأكيده:

- ليس للشكل البدني أهمية، أفلاطون كان بدينًا أيضًا وانظر ما فعله.

- أجل، ولكن دقق في الأسماء. «أفلاطون بدين»، تُفهم كما لو أنها شأن من شؤون القدر. أما ««خيل» بدين» فتبدو مضحكة، أليس كذلك؟ لو أنني كنت مختارًا من القدر، لكنتُ نحيلًا أو لما كنت أُدعى «خيل». فالأسماء يجب استحقاقها بجدارة، ألا ترى ذلك؟

- هذه بلاهات. عليك أن تستبدل اسمك، إذا كان يشكِّل لك هاجسًا إلى هذا الحد. ما رأيك في أن أدعوك منذ الآن «داثيو»، وهذا اسم لا يُلزمك بأي شيء وليس اسم بدين ولا نحيل؟

قال «خيل» حالمًا:

- «داثيو»...

- «داثيو خيل».

- والكنية الثانية؟

- ما رأيك في «بيثارو»؟ «داثيو خيل بيثارو».

- لا، كان هنالك شخص يدعى «بيثارو».

- «مونروي» إذًا! «داثيو خيل مونروي»!

همس «خيل»:

- سيكون جميلًا.

- تصور فكرة الغراب مع اسمك الكامل تحتها: «أفكار «داثيو خيل مونروي» الموجزة». لا تقل لي إن الوقع ليس جيدًا؟

- بلى، ولكن من سيصدق ذلك؟ هذا مستحيل.

- بالعكس، إنه أسهل ما في الدنيا. منذ الآن، كلما تعرفتَ على أناس جدد، أعطهم اسمك الجديد. أظهر قيمتك يا رجل! الروح هي المهمة! وبالنسبة إليَّ، أنت منذ الآن «داثيو خيل مونروي»، كيميائي ومفكر.

قال «خيل»:

- إنك كريم جدًا يا سيدي.

- فلنترك التواضع للضعفاء. ألم تقل لي إنك في أعماقك شخص صلب؟

- وضبع إذا تطلب الأمر.

- احسم أمرك إذًا: «داثيو خيل مونروي». عليك الآن أن تُظهر جدارتك بالاسم.

قال متحسرًا:

- هذا ما كنت سأقوله. وما الذي يمكنني فعله أنا؟

- بادئ ذي بدء، اطبع بطاقات تعريف جديدة، باسمك الجديد ومهنتك الجديدة. وبعد ذلك سنرى.

- ولكن هذا كذب.

- وماذا في ذلك؟ ثم إن الكذب والحقيقة أمور نسبية، والفلاسفة

لم يتفقوا بشأنهما. يجب أن تتعلم كيف تكون ارتيابيًّا. أنت لديك أفكار وبعض المعارف الكيميائية، أليس كذلك؟ ومن جهة أخرى، سوف أنصحك منذ اليوم بكتبٍ تقرؤها كي تتحول إلى رجل مثقف فعلًا. أين هو الكذب إذًا؟

تردد:

- أأطبع بطاقات تعريف؟ أأضع فيها كذلك أنني كيميائي؟
- طبعًا. وسيكون لديك متسع من الوقت فيما بعد لعمل كل شيء كي تكون جديرًا بهذه الألقاب. ومن أجل ذلك، لا بد لك أولًا من امتلاك الثقة بالنفس. إذا ما أرسلت إليَّ بطاقتك، سوف أرسل إليك بطاقتي.

صاح «خيل»:

- اتفقنا!
- تعجبني هكذا. أترى؟ لقد بدأتَ التصرف مثلما يليق بـ«داثيو خيل مونروي». من أجل الوصول بعيدًا يجب البدء بامتلاك المرء رأيًا جيدًا بنفسه.
- شكرًا يا سيد «فاروني»، هذا هو بالضبط ما أنا بحاجة إليه.

أطبق «غريغوريو» الدفتر واستجمع قواه من أجل الوداع.

- إلى اللقاء يوم الاثنين يا «داثيو».

قالها، وظل ساهمًا للحظات يبحث عن جملة واقعية ومهيبة تضع حدًّا لذلك الفصل الموجز من يوم الخميس الشتوي.

ولكن التعب من اللامعقول عاوده من جديد، وأحس به متقطعًا لوقت طويل، بينما «خيل» يطلب تعليمات كي يقدم شخصيته الجديدة بنجاح. كان يتكلم الآن دون حاجة إلى الاستعانة بالدفتر، فالأسئلة سهلة جدًّا إلى حدٍّ أنه يمكن الإجابة عنها بقول الحقيقة المجردة: «أتسرِّح شعرك بالمشط أم باليد؟ هل تقاطع ساقيك عندما

تجلس؟ أتكتب ليلًا؟ أتترك أظفارك تنمو؟ هل تمارس الرياضة عند استيقاظك؟» وهكذا، ولكي يضفي «غريغوريو» جوًّا واقعيًّا على المهزلة، بدأ بتسريح شعره باليد، وترك أظفاره تنمو، وصار يمارس تمارين رياضية كل صباح. تلك التبدلات المرهفة في العادات شجعته لعدة أيام، ولكن إنهاك التخيل، وثقل الأوهام والنبوءات الخبيثة صارت تُغرقه في أحيان كثيرة في كآبة لا رجعة عنها. بدأت تُضجره أحلام اليقظة الليلية، وصار يخجل من عاداته المعهودة، وتسبب له أسماؤه المتخيلة الضيق في بعض الأحيان. كانت أسئلة «خيل» تبدو له للحظات أنها لا تطاق، وراحت إجاباته تصبح أكثر اقتضابًا يومًا إثر يوم. وباختصار، كان مشبعًا باللاواقعية. وكان فوق ذلك في الثالثة والأربعين تقريبًا وشخصًا بلا حظ. في المساء - ثلج وريح- الذي خرج فيه من المطبعة ومعه بطاقات التعريف («أغسطو فاروني». كاتب. مهندس. موسيقي. متعدد اللغات»، وفي الركن السفلي «مقهى الدارسين»)، سقطت منه العلبة عند أحد تقاطعات الرياح المتعاكسة. كان فيها ثلاثمئة بطاقة وسارع إلى الانحناء لالتقاطها. حملت الريح بعضها (رآها تطير في الشارع، تسقط على الشرفات، تبتعد عند السطوح في زوبعة. ظل عدد من البطاقات عالقًا في الوحل، وتمكن بعض الفضوليين من التقاط بطاقات أخرى ووقفوا يقرأونها بملامح حائرة. استعاد قرابة المئة بطاقة وهرب مومئًا بأنه لا فرق لديه في ذلك كله. وقال لشخص قدم إليه بعد خطوات عددًا من تلك القطع الكرتونية المتسخة: «لا فرق، إنه مجرد تكليف من أجل مزحة»، ولم يتوقف لأخذها.

رجع إلى البيت بمزاج كلب. كانت المرأتان تصليان مستخدمتين المسبحة، وجهًا لوجه، ركبهما متلامسة، وفي الظلام. جلس «غريغوريو» في الصالة ووجهه نحو الشارع، دون أن يركز

بصره على أي نقطة، مستغرقًا في الفراغ وبهيئة من يفكر. تفادى إغواء الذكريات البعيدة. لم يسمع ترتيلات الأم المشحونة بمثابرة لا تُقهر، ولم يُجب في النهاية على أسئلة «أنخيلينا» المباشرة: «أيؤلمك شيء؟ هل تريد تناول العشاء؟» ومحاصَرًا بالتوقع، قال فقط: «لا أشعر بالجوع». وهكذا لم يتعشَّ وتناول قرصي أسبرين وهو يجلس بسرواله الداخلي على حافة السرير، بينما هو ينظر إلى ساقيه بذهول بريء. وما كادا يضطجعان للنوم حتى بدأت «أنخيلينا» بسؤال آخر. قالت:

- «غريغوريو».

ولكن «غريغوريو» صرخ:

- هل ستظلين تنادينني «غريغوريو» دائمًا؟

لم تتمكن «أنخيلينا» من صياغة سؤالها.

في اليوم التالي أرسل البطاقة إلى «خيل» الذي أرسل بدوره بطاقته مع عودة البريد: ««داثيو خيل مونروي». مندوب جوال. كيميائي. مفكر».

كان اليوم ثلاثاء. وفي يوم الخميس، لم يردّ على الهاتف لعجزه عن مواجهة حوار الشخصيتين الجديدتين. رنَّ عشر مرات، فحبس أنفاسه ليحول دون وصول ضجة الرنين إلى الطابق الأعلى. لم يشعر بالأمان إلا بعد أن تجاوز سياج الحديقة. كان ذلك في بدايات ديسمبر، وكانت الشوارع قد استعدت لأعياد الميلاد. ولكنه لم يكد يلحظ شيئًا من ذلك. كان يمشي ساهيًا ومسرعًا، ونام في تلك الليلة أيضًا دون عشاء ودون أن يؤلمه شيء.

تهيَّأ لانتظار يوم الاثنين دون مرارة ولا وهم، ولكنه وجد نفسه مثقلًا على الفور بقلق معكر يتحول بصورة مبهمة إلى حالة مألوفة لديه. «لا يمكنني مواصلة خداع «خيل». هذا جنون وخزي ونذالة.

ولكن، رباه! كيف أمكن لي التردي إلى هذا الحد؟». كان هذا هو الشيء الوحيد الذي استطاع قوله لنفسه. وفي يوم الأحد خرج ليتمشى في الحي وتوقف عند التقاطع الذي اكتشف فيه الشِّعر في ذلك الصيف البعيد، حيث رأى شعارًا منحوتًا في الحجر وشرفة مزينة بجيرانيوم وزنابير. الشعار ما زال هناك. لم يلهمه أي شيء، ولم يوحِ له بأدنى انفعال. لم يفهم كيف أمكن لذلك أن يبدو له غامضًا وشعريًّا ذات يوم. حاول عندئذ أن يتذكر، مجددًا، أغنية «لاهافانيرا». راح يصفر اللحن دون جدوى، ولم يتمكن من أن يُخرج من النسيان أسماء ذلك الحين، ولا ما هي، على سبيل المثال، كلمة السر التي فكر فيها للهرب من جزيرته أو الاسم الشاعري المستعار الذي أطلقه على «أليسيا». ذلك الإخفاق في كشف الماضي ضايقه أكثر قليلًا من الحاضر. فكر: «لستُ جديرًا بنفسي، بما كنته». وعندئذ أغمض عينيه واستجمع شجاعته ليقول:«أنت فاشل، مخادع، إنك عجوز وقد ضيعت الحياة، بددت ثروتك وأنت خائن وابن زنا». وراحت الكراهية التي يشعر بها نحو نفسه تتحول ضد «خيل». «إنني قذر وعليَّ أن أطهر نفسي»، كرر بإصرار قبل أن يرجع إلى البيت.

سألته «أنخيلينا»:

- أين ذهبت؟

أجاب وهو يقوم بحركات متصنعة:

- هناك حيث آنذاك.

استيقظ يوم الاثنين وقد أعماه غضبٌ ضد العالم بأسره.

سُمع صوت الطفل المعجزة الأنفي:

- أنا «خيل».

لم يجد «غريغوريو» قوة للرد.

تردد هنيهة:

- أنا «خيل». حسنٌ أعني... هذا... «داثيو». «داثيو خيل مونروي».

ساد صمت طويل.

- أتسمعني؟
- أجل.
- ما الذي حدث يوم الخميس؟ اتصلتُ ولم تكن موجودًا.
- أي خميس؟ آه، أجل، كنتُ في الخارج.
- آه، كنتَ مسافرًا، أليس كذلك؟ هذا ما تصورته.

لم يجب «غريغوريو». سمع ضجة «بوم بوم» القبو، كصمت يرافق كابوسًا. نظر فيما حوله وبدت له الأشياء بخراقة رسم رعوي زخرفي للأطفال. «في درب البقرات الشقراوات ذاك»، فكر دون إرادة منه.

قال «خيل»:

- تلقيتُ بطاقتك وقد أريتها للجميع وتكاد تُستهلك لكثرة ما أنظر إليها. أعرضها وأقول: «هذا هو «فاروني» العظيم»، ولا أقول أكثر من هذا بدافع الحذر.

خرج منه صوت مما وراء القبر:

- أنا أيضًا تلقيت بطاقتك.
- هل أعجبتك؟ لقد وضعتُ في النهاية «مندوب جوال». فقد خطر لي التفكير في أن «داثيو» هو المفكر، و«خيل» هو الجوال، و«مونروي» هو الكيميائي، والكل في شخص واحد، مثل سر الثالوث المقدس. إنني متقدم في السن، وفي مثل عمري يحتاج أحدنا إلى تسول بعض فتات من الكرامة، كي يمضي مخادعًا الحياة. أنت تفهمني. فأنا أتقبل الاسم كمن يأخذ صدقة. وهذا يُشعرني بالخجل جزئيًا، مع أنه يُشعرني بالفخر أيضًا. ولكن إذا أردتَ لي أن

أكون صريحًا معك، فإني أشعر في الحقيقة بأنني شخص آخر. أتكلم بثقة أكبر، وبنبرة أكثر ارتفاعًا.

لم يقل «غريغوريو» شيئًا، ولكنه امتلأ فجأة بحقد أعمى وضارٍ تجاه «خيل» الذي وضعه في ذلك الموقف.

- لم أُرِ بطاقتي لأحد طبعًا حتى الآن. لست أتجرأ. أنظرُ إليها خفية، وهذا يكفيني حاليًّا.

انتظر الرد دون طائل.

- كنتَ مسافرًا إذًا. أكان السفر لإلقاء محاضرة؟

قدَّر «غريغوريو» كلماته بالكامل.

قال بغبطة سرية:

- لا أظن أن الثقة بيننا تصل إلى حدٍّ يفرض عليَّ الإجابة عن كل أسئلتك.

انكسر صوت «خيل»:

- اعذرني، لم أشأ إزعاجك.

- اسمع (أضاف للتخفيف من شططه)، لدي مشاكل وأنا في مزاج سيِّئ.

- أجل، أجل، أفهمك. الفنانون يجب تفهمهم، هذا ما كنت أقوله على الدوام. إنك يا سيدي عبقري وليس عليك أن تعتذر. تصور، تقديم محاضرات في الخارج، كيف لا أتفهم ذلك. عندما لم ترد، يوم الخميس، على الهاتف، فكرتُ في أنك قد تركت شركة «بيلسون»، وأنك رجعت إلى الخارج أو أنهم قد اعتقلوك، وأنني لن أعود أبدًا إلى التحدث معك يا سيدي. وقد داخلتني... لست أدري، رغبة في البكاء، وأنني لن أكون جديرًا بالحياة. كنت على وشك تمزيق البطاقات، لأنني بدونك يا سيدي لستُ شيئًا يذكر، لست «داثيو» ولا «خيل» ولا «مونروي» ولا أي شيء.

أحس «غريغوريو» بأن حقده يتحول نحو نفسه بالذات. ولكي يكره نفسه بصورة أفضل، قال:

- انظر يا «خيل»، لستُ مستعدًّا لتحمل هذه المسؤولية. لديَّ أمور كثيرة عليَّ القيام بها، وقد بدأت أتعب من أسئلتك ومن شكاواك. ولهذا عليك أن تدعوني منذ الآن فصاعدًا باسم «أولياس» وأن تقتصر بصرامة على العلاقات التجارية. موافق؟

طلب منه أن يخبره بالطلبية، وسجلها بجرة قلم غير مقروءة، وأراد أن يقول «حتى يوم الخميس» فخرجت منه «حَيَومخميس»، وأغلق السماعة.

خرج ودويُّ «بوم بوم» القبو في رأسه. وكما في كل يوم منذ نحو أحد عشر عامًا، مضى واثقًا بذاكرة خطواته في طريق العودة إلى البيت. كان يمشي ساهمًا ويقول لنفسه: «كم أنت تعيس، تعامل على هذا النحو رجلًا مثل «خيل»، يا لقلة حيائك ويا لك من وغد، ويا لك من خسيس».

كان يمشي مستعجلًا وبحركات طائر أسود متصنعة. ولكنه عند اجتياز الجادة توقف بذهن مشوش ورأى المدينة المزينة للأعياد. الأشجار تتلألأ بمصابيح ملونة، وواجهات المتاجر تتجزأ ببريق الأضواء، وعربات الترام تمر تحت قناطر أقواس مضيئة فوق الجادة، والناس يمشون متمهلين، وبرغبة في هدر الوقت مُسلِمين أنفسهم للانقياد في أي اتجاه.

عندئذ، ودون أي تقدير منه لحماسة القرار، أوقف رجلًا مسنًّا وسأله أين يقع مقهى «هيسبانو إكسبرس». فقام العجوز، كمن يشق طريقه سباحة وسط أجمة أغصان كثيفة، بتوضيح تعرجات الطريق. ضاع «غريغوريو» بين الجموع ثم ابتعد بعد ذلك جانبًا. دخل في شوارع يفضي بعضها إلى شوارع أخرى، حتى إنه عاد عدة مرات

ليجد القوس نفسه، الوجوه نفسها، لوحة الإعلان نفسها بخلفيتها السوداء تعلن عن متخصص في أمراض الزُّهري. قاده أحد الأزقة ثلاث مرات إلى مكان موارب حيث تُرى ردهة مكتظة بالناس، بوجوه مفتونة، يستمعون إلى خطيب متوارٍ في مكان مرتفع.

وبعد كثير من المشي، حين صارت كل خطوة تعيد إنتاج إنهاك الطريق كله، اكتشف وجود ساحة ورأى المقهى: رأى الاسم أولًا («مقهى هيسبانو إكسبرس»، بحروف هندسية وبأضواء نيون خضراء)، وبعد ذلك واجهات زجاجية مترعة بالنور، وأخيرًا المرايا التي تكرر كما في الأحلام أصوات الزبائن ووجوههم. أطل على المكان. كانت فيه جماعات نساء بَدونَ له أرامل ميسورات أو آنسات ذوات معاش، وكمكافئ لهن توجد جماعات متقاعدين مستغرقين في صمت كئيب، ومنضدة يجلس إليها شبان يبدو بجلاء تام - بسبب لون اللفاعات الحائل والدفاتر الكبيرة - أنهم هم الفنانون. قطع الطريق من أعلى إلى أسفل، ألقى نظرات خفية. وأخيرًا قرر الدخول: انسل من الباب الدوار وطلب كأس خمر يانسون. ومن منضدة «الكونتوار»، بدا أن بعد المسافة قد فعل فعله وصار الفنانون يبدون الآن أصغر سنًّا: بدا كما لو أنهم يشكلون لوحة خزفية رعوية حول مذود المهد، ولكنهم اكتسبوا أهمية في الوقت نفسه، فإحدى المرايا تعكسهم بأبعادهم الحقيقية، ومن خلال مرايا أخرى، تُعكس حركاتهم على خلفية الأعمدة والزخارف الناتئة والكوى الصغيرة ذات الزجاج الملون. ومن خلال رشفات خمر اليانسون، ظل ينظر إليهم برهة طويلة. وكان ماء رمادي أو قذر قد بدأ ينزل حتى مستوى وجوههم، يُسْكِرُها كما في حلم. استبقى في ذاكرته بعض التفاصيل: الكراسي الخشبية البنية، لوحة الطبيعة الصامتة وفيها الفاكهة والحجل، أرائك المخمل الذاوي أخضر اللون. هذا إذًا هو مقهى أحلام يقظته الليلية الذي

أطلق عليه، لحسابه، تسمية «مقهى الدارسين». إنه العالم الذي يحن إليه «خيل» كثيرًا. هنا (لا وجود لمنبر أو منصة، ولا أي شيء يشي بوقار المكان) هتفوا صارخين «فليتكلم «فاروني»، الشاعر، الكائن التعيس، الرحالة الكوني!». بدا له كما لو أن أولئك الناس جميعهم مجرد دخلاء، وأن «خيل» شخص مجنون، أو أن المنتدى قد حُلَّ منذ سنوات عديدة. بحث دون جدوى عن لوحة فنار البحر. الأرائك في أزمنة «خيل» كانت حمراء، وهي الآن خضراء، مثلما اختلقها هو نفسه. أوقف نادلًا نحيلًا وكئيبًا وسأله:

- متى يقام المنتدى؟

هضم الآخر السؤال حتى آخر حرف منه. وعندئذ فقط أجاب، كما لو أنه قد حلَّ أحجية عظيمة:

- أيام السبت.

دفع على الفور وقفلَ عائدًا.

هذا إذًا هو المكان الذي اختلقه لـ«خيل» بمشقة؛ وذاك الذي يمشي متكورًا على نفسه ومسرعًا، ملتصقًا بالجدران، ويهرول في شوارع بعيدة ويمر تحت أقواس ويتجاوز الحشود الاحتفالية ويتوقف فجأة، مذهولًا بنبوءات وترتعش في رموشه فكرة مبهمة، إنه هو، إنه «غريغوريو أولياس»، ذاك الذي خفف الخطى وتوصل، في لحظة، إلى أن يلمح، دفعة واحدة، حدث حياته كاملًا. رأى تساقط آخر أوراق الأشجار. وصل إلى ممر ذي قناطر. توقف إلى جانب باعة أقلام حبر وولاعات وسجائر وطنية وباعة تبغ، جميعهم يتجادلون في غرغرات رتيبة ومحمومة.

رأى شخصًا يجلس القرفصاء، رياضي إنهاك حقيقي، وفقيرًا يعد قطعتي نقد معدنيتين، كعالِم في العوز - ومع ذلك لم تكن الحسابات صحيحة معه. ورأى كذلك منبوذَين يستندان إلى جدار، يملكان بيضة

مسلوقة وقنينة بيرة صغيرة. يضحكان من الناس، ولكي يضحكا أكثر يشيران إليهم بالإصبع. بل إنهما ليسا بحاجة لأن ينظرا إلى الناس كي يضحكا؛ فالنظر إلى الإصبع يكفيهما. وإذا ما حدَّق أحد إليهما، يشيران إلى البيضة والقنينة الصغيرة كما لو أنهما طِلسمان. كانا هناك، منحوتين من مادتهما الحميمة نفسها، كساحرين يحولان أزمنة تألقهما إلى مهزلة. اقترب ليتأمل دكاكين عاديات، تتراكم في واجهاتها أيقونات، وبواريد وبنادق عتيقة، ومشغولات من النحاس وألف تفاهة أخرى كانت لا تزال تُستخدم في طفولته: أثافي توضع عليها القدور، قناديل، مصابيح صغيرة مع منفضة سجائر، هواوين نحاسية، مصايد فئران، حقن شرجية، مواقد كيروسين، أقفاص، قطع أثاث، مشاجب حديدية وأشياء أخرى لم يعرف أسماءها قط. مرَّ رجل يحمل حبال سجق تتدلى على ذراعيه وسلة جبن على كتفه.

– سجق! جبن وخاثر! عسل وغار!

كان يصيح وهو يمشي ساهيًا بخطوات حربية. كانت هناك جموع سرية تملأ الشوارع. وكانت البارات قد أشعلت مواقد مقاليها، وعرض بعضها فطائره المقلية أمام الباب، مع مظلة يتولى تحتها رجلٌ بقميص داخلي تحريك العجينة بعيدان من الخيزران. وقريبًا منه أقام عجوزٌ بسطة ألعاب ميكانيكية: البطة السَّباحة، فرخ الدجاج الذي ينقر، الضفدع النطاطة، الراقصة التي ترقص.

– بط، فراخ، ضفادع، راقصات بنوابض لابنك وابنتك!

رأى ما في داخل كافيتريا أمريكية ونادلة تنتهي مؤخرتها بعقدة ضخمة من شريط هدايا فاخر. لم يظن «غريغوريو» قط أن المدينة ممتلئة بمثل كل ذلك القدر من المذاقات المحرمة. ودون أن ينتبه، كان قد بدأ بمحاكاة المشية المتثاقلة التي يمشيها في أحلام يقظته، بل إنه تجرأ كذلك على النظر بطرف عينه إلى مرآة، وهو أمر تحاشى

٢٥٥

عمله منذ أن قدم إلى «خيل» وصفًا لمظهره البدني. لقد كان إحساسٌ بخفة مجربة يدفعه بسهولة وسط الجموع.

وحين تقدم أكثر توقف الصخب. وأخيرًا وصل إلى ساحة صغيرة مرصوفة بأحجار، تتصدرها كنيسة تضفي عتمة على كل شيء، محتفظة هي نفسها بنور غضب خارق. وكان يُقرع في تلك اللحظة ناقوس صغير في الأعالي، أشبه بإنذار تنبيه بخيل يفتقد كيس نقوده ويسرف في طلب المساعدة. جلس على مقعد، وما إن توقف الناقوس حتى قال لنفسه: «جوز في الربيع». وبدأ فجأة يترنم بأغنية «لاهافانيرا» التي علَّمه إياها عمه، والتي حاول دون جدوى أن يتذكر لحنها منذ سنوات عديدة. وقال: «أوندين، كريسبينيلا»، وأسماء أخرى من حقبته كشاعر. عندئذ فقد الإحساس بالزمن. بدا له أنه لا يزال مراهقًا، وأن سنوات الشباب والنضج ما هي إلا حلمٌ انتهى من رؤيته للتو، وأنه قد استيقظ الآن. ومستلهمًا غمًّا مفاجئًا، عاد إلى البيت مستعجلًا.

في عتمة الردهة الظليلة كانت تلمع مرآة، وبدا أن هنالك نظام رعب في غرفة النوم. ودون كلام، بحث وحمل إلى الصالون علبة الحذاء التي يحتفظ فيها بأشعار أيام المراهقة المنسية. نفض عنها الغبار وفتحها بالوقار نفسه الذي فتحت به الأم في زمن آخر علبة اللَّك التي تضم ذكريات أفضل سنواتها. كانت الأم قد نامت، ولكن «أنخيلينا» كانت تنتظره وبدأت سؤالًا لم يُتح لها «غريغوريو» إكماله. قال:

- لا أريد تناول العشاء ولا يؤلمني أي شيء.

حل عُقد الحزمة دون تسرع ووضع الغطاء جانبًا. وجد خط مراهقته شاحبًا وقرأ في الورقة الأولى اسمه كاملًا، وتاريخ الميلاد، ورمز البرج، وبخط أكبر حجمًا وأكثر براعة، اسمه المستعار كشاعر،

وتحته اسم المحبوبة ورسم عصفور وزهرة. قرأ الأبيات الأولى. ثم ألقاها بإعجاب أربع أو خمس مرات. بدا كما لو أن الكلمات، بسبب عدم استعمالها، قد تحولت إلى رموز مشفَّرة. فقد نسي بعضها منذ أكثر من عشرين عامًا، وبدت له كلمات أخرى جديدةً بصورة لا تفسير لها. فكلمة «ميلانكوليا» ذكَّرته بالالتفافة الأخيرة لدمية راقصة زنبرك. وكلمة «أوروبيل» (ما الذي يمكن أن تعنيه؟ وكيف أمكن لفتى غر أن يستخدمها في ذلك الحين بكل هذه الطلاقة؟) خطر له أنها قد تكون اسم طائر أو مرتبة كنسية عالية (على الغصن تغني «أوروبيل»، مباركة «الأوروبيل» البارزة)، وتعبير حلم اليقظة له في الصوت أشبَه بشيء حساس، أو بالحلم نفسه، إنما ملفوف بورق «سيلوفان». عندما نفدت الدهشة من الكلمات (ومن الإيقاع الذي بدا أنه يوصله مع كل سطر إلى حافة هاوية)، استعاد مشاعر كانت - الآن يتذكر ذلك، وليس دون أسى- تملأ أيامه برعشات من المجهول، واللامتناهي، والأبدي.

جميعها تقريبًا كانت منظومات حب، ولكن بينها كذلك قصائد ذات موضوعات فلسفية أو ذات نبرة ساخرة. وفي أسفل الصندوق تقبع رزمة تحت عنوان «قصيدة ملحمية عن «ألبار نونيث كابيثادي باكا»»، «الغازي التائه»، وتحتها حزمة الأوراق التي كان قد أعدها لـ«أليسيا»: «إليك، أيتها المرأة، حب يائس، من شاعرك المجهول، «أغسطو فاروني». شاعر العالم والعدم، شاعر الحب والأشياء، شاعر الموت». وقال لنفسه وهو يفكر في الفتى المراهق: «رباه! ما الذي جرى لك؟ ما الذي فعلتُه بكَ؟».

غامت نظرته بحزن قديم. أكثر من عشرين عامًا مضت. ولم يعد منذ ذلك الحين إلى الغناء للخريف، ولا إلى الإحساس بإلحاح الغناء عليه، ولا بتسمية الحبيبة، إمعانًا في السريّة، بأسماء العصافير

والزهور. ربط علبة الأحذية متسائلًا عن المقابل الذي تخلى بسببه عن كل ذلك، وما الذي أدى إلى هذا النسيان الفظيع. أطبق عينيه. حاصرته كل أحلام عظمته القديمة كمسوخ إغواء شيطاني. تذكَّر عمه، وتلهفه الغسقي إلى الخلود والبلاء المضني الذي تدفع إليه حياة غير مجدية. وتَفَهمه بإحساس حنان جامح، وتذكر أيضًا أباه وجده اللذين، في محاولتهما الهرب من عذابات الشجن، رفعا التمنيات عاليًا جدًّا، ولأنها عصية على النيل، تركا نفسيهما رهنًا لمشيئة الحياة. أسف لأنه لم يُخلق حشرة، من تلك التي تقضي أيامها في نخر خشبة. وفكر - وهو يقضم شفتيه حيال ألم التبيُّن الواضح - في أنه كان يمكن له أن يكون شاعرًا عظيمًا حقًّا، وأن يسافر وأن يكون الآن في الأدغال، وأشياء كثيرة أخرى من التي حاكها لـ«خيل»، ورأى أن ذلك كله بالغ السهولة إلى حدٍّ باغتته معه قشعريرة رعب حيال تيقنه من أخطائه. وفي برهة قصيرة من الزمن، توصل «غريغوريو»، لأول مرة وبلا غموض، إلى رؤية كاملة لحياته، وعرف أن المهزلة هي الصورة الدقيقة والبليغة للتبدد الذي يلي الهزيمة. رأى نفسه، أي البالغَ الذي صار إليه، كدخيل في حياة المراهق الذي كانه، واضطر إلى أن يتنفس بعمق للإفلات من الاختناق بإحساسِ أَسَفٍ ساحق. تلمس وجهه، تصور بذهول ملامحه ملاحظًا أن فيها شيئًا غريبًا عنه بعمق، وأحس بدرجة حرارة البشرة ورائحتها ووزن جسده، وباغته انطباع بأن كثيرين ممن يفكرون يبحثون في الأمر نفسه. وخمن لهنيهة الأمراض التي تنتظره، وظن أنه قد اجتاز، بالتوقع، جزءًا من الكفارة، ولكنه تذكر في الآن ذاته «فاروني» وقال لنفسه إن في أعماقه نوعًا من العظمة، وإنه لم يتخلَّ قط في الواقع عن كونه فنانًا حقيقيًّا. أعاد التنفس بعمق وسمع «أنخيلينا» تتعرى في الظلام، وسط حفيف الملابس الداخلية وتمتمة تراتيلها الليلية. واضطجع هو أيضًا على الفور.

سألته:

- كيف تريدني إذًا أن أناديك إذا لم يكن بـ«غريغوريو»؟

قال وهو يناضل جاهدًا كي لا يسقط في ثقب الغم:

- هذا شأنك، ابحثي لي عن اسم مستعار. كما أنني، من الآن فصاعدًا، لن أناديك أيضًا بـ«أنخيلينا».

أحس أنه ملهم بصورة إعجازية:

- من الآن فصاعدًا ستكونين «ماركمبري».

- «ماركي»؟ يا للبلاهة.

- أجل، الآنسة «ماركمبري». ولكنني سأناديك «مار» فقط، وفي بعض الأحيان «البنفسجة البرية».

- أنت لستَ على ما يرام.

- وأرغب في أن تناديني «غريغور» مثلًا أو «غويو». أو بتصغير مثل «غوري» أو «غرويتو». ومن الأفضل «فاروني».

- هيا، نَمْ.

- وماذا أيضًا؟

- «غريغوريو».

- لا.

- «غوري» إذًا، أو أي شيء.

- لا، «فاروني».

- «فاروني» إذًا، أو أي شيء.

- ليلة سعيدة يا آنسة «مار».

وما كاد يغفو حتى حلم بأن رسولًا يدخل مسرعًا إلى حجرة النوم ليخبره بأن أشجار اللوز قد أزهرت في باريس. كان يحمل مصباح زيت، وما إن تلفظ برسالته حتى انطفأ الضوء وظلت كلماته الحقيقية طافية في الظلام.

قالت «أنخيلينا»:

- ولكن ما هذا الذي تقوله الآن عن أشجار لوز ولا أشجار لوز؟

عاد «غريغوريو» إلى تذكر الأشعار، و«لاهافانيرا»، و«خيل»، ورفعته اختلاجة جزع ليطفوَ عاليًا. نهض، ذهب إلى الحمام وانحنى على المرآة وأمعن النظر كما لو أنه يميط اللثام عن أعماقه.

تجعيدة واحدة رسمت على وجهه متاهة ألم. رجع إلى غرفة النوم وهوى على الفور في حلم أسود، خالٍ من الصور والكلمات.

الفصل الحادي عشر

وهكذا كان، فتحُ علبة الحذاء أشبه بفتح علبة الشرور وخروج الماضي متفجرًا دون أن يخفّ سوى الخجل. وكان أشبه بعودة إلى شهر يوليو ذاك الذي جرف في متاهته، دون وجهةٍ، مرارات الحب المتوقدة.

بدأت محنه الأولى في صباح اليوم التالي، عندما اكتشف في وجهه ملمحًا غريبًا، مجهولًا حتى ذلك الحين، شيئًا أشبه بابتسامة صنم أزتيكي غير مرئية، يختلط فيها الخبث بالسخرية بصورة غامضة. تذكر أنه في واحدة من قصائد مراهقته، وقد قرأها في اليوم السابق، يؤكد أنه مثلما تبدل الريح أشكال السحب، يعمل الزمن على تغيير الوجوه إلى أن يمحوها من سماء السنين. راحت تلك التكشيرة تغذي فيه الوهم العبثي الذي أحس به في المساء السابق بكونه هو نفسه غريبًا عن نفسه. ولكن ما هو أكثر عبثية تقبلُه أن ذلك الوجه كان مراهقًا منذ خمسة وعشرين عامًا مضت. «هذا كما لو أن ذاتي أنا نفسي متبقية على قيد الحياة»، قال ناظرًا إلى نفسه بتوجس.

بدت التكشيرة كأنها مقدمة لعطسة أو زمجرة، وسرعان ما رأى «غريغوريو» كيف أنها تتلاشى مستترة في كثافة العادة، وعندئذ صارت ملامحه هي الملامح المألوفة واليومية الدائمة. كان فيها شيء

فاحش ومثير للأسى في آن واحد، شيء من الغطرسة ومن التوسل. وفي إحدى تكشيراته، التي أبداها ليتفحص نفسه من وجهات مختلفة، خطر له أنه يشبه طفلًا بدينًا بلا حلوى. فقال: «إنني عجوز وآخذ بالانتهاء. إنني محتال وغارق». أحس عندئذ بمرارته لا تطاق، وصارت الكفارة التي فكَّر في فرضها على نفسه مبالغًا فيها، وبدت، لحسن الحظ، قاسية جدًّا الكلماتُ التي احتفظ بها لإماطة اللثام عن نفسه أمام «خيل»، وسرعان ما أحس براحة معرفته أنه عجوز وعاثر الحظ.

أغمض عينيه كي يضطلع بكامل ألمه ويظل على انفراد معه. وتصور للحظة، دون ذهول، فكرة الانتحار. ولأنه لن يكون قادرًا على الاستمتاع في هذه الحالة بفوز جرأته، فقد فكر في أنه لا وجود لما يحول دون تذوق ذلك الفوز بصورة مسبقة. وكي لا يستغرق أكثر في بؤس الحاضر، ودون أية اعتبارات أخرى يمكن لها أن تبدل نيته العظيمة، حدد الأجل بأسبوع، وسيفعل ذلك بإلقاء نفسه من شرفة منزله في الليل، ويترك رسالة مكتوبة. وسيبدأ يوم غد بالذات بوضع الخطوط الرئيسية للملاحظة في دفتر تخيلاته الذي صار شبه منسي.

تردد أول الأمر فيما إذا كان سيوجه الملاحظة إلى العالم بأسره أم إلى «أنخيلينا» وحدها. ولكنه حتى قبل أن يحدد لمن سيتوجه بها، انتبه إلى أنه لن يروي على أية حال أسباب موته الحقيقية، وفاجأ نفسه يختلق أسبابًا أخرى عجيبة، كما لو أنه قد فكر، دون وعي منه، بردِّ فعل «خيل». وكيف سيوقع الملاحظة، هل سيوقعها باسم «غريغوريو أولياس» أم «أغسطو فاروني»؟ وهل سيترك ملاحظة لـ«خيل» أم يخبره هاتفيًّا بأن شرطة «الجنرال» تحاصره، ممررًا بذلك فرضية ميتة بطولية؟ أرعبه إغواء جعل الموت كذبته الأخيرة. فكر في أنه يمكن للحظة احترام أن تنقذ كرامة حياة. سيتوجه إلى «أنخيلينا»، بعبارات

بسيطة ومتواضعة، كالقول «عزيزتي «أنخيلينا»: آسف ولكنني لم أعد قادرًا على المزيد. اعذريني. غريغوريو»». ولكن لا، عظمة مشروعه ترفض تلك الطريقة المُغْفَلة في مغادرة الدنيا، ليس من أجل الرجل الناضج الذي هو عليه وإنما من أجل الشاعر الذي كانه في مراهقته، لأن من سينتحر هو المراهق، بعد خمسة وعشرين عامًا. ومن أجل أن يُفهم الأمر على هذا النحو سيشتري ملابس ويلبس على طريقة ذلك الزمان، وسيلقي بنفسه وهو يحمل علبة الحذاء، والغيتار، والأطلس، والموسوعة، والمعجم، وملاحظة تقول: «لعدم قدرتي على عيش موتي لوقت أطول، أقتلُ الغارق أيضًا»، وأحس أنه مُطَهر بفعل النزاهة السامي ذاك.

لكن عيد الميلاد جاء، وتوصل «غريغوريو» أن يتخفف، لبضعة أيام، من عذاباته كمحتال. حضر مع الأسرة الاحتفالات الدينية وسَمع صوته الأجش يترنم بأناشيد وتراتيل، اشترى خمر يانسون، و«سيدر» تفاح، وحلوى لوز، وغنى أهازيج عيد الميلاد، عزف على رِق وتصرف في ذلك كله كرجل وديع وسعيد. وحين ذهبوا في ليلة رأس السنة إلى بيت بعض الجيران، مع طبلات صغيرة، وقبعات ورقية وشرائط طيارة، افتتح هو نفسه الحفلة برقصة «بوليرو» مع الأم التي على الرغم من عماها ومن كل شيء ارتدت أفضل زينتها كملكة في منفى الزمن الحاضر. وفي نهاية الرقصة انحنى انحناءة احترام مهذبة وصفق الجميع طويلًا ما جعل «غريغوريو» يكرر انحناءة التحية ثلاث مرات. وفي الساعة الثانية عشرة تناولوا حبات عنب الحظ، وقبل دقة الساعة الأخيرة راحت جارة عجوز تتكور في ملابس حِدادها وتقول إنه سيكون آخر عيد ميلاد تشهده.

صرخ أحدهم:

- نريد ابتهاجًا!

وعلى الرغم من أنهم عادوا إلى ضرب الأكف بتصفيق إيقاعي والرقص على الألحان الشائعة التي يبثها المذياع، إلا أن العجوز ظلت ترسم تكشيرةً على وجهها وتزمُّ شفتيها كالمبهورة بوميض يقين. وقد خطر لـ«غريغوريو» أيضًا أن يتذكر أحبته المتوفين، وقوض الحنين إلى الطفولة رغباته في العيش. جلس وحيدًا، بين غرباء، بلا أصدقاء ولا أوهام ومتورطًا في حبائل أكاذيب جديرة بالشفقة.

عاد أحدهم يصيح:

- نريد ابتهاجًا، ولتبق المعنويات مرتفعة!

بدأ «غريغوريو» الشرب عندئذ دون حساب والتبجح بمرح. أطلق صوته، تبادل المزاح، رقص وحده مصفقًا براحتيه عاليًا ومحاولًا التوازن وهو يضع كأسًا على جبينه، وأخيرًا حل ربطة العنق، شد أذيال السترة، ورقص وسط الكورال رقصة «رومبا فلامنكية» مع ضربات الحذاء وحركات صدر مشدودة. ومتحمسًا بنجاحه قال بحركة من يده: «سترون الآن». وبعد أن قدَّر المسافة بنظرة مصارع ثيران، ذهب لإحضار الغيتار، ورجع وهو يمشي بخطوات متقاطعة متعثرة، نفض الغبار عن الغيتار، ضبط أوتاره وغنى «لاهافانيرا». خرج صوته فظًّا، ولكنهم صفقوا له مع ذلك بقوة، وقال أحدهم كي يسمعه الجميع:

- كم كان يبدو صامتًا «غريغوريو» هذا!

وتذكرت الأم على الفور الليلة التي عزف لها زوجها تحت نافذتها مع ستين عازف كمان يرتدون جميعهم زي قباطنة بحرية.

- غنى لي لحن رومانس وهو يضع يديه على قلبه، وفي النهاية خرجتُ وألقيت له زهرة أوركيد رفعها إلى شفتيه بينما الموسيقيون وراءه يعزفون لحن «فالس» ويتمايلون كما الأمواج.

وبينما هي تتكلم، راح «غريغوريو» يحاكي طقوس العزف تحت النافذة ويتحرك كما لو أنه محمول على رياح متناوبة. كبح الجميع

ضحكهم، وحتى «أنخيلينا» أبدت وجه من لها زوج لا سبيل إلى صلاحه. أما الأم التي لمحت كتلة «غريغوريو» وحركاته، ولربما تكون ظنت أنه الشبح الذي يجسد ذكرياتها، فقالت:

- يبدو لي كأنني أراه، ذلك الرجل الرهيب، تحت الشرفة - فانفجر الجميع في الضحك بمن فيهم العجوز التي لن تشهد عيد ميلاد آخر.

شربوا نخبًا، واقترح بعضهم أن يتقدم كل واحد منهم إلى وسط الجماعة ويقدم شيئًا ظريفًا. وبدأ التقدم بالتناوب برواية نِكات ومحاكاة حيوانات وطرح أحاج، وعندما جاء دور «غريغوريو»، وكان يضع على ركبتيه علبة الحذاء، أخرج منها قصيدة جدية وأخرى ساخرة قرأهما بتمايلِ ممثل كوميدي على سلك.

- يا للصموت الذي كان يبدو عليه «غريغوريو» هذا!

وبفتح ذراعيه بحركة أسقفية تقدم «غريغوريو» إلى وسط الحلقة وقال:

- «غريغوريو»؟ أيها السادة، الواقع أن اسمي الحقيقي هو... «فاروني»!

ضحك الجمع محتفين بغرابة القول.

سأله أحدهم:

- وما الذي يعنيه هذا؟

أجاب «غريغوريو»:

- إنه اسم إيطالي، لا يعني شيئًا. إنه مثل زهرة، يفوح رائحة وحسب. هنالك أسماء كثيرة هكذا في العالم.

ابتلع جرعة من خمر اليانسون.

- وزوجتي ستدعونها بالآنسة «مار»، وحماتي ستكون منذ الآن «السيدة ربة الإلهام».

وراح يبدل أسماء جميع الحاضرين. فالعجوز التي تدعى السيدة «كليمنتينا»، أطلق عليها اسم «دونيا ثيلستي»، وخص الكلب باسم راهب «ريبيا»، تخليدًا لذكرى كلب كان لجده.

سألوه:

– وأي اسم ستطلق على «دون إساياس»؟

– «دون إساياس»؟

– أجل، العجوز المقيم في الطابق السادس الذي لا يخرج من البيت.

– هذا سنسميه «ديوجينوس كاسيانو».

وشخص يدعى «أبيليو راتا» كان من نصيبه اسم «أوكتافيانو موريبو كيسادا»، لم تعجبه اللعبة وحذر بتعالٍ:

– فلنترك الأسماء على حالها.

قال «غريغوريو»:

– لك ما تشاء ولكن الاسم لا يسيء إلى الاسم الآخر. فمن يدعى «أبيليو راتا»[1] لا شيء يمنعه من أن يسمى كذلك «أوكتافيانو موريّو كيسادا».

– أبي كان اسمه «راتا» وأنا أيضًا «راتا» بكل فخر.

قالت العجوز:

– أما أنا فيروق لي اسم «دونيا ثيلستي». ألا ترى أن الأسماء لا تكلف نقودًا؟

تبادلوا الوداع عند الفجر على الدرج وهم يدعون بعضهم بعضًا بأسمائهم الجديدة، واستدار آخر المغادرين من الطابق السفلي ليصرخ:

---

(١) «راتا» تعني «جرذ». (المترجم).

- ليلة سعيدة «فاروني»!
عندما ظلا وحيدين، ألصق «غريغوريو» و«أنخيلينا» رأسيهما لرؤية هطول الثلج. كانت «أنخيلينا» ترتدي قميص نوم مزينًا برسوم أزهار، فراح «غريغوريو» يعدُّها بإصبعه ويطلق اسمًا مختلفًا على كل زهرة منها.

- سنفعل بعد ذلك الشيء نفسه مع ندف الثلج وبراغيث الكلب. وحين يأتي الربيع سنخرج كلانا لنعمِّد كل أوراق الأشجار بأسماء خاصة. فمن الظلم وجود أشياء ليس من دون اسم خاص بها وحدها. من الظلم أن يكون لنا اسم واحد فقط بينما لدينا بدلتان أو أربعة أزواج أحذية.

- يا للحماقات.
- الكلمات سحرية، وهي مجانية.
- ما يحدث لك هو أنك مخمور، هذا ما يحدث لك.

مرت الأم والكلب يخرخر بين ساقيها.
قال «غريغوريو»:
- ليلة سعيدة يا «سيدة ربة الإلهام».

ولكنها لم تسمعه لأنها كانت ترتل صلاة لتفادي الأرواح الهائمة التي جاءتها في إحدى الليالي لتنبش الخزائن بحثًا عن ذكريات من أزمنتها في الحياة.

نام «غريغوريو» وهو يبدل أسماء الأشياء، وفقط في لحظة الأرق الأخيرة توصل إلى الارتياب في أنه آخذ بالغرق دون مفر في هوة أشد أشكال الغم سوادًا.

أيقظه إنهاك السقوط فجأة. ودون جهد، وجد النقطة التي هو فيها من حياته. ومثقلًا عندئذ بوطأة الواقع والسنوات، وخامدًا حتى

الاستنفاد قبالة مشهد حياته العام، أدرك أنه قد لامس قاع الغم فعلًا، وكما لو أنه استشف من أين يبدأ التكفير، والراحة التي يمكن أن يمنحه إياها، أعلن بوقار: «لقد ضاعت حياتي. ومنذ اليوم سأكون الإنسان الأشد بؤسًا على الأرض».

أحس بانتعاش مفاجئ على إثر هذا المشروع الطموح في اليأس، وعزز قرارَه الجريء كونُه في مطلع العام الجديد، فطلب من «أنخيلينا» في ذلك الصباح بالذات ألا تسأله عن أي شيء البتة، لأنه نذر صمتًا مدى الحياة ويفكر في أن يفي به حتى الموت، ويحمل معه إلى القبر سر قراره. وقال:

لن أعود إلى التكلم أبدًا، لأن الكلمات كلها ملعونة.

سألتْه:

- وهل يمكن معرفة ما الذي يعنيه عدم التكلم هذا، ومن أين جاءك الآن هذا الهوس؟

ولكن «غريغوريو» لم يردَّ عليها.

وكي لا يقع تحت نير المحنة، استسلم لها بوهم أن يسيطر عليها، مستبقًا بذلك هجماتها ومتقدمًا دومًا خطوة على تهديدات القدر. فذلك البدء ببناء البيت من السقف، وبدء الخطيئة بالتكفير عنها، والتحكم بذلك بخمود همته والمبالغة بتأثيراته إلى حد إفراغها من مضمونها الحقيقي، هو كما في الأعمال الدرامية التي طالما استمع إليها من المذياع. وبالفعل بدت الخطة في البدء فعالة، فقد جاءت لحظة بدأت فيها الحماسة التي يبديها في الدفاع عن تعاسته بمنحه بعض لحظات السعادة. فكان يعتقد أنه «بروميثيوس»، أنه شمشون، أنه تائه، كما في المراهقة، في متاهة ليست الحب، ولكنها رهيبة كما كانت آنذاك. لقد كانت أزمنة مشؤومة.

ترك لحيته تنمو (كي لا يرى في نفسه ملامح شخص غريب)، وأهمل ملابسه ونظافته، وكان يمضي في المساء ليجوب شوارع الحي دون وجهة محددة. وغاضبًا من نفسه، ومن «خيل»، ومن الجميع، كان يمشي متكورًا على نفسه ومتسخًا بمحاذاة الجدران، يجرجر قدميه، مجترًّا ضغينته دون هدف، شارد النظرات والتفكير، تتدلى من شفتيه سيجارة نصف مستهلكة. ويُحدث بحمالة المفاتيح شررًا وإنذارات موسيقية على الحديد وزوايا الأبنية. اتسعت سترته عليه، وكان يُخرج من جيوبها شظية ما، أو خيط تبغ، أو زر قميص، أو قرص دواء متسخًا تحاول عيناه دون جدوى التعرف إليه. «وداعًا يا «فاروني»!»، يقول له الجيران. ولكنه لا يرد. يحرك يده أو يدير رأسه بتثاقل وحش خرافي وتتكثف نظرته في الفراغ. وبهذه الطريقة كان يُخجله ماضيه التخيلي، ويعاني من حضوره دون حاجة لتذكره، فالزمن يزدري الطريق الذي توفره له الذاكرة إلى الحاضر ويتخذ طريق القلق المختصر، طريق الفوضى الذي يجعل كل شيء متساويًا، طريق رائحة الدجاج ومذاق القباقيب في الشتاء.

وفي البيت، على الرغم من أن «أنخيلينا»، وقد صارت تظنه مجنونًا، تدعوه باسم «فاروني» كي تشجعه على التكلم وتجاري نزواته بسؤاله، «اسمع يا «فاروني»، لماذا لا تطلق أسماء على قطع البلاط الصغيرة أم تراك تفكر بالأسماء التي ستطلقها على أوراق الشجر عند مجيء الربيع؟»، بل إنها اقترحت عليه القيام برحلة إلى الساحل. وعلى الرغم من أن الأم أرادت إخضاعه لجلسة طرد أرواح شريرة لقناعتها بأن شيطانًا قد اندس في بدنه، إلا أنه لم يكن يتكلم مع ذلك: يرجع متأخرًا ويجلس ليتنفس في الظلام إلى أن تناما. ولم يعد يتناول العشاء ولا يشعر بوجع رأس البتة. ولكنه في صمت منتصف الليل كان يأكل وحده، في المطبخ، ويروقه أن يشعر بأنه

شره، يمسك ملعقة بجزع ويأكل بصخب عامل مزرعة ويشرب الماء بدفقات كما لو أنه يلتهمه قطعًا، مثل الكلاب، ويقول بصوت خافت: «القِدر كلها لي وحدي، يا للعنة، الأكل لي، فأنا ذئب أيضًا».

بحث في أحد الأيام عن أمكنة المراهقة. وحاول، كما في أزمنته كشاعر، العثور على سر الأشياء، المعنى الذي تخفيه عن الفضولي، وراح ينظر إلى الأشجار والطيور قائلًا لنفسه: «فلنرَ ما الذي يريد هذا قوله، ولنرَ ما في الشجرة من العصفور، ولنرَ ممَّ يتألف هذا السر». لكن الأشياء لم تكن تبدي أي تواصل ولم يكن لديها أسرار تخفيها. إنها هناك، مثله، لكل منها اسمه وحرصه على وظيفة وجوده، ولم يكن أي منها شيئًا آخر ولا متواطئًا مع غيره. أراد أن يكسر المعاناة التي كانت توحي له بها الأشياء في مراهقته، ولكن لم يبق الآن من الألم السخي الذي عاناه في أزمنة أخرى سوى الشجن غير المُجدي لمن يبحث عن السعادة بأي ثمن. هرب من هناك برعب الشعور بأنه يدنس ماضيه. وهكذا فقد بالكامل ميدان نكبته. حلم ذات ليلة أنه في الأكاديمية الليلية، وأنه يحاول النوم في ممر مظلم وجاء الفرَّاش من أقصى الردهة بمصباحه اليدوي صارخا: «فلتنهض هذه الشبيبة! فليقفز تلاميذ البكالوريا!»، وكان «غريغوريو» يدافع عن نفسه من حلمِ الحلم: «ما زال الوقت متأخرًا، ما زال الوقت متأخرًا». وتموجت هذه الجملة كشعار في محنته السوداء. وفي ليلة أخرى حلم بجملة أخرى ضُمَّتْ أيضًا إلى قائمة السعادة السحرية. حلم أنه في مرحاض عام وأن أناسًا كثيرين يتجمعون قبالة صف المباول. ولكن اثنتين منها فقط كانتا صالحتين للاستخدام والبقية خربة وتظهر شقوق في الطوب تقطر ماء واسمنتًا طريًّا، وتغطي بلاط الأرضية برك ماء راكد. تمكن أخيرًا من اتخاذ مكان إلى جانب رجل يبول بشح يائس. الناس ينتظرون وراءهما دون تعجل ودون احتجاج، ويطل

بعضهم برأسه من بوابة الدخول وينظر إلى من في الداخل بطريقة ذكَّرت «غريغوريو» بملائكة البلاط السماوي التي تُرسم حول نوتة لحن. قال لمن بجواره: «أناس كثيرون». «ليس هذا شيئًا يُذكر»، قال الآخر (وقد تعرف الآن في ذلك الرجل على رجل البدلة السوداء). «حين كنتُ في روما كان ازدحام الناس شديدًا إلى حدٍّ كان أحدنا يصدم الآخر بـ«صفارته»». استغرق في التفكير هنيهة، بحثًا عن التعبير الدقيق. ثم ابتسم في الحال وقال شيئًا لم يفهمه «غريغوريو» جيدًا في الحلم. وفي تلك اللحظة استيقظ. نهض ليبول، ولدى عودته أضاع التوجه في الظلام، وعندئذ تذكر بالضبط جملة الرجل ذي البدلة السوداء: «كان ذلك مثل مسمار في فخذ أعمى». بدت الجملة لـ«غريغوريو» مناسبة لمحتال، وتفاقم حزنه أكثر حين أدرك أنه سيعيش منذ الآن بجُمَلٍ مثل هذه، وستكون تلك الأفكار الفقيرة وحدها هي المتاحة له، مثلما هي حال «خيل». فكان خلال شهور خمود همته، كلما أحس بملامسة مضطربة أو متصلبة، يقول: «مثل مسمار في فخذ أعمى»، وكلما نظر إلى الساعة أو لمح المؤشرات الطبيعية لانقضاء الوقت، يقول: «ما زال الوقت متأخرًا»، وتفيده هاتان الجملتان في التعبير عن أحاسيسه كلها.

تذكر أيضًا (الآن وقد اختفى رجل البدلة السوداء عن الشرفة وراح تدافع الحشود يُبعده حتى ظلال بوابة حيث توجد طفلة، غريبة عن صباح ذلك الرابع من أكتوبر المشؤوم، تترنم بأغنية مهد وتتمايل مع دميتها على إيقاع كرسي خيزران صغير) مخاوف «خيل»: خوفه من الاتصال، أسئلته المرتعشة («أما زال... هذا... مع... مع مشاكله؟»). وجملته الوحيدة التي يتجرأ على قولها بطلاقة («الفنانون يجب تفهمهم، هذا ما أقوله على الدوام»)، ووقفات صمته المحزونة وتلك الطريقة في التلميح إلى المستجدات الكثيرة التي عليه روايتها: «يجب

أن أروي لك بعض الأمور، سترى، ولكن ليس الآن لأني أعرف أن هذا غير ممكن، وأن لديك مشاكل فنان، عندما ترغب سأرويها لك وأرى ما هو رأيك، وسوف ترى». وفي أحد أيام الاثنين تجرأ على أن يطلب منه نسخة من أحد كتبه، لأنه لم يتمكن من العثور عليها في أي واحدة من مكتبات الأرياف المشينة، فرد عليه بتهرب واقتضاب وعدائية: «إنها محظورة من الحكومة وليس لدي منها سوى نسخة واحدة بالضبط لي»، ووجد على زجاج النافذة تكشيرته كمحتال سليمة. لقد انقلبت الأدوار وصار «غريغوريو» الآن هو من يصدر أصواتًا وينفخ في سماعة الهاتف، و«خيل» من يسأل، كما لو أنه يقلد أباه في محاكاته لتفاهة المكالمات الهاتفية: «أمازلت على الخط؟ أجل؟ أتسمعني؟»، وبصوت هامس مُلِحّ، كصوت من يريد إيقاظ أحدهم بعذوبة: «إنني أنا، إنني «داثيو»». فلا يجيبه «غريغوريو»، ولا يكسر صمت صوته إلا لينفي وحسب. ينظر بطرف عينه إلى المرايا، وهناك كانت، تحت اللحية المتسخة، ملامح الدخيل الواشية، وهناك ظلت لبضعة شهور: رآها معكوسة في واجهات المتاجر، في مرمر البوابات، في صدامات السيارات، في أكورديونات الشوارع، في إبر التطريز، في برك ماء المطر وفي مرايا المقهى حيث عاد ذات مساء ليتفحص الفنانين بمزيد من الانتباه والتوغل في سر إيماءاتهم، أو مسوغات ابتساماتهم أو عمق صمتهم.

ومع دخول شهر أبريل، ظل «غريغوريو» ممتنعًا عن الكلام، وكان الجيران يتجنبونه. لقد نحل جسمه إلى حدِّ الشحوب، عانى الأرق وكان يقضي الساعات بنظرة غائمة وملامح بلهاء، يمنعه نعاس مزمن من النوم. ولأنه لم يكن يعي تمامًا الأسباب التي ألقت به في المحنة، فوجودها بذاتها مثلما هو شعاع من الشمس أو وقع الخطوات في الطابق العلوي، يكفي لإثبات صحتها. ما كان يحدث

أنه كلما افتقد القوى اللازمة للإبقاء على مشروع يأسه الطموح فعالًا، ولاسيما أنه لم يعد سيد غمه، فإنه فقد متعة الوجود، وتلاشى معها كذلك آخر مغزى لحياته. علم أنه وصل إلى نقطة اللاعودة. عرف ذلك عندما رجع إلى فكرة الانتحار وتوغل فيها بكثير من برودة الأعصاب والواقعية إلى حدٍّ شعر معه بالخوف من عدم العثور على طريق للرجوع. بدأ النظر إلى واجهات الموضة بحثًا عن ملابس كانت شائعة في زمن مراهقته، بهدف إنجاز هذا الجزء من الخطة. فقد أقنع نفسه بيقين مكفهر بأنه حين يجد سترة بحرية، ولفاعًا طويلًا رماديًّا، وقبعة جلد لها واقية للأذنين، فلن يُرجئ قراره أكثر. ولكن الموضة كانت قد تبدلت كثيرًا إلى حد لم يعد هناك من يعتمر طاقية نوم، أما السترة القصيرة الضيقة فتوجد موديلات مشابهة لها، ولكن ليس بينها مثل تلك التي جلبها عمه من كوبا وأعجبته كثيرًا في مراهقته.

وهكذا بينما هو يبحث عن هدف ضياعه وجد ما سيكون خلاصه حين ظن أنه قد صار على حافة الهاوية.

حدث ذلك في الأيام الأخيرة من شهر أبريل. كان «غريغوريو» لا يزال صامتًا عن الكلام ويهيم على وجهه في الشوارع ويتوغل أكثر فأكثر، وبمزيد من اليقين، في فكرة الانتحار، أو في شر أهون كهجر العمل وعدم العودة إلى سماع «خيل» الذي هو أشبه بصوت يعكس خبث ضميره، إلى أن حدث ذات مساء، عند عودته من المكتب، أن توقف أمام واجهة أزياء أسير غمٍّ مألوف بصورة غامضة لديه.

ظل لبعض الوقت ينظر دون أن يرى شيئًا، وانصرف أخيرًا حاملًا في عينيه، بطريقة مخادعة تمامًا، صورة ما لم يره. رجع في اليوم التالي، والذي يليه، محاصرًا طوال الوقت بالقلق نفسه. كان يتفحص الواجهة دون أن يتجرأ على البحث بصورة سافرة عن سبب قلقه، ينظر بالكاد إلى دمى مانيكان تلبس على الموضة، وتقف بأوضاع

غير معقولة، هشة وسعيدة وكأنها سابقة لأي خطيئة أصلية، ومثبتة بخيوط في جو أضواء موجع حيث تطفو نجوم فضية ومركبات فضائية ومذنبات ذهبية. كان كل شيء مبهرًا وخفيفًا يثير الرغبة في البقاء للعيش هناك في تصغير أبدي.

ويومًا بعد يوم راح يشعر بأنه يسترد القدرة على التمييز - لأن النكبة كانت قد أضفت بلاهة على عينيه ولم يكن قادرًا على عزل شيء عن أشياء أخرى - وأخيرًا، في مساء يوم من أيام مارس الأولى، جاءه النور فجأة. كان في أحد الأركان في عتمة الصالة الظليلة، وفجأة تحرك في المقعد مثل حيوان في نتانة قفصه القديمة.

سألوه:

- ماذا أصابك؟

تذرَّع بأي شيء مومئًا بإشارات، وهرع إلى واجهة المتجر، بحث فيها عن دمية مانيكان في العمق. وكانت شبه مختفية بين الدمى الأخرى. إنها دمية رجل ينتعل حذاء خفيفًا بلون القرفة، ويرتدي بنطالًا أبيض، وسترة زرقاء تقطعها أزرار نحاسية، ومعطف جاسوس مرفوع الياقة، وقميصًا قطنيًا لؤلؤي اللون، ومنديلًا حريريًا معقودًا حول العنق، وقبعة مرنة منخفضة الواقية، ونظارة شمسية ذات إطار ذهبي. وما بين القبعة والنظارة والمنديل والياقة، بدا الموديل أشبه بمقنَّع، وغير محدد العمر. هنالك شيء ما فيه، مخبأ في عمق الواجهة باستقلالية مكفهرة وراسخة، يستثير في النفس خوفًا وافتتانًا. «فاروني»، همس، فذاك هو «فاروني»، مثلما تخيله «غريغوريو» في أحلام يقظته الليلية، مثلما وصفه لـ«خيل»: المزاج الغامض نفسه والملابس المطابقة نفسها.

كل قطعة من تلك الملابس معلق بها سعرها، وراح «غريغوريو» يجمع الأرقام بصورة غير واعية تقريبًا. ودون أن يعاود النظر إلى دمية

المانيكان، انطلق في المسير باتجاه البيت، وما كادت «أنخيلينا» تغلق الباب حتى سألته من بعيد:
- أين ذهبت اليوم؟

ولكن «غريغوريو» اجتاز الصالة برأس مائل وإيماءة ماكرة وصبيانية من ذراعيه كأنها تعني شيئًا من نوع: «آه، آه، هذا سر!». واستلقى للنوم فورًا. أغمض عينيه وحاول عدم التفكير في أي شيء باستثناء ما حدث للتو.

كان أسبوعًا من الحسابات الآملة. في كل يوم يذهب إلى الواجهة، يبقى هناك لحظات ويرجع فريسة حالة من الاستثارة المحزنة. يفرقع أصابعه، يحك بنزق كاحليه. استعاد نزوته في ترتيب الواقع بالعدد أربعة ولم يعد لديه لحظة سكينة واحدة. في مساء يوم الثلاثاء أسقط في المكتب زجاجة كحول، وبينما هو يجمع فتات الزجاج جرح أحد أصابعه ورجع إلى البيت في وقت أبكر من المعهود. وضعت له «أنخيلينا» ضمادًا وسألته أخيرًا إن كان يرغب في تناول مرق دجاج، ولكنه خرج دون أن يجيبها. قام بجولة حول كتلة الأبنية المجاورة، وحين رجع علق الكلب بين ساقيه فسقط على وجهه مرتطمًا بالأرغن، فأحدث السقوط ورمًا في جبينه عالجته «أنخيلينا» بلبخات زيت وبقدونس.
- أترغب في أن أعد لك مرقًا؟

فقال «غريغوريو» «نعم» بهز رأسه، وشرب المرق في رشفات غياب عن الوعي، دون أن يرفع بصره عن سماط المنضدة. ظل في تلك الليلة حتى وقت متأخر يقرأ أشعاره ويتعمق في معانيها. وردد مرات عديدة بينه وبين نفسه اسم «فاروني»، وكان ينطقه بطرق كثيرة، ولكن من دون التوصل إلى التغلغل في سر قوته.

في ليلة الأربعاء تجرأ على التوغل بخجل في أحلام يقظته. وكانت تقوده في هذه المرة غريزة الواقع، فدمية المانيكان لا تجسد فقط هيئة «فاروني» الملتبسة التي كانت قد تشكلت لديه حتى ذلك الحين، وإنما تسمح له بأن يميزه عن نفسه بالذات، متجنبًا بذلك عار اتخاذ هوية شخصية متهورة. ولكنه في اللحظة التي تمكن فيها من جعل دمية المانيكان تكتسب حياة، ومع تقدمه في وضع اللمسات الأخيرة للسمات المميزة التي حددها هو و«خيل»، انتبه إلى أنها ملامحُه في الواقع، مستحضرة بضعف في اللاوعي. عندئذ أوقف أحلام اليقظة. وبعد قليل، دون أن ينتبه، رأى مرة أخرى دمية المانيكان تمشي في قلب المدينة وتدخل إلى المنتدى. ولكنه في مناسبتين - على الرغم من الياقة المرفوعة والنظارة والقبعة- اكتشف نفسه فيها، مرة عندما أدارت رأسها وسط الحشود، ومرة أخرى حين انعكست صورتها الجانبية في مرايا المقهى. ولدى المحاولة الثالثة، تخلى عن التخيل.

مرَّ في مساء يوم الخميس قبالة واجهة المتجر بعينين مغمضتين، فقد قرر تقبل صورته النموذجية كعقاب لا مفر منه، وكان يشعر في جفونه بإنهاك الأعمال الليلية القاسية. ففي تلك الليلة رأى نفسه ينزل من سفينة ويومئ إلى جماعة شبان ليسوا سوى فناني المقهى، بلفاعاتهم وستراتهم المصنوعة من جلود الخراف، أحاطوا به يسألونه عن رحلاته وأشعاره. وكانت بينهم جميلات كثيرات، بعضهن يضعن قبعات «بيريه»، وتفوح منهن رائحة الليمون وينظرن إليه مخبولات، وأناس يقولون، «انظروا، هذا هو «أغسطو فاروني» وقد رجع من رحلة». رأى نفسه يشرف في أعماق الأدغال الأمازونية على بناء جسر معلق، ويرتدي ملابس كملابس دمية المانيكان، ولكن مع جعبة خرطوش على حزامه وسوط من جلد فرس نهر على كتفه.

رأى نفسه في المقهى يغني «لاهافانيرا» محاطًا بشبان وأناس مشهورين، تعرف بينهم على الفيلسوف ذي الأسنان الذهبية والجبهة الفضية. عندئذ فتح عينيه ولم يشعر بالخجل ولا المرارة. وقال لنفسه إن في تلك التخيلات كلها خلفية من الحقيقة لا يمكن إنكارها. وبدأ بالتعداد: إنه «غريغوريو أولياس»، ولكن بعض الجيران يعرفونه باسم «فاروني». وقد غنى «لاهافانيرا» أمام الملأ وصفقوا له. وزار المقهى، وإن لم يكن في مواعيد المنتدى. والقصائد موجودة، ولم يفت الأوان بعد لكتابة قصائد أخرى وليكون شاعرًا حقًّا، بل يمكن له أن يؤلف كتبًا بحثية، ولكي يثبت ذلك، خطر له على الفور عنوانٌ عظيم: «الخير والشر»، «الوحدة الجوهرية»، وعناوين روايات مثل «مخاوف أكتوبر» أو «الموت عند كل ناصية»، وكذلك مذكراته بالطبع، وهذا أمر من المناسب أن يتركه إلى أن يصير عجوزًا. ورأى أن كل شيء ممكن بمجرد انكبابه على المهمة. يبقى العمر. «فاروني» (هو أيضًا تقدم في السن) له من العمر الآن حوالي ثمانية وعشرين عامًا؛ وهو،«غريغوريو»، في الثالثة والأربعين. حسنٌ، السن مسألة نسبية، مثلما يحدث بالضبط لدمية المانيكان ولكثير من شخوص الروايات، ممن تكون أعمارهم غير محددة بدقة. تذكَّر أفلامًا تجاوز فيها البطل الأربعين من العمر، ولكنه يضرب ويعشق كمن هو في العشرين. أجل، العمر مسألة نسبية، فالأهم هي الروح وهذه ليس لها تاريخ. وهكذا أقنع نفسه بأنه لا وجود لشيء ضائع بصورة نهائية وأن كل شيء يمكن كسبه. وفجأة، ومثلما انكشف له الشِّعر في المراهقة بقدرة فن الذاكرة الملائكي، راودته الآن هواجس حماسية للمستقبل، ليس بوساطة قوة سحرية وإنما باندفاع جرأته المفاجئ بالذات. وإذا كان العالم قد بث فيه الجبن حتى ذلك الحين، وإذا كان قد عاش فيه مثل متسول ينتظر بعض الفتات، فقد حان الوقت، وقال ذلك لنفسه

بصوت أجش وعنيف، لأن يجلس إلى المائدة مع كل التشريفات. تنفس بعمق، مستنفدًا كل زفرة، وبعد قليل كان ينام بعمق.

استيقظ يوم الجمعة متحررًا من الثقل. استحم، حلق ذقنه (ذقن غائمة وقذرة، ذقن حياة سيئة، لم تعرف نموًّا محترمًا وفنيًّا قط)، لمَّع الحذاء، ارتدى ملابس يوم الأحد، تعطر بكولونيا، وتناول بيد عمياء المدخرات المنزلية التي يحتفظون بها في سلة صغيرة من قشر البامبو، وتوجه مباشرة إلى المتجر. وبإيماءتين فقط، دون أن يجرب المقاس أو يساوم على السعر، طلب وضع الملابس في كيس، ابتداء من القبعة حتى الحذاء، بما في ذلك النظارة، ورأى دمية المانيكان عارية، اللهم إلا من شعر مستعار رغب في شرائه أيضًا، ولكنه قدر أنه لا يليق بالشخصية التي نسبها إليه.

مقتنعًا بأنه قد غش التاجر، دفع حفنة من النقود وخرج بالحزمة. نظر إلى جانب الطريق ثم إلى الجانب الآخر. لا جدوى من الحذر، فليس هناك إلا أشخاص غير معروفين وحمامة. ما إن وصل إلى المكتب حتى انكب على العمل فورًا بالبطء المعهود والموسوس كي يستغرق في التدقيق ولا يفكر في أي شيء آخر. كان يعرف أن أي تفكير سيكون مؤذيًا له حاليًّا.

وعند الغروب رتب المنضدة بلا تسرع، ثم تناول الحزمة وتوجه إلى البيت دون إسراع وتوقف في أقصى الردهة. كانت المرأتان منهمكتين في فرط الأسرار المؤلمة بنبرة بدت له نبرة وشاية مدفوعة مسبقًا. مرَّ أمامهما كما لو أنه غير مرئي، وطافيًا في وهم العتمة الخفيفة وصل إلى الحمام وأغلق على نفسه الباب في الظلام. وبينما هو يرتدي الملابس بالتلمس فتح النافذة الصغيرة ورأى بريق النجوم في سماء صافية فوق واقية النافذة المائلة. لاحظ أن كل شيء واسع وأكبر من مقاسه، باستثناء النظارة والقبعة، ولكنه لم يفقد صرامة

حركاته ولم يسقط في غواية إبداء الرأي. ولم يشعل الضوء إلا بعد أن أنهى لباسه ورفع ياقة المعطف المطري، وأنزل القبعة وربط المنديل بأبهة.

احتاج إلى بعض الوقت كي يتعرف إلى نفسه، ولم يجد أي أثر لتكشيرته كمحتال. اتخذ بُعدًا مناسبًا، ووقف مجانبة بقامته، وجرب إيماءات وأوضاعًا وهيئات مختلفة، ووجد ألف طريقة لوضع النظارة وخلعها، أو لوضع يديه في جيوبه، أو لرفع الياقة والتدرج في خفض القبعة، وألف طريقة للإغواء أو الصعق بنظرته، وأخيرًا ابتسم، وقال لنفسه: «إيه، «فاروني»، «فاروني»، أنت ساحر!». صحيح أن البنطال يغطي الحذاء، والسترة تصل حتى ركبتيه، والمعطف حتى الكاحلين، ولكن إصلاح ذلك سهل، ولم يفقد ثباته عندئذ أيضًا. وضع إحدى يديه على مقبض الباب وهو يقف جانبيًّا، وتفحص نفسه آخر مرة، بنظرةٍ عودةٍ إلى الذات ذكَّرته بالشخصية التي توشك على الخروج والانصراف، ولكنها تؤبد اللحظة في الخلفية السحرية للوحة «بيلاثكيث»«الوصيفات». أطفأ بعد ذلك النور، ثم فتح الباب وأصاخ السمع: سَمعَ وقع مطر داخل البيت، ولكنه ما إن دخل إلى الصالون حتى ساد الصمت، وعندئذ فقط أدرك أنه خلط بين وقع المطر وترتيل المرأتين صلاة المسبحة. بدت على وجه «أنخيلينا» صرخة صامتة وكانت الأم قد توقفت كذلك عن الصلاة. نظر إليهما «غريغوريو» بثبات من خلال الظلال المزدوجة، ظلال الغروب وظلال النظارة، وهو مفعم بالذهول من كيف أنه يستطيع الآن تصويب نظرته دون الشعور بحياء الصمت ولا بضرورة تقديم أي جواب. ظل على تلك الحال لبعض الوقت، وكان يمكن له البقاء لوقت غير محدود، ذلك أن المسافة كانت قابلة للضبط بحيث أنه إذا أخفض رأسه أو أماله فسوف تحجبه ظلال القبعة، وإذا ما واجه المشهد بنظرة مواربة فإنه

قادر على التمادي فيها إلى أن يحول المشهد إلى صورة مصغرة. وبدا كما لو أنه في مربع آمن في لعبة «برجيس» أو في حميمية جزيرة نائية.

وأخيرًا غطَّس القبعة أكثر قليلًا، ثم أشعل النور وقام بالتفافة مضاءة. كانت «أنخيلينا» تنظر إليه فاغرة فمها وتوشك على البكاء، ولكن قبل أن تتمكن من قول أي شيء، وقف «غريغوريو» في مواجهتها وتكلم أول مرة منذ حفلة العام الجديد:

- إنها واسعة عليَّ، (وظل ينظر من خلال نظارته السوداء، من بين طرفي ياقة المعطف ومحروسًا بحافة القبعة) إنها واسعة هنا، وهنا، وأنا بحاجة إليها يوم الاثنين.

وأحسَّ مرة أخرى بأمان الصمت السهل والنظرة المحصنة القادرة على ثني غطرسة أي شخصٍ يمكن ان يواجهه.

ودون أن تبدل «أنخيلينا» إيماءة الذهول، نظرت بإمعان إلى وجهه، ثم إلى المنديل، والقميص، والبنطال، وحين وصلت إلى الحذاء عادت إلى الصعود بعينيها وقالت:

- «غريغوريو»، لقد تحوَّلتَ إلى مجنون حقًّا!

أمال «غريغوريو» رأسه وابتسم متفهمًا، كمن يستعد لمناقشة طفل بشأن مخاوف باطلة.

أوضح:

- لا، لا، لقد طلبوا هذا مني في المكتب وأعطوني قائمة بما عليَّ أن أشتريه.

- في المكتب؟

- أجل، كل هذا. ومنذ يوم السبت سأبدأ باستقبال زبائن.

- ولكنك مضحك يا «غريغوريو». هل رأيت نفسك؟

- حسنٌ، إنها واسعة قليلًا فقط.

- إنك مضحك. تبدو مثل بومة بهذه النظارة وهذه القبعة.

- ما أدراكِ أنت؟ إنها الموضة. ثم إن الضوء يؤذيني، كما أن النظارة تحول دون تمكن الزبون من اكتشاف نواياك. وقد كانت في القائمة التي أعطوني إياها، نظارة شمسية سوداء. ما الذي تريدينه، أن يفصلوني من العمل؟

وللحظة تبادل الثلاثة معًا النظرات فيما بينهم، مثل رؤوس مثلث تحاول التعرف على نفسها والبحث عن مغزى. عندئذ نهضت الأم، اقتربت من «غريغوريو» وهي تتشمم الهواء كما لو أنها تشم برازًا، وتلمسته من أعلى إلى أسفل.

قالت أخيرًا:

- بما أنك تحب كثيرًا الألقاب والأسماء المستعارة، فسوف أطلق أنا أيضًا عليك واحدًا منها: «خوان الحياة الدنيوية». و«أنخيلينا» أسميها «خوانا المسخرة»، وأسمي نفسي «خوانا الشهيدة».

ابتعدت عنه بضع خطوات وراحت توجه السباب إلى تفاهة وجور متع هذه الدنيا، وإلى مدى الفساد الأخلاقي والخداع في شراء مناديل حريرية، وقميص قطني، وحزام من جلد فاخر، وجوارب قطن بكر، ونظارة شمسية وأشياء مترفة كثيرة أخرى بحجة أنهم قالوا له في المكتب إن عليه أن يأتي يوم الاثنين وقد تحول إلى كائن بحري يسير على قدمين، ولكنهم لم يسألوه بالمقابل عما إذا كانت زوجته بحاجة إلى حقيبة من جلد أفعى، أو حماته بحاجة إلى شال تذهب به إلى القداس أيام الآحاد، كذلك الذي تضعه السيدات الحقيقيات، مع أنها سيدة أكثر منهن وأرملة بطل لم تعرف السعادة منذ سنوات طويلة وتعيش حياة قديسة في صحراء لمجرد حبها للتضحية، من أجل «خوان الحياة الدنيوية»، الذي أخرجته، كما يقال، من قناة على

حافة الشارع وفتحت له أبواب بيتها وقدمت له يد كريمتها الجديرة بمن هو أفضل بكثير، وكان يمكن لها أن تتزوج ملازمًا في الجيش أو طبيبًا لو شاءت، أو من تاجر يمكن له أن يضعها الآن في المجد، وليس أن تتزوج (وهنا مدت إبهامها وأخطأت الإشارة) من منتوف يكاد لا يكسب ما يقيم أودها ويخطر له فوق ذلك الامتناع عن الكلام ثم يأتي بعد هذا وهو يلبس كأمير. ها هو، انظري كم هو جميل، كما لو أن ما يفعله عدل وليس خطيئة ضد حقائق الدين، ولأن ما يفعله خطيئة، فسوف يرى «خوان المتع الدنيوية» حين يصير في الجحيم بينما هي تنظر إليه من أعلى، «ألم أحذرك من هذا؟ هل تتذكر عندما جئت بهذه الحال أو تلك وقلتُ لك هذه الأمور وغيرها؟»، وسيكون عليه أن يستمع إليها دون أن ينبس ببنت شفة وهو يُستنفد في لهيب النار الأبدية ويندم بعد فوات الأوان على أخطائه الكثيرة. وهكذا سيكون هناك وقت لمعرفة مَنْ مِنَ الاثنين كان على حق.

صرخت ساخرة:

- انتصرالآن وسوف نرى في النهاية من الذي سيضحك أخيرًا!

وكانت تستعد لمواصلة خطابها عندما طالبتها «أنخيلينا» بالصمت باندفاع غير معروف لديها.

قالت بحزم:

- إما أن تصمتي أو أبدأ بالصراخ.

نظرت إليها الأم مذهولة وغاضبة. ودمدمت:

- هذا هو الأجر إذًا.

نادت الكلب، الكائن الوحيد الذي يحبها في هذا العالم، وراحت تنسحب بمونولوج عن وحدة الأمهات اللاتي بعد أن يقدمن كل شيء لأبنائهن، بعد أن ينظفن مؤخرات كثيرة ويُضيِّعن شبابهن في ذلك، ويناضلن من أجل أن يكونوا سعداء، ما الذي يتلقينه. ازدراء،

رفسات، تهديدات، كلمات شديدة القسوة مثل هذه التي سمعتها للتو وكانت كسهام اخترقت قلبها، ورفعت يديها إلى صدرها لأنه يمكنها الآن أن تقول ذلك، فهي عجوز جدًّا وستموت عما قريب، لديها هاجس الموت وبعض الآلام المحزنة في جسدها الذي احتفظ بالصمت حتى ذلك الحين كي لا تسبب القلق لمن يتكتلون الآن لتدميرها مثل قطعة أثاث غير نافعة، أجل يا سيدي، مثل خرقة يُرمى بها لقِدمها، هكذا، ولكن لم يعد الأمر يهمها وستقول ذلك، فليهتموا مرة واحدة بليالي أرقها في عذاب الآلام الحزينة، وهي تعض شفتيها كي لا تبكي وتطلب من الرب إن كان أحد سيموت أن يأخذها هي، فهي تقدم نفسها راضية وضامنة لأبنائها؛ ولماذا كل هذا؟ من أجل أن ترفع الآن يدها عليها، على أمها التي منحتها الحياة بآلام المخاض وأرضعتها من هذين الثديين اللذين طالما أغويا رجالًا كثيرين، وأشياء كثيرة أخرى تصمت عنها لأنه لم يعد ثمة فرق لديها، ولأنها مستعدة أيضًا لتحمل ألم الإهانة، مثل القديسين الشهداء، مثل القديسة «مونيكا»، أو مثل القديستين «إينيس» و«أولاليا» اللتين التهمتهما الأسود، وهنا سرعت إيقاع خطابها ودخلت ظافرة إلى حجرتها، حيث تواصل سماع احتجاجها الذي لا يُهزم.

سألته «أنخيلينا»، ولم تكن قد رفعت يديها عن حضنها، دون أن تفقد صبرها ولو لحظة واحدة:

- هل طلبوه منك في المكتب حقًّا؟

أجابها «غريغوريو»:

- أجل.

فتحت علبة الخيوط، جثت على ركبتيها وبدأت بأخذ المقاسات.

- بما أنك صرت تتكلم الآن، كيف تريدني أن أدعوك؟

قال «غريغوريو»:

- لا فرق ولكن يمكننا عمل شيء: حين أكون بالبدلة سَمِّيني «فاروني»، وعندما لا أكون بها سميني «غريغوريو».
- هذه مشكلة عويصة.
- ناديني إذًا مثلما تشائين. فلا فرق بين الأسماء في نهاية المطاف.
- إنك مجنون. وتسبب لي الخوف أحيانًا.

ابتسم «غريغوريو» دون تأثر، إذ لم تبدُ له سيئة مسألة أنه يوحي بالخوف دون أن يتعمد ذلك.

عملت «أنخيلينا» دون راحة طيلة نهاية الأسبوع، وظلت يوم الأحد تعمل حتى الساعة الثانية فجرًا، بينما «غريغوريو» إلى جانبها ينظر إليها وهي تخيط.

في الساعة الحادية عشرة سألها إن كانت تتذكر حين كان يكتب قصائد.

قالت «أنخيلينا»:
- أجل.
- أتريدين أن أقرأ لك إحداها؟
- لا بأس.

ذهب لإحضار علبة الحذاء وظل «غريغوريو» يقرأ لنصف ساعة، وفي كل مرة يسألها:
- هل أعجبتك؟

فتقول «أنخيلينا»:
- نعم.

قال أخيرًا بينما هو يربط العلبة:
- ربما سأعود إلى كتابة المزيد، الواقع أن لي روح شاعر.

قالت دون أن تفقد الانتباه إلى غرز الخياطة:

- نظم الشعر ليس بالأمر السيئ.
- وربما أتقدم إلى مسابقة أو أطبع كتابًا على نفقتي. هكذا بدأ جميع الشعراء.
- ولكن ذلك سيكلف غاليًا وليس له أي نفع.
- ينفع في التعريف والشهرة، وفي متعة امتلاك الكتاب. بل يمكن أن يباع أيضًا وأن يكون صفقة جيدة.
- لا أدري.

وحين دقت الساعة الثانية عشرة، سألها «غريغوريو»:
- هل تعتقدين أن جنيات المحبة موجودات حقًّا؟
- يا للحماقة.
- كما لو أنني الآن «سندريلا» وأنت جنية المحبة، أليس كذلك؟
- لست أدري.

في الثانية عشرة والنصف سألها:
- هل تعلمين أنني كنت أحب أن أكون مهندسًا؟
- هذه تخيلات. المهم أن يكون المرء سعيدًا.
- هل أنت سعيدة؟

قالت دون أن تتوقف عن الخياطة:
- أجل.

سألت على الفور:
- وأنت؟
- كنت أرغب في أن يكون هناك من يتحدث عني بعد موتي. أسوأ ما في الموت هو عدم ترك المرء شيئًا وراءه، حتى ولا ابن.
- الأبناء يموتون أيضًا.
- ولكن الأسماء لا تموت. لديك أفلاطون مثلًا و«ثيربانتس».
- بعد الموت لا يعود لذلك أية أهمية.

- لا أدري.
في الواحدة تمامًا سألها:
- هل تؤمنين بالمسيح؟
أجابت «أنخيلينا» دون جزع:
- لقد مات من أجلنا.
- ولكن، هل تؤمنين بوجود حياة بعد الموت؟
صاحت الأم من حجرتها:
- سيُحكم على كليكما باللعنة الأبدية!
في الواحدة والربع سألته «أنخيلينا»:
- من هو «فاروني»؟
أجاب «غريغوريو» متفاجئًا:
- «فاروني» هو أنا، إنه اسمي المستعار كشاعر، ألا تعرفين ذلك؟
قالت «أنخيلينا» دون أن ترفع عينيها عن الإبرة:
- ولكنك لستَ مهندسًا، ولا موسيقيًّا، ولا تعرف لغات.. لقد قرأت هذا في بطاقة التعريف.
أحس «غريغوريو» بموجة حياء وتأخر في الرد.
قال وهو يحرك يديه ويبالغ في نبرة البراءة في الوقت ذاته:
- لقد كانت مزحة مزحتها مع صديق. قال لي إنه كيميائي ومفكر فقلت له إنني كل هذا الذي في البطاقة. مزحة دون خبث.
- ولكنه كذب.
انفعل «غريغوريو»:
- يا لقصة الكذب ثم ما أدراك إن كنتُ أنا أم لست أنا؟ ربما يكون لديَّ ماضٍ خفي. بل قد لا يكون اسمي «غريغوريو أولياس».
- يا للحماقة.

٢٨٦

- ثم إنني درست الإنجليزية، أليس كذلك؟ هنالك أشياء كثيرة في حياتي تجهلينها تمامًا (قال بلا ضغينة)، لقد كنتُ في الواقع شاعرًا على الدوام، ونحن الشعراء لدينا نوع من الحياة المزدوجة. هناك أشياء كثيرة لم أخبرك بها. فلنرَ، هل تعرفين مثلًا أنني أذهب في بعض الأحيان إلى منتدى مثقفين، وهو في الواقع أفضل منتدى في المدينة، وهناك يعرفونني باسم «أغسطو فاروني» وليس «غريغوريو»، موظف المكتب؟

- وماذا يفعلون هناك؟

اتخذ «غريغوريو» نبرة بوح سري:

- الشعراء يقرأون هناك أشعارهم، والعلماء يعرضون اختراعاتهم، والمفكرون أفكارهم...

- وما الذي تفعله أنت هناك؟

وهز «غريغوريو» ذراعيه:

- كيف ما الذي أفعله؟ أليس لديَّ هذه العلبة الممتلئة أشعارًا؟ أقرأها، وأتكلم.

- عمَّ تتكلم؟

- عن أشياء تخطر لي. ويجري جدل أيضًا.

- الجدل سيئ.

خفض «غريغوريو» صوته:

- نعم إذا كان مثل جدل أمك، ولكن الجدل مع مؤرخين أو فلاسفة ليس سيئًا. هناك يجري الجدل حول أمور كبرى.

- لا أدري، ولكنك تغيرت كثيرًا.

في الساعة الثانية إلا ربعًا تنهد «غريغوريو».

سألت «أنخيلينا»:

- والآن، ماذا أصابك؟

- كنت أفكر في عمي وأشتاق إليه. لقد كان يقدم إلي نصائح جيدة.

- وأبي كان يفعل ذلك أيضًا.

- عمي صار مجنونًا في النهاية.

- وأنت ستنتهي مثله. وقد بدأت تتفوه بحماقات.

- المجانين لا يعانون.

قالت «أنخيلينا»:

- ولكنهم يسببون المعاناة.

في الساعة الثانية سألها «غريغوريو»:

- هل تؤمنين حقًّا بأن هنالك حياة أخرى؟

ولكن «أنخيلينا» أنهت في تلك اللحظة الغرزة الأخيرة، فنهضت ووضعت السترة بين يدي «غريغوريو».

- جربها.

لبسها «غريغوريو» ومشى بضع خطوات.

- إنها تناسبك تمامًا. تبدو بها شخصًا آخر.

قال «غريغوريو»:

- أجل، هذا صحيح أبدو شخصًا آخر.

ما إن أويا إلى الفراش حتى قالت «أنخيلينا»:

- ربما تخرج لكَ عروس في ذلك المكان الذي تذهب إليه.

قال «غريغوريو» مبتسمًا:

- يا للحماقة.

وأطفأ النور.

يوم الاثنين تصالح مجددًا مع «خيل». خرج من البيت يلبس ملابس «فاروني»، وكما في كل يوم، مرَّ أمام بواب البناية المجاورة - وكان يفكر في أن يخبره، إذا ما سأله عن مظهره الجديد، بأنه قد

ترفَّع في المكتب وهو يقوم الآن بزيارة زبائن وبيوتات تجارية، ولكن الآخر لم يتعرف إليه ومرَّ «غريغوريو» مرور الكرام. أحس بالثقة وبأنه أكثر خفة مما هو عادة. وعند اجتياز الجادة اصطدم بعسكري وأتيحت له الفرصة للتحديق فيه دون أن يعتذر ودون أن يسرع الخطى. كان يوم رياح وشمس طيبة؛ الهواء يهز المنديل وياقة السترة توجه إليه صفعات احتفالية خفيفة. شعر بأنه سعيد وواثق، خفيف وبريء بصورة إعجازية. وعند إحدى النواصي قدمت إليه شجرةٌ ورقةً جديدة، فتقبلها كالتزام ودسَّها تحت خاتم زفافه. بخطوات ثابتة، وبالتسلي ببطء ما بعد الظهر، وصل إلى المكتب. وقبل أن يدخل توقف هنيهة على الدرب الرملي دون أن يرفع رأسه تقريبًا، وبينما هو يدخن واضعًا السيجارة في قبضة يده، نظر إلى أعلى، إلى نوافذ الطابق العلوي، مفكرًا في الرجل ذي البدلة السوداء وفي الأجوبة التي سيرد بها عليه إذا ما تجرأ على استجوابه الآن. أحس من جديد بوهم أن الزمن صلصال أبيض يمكن لأي فنان في الحياة أن يقولبه على هواه مجسدًا في لحظة واحدة الهيئة الدقيقة للأبدية، وعاد إلى الإحساس بذلك عندما رن الهاتف في الساعة السادسة، فوضع القبعة والنظارة وترك الجرس يرن ثلاث، أربع، خمس مرات. عندئذ فقط حمل ورقة الشجرة إلى شفتيه، وتناول السماعة، وأسند ظهره في المقعد.

سمع الصوت الأنفي:

– أنا «خيل».

– «خيل»؟ لا أعرفك.

– ألست السيد «أولياس»؟

– بلى، «فاروني» يتكلم.

– أنا «خيل».

– ظننتُ أن اسمك الحقيقي شيء آخر.

- حسنٌ، هذا ما أعنيه، «داثيو». «داثيو خيل مونروي».
- هكذا أفضل. حسنًا يا «داثيو»، ما أخبارك؟
- إنها سيئة، وكيف ستكون غير هذا؟ وأنت يا سيدي؟

كان «غريغوريو» قد حضَّر في دفتر تخيلاته تبريرًا لصمته. بما أنه كان قد تعرض في الحقيقة لأزمة فنان، ويمكن له أن يرغب في التحدث عن تأثيراتها الحقيقية، حتى لو صمت عن أسبابها الحقيقية، لم يجد كلمات بليغة بصورة كافية (ربما بسبب ذعر، جحيم، عنكبوت، مرتديلا) واكتفى بقول إنه قد تعرض لأزمة فنان لأسباب يصعب تفسيرها، لأن محاولة تقديم بعض العبارات من أجل تلخيص شهور من التناقضات، وأفكار الانتحار، والضجر والكآبة (وهي كلمات أدنى بلا شك من تلك التي كان يمكن له أن يستخدمها لو أنه تمكن من أن يصوغ منها فكرة) هي أمور أقل قليلًا من سخيفة، ولهذا سيكتفي الآن، وقد تجاوز أخيرًا خمود الهمة، بأن يعرف «خيل» كيف يتفهم هذه الأمور ويتسامح معها. قال له «خيل» إنه غير مضطر إلى توضيح أي شيء لأن «فاروني» فنان والفنانون - وهذا ما يقوله على الدوام - يجب فهمهم. كما أنه هو أيضًا أمضى أوقاتًا سيئة جدًّا، بل إنه بكى وهو يفكر في أن «فاروني»، المتعب منه، قد سئم بلادته وجهله، ويحاول تخليصه من الأوهام بصمته وتهربه منه، ولكنه يستطيع الآن أن يعترف له دون خجل بأنه يشعر برغبة في البكاء لأسباب معاكسة تمامًا، لأن المثير للفضول أنه هو نفسه أيضًا كان على وشك الانتحار ويدرك ما الذي تعنيه العودة إلى تلك الظلمات.

- ولماذا، إن كنتَ تسمح لي، رغبتَ يا سيدي في الانتحار؟

عندئذ تكلم «غريغوريو»، بصوت متعب، عن قصيدة ملحمية كان ينظمها تمتد إلى أكثر من ٢٠٠٠٠ بيت. صفر «خيل» معجبًا بتلك الضخامة، وانتهز «غريغوريو» الفرصة ليوضح أن تلك الضخامة

بالضبط، فضلًا عن افتقاد الإلهام، والفراغ الجهنمي، وعنكبوت الخوف، ومرتديلا التعب، والارتياب المرعب بجدوى الفن والحياة - وأوحى له كل هذا بنشيد يأس من عتبة الموت بالذات - قد سببت له الأزمة.

أكد «خيل»:

- لا بد من تفهم الفنانين، هذا ما كنتُ أقوله على الدوام.

ارتجل «غريغوريو»:

- لا بد من تفهم كل من يعانون.

- أجل، ولكن لاحظ الفرق بين أزمتك، وهي أزمة فنان، وأزمتي التي لا وجود فيها لأي عبقرية. ٢٠٠٠٠ بيت شعر! وما العنوان الذي ستعطيه للعمل؟

- «الغازي التائه».

- «الغازي التائه»! سيكون عملًا عظيمًا، إنني واثق من ذلك.

أعاد «غريغوريو» شَبْكَ الورقة بالخاتم وداعب طرف منديله الحريري.

- حسنٌ، حدثني الآن عن أمورك. ما الذي فعلته خلال هذه الشهور؟

- أتتذكر أنه كان عليَّ أن أروي لك أشياء كثيرة؟

- أجل.

- هذا صحيح، ولا أدري من أين أبدأ.

عطس.

قال وهو يمسح فمه:

- انظر، لدي منذ بعض الوقت علاقة بامرأة. اسمها «سوكوريتو»، وهي صاحبة بنسيون جيد، فيه أحد عشر سريرًا وثلاثة حمَّامات. أتدري؟ ربما سأتزوج.

- فليكن مباركًا.
- وأنت يا سيدي غير متزوج طبعًا. فالفنانون لا يتزوجون عادة أما الآخرون فيتزوجون. حسنٌ، لقد خطرت لي فكرة. خطر لي أنني إذا تزوجت سيكون بإمكاني التفرغ لإدارة البنسيون وأن أقيم هناك في أيام السبت مساء، وهذا هو الأهم، منتدى ثقافيًّا.
- يا للفكرة العظيمة.
- وهل تعرف كيف سأسميه؟ «منتدى فاروني الثقافي»! ما رأيك؟

عض «غريغوريو» شفتيه دون أن يدري ماذا يقول، غاضبًا من نفسه لأنه لم يحسب حسابًا لمثل هذا الوضع.

- ما رأيك؟

همس:

- أرى أن هذا جنون.
- وقد فكرتُ أيضًا في دعوتك إلى الافتتاح، كي تقرأ لنا قصائدك وتحدثنا عن الفن والتقدم في العالم. أليست فكرة جيدة؟

تلعثم «غريغوريو»:

- المسألة أنني...

حسم «خيل» الأمر:

- لا مزيد من الكلام! لا مجال هنا للتواضع. مثلما قلت يا سيدي: فلنترك التواضع للضعفاء. وأنا سأقدمك بنفسي: «أمامكم الفنان الكبير، الرحالة، المهندس، الفيلسوف ومتعدد اللغات، المشهور في كافة منتديات العالم والذي يشرفني بصداقته ويشرفكم جميعًا بحضوره، «فا-رو-ني»!».

قال «غريغوريو» محاولًا كسب وقت لتجاوز التشوش:

- ولكن هذا مستحيل. لا، لا يمكنني القبول بهذا من الأفضل

تسميته منتدى أفلاطون الثقافي، أو «إسبرونثيدا»، أو «فيرجيل»، أو أي اسم آخر. «منتدى فنار البحر الثقافي» مثلًا.

- لا، لا، سيُسمى «فاروني». هذا أمر محسوم.

قال «غريغوريو» بعد أن أجرى حسابًا للاحتمالات المواتية:

- حسن، في هذه الحالة سأوافق ولكن لأنك أنت من تطلبه مني فقط.

- وسأكون أنا رئيس المنتدى. وقد فكرت في طباعة بطاقة تقول: ««داثيو خيل». رئيس منتدى «فاروني» الثقافي». بحروف مذهبة.

اعترف «غريغوريو»:

- له وقع جيد حقًّا.

- وهكذا، هل ستأتي يا سيدي لحضور الافتتاح؟

ولإعجاب «غريغوريو» بالوضع وبسرعة اختلاقه، قال دون أن يشعر بالبلبلة:

- سأذهب إن استطعت. وإذا لم أستطع سأرسل أحد مريديَّ ليمثلني.

- مريد؟

- أجل، مريد. ويمكن أن أرسل أكثر من واحد. وربما يكون من المناسب إرسال من يمكن القول إنه زميل أكثر مما هو تلميذ، إنه ابن عم لي. واسمه مثل اسمي، «غريغوريو أولياس»، لأن جدنا المشترك كان يدعى «غريغوريو»، وهو شاعر أيضًا، فضلًا عن أنه كاتب سيرتي. وهو يتردد بكثرة كذلك على المقهى.

- نعم. ولكنني أرغب في حضورك شخصيًّا.

سارع «غريغوريو» إلى القول:

- سأذهب في أول مناسبة أستطيعها، ولكن ضع في اعتبارك أنني بانهماكي في القصيدة الملحمية لن أجد متسعًا من الوقت لأي

شيء. ثم إن المدعو «غريغوريو أولياس» هذا رجل عظيم حقًا. له مثل عمري تقريبًا، وهو شاعر، مثلما قلت لك، وقد بدأ دراسة الهندسة أيضًا، وسافر كثيرًا ويعرف حياتي مثلي وربما أفضل مني.

- أفهمك. لا بأس، فليأت تلميذك إذًا، لا بد أن يأتي أحد. وأريد وعدًا منك بالمجيء عندما تنهي القصيدة.

قال «غريغوريو» وهو يرمي ورقة الشجرة من فوق كتفه:

- سوف نرى حتى ذلك الحين.

قال «خيل»:

- أجل، هل تتذكر أنه علي أن أروي لك أشياء أخرى؟ حسنٌ، لقد توصلتُ إلى فكرة أخرى، وربما يمكن لك أن تعرضها في المقهى.

- أنت تعلم أنني سأفعل ذلك بكثير من السعادة.

- إنه أمر ضئيل الأهمية. انظر، فكرة لها علاقة بمنهج لترك التدخين. أنا لا أدخن، ولكن مندوبين جوالين آخرين يدخنون، وهم يحاولون دائمًا ترك التدخين. وهكذا رحت أفكر منهجيًا في الأمر ورأيت أن أفضل طريقة لترك التدخين هي في التوصل إلى عدم تدخين السيجارة الأخيرة، أتفهمني؟

- ليس تمامًا.

- المسألة أنني لا أحسن التعبير، لم أتقن التعبير جيدًا عما أريده قط. ترك التدخين مسألة صعبة، ولكن ترك تدخين سيجارة أسهل بكثير، أليس كذلك؟

- هذا صحيح.

- المسألة إذًا هي في عدم تدخين هذه السيجارة، وهي الأخيرة وحملها على الدوام في الجيب. المسألة هي في هزيمتها، هزيمة هذه

السيجارة، وهي شيء صغير ومحدد، وليس هزيمة عادة التدخين التي هي أمر كبير ومجرد. عندما تأتي الرغبة في التدخين، يقوم المدخن بإخراج السيجارة والصراع معها حتى هزيمتها. والصراع ضد واحد أفضل من الصراع ضد كثيرين. أي أنه يتم إضعاف العدو في أول الأمر وبعد ذلك الانتصار عليه. ولهذا أقول إنه من أجل ترك التدخين يجب التوصل إلى عدم تدخين السيجارة الأخيرة، وكسب هذه المعركة الصغيرة. ما رأيك؟

ردَّ «غريغوريو» بصدق:

- إنها فكرة عبقرية، أجل يا سيدي.

واصل «خيل» مبتهجًا:

- وهو ما ينطبق على كل شيء من أجل ترك الشراب، بعدم شرب الزجاجة الأخيرة، وهكذا دواليك.

- هذا أشبه بفلسفة للحياة.

- شكرًا يا سيد «فاروني». هل يمكنني أن أطلب منك جميلًا أخيرًا؟ أجل؟ بما أنه لا سبيل إلى العثور على كتبك، أرسل لي على الأقل قصيدة، وإذا كانت مهداة إلي يكون أفضل.

ابتسم «غريغوريو»، فقد كان يدرك أن ذلك الطلب سيأتي عاجلًا أو آجلًا، وكان يحمل معه دومًا واحدة من أفضل قصائد مراهقته.

قال:

- الأسبوع القادم سأرسل إليك عدة قصائد ولكنني أستطيع الآن بالذات أن أقرأ لك واحدة إن رغبت.

- سيكون شرفًا لي.

قال بينما هو يفتح الورقة:

- اسمع إذًا. لقد نظمتها منذ سنوات، وتتناول العاطفة الرومانسية التي توحي بها الرحلات الكبرى. وأنا أحملها معي الآن لأن الحديث

يوم السبت سيكون حول الرحلات تحديدًا، وسيطلبون رأيي كشاعر. هل أنت جاهز للاستماع؟
- أجل!
تطلع «غريغوريو» فيما حوله، تنحنح ليجلو حنجرته وراح يُلقي القصيدة بصوت عميق ومهيب:

متمشيًّا على الشاطئ ذات يوم مشرق،
لمحت في المياه الزرقاء
مركبًا شراعيًّا يمضي بعيدًا،
نحو أراضٍ لن أراها أبدًا.
في المقدمة يغني البحار،
بصوت فيه بحة مخمور
أنشودة مسافر موجعة
يخلفها القلب على الضفة.
صرخت به متوسلًا أن يُسكت
نغمات ذلك الغناء الحزين،
وأن يبقى في أرضه الحبيبة
ويتركني أبحر مكانه.
مضت السفينة بسرعة أكبر
ولم يُسمع صوتي اللاهث،
ولم يعد في الهواء يُسمع
سوى إيقاع غنائه الموجوع.

قال «خيل» متأثرًا:
- لم أسمع من قبل شيئًا بمثل هذا الجمال لقد اقشعر بدني. هذه فكرة حقيقية بالفعل وليس أفكاري التي لا يمكن حتى تفسيرها.

قال «غريغوريو» وهو يخبئ الورقة:

- لقد نظمتها منذ سنوات. لا بد أن لدي مئات مثلها.

- أترى، أما أنا فليس لدي سوى فكرتين سيئتي الصياغة. هذا هو الفرق بين فنان كبير وشيطان بائس مثلي. وأجمل ما فيها هو القول «نحو أراضٍ لن أراها أبدًا» (واتخذ صوته نبرة درامية)، لو أنني أتوصل إلى نظم قصيدة مثل هذه، لأمضيت حياتي في ترديدها والقول لنفسي: «أنت من نظمتها يا «خيل»، تذكر أنك أنت من نظمتها»، وهذا التقدير لذاتي سيكون كافيًا لأن أكون سعيدًا.

اعتذر «غريغوريو»:

- ولكنها ليست شيئًا يُذكر. قصيدة من أيام المراهقة.

- «نحو أراضٍ لن أراها أبدًا» يا للجمال. أتمنى لو ترسلها إليَّ مع إهداء، كي أحفظها عن ظهر قلب.

- حسن، لن أقتصر على هذا. فأنا أفكر في كتابة قصيدة مخصصة لك تحديدًا.

اعتذر «خيل»:

- لا، لستُ جديرًا بكل هذا. إنك تسخر مني دون شك.

- أنت جدير بهذا وبما هو أكثر منه.

- شكرًا يا صديقي «فاروني»، واسمح لي بأن أدعوك على هذاالنحو، وتذكر قليلاًهذا المعجب الوفي بك حين تذهب إلى المقهى وتتكلم هناك عن الرحلات الكبرى وعن ثقافة التقدم.

- إلى اللقاء يوم الاثنين يا «داثيو».

- فليباركك الرب يا سيد «فاروني».

الفصل الثاني عشر

وحلَّ يوم السبت. وبعد أن قال لـ«أنخيلينا» إنه سيذهب للالتقاء بشعراء آخرين «حيث صارت تعلم»، نظرت إليه ويداها على حضنها دون أن تقول شيئًا ودون إبداء المفاجأة أو التأنيب، وبينما هو ينزل الدرج ضبطَ وضع القبعة، وجوَّف المنديل بكلتا يديه، ورفع ياقة السترة، ووضع النظارة. وحين صار عند الباب انبسطت أساريره بملامح مجاملة في الوجه، ثم رسم إشارة الصليب وخرج إلى الشارع وهو يصفِّر.

كان يوم المنتدى، وساعة التحضيرات. كان الحضور قد رتبوا الكراسي على شكل نصف دائرة. ولم تكن قد تبقت مقاعد شاغرة. وبعد أن راقب «غريغوريو» المكان للحظات من «الكونتوار»، وفي لحظة قدَّر أنها ملائمة دلف بسرعة إلى القاعة، وتوجه مباشرة إلى ركن واستند إلى أحد الأعمدة. كان بعض رواد المنتدى قد هيَّأوا أقلامًا وأوراقًا. وأخرج هو أيضًا دفتره ذا الغلاف المشمع وبدأ يتفحصه دون شهية. قرأ فيه أنه كان محط فضول ما: اصطنع نظرة سمكة شوكية وقبل التحدي، ولكنه لم يجد سوى عينين مستهزئتين، أو ربما معجبتين، لآنسة لها شفتان حديثتا الإلهام وإبطا ليمون غضان. وإلى جانبها، بضعة شبان رؤوسهم متقاربة كشلة متحدثين،

ولكن إيماءاتهم تبدو أقرب إلى من يلقون أوراق لعب أو يعدون قطع نقود. راقب «غريغوريو» الجميع بعينين ساهيتين. رأى لوحة الفاكهة وطيور الحجل، واللفاعات الحكيمة، والضحكات المتواطئة، وحدبة المتحدثين الحميمين. بعضهم يرتدي جلود نعاج، وصدارات مطرزة، وسترات مستهترة، وكنزات صوفية سميكة بياقات عالية، ويضعون نظارات معدنية مدورة، وينتعلون جزمات وأخفافًا رياضية. لا أحد منهم بمعطف مطري ذي ياقة، ولا ببدلة، ولا نظارة شمسية، ولا بقبعة أو بنطال أبيض. اثنان منهم على الأقل يتباهيان بشَعر أملس وأسود، وآخر يقبع بتراخ تحت عباءة مطرزة برسوم متخيَّلة شرقية الطابع. أيكون قد أخطأ بارتدائه هذا اللباس؟ طمأن نفسه بالتفكير في أن أبطال السينما يلبسون على هذا النحو، وأن مظهره كرحالة بلا وجهة يمنحه مظهرًا لازمانيًّا وغامضًا لا ينفي فرضية ممارسته نشاطًا فنيًّا ما، ولاسيما مع الدفتر الذي راح يرسم فيه بيتًا يتصاعد منه دخان، وظلال جبال نائية، وطيورًا وغيومًا. كانت الصالة شبه ممتلئة. كثيرون يتجمعون وقوفًا، مشكلين حلقة أخرى ويجاهدون كي لا يفقدوا موقعهم. بدأ الجو يصبح مشحونًا، وكان هناك أناس كثيرون حول العمود حيث سيستقر المعلم، ولم يكن الضوء يكفي - بين وقت وآخر- لتبيُّن ملامح الجميع، وللسبب نفسه تُظلم المرايا إلى حدِّ العمى تقريبًا. ولكن كانت هنالك أمكنة عميقة في الصالة، تخترقها حزم ضوء مغبرة، وتسودها عتمة ظليلة إلى حد لا يمكن التمييز معه بين كتل رواد المنتدى - هذا إن كانوا كذلك، فقد بدا محالًا أن يتمكنوا من الاستماع للخطيب هناك. وهذا الخطيب، ألا يستخدم منصة أو منبرًا؟ كان «غريغوريو» في هذا التشكك حين انتشر تهامس عام، وضجة تراكض متزايد وتصفيق، وصفير، ورقاب تشرئب وزحزحة مقاعد. وظهر المعلم ملتفًّا بفراء أبيض - شعر

مهرج يخالطه الشيب وعمى نعاس في الوجه - ووراءه، مثل مختل مخجل، مخلوق يرتدي بدلة رمادية. جميع المرايا دعته، قادته إلى منتصف الحلقة التي انغلقت حوله. قام المخلوق ذو الثياب الرمادية بترتيب أشياء المعلم على منضدة صغيرة بعناية ممرض متنقل. انتظر المعلم هذه اللحظة كي يخلع معطف الفرو. نظر إليه ذلك المخلوق، صفَّق بيديه مرتين. تبدد التهامس في صمت حِرفي. بعد ذلك مباشرة بدأ المعلم الكلام وترك صوته يتهادى كدخان، وعندما هيمن به تمامًا على الصمت، تخلى عن عذوبته الأولية واقترح التحدث عن الكينونة والوجود. دخل في الموضوع فورًا وبدأ التحدث بعذوبة وخطاب لطيف. حاول «غريغوريو» متابعته ولكن دون جدوى: كان مهتمًّا بنفسه أكثر من اهتمامه بكلمات المتحدث (بدا له أن القبعة قد فقدت وضعها المزدهي)، وسرعان ما ضيع خيط الكلام وجال بعينيه على القاعة: هناك أناس في أجواء أخرى، يقرأون الجريدة أو يكتبون لحسابهم الخاص أو يتناومون برؤوس متدلية جانبًا، وكانت متنوعةً الأعمالُ التي تجري هناك. بل كان يُسمع في العمق، حيث حيز المراحيض الضيق، ضجة تصادم غير منتظمة، كتصادم كرات بلياردو. وكان هناك صخب أصوات أخرى، ما لبث أن اختلطت في ضجة واحدة. فعند منضدة «الكونتوار» أصوات شاربي البيرة السريعة والخشة، وهناك أصوات النُّدل («واحد طبق سردين مقلي! زلابية لثلاثة! طبق سجق هنا!»)، ضرب أحجار دومينو، ومتقاعدون، وإن بدوا صامتين في الظاهر، يخرخرون، يسعلون ويتلهون طيلة الوقت بأشياء يُخرجونها من جيوبهم، بحيث كان من الصعب سماع المعلم، وأصعب من ذلك متابعة سياق الحديث. كان «غريغوريو» يلتقط بعض الكلمات المتفرقة، وفي بعض الأحيان إيماءات المعلم وحدها، أو رمش عينيه الذي يتوالى بانتظام، بين المتعب والحكيم.

وحين يلتفت إلى أحد الجانبين ينكشف قفا عنقه القصير وكثير الوبر. ومع ذلك تمكن «غريغوريو» في إحدى اللحظات من التقاط جملة كاملة: «الأنا هو الكائن بذاته خالصًا». ما الذي يعنيه ذلك؟ سجله في الدفتر وحاول تمييز جملة أخرى، ولكنه مهما أرهف سمعه لم يكن يتوصل إلا إلى نبرة صوت متقطعة، مُقنِعة ومتمادية في الإيقاع.

سأله أحدهم من وراء ظهره:

- عمَّ يتكلم؟

أجابه «غريغوريو» دون أن يلتفت أو يبدل ملامحه:

- عن الكينونة.

بعد انقضاء ساعة - استمع خلالها الجميع بين آملين ومحزونين، كما لو أنهم ينتظرون في قاعة انتظار- صمتَ المعلم، الذي تبادل همسة مع المخلوق الرمادي (المُبعد دومًا في ظلال أستاذية المعلم)، وبيد ممدودة، تلمع فيها ماسة مضمخة بحمرة الضوء، أعطى الكلمة لأعضاء المنتدى. دوى تصفيق وصفير ما. وعلى الفور وُجه سؤال إلى المعلم: رأى «غريغوريو» وجهًا، ورأسًا، وثلاث لفات لؤلؤ حول عنق. يبدو أنها... أجل... إنها امرأة. التفت الجميع للاستماع لها. كانت تتكلم بعدوانية، ولكن من المستحيل سماع أي شيء آخر مما تقوله. نظر «غريغوريو» إلى المعلم: كان يصغي بانتباه ويكتم أنفاسه. بضع قطرات عرق تتلألأ على جبينه. ولكن تلك المرأة لا تريد إنهاء سؤالها أبدًا. كان المعلم قد مال بعينيه مظهرًا صوان أذنه، المسدودة بكثير من الشعر. بدأتْ تُسمع الآن أصواتٌ تحتج على مداخلة المرأة، وأصوات أخرى تدين الاحتجاجات. وكان الدخان يُظهر الرخام رجراجًا. وقف «غريغوريو» على رؤوس أصابعه وحاول متابعة المناظرة، مثلما يفعل آخرون، من خلال المرايا. لقد تحولت الوجوه كلها إلى أفواه كبيرة؛ وكانت الأصوات ترن كما لو أنها في

حلم أو في إناء. ضرب المعلم ثلاث ضربات بأظفاره على المنضدة. بدا مضحكًا أن تتمكن تلك الحركة من فرض النظام، ولكن هذا ما حدث. ساد الصمت. ظلت الوجوه كما لو أنها قد توقفت في منتصف إيماءة، أو جملة. عاد المعلم إلى الكلام. وأعاد «غريغوريو» النظر إلى الآنسة. كانت تلعب بهُدب لفاع عنق. ومستنفدًا من الاستماع غير المجدي، بذل جهده للتفكير في شيء سامٍ. غطى ذقنه بالمنديل: القاعة، وقد تحولت إلى أرجوحة دوارة، بدأت تدور في الفراغ. وعلى وقع موسيقى مهرجان، لها علاقة ما كذلك بإيقاع بلاط ملكي، مرت الآنسة بضحكة شبابها الأبدي، والمعلم متكلمًا بلا صوت، و«خيل» بلا وجه ولكن بدموع في عينيه، والشيطان بعباءته وندبة جبينه، والمخلوق الرمادي، والمعاونان اللذان يتباهيان بملابس حِداد الشعراء، والشبان ذوو العيون غير المعبرة والخزفية. ولكن لم يخطر له أي شيء، اللهم إلا كلمات متفرقة تدور أيضًا في الأرجوحة الدوارة: زهو، شِحَّة، «بينيبان». فتح الدفتر، أغلقه، نفش المنديل، بدَّل ساقًا بساق، قَرَصَ النظارة. وكان النُّدل يتنقلون هناك وهناك، كما لو أنهم قد حفروا لأنفسهم ممرات غير مرئية، دون أن يولوا اهتمامًا للأصوات، ولا حتى لاحتدام المجادلات. وحدث أنه بينما كان أحد الشبان يتكلم من إحدى الموائد، اقترب أحد النُّدل لرفع الأواني فحجبه العامل بقوس جسده، فاضطر الشاب إلى إمالة جسده كي يكون مرئيًّا، لأن أي متحدث يحتجب، لأي سبب، عن أنظار المستمعين، يفقد هؤلاء اهتمامهم بالموضوع الذي يتحدث عنه فورًا. حتى إن أحدهم لم يتمكن في إحدى المرات من رؤية المتكلم، ولم يكتف بسماعه، فنهض وصرخ غاضبًا:

– من هذا الشخص الملعون الذي يتكلم؟

مال الآخرون بعيونهم، وبعد أن أرضى المتدخل فضولهم

(ذلك أن وجهًا قد برز بين الرؤوس)، ما عادوا يهتمون بالخطيب ولا يلتفتون بوجوههم إليه، وإنما واصلوا النظر إلى الآخر، كما لو أن الكلام قد تحول نهائيًّا إليه. كان هناك رجل ضئيل جالس إلى جوار «غريغوريو» يطالب في كل لحظة بالصمت. ولكنه لا يفعل شيئًا: يكتفي بالاحتجاج أمام من هم بجواره وينال منهم هزة رأس مؤيدة، وبهذا يعود إلى وضعه المدرسي.

في أثناء ذلك كان الظلام قد خيم. و«غريغوريو» الذي كان يرى في مرآة، صار غير قادر على تمييز وجهه بالذات. لم يكن يُلمح من المعلم سوى بريق الماسة كلما رفع يديه كي يُموج الأفكار أو يجد مادة يغرس فيها سبابته، ومن كلماته، طنينَ حرٍّ مُنوِّم. في إحدى التوقفات، سأله أحدهم شيئًا وحاول الجميع رؤيته والبحث أين هو. ومستغلًّا ذلك الاضطراب الآني، راح المعلم يتحدث إلى مساعده بصوت خافت، ومع أن البعض كانوا لا يزالون متنبهين إلى ذلك الحوار الذي لا يمكنهم سماع شيء منه، فقد شكل معظمهم جماعات متفرقة استغرقت في نقاشات جانبية خاصة.

استغل «غريغوريو» الحالة أيضًا كي يذهب إلى المرحاض. سلك ممرًّا شبه مظلم ذا سقف مقنطر، وعلى جانبيه مناضد وإليها يجلس، مستلقين تقريبًا على الأرائك، ثنائيات فتيات وفتيان يتبادلون القبلات، ومتقاعدون يتناومون أو يلعبون الدومينو. وصل إلى حيز فسيح، تحتله جماعة رجال بقمصان قصيرة الأكمام ينزلقون بخفة حول منضدة بلياردو وينظرون إليها بافتتان.

- دورات المياه؟

فأشار له أحد اللاعبين- دون أن يتكلم أو يرفع بصره -بعصا البلياردو باتجاه الممر. فتوجه «غريغوريو» إليه، وما كاد يتقدم بضع خطوات حتى بَسْبَس له أحدهم من إحدى المناضد. فتوقف حائرًا.

- إيه، أنت! أجل، أنت، اقترب!

نظر «غريغوريو» فيما حوله. كانت تتراكم بمحاذاة الجدران مواد تنظيف، وعبوات وقطع أثاث تالفة، وتنتشر رائحة رطوبة وبول وفوران تخمرات قوية الرائحة. ووسط تلك الفوضى توجد منضدة، يجلس إليها شخص ضئيل، في حوالي الثالثة والستين، كما قدر «غريغوريو»، وكان يفرك يديه بهوس.

استَعجَلَهُ:

- هيا، اقترب!

تطلع «غريغوريو» فيما حوله.

- أتعنينني أنا؟

- أجل، أنت، اقتربْ أكثر.

كان على المنضدة إبريق من الألمنيوم.

- هل أنت شرطي؟

قال «غريغوريو»:

- لا، لا.

قال مُلحًّا:

- هل تعمل هنا؟

- لقد جئت إلى المنتدى وحسب، وسأغادر مسرعًا.

- وليس لديك بنات، أليس كذلك؟

- لا، ليس لدي بنات.

- لا بد إذًا أنك لم تسمع كثيرًا أيضًا عن زهرة «البنياتا»، هل أنا مخطئ؟

- لم أسمع بها، متأسف.

لوى يديه ونظر إلى «غريغوريو» بعينين معذبتين.

قال خافضًا صوته:

- عليك أن تثق بي. الجميع هنا يعرفونني. الجميع يعرفون قصتي ولهذا وضعوا لي هذه المنضدة هنا، كي أستريح. أتحب الزيزفون؟

- لا.

قال بكبرياء:

- أما أنا فأحبه (وشرب من الإبريق). إنه زيزفون «ألبي» مع عسل زهر برتقال. في بعض الأحيان أظل هنا حتى وقت متأخر وأحتاج إلى مهدئ، كي لا أفقد أعصابي. هذا هو الإبريق الرابع الذي أشربه اليوم. ما رأيك؟

- لا أدري، إنني مستعجل.

فرقع المجهول بأصابعه واحدًا واحدًا.

- يُلاحظ بوضوح أن لا بنات لديك. أما أنا فإنني رب أسرة شريف، أرمل، ولدي ثلاث بنات، سرعان ما سيصبحن عوني في شيخوختي. ولكي تعرف ولا تعدَّني واحدًا من الثرثارين الذين لا عمل لديهم، أقول لك إن الكبرى تدعى «ماريا كاسيلدا»، وصدقني، إنها قديسة، تقضي النهار في الخياطة والتنقل هنا وهناك بصورة مثيرة للإعجاب. والوسطى «ماريا أنطونييتا» وهذه معتزة بنفسها، وقد خطر لها مؤخرًا أن تغني وصارت تذهب إلى أكاديمية للغناء، والصغرى اسمها «ماريا» وحسب، وهي من تريد أن تكون آنسة بكل معنى الكلمة. الثلاث جميلات جدًّا. في الليل يطللن معًا من الشرفة لرؤية النجوم، وفي الصباح يُسرِّحن شعورهن بأمشاط ذهبية. الثلاث يحببنني كثيرًا. يسألنني عن أشياء كثيرة في آن واحد فلا أدري على أيها أجيب. يحطن بي، يداعبنني، يقاطعنني ليسألنني إن كنتُ بحاجة لشيء ويغنين لي كي أنام. إحداهن تُعد لي المائدة، وأخرى تسكب لي النبيذ، والثالثة تجيئني بالفاكهة في طبق من فضة. قل لي أليست مسؤوليةً وفخرًا أن يكون لدى المرء ثلاث بنات مختلفات

عن بعضهن. الثلاث يأتين في معظم الأيام لانتظاري عند الخروج من العمل ويقتدنني محمولًا إلى البيت. ما رأيك بهذا؟

- أنت محظوظ جدًّا.

- لا تظن ذلك، لأن الثلاث لهن نزواتهن. الصغرى بصورة خاصة تقضي النهار في شك بشأن طائرها المفضل أو زهرتها المفضلة. والثلاث يرسلنني في طلب أشياء يصعب الحصول عليها. «ماريا كاسيلدا» طلبت مني ذات مرة نُدف «سوكونوسكو» من أجل تتبيل الأرز. وذات يوم أحد شتائي طلبت مني الوسطى أن آتيها، من أجل جلاء الصوت، بمرارة سنونو. ولكن الأسوأ هي الصغرى. فقد توحمت الآن على زهرة «بينياتا» وأنا أبحث عنها منذ شهر دون طائل، فلا أحد يعرف هذه الزهرة بل من المحتمل ألا يكون لها وجود. ولكن لدي بالطبع انطباع، أو أنني بعبارة أدق على قناعة بأن سعادة بناتي، ولاسيما الصغرى، تعتمد على إنجازي أو عدم إنجازي لنزواتهن، وبما أنهن حالمات جدًّا، ما الذي يمكنني عمله سوى مجاراتهن وانتظار أن ينسين أوهامهن؟ ومن جهة أخرى، هن طيبات جدًّا معي، ما يفرض علي الاستجابة لطلباتهن حسب طاقتي. ولهذا أتظاهر بأنني أنفذ نزواتهن، والأمر كذلك بطريقة ما، لأني خرجتُ الآن من البيت على سبيل المثال لمجرد جعلهن يفهمن أنني ذاهب للبحث عن زهرة «البينياتا». وقد مضى شهر وأنا أبحث عنها. فما أكاد أخرج من العمل حتى أجيء للبحث عنها في هذا الركن، وأثق بأن الأمر سينتهي بابنتي إلى نسيان الموضوع. وهكذا أتعلل بوهم أنني أعمل لإرضاء رغباتهن. وحين أرجع إلى البيت، عند الفجر، ما إن تسمع ابنتي خطواتي حتى تنهض وتطلب مني زهرة «البينياتا». فأقول لها في كل مرة إنني على وشك الحصول عليها، فتعانقني بتأثر قائلة لي إنني طيب جدًّا وأشياء أخرى تجعلني أشعر بالخجل،

لأنه من المخجل ألا يعرف الأب كيف يُسعد بناته، بمن في ذلك أصغرهن.

بعد أن تناول جرعة أخرى من الإبريق، غمس يديه في شعره وشده بعنف.

واصل الكلام:

- بما أنني وجدت نفسي متورطًا فجأة في هذا الوضع، لست أدري. يبدو أنني بالأمس كنت طفلًا وكنت أطارد القطط في الشارع، وأنا الآن مثقل هنا بالمسؤولية. ولكن هذا لا يخيفني، فلست واحدًا من أولئك الضعفاء الذين يستغرقون في رواية نكباتهم الصغيرة للجميع. هل تعلم أنني كنت عامل سكة حديد في إحدى الحروب، وكنت أقود قاطرة بيدي هاتين؟ (وعرض يديه المقوستين كالمخالب) أجل يا سيدي، إنني أعمل الآن هنا في مكان قريب، أنظم حسابات مصنع أسلاك متواضع.

قال «غريغوريو» وهو يبدأ بالانسحاب.

- هذا جيد جدًّا.

قال مصلبًا نبرة صوته:

- لا تظن، بسبب ما قلته لك، أنني واحد من أولئك الثرثارين الذين يعيشون على نجاحاتهم الصغيرة. بالعكس، فأنا شخص محافظ، بل ومشهور بأنني نفور ومنعزل الطباع. ربما تتاح لك الفرصة للتأكد من ذلك خلال هذه المناجاة. رباه، هنالك أشياء كثيرة تجهلها عني! هلم بنا، هل تعلم على سبيل المثال أنني أعاني من داء المشي وأنا نائم؟ أجل يا سيدي، أسير وأنا نائم (وفرك عينيه بألم). منذ سنوات لم أنم، سبع أو ثماني سنوات، منذ أن ترملت. آخر مرة نمت فيها حلمت بسيارة مسابقات.

قال «غريغوريو» حزينًا عليه:

- إنك متعب جدًّا.

- لا، أنا عصي على التعب. المسؤولية تمنعني من النوم، ولكنها لا تسمح لي، بطريقة ما، أن أعمل أيضًا، وهكذا لا أكون متعبًا ولا مستريحًا أبدًا. زهرة «البينياتا»، بما أنه قد لا يكون لها وجود، فإنها لا تضطرني إلى القيام بأي نشاط، ولكنها تجبرني على البقاء هنا متظاهرًا بالبحث عنها. وهذا الأمر يا سيدي، دون أن يتطلب جهدًا، يصل إلى أن يكون منهِكًا. وهكذا مثلما تراني: أستريح في الوقت الذي أبذل الجهد فيه. من كان يمكن له أن يقول لي إنني سأنتهي إلى هذه الحال، مع أنه يبدو لي أنني بالأمس كنت ألاحق القطط في الشارع؟ وأنا أتساءل الآن: ما الذي سيحل ببناتي، ولاسيما الصغرى؟ من سيتولى أمر تلبية رغباتهن عندما يفقدنني؟

وغطى وجهه بيديه.

تراجع «غريغوريو» بضع خطوات.

سأله مرة أخرى من الظلمة:

- أنت لستَ شرطيًّا إذًا؟

- لا.

- ولكن لك مظهره تمامًا. ولستَ تبحث عن شيء؟ يعني عن شيء محدد؟

- لا.

- وما هو عملك؟

- إنني شاعر.

تثاءب الغريب. تناول الإبريق مجددًا.

- أنصحك بأن تصبح عَشَّابًا. وإذا صرته، أن تستخدم حمالة سروال وعكازًا ذا نهاية معدنية. وستكون سعيدًا.

قال «غريغوريو» وهو يمشي القهقرى:

- حسنٌ، سأنصرف.

وحين رجع من المرحاض سمع مرة أخرى «بست! بست!» ولكنه لم يتوقف. بل على العكس، غذ الخطى ودخل مستعجلًا إلى القاعة.

كان الظلام من وراء النظارة شبه مطبق. وكان المعلم قد عاد إلى التكلم دون أن يتمكن من إسكات الهمسات بالكامل. سمع «غريغوريو» ترتيلته، ورأى بريق خاتم الآنسة وشعرها الأشقر، وبدأ يرغب في أن ينتهي ذلك كله سريعًا. كان يشعر بالإنهاك من شدة التشوش.

- عمَّ يتكلم؟

سألَ الرجلَ المدرسي، الذي أجابه:

- لا أدري، ولكنه يرد على سؤال وجه إليه.

رفع «غريغوريو» حافة القبعة واستند بسخرية إلى الدعامة البارزة في الجدار. وفي الحال، حين صار من الصعب التعرف إلى الوجوه، اقترب من العمود نادل يمشي بوقار، وأشعل برؤوس أصابعه المصباح الذي ارتعش، مدافعًا عن نفسه بضعف من هجمات الظلال. استقرت الأبعاد. ولكن لم يكن هنالك في تلك الأثناء من يدري في أي أمر يمضي الخطاب. عادوا للسؤال عن شيء ما. وعاد التقصي غير اليقيني والاحتجاجات غير المجدية. وعاد المعلم إلى التكلم همسًا مع معاونه. وعاد التهامس الجانبي وضربات الأظفار على المنضدة وصوت المعلم الذي لا يُهزم. في تلك اللحظة نهض شاب هرقلي، في طول المارد (كانت هذه هي الكلمة التي خطرت لـ«غريغوريو» حين رأى ظله العملاق معكوسًا على السقف) وراح يصرخ: بدا أنه يصرخ باللاتينية، أو بلغة قديمة، وبدأ الجميع يصرخون كي لا يُعدَّ صمتهم (وبصورة خاصة الآنسة) دلالة على الجهل أو

الخوف. وصرخ «غريغوريو» أيضًا بشيء ما: صرخة رهان، صرخة مزايدة، صرخة توبيخ. صرخ بحنق:
- ما شأني أنا إن كنت تسعى لصداقتي؟
صرخ بها مرتين، ثلاث مرات، وبعدها قال شيئًا من قبيل «نقابة قرود النكوس». عاد الرجل وصوب إليه نظرة ذهول. فبادله إياها «غريغوريو» بنظرة إشفاق بينما هو يطلق نفثة دخان فنية. وعلى الفور بدأ المنتدى يصل إلى نهايته. نهض كثيرون وارتدوا معاطفهم. جمع المساعد أوراق الملاحظات وقدم معطف الفراء للمعلم. وفي أحد أعماق الصالة كان الجدال يتواصل صراخًا، وكانت تُرى حركة مبهمة لصدور رياضية وإيماءات خطيب «سايكلوبية». استعد «غريغوريو» للخروج. تصادف عند الباب مع المعلم. وكان يمضي برفقة الآنسة وجماعة من الشباب، وقد توقفوا لتبادل الحديث. أنزل قبعته، وقال:
- عمل جيد. أتسمح لي؟
وتجاوزه بحركة شبابية رشيقة.
كان المطر يهطل في الخارج. احتمى أعضاء المنتدى تحت مظلة المقهى، بمن فيهم المعلم. وفجأة لمع برق فوق السطوح وفوق كل شيء، فخرجوا راكضين كما في نهاية قصة كوميدية.
في حماسة الركض، وكسبه الجولة على إشارة المرور وتوغله بعد ذلك في شوارع مقفرة، لم يدر «غريغوريو» إذا كان سعيدًا أم تعيسًا. فكر أولًا في أن نجاح ذلك المساء يجب أن يرافقه دومًا، وأينما يكون، فلو أنه عرف ما يدور هناك من أحاديث، لما تدخل كواحد آخر من المتدخلين وحسب وإنما كان يمكن له أن ينتهز الفرصة ليقرأ بعض أشعاره. وبدا على قناعة حميمة بأن الحضور كانوا سيصفقون له مثل تصفيقهم للمعلم وربما أكثر. وهكذا قرر أن يصل إلى المقهى يوم السبت التالي في وقت أبكر، وأن يحتل

مقعدًا أماميًّا وأن يرفع يده في أول فرصة تتاح له كي يتكلم. بدأ يتخيل سؤالًا، وكان يدرك أنه لن يخطر له أي شيء ولكن السؤال سيكون لامعًا مع ذلك. وما الذي سيقولونه هناك عندما يعلمون بوجود منتدى «فاروني» الثقافي وأنه هو نفسه ليس إلا «فاروني» ذاته بالضبط؟ ركض أكثر فأكثر، ثملًا بفعله، ومخلفًا وراءه الآمال والمخاوف من أن «خيل» قد يتصل ذات يوم لينقل إليه خبر زواجه الوشيك. ولكنه بعد ذلك، وبينما هو يقلص اتساع خطواته، أحزنه بصورة غامضة تذكر الآنسة والشبان. أيدري هو ما الأمر الذي دار النقاش حوله هناك؟ ألديه إلمام، هو «غريغوريو أولياس»، بمسألة الكينونة والوجود؟ أولم يكن دخيلًا، متاعه الوحيد بعض قصائد المراهقة ونظارة سوداء وأكثر من أربعين عامًا مخبأة تحت ملابس لم يعد يلبس مثلها أحد؟ وفي حال إقدامه على التدخل، ما الذي سيقوله؟ وراح يتخيل كلمات المعلم والمتدخلين في الحوار، تلك التي قيلت يجب أن تكون كلمات سحرية وليس مثل كلماته، ثمرة الكسل والمصادفة. فهم يتحدثون هناك منذ أكثر من عشرين عامًا، و«خيل» يعرف المنتدى منذ ذلك الحين. وربما منذ مئة عام، ربما منذ قرون مضت يناقشون هناك أسمى القضايا. والآن، انظر كيف يأتي موظف مكتبي ليهذي ببعض القوافي الشبابية التي يحتفظ بها في علبة أحذية. أهنالك سخف أعظم من هذا؟

لونت قطرة مطر نظرته. تذكَّر والد الماريات الثلاث وتساءل إن كان ثمة وجود لزهرة «البينياتا»، وإن لم يكن الاسم سوى كلمة لتمييز زهرة بسيطة مثل الأقحوان على سبيل المثال. بدا كئيبًا وعمليًّا، وقال لنفسه إنه إذا ما واصل مناطحة الأحلام سينتهي إلى السقوط مرة أخرى في بئر النكبة. وقرر عدم الخروج من حدود الواقع، وأنه في هذه الليلة بالذات، دون مزيد من التأمل، سيعود إلى كتابة قصيدته

الملحمية. وصل إلى البيت وهو يقول لنفسه: «عمل شيء، وعدم التفكير في أي شيء، هذا هو سر السعادة».

قالت له «أنخيلينا» حين رأته يتوقف في وسط الصالة:

- تبدو منهكًا.
- إنها تُمطر بغزارة.

نهضت وتركت ما تخيطه على الكرسي.

- هيا، اخلع ملابسك لتجف. أنت تبدو الآن «سندريلا» حقًّا.
- الواقع أنني أمير مسحور.

نظرت إليه من أعلى إلى أسفل:

- انظر كيف هو حذاؤك. من أين أنت آتٍ؟

أجاب وهو يخلع المعطف المطري:

- لقد أخبرتك، إنني آت من المنتدى.
- وما الذي تحدثتم فيه هناك؟

أعطاها «غريغوريو» السترة والمنديل أيضًا وبدأ بحل حزام البنطال.

- عن الروح.

قالت «أنخيلينا» وهي تخرج محتضنة الملابس:

- لا شيء يستحق التحدث فيه إن كان أحدنا سيبتل بالمطر.

تناولا العشاء معًا دون أن يدريا ما الذي يمكن أن يتحدثا فيه، وما إن انتهيا من تناول العشاء حتى سألته «أنخيلينا»:

- ستنام؟

ردَّ «غريغوريو» بصوت شخص آخر:

- لدي عمل.
- في هذا الوقت؟
- الشعراء يكتبون في الليل دومًا.

- أنت مجنون. سيصير لك وجه بومة.

وما إن نامت «أنخيلينا» حتى استقر «غريغوريو» في الصالة وأخرج علبة الحذاء. وربما لخوفه من أن يكون قد فقد إحسان رَبات الشِّعر، أو من عدم تمكنه من العثور على الانفعالات الشبابية وهو مثقل بالمسؤولية والسنين، منح نفسه هدنة: نظف المنضدة الصغيرة، عبأ قلم الحبر، أعاد بري قلم الرصاص، جمع فتات خشب بري القلم، رقَّم صفحات الدفتر- دون أن ينتبه إلى أن تلك التحضيرات نفسها هي التي شغلت «خيل» في لياليه كدارس بكالوريا بجهد ذاتي - وأخضع نفسه لنزوات الإلهام.

كانت القصيدة الملحمية قد توقفت عند اللحظة التي غرق فيها «ألبار نونيث كابيثا دي باكا» قبالة شواطئ فلوريدا. أما زال المطر يهطل في الخارج؟ حين رجع من رؤية المطر أعاد قراءة ما سبق له كتابته. لديه ٥٢ ثُمانية. ومن أجل الوصول إلى ٢٠٠٠٠ بيت شعر عليه أن ينظم ٢٤٤٨ ثُمانية أخرى، أي ١٩٥٨٤ بيت شعر. أجرى الحسابات على زاوية إحدى صفحات الدفتر. بإنجاز أربع ثُمانيات يوميًّا، يحتاج إلى ٦١٢ يومًا: سنتين. وإذا ما أنجز ثمانية ثُمانيات؟ ثمانية ثُمانيات يوميًّا تعني ٣٠٦ أيام. ولكن، كيف يمكن له أن يكتب ٦٤ بيت شعر يوميًّا؟ أنهى صفحة منجزة ووجد أنه بكتابة ثُمانية واحدة كل يوم (لأنه لا يريد بأي حال خداع نفسه بحسابات مبالغة في السخاء) سيحتاج إلى ما مجمله ستة أعوام. «سأكون عندئذ قد تجاوزت الخمسين»، فكَّر مكفهرًّا. ملأ ثلاث صفحات بمعادلات من الدرجة الثالثة، يضرب عدد أبيات الشعر بعدد السنوات وينطلق من عدد الأبيات بحثًا عن معجزة حسابية تتيح له إنجاز العمل في زمن قصير. ولكن الأرقام ليست سحرية، خلافًا للكلمات، وما تقدمه كان محزنًا على الدوام. ذهب بحثًا عن الموسوعة ووجد أن الشاعر

«إسبرونثيدا» قد كتب قصيدة ملحمية وهو في الرابعة عشرة، ومات في الرابعة والثلاثين بمجد مكتمل. بحث عن مثال آخر. أفلاطون كان في العشرين من عمره تلميذًا لسقراط. ومع ذلك فإن «ثيربانتس» كان في حوالي الستين حين بدأ بكتابة «الكيخوتي». وماذا عن «شكسبير»؟ لقد نظم «شكسبير» وهو في التاسعة والعشرين - أي في مثل السن التي بلغها «فاروني» الآن - قصيدتين ملحميتين. وماذا بشأن «جارثيلاسو دي لا بيجا»؟ «مات في الخامسة والثلاثين، يا له من قواد»، قال وهو يغلق الموسوعة بكلتا يديه.

لم يجد الشجاعة لإطالة البحث. أغمض عينيه ورأى نفسه يجلس وجهًا لوجه مع ضخامة الـ٢٠٠٠٠ بيت شعر. كانت مؤثرة تلك الصورة للفنان في عزلة الليل، بينما المدينة حوله مستسلمة للنوم. فكَّر: «حتى لو لم أكتب شيئًا، تكفي عظمة وجودي هنا، أتابع مثلًا ساميًا». عندئذ تذكر أن موقفه مشابه لموقف والد الماريات الثلاث الذي لا بد أن يكون الآن في المقهى يبحث عن زهرة «بينياتا»، وبمغادرته إيحاء التشابه الشكلي، عاد إلى الواقع بهزة خفيفة.

ركز على الغرق إلى أن خرجت من الذاكرة كلمةٌ مثل دودة: «مُدوٍّ». جمع إليها كلمات أخرى: «صخب»، «قبة»، «رعب»، «حربي»، «مرعب»، «عاصف». أحاطها بدائرة. «الفنان راع لكلمات هي الأغنام»، قال بصوت عالٍ، متنبهًا إلى أن ما قاله هو أولى ثمار الإلهام. بدأ يكتب. بدا ممتعًا جمع الكلمات بعضها إلى بعض وملاحظة كيف تتلاقى في معركة فريدة، ممثلة صراعًا لم يُرَ قطّ بين النمر وسمكة القرش، بين العقرب وورقة الآس، أو تنهزم بمجرد لقائها بسحر غرام مضطرب. وهكذا بدأ يعود إلى عيش مفاجآت قلقه القديم كشاعر. أحس من جديد بالحضور الحي للكلمات ومعجزة تكوين جملة تتجاوز قدرته الذهنية الحقيقية. وبزفرة عاد

إلى مهمته، وتمكن في نهاية المطاف من كتابة بيتي شعر: «دوت القبة وراح يتسع/ لحاف ظلها المرعب». راودته رغبة في القفز من السعادة، فتلك الكلمات، تلك المهنة السامية، تضفي على حياته مغزى وضمانة حماسية يجهلها منذ زمن بعيد. ولكنه سرعان ما أحس بالحزن فجأة، حين تبين له أنه يتجه نحو الرابعة والأربعين من العمر وقد احتاج إلى خمسين دقيقة لينجز كتابة بيتين من الشعر. فبمثل هذا المعدل لن ينتهي أبدًا. حسنٌ، وماذا لو تخلى عن القصيدة الملحمية أو اختصرها إلى ٤٠٠٠ بيت؟ ٥٠٠ ثُمانية، ٥٠٠ يوم: سنة ونصف السنة. لا بد من المصالحة مع الواقع بحسابات أخرى وفرضيات أخرى، يجب التوافق مع المهمة أو البحث فيها عن طريقة لمنح الأرقام قيمة سحرية أو تجريدية حيث لا تُحسب الأبيات في ثُمانيات ولا تحسب الحياة بسنوات ولا تحسب السنوات بمؤلفات لم تُنجز قط، وإنما يكتفي كل شيء بذاته في الحاضر ويكتسب كل فعل مغزاه في أوار السعي اليومي. «لا بد من القناعة بالنية»، قال لنفسه ما بين المتحمس والحذر.

طبعًا، لماذا لا ينظم كتاب أشعار يضمنه أفضل ما لديه من قصائد جاهزة، ويضيف إليها قصائد أخرى ينجزها لاحقًا؟ يمكنه البدء بنظم قصيدة لـ«خيل». وكتب بنفس واحد تقريبًا:

عزيزي «داثيو خيل مونروي»،
شعرًا أكتب إليك هذه الرسالة،
وأنا المتوحد الحزين،
أعيش أسير صداقتك النبيلة.

تفحص قصائده القديمة. عشرون منها على الأقل يمكن الاستفادة منها، بعد بعض الإصلاحات واللمسات وضمها إلى

عشرين قصيدة أخرى ينظمها خلال الشهور القادمة (وحتى في شهر واحد، بالنظر إلى حالة الإلهام التي هو فيها هذه الليلة)، سيشكل منها كتابًا من نحو ٦٠ أو ٧٠ صفحة، فضلًا عن المقدمة، ويعنونه «أشعار الحياة الفنية الكاملة». تحمس. فقد أنجز، إلا قليلًا، عمله البارع الأول، وهو يرى الكتاب، مع رسم سفينة شراعية على الغلاف، وبعض النوارس، والاسم بحروف كبيرة حمراء: «أغسطو فاروني». وما الذي سيقوله «خيل» حين يمسك الكتاب بين يديه، وخاصة عندما يقرأ المقدمة التي سينسبها إلى شخصية بارزة حقيقية أو إلى «غريغوريو أولياس»، تلميذه وكاتب سيرته؟ وبما أن الكتاب موجود بالفعل، وكذلك الاسم المستعار، وبما أن الشعر يتلخص في إضفاء المثالية على الأشياء، فلن يكون ثمة خجل وإنما فخر، لا حقيقة نسبية وإنما حقيقة عارية: شرعية، شاعرية. وسيُهدي الكتاب إلى أبيه، الأميرال، وإلى جده الكاتب بالعدل، وإلى أمه المسكينة وإلى العم «فيلكس»، الكردينال في روما. آه، لو أن عمه يرفع رأسه ويرى اسمه مطبوعًا تحت لقب صاحب النيافة، وليس أقل! وسيهديه بكل تأكيد كذلك إلى «خيل»: «إلى داثيو، صديقي البعيد الوفي». سيخرج من البيت والكتاب في جيبه، والعنوان ظاهر، وسيذهب إلى المقهى ويهدي نسخة إلى المعلم وأخرى إلى الآنسة. ومن يدري إن لم يقدِم المعلم، مقدرًا المقدمة والأشعار، على توزيعه في المنتدى؟ وعندئذ سيخرج هو، «فاروني»، إلى منتصف المنصة، إلى جانب العمود، وسيهتفون له كما في أحلام يقظته.

وفجأة خطرت له فكرة مبهرة أخرى. لماذا لم يخطر له من قبل أن يقول ذات مرة لـ«خيل» إن الحكومة قد أحرقت أعماله كلها ولم ينجُ منها سوى بعض المقاطع المقتضبة جدًّا؟ سيوضح هذه الكارثة في المقدمة، حيث سيقدم تعدادًا وملخصًا لأعماله الضائعة،

مع مقطع أصلي ناجٍ منها. الفرضية ليست خيالية، لأنه كان يمكن له ببعض الدأب أن يؤلف بسهولة روايات ودراسات متميزة. الخطأ الوحيد يتلخص في أنه لم يفعل ذلك، ولكن بما أنه يؤمن صادقًا بموهبته الفنية، وبما أن كل بيت شعر، وحتى كل كلمة، تُثبت أنه يكفي مضاعفتها من خلال العمل وجمع بعضها إلى البعض الآخر ليكون لديه عنوان عمل بارع آخر، فقد قلل من أهمية أنه لم يبادر إلى المهمة، وشعر بالرضا لمعرفته أنه لو عكف على تلك المهمة لكان أنجزها بنجاح. كم من الأعمال العظيمة يمكن لها أن تكون قد ضاعت في تحولات العصور، وكم من الأعمال كان يمكن ألا ينجو منها إلا بضعة سطور قليلة؟ وهكذا، متجاوزًا أي اعتبار آخر، اعتبر أن أربع روايات له قد كُتبت وفُقدت، وثلاثةُ مجلدات شعرية، وقصيدةٌ ملحمية (نجت منها ٥٢ ثُمانية وبيتان شعريان)، ودراستان، وكتاب رحلات، وعمل درامي. كما أنه سيقول في المقدمة إنه يمكن لتلك الأعمال الضخمة أن تكون مصادرة في أقبية إحدى الوزارات، أو سرداب مظلم في أحد الأديرة. أخرج ورقة نظيفة، وبعد أن كتب ووضع خطًّا تحت عبارة «بقايا أعمال «أغسطو فاروني» الضائعة»، بدأ يتخيل موضوعاتها وعناوينها، وكذلك المقاطع التي نجت حتى اليوم من الإحراق.

الرواية الأولى تحمل عنوان «حيوات متوحشة»، وتروي قصة «ماركوس»، وهو شاب مثقف، طاردته العدالة لأسباب سياسية، فأبحر إلى ألاسكا، حيث أصبح صياد أسماك بوسائل بدائية. ويعيش هناك في كوخ من جذوع الأشجار، ويأكل أسماك الرنة والسلمون. وفي كل عام ينزل إلى قريةٍ، ومعه حزمة من الجلود والفراء، فيشتري البُنَّ والملح والسكر والذخائر والويسكي. يرتدي فرو دب. وهو طويل القامة، جدِّي ومنعزل وانطوائي. لا أحد يعرف اسمه الحقيقي ولهذا

يدعونه «فولاذ». تكتشف الشرطة مكانه، فيهرب ذات ليلة مقمرة في زحافته، يطارده عن قرب قطيع من الذئاب. يتمكن من الوصول إلى شاطئ، ويبحر مندسًّا في سفينة متوجهة إلى الأمازون. فيعيش في الأدغال. وذات يوم تلسعه أفعى مرجانية ويتعافى في كوخ أسرة من المتوحشين. ويسميه المتوحشون «ماينو»، وهذا يعني في لغتهم «من لا يبتسم أبدًا». يتعرف في أحد الأيام على امرأة باهرة الجمال، ينقذ حياتها بطلقة واحدة حين تكون أفعى أنكوندا على وشك ابتلاعها. المرأة تدعى «فيكي»، وهي ابنة ملياردير أمريكي، ملك صناعة السيارات. وقد جاءت في رحلة استمتاع وتحطمت طائرتها وسط الأدغال، ولم ينجُ من المسافرين أحد سواها. يقع كل منهما في حب الآخر. يقيمان بيتًا على إحدى الأشجار. ليال من الحب. ولكن الشرطة تعثر عليه فيضطران إلى الهرب في زورق نزولًا في النهر، إلى أن يصلا إلى جزيرة صغيرة مقفرة. يقضيان الشتاء في مغارة، يأكلان أسماكًا وثمارًا برية. تلتقطهما سفينة متوجهة إلى نيويورك. سعادة الأب الأمريكي. تعيين «ماركوس» الذي غيَّر اسمه إلى «لوك تيرنر» مديرًا لأحد مصانع السيارات. أحد موديلات سيارات المصنع يُعمَّد باسم «فيكيتور»، ويُصمم له شعار على شكل قلب حب. ولكن الشرطة تظهر مجددًا. يجري تبادل إطلاق نار ومطاردة بالسيارات. يهرب «ماركوس» ويصل إلى الجزيرة الصغيرة. يعيش هناك وحيدًا، حزينًا، ينظر إلى الأفق على الدوام. وذات يوم يظهر زورق. إنها «فيكي» وقد تخلت عن الحضارة وقررت الالتحاق بحبيبها «لوك». يركض كل منهما نحو الآخر على الشاطئ، يتعانقان أخيرًا، وبعاصفة مزمجرة في الخلفية، تنتهي القصة.

نظر «غريغوريو» إلى الساعة: الثانية فجرًا. وبكل رباطة جأش، كتب بصورة مؤقتة المقطع الأول الناجي من الرواية: «كان الليل

يفرد جناحيه بصمت على ليل القطب الشمالي اللامتناهي. النجوم تتلألأ في الاتساعات النقية الزرقاء الشاسعة، وحفيف الغابة العميق يملأ الروح بالغموض والرعب والعذوبة. وفي وحدة كوخ مبنيٍّ من جذوع الأشجار، وفي نور الضياء، هنالك شاب له وجه قاس وكئيب يقرأ بحزن كتابًا لأفلاطون. في وجهه اللامبالي ترتسم علامة مصير وحيد ومحتوم. في البعيد تعوي الذئاب، ويشير ميزان الحرارة في الخارج إلى ثمانين درجة تحت الصفر. أما في الداخل، فروح الشاب تُستنفد في نار الحكمة والحنين والألم».

أعاد قراءة الفقرة وبدت له معقولة وفنية. «يمكن أن يكون رجلًا ذا موهبة»، قال لنفسه. ودون أن يمنح نفسه لحظة راحة واحدة، مبذرًا الإلهام دون حساب وبتجاوز للعقلانية، صاغ كذلك ملخص عمل درامي: «دونيا غلوريا»، امرأة جميلة وبدينة، ضخمة الثديين والإبطين، يشتهيها الميكانيكيون وبائعو الحليب، ذواقة مأكولات، خبيرة ومنشدة غنائية عظيمة، تعلق إلى حدِّ الضياع في حب حارس بلدي غير مبال بها، ولكنه يتنهد بدوره هيامًا بشابة نحيلة وشاحبة تدعى «كارنتونيتا». وذات ليلة، تنوم «دونيا غلوريا» منافستها بأغنيات عيد الفصح وعيد الغِطاس وتحل محلها. وتتجول ممسكة بذراع «دومينغين»، وهذا هو اسم الحارس البلدي ذي الشارب المهيب، يحدث ذلك في ليلة قاتمة من ليالي سبتمبر. وتتمكن بضحكتها وبرائحة إبطيها الطازجة من سحره وإيقاعه في حبها. ولدى الوصول إلى ساحة مضاءة، ينتبه «دومنغين» إلى الخدعة ويتوقف مذهولًا. ودون أن تتوقف «دونيا غلوريا» عن الكلام والابتسام، تواصل سيرها وتختفي في البعيد. دراما شعرية، لم ينجُ منها إلى الآن سوى أربعة أبيات: ««كارنتونيتا» نائمة/ على وسادتها المدورة/ و«دونيا غلوريا» تتمشى/ ممسكة بذراع «دومنغين»».

وبتردد ترك القلم جانبًا، كما لو أنه ملعقة مستخدمة، وخرج إلى الردهة. وأحس مرة أخرى بافتتان الشاعر الساهر، وتخيل نوم المدينة كبحر هائج يغامر هو عبره في زورق متوحد. رجع إلى المنضدة، صحح المقطعين وتوسع فيهما، وفي الساعة الثالثة تمامًا استلقى للنوم.

كان يشعر بالرضا والتعب. سمع دقات الساعة الرابعة، بينما هو مستغرق في نسج خيوط حبكة رواية أخرى تروي قصة مدينية عن موسيقي متجول. وما كاد يصل إلى ذروة النعاس حتى انكشف له اسم الفنان، «إلياس ثينتيَاس»، بل إنه توصل كذلك إلى تخيل بداية عمل درامي آخر، أكثر سهولة ومأساوية وواقعية، لأن الدراما التي انتهى من نظمها لم ترضه بالكامل.

الفصل الثالث عشر

بعد أربعة شهور من ذلك، كان قد كتب اثنتي عشرة قصيدة وأنهى ملخصًا توضيحيًّا لأعماله الكاملة. لن ينسى «غريغوريو» أبدًا ذلك الثلاثاء من شهر أغسطس حين اتصل به «خيل» ناقلًا إليه خبر أنه قرأ اسم «فاروني» في الجريدة للتو. صاح:

- إنها أمامي هنا، رسالة يدور الحديث فيها عنك بمديح كبير. ويرِد فيها اسمي أنا أيضًا، تصور! ولهذا السبب أتصل بك دون موعد.

قال «غريغوريو» باحتراس وهو يستند إلى مسند المقعد.

- رسالة؟

- أجل، رسالة. تصور حالي حين قرأتُها. عنوانها «عبقري منسي». عندما قرأتُها ورأيت اسمك انقطعت أنفاسي. لقد قرأتها أكثر من مئة مرة وأرغب في عرضها على جوالين آخرين، لأني تحدثت إليهم عنك، وإن بصورة متكتمة، وهم يظنون أنك لست بالأهمية التي أحدثهم بها عنك. لو تدري مدى الفخر الذي أشعر به! وأبي، ما الذي سيقوله أبي إذا ما رأى اسمي هنا؟ إنها أمامي، في الجريدة. ألم تقرأها؟

- لا، بل إنني لم أعلم بها.

- لم تعلم بها؟ هذا ما يعنيه كونك رجلًا عظيمًا. تُذكر في الجريدة ولا تعلم بذلك. أتريد أن أقرأها لك؟ لقد حفظتُها عن ظهر قلب تقريبًا.

قال «غريغوريو» بإذعان:

- حسن، فلنرَ ما تقوله الرسالة.

- اسمع إذًا، لأنها رسالة جميلة جدًّا، وسترى ذلك. سأقرأُ الآن: «السيد المدير: مستنجدًا بروح العدالة العالية التي تميزك، أكتب إليك هذه السطور، وأنتظر أن تجد طريقها للنشر، على أمل لفت الانتباه إلى أحد أعظم رجال عصرنا وأكثرهم عرضةً للتجاهل، ومن حَكَمَ عليه الحسدُ والجهل، وربما الحقد، بأشد أصناف النسيان مدعاة للعار والأسى. إنني أشير بكلامي، مثلما لا بد أن يكون أكثر من شخص قد أدرك ذلك، إلى «أغسطو فاروني». لستُ أجهل أن الزمن، وهو أعظم قضاة التاريخ، سيضع كل امرئ في نهاية المطاف في المقام الذي يستحقه، وعندئذ لن يحتاج إلى مدافعين عنه، لأن مؤلفاته ستدافع عنه أكثر مما يحتاجه. ولكن واجبي، ككاتب سيرة هذا الشخص العظيم، فضلًا عن تعطشي إلى العدالة، وكذلك حنقي الوطني، يضطرني إلى رفع الصوت وإشهار اسمه، كي لا يجد أحد ذريعة عندما نجد أنفسنا، مرة أخرى، عرضة لعار أنهم يكتشفون في الخارج أحد عباقرتنا قبلنا، وكي لا يأتي من يتعلل بأن أحدًا لم يخبره في الوقت المناسب، وليعرف كل واحد منا الجزء الذي سيصيبه من الذنب والعار في المستقبل. إنني أعرف أيضًا، أيها السيد المدير، أن «فاروني» لن يستحسن هذه الرسالة، لأن أسلوب حياته البسيط حوَّله إلى عدو لكل أشكال التباهي، فهو يفضل كفنان عتمة غرفته فوق السطح على البريق الاجتماعي، ويفضل دربه النائي والشاق كعالم وحكيم على ترف المجد وأبهته. وهذا ما يفسر أنه هو نفسه يفضل أن

يجري نسيانه وتجاهله. وفي تخليه عن التشريفات والأضواء، يعمل بمهانة في مكتب وضيع، دون أن تُسمع منه كلمة احتجاج واحدة. من المستحيل تلخيص مؤلفات المعلم، ولكنني سأحاول ذلك واثقًا من كرمكم، وسأفعله بأقصى ما أستطيعه من الإيجاز. فهنالك من جانب نشاطه في منتديات ثقافية مشهورة، حيث يكون الشخصية المحورية، وحيث يمكن للفضولي أن يسمعه يحاضر حول المسائل العلمية والفلسفية العويصة، أو يستمع إلى أشعاره أو قصة رحلاته المشوقة، ويفتتن الناس بسعة علمه ورشاقة أسلوبه الخطابي. ففي سنوات عمره التسع والعشرين (مع أنه لا أهمية للسن في هذا المجال)، ألَّف أربع روايات، ودراستين، وكتابي رحلات، وثلاثة دواوين شعر، وعملًا دراميًّا. لن أُعددها كلها كي لا أطيل عليك، ولكن كيف لي أن أنسى روايتي «أسماء للخلود» و«أنتظرك في اسطنبول»، دون أن آتي على ذكر «حيوات متوحشة» أو «مأساة موسيقي متجول»، حيث يروي نكبات عازف غيتار يدعى «إلياس ثنتيَاس»؟ وكيف لا أذكر كتابيه الشعريين «كلمات سحرية»، و«دارس البِحار»، ولكنني لن آتي على ذكر «أشعار الحياة الفنية الكاملة»، أو كتابه البحثي «كائنات وكيانات»، وعمله الدرامي «اختلاجات» أو قصص رحلاته «العالم في منديل» و«شاعر في القطب الشمالي»؟ وكيف لي أن أصمت أيها السيد المدير عن القصيدة الملحمية المؤلفة من ٢٠٠٠٠ بيت شعري، والمعنونة «الغازي التائه» التي يقوم بنظمها الآن؟ حسنٌ إذًا، على الرغم من هذه المزايا الاستثنائية، كم عدد الناس في هذه البلاد (وليس في باريس أو روما، حيث يقدرونه أكبر تقدير) الذين سمعوا شيئًا عن «فاروني»؟ كيف يمكن لرجل له هذه القيمة ألا يكون جديرًا بمقعد في الأكاديمية الملكية التي يمكن لنابغة الكلمات هذا أن يضيف لها الكثير؟ إننا في ازدياد كل يوم نحن من نتبع خطى هذا

المعلم. فهنالك منتديات فكرية ومراكز ثقافية تحمل اسمه، ولاسيما في الخارج، وعما قريب، سيُقدم أحد تلامذته المعجبين به، المدعو «داثيو خيل مونروي»، على تأسيس «منتدى «فاروني» الثقافي» ولا شك في أن آخرين كثيرين سيحذون حذوه قريبًا. وأنتهز الفرصة هنا، وأنا أنهي كلامي، لأقدم التكريم لمن اكتشف في «فاروني» أحد عظماء فناني عصرنا غير المعروفين. وأُنهي بالقول: إلى متى تستمر فضيحة التجاهل هذه؟ إلى متى يستمر الحسد والجهل؟ وهل هو محكومٌ على هذه البلاد المباركة ألا تتعرف إلى رجالها العظماء وهم أحياء؟ شكرًا سيدي المدير لنشركم هذه الرسالة. شكرًا باسم التقدم. التوقيع: ممثل المنتدى الثقافي في مقهى الدارسين،«غريغوريو أولياس».

احتفظا بصمت طويل وتضامني. وأخيرًا قال «خيل»:

- سيد «فاروني»، لم أكن أعرف إلى أي مدى أنت مشهور، وبعد أن قرأتُ هذه الرسالة صرت أشعر ببعض التردد في التحدث معك. فالأمر يبدو لي كما لو أنني أتحدث إلى «إديسون».

همس «غريغوريو»:

- ما كان على «غريغوريو أولياس» هذا... أن يفعل ما فعله.

- أما أنا فأرى أنه أحسن صنعًا. فيعلم الناس جميعًا من تكون!

أخفض «غريغوريو» صوته:

- ومن تكون أنت أيضًا، لأن اسمك مذكور في الرسالة.

- أجل، هذا ما لا أفهمه. كيف أمكن ذلك؟

قال «غريغوريو» بخيبة أمل:

- لأن كتبة السيرة يعرفون كل شيء. ضع في اعتبارك أنني ألتقي بكاتب سيرتي كثيرًا، وليس لدي أسرار أخفيها عنه.

- بدأتُ أفهم. ولكن ما الذي سأفعله الآن، فهو يذكرني في

الرسالة باسم «داثيو خيل مونروي»، والجميع يعرفونني باسم «خيل» فقط. كيف أستطيع إقناعهم بأن المذكور في الجريدة هو أنا؟

- قل لهم الحقيقة، إنه اسم مستعار.

- لن يصدقوا ذلك. ولكن تصور أي فخر سأشعر به لو كان بإمكاني عرض الجريدة والقول: «أنا أعرف «فاروني» العظيم، أحد أعظم عباقرة العصر وصديقي، وهذا المنتدى الثقافي سأؤسسه أنا»! وأن أضع في بطاقتي: «مؤسس منتدى «فاروني» الثقافي». وأن أقول: «بهذا الاسم عمدني «فاروني» العظيم كي أترأس المنتدى». ولن يتجرأ أحد على الشك بكلماتي، أتدري؟ لقد تحدثتُ عن المنتدى إلى «سوكوريتو» وفكرتُ في أن أزينه بلوحة تمثل منارة بحرية، كما في المقهى، وبصورة لك أيضًا، ما رأيك؟

فوجئ «غريغوريو»:

- صورة زيتية؟

- صورة زيتية لك.

- الحقيقة... ليس لدي أي صورة زيتية ملائمة.

- ولكن يمكنك طلب رسم صورة لك، أليس كذلك؟

- لا أدري، سوف نرى. أنت تعرف أن التباهي لا يروق لي، فضلًا عن أنه قد يكون خطيرًا.

- أجل، ولكن لاحظ كم سيبدو ذلك جيدًا. كما أنني أفكر في أن أجعل من الجدران «متحف فاروني»، بأشياء خاصة بك ترسلها إلي. سيكون جميلًا جدًّا، ألا ترى ذلك؟

- الحقيقة أنني لا أدري ما الذي يمكنني إرساله إليك.

- أشياء شخصية لديك. حسنٌ، وكيف يمضي العمل في «الغازي التائه»؟

أوضح «فاروني» أن العمل يتقدم ببطء لأنه كان مشغولًا في

الوقت نفسه بترتيب كتاب يضم قصائد قديمة وجديدة، وسيظهر في الخريف تحت العنوان الكلاسيكي «أشعار الحياة الفنية الكاملة»، وأن العمل لا يسمح له بزيارة المقهى.

- بل إنني لا أجد الوقت للقاء بكاتب سيرتي.

قالها محافظًا بذلك على مخرج في حالة وصول «خيل» إلى افتتاح المنتدى حقًّا. ولكنه أخبره بالمقابل أن إهداء الكتاب الجديد سيكون موجهًا إلى عدة أشخاص، أحدهم صديقه «داثيو خيل مونروي».

ذُهل «خيل»:

- أنا؟ أهذا ممكن؟

- كي تعرف أنني أقدرك أكثر مما تظنه. في شهر ديسمبر، عندما يصدر الكتاب، سأرسل إليك نسخة منه.

ذاب «خيل» في الشكر والامتنان وأغلق الهاتف كالعادة وسط اعتذارات ولعثمات.

عندئذ أغمض «غريغوريو» عينيه بينما يده لا تزال على سماعة الهاتف، وتذكر تلك الليلة من شهر يوليو، حين عجز عن كسب ولو سطر واحد من الفقرات الناجية من روايته «مأساة موسيقي متجول»، وخطرت له فجأة فكرة الكتابة إلى جريدة الأقاليم التي يقرأها «خيل»، وكان قد تقصى عنوانها عبر الهاتف. تخلى عن الأعمال الأدبية الشاقة، وخلال ثلاث ليالٍ متتالية، وبعد إتلافه أكثر من عشر مسودات، حرر نسخة الرسالة النهائية. ولمقاومة الوساوس، فكر في أنه بعد أن يصنع لنفسه اسمًا سيجد متسعًا من الوقت لصياغة الكتب المنسوبة إليه كما لو أن تلك الأعمال موجودة في الواقع. «ما افتقدته هو المواظبة، وليس الموهبة، ثم إن الأعمال موجودة في دماغي»، علل الأمر، لأنه في تلك الأثناء كان قادرًا على أن يتخيل شخصيات قصصه ومواقفها

بتفاصيلها الدقيقة، وكان يستغرق فيها أحيانًا لساعات متخيلًا أحداثًا جديدة. ولكنه بعد أن استمع إلى الرسالة من فم «خيل»، فكر في أن المهزلة آخذة باكتساب مظهر واقعي خطير. ومع ذلك بدا له أنه محكوم عليه بالكذب أكثر من أي وقت آخر لأنه، وقد صار يذهب الآن كل يوم سبت إلى المنتدى، فإنه يجد نفسه مضطرًّا بالضبط إلى أن يقول لـ«خيل» إنه لا يذهب، بحيث لم يعد يتوصل إلى التوافق مع الواقع ويبدو ذلك كما لو أنه يلعب مع الواقع لعبة القط والفأر، أو أي لعبة أخرى لا نهاية لها. الاثنين والخميس للحديث مع «خيل»، وأيام السبت لحضور المنتدى، و«أنخيلينا» تحضر له ملابس الأعياد، وبملامسة إصبعه السبابة حافةَ القبعة كان يخرج محييًا الجيران.

الواقع أنه بعد أربعة شهور من المواظبة الصارمة على الحضور، صار البعض يعرفونه في المقهى ويستقبلونه بإيماءات تواطؤ غامضة. وعلى الرغم من أنه لم يجلس قط في الصفوف الأمامية التي تبدو محجوزة لأعضاء المنتدى القدماء، وكان يفضل المراقبة عند العمود والاكتفاء بأن يُرى وأن يكون هناك، إلا أنه احتل، واقفًا، ذات مساء مكانًا في الدائرة الكثيفة القريبة من المعلم، حيث لم يكن من السهل متابعة العرض كذلك، لأن جماعة الواقفين، بسبب التدافع، تتقهقر إلى الوراء بحركة المستمعين الأماميين، فكان ينزلق فجأة باتجاه المعلم أو يتراجع مبتعدًا عنه، وفي تلك الحركة المائجة والمتواصلة يذهب الصوت أيضًا ويجيء، ولا تلتقط منه سوى نتف متفرقة، تكون في معظم الأحيان بلا معنى. وكان «غريغوريو»، من جهة أخرى، يركز على الآنسة أكثر من تركيزه على المعلم، وكانت هي نفسها تلتفت أحيانًا- أو هذا ما بدا لـ«غريغوريو» على الأقل- كي تنظر إليه هو بالذات، وبمجرد تخيله تلك النظرة يشعر بأن عظامه تطفر، بينما تأخذ أحشاؤه، المركزة على تقلب عادي، بتبديل أمكنتها.

وهكذا سرعان ما صار ينتظر أيام السبت بقلق مشابه لقلقه في أيام حبه الأول، حين كان فيض المشاعر يحكم عليه بسلوك متناقض، وحين كان أي فعل يلغي فعلًا آخر، ولم تكن ثمة فكرة لا تتحول إلى معضلة. كان يقضي الوقت بالنظر مفتونًا إلى كتفيها أو إلى مشاغبات شعرها حين تدفعه إلى الوراء في حركة مستخفة، مبعثرة إياه على ظهرها كأنه رمل حي، فتكشف بذلك صورة وجهها الجانبية المتفلتة، ورؤية مقتضبة للشفتين المفتوحتين قليلًا بجدية أو ابتسام، وانحناءة العنق التي تزهو تلميحًا، والنظرة ذات العذوبة اللامتناهية، الخفية والحارقة، فيعذبه ذلك كله بلا رحمة. لقد كانت تلك النظرات العابرة أشبه بإبر، بخناجر، بأشواك، بسهام جليد تتوجه مباشرة إلى جراح الشهوة العميقة. ولكن أسوأ ما في الأمر أن ذلك الجمال بعيدَ المنال كان يُعرض للخطر صورة «فاروني» الذي يرى «غريغوريو» أن الحب مسألة سهلة لديه. ومع أنه حاول ازدراء تلك الآنسة بإقناع نفسه بأنها ليست نمطه المفضل، أو بالتفكير في أنها تفتقر إلى الروحانية، أو أن نهديها تافهان، أو أن شرطه السامي كفنان يتطلب منه تخليًا شبه رهباني وأن تلك المرأة ستكون بمقام حوريات البحر للملاح الطائش وغير الحذر، إلا أن ذلك كله لم يكن مجديًا، لأن ذكراها تلاحقه كألم غير مُدرك، يرتفع أحيانًا بوخزة مفاجئة. فعل كل ما يستطيعه لتجنب أحلام اليقظة الاعتباطية، إلى أن حدث ذات سبت، وكان مثقلًا بالقلق، أن ذهب إلى المرحاض متجاوزًا بَسْبَسات أبي «الماريات» الثلاث، ومارس هناك العادة السرية قبالة مرآة مغبشة - وقد ألصق وجهه بالمرآة تهربًا من إغواء النظر إلى نفسه. وفي الهجمة النهائية، داهمه إحساس أسى جارح مختلط باللحظة الحرجة المتسلطة حول الندم إلى انفجار لذة مبهم. تقبل الحدث كدليل آخر على انصياعه لقوانين الواقع البسيطة، وابتداء من ذلك المساء بدأ غزوة غرامية

حساسة يتداخل فيها ما هو حقيقي وما هو محتمل بنسب معقولة. وكان يأمل بهذه الطريقة أن يهرب إلى خجل التخيل الخالص.

ولأنه لم يكن يجهل ما يمكن لشاعر - لديه كتاب مطبوع ومزايا رائعة - أن يخلفه من أثر في قلب امرأة، أخذ في الاعتبار المكاسب المستقبلية وأغمض عينيه في إحدى ليالي شهر يونيو ورأى غلاف كتابه: في الأعلى اسمه بحروف منتصبة رعبًا كأشواك قنفذ، تليه سماء قاتمة، وطيران نوارس ثابت، ومجموعة صواري السفينة المعقدة، وتحتها عنوان الكتاب متأرجحًا على الأمواج. وفجأة اكتسبت الصورة حياة. فقد اهتزت السفينة وزعقت النوارس. خرج أسرعها من المشهد محلقًا، وتابعت الكاميرا طيرانه حتى وصلت إلى أبواب حديقة بعيدة. دخلت في الأجمة الكثيفة وتوجهت إلى بقعة أرض خالية من الأشجار حيث توجد نساء بملابس سهرة ورجال بربطات عنق لها شكل فراشات يرقصون على أنغام موسيقى أوركسترا. وهنالك مسبح ومظلة سرادق، في منتصفها مجموعة أعمدة كلاسيكية مزينة بنباتات متسلقة خفيفة. وهناك كان هو نفسه، «فاروني»، واقفًا، مشعًّا بملابسه الاحتفالية، يدفع أرجوحة تجلس فيها امرأة ترتدي ثوبًا أبيض ضبابيًّا، في وضع حالم، مستسلمة لحركة ذهاب الأرجوحة وإيابها، تضحك مع كل إياب. ظلا على تلك الحال لوقت لا بأس به، إلى أن قفز هو أيضًا إلى الأرجوحة بحركة من وركيه، ضغط نابض علبةٍ وقدَّم لها سيجارة. وبينما هما يدخنان دون مبالاة، ويستنفدان الضحكات، تركا حركة الذهاب والإياب تتوقف. أدار عندئذ جذعه وتعالى به فوق المرأة، وأبتسم لها ابتسامة دنيوية، أرستقراطية ورجولية. أخفضت المرأة رأسها فلمع الدرب في الظلام. رفع وجهها بظاهر أحد أصابعه وأجبرها على النظر إليه، وعندئذ فقط تعرف إليها بوضوح لا ريب فيه.

قال ساخرًا:

- أنا «فاروني».

فأخفضت رأسها من جديد وكأنها تشعر بالخجل، وهزته بكآبة جلية وقالت:

- أعرف أنك «فاروني»، الشاعر. لقد قرأتُ كتابك الرائع وأعرف أنك كنت في القطب الشمالي وأنك ساحر.

انسل بذراعه الحامي فوق كتفيها، وجذبها ضئيلةً إلى صدره ورتل لها في أذنها أغنية البحار الحزين. ومع البيت الأخير من الأغنية انبثق من الصمت خرير ماء غير مرئي، وسُمع في الأجمة نداء طائر متغطرس، وسُمعت في البعيد نغمات أوركسترا راقصة. وللحظة خلط بين أزيز بطارية الكاميرا ونهدي الآنسة وتنفسها المتقطع، وكانت آخذة بتحليق خفيف مع ارتعاش شفتي «فاروني» الصامت، وراحت تنظر إليه الآن بثبات بينما هو يرخي قبضته ويبتسم لها بعذوبة صادقة، ويقترب أكثر فأكثر، إلى أن دفع حافة القبعة فجأة إلى أعلى، وطوق خصرها، ثم أسند ظهرها إلى مسند الأرجوحة، وقبَّل شفتيها المشعتين وأحس أنه محاط برائحة الليمون الفاخر.

الرقة نفسها التي تجعله يتصرف كمجرب، كشفت له اللحظة التي بدا أن الحب يطالبه فيها بالمجون. وفيما هو ماض في تلمسه الأعمى باحثًا بين أزرار ثوبها، أحس فجأة بإغراء التلفظ باسمها، وبدلًا من أن يفتح فمه فتح عينيه ورأى على السقف انعكاس أضواء سيارة.

انتبه عندئذ إلى أنه لا يعرف اسم تلك المرأة. فبحث لها عن اسم على الفور. استبعد اسم «فيكي»، و«آمبارو»، و«إستير»، و«روساليندا»، واختار لها اسم «تريسا». تمكن من فك زرين من أزرار الثوب وأحس في أصابعه بحرارة البشرة الحميمة، ولكن

ما حدث هو أنه ما إن تلفظ باسمها حتى تحلل حلم اليقظة، أو أنه تسبب في ظهور مارة فضوليين، وقد كانوا هم أنفسهم طيلة الوقت: المعلم، يتبعه عن قرب الكائن الرمادي، و«أليسيا» مع كلبها، و«إيليثيو» بإكليله المأتمي، ووالد «الماريات» الثلاث وفي قبضته زهرة عارية، فيضطرونه إلى التراجع مجددًا إلى تلك اللحظة التي يقفز فيها إلى الأرجوحة، ويضغط النابض ويقدم سيجارة. لقد كان عملًا مرهقًا. ومرة أخرى، حين كان على وشك بلوغ ما بين الساقين، نهضت «أنخيلينا» وهي نائمة وصرخت:

– سأطرز غطاء الرأس الذي أرسلته إلي، سأطرزه تطريزًا عظيمًا بمثل عظمتك.

ومستنفَدًا، انتهى الأمر بـ«غريغوريو» إلى النوم.

عاد إلى الإخفاق في ليال أخرى، فاسم «تريسا» زائف ولا يتفق مع الرواية التي يتطلبها المشهد. إنه بحاجة إلى نقاط مرجعية حقيقية، ومنها معرفة اسم الآنسة الحقيقي وأن تعرف هي اسمه، كي لا يحدث أن تسميه «لوك تيرنر»، مثلما جرى في إحدى نسخ أحلام يقظته. وهكذا ذهب في يوم السبت التالي إلى المقهى. تجاوز أشخاصًا من أعضاء المنتدى، وتوغل بين جماعة الواقفين المتماسكة وشق طريقه إلى الصف الأول. وربما شدت الاحتجاجات انتباه الآنسة، فالتفتت ونظرت إليه. أومأ لها برأسه في نوع من التواطؤ. وكما في المرات الأخرى، لم يفهم شيئًا من الحديث الدائر (كان اهتمامه منصبًّا على عدم التخلي عن مكانه أكثر من اهتمامه بأي أمر آخر، وكانت هناك على الدوام مجادلة جانبية ما يحاول الجميع إسكاتها، محدثين بذلك مزيدًا من المجادلات ومحاولات الإسكات الجديدة)، ولكنه عندما شارف وقت المنتدى على نهايته سمع أن الآنسة تدعى «مارلين». عندئذ أوقع بعض بطاقاته التعريفية ودفعها بقدميه إلى الأمام، على

أمل أن تصل واحدة منها إلى «مارلين» والمعلم، فينتبهان إلى وجود «فاروني»، من أجل إهدائهما الكتاب عند صدوره في ديسمبر. لم يحالفه الحظ، ولكنه توصل في حالة الفوضى النهائية من الاقتراب من المنضدة وإفلات نصف دستة من البطاقات بين أوراق المعلم. رآه يغادر، وبرفقته «مارلين»، ورأى كيف كنس النُدل بطاقاته التي داستها الأقدام. عندئذ سأل عضوًا في المنتدى تأخر في المغادرة:

- من تكون هذه الآنسة التي تجلس قريبًا من المعلم؟

- إنها «مارلين».

- ومن هي «مارلين»؟

أجابه:

- الآنسة التي تجلس قريبًا من المعلم.

قدَّم إليه «غريغوريو» إحدى بطاقاته.

- لماذا تعطيني إياها؟

- تقدمة مجاملة.

قرأها الرجل ووضعها في جيب سترته.

قال مع انحناءة احترام مقتضبة:

- هذا شرف لي.

في تلك الليلة بالذات أعاد غزوته الغرامية. تابع النورس الطائر، وسار في الدرب الرملي ووصل إلى الساحة المستديرة. رأى حذاءه الأبيض يخرج من منعطف مفاجئ ويتوقف قبالة الأعمدة. كان يحمل في يده زهرة قاتمة، ذات ساق طويلة، قطفها أثناء مروره بمهارة سهلة وهو يحملها الآن مدلاة مثل مقرعة أو غنيمة صبيانية. تقدم بضع خطوات أخرى. مدركًا تقدمه على قشرة الكوكب، وشاعرًا أن تحت قدميه نبضًا منجميًّا متوقدًا، وصل إلى جانب الأرجوحة، هزها تحت النجوم، قفز إليها وهي تتحرك، ضغط نابض العلبة وقدم سيجارة.

سمع «كليك» الولاعة والأوركسترا النائية. سمع نفسه يقول: «مساء الخير يا «مارلين»». ففتحت عينيها الزمرديتين قليلًا: «مساء الخير «فاروني»، يا رحالتي وشاعري». ما إن قبلها وهو يسند ظهرها إلى مسند الأرجوحة حتى كسب على الفور ثلاثة أزرار، وما إن دس يده في عري ساقيها المتأجج حتى هدد المشهد بالتلاشي، فعاد إلى نطق اسمها الحقيقي، ورددت هي اسمه، فأضاف هو: «فلنهرب إلى ألاسكا»، فقالت وهي تباعد ساقيها استجابة للمداعبة البطيئة: «إلى حيث تشاء يا حبي»، ومدت له يدًا أمسك بها واقتادها دون عنف إلى أشد أمكنةِ قلقه جزعًا. غفا وهو يسمع موسيقى الرقص. استيقظ بعد قليل، ودون أن يفتح عينيه، بحث عن موقعٍ شهد حلم اليقظة. كانت «مارلين» نائمة في الأرجوحة، مبعثرة الذراعين والساقين مثل ناجية من حالة غرق مُنهكة. الفستان مجعد، والشعر مشعث، وإحدى اليدين خرجت من الفوضى في أثناء سقوطها لتنفتح في الفضاء، إنها علامات الممارسة الغرامية التي جرت للتو. عندئذ زعق النورس في الجو ورجع إلى غلاف الكتاب، وبهذه الرؤيا انتهى حلم اليقظة.

عندما نهض وجد «أنخيلينا» قبالة إبريق القهوة في المطبخ. لم يبدُ التأثر على «بروفايلها» المضاء ببريق نار الموقد حين قال لها «غريغوريو»، نازعًا عن الأمر أهميته، إن الكتاب صار جاهزًا للنشر في ديسمبر.

أعلن كي يضفي على الموضوع قيمة عاطفية أو يومية:

- سيكون هديتي لكِ في عيد ملوك المجوس.

- وكم يكلف هذا؟

و«غريغوريو» الذي كان قد طلب تقديرًا للكلفة من المطبعة نفسها التي طبع فيها بطاقات التعريف، غامر بإعطائها رقمًا تقريبيًّا.

قالت «أنخيلينا» بنبرة محايدة:

- إنه غالٍ جدًا.

لحق بها «غريغوريو» حتى الصالون وهو يشرح لها الأسرار المالية لسوق النشر، وواصل الكلام بملء فمه محاولًا أن ينقل إليها عدوى انشراحه وتوريطها في حبائل الحس السليم.

قال وهو يضرب بحد إحدى يديه راحة اليد الأخرى:

- سأرسل الكتاب أولًا إلى كافة المسابقات الأدبية، وإذا لم يكسب أي مسابقة منها، وأنا أظن أنه سيكسب، فسوف أعرضه على المكتبات بحسم أربعين أو خمسين بالمئة، ومهما كان قليلًا ما يباع منه، وسيباع، فإننا سنكسب نقودًا.

- في البدء خرجتَ لي بملابس الكراكوز تلك، والآن تأتي بمسألة الكتاب... هذا تبذير.

قال لها وهو يزيح جانبًا فتات الخبز كما لو أنه يرفض اعتراضها:

- بالعكس، إنها صفقة جيدة. ففي المنتدى وحده سأبيع حوالي مئتي نسخة، وهذه النسخ، يمكن القول إنه متفق عليها شفهيًا. وسأرسل إلى صديق لي في الأرياف مئتي نسخة أخرى كي يعرضها هناك. أما المئة نسخة الأخيرة فسنبيعها بين المكتبات والجيران. وهكذا سوف أوصي على طباعة خمسمئة نسخة، وهذا الحد الأدنى الذي تطبعه المطبعة، وهي كمية تبدو لي قليلة، ويمكن القول إنها مباعة كلها عمليًا. وأيًا تكن النظرة فإننا سنكسب نقودًا. الأمر بسيط جدًا، انظري.

ومستعينًا بأدوات المائدة، كرر تفاصيل العملية التجارية.

قالت «أنخيلينا» وهي تنظف المائدة:

- هذه حسابات القبطان العظيم.

- اضحكي أنتِ، فقد يكون من تتكلمين معه عبقريًا.

قالت وهي تخرج من الصالة:
- يا للعبقري. «العبقري ميرلين».
لحق بها «غريغوريو» إلى المطبخ.
- أي اسم قلتِ؟
- «العبقري ميرلين».
- يا للاسم الجميل! «ميرلين»! من أين جئتِ به؟
- لا أدري، من الحكايات التي كانوا يروونها لي في طفولتي.
أحس «غريغوريو» عندئذ بفائض حنان، فاقترب منها وقبَّل شعرها. تضوَّعت منها رائحة ملابس مغسولة بالصابون ورائحة عصفور نائم. وكان لبشرتها اللون المتعب للرخام في الشتاء، وكان الشعر ملتبس الشقرة قد فَقَدَ إرادته وبريقه الأخير، ولا يُعبر إلا عن ممارسة غير واعية للنزاهة. لقد خامره في مرات كثيرة الانطباع بأنهما غريبان، وبأنهما فقدا فرصة التعارف بضربة حدس واحدة، في اللقاء الأول، مثلما حدث له مع «مارلين» التي بمجرد رؤيته لها أحس بأنه يعرفها طيلة حياته. أما الآن، وبينما هو يرى حركات «أنخيلينا» المتناوبة والمنهجية، وكامل عاداتها، وآثار الزمن في شعرها، بدا له أنه لا بد للانطباع من أن يكون ضربًا من سراب العادة. فكر في أن في الإنسان عدمَ تناسب عبثيًّا بين تعقيد الوجود (بكل أجهزة أحلامه، ومشاريعه، ومعتقداته، وكلماته، ولهفته) وبين قِصر أمده الفاضح، وأنه ليس من العدل أن نكون قد كبرنا متناقضين وقصيري الأجل لبعض الوقت وأن علينا الإذعان للتعرف إلى الكائنات العزيزة لدينا من خلال حركاتها، وابتساماتها، ونظراتها، وروائحها، ورموز أبراجها. ومع ذلك، وفي مواجهة المعرفة العريقة في القِدم، ما الذي كانه ذلك الكشف المفاجئ للعلاقة القديمة التي تنفجر بمجرد نظرة وتجعلنا نشعر للحظة بأننا خالدون؟ عندما تذكَّرتْ حكايات طفولتها،

والساحر «ميرلين»، لم يطرأ على «أنخيلينا» أي تبدل. واصلت جلي الأواني بوداعة بدت لـ«غريغوريو» أشبه بعذوبة متواضعة، بلا تباهٍ، ولكنها بدت حائرة جدًّا وسرية، حتى إنه حين قبَّلها وقالت: «دعك من التفاهات»، بنبرة لا تعني القبول ولا الرفض، خلطَ بإحساسٍ مفاجئ بينها وبين الأسى. عندئذ التفت إليها مواجهة، ونظر إلى عينيها. بحث فيهما عن أشباح الإخفاق والضجر الرهيبة، استدعاهما بنظرة حكيمة، ولكنه لم يجد فيهما سوى الطمأنينة، بلا شوائب تردد أو قلق. ظن للحظة أنه يمكنه إيقاظها من حلم الحياة، كما في الحكايات، بوساطة قبلة أو كلمة سحرية. بعد ذلك، راقب مرة أخرى دقة حركاتها، وتساءل إن لم يكن هو نفسه النائم، وإن لم تكن ثمة كلمة ممنوعة، مثل «أبراكادابرا»، تتحول الدنيا لدى التلفظ بها إلى حلم. تذكر عبارة تُقرأ معكوسة، «أتار أ لا راتا» («ربطُ الفأر») وكان هو نفسه قد حسَّنها في شبابه. فبعد أمسية كاملة في خربشة كلمات، بينما كان الموظفون الآخرون في المكتب قد خرجوا في نزهة إلى جبل، نهض واقفًا وقال بصوت عال: «نوتار إي أتار أ لا راتا إي راتون» («ملاحظةُ وربطُ الفأر والجرذ») وبدا له يومذاك أنه شخص مختار، رجل مدعو بالقوة إلى مهمة عظيمة.

نأت «أنخيلينا» بوجهها وعاد هو إلى أحجيات مهنته. كان يرغب في التقدم باعتذار، ليس بكلمة واحدة وإنما بخطبة يتحول فيها الاعتذار إلى مرافعة، بطريقة تتيح له هو أيضًا الدخول إلى امتياز الشفقة، غير أن الأم دخلت في تلك اللحظة بردائها ذي الببغاوات وبشَعر فيه بقعةٌ ملساء من أثر النوم وأحاطتهما بصمت تأنيب غير متناهٍ. منذ الليلة التي ظهر فيها «غريغوريو» مرتديًا زي «فاروني» لم تعد تتكلم إلا نادرًا، وصارت تعيش مستسلمة بالكامل للممارسات الدينية. تصلي أحيانًا في أي وقت. وقد اخترعت صلوات جديدة

وأقرت تراتبية صارمة للقديسين ومختلف تجليات السيدة العذراء، ومنحت لكل ألوهية ما بدا لها مناسبًا من الصفات والميزات. وفي أعلى المذبح الذي أقامته على خِوان الزينة في غرفة نومها، وضعت القديس جاورجيوس على رأس قائمة القديسين، وكانت رموزه تتمثل بمهماز وسن كلب، لأن فيهما تشبهًا بالتنين. ويليه القديس «أنطونيو ماريا كلاريت»، ممثلًا بدلو ماء وبكرة خيط أبيض لؤلؤي؛ والقديس فرنسيس الأسيزي يُمَثَّل بمنحوتة زنجية وريشة قبرة، وأخيرًا القديسة «كاتالينا» برموزها المتمثلة بنخلة شهيد وكتاب مجادلات لاهوتية. ولعدم وجود كتاب آخر أفضل وُضع مجلد أنظمة عسكرية. بل إنها اخترعت قديسًا يشفي كل تلك الأمراض التي ليس لها وسطاء إلهيون حتى لو كانت أمراضًا خفيفة وتكاد لا تُلحظ. وأطلقت عليه اسم القديس «إسبولون» وكان رمزه علبة بودرة فارغة، وضعت فيها حفنة رمل.

عند رؤيتها هناك وهي تحرك السكر في فنجانها، وتبالغ في آلامها، ويُغمى عليها في تأوهات الألم، وتخرج أخيرًا من المطبخ يتبعها عن قرب جُلجل الكلب، امتلأ «غريغوريو» بالشفقة على تينك المرأتين اللتين لا تقدمان أكثر مما تملكان ولا أقل مما يمكنهما تقديمه. وفي طريقه إلى المكتب، كان عليه أن يستعين بأفضل قناعاته كي لا يسقط مجددًا في إغواء الندم.

هكذا انقضى شهر يوليو، ودخل شهر أغسطس، بينما «غريغوريو» يمضي الساعات في نظم أو تصحيح أشعار الكتاب، وتجويد أعماله الكاملة وهو يفكر طيلة الوقت تقريبًا بـ«مارلين». استعاد بكثرة مشهد الأرجوحة، وبما أنه صار يعرف الآن اسمها وصارت هي تعرف بكل تأكيد اسمه، لم يقتدها في أحيان كثيرة إلى النهاية العادلة وحسب وإنما توسع معها إلى أوضاع منزلية حميمة – في غرفة على السطح

- اكتسبها ليلة إثر ليلة، وتفصيلًا إثر تفصيل، إلى أن توصل إلى معرفة مجهرية دقيقة وواقعية لكل ما فيها.

وكي لا يدخل في فرضيات مبكرة، أقسم على أن لا يُخبر «خيل» بالغزوة الغرامية التي سرعان ما أخجلته أحداثها بقدر ما علقته بأوهام مشوشة. ولكنه ذات صباح، في أواخر الصيف، وجد في المكتب رسالة باسمه. كانت من «خيل». وفي داخلها وجد صورة، وعلى خلفية الصورة إهداء مكتوب بقلم رصاص: «إلى فنان العصر العظيم «فاروني»، كي يتعرف إلى خطيبة أكبر المعجبين به وصديقه الوفي، «داثيو خيل مونروي»». وتحت الإهداء ملاحظة: «الصورة ملتقطة في قاعة الطعام في البنسيون. ما رأيك بالمكان الذي سيتحول إلى منتدى ثقافي؟ لقد جرى تعديله وهو مكان جميل، ألا تظن ذلك؟ دقق في الصورة ولنرَ ما رأيك بها».

إنها قاعة فسيحة حقًّا، باتساع متجر. على الجدران، وفوق بياض أعمال البناء الحديثة الطازج، توجد ثلاث لوحات: واحدة تمثل حقل زرع منبسطًا، وأخرى تمثل العشاء الأخير، والثالثة لفنار بحري وسط صخور تلطمها الأمواج. وهناك يتعايش الخاص والعام. ففي إحدى الجهات ينتصب صوان سفرة قاتم، عليه ما يشبه زُريقاء محنطة ومخالبها مغروسة في قطعة من جذع شجرة منتصب. وإلى اليمين تظهر عجلة ماكينة خياطة. وما تبقى يقتصر على مصباحين تظللهما شرائح بلور متطاولة، تحت السقف ذي الدعامات المطلية بالدهان بعض المناضد الموزعة هنا وهناك، مثل أحجار متبقية من لعبة شطرنج، عليها شراشف مربعات، وفي منتصف كل منضدة إناء مأتمي يضم أزهارًا بلاستيكية. وتحجب إحدى النوافذ صورة المرأة بكامل قامتها. إنها امرأة ممتلئة وحزينة، ترتدي ثوبًا حزينًا أيضًا، تنظر ببلادة إلى الكاميرا، ولكي تضحك كان عليها أن تحني

مؤخرتها وتُثبت عليها إحدى يديها بحركة ماكرة، ولكنها كانت حزينة، وضحكتها متوقفة لا تريد الخروج من فمها، مبددة بذلك دون جدوى حركة رفع الرأس تلك وإهداء كل شيء للسعادة. إلى أسفل يتجعد إصبعها الأصغر بتسلط أكثر مما هو بظرافة واليد الأخرى ترتفع فوق الرأس كما لو أنها تحذر من خطر. ويُلاحظ أنها في تهربها من التلقائية اتخذت وضع تمثال وهيئة شبابية خاطئة، وكما لو أن أحدهم هناك قريبًا منها يضحك لخاطر مر بذهنه. بدت تلك الصورة كأنها دعوة لتخيلها متدلية الذراعين، وبضحكة راجعة إلى المعدة، وبرأس منخفض وملامح يومية. وربما لهذا السبب، حين حاول «غريغوريو» في الرابع من أكتوبر أن يتذكر تلك الصورة، رأى على التوالي كلتا الصورتين ولم تبدُ له أي منهما حاسمة أو حقيقية. ومع ذلك، تذكر دون تردد الملاحظة بشأن الطلبية (اثنا عشر صندوق نبيذ وثمانون علبة زيتون) التي أملاها عليه «خيل» يوم الاثنين التالي.

سأله فورًا عن الصورة.

- كيف بدا لك المكان؟

- جيد. إنه واسع ومريح.

- واللوحة؟ كيف بدت لك اللوحة؟ لقد كلفتُ رسامًا من هنا برسمها. وأنا أعطيته الفكرة.

- تبدو مشابهة جدًّا للوحة المقهى.

قال «خيل» كابحًا الإحساس بالفخر:

- يعمل أحدنا ما يستطيعه. انظر، لقد فكرتُ في أننا نستطيع، من أجل المنتدى، إحضار مقاعد المدرسة، إضافة إلى بعض المقاعد العادية، لأن المكان سيمتلئ بكل تأكيد. الجميع يريدون رؤيتك لكثرة ما تحدثتُ إليهم عنك.

ضبط «غريغوريو» وضع نظارته وابتلع لعابه.

- ستحتاج إلى منصة منبر.

- سأحصل عليها. إما من المدرسة أو من الجوقة الموسيقية.

عندئذ تذكر «غريغوريو» المخلوق الرمادي وقال إنه سواء أذَهب هو بنفسه أم كاتب سيرته، سيحتاجان أيضًا إلى معاون.

- معاون؟

- أجل، شخص يعنى بالأوراق والنظام.

قال خيل:

- يمكن لهذا الشخص أن يكون أنا نفسي إن سمحتَ لي بذلك، إن منحتني هذا الشرف، سأكون معاونك.

وافق «غريغوريو». وعلى الفور، لإدراكه صعوبة الصمت الذي دخلا فيه، راح يرسم عصفورًا وزهرة. ولكنه لم ينتظر سؤال «خيل». وقال:

- لديك خطيبة جذابة جدًّا.

- صحيح؟ أأعجبتك؟

امتدح «غريغوريو» مظهرها وشخصيتها وأضاف «خيل» أنها مثابرة في شغلها وذكية جدًّا في الأعمال التجارية.

سأل:

- كم تقدر عمرها؟

كذب «غريغوريو»:

- لا أدري، تبدو شابة.

- كم سنة تعطيها؟

- لا أدري، فالصور تخدع كثيرًا...

- إنها في الخامسة والأربعين، أكبر مني بعامين، ولكنها تحتفظ بهيئة جيدة حتى إن الناس لا يقدرون عمرها بأكثر من أربعين عامًا.

- العمر مسألة نسبية.

قال «خيل» بأسى:
- هذا صحيح. ولكنها قبيحة، من المؤكد أنها بدت لك قبيحة ولا تريد أن تقول لي ذلك. لقد لاحظتُ الأمر في صوتك.
اعترض «غريغوريو»:
- بالطبع لا.
- وبدينة.
- ولكن...
- وعجوز.
- هيا يا «داثيو»، لا تهذِ. الحقيقة أنها بدت لي امرأة جذابة. ومن جهة أخرى أنت من ستتزوجها، أليس كذلك؟
- ولكنها لا تعجبك. فهي قبيحة وعجوز.
- هل سنرجع إلى الحديث نفسه مرة أخرى؟
- من المؤكد أنك يا سيدي تعيش مع امرأة جميلة جدًّا ولهذا لا تعجبك «سوكوريتو».
- دعك يا «داثيو»، ستجعلني أغضب منك.
- ألا تعيش مع امرأة جميلة جدًّا؟
رسم «غريغوريو» ساق الزهرة.
قال مستسلمًا:
- بلى.
- وهي شقراء؟
- أجل. (ورسم بتلة للزهرة).
- ولها عينان زرقاوان.
- خضراوان.
- خضراوان، تصور. وكم عمرها؟
قال وهو يرسم البتلة الثالثة:

- عشرون عامًا.

- عشرون عامًا. أترى؟ كنت أعرف. لا يمكن أن يكون الأمر إلا هكذا. وهي جامعية، أليس كذلك؟

- أجل، ولكن...

- كنت أعرف، كنت أعرف! إنه أمر يسهل استنتاجه. وما اسمها؟

- «مارلين».

- «مارلين»! أترى؟ لو أنك تدري كم أحسدك!

قال «غريغوريو» وهو ينهي رسم الزهرة:

- الحب وحده هو المهم.

رفع «خيل» من اعتراضه الأنفي:

- لهذا السبب بالذات، لهذا السبب بالذات. من أحببتها حقًّا هي «ماري»، خطيبتي وأنا شاب. وإذا أردتَ لي أن أكون صريحًا معك، أقول لك إنني وأنا أتخيل الآن الآنسة «مارلين»، أشعر بالخجل من «سوكوريتو»، فهي غير مثقفة، وغير حداثية، وليست شابة ولا أي شيء آخر. أعرفُ أنه يصعب عليك أن تفهم. أنت يا سيدي تشارك ظافرًا في منتديات المقاهي، وتظهر في الصحف، وقد ألَّفت كتبًا، وأنت شخص مشهور، وشاب، تعيش مع الآنسة «مارلين»، ولديك معجبون بك، ولا تنتبه إلى أنني أعيش في الأرياف، وأنني أتجه نحو الشيخوخة، وأنني أتعب من كثرة التجوال، وأنني وحيد في هذا العالم. في الصباح، أقول لنفسي عندما أنهض: «مسكين يا «خيل»، انظر كيف يطلع عليك الصباح، انتعل الآن حذاءك، تناول الحقيبة وانطلق للنضال في الحياة». وفي أيام السبت، عند الغروب، حيث أعود ماشيًا أحيانًا في طريق مظلم، أقول لنفسي: «يمكن أن يكون السيد «فاروني» مستغرقًا في الكلام في المنتدى، وربما يكون أحد المخترعين منهمكًا الآن في إجراء اختبار على اختراع ما، أو فيلسوف

يقوم بعرض آخر أفكاره، وجميعهم يكونون هناك دافئين ويرون عن قرب خطوات التقدم، أما أنت يا «خيل» فانظر أين تمضي، في هذه العزلات، في طريقك إلى بنسيون، دون أحد تكلمه وميتًا من التعب». وبعد ذلك أُخرج في حجرة البنسيون المرآة الصغيرة التي أهدتها إلي خطيبتي وسكين أبي وآخذ في تذكر الماضي. أنا يا سيد «فاروني» (وبدأ صوته ينكسر)، أنا إنسان فاشل ولا خلاص لي، هذا ما أنا عليه، مجنون الزورق، إنني أخرق إلى حدٍّ لا أنفع معه في أن أكون معاونك أو صديقك أو أي شيء. يمكن لك الآن أن تزدريني، لأن هذا هو الشيء الوحيد الذي أستحقه و(انفجر في البكاء).

سمعه «غريغوريو» يجهش من بعيد، بصورة متشنجة، فأحس هو أيضًا برغبة في البكاء والصراخ بأن كل شيء كان كذبًا، وأن حياته ذات الأربعة والأربعين عامًا ربما تكون أكثر مدعاة للأسى من حياة «خيل» وأنهما سيعقدان من الآن فصاعدًا تحالف صداقة صافية مثلما لم تُعرف صداقة أخرى في العالم، وأنهما كلاهما معًا، دون مساعدة من أحد، ببؤسهما وأوهامهما، بآلام قدمي أحدهما ورائحة الدجاجة المبتلة في الآخر، سيبحثان معًا عن طريق ما للعبور إلى السعادة. طريق حقيقي ومشرق مثل أمسية صيف طفولية. سيتحولان إلى مشردين ويعيشان في العراء متدفئين على نار يشعلانها ويشويان بطاطا ويتحدثان عن شؤون الحياة الصغيرة، ويدعو كل منهما الآخر باسمه الحقيقي. ولكنه لم يقل شيئًا من ذلك كله. نزع نظارته وقال:

- دعك من هذا يا «داثيو».

اعترض «خيل» متلعثمًا وسط النهنهات:

- لا، لا حاجة لتقليب الأمر أكثر، لا، فأنا لستُ سوى «السيد نكرة» ولا أنفع إلا في بيع الزيتون ولستُ أستحق اسم «داثيو». إنها كارثة، إنها كارثة...

عندئذ صرخ «غريغوريو»:
- «خيل»، اصمت!
وصمت «خيل». شرق بمخاطه وقال:
- سأصمت يا سيد «فاروني». اعذرني يا سيّدي.
انتظر «غريغوريو» إلى أن هدأ:
قال «غريغوريو» بتعقل:
- ولكن، فلنرَ، لماذا لا تتوقف عن الشكوى وتفكر تفكيرًا حقيقيًّا؟
اعترض «خيل»:
- عمري ثلاثة وأربعون عامًا.
- لا وجود لما يسمى فوات الأوان ما دامت السعادة سليمة. أضف إلى ذلك أنني سأتولى من الآن فصاعدًا إرسال مجلات وكتب وأشياء كثيرة أخرى إليك. وسترى كيف أنك وأنت هناك ستتمكن، بمساعدتي، من التعلم كما في المدينة وأكثر. أما بالنسبة إلى «سوكورو»...
- لها اسم مضحك.
- فلتستبدله إذًا.
- أستبدله؟
- أجل. يمكنك أن تطلق عليها اسم «آورورا»، أو «أليسيا»، أو «فيكي».
- لا، لا، إنها لا تريد. هذا غير ممكن.
- افرض ذلك عليها إذًا. فـ«دون كيخوته»، على سبيل المثال، استبدل اسم حبيبته وأطلق عليها «دولثينيا».
- لا، هذه الأمور ليست في مقدوري. لأنها ستظل هي نفسها وأنا كذلك. لا، لا، فحياتي كارثة.

- لستَ عادلًا مع نفسك. أضف إلى ذلك، ألستَ تنوي تأسيس منتدى ثقافي وتريد الاعتماد عليَّ فيه؟

- أجل.

- لا تَشْكُ إذًا، لأن هناك من هم في وضع أسوأ. فكر في من هم أميون، أو في من يعانون الجوع، أو في المصابين بعاهة بدنية.

قال «خيل» دون أن يعود إلى صوابه:

- لا أدري ما الذي يمكن أن أقدمه مقابل الاستماع إليك تتكلم في المقهى! إنني أقول لنفسي: «ستموت يا «خيل» دون أن تدخل أبدًا إلى منتدى». لو أنني أستطيع الاستماع ولو قليلًا، قليلًا جدًّا، لقنعت بهذا فقط. أرجوك يا سيد «فاروني»، ألا تخطر على بالك طريقة وأنت الرجل العظيم؟

فكر «غريغوريو»:

- وماذا يمكننا أن نفكر؟

- لا أدري، أنت يا سيدي يجب أن تعرف.

- أنا؟

- حسنٌ، لا أدري.

وفجأة خطرت لـ«غريغوريو» فكرة باهرة أخرى. بدأ برسم غيمة وقال:

- لماذا لا تتصل بي هاتفيًّا وأنا في المنتدى يوم السبت المقبل؟

انفعل «خيل»:

- سيكون هذا رائعًا.

- سجل عندك (وقدم إليه رقم هاتف المقهى). اتصل في الساعة الثامنة بالضبط وقل ما يلي: «فليأتِ إلى الهاتف الشاعر «فاروني»، بطلب من أحد تلامذته». لا كلمة أقل ولا كلمة أكثر.

وعد «خيل» بعمل ما أُمر به وأغلق الهاتف متلعثمًا بالشكر.

وفي مساء ذلك اليوم بالذات ذهب «غريغوريو» إلى المقهى، بحث عن النادل الذي كان قد قدم إليه إحدى بطاقاته قبل أسابيع وسأله:

- هل تتذكرني؟

- ليس تمامًا.

- ألا تتذكر «فاروني»، الشاعر؟

- «فاروني»؟ لا أتذكر في هذه اللحظة.

- أنا «فاروني». انظر، يوم السبت القادم، خلال المنتدى، في الساعة الثامنة بالضبط، سيتصل أحدهم بالهاتف. إنها مكالمة مستعجلة ولهذا أعطيته رقم هاتف المقهى. هل تقدم لي يا سيدي معروفًا بالانتباه إلى الهاتف وإخباري؟ (ودس ورقة نقدية في جيبه، مثلما تعلَّم من الأفلام البوليسية).

دمدم النادل بصعوبة:

- «فاروني».

صحح له «غريغوريو» مقدمًا إليه بطاقة أخرى:

- الشاعر «فاروني» من جانب أحد تلامذته. إذا فعلت ذلك جيدًا وكنت متكتمًا سأعرف كيف أكافئك.

في يوم السبت، ذهب إلى المقهى قبل الساعة السابعة، اقترب من النادل وذكَّره بالاتفاق. تناول كأسين من خمر اليانسون، وما إن حضر موكب المعلم، حتى دخل وراءهم واثقًا، متحمسًا، بنظرة متلألئة، وبشفة مزمومة، ودافعًا بكتفه ليشق طريقه وسط الجمع - «بالإذن، بالإذن» - مخلفًا وراءه احتجاجات وتمتمات، وراح يكتسب مواقع إلى أن وصل إلى الصفوف الأولى. نظر إلى «مارلين». رفع «غريغوريو» إصبعه السبابة إلى حافة القبعة ثم مد ذراعه محييًا باتجاه المعلم الذي كان يخلع عنه فراءه الصيفي.

بدأ يتحدث عن الروح، هكذا بدا لـ«غريغوريو»؛ وراح الحشد يتمايل وفجأة بدأ جدال. تدحرج اثنان من أعضاء المنتدى متماسكين، وسط التجديف، على الأرض. كانا يصارعان بصمت، مجهدين، مهانين، ورآهما «غريغوريو» يختفيان متدحرجين باتجاه المرحاض. نهض المعاون الرمادي، وذهب ليرى ما الذي يحدث ثم رجع ليخبر المعلم. هز هذا رأسه وظل لبعض الوقت يهز رأسه بحرج. لم يفعل «غريغوريو» شيئًا سوى النظر إلى الساعة والهاتف. بدا له من المستحيل أن يكون بإمكان ذينك الجهازين أن يُصدرا صوتًا مباغتًا مثل كلب يبدأ بالنطق فجأة. وهناك، وسط الجماعة، كان الحر رهيبًا. خطاب المعلم يتقدم دون هوادة و«غريغوريو»، الذي تراخى بصورة مفاجئة من الخوف، راح يفقد مكانه. أشارت الساعة إلى السابعة والربع، ثم السابعة والنصف، وسرعان ما بدأت تنتشر عتمة ظليلة. ومن خلال الدخان والنظارة القاتمة صار يرى المعلم وهو يشكل بإبهامه وسبابته دوائر في الهواء، ومناقير بط إذا ما اقتنص حجة بحجم برغوث، وبيوتًا «ألبية» حين يجمع أصابعه بأخوية، ويخلط كذلك أوراق لعب غير مرئية، ويداعب كرات بلورية بحجم كرات التنجيم، ويتذوق بسكويتًا، ويحل براغيَ، ويرفع بقوة المعصمين أشياء ثقيلة، وينثر حفنات ريش أو قطع عملة، ويرفض عروضًا مغرية، ويلمُّ أكوام قمح وصوف، ويزدري مشاريع مجنونة، ويكتشف جزرًا نائية، ويشير إلى قمم وذرى، يضم أصابعه كأزهار غافية، ويفتحها ببطءِ أزهارِ آكلة لحم، يهز عناكب، ويمشط كتانًا، ويزرع أرُزًّا، ويجز حشيشًا، يختار أفضل حبات البرتقال، يبدل شمعدانات بدمى خزفية، يشد حبلًا، يُخرج قطعانًا للرعي، يطلق سراح عصافير، يرسم في الهواء عناوين متميزة، وحركات حلزونية، ونظريات، وخرائط بدروبها وأقاليمها، وبأنهارها ذات المجرى

الرشيق أو المتدفق، بجبالها، وشلالاتها، وجزرها، وخلجانها، وبحيراتها الداخلية، ويثير بيديه العاصفة ويعيد تهدئتها. وكان في ذلك كله شيء خيالي ينظر إليه «غريغوريو» مبهورًا، دون أن يتوصل إلى تخيل الكلمات التي يمكن لها أن تشكل سندًا لكل تلك الأعاجيب اليدوية. كان الصوت يعلو وينخفض، من الهمس إلى التشوه، كدوي أمواج. وكانت جماعة المستمعين تتمايل، داخلة وخارجة في مرآة مجنونة بفعل تلك الهجمة اللامتناهية. وفي إحدى لحظات التقهقر، اندس «غريغوريو» وسط أشد جماعات المستمعين تماسكًا وحدق بإمعان إلى الهاتف. فرنَّ فجأة.

كانت الساعة الثامنة بالضبط. لم يستجب أحد للرنين. وأخيرًا وصل إليه متقاعد وتكلم بهيئة وحركات أصم. ثم جرجر قدميه بعد ذلك، واقترب من أحد الندل. نقل النادل الخبر إلى ندل آخرين، إلى أن رأى «غريغوريو» بينهم النادل المتواطئ معه يتقدم بضع خطوات ويرفع سبابته في اتجاهه. تظاهر «غريغوريو» بالانشغال مستغرقًا في دفتره، ومن لمحوا الإشارة بحثوا عن المعني بها، وبالإشارات راحوا يتفاهمون مع النادل كي يحدد هدفه. وفي ما هو رافع إبهامه: يشير، يؤكد، ينفي حين يشير أحدهم بدوره إلى شخص آخر. وكانت هنالك لحظة صار الجميع فيها يشيرون إلى بعضهم بعضًا بالأصابع، بل إن بعضهم أشار إلى نفسه متفاجئًا، ملامسًا صدره بوجه تكسوه ملامح الاستغراب، إلى أن توقف العالِم عن الكلام أخيرًا، وساد الصمت، فتقدم النادل بضع خطوات وقال بصوت واضح، كئيب وأجش:

- الشاعر «فاروني» إلى الهاتف، مكالمة من أحد تلاميذه.

صعدت قشعريرة مجتاحة ظهره.

قال وهو يرفع إصبعه:

- إنني أنا.

التفت الجميع لرؤيته، البعض مندهشين، آخرون مبتسمين، وآخرون لا يمكن تفسير نظراتهم، والتفتت «مارلين» كذلك وقوَّست حاجبيها. نظر إليها «غريغوريو» جانبيًّا بترف مسرف فردَّت إليه الابتسامة بالعملة نفسها، كما بدا لـ«غريغوريو» وهو يخرج شادًّا حنجرته - «بعد إذنكم، بعد إذنكم» - متوجهًا إلى الهاتف.

عيون كثيرة تابعت خطواته، ولم يحسم المعلم أمره بمواصلة الكلام وظل مترددًا إلى جانب العمود. استند «غريغوريو» إلى الجدار، قاطع كاحليه على شكل زاوية قائمة وقال بصوت شبه صارخ:

- «فاروني» يتكلم.

عندئذ رجع المعلم إلى مواصلة خطابه، ولكن البعض ظلوا ينظرون بثبات، وواصل آخرون الالتفات بين لحظة وأخرى ليتأكدوا من أنه ما زال يتكلم في الهاتف.

سمعَ صوتًا خافتًا من بعيد جدًّا:

- أنا «خيل».

قال «غريغوريو»:

- ارفع صوتك.

- أنا «خيل».

- أين أنت الآن؟

- إنني في فندق «سوكوريتو».

بحث «غريغوريو» عن حميمية الجدار:

- إننا هنا في المنتدى. والحديث يدور حول الروح في هذه اللحظات بالذات. أترغب في سماع الأجواء هنا؟

- أتمنى ذلك كثيرًا.

- اسمع إذًا.

ووجه سماعة الهاتف باتجاه الصالة. نظر البعض إليه بذهول فتظاهر بأنه يبحث عن شيء في جيوبه.
- ماذا؟ هل سمعت!
- تُسمع أصوات خافتة.
- أليس بينها صوت أكثر ارتفاعًا من الأصوات الأخرى؟
- بلى.
- إنه صوت أحد المعلمين. واسمه «سانتوس ميرلين».
- ألن تتكلم يا سيدي اليوم؟
- سأتكلم فيما بعد.
- ماذا؟
- فيما بعد!
- نعم! وهل يوجد أناس كثيرون؟
- أجل، المكان ممتلئ.
- وهل الآنسة «مارلين» موجودة أيضًا؟
- أجل، إنني أراها في الصف الأول.
- انقل إليها تحياتي.
- إلى من؟
- إلى الآنسة «مارلين»!
صمتا دون أن يدريا ماذا يقولان.
- أترغب في الاستماع مرة أخرى؟
- أرجوك.

ومن جديد راح يبحث في جيوبه وهو يمد سماعة الهاتف. كانت المداخلات قد بدأت وصارت تُسمع دمدمات وأصوات احتجاج. وسُمع من الطرف الآخر للخط أيضًا صوت «خيل» يطلب

الصمت بتكرار «هس» بحماسة. واقترب صوت أنثوي من سماعة هاتف «خيل»:

- مرحبًا يا سيد «فاروني».

قال «خيل»:

- إنها «سوكورو».

- سلِّم عليها باسمي.

سمع اختلاط أصوات مضطرب في جانبي الخط كليهما.

قال «غريغوريو» أخيرًا:

- حسن، هذا ما لدي هنا.

فردَّ «خيل» متأثرًا:

- شكرًا يا سيد «فاروني». صدقني أن هذا يعني الكثير لي، لأنه وإن كان قليلًا، إلا أنه حقيقي.

- حسنٌ، سنتحدث يوم الاثنين.

- انقل تحياتي إلى الجميع.

سمعه «غريغوريو» يقول هذا قبل أن يغلق الهاتف.

استند إلى نتوء العمود دون أن يتبادل النظر مع العيون الفضولية، وانتظر أن ينتهي المنتدى. استبعد أي كلمة يمكن لها أن تبدل النوعية الملتبسة لمشاعره، تخيل التعب ككوخ من جذوع أشجار على الجانب الآخر من نهر، ورغم ذلك شعر أنه ما زالت لديه قوة تكفي لإزاحة كرسي جانبًا، والاستسلام لتأمل الأمطار التالية أو التخلي عن أي أمل بوسيلة مواصلات، دراجة نارية على سبيل المثال. فكر في حملة للبحث عن منبع نهر، بواحد يعبر في اتجاه آخر حاملًا مكنسة على كتفه، وعامل بناء يضبط وضع قبعة زرقاء على رأسه قبل أن يبدأ المشي. «أيها البنَّاء هيا إلى عملك»، قال وهو يلمس وجهه، وكان يتأهب للجوء إلى صور وكلمات أخرى حين سُمع بعض التصفيق

والصفير. قَوَّس ظهره وقرَّب ذقنه من صدره ليواجه مرور الموكب. رآه في المرآة يبتعد ويختفي. ووراءه خرج الآخرون. بعثر الندل قوس الكراسي ونثروا نشارة خشب على الأرض. أيقظوا المتقاعدين من غفوتهم، وكما في أعمال السحر، اكتسب كل شيء هيئة لاواقعية مسالمة.

ظل «غريغوريو» مستندًا إلى نتوء العمود الحجري. «أيها النجار إلى محلك، أيها السباك إلى شغلك، أيها الحداد إلى محل حدادتك»، راح يعدد دون وهم ولا قنوط.

وقبل أن يدفع للنادل المتواطئ، تخيل طفلًا يعزف الكمان بسمكة حنكليس، ورأى طريقًا في وسطه إبريق حليب مكسور. خرج بعد ذلك، رفع ياقة معطفه وضاع بين الحشود.

الفصل الرابع عشر

كان شتاء قاسيًا، سماؤه منخفضة، وهواؤه يتسرب إلى مداخل البيوت، مع ارتعاشات في برك الماء، ورياح شمالية حانقة. ودون تأثر بأي قسوة، واصل «غريغوريو» العمل على الكتاب، وفي الأمسيات كان يغامر بالتوغل أبعد من الحي بحثًا عن الهدايا التي وعد «خيل» بها.

وجد أولًا منظار أبيه الأميرال. وبعد ذلك نظارة الكاتب بالعدل، وقلنسوة الكردينال حائلة اللون لحسن الحظ، وبرنيطة «مارلين» الباريسية، والقبعة البحرية التي استخدمها هو نفسه حين كان صبي بحار. وأرسل بكميات قليلة، إنما بصورة منهجية، مجلات راح يختلسها من سلة الخيزران، وبطاقات بريدية من جميع أنحاء العالم مما وجده في أكشاك الشوارع ودكاكين الأشياء العتيقة، وأمتعة أخرى تشهد على ماضيه العظيم: قبعة قش مبهرجة، البوصلة التي استخدمتها حملته إلى القطب الشمالي، الكأس التي سلمه إياها ملكٌ في مهرجان شعر غنائي بباريس والتي نَقَشَ عليها عبارة: «إلى العظيم «أغسطو فاروني». أول حاصل على جائزة الشعر الدولية»، وأشياء أخرى توضح بدقة مختلف مراحل حياته المتخيلة. كان يصل إلى البيت بغنائمه التي يخبئها في حجرة المهملات في القبو، وبينما

هو يصعد الدرج يتساءل إلى أين سينهي سوء التفاهم المشؤوم أو السعيد ذاك، وإذا ما كانت قواه وقناعاته ستكفيه لمواصلة الحفاظ على مخيلة «فاروني» الذي سرعان ما يتطابق معه فور ذكره بصورة مستقلة: شخص ثالث خلقته طموحات وبؤس كائنين حالمين. ولكن ما إن يبدأ التأمل حتى يرضخ لتعجل الرؤى الليلية ويتحول العالم بالنسبة له إلى أرجوحة أحصنة دوارة عجيبة لأشياء حقيقية ومخادعة، تفرض نفسها في دُوار الدوران، وعندئذ يدرك إلى أي مدى تثير ضجره الأحلام التي لا يربطها بالواقع رابط ملموس.

كشفت له تلك المقتنيات ماضيه المتخيل بصدق مبهر، وكان يقضي الساعات في إغنائها بتفاصيل جديدة وباستبعاد تفاصيل أخرى لا تتوافق مع مزاجه أو مع منطق ما هو معقول. كان له، إذًا، ماضٍ نموذجي ومؤلفات كثيرة، بأدلتها الواقعية، وكثافتها المجزأة وحتى بفجوات النسيان الخاصة بها. وسواء أكان مضطربًا أو صافي الذهن، متحمسًا أو متعبًا، يقنع نفسه بأن ما يفعله مع «خيل» إنما هو عمل إحسان ويتجاوز بذلك ومضات المجازفة والخجل الوجيزة. وخلال شهرين عمل بدقة على إرسال مجموعته الكبيرة من البقايا الأثرية.

كان «خيل» يتلقى تلك اللقى مبتهجًا، ولأن حياته كوكيل مبيعات جوال تحول دون أن يحملها معه، استأجر غرفة ثابتة في بنسيون «سوكورو»، ووضعها مع بطاقتها التعريفية المناسبة، وهناك صار يقضي ليالي الفراغ والعطلات في الحراسة، دون أن ينتهي أبدًا من الانبهار ببلاغة تلك الرموز التي تأتي لتمثل روح التقدم والهوية التاريخية للعصر. كان «غريغوريو» قد نصحه بألا يُري حاليًّا تلك الكنوز لأحد من الأسرة، للاحتياط من اللصوص وممن لا يصدقون، وأن يظل المتحف المرتجل مغلقًا أمام الجمهور إلى أن يتم افتتاح المنتدى الثقافي.

أرسل إليه أيضًا الكتب الموعودة أو أشار عليه باقتنائها. لم يكن لدى «خيل» سوى بعض مراجع البكالوريا وسيرة حياة مستر «إديسون». وباستثناء هذه المراجع يكاد يكون لم يقرأ شيئًا، فهو يعاني الشك دومًا من مدى كون الكتاب الذي يختاره مفيدًا. «يمكنك يا سيدي أن تنصحني بالكتب الأساسية. وجهني»، توسل إليه في عدة مناسبات. وقد نفض «غريغوريو» الغبار عن كتبه حين كان طالبًا و أرسل إليه «محاورات» أفلاطون، و«فن الشعر» لأرسطو، و«خلاصة اللاهوت» للقديس «توما»، و«نقد العقل الخالص» لكانط و«المنطق» لـ«هيجل»، وفي الأدب بدآ بـ«المهابهاراتا» و«الرامايانا»، بهدف المضي بعد ذلك في اجتياح الأعمال الكلاسيكية البارعة وصولًا إلى العصر الحالي. ولكن «خيل» لم يجد معظم تلك الكتب، باستثناء ما أرسله إليه «غريغوريو»، وما وجده منها لم يفهمه.

كان يتحسر:

- لستُ مهيأً. ثم إن هذه الأمور يجب البدء بها في الصغر. ومثلما كان يقول أبي، «الببغاء الهرم لا يتعلم الكلام».

لكن حماسته فاضت عندما بدأ «غريغوريو» يرسل إليه، بمقاسات كبيرة وبتعتيق محكم، كافة قطع ملابسه «الفارونية»، ابتداء من القبعة حتى الحذاء الأبيض، بما في ذلك النظارة. ولم يستطع عندئذ تجنب إحساس بالقلق، فقد بلغت المهزلة مستوى من التدفق الانتقائي راحت تجرفه بمنطقها ولم تعد تتطلب أي اختلاق. وعندما اتصل «خيل» في يوم اثنين من شهر نوفمبر وأخبره أنه أوصى لنفسه على ملابس مطابقة لملابس «فاروني»، مع نظارته السوداء وكل شيء، اكتشف «غريغوريو» بيقين كئيب أن الوقت قد فات على التراجع، وأن الشيء الوحيد الذي يمكنه إنقاذه من انكشاف أمره هو مواصلة التوغل بلا خوف في أشد أشكال الخيال كثافة. وهكذا بينما هو

يتسكع ذات مساء في الجزء القديم من المدينة، توقف أمام واجهة ورأى صورة مرسومة، فلم يتردد لحظة واحدة.

اللوحة تمثل صورة نصفية لشاب تُشعث الريحُ شعرَه، نظرته معذبة ونائية، يلبس بإهمال سترة طويلة يتجعد متموجًا على ياقتها منديلٌ حريري شبه مفلت. يكدر عينيه ملمح كآبة غير عادية، كما لو أنه اكتشف في حدود الأفق لغز قدره الرهيب، والريح التي تهز كل شيء تبدو كما لو أنها تنبثق من أعماق تفكيره القاتم. «يمكن له أن يكون "فاروني"»، فكر على الفور، وتعرف في أعمق أعماق روحه على نفسه بلا خطأ وبلا شكوك. نظر إلى أعلى: إنها مكتبة قديمة ذات عتبة خشبية وجرس صغير معلق يتدلى من أعلى الباب، وعلى رنينه خرج من الحجرة الخلفية عجوز وهو يضبط وضع نظارته.

أشار «غريغوريو» إلى ما وراء ظهره بإبهامه:

- من هذا الذي في الصورة؟

خطا العجوز بضع خطوات خجولة ومُدارية. قال بعذوبة:

- إنه شاعر.

- وماذا أيضًا؟

- شاعر رومانسي.

- متى عاش؟

- منذ زمن بعيد. أكثر من قرن.

- ومن أين هو؟

- إنجليزي.

«إنجليزي، ومنذ أكثر من قرن»، فكر «غريغوريو» مقدرًا الاحتمالات المواتية. «يمكنني القول له إنها صورة مثالية متخيلة أو إنني تعمدتُ خداعه كي لا أورطه في أمور سياسية». أما بالنسبة

لعدم التوافق مع العصر، فرأى أنه من الصحيح أن السترة الطويلة لم تعد رائجة وأن الموضة قد تجاوزتها، ولكن الأمر ليس كذلك في المفارقات التاريخية، مثلما علمته تجربته في المقهى، حيث ما زال البعض يلبسون عباءات، وجلابيب شرقية، وجلود خراف وألبسة أخرى قديمة إلى هذا الحد أو ذاك، بحيث لا يمكن لشيء قديم أن يبدو غير مناسب.

أرسل الصورة في اليوم التالي، مع توقيع وإهداء، وفي يوم الخميس التالي رن الهاتف بزخم حازم.

صاح «خيل»:

- لقد تلقيتُ صورتك! إنك وسيم جدًّا. تبدو، لا أدري كيف أقول ذلك، مثل ملاك متمرد.

قال «غريغوريو» واضعًا الأمور في نصابها:

- حسنٌ، الواقع أن الرسام، وهو صديق لي، حاول أن يلتقط الروح أكثر من الهيئة الظاهرية.

- وقد التقطها بصورة باهرة.

- أجل، لأن الروح هي المهمة، وما سوى ذلك ثانوي.

دمدم «خيل»:

- ليس إلى هذا الحد.

- يا رجل، تذكر أن هناك كُتابًا مبتوري الذراع وعرجًا، وفاتحين أقزامًا، وفلاسفة لهم حدبات، ومع ذلك كانت أرواحهم عظيمة وبلا عيوب. فإذا كان عليك أن ترسمهم، هل سترسم حدباتهم وأذرعهم المبتورة أم أرواحهم؟

- أرواحهم.

- هذا هو ما يهم، الروح. والواقع (خطر له فجأة) أن الصورة

تحمل عنوان «صورة لروح «فاروني»»، وفيها تظهر روحي أكثر من جسدي.
- ولكن، لقد قيل على الدوام إن الوجه هو مرآة الروح.
- هذا أمر نسبي. فأفلاطون مثلًا كان قبيح الوجه جدًّا، وأنت ترى كم كان فيلسوفًا عظيمًا. و«ثيربانتس» كان بلا أسنان، وهناك كثير غيرهما.
قال «خيل» متفاجئًا:
- الحياة سر غامض.
لقد كانت الحياة سرًا غامضًا بالفعل. فعندما دشن «خيل» ملابسه الجديدة في عيد الميلاد واتصل، وهو يرتديها، بـ«غريغوريو» الذي كان يلبس مثلها في الجانب الآخر من الخط، بدا له من غير المعقول أن يكون قد وصل إلى تلك الحال. أجل، الحياة سر غامض، إنها حلم، إنها حفنة الرمل التي ألقت بها الأم في علبة بودرة فارغة. ولكنه من جهة أخرى كان قد كسب الكثير في اقتحامه للواقع، فلم يُفاجأ حين مر في أحد أيام السبت بجانب «مارلين» عند انتهاء المنتدى، واستجمع قواه ليحييها باسمها:
- بالسلامة يا «مارلين».
وردت عليه:
- كيف تمضي تلك الأمور يا «فاروني»؟
وكي لا يكون في قولها أي شبهة سخرية، عجَّل عمليات التهيئة للكتاب، من أجل معاقبة جرأتها إذا ما كانت تلك هي نيتها.
خطط بالتفصيل للنسخة الأصلية. ستكون مؤلفة من ثلاث وأربعين قصيدة من أشعار مرحلة المراهقة، واثنتي عشرة قصيدة جديدة، ومقدمتين (مقدمة بقلم «غريغوريو أولياس» عن سيرة حياة الشاعر، ومقدمة أخرى يفكر في نسبتها إلى شخصية أجنبية

مشهورة) و«سونيت» أو قصيدة عشارية مهداة من «سانتوس ميرلين» إلى «فاروني». عمل طيلة سبع ليالٍ دون راحة. كتب أولًا الإهداء: «إلى أبويَّ وجديَّ. إلى عمي كليِّ الرفعة «فيلكس دي أولياس». إلى «أنخيلينا». إلى صديقي «داثيو خيل مونروي» الكيميائي والمفكر. إلى «غريغوريو أولياس»، ابن عمي وكاتب سيرتي». وماذا أيضًا؟ فكر في «إيليثيو»، وفي «أليسيا»، وفي «مارلين»، وفي الأم، وبعض الجيران ولكنه، هربًا من الشطط، اكتفى بإضافة: «إلى أصدقائي في جميع أنحاء العالم». بدا له إهداء أنيقًا، متكتمًا وملغزًا إلى حد ما.

تحول بعد ذلك إلى المقدمتين. سيرة الحياة تتفق مع كل ما رواه لـ«خيل»، وتتضمن ذكر أعماله الكاملة، مع بعض المقاطع المختارة. وقد أخذت منه وقتًا قصيرًا. أما المقدمة الثانية، فإلى من ينسبها؟ إلى شخصية دكتور سامٍ متخيل أم إلى شخصية حقيقية يعرفها الجميع؟ ربما كان يمكن له في أزمنة أخرى أن يتخذ القرار بالخيار الأول، أما الآن، في جوعه إلى الواقع وإتخامه حتى الغثيان بالاختلاقات بالغة الخيالية، فقد استبعد فكرة ذلك الكائن الأثيري كما لو أنها مسألة على شيء من عدم النزاهة. سيختار إذًا شخصية واقعية.

ركز على أسماء مشهورة. استبعد الأسماء المرموقة في البلاد، فقُربها منه يجعلها خطيرة. وبعد أن استعرض الشخصيات الأجنبية المشهورة التي يعرفها، اختار أخيرًا- وكان ذلك أشبه بكشف - «إرنست همنجواي»، إذ كان قد قرأ اسمه ذات مرة في الصحف وعدَّه شخصًا غير واسع الشهرة. كما أنه، من جهة أخرى، قد مات، ولا يمكن لأحد أن يخرج لتكذيب المقدمة.

عاد إلى التاريخ. تحدث عن فندق في بغداد، «فندق الهلال»، وعن كأسي ويسكي، وعن ليلة من شهر يونيو، وعن مناقشة حامية حول أفلاطون، وعن ثورة مسلحة مفاجئة وكيف أن «همنجواي»

و«فاروني» هربا على جمل عبر الصحراء. ستة أيام هام الهاربان على وجهيهما وسط الرمال، مخبَّلين بالظمأ والسراب. في اليوم السابع وصلا إلى واحة وتقاسما عرجون تمر وشريحة من لحم الماعز. بدا الاختلاق كافيًا إلى هذا الحد. أضاف تفاصيل أخرى ذات طبيعة واقعية وأغنى المقدمة. تغلب على الأحكام المسبقة حول الأسلوب واللغة بالقول لنفسه إن إيحاء التوقيع سيكون كافيًا لإسكات أي نوع من الريبة. قام بجرة توعد بالقلم في الهواء ثم كتب:

طلب مني صديقي «فاروني» الذي أدين له بأمور كثيرة، منها حياتي هناك في بغداد، أن أكتب له تقديمًا لأشعار مرحلة شبابه، ولا بد لي من القول إن هذا لا يعني التزامًا مني وإنما هو، على العكس تمامًا، شرف كبير لي. ومع ذلك، يا للتحدث عن «فاروني» من مهمة شاقة في مكتب الإلهام الليلي! لأن موهبته الفنية من جانب وقيمته الإنسانية يحولانه إلى أحد أكثر شخصيات عصرنا إثارة للاهتمام...

توقف مفكرًا لوقت طويل وتابع:

... أحد أكثر شخصيات عصرنا شفافية وإثارة للاهتمام، ولكن من جهة أخرى، من هو هذا الكائن التعيس والغامض الذي لا يعرف أحدٌ شيئًا مؤكدًا عنه باستثناء بعض الإطراءات القليلة، وهنا لا بد من الإشارة إلى كاتب سيرته الشهم «غريغوريو أولياس» الذي لا يقل عنه تعاسة؟ ما الذي يمكن قوله عنه ما دامت الشتائم لا تجرحه والتملقات لا تصله؟ «فاروني» هو النسمة السحرية لمثلٍ أعلى ذهبي. أعماله دخان وذهب، صادرها دون ريب قتلةٌ مأجورون، وأودعوها

مكانًا مظلمًا. ولكن ما أهمية ذلك؟ فلا نحن ولا الأجيال القادمة سنفقد الأمل في إنقاذ أعماله من أسرها، مثلما أنقذ المسيحيون في العصور الوسطى أورشليم.

وليس بلا انزعاج شطب هذه الإشارة التاريخية الأخيرة، وتابع:

وحتى لو لم نتوصل إلى ذلك، حتى لو أخفقت المهمة في سيرورة القدرية الشاقة، وطوانا النسيان تحت ردائه المأتمي القاسي، ستبقى مع ذلك بعض المقاطع، ممتدة إلى المستقبل بيد قاطع طريق بريئة، وسيكون بريقها كافيًا لتوضيح عظمة المؤلف. وحتى لو لم يبق شيء، لو لم يبق ولو سطر واحد، فتكفي ضمانة وجوده هو نفسه من أجل تذكره إلى أبد الآبدين. لا يمكن لأي مصيبة قاسية، ولا لأي مؤامرة دنيئة أن تدمر أبدًا صورة اسمه الأبدية.

أعاد قراءة الفقرة الأخيرة متأثرًا. أي حسن حظ مذهل قدم له امتياز هذه الكلمات الرفيعة؟ وبإملاءٍ من أي موهبة ترد، ببراءة وفي حينها بالضبط، عبارة يد قاطع الطريق؟ أيكون عبقريًا حقًا، مثلما توحي تلك اللمحات؟ «الأمل حساس جدًا مثل عصفور صغير»، ارتجل بصوت عالٍ، «مثل الوردة في يونيو. فلنُبقها بعيدة عن الأصابع عديمة الإيمان». بدا له عندئذ أنه يتيه في نبرة بالغة العلو بالنظر لما يتطلبه الموقف. وفكر: «فلنبحث عن كلمات مغذية، أقل حلاوة. كلمة عدس، الوجبة التي تُشبع وتجعلنا نتجشأ، شحم المفهوم، سجق مثلٍ سائر»، ولخوفه من أن يعلق بذلك الوابل، أضاف: «فَرْجُ الفرضية، إبطا التعريف، قضيب الفكرة»، فأحس الآن، وقد تطهر من الكلام الخشن، أنه قادر على العودة إلى نبرة أكثر وُدية. وضع نقطة وبدأ سطرًا جديدًا، وفي أقل من ساعتين أنهى المقدمة بصورة سعيدة:

تتذكرون أيها القراء اللطفاء تلك المشاهد في الكتاب المقدس حيث يطلب أحد الحواريين لمس جراح يسوع كي يؤمن به. وبالطريقة نفسها، فإن من يمتلكون إيمانًا غير محدود بالفن، هم من يؤمنون بـ«فاروني» دون حاجة إلى معرفة أعماله. أما من هم غير مؤمنين، من هم بحاجة إلى لمس الجراح، أو كما يقول هو نفسه «لمس وردة الصيف الهشة»، فها هو كتابه، مع بعض قصائده الشبابية.

تهيأ أيها القارئ كي تجتاز عتبة السر وتدخل عالم الكلمات السحرية، لأن الكلمات في أشعار «فاروني» تتجدد. اقرأ على سبيل المثال هذا المقطع:

«بسرعة أكبر يغرد الشحرور
ناظرًا نحو جريان الماء،
وبقوة أكبر تبكي روحي
مع انقضاء حبك...».

تغَنَّ أيها القارئ بهذه الكلمات واحدة واحدة، تذوق الصوت جيدًا، أغمض عينيك وسترى كيف سيظهر للشحرور ريش وزقزقة، وسيوغل الماء، بلوريًّا وهامسًا، في أذنيك. هذه هي موهبته. هذه هي عظمته في نظر من يعرف كيف يقدر. أمام أشعار مرحلة الشباب الأولية هذه، يتساءل أحدنا أية عجائب تتضمنها بقية أعماله.

لا تحرك أيها القارئ جراح المعلم. أما أنت يا صديقي «فاروني»، أينما تكون، فلك عناق مخلص من رفيقك والمعجب بك.

«إرنست همنجواي»

في الليلتين الخامسة والسادسة نظم عشارية «سانتوس ميرلين»، فخرجت معه مزدوجة.

ليس من شك، فيما أرى،
بشأن ما سأقوله،
وليس اكتشافًا جديدًا
ما أرمي إليه،
فلا أحد، على ما أظن، يُغضبه
إن قلت إنني أعرف جيدًا
ما أُعلنه بصوت عالٍ:
بين جميع الفنانين
ممن إلى الدارسين يذهبون
أو إلى أي مقهى آخر سواه،
هنالك شخص (ولا يستغربنَّ أحد)
يلقى تقدير الجميع،
وإذا كنت لم تعرف من الذي أعنيه بعد
فسأصرح باسمه لك:
إنه كفنان وإنسان
ليس فنارًا ولا بريقًا حيًّا،
بل هو نجم سامٍ
يضيء في الظلام،
موطنه اتساعات الفضاء:
فماذا يكون اسمه؟
«سانتوس ميرلين»

عند فجر اليوم السابع كبح غبطته، وبينما هو يسمع أول أبواق الفجر، استلقى في الفراش، أغمض عينيه، ودون أن يفكر في أي

شيء، أحس كيف يخرج التعب من بدنه ويخلفه في حالة من الخفة المطلقة. كان ذلك في يوم ثلاثاء من شهر يناير.

في يوم الأربعاء ذهب لالتقاط صورة له من أجل الغلاف الخلفي. التُقطت الصورة لنصفه العلوي وجانبيًّا، وهو مقنع بالقبعة الغاطسة، والياقة المرفوعة، والنظارة الشمسية، مع سيجارة بين شفتيه يتصاعد الدخان منها، وقد أحيط أخيرًا، بفضل التقنية والرتوش، بضوء ضبابي يظلل الحواف ويمنحه هيئة ممثل في السينما السوداء. ذاك هو البطل الذي حلم أن يكونه في مراهقته. تفحص الملامح الملغزة، بلا زمان ولا مكان، والملكوت السري للانفعال، والمظهر المكتئب بامتياز، وتعرف دون مجال للخطأ على الشاعر الرومانسي الإنجليزي - بعد قرن من الزمان، والتعرض للتبدل الذي تفرضه الموضة والزمن - يواصل النظر مفتونًا إلى النقطة النائية نفسها في الفراغ. عندئذ خطرت له فكرة. فقد رأى هناك بعض الديكورات الحالمة وطلب من المصور أن يلتقط له صورًا مع تلك الديكورات كخلفية. لقد فكر في تزيين الكتاب بصور حقيقية، ليضفي بذلك على العمل نوعًا من طابع التوثيق الغنائي. وبين الديكورات كانت هناك ستارة بيضاء، وشبح سفينة، وزخرفة مغربية، وأدغال. وعندها جميعها وقف جانبيًّا لتُلتقط له صور نصفية، وأمر بجعل الخلفية باهتة كي لا يُلمح التصنع. قدم له المصور ملابس مناسبة. فوافق على اعتمار قبعة من فرو القندس أمام الستارة البيضاء، وقبعة مستكشف وبندقية لمشهد الأدغال، وقبعة قبطان لمشهد السفينة، ولكنه لم يتخلَّ عن المعطف المطري. وفي اللقطة الأخيرة فقط حل المنديل المحيط بعنقه، وبمساعدة مروحة تركه يخفق على خلفية أفق استوائي تظهر فيه أشجار نخيل جوز الهند. وفي البيت، راح يكتب تحت كل صورة: «فاروني» في القطب الشمالي، «فاروني» في أدغال الأمازون، «فاروني» في بغداد،

«فاروني» في بحار الجنوب». أحس بأنه حالم جدًّا، وأحس في الوقت ذاته بأنه واقعي بصورة إعجازية، ولم يدر إن كان عليه أن يشعر بالمهانة أم الرفعة بسبب خطأ تتداخل فيه المجازفات بالمنافع إلى أن تمتزج بها تمامًا.

في اليوم التالي سلم المخطوطة الأصلية للمطبعة. وقبل أن يسأله أحد، استبق إلى التوضيح بأنه صديق للمؤلف، وأن «فاروني» هو ابن عمه ويعيش في باريس، أما هو فيدعى «غريغوريو أولياس»، كاتب سيرة الشاعر - وحين نطق اسمه راوده إحساس بأنه يكذب، وأسعده كون ذلك الإحساس ممكنًا. اختار نوعًا من الورق وحجمًا من القطع النصفي، وقدم وصفًا لرسم الغلاف وعقد الصفقة دون مساومة، ثم دفع مقدمًا ثلاثين بالمئة من القيمة الإجمالية.

انتظر شهرين وعشرة أيام. في البدء كان يذهب إلى المطبعة، وهي في قبو، وراء باب حديدي يتم النزول إليه عبر ثلاث درجات إسمنتية. ولكنه لم يكن يجرؤ على الدخول. كان يتجسس من خلال كوة متسخة تغطيها شبكة أسلاك ويستمتع برائحة الورق والحبر والشحم. بعد ذلك، وحين أقلقه الانتظار بحث عن وسائل أفضل لمقارعة الزمن. حاول في أول الأمر القيام بعملين في آن واحد، مفكرًا في أن اللحظات هي آنية تمتلئ كلما كانت غزارة الفعل أكبر. فإذا كان يقرأ الصحيفة (بحثًا عن أخبار عن «همنجواي»، وبغداد، وروما، والقطب الشمالي، ومدن وأمكنة وأحداث أخرى تثبت وجوده الافتراضي)، يقوم أيضًا بالصفير أو بتقليم أظفاره. وإذا كان ينظر إلى الغيوم يفترض به التركيز كذلك على ذكرى نظرة سابقة. ويسرح شعره بينما هو يحلق ذقنه، ويأكل وهو يغني، ويتكلم وهو يكتب، وفي لحظات الإلهام العظمى يشارك حواسه الخمس وقوى الروح الثلاث معًا: يشم ورقة، ينظر إلى عصفور، يداعب حديدًا،

يتذوق عشبة، يسمع الساعة، يفكر في أفلاطون، يتذكر حدثًا من أحداث الطفولة، ويتخيل مبارزة من العصور الوسطى، مثل بهلوان توازن سير بارع.

اخترع حيلًا أخرى لخداع الوقت، كأن يقسم اليوم إلى أجزاء صغيرة تتيح استبعادها مسبقًا. «عليَّ الآن أن أنزل الدرج»، يقول لنفسه، وحين يريد التنبه إلى ذلك يكون قد صار في الأسفل بالفعل، وعندئذ يحدد هدفًا آخر، يحتاج إلى النطق به لوقت أطول من تنفيذه. وهكذا يتحول الانتظار إلى متوالية انتصارات لامعة. بل إن الأمر وصل به إلى حد إدخال يوم مختلق بين الخميس والجمعة، أسماه «ساتورنيو»، بحيث يكتشف بسعادة عند مجيء يوم السبت أن اليوم صار الأحد. وهكذا في سعيه إلى خداع الزمن، لم يتوصل إلا إلى أن يعيشه بزخم متواصل.

ولكن الربيع حل في وقت أبكر من المعهود، ففي الأيام الأخيرة من شهر فبراير، وبالتحديد في يوم «ساتورنيو»، اكتشف «غريغوريو» أن أشجار اللوز قد أزهرت. وعندما اتصل «خيل»، كان هذا هو أول ما قاله له، إن الحياة جميلة وجديرة بأن تعاش، ولو من أجل تقدير الزهور فقط والخروج إلى الشرفة لاستنشاق الهواء الجديد.

قال «خيل»:

- أما أنا فأُفضِّل مع ذلك دخان المقاهي.

دافع أحدهما عن حياة البستانيين البسيطة بينما دافع الآخر عن أعاجيب التقدم، وفعل كلاهما ذلك بحنين شديد الصدق مما حول الاختلاف إلى تواطؤ على الفور.

قال «خيل»:

- كل منا يرغب فيما لا يملكه.

- هذا ممكن. ولكن السعادة تكون بسيطة أحيانًا إلى حدٍّ لا ننتبه معه إلى وجودها، ونذهب للبحث عنها في مكان آخر، بعيد جدًّا.

- أنا أرى أن السعادة تحتاج إلى أن نكون جديرين بها، وهذا أشبه بالذهاب للبحث عن كنز. والكنوز بعيدة على الدوام، أليس كذلك؟

قال «غريغوريو»:

- حسنٌ، ربما نكون بعيدين جدًّا دون أن نلحظ ذلك.

ما الذي يعنيه هذا عن كوننا بعيدين أو قريبين؟ وبعيدين أو قريبين عن أي شيء؟ «غريغوريو» يجهل ذلك، ولكنه سعيد: فقد أنهى إرسال آثار من ماضيه وعما قريب سيرى الكتاب مطبوعًا. وبالتالي فإن الربيع يعادل هدنة أمل وسلام. «إنني أنتظر سعيدًا»، فكَّر، وطلب - لا يدري ممن - أن يطول ذلك الانتظار كثيرًا. فبعد أن عرف الآن قيمة العادات المألوفة، الحبكة المتواضعة المُعقَّدة لأي حياة مغمورة، يشعر بالسعادة، ويحدس بمهانة أن المستقبل تهديد يبدو حاليًّا أنه بمنجى منه.

لكنه عندما ذهب بعد بضعة أيام إلى المطبعة ورأى الكتاب مطبوعًا، وغلاف السفينة والنوارس، واسمه بحروف زاهية، مثلما تخيله في أحلام يقظته، أحس بأن شحنة كهرمانية حساسة ونشطة ترفعه محمولًا لتنقله إلى الجانب الآخر من التهديد والخوف. الصور، الأشعار، سحر أسماء العلم («فاروني»، «غريغوريو»، «همنجواي»، «سانتوس ميرلين»، «داثيو خيل مونروي»، «أنخيلينا»، «فيلكس دي أولياس»)، ورائحة الغراء والورق، بدت له كلها حقائق مبهرة ولا جدال فيها. بدا ذلك كحكايات الأطفال، حين تُحول جنية المحبة ثمرة اليقطين والجرذان إلى عربة أحصنة، وبيت صياد السمك إلى قصر منيف، وكِسرة الخبز البائسة إلى ذهب حقيقي.

هكذا هو العالم، وهكذا هي خفة الحد الفاصل بين الواقع والخيال: هرٌّ ورجل يرتدي بدلة سوداء، حذاء من بلور بسبب اختلاف طفيف في القياس لا يحولكِ إلى ملكة، كلمة واحدة بسبب حرف معكوس يحول مغارة الكنوز إلى قبر مغلق. «هكذا هي الحياة»، قال لنفسه بينما هو يدفع برضا السبعين بالمئة من السعر المتفق عليه. «هذا هو السر العظيم للكلمة المطبوعة، وللرسوم والصور». من يتجرأ على القول عنه الآن إنه محتال؟ وأي دليل يمكن له أن يواجَهَ به الكتاب الذي بين يديه، حيث تبدو كل الأسماء مكرسة لحياة تتجاوز آراء البشر الفانين سريعي الزوال؟ لقد جمع فيه كلمات، على الرغم من أنها مشاع للجميع، إلا أنها له وحده، وهي ستدافع عنه ضد قسوة الحياة. تلك هي، بصورة حاسمة، جزيرته المتينة والملموسة. وتلك النوارس، ابنة اختراعه، هي له أيضًا. من يستطيع انتزاعها منه؟ وقع على وثيقة الاستلام وصافح يدًا.

إنها خمس عشرة رزمة. استأجر شاحنة ثلاثية العجلات وجلس في الخلف، مع رزم الكتب، متقافزًا ومتشبثًا بالحديد حتى وصل إلى البيت. وما إن انتهى من الصعود بالحمولة حتى فتح إحدى الرزم وقدم نسخة إلى «أنخيلينا».

– إنه جميل جدًا.

– انظري إلى السفينة، وإلى النوارس والأمواج. وانظري إليَّ أنا هنا.

قرأا الإهداء.

– أترين؟ لقد أهديته إليك أيضًا. وهذا المدعو «داثيو خيل مونروي» هو الصديق الذي حدثتك عنه. إنه يعيش في قرية، أتعلمين؟ وسيتزوج من امرأة تدعى «سوكورو». وأصفُ عمي بـ«كلي الرفعة» لأن الموتى يعاملون بهذه الطريقة في الشعر.

وبرأسيهما متلاصقين قرآ مقدمة «غريغوريو أولياس».

– وهذا أسلوب شعري أيضًا (استبق «غريغوريو» مفاجأة «أنخيلينا») وهو ما يفعله المؤلفون بكثرة. الاسم المستعار يظهر كمؤلف والمؤلف الحقيقي يقدم المديح. إنه مزاح، أتدركين ذلك؟

– ولكن هذا كذب يا «غريغوريو». أبوك لم يكن أميرالًا، ولم يكن جدك قاضيًا، ولم يكن عمك كردينالًا، وأنت لم تذهب قط إلى باريس أو القطب الشمالي أو أي شيء مما تذكره هنا.

قال «غريغوريو»:

– وماذا تعرفين أنت؟ ماذا تعرفين أنت عن الفن؟ ألا ترين أن الشعر كذب على الدوام؟ لاحظي هنا حيث أقول: «القمر يستحم في النهر». هذا كذب أيضًا، لأن القمر لا يستحم أبدًا. هذا مثل السينما. سأوضح لك (وذهب للبحث عن كتاب).

أحضر كتاب «الكيخوتي» وعرض عليها المقدمات.

– أتلاحظين؟ هذا كله اختلاق أيضًا. كل ما هنالك أنك لا تفهمين في هذه الأمور. الفن بكامله كذبة، مثله مثل السينما. أم إنك تحسبين أن الروايات الإذاعية التي تستمعين إليها حقائق؟

– ومن هو هذا؟

– هذا «همنجواي». يحضر إلى المنتدى وقد تعرَّفتُ عليه هناك. إنه أمريكي. وهو شخص قصير القامة، شيء تافه، ولكنه شاعر عظيم، وخطيب عظيم أيضًا. يرتدي في بعض الأحيان عباءة ويضع إكليلًا من الغار، مثل الرومان. أريته الكتاب فأعجبه كثيرًا وها أنت ترين ما يقوله عني. أليس جميلًا؟ وهذا «سانتوس ميرلين»، انظري القصيدة التي أهداها إليَّ. إنه عضو آخر في المنتدى، اسمه مثل اسم الساحر في حكايات طفولتك.

– ولكنك لستَ عبقريًّا يا «غريغوريو».

- وأنتِ ما أدراكِ إن كنتُ عبقريًّا أم لا؟ هنا يقول إنني كذلك، صحيح؟ وإذا كان هؤلاء الأشخاص من يقولونه، فلا بد أن يكون حقيقة. ولماذا لا أكون عبقريًّا؟ هيا، أخبريني، لماذا لا؟
- وهذه الصور.
- إنها لتوضيح الأشعار. ولكن، أيمكن ألا تفهمي هذا؟ لاحظي هذه القصيدة المعنونة «الثلوج الأبدية». ولهذا أضع هنا صورة ثلوج، تمثل القطب الشمالي، كي تتكوَّن لدى القارئ فكرة أفضل عن القصيدة والشاعر.

هزت «أنخيلينا» رأسها ونظرت إليه متهدلة الذراعين ومترعة بالأسى:

- أنت محتال يا «غريغوريو».

نظر «غريغوريو» في ما حوله:

- أنا؟ أنا محتال؟ ولكن، ألا ترين أن كل هذا ما هو إلا مزاح، وأن المحتال الحقيقي الوحيد هو الكتاب؟
- سيزجون بك في السجن يا «غريغوريو»، أو في مستشفى المجانين. سيشون بك، ولنرَ ما الذي سنفعله عندئذ.

عاد «غريغوريو» ليشرح الطبيعة الوهمية للفن، موسعًا حججه ومسوغاته إلى الحياة الواقعية، حيث لدينا حالة الأم التي اختلقت قديسًا وزوجًا، أو الرب نفسه الذي اعتُبر وجوده إشكاليًّا، مثل كل الموجودات.

صرخ وهو يستدير بجفاء:

- وهل نحن موجودون حقًّا؟ من يستطيع أن يقول لي إنكِ لستِ سرابًا، أو من يستطيع أن يقول لك إن «المندريلات» (وهذا جنس قرود ملونة) موجودة حقًّا ما دام لم يرها قط؟

وواصل الصياح معلنًا أنه قد ضجر من تلك الذبابة الميتة التي

لا تُحسن شيئًا سوى التطريز والتطريز والتطريز، والتي لا تفتح فمها أبدًا ولكن يخطر لها فجأة أن تقول، واصطنع هنا صوت ببغاء: «هذا موجود، وهذا غير موجود، أنت لست عبقريًا، أنت لم تذهب قط إلى الأدغال، سيزجون بك في السجن»، وتأكيدات أخرى متهورة من هذا النوع. والأدهى أنها تقول كل هذا له هو الذي أمضى حياته كلها في كتابة الشعر في الليل، مكرسًا نفسه لمهمة نبيلة، أحيانًا يحالفه الحظ، وفي أحيان أخرى، وهي الأكثر يلقى سوء الحظ، ولكنه يناضل دون راحة ليعثر على بصيص نور يخصُّ سر الحياة، شيء يمنح مغزى للكون، بصيص ضوء خلاص، رد على الكثير والكثير من الأسئلة الرهيبة! بينما هي، الذبابة الميتة، لا تفكر أبدًا، ولا تقرأ ولا تريد الذهاب إلى المسرح، تطرز وتطرز على الدوام إلى أن تتجرأ فجأة على إدانة كل نتاج سهر الليالي دون أن تكون لديها أية مرجعية سوى حسها العام الخامل والبائس. حسنٌ، فلتعلم إذًا:

- لا فرق لدي سواء أذهبتُ إلى القطب الشمالي أم لم أذهب، والأدغال أجتازها من هنا، وعمي كان كردينالًا لأنني أرغب في القول إنه كان كردينالًا، وأنا نفسي، أنا «فاروني» لأني كتبت هذا (وأشهر أمامها الكتاب)، وهنا في الغلاف يقول، انظري، اقرئي، «فا-رو-ني»، ولأنني أفضل أن أكون نصف «فاروني» على أن أكون أنت يا «أنخيلينا» كاملًا. ولا أريد أن أسمع في هذا البيت إن كان هذا الشيء أو ذاك موجودًا أو غير موجود! ضعي في اعتبارك أيضًا أن الكتاب غير موجود، ولا أنا، ولا أنت، ولا القطب المتجمد البرازي!

ذهب نحو النافذة ونظر إلى الشارع. «الحياة جميلة»، فكر دون إرادة منه، بالنبرة نفسها التي كان يمكن لموظف أن يقول بها: «توجه يا سيدي إلى النافذة رقم ٥». استعاد هدوءه وواصل الكلام. لأنها كانت ابنة شرعية للروتين. الأبيض أبيض إلى الأبد. إنها وفية للون

واحد فقط. لأنها... متى مرت هي بأزمة كالتي مر بها، حين لم يشأ التكلم وكان يكاد لا يأكل؟ لم يحدث لها ذلك قط. وماذا تفكر، أأصيب بتلك الأزمة لنزوة منه، أم إنها كانت كذبًا أيضًا؟ «فاروني» ذاك الذي تأخذه هي على محمل المزاح، كان ذات يوم على وشك الانتحار. ليس «غريغوريو» الموجود فقط في عقل «أنخيلينا» المريض، وإنما «فاروني»، مؤلف الكتاب، الذي كان ذات يوم شابًّا، الشاعر الذي تُنكر الاعتراف به.

- لأنني غريب الأطوار في نظركِ، لهذا تظنين أنني أكذب، لأنك تنقادين لـ«غريغوريو» الموظف وليس لـ«فاروني» الشاعر.

ولكن ربما لا يمكنها التوصل إلى فهم هذه الأمور. فهو يعيش في عالم الفن وهي تعيش في عالم التطريز. تطرز بجعًا، وبعض التنانين.

- حسنٌ إذًا، لديك مثال لما أريد توضيحه لك. بجعاتك أكذوبة بقدر ما هي رحلاتي أو أبي الأميرال أكذوبة. هل قلتُ لك يومًا: «هذا الذي تطرزينه يا «أنخيلينا» أكذوبة، لا جدوى من بذل الجهد لأن التنانين لا وجود لها وسوف يشون بك، سيزجونك في السجن أو في مستشفى المجانين»؟ لا، لأن التطريز شِعر أيضًا وجميعنا في العالم شعراء بعض الشيء.

وما حدث أن «أنخيلينا»، سواء بسبب الصياح أم بسبب بلاغة المثال، توصلت إلى الفهم.

قالت:

- سامحني يا «غريغوريو».

أمسك بها «غريغوريو» من كتفيها وجلس معها على الكنبة. فتحا الكتاب وقرآ أول قصيدة وجداها، وكانت قصيدة «الثلوج الأبدية» تحديدًا.

قالت «أنخيلينا»:

- إنها جميلة جدًّا.

أوضح «غريغوريو» بصوت خافت:

- كتبتها بينما كنتِ نائمة، وحين كتبتها كنتُ أفكر فيكِ.

أخفضت «أنخيلينا» رأسها ولحق بها بقبلة زائغة على الرقبة.

- الشِّعر مثل الدين. ولهذا توجد للرب أسماء كثيرة: «مسيح»، «يسوع»، «يسوع المسيح»، «يهوه»، «المنقذ»، «المخلِّص»، «الحَمَل»، «الفادي»، «الكلمة»، «الناصري»، «ابن الآب»، وأسماء أخرى لا أتذكرها الآن. والأمر نفسه يحدث مع الأشياء. وإذا ما أمعنتِ النظر، فإن الأشياء التي لها أكثر من اسم هي أشياء سحرية، وما نفعله نحن الشعراء هو وضع أسماء جديدة للأشياء، كي نجعلها سحرية غامضة.

واصل كشف أسرار الفن، ولكنه لم يأت مع ذلك على ذكر الآمال المالية الموعودة للكتاب. كان يعرف منذ البدء أنه لا يمكن إرساله إلى المسابقات، لأنه من غير الممكن تبرير انعدام الدقة، ولاسيما الإشارات إلى «همنجواي» وإلى عناوين ومقاطع الأعمال الكاملة، وقد تخلى للسبب نفسه عن عرض الكتاب في المكتبات، فحدَّ بالتالي من نطاق القراء. في تلك الليلة بالذات أعد أربع رزم: ثلاث نسخ للمعلم، وثلاث نسخ لـ«مارلين»، وخمسين نسخة لـ«خيل»، من أجل نفقات المنتدى، ونسخة للنادل المتواطئ. ما الذي يفعله بأربعمئة وثلاث وأربعين نسخة أخرى؟

بعد ستة شهور من ذلك، في الرابع من أكتوبر، تذكر «غريغوريو» أن الكتب بدأت تظهر في أقل الأمكنة توقعًا: تحت قطع الأثاث، في خزائن المطبخ، بين فروع أحد الأصص، وعند فتح بطانية، وعند فرش سماط، وعند قلب طنجرة، داخل الأرغن، في الفرن وفي كل

البدلات، والمعاطف، والأثواب والبيجامات. وفي أحد الأيام، عندما فتحت «أنخيلينا» الخزانة سقطت عليها كومة من الكتب، ووجدت كتابًا آخر في حجرة المهملات، وكانت الفئران قد قرضت نصفه. كانوا يعيشون محاطين، مترصدين، متفاجئين، مهزومين بذلك البحر من الكلام المطبوع. تحدثت الأم عن جائحات قصاص عادلة، وكان الكلب كلما وجد كتابًا، يأخذ بالنباح حوله بغضب. ولأن صفحات الصور كانت سيئة التثبيت عند تجليد الكتاب، فإن أي هبَّة ريح كانت كافية لتثير زوبعة أوراق ترتفع طائرة وتهطل مطرًا بطيئًا لـ«فاروني» في القطب الشمالي، و«فاروني» في الأدغال، و«فاروني» في بغداد، و«فاروني» في بحار الجنوب. ولم تكن هنالك طريقة للهرب من غضب ما يبدو بالفعل جائحة ذات أبعاد توراتية.

لكن «غريغوريو» كان قد حقق بعض النجاحات الباهرة. فبعد أن لم يجد «خيل» كلمات يعبر فيها عن تقديره، وبعد أن قال إنه لم يكن يعرف من هو «همنجواي» وإنه سأل جميع الموزعين الجوالين الذين التقى بهم في الدروب إلى أن سمع أعاجيب عن ذلك العبقري الأمريكي، وأخبره بأنه بعد ما اجتمع لديه من كتب ولقى أثرية ضاقت غرفة البنسيون الآن بتلك الأشياء التذكارية، وأنه استأجر محلًّا في طابق أرضي من بيت نصف مهدم، وقد علق على بابه لوحة تعلن عن: «منتدى «فاروني» الثقافي». وقال إنه تشاجر مع «سوكوريتو» لأنها قالت إنه يملأ البيت بمهملات وخيَّرته بينها وبين مجموعة الذكريات. وبما أنها امرأة ضارية أيضًا فقد قالت له إنه إذا واصل اللبس على ذلك النحو، مع القبعة والنظارة وبتلك الطريقة المضحكة، فإنها لا تريد العودة لرؤيته.

- وأنا يا سيد «فاروني» (وليَّن الاعتزاز صوته)، اخترتُ ذكرياتك. ولهذا استأجرت المحل وقد صار مكانًا مناسبًا جدًّا

بالرغم من أنه كان إسطبلًا. لقد جهزت أرضيته بالإسمنت وغطيت المعلف برف للكتب. طليت الجدران بالأزرق، وأقوم الآن بإعداد منصة من أجل مجيئك للتدشين. السيئ في المكان أنه لا يتسع لأكثر من عشرين شخصًا، إن اتسع لهم، وهو باختصار لا يليق بك يا سيدي. ولهذا (واصل هياجه الغاضب من جديد)، لا أريد الزواج. فأنا يا عزيزي «فاروني»، واسمح لي أن أدعوك بهذه الصفة، اسمح لي بهذه الحرية، أنا لا أؤمن أيضًا بالزواج. أنا أؤمن بالعلم فقط، وبالفن والتقدم، مثلك يا سيدي. وبينما أنا أقرأ الكتاب انتبهت إلى بعض الأمور. لقد فكرت: «البعض كبار، وآخرون صغار جدًّا». لم أفكر في هذا الأمر بحسد، أنت تعرف أنني لست كذلك. بل على العكس، لقد قرأت الإهداء ألف مرة وقلت لنفسي: «ها أنت هنا أيها البائس «خيل»، مخلد دون أن تكون قد فعلت شيئًا. عمرك خمسة وأربعون عامًا وستموت دون أن تكون قد فعلت شيئًا، وبعد سنوات طويلة، سيقرأ أحدهم هذا الكتاب ويقول: «لا بد أن يكون «داثيو» هذا رجلًا عظيمًا». وقد فكرتُ عندئذ: «ربما ما زال بإمكانك عمل شيء يا «خيل». شيء صغير ولكنه نموذجي، عمل يُخرجك من هذه الحياة الكارثة». عندئذ رأيتُ الأمر واضحًا جدًّا. وقلتُ لنفسي: «أنت بحاجة إلى خطة تكرس لها ما تبقى من قواك». لأني ما زلتُ أتمتع بكثير من القوة. لا تضحك. أشعر بها أحيانًا كما لو أن في داخلي ثورًا ضاريًا، ولكنني لا أدري كيف أوجهها. ما هي فائدتها إذًا؟ أهي من أجل تعذيبي فقط؟ هل أنا محق أم لا؟

وردَّ «غريغوريو» بأن ذلك هو سر السعادة بالفعل، وأضاف متذكرًا تعاليم جده: «ولا تتردد في الطلب. وكلما كانت الخطة أصعب ستكون أشد فخرًا بها، وإذا كانت مستحيلة، يكون أفضل، لأنك ستنال السعادة حتى في حالة الإخفاق».

- أنت ترى إذًا يا «غريغوريو» أنه عليَّ أن أَحوك خطة عظيمة؟

- عظيمة أو صغيرة، هذا ما لا أدريه. الأمر يعتمد على مُثل الشخص العليا.

- سأضع خطة إذًا يا سيد «فاروني»، حتى لو كانت بسيطة. بل أكثر من ذلك، سأقول لك إنه لدي خطة بطريقة ما.

- خطة؟ وما هي؟

- حسنٌ، أفضل عدم الحديث عنها حاليًّا. إذا ما أخبرتك ستضحك. أضف إلى ذلك أنها مجرد حماقة، أتفهمني؟

فكر «غريغوريو» في أن رجلًا مثل «خيل» لا يمكنه الخروج إلا بمشروع متواضع، مثل مشروع الإسطبل، وافترض أن تدشين المنتدى صار وشيكًا. ولكن لديه الكتاب الآن، وهو يعرف جيدًا حياة «فاروني» وأعماله، بنقاطها المضيئة والمظلمة، بأروقتها الجانبية وأبواب طوارئها، ولهذا لم يخفه كثيرًا كشف قناعه. ومع ذلك، في تلك الليلة بالذات بدأ بصياغة خطبة طويلة حول «فاروني»، ضمَّنها مقاطع مختارة وبعض أحداث رحلاته ومغامراته. رفع ذلك الانهماك في العمل معنوياته، فبعد الكتاب، حدس بصورة غامضة أن الاختلاق قد اكتمل ولم يبق شيءٌ، أو لم يبق إلا القليل لإضافته.

لقد أتاح له الكتاب تحقيق حلم الخروج من البيت مرتديًا زي «فاروني» مع عنوان «أشعار الحياة الفنية الكاملة» مطلًّا من جيبه. في أول يوم سبت أهدى نسخة إلى النادل، ولكن الخوف من السخرية أو عدم المبالاة، مختلطًا بمتعة خدر البهجة التي تسببها القراءة، نصحه بتأجيل تسليم النسخ المخصصة للمعلم و«مارلين». بل إنه فكر في إمكانية تقديم نفسه أمام الملأ في المنتدى باعتباره «غريغوريو أولياس»، الناطق باسم «فاروني»، والقناعة بانتصار وقوع «مارلين» في حب الكائن الافتراضي نفسه الذي تعلق به «خيل»،

ولكن فضيحة تلك الازدواجية الجديدة كبحت جرأته. وأخيرًا، حين علم أن المنتدى سيُعلق نشاطه منذ نهاية يونيو حتى شهر سبتمبر، قرر أن تسليم النسخ يجب أن يتم في السبت الأخير، من أجل أن يرافق اللغز بهذه الحالة كلًّا من «مارلين» والمعلم خلال الصيف، ويتاح له هو نفسه الوقت كي يتهيأ لمواجهة ضربات الواقع.

والآن، مع تقدم شهر يونيو، راح يعكر خططه نوع من التخوف الغامض. فمن الجلي أن «مارلين» والمعلم لن ينبهرا بالسهولة نفسها التي انبهر بها «خيل» الذي تختلط، في سرعة تصديقه، الحدود مع الحنين والرغبة. وربما يخلف الكتاب تأثيرات معاكسة لما هو متوقع. وربما يقرأ في العيون عند الرجوع نظرات السخرية والرثاء لحاله بدلًا من التقدير، ويكون عليه أن يهرب مكللًا بالعار ويهجر المنتدى إلى الأبد. كان ذعره كبيرًا إلى حدٍّ استرد معه الكتاب المهدى إلى النادل بذريعة إجراء بعض التصويبات. لم يذهب إلى المقهى طيلة ثلاثة سبوت، وفي السبت الرابع استند إلى العمود واختفى قبل الانتهاء. خُيل إليه أن بعض أعضاء المنتدى نظروا إليه بنوايا مضمرة، ولم يكن هنالك تهامس إلا وشعر بأنه يستهدفه ولا نظرة إلا وحسب أنها تراقب المحتال المتخفي وراء نظارة سوداء. ولكنه رفض تقبل الهزيمة. في يوم السبت الأخير من يونيو، استخرجَ من الغطرسةِ شجاعةً وتوجه إلى المقهى ومعه نسخ الكتاب الست المهداة. أظهر حضوره في الصفوف الأولى، وعندما انتهى عرض الموضوع وأُفسح المجال للمناقشة اقترب من النادل، وكلفه بتسليم حزمتي النسخ وغادر بقناعة مشوشة بأن ذلك التصرف هو ضرب من التخلي، من الارتماء، من الخنوع.

خلال شهر يونيو كانت المدينة شبه مقفرة، وكرس «غريغوريو» أوقات فراغه للتخلص من الكتب. كان يخرج كل يوم من البيت

حاملًا سلة ويعود بها مطوية تحت إبطه. كان يترك الكتب منسية في صناديق بريد، وعلى رفوف مكتبات، ومكتبات عامة (دون أن ينسى تسجيلها في سجل البطاقات، إلى جانب تعداد لأعماله الكاملة)، وفي دور سينما، وعلى مقاعد عامة، ومناضد مقاهي. قال لـ«أنخيلينا» إنه يوزعها على دور النشر، ولم تُبدِ هي أية إيماءة ريبة أو خمود همة، ولم تعد إلى سؤاله قط عن تلك الكتب. كان «غريغوريو» في أثناء ذلك يفقد مذاق المهزلة ويسقط في فراغ مألوف لديه كثيرًا. لم يكن يدري إن كان يشعر بالسعادة أم التعاسة. ولم يكن يعرف إن كان ذلك الضعف ينذر ببداية أم بنهاية، ولا في أي نقطة بالضبط من حياته هو موجود، وما إذا كان قد التقى بمسقط رأسه أم ضاع بصورة نهائية في مكان ناءٍ. وبالمقابل كان «خيل» يبدو في كل يوم أكثر سيطرة على حماسته المكبوحة، وكثيرًا ما يعلق في حالات صمت اكتئابية.

- بماذا تفكر يا «داثيو»؟

كان «غريغوريو» يسأله ذلك بعذوبة تدعو إلى التنهد أكثر مما تدعو إلى الردّ.

- أنا؟ لا أفكر في شيء. وبماذا سأفكر أنا؟

- لا أدري، ربما تفكر في الخطة.

- أنا أفكر في خطة؟ أي كلام هذا! كنت أنظر إلى طيور اللقلق وحسب.

كان «غريغوريو» يحاول استدراجه ليخبره بالسر، ولكن «خيل» يمانع بالقول إن الأسرار لا تذاع، لأنها لا تعود عندئذ أسرارًا. من يدري إن كان يهيئ لاستقبال صاخب، بوجود فرقة موسيقية وأطفال مدرسة يلوحون بأعلام ورقية. من يدري إن لم يُقدم على استئجار صالة سينما أو ميدان مصارعة ثيران، أو إقامة تمثال له أو تقديم مفاتيح المدينة الذهبية إليه على وسادة من القطيفة. من يدري إن لم

يكن في نهاية السخرية ويمضي في حياكة الإحساس بالخجل. ومع أن خطبة الافتتاح صارت جاهزة لديه - وكان يتصور على الدوام أنه سيلقيها في مكان ضيق وسري وأمام جمهور وديع، لا يزيد على تسعة أو عشرة أشخاص: أصدقاء «خيل» الحميمين- بدأ يضع ذرائع اعتذار لحضوره المزدوج، ككاتب سيرة وصاحب السيرة، لأنه إذا كان «غريغوريو» قد خشي من عدم تصديق «خيل» له، فإنه صار يخشى الآن أكثر من تعصبه، بعد أن أخذ «خيل» على عاتقه زمام المبادرة في العمل. ومن أجل كسب الوقت، وتذكر الاعتزاز بالنفس، أخبر «خيل» أنه في أغسطس، خلال الإجازة، سيقوم برحلة إلى أمريكا الشمالية.

- إلى أمريكا! كم أحسدك يا عزيزي «فاروني»، واعذرني لهذا التعبير. وتقول هذا ببساطة هكذا، كما لو أنك ذاهب لشراء أسبرين من الصيدلية القريبة! إلى أمريكا! إلى أمريكا العظيمة! وهل ستذهب الآنسة «مارلين» أيضًا؟

فقال «غريغوريو» إنها لن تذهب هي فقط، وإنما كذلك «سانتوس ميرلين» وعلماء وفنانون آخرين من رواد المقهى، ثم أضاف:

- إنه نوع من اللجنة الثقافية. أنت تعلم، كل عشر سنوات يُعقد اجتماع عالمي للمنتديات.

همس «خيل» بحزن أكثر مما هو حماسة:

- يا لما يمكن سماعه هناك! يا للأمور التي ستقال. ويا لما يمكنني أن أقدمه مقابل الاستماع إليكم، ولو من تحت منضدة، مثل القطط! لاحظ، بينما أنا هنا أراقب اللقالق!

قال «غريغوريو» متجنبًا مواساته:

- عند عودتي سنتحدث في أمر افتتاح المنتدى. أنا أفضل، بسبب حبي للبساطة، أن يكون الافتتاح في المحل، وبوجود عدد

قليل من الناس، مثل المسيحيين الأوائل. اجتماع حميم. أربعة، خمسة، تسعة أشخاص.
اعترض «خيل»:
- أنت تستحق شيئًا أكبر. أكبر بكثير. أيكون مستحسنًا أن ترجع من أمريكا للتحدث في إسطبل، وأمام نصف دستة من الأشخاص!
- أنا لا يهمني ذلك. فأنت تعرف جيدًا أنني رجل متوحد وخجول، شخص خاص بذاته كما يقال. ولا بد من الأخذ في الاعتبار أن الاجتماع سيكون سريًّا، وخطيرًا بالتالي، وأنا أظن أن الإسطبل هو المكان الأكثر ملاءمة.
- لا يا سيد «فاروني»، هذا غير ممكن. لا يمكنني أن أدخلك إلى ذلك المكان. سيكون أمرًا مخزيًا.
- فلنرَ إذًا. هل لخطتك علاقة بزيارتي؟
- اعذرني، ولكن ليس لدي أية خطة.
صلَّب «غريغوريو» نبرة صوته:
- لا تروق لي أسرار الأطفال.
كان يأمل إخافة «خيل» بذلك التهديد. ولكنه هو من خرج مشوشًا حين رفع «خيل» صوته بصرخة أنفية:
- أطالبك بأن تعذرني! (وظل كلاهما ينتظر تلك الكلمات).
وعلى الفور أظهر «خيل» نبرة متحسرة:
- أنا... اعذرني، لا تغضب مني، أرجوك. لا تفكر في أي سوء! فأنا ليس لدي أي خطة! وفي حالة وجودها، ستضحك مني إذا أخبرتك بها. وما حاجتنا إلى ذلك؟ إنني شيء ضئيل، ولهذا يجب عليك يا سيدي أن تفهمني وتسامحني. أرجوك، قل إنك تسامحني!
ولعجز «غريغوريو» عن إيجاد مخرج آخر، قال:
- أجل يا «خيل»، إنني أسامحك.

ولم يعودا يدريان ما يمكنهما إضافته.

في الأيام الأخيرة من يوليو، تلقى حوالة بريدية بقيمة الستة والعشرين كتابًا التي تمكن «خيل» من بيعها في جولاته الإضافية كموزع جوال، وبعد أسبوع من ذلك تبادلا الوداع حتى عودة «غريغوريو» في شهر سبتمبر. طلب منه «خيل» أن يكتب إليه من أمريكا، وقال له:

- لا تنسني، ولا تفكر في البقاء هناك إلى الأبد، لأنه في هذه الحالة، ما الذي سيحدث لي؟

تأثر «غريغوريو» حقًّا بتلك الكلمات، ووعده بأن يكتب إليه عن كل المستجدات الجديرة بالذكر.

- وداعًا يا سيد «فاروني»، رحلة موفقة، وانقل تحياتي إلى اللجنة.

كانت هذه هي كلماته الأخيرة.

الفصل الخامس عشر

كان أغسطس شهرًا رتيبًا ومسالمًا. وفيه صار «غريغوريو» و«أنخيلينا» يذهبان إلى السينما ويتنزهان معًا في الحي، كما في فترة خطوبتهما، ولا ينسيان أبدًا أن يحملا إلى الأم حلوى ما، فتلتهمها في غرفتها وهي تشكو من سوء حال الأزمنة. وفي الليل يؤخر «غريغوريو» توقيت الساعة ست ساعات، ويفتح الأطلس ويرتحل متجولًا في أمريكا الشمالية بمساعدة قلم أحمر، ويتقدم في كل يوم لمسافات تكون على الدوام محتملة ومعقولة. وكان قد تزود من السفارات ووكالات السفر بكراسات معلومات عن التوقيت ووسائل المواصلات، يتقيد بها بصرامة. وحصل كذلك على بطاقات بريدية لشلالات «نياغارا»، وناطحات سحاب نيويورك، والبنتاغون وصورة لجواميس «البوفالو»، أرسلها إلى «خيل» مع ملاحظة مرفقة من كاتب السيرة: «هذه البطاقات أرسلها «فاروني» إليك. لم يكتب إليك مباشرة بدافع الحذر. كيف يمضي التقدم في إنشاء المنتدى؟ المخلص جدًّا، «غ. أولياس»». وكتب على البطاقات وصفًا لمناظر وعادات، وتحدث عن آلات عجيبة تكشف الكذب وتترجم لغة الزهور السرية، وعن أبواب تنفتح مستجيبة للكلمة، وسيارات يتم التحكم بها ذهنيًّا. تحدث عن الاستقبال («الحماسي والعفوي»)

الذي استقبله به فنانو أمريكا، وعن التكريم والخطابات، وعن عرض قُدم إليه، وقد يوافق عليه، للقيام ببطولة فيلم عن حياته، مع نجمة أولى من نجوم «هوليوود» ستقوم بدور «مارلين». وعلى إحدى البطاقات، كتب أعضاءٌ آخرون من اللجنة رسائل مقتضبة، أرفقها كل منهم بتوقيعه: «إننا نتذكرك في أغسطس أيضًا يا «داثيو». فلا تنسنا، «مارلين»»؛ «Hello, Dacio! How do you do? I am Mark. I know you by Faroni. And the Circle Cultural? Goodbye, friendly Dacio, Mark Spermann»؛ «سيد «خيل مونروي»: لقد وصلتني من «أغسطو» أخبار عن حياتك. وأتابع عن كثب أفكارك وأقول لك: تشجع يا فتى! ثق بالتقدم. بكل مودة، «سانتوس ميرلين»».

ومن جانبه، لم يكذب «غريغوريو» في مشاعره. فقد كان حزينًا على الرغم من كل شيء، ربما بسبب الحنين إلى عزلته الفنية، وربما «لأنني آخذ بالتحول إلى عجوز»، يقول له، وإنه يفكر جديًّا في الانتقال إلى الريف بحثًا عن السلام الجوهري. «إني أحسدك يا «داثيو»، لأن التقدم ما هو إلا بطلان؛ وما المجد إلا قليل من الرماد، والحياة حلم بلا مغزى». كانت رسائله في العمق تعيسة وصادقة، وقد تجرأ في إحداها على القول: «يخيل إلي أحيانًا أني مجرد وهم من كاتب سيرتي». فمن دون «خيل»، ومن دون المنتدى، وبعد أن طُبع الكتاب، وانتهى العمل، وبعد إرسال رسائل أمريكا، بدأ «غريغوريو» يرتاب في أن نهاية المهزلة قد أزفت. لم يكن يشعر بأن لديه ما يكفي من القوة لتجديدها في الخريف، والقليل من القوة المتبقية له يجب أن يحافظ عليها من أجل الخاتمة، وتحية الجمهور وإسدال الستار.

هكذا كانت حالته المعنوية عندما اتصل به «خيل» في الثاني من سبتمبر. كان قد تلقى البطاقات البريدية، بما فيها الموجهة من أعضاء

اللجنة، وكان مختنقًا بكل ذلك الاهتمام وتلك الكلمات الطيبة. فكان أول ما قاله:

- كيف يمكنني أن أشكر شخصية بمثل شهرتك يتذكر وهو في أمريكا بائعًا متجولًا بائسًا مثلي؟ لست أستحق ذلك. ولهذا أرسلتُ إليك بعض الهدايا، وقد سمحتُ لنفسي بهذه الحرية. سمحتُ لنفسي بأن أرسل إلى الآنسة «مارلين» دمية بالزي التقليدي لهذه الأرياف، وإلى السيد «ميرلين» حزمة سجق ومقانق تقليدية من هنا، وهي لذيذة جدًّا، ومثلها للسيد «سيبرمان»، كي يتذوقها، ولم أدر ماذا أرسل إليك، وأخيرًا أرسلتُ إليك حماقة، ولكنها أفضل ما يمكن أن أهديه لأنها تعني لي الكثير. إنها سكين أبي. لم أجد ما هو أفضل منها لأعرب لك عن امتناني. فأنا أفضِّل أن أكون مضحكًا بدلًا من أن أكون رجلًا جاحدًا.

أحس «غريغوريو» بأنه أعزل أمام ذلك الدرس المتواضع في الوفاء، فتلعثم ببعض الكلمات باسم اللجنة. وتحولا فورًا إلى الحديث عن عجائب الرحلة. ردَّ «غريغوريو» على الأسئلة بطريقة أقرب إلى الورع، وبنبرة مقتضبة لكنها تحولت إلى نبرة بهيجة حين سأله بعد صمت قصير:

- وبالمناسبة، ماذا حلَّ بتلك الخطة؟

أجاب «خيل» بحزن:

- الخطة؟ آه، لا أدري، أعتقد أن الوضع سيئ!

- لا تدري؟

قال بأسى:

- أجل، لأنها لم تخرج معي، وسوف ترى فيما بعد كيف ذلك.

- حسنٌ، إذا ما أخبرتني، ربما أستطيع مساعدتك.

- لا، لا أريد إزعاجك. متأسف.

- ولكن منذ متى توجد أسرار بيننا يا «داثيو»؟ ألم أخبرك أنا بكل شيء عن حياتي، بما في ذلك ما لم أُخبر به أحدًا؟

- أعرف ذلك يا سيد «فاروني»، ولهذا أطلب منك المعذرة. أتسامحني حتى لو كنتُ لا أستحق ذلك؟

وألح في طلب المعذرة، وأكثر من قول إنه لا يستحق ذلك، وأصر كثيرًا على أن يُسامح، فسامحه «غريغوريو» دون أن يدري لماذا أو عن أي شيء يسامحه.

منذ ذلك اليوم لم يعد «غريغوريو» يدري بوضوح أيضًا لماذا صارت أحاديثه مع «خيل» غامضة. في سبتمبر تحدثا عن أمريكا وعن المنتديات الأمريكية، ولكن الحوار كان يفتر فورًا تحت سحر وقفات الصمت البليغة بصورة مبهمة. يتحدثان في أحد الأمور، وفجأة، يصمتان كالمبهورين بإيحاء ما. فكان «غريغوريو» يتردد في نسبة تلك المداورة إلى قِدم العلاقة التي تحكم عليهما بما يشبه تعب زوجين سعيدين حيث حالات سوء التفاهم تجعل الكلمات غير مجدية، أو ينسبها إلى أن هدايا «خيل» قد جددت وساوسه وأفقدته متعة التخيل، وفقد معها براعة مهنته كمحتال. لقد وضعته السكين بصورة خاصة على حافة البلبلة. إنها من أكثر أنواع السكاكين فجاجة، لها مقبض بَرَّاق ونصل صدئ، وتنبعث من ثلمها رائحة سمك. ولكنه كان يرى فيها الغنيمة التي اكتسبها بعد سنوات طويلة من الحصار. أما الهدايا الأخرى فليست له. وقد كان ذلك واضحًا لديه. وهكذا استيقظ ذات صباح بقناعة، عبثية ودقيقة، بأن عليه أن يسلمها إلى أصحابها الشرعيين، حتى إنه لم يفكر في أن تلك النوايا الطيبة هي ذريعة للعودة إلى المقهى. وبالفعل، كان يخشى أن يكونوا قد اكتشفوا الخدعة من خلال الكتاب، وأن يسخروا منه ويسألوه عن «همنجواي» أو عن رحلاته إلى القطب الشمالي أو إلى الأدغال.

حسنٌ إذًا، فبوجود الدمية الآن والسجق والمقانق، ربما يستطيع الرد على السخرية بأخرى لاذعة أكثر منها: بتهكم تقريبًا.

شجعه هذا الأمل بصورة غامضة. وفي يوم السبت الثاني من شهر سبتمبر رابط عند الناصية والحزمتان تحت إبطه، وانتظر من هناك مجيء المعلم و«مارلين» ومن بمعيتهما، ولكنه لم يجرؤ على الدخول، ناهيك عن الاقتراب منهم. كان يشعر بأنه مطرود ولا يدري ماذا يفعل. سار على الرصيف صعودًا ونزولًا، نظر من خلال الزجاج (بحذر شديد لم يستطع معه رؤية أي شيء)، قرر الانصراف، رجع، رابط مرة أخرى عند الرصيف كابحًا الرهبة بالخوف والخوف بالرهبة، إلى أن تمكن أخيرًا من جمع الشعورين كليهما في نقطة واحدة، فأنزل قبعته أكثر، ودخل مجانبة إلى الصالة واختبأ وراء بروز العمود. وبإطلالات قاطع طريق، لمح شعر «مارلين» ويدي المعلم المبدعتين والأثيريتين. وعلى الفور سمع ضحكًا وراوده اليقين بأنهم يتكلمون عنه.

وجه سؤاله إلى شاب يستند إلى الجانب الآخر من العمود:

- عمن يتكلمون؟

- عن الشعر.

«إنهم يتندرون بي إذًا»، قال لنفسه، وبحث فيما حوله عن طريق للهروب. أحس بساقيةِ ماءٍ بارد تسيل نزولًا على ظهره تعيقه دون إرادة منه عن الهرب. وفي مكان ما من رعبه اللامحدود، رأى النورس يخرج من غلاف الكتاب ويأتي للقائه وهو يكبر أكثر فأكثر. عندئذ أغمض عينيه وسمع النورس يزعق داخل رأسه، وكان زعيقه يختلط بضحكات وصرخات أعضاء المنتدى. رباه! وماذا لو اكتشفوه واستدعوه؟ «إيه، «فاروني»، تعال إلى هنا يا رجل وأخبرنا بما جرى في بغداد مع أولئك الزبانية!» تراخى مستندًا إلى الدعامة

الحجرية البارزة، وفجأة رأى رؤيا عابرة كثيفة وكاملة لحياته، ليس كشريط صور في الزمن وإنما كسلسلة رسوم مضحكة، ولكنه لمح كذلك الصورة الشاملة للرجل المسالم والحذر. وحين طابق نفسه مع الصورة أحس بالأسى على الآخر وخجل منه، وكأنه المنبوذ ضمن الأسرة. وبينما هو يستجمع قواه للهرب (تخيل نفسه يصل إلى الشارع باندفاعة ثور، وفي الوقت نفسه مثل شيطان يتراجع أمام تعزيم، ولكنه في الحالتين يخلف وراءه فوضى تناثر سباب وسجق)، تطلع الشاب الذي إلى جانبه وقال:

- أظنهم يتحدثون عن «بترارك».

في تلك اللحظة انتهى اجتماع المنتدى. تعاظم حيال رؤيا التعاسة الرهيبة الكاذبة أخيرًا والتي ربما تضمن له نجاحًا وشيكًا. خرج وانتظر تحت مظلة المقهى. وما إن ظهر المعلم ترافقه مارلين وتحيط بكليهما جماعة من الشباب، حتى برز «غريغوريو» أمامه ووضع إبهامه على صدره وقال له:

- أيها المعلم، هل قرأت كتاب «فاروني»؟

- كتاب فاروني؟

والتفت المعلم إلى جماعة الشباب وحصل على الفور على نظرات ذهول متضامنة.

- أجل، كتاب الشعر الذي أعطاك إياه النادل. عنوانه «أشعار الحياة الفنية الكاملة» لـ«فاروني». أنت تعلم، لم أستطع تسليمه إليك شخصيًّا لأنني كنت في أمريكا الشمالية.

فكر المعلم لحظة وغطى ظلُّ جبهته بالقتامة، كيدٍ تقوم بحركة مرور سحرية أمام عينين مغمضتين بوهن.

قال:

- آه، لقد تذكرت! (واكتسب صوته نقاء في النطق وغنى في

التلوّن ذكَّر «غريغوريو» بينبوع جبلي). إنه كتاب بديع جدًّا. جريء. ساذج أو غريب، لا أدري كيف أصفه.

ضم أصابعه إلى بعضها وراحتاه متباعدتان، مسندًا إبهاميه إلى منتصف عظم صدره وسبابتيه إلى ذقنه، ثم أحنى رأسه واستغرق في تفكير عميق. كان الجميع ينظرون إليه مترقبين، بل إن بعض المارة توقفوا بفضول وراحوا يتابعون وهم يقفون على رؤوس أصابعهم متطاولين بقاماتهم ليروا ما يحدث. ومع ذلك، حدث كل شيء بسرعة كبيرة. وعلى الفور، وبشهيق كبير بدا معه أنه سيطفو محلقًا، رفع رأسه، فتح عينيه وقال:

- عمل مثير للفضول ومقطوعة معقدة من المحاكاة الشعبية الساخرة.

نظر إليه «غريغوريو» مدهوشًا:

- هل أعجبك حقًّا؟

- كتاب باهر. غريب. نافذ البصيرة. شبابي.

ثم نظر إلى الآخرين، مضيئًا إياهم بابتسامة.

عاد «غريغوريو» إلى لمس صدر المعلم وقال:

- أتدري؟ أنا، أنا هو «فاروني».(مع أن نيته الأولى كانت أن يقول: «أتدري؟ أنا «غريغوريو أولياس»، كاتب سيرة «فاروني»»).

قوَّس الآخر حاجبيه بإعجاب، ولكن «غريغوريو» لم ينتظر أكثر، وأراه اللفافتين.

- أحد المعجبين أعطاني هذه الأشياء لأوصلها إليك يا سيدي. اسمه «داثيو خيل مونروي»، وهو كيميائي ومفكر. تفصيل غير ذي أهمية، أرجو أن تتقبلها- وقبل أن يفتح الهديتين، ربت على كتف المعلم في الوقت الذي غمز فيه بعينه من وراء النظارة لـ«مارلين».

ثم أتبع ذلك على الفور برفع قبعته، وتحية الآخرين والانسحاب والاختفاء بأقصى سرعة.

ما إن أوى في تلك الليلة إلى الفراش حتى قال لـ«أنخيلينا»:

- أتتذكرين أنك كنتِ تضحكين من كوني شاعرًا جيدًا؟

- لقد انتهينا.

- اضحكي إذًا، ولكنهم تحدثوا اليوم عني في المنتدى. قال المعلم عني إنني أقل قليلًا من عبقري، شخصية بارزة في الأدب الشعبي.

تمتمت «أنخيلينا» بشيء في الظلام.

سألها «غريغوريو»:

- ماذا قلتِ؟

- لا شيء، إنني أصلي.

- لقد كنتُ أول المتفاجئين. ليست المسألة أنني غير مؤمن بنفسي، ولكن، طبعًا، تصوري أن أسمع ذلك من فم المعلم بالذات. قال لي إن الكتاب بديع، من أفضل ما قرأه. فقلت له: «أحقًّا ما تقول؟»، وردَّ علي: «أجل يا سيد، إنه كتاب بديع جدًّا»، والجميع كانوا يوافقونه الرأي. (وكان يتكلم بصدق بدا له هو نفسه غريبًا).

قالت «أنخيلينا» دون أن تبدل نبرة ترتيل صلاتها:

- ما جرى هو أنهم كانوا يسخرون منك. وأنت لم تنتبه إلى ذلك.

دمدم «غريغوريو» بمرارة:

- أهذا هو كل ما يخطر لك؟ المثل السائر محق حين يقول إنه لا كرامة لنبي في وطنه. وحتى لو كانوا يسخرون مني. حسن، وماذا؟ هذا أفضل من عدم قول شيء وإبداء التجاهل.

- بلاهات.

- طلب مني أيضًا أن أكتب مزيدًا من الكتب، وألا يخطر لي التوقف عن الكتابة.

- وبأية نقود؟

- لا أدري. يمكننا إرساله إلى مسابقة. وفي هذه المرة سأكسب بكل تأكيد.

- هذا ما قلته في المرة السابقة.

- ولكن الحال مختلفة الآن. الصعوبة دائمًا تكمن في البداية. ثم إنني سأكتب هذه المرة رواية. وباسمي الحقيقي، «غريغوريو أولياس». لقد فكرت في العنوان وصار جاهزًا لدي: «فاروني»، هكذا فقط، وستكون قصة فنان لا يفهمه الناس. (وأحس أنه يتمتع بفائض قوة لكتابتها، وسرعان ما تشكلت لديه رؤية حقيقية ورائعة لها، مع كافة تفاصيل الأسلوب والحبكة والشخصيات).

قال بنبرة عذبة ومباغتة، كما لو أنه يتكلم بلسان روح:

- أشعر كما لو أنها قد كُتبت.

لم تدرِ «أنخيلينا» بماذا ترد عليه. رسمت إشارة الصليب، وأطفأت النور، وعندئذ فقط قالت:

- بلاهات.

وقد خرج الصوت غريبًا عنها أيضًا، لم يسمعه «غريغوريو» هكذا من قبل قط.

في يوم الاثنين، التاسع والعشرين من سبتمبر، وبعد يوم أحد من التفاهة ومشاعر الغبطة المفاجئة، استيقظ «غريغوريو» في حالة جزع يرثى لها. على الرغم من النجاح الذي أتاه للتو والذي بدا للحظات أنه قد منح أجنحة لطموحاته، سرعان ما عكرت حماستَه الشكوكُ في ما إذا كانوا لم يسخروا منه حقًّا، أو أن المديح لا يعني سوى مجاملة فرضتها الظروف. وهكذا أحس من جديد بأن المستقبل

تهديد لا يمكن تجنبه. عليه أن يضع نظامًا لحياته، أن يجد نقطة توازن توائم بين الحقيقة والمظهر، تتيح له الراحة في هوية نهائية. وبينما هو يحلق ذقنه، قرر فجأة أنه لم يبق لديه سوى مخرج واحد: إعطاء «خيل» مهلة لافتتاح المنتدى. إنها الطريقة الوحيدة لتوجيه الورطة التي تمرَّغت في وحل التكرار نحو وجهة جديدة. بل ويمكن أن يحدث هناك، وجهًا لوجه، أن يتجرأ على تقويض المهزلة بذرائع سيكون لديه الوقت لحياكتها، ووضع حد لما صار يشبه الكابوس كثيرًا. ولكي يضفي على القرار طابعًا لا رجعة فيه، كتب تاريخ اليوم المنتظر: «٢٩ أكتوبر». ومتابعًا مسار تأمل سعيد، حدد يوم الخميس القادم للإخبار بأنه إما أن يتم التدشين في أكتوبر وإلا فإنه لن يحدث أبدًا. أراد قبل ذلك أن يعلن الخبر في البيت، كي لا يعود قادرًا بهذه الطريقة على التراجع أمام ذرائع «خيل» وتوسلاته.

ما إن وصل إلى البيت حتى قال لـ«أنخيلينا» إنه سيضطر قريبًا إلى السفر على نفقة الشركة.

أضاف وهو يتوجه نحو الحمام:

- سأذهب إلى مزاد نبيذ.

وعلى الفور سألته «أنخيلينا» من بعيد:

- وهل سيدفعون لك عن هذه الرحلة؟

رأى نفسه يصرخ في المرآة:

- لا أدري، ربما!

- وإلى أين ستذهب؟

- إلى قرية، لا أتذكر اسمها، يبدو أن اسمها «كينولا» أو شيء من هذا القبيل.

- «كينولا»؟

- أجل، إنها قرية زراعية، في السهوب.

- وهل ستذهب وحدك؟
- أظن أنني سأذهب مع أحد المسؤولين. «دون كريسبين بايابوي»، إنه شخص ذو دم أزرق، ماركيز أو شيء من هذا القبيل. (وأحس بالإعجاب بسرعة بديهته).

صرخت الأم من غرفتها:
- ما الذي يحدث الآن؟
- «غريغوريو» سيذهب في رحلة!
- إلى أين؟
- يقول إنه ذاهب لشراء نبيذ!
- لشراء نبيذ! كذبة عفنة! سيذهب ليتباهى بمظهره، أو الله أعلم ما الذي سيذهب ليفعله!

انتظر «غريغوريو» في الحمام إلى أن أحس بالثقة بقدرته على إبداء الشفقة والازدراء. ثم خرج يصفر وجلس باستهتار ظاهري ليقرأ الجريدة.

- ومتى ستكون هذه الرحلة؟
- لا أدري، المزاد في يوم التاسع والعشرين، وهكذا سنخرج في الثامن والعشرين أو السابع والعشرين، أليس كذلك؟
- آه، أنتَ أدرى. وما الذي ستفعله أنت هناك؟
- يا امرأة، سأقوم بإجراء الحسابات وحراسة الشحنة، أليس كذلك؟
- لا أدري، يبدو هذا كله غريبًا جدًّا.

وظلا على هذه الحال، يتجاذبان الحديث بجهد غير مجدٍ، دون التمكن من الخروج من دائرة الأسئلة المرتابة والردود البسيطة والدقيقة (بسيطة جدًّا لتصديق أنها حقيقية، ودقيقة جدًّا لتبدو تلقائية)، إلى أن تذكَّر مرة أخرى أن الكذب وحده يبدو معقولًا إذا

٣٩٢

كان على شيء من التعقيد، شيء غير قابل للفهم مثل الحياة نفسها. ولكن فكرة اختلاق شيء يفسد انسجام المشروع في مواربات مُضنية، أصابه بإرهاق أقرب إلى الغثيان. عندئذ لجأ إلى التأنيب، فتحدث عن مديرين ووكلاء يطيرون في كل أنحاء العالم دون أي أمتعة أخرى سوى حقيبة جلدية ومحفظة أدوات نظافة. قدم نشيدًا لذلك النمط من الحياة وأكد في النهاية أن ذلك النمط هو الذي كان يحلو له أن يعيشه، وقال بمرارة: «كان عليَّ أن أذهب إلى الأدغال وأن أجعلك تختارين بيني أنا والأدغال أو أمك والخياطة. ولكنني ظللتُ هنا بسببك، ودخلت إلى العمل في المكتب بسببك»، وراح يرفع صوته «والآن، ما الذي صرتُ إليه؟ رجل نصف أصلع يكتب الشعر. هذه هي قصة حياتي، وها هو لديكم هنا هيكل رجل. لقد قلتُ لكِ، ولا تقولي لي إنني لم أفعل، قلتُ لكِ «فلنذهب إلى الأمازون»، فقلتِ «هنا المكان جيد، المكان هنا جيد». هنا مع الكلب، مع خيوط التطريز، مع صور أبيكِ. هنا كل شيء دافئ. وقلتِ لي: «هيا يا «غريغوريو»، أصلح الساعة، سترى أنك قادر على ذلك!». وقد أمضيتُ حياتي في إصلاح هذه الساعة اللعينة! ما بين الساعة والصلوات ظللتُ هنا، أترين؟»، ومع أنه كان سيقول إنه ظل بقلب حزين، فقد قال: «وظللتُ بعضو حزين!»، فأحس بالذعر من هذه الكلمات. ولكنه لم يندم. ألقى الصحيفة جانبًا وصرخ بكل قواه:

- اللعنة على الخيوط وعلى العسكري وعلى كل قديسي هذا البيت العاهر!

وبالاندفاع الصارخ نفسه وصل إلى حيث كانت «أنخيلينا» ووضع يده على كتفها وتلعثم:

- لم أشأ قول ما قلته! اعذريني!

- أعرف ذلك. إنها عبارات تقال.

ومن أعلى رآها بركبتيها المتلاصقتين وبدبوس شعر في رأسها.

قال دون أن يجد طريقة ليتوقف عن الصراخ:

- ولا أريدك أن تنزعجي!

همست «أنخيلينا»:

- لستُ منزعجة.

- وما قلتُه عن الأدغال كذب، والأشياء الأخرى التي قلتها أيضًا!

- أعرف ذلك.

- ولكن ما قلته عن الرحلة إلى القرية حقيقي، أتعلمين؟ يجب أن أذهب مع أنني غير راغب في الذهاب! لهذا غضبت! من جهة هناك مديري، ومن جهة أخرى أنت، وكل منكما يقول شيئًا!

- سامحني، لم أكن أعرف. لا تسئ الظن بي.

- أعرف ذلك، ولا أسيء الظن!

قبَّل شعرها مستغرقًا في رائحته، وفي تلك الليلة لم يستطع النوم إلا بصعوبة، فقد ظل يهب من النوم مذعورًا في نوبات ندم ورقة مفاجئة.

يوم الخميس، الأول من أكتوبر، ظل «غريغوريو» مستغرقًا طيلة النهار في تفاصيل الرحلة التي تنبه فجأة إلى أنها قد تأخرت، وأن وقت ذهابه قد حان و«خيل» لم يتصل. «ما الذي تراه قد حدث؟» فكر. خرج إلى الدرب الرملي، تجاوز السياج المعدني، وحين صار في الشارع توقف فجأة، حك ما بين حاجبيه وتساءل: «ما الذي تراه حدث لـ«خيل»؟» ولكي يتجنب أسئلة «أنخيلينا»، وصل إلى البيت متصنعًا ألم أضراس رهيبًا. أعدت له «أنخيلينا» مرقًا تناوله وهو ينفخ على كل ملعقة ويهز رأسه بأسى. لقد قام بدوره بصدق كبير حتى إنه حين أوى إلى الفراش وأطفأ النور، واصل وضع يده على

خده إلى أن اكتشف أن جهود التظاهر قد تسببت له بتوعك خفيف، ولكن لا ريب فيه. نهض في الساعة الثانية عشرة مفكرًا في التدرب على خطاب الافتتاح ووضع الخطوط العامة لحبكة الرواية حول «فاروني». ولكنه ما إن كتب العنوان حتى عاوده الألم المصطنع (أو الحقيقي، لم يعد يدري) في أضراسه. نهض، ذهب إلى النافذة، ثبت نظره على هالة ضوء عمود الإنارة وقال لنفسه: «ما الذي تراه حدث لـ«خيل»؟» كانت نبرة صوته مؤثرة، وألم الأضراس لا يريد الرجوع إلى الحلم.

استيقظ يوم الجمعة متحررًا من النبوءات. كان قد قرر أن «خيل» مصاب بالتهاب اللوزتين وأن تخميناته بالأمس راسخة بمثل رسوخ الألم المتخيل: «تصورات شاعر». خرج مصفرًا من البيت ورجع مصفرًا وناضل طيلة اليوم دون راحة ضد غواية خوف قاتم لا تفسير له. ولا بد أنه قد انتصر عليه، لأنه في اليوم التالي فتح عينيه واكتشف أنه رجل سعيد ومتصالح بسلام مع ضميره. «كل شيء على ما يرام»، قال قبالة المرآة.

وما كاد يبدأ العمل حتى أحس ببساطة الحياة الرائعة، واتساع المتع اليومية، ووعد الأمل المتحقق باستمرار، إنما المؤجل دومًا، من لحظة إلى أخرى. راح يربط حزمًا، يعقد خيوطًا، ويحرك بكل براعة المقص، وأصابعه، والخيط، وقلم الرصاص، ويتحكم بنار إذابة الشمع الأحمر وبالكتابة، ويعيد كل ما يستخدمه من أدوات إلى مكانه من جديد. «يا لبهاء الترتيب»، قال لنفسه. وكان يفرك بين حين وآخر راحتيه، وبعد ذلك كاحليه. وكان مصباح الكحول يعكس الظلال على الجدار ويعيد كذلك أعجوبة الترتيب البطيئة. ولكي يؤكد ذلك السر العذب، شكل «غريغوريو» أصابع يديه على هيئة الذئب الآكل ورأى الشكل خلال لحظات يأكل ويعوي مرسومًا على الجدار.

في الساعة العاشرة عبأ نابض الساعة وبدأ يطبع على الآلة الكاتبة العناوين التي ستُرسل الحِزم إليها. دون خوف من خطر السهو، فكر في أعياد الميلاد، وفي حلويات اللوز والطبلات الصغيرة. فكر في الربيع، ورأى مرجًا وجدول ماء مع أزهار وشراغيف ضفادع على ضفته.

في حوالي الساعة الحادية عشرة منح نفسه راحة قصيرة وبدأ يشعر بالنعاس. «صباحات أبريل»، قال لنفسه. أغمض عينيه وفكر أو حلم بشجرة كينا وكلب صغير. رأى من جديد بيت الطفولة، وقد استُبدل نهائيًّا بذكرى بيت ليالي أرقه المختلق. رأى ظل امرأة تجتاز نوافذ البرج العالية وسمع من يقول له في أذنه: ««غريغوريو»، «غريغوريو»، أسرع إلى البيت لأن القمر سيطلع». اقترب عندئذ من العتبة، وقف على رؤوس أصابعه (فقد كان طفلًا يرتدي الملابس الخاصة بالمناولة الأولى، وإن كان يعتمر معها قبعة قاطع طريق ونظارة شمسية معدنية) ورن الجرس. جعله الرنين ينهض قافزًا عن الكرسي. فرك عينيه ونظر إلى الساعة: الثانية عشرة إلا عشرين دقيقة.

ومع ذلك، ما الذي يحدث؟ أتراه ما زال يحلم؟ لأن جرس الحلم لم يتوقف عن الرنين. نظر فيما حوله محاولًا أن يفهم في أي متاهة من متاهات الواقع يهيم، إلى أن توقفت عيناه فجأة عند المنضدة: الهاتف يرن بإلحاح بدا له فيه أنه يهتز على قاعدته، كما في الرسوم الكرتونية. تمكن من التفكير أن الهاتف لم يرن في يوم السبت قط طيلة أربعة عشر عامًا. وفي تلك اللحظة داهمته فكرة لم يلمح فيها سوى وضعه القاتم والمتوعد. رأى ظله على الجدار يتناول سماعة الهاتف ويستند إلى الخلف. لم يقل شيئًا، ولم يتبدل «بروفايله» حين سمع صوتًا صائحًا في الجانب الآخر من الخط:

– سيد «فاروني»! هل تسمعني؟ إنني أنا، إنني «داثيو»! سأعود

إلى المدينة! غدًا بالذات سأعود إلى المدينة! هل تسمعني يا سيد «فاروني»، هل تسمعني؟

في اليوم التالي، الرابع من أكتوبر، سيتذكر «غريغوريو»، ليس من دون بعض الاعتزاز، كيف قال بصوت أجش: «السيد «فاروني» غير موجود. لقد غادر»، وكيف أغلق الهاتف، دون تسرع، ودون أن يتكلم، بينما هو يسمع في كل مرة نداء «خيل» البعيد.

عرف بصورة مبهمة أن الخوف كان قد تنبأ بتلك النهاية. لم يشعر بدوار ولا بذهول. لم ينظر إلى الخارج ولم يشعل سيجارة. لم يسمح لنفسه بلحظة ذعر أو شك واحدة. بل على العكس: استعد للتصرف بنوع من الصفاء القدري المحتوم. كما لو أنه ينفذ خطة فكَّر فيها طويلًا، ودون أن يخطئ في حركة واحدة، تناول ورقة وقلمًا، رسم إشارة الصليب، وكتب دفعة واحدة:

> **السادة الموقرون: أسباب عائلية تضطرني إلى أن أغادر المدينة بصورة مستعجلة. لا أدري كم من الوقت سأظل بعيدًا، ولكنني فور عودتي سأشرح لكم أسباب سفري، وآمل أن تتمكنوا عندئذ من تفهمها. كنتُ أرغب في أن أودعكم شخصيًا، ولكن القطار يغادر بعد نصف ساعة وليس لدي متسع من الوقت إلا للاعتذار. أرجو أن تستبْقوا الوظيفة محفوظة حتى عودتي. بكل احترام،**
>
> **«أولياس».**

ترك الرسالة في الركن المعهود على المنضدة، فوق المراسلات التجارية الجاهزة للإرسال إلى البريد. نهض بعد ذلك، أعاد تصحيح وضع الرسالة مرتين كي تظهر بوضوح فوق المراسلات اليومية، نفخ على مصباح الكحول، رفع ياقته، ألقى نظرة أخيرة من فوق كتفه،

وبأربع خطوات واسعة، اجتاز الدرب الرملي معجبًا بتكتمه، ووصل إلى الشارع. «لقد نجوت أيها البطريق!»، هتف وهو يلتصق بالجدران ويسرع الخطى.

رجع إلى البيت وراح ينتظر إشارة. بدا غريبًا: إنه لا يشعر بأي غم. وعلى الرغم من كثرة قوله مشجعًا نفسه على النكبة، «ألا ترى أيها التعيس أين أدخلت نفسك؟ ما الذي سيحل بك الآن أيها الكلب المتشرد؟»، وعبارات تأنيب وتحذير كثيرة أخرى، دون أن يتوصل إلا إلى التثبت أكثر بالدقة التعسفية لأفعاله. بعد أن تناول الطعام، باجتهاد أكثر مما هو بشهية، أخرج أجزاء الساعة واستغرق في تركيبها كما في أزمنة الشباب. وكانت قوة إرادته وصرامة صبر أصابعه شديدة إلى حدٍّ أنه تمكن، بعد ساعتين، من جعلها تعمل لأول مرة خلال أربعة وعشرين عامًا. أهذه هي الإشارة التي كان ينتظرها؟ و«أنخيلينا» التي كانت تطرز نائية بهيئتها الرعوية كلوحة زخرفة خريفية، رفعت عينيها وقالت:

- لقد فعلتها يا «غريغوريو». أترى؟ عندما تشاء تكون رجلًا من الممتع العيش معه.

تابعا مفتونين تكتكات الساعة غير اليقينية، وعندما توقفت بعد دقائق قليلة بدآ يسمعان أول لعثمات المطر. قال أحدهما:

- لقد بدأتْ تمطر.

وعندئذ استعاد الزمن إيقاعه الطبيعي.

أغمض «غريغوريو» عينيه، وبدأ يغازل النكبة من جديد، فانتبه عندئذ إلى أنه يغفو. لقد مضت سنوات طويلة وها هو ذا من جديد على المقعد بمنجى، مرة أخرى، من تهديدات العالم. «يجب ألا تخشى شيئًا وأنت نائم»، قال لنفسه. تكور بسعادة، وكان آخذًا بمحو إرادته عندما أيقظه جلجل الكلب. كان المساء قد حلَّ، سُمعت فرقعة

الزيت من المطبخ تحاكي وقع صوت المطر. عندئذ فقط بدأ الواقع يتكشف بكل عظمته المبهرة. وعندئذ فقط أدرك أنه، منذ اتصال «خيل»، أمضى النهار مقارعًا القنوط باللاوعي. ولهذا تتأخر النكبة كثيرًا. بل إنه كان قد وضع خططًا لاواعية بدأ الآن يلحظها.

وباللاوعي أيضًا واجه خجل الظهور أمام «خيل» (وكان يرى نفسه هناك: قصيرًا، قبيحًا، عجوزًا، صفيقًا ونكرة) ويقول له: «أنا «فاروني»، من كان مهندسًا، وثوريًّا، وشاعرًا، ورحالة عالميًّا، وجميلًا وشابًّا كما في لوحة الرسم، هاربًا ومتعدد اللغات، وهذا هو المنتدى وها هي ذي «مارلين» وهذا هو «خيل»، «داثيو خيل»، كيميائي السهب، المصحح السعيد لقصة الغراب الخرافية. أيها السادة، تصفيق شديد له».

كيف له أن يتحمل غضب الرجل المخدوع وذهوله، الرجل المنتزع من حياة آمنة بفنون وهم مخادع سوقي؟ رفض في اللاوعي احتمال ظهوره كـ«غريغوريو أولياس»، إذ تنعدم كافة الظروف التي تضفي مغزى على وجود كاتب السيرة. أيطلب المعذرة إذًا، ويتجرع الكأس، ويهرم في الخزي؟ وعلى هذا النحو راح يرفض أي حل، سواء أكثر الحلول بساطة، أو أشدها وعورة، أو أكثرها سخافة، ولكنه توقف، بلاوعي أيضًا، عند حل هو مزيج من النوعيات الثلاث. وهنا سارع الخطى مذهولًا بالقناعة في أن تلك الوسيلة، مع أنها يائسة، إلا أنها الوحيدة الممكنة. ولعجزه عن اتخاذ أي قرار، قال لنفسه فور وصوله إلى البيت: «فلتحسم الأمورُ الوضعَ بدلًا مني»، وجلس ينتظر الإشارة.

والآن وقد حلَّ الليل، والمطر قد توقف، والإشارة لم تأتِ بعد. الآن وقد اجتمعت أخيرًا أجزاء وعيه المشتتة، حان الوقت إذًا للسؤال: «ماذا سأفعل؟ ما الذي سيحل بحياتي؟» ولكنه ربما لم يكن قد وصل

إلى أوج النكبة، أو ربما لا تزال غريزة حب البقاء لديه هاجعة. فهو لا يشعر إلا بالمرارة، بشيء غير متبلور مثل حيوان مبتور الأطراف، وما زال يطلق على نفسه اسم «البطريق»، إذ إنه تحول فجأة إلى شخص غريب عن حياته.

وبينما هم يتناولون العشاء، أشعلوا المذياع وسمعوا النشيد الوطني. كانوا يأكلون بصمت، لا يحركون إلا مرافقهم، وبدأ أحدهم في الأعلى بتحريك قطع أثاث لا يدري ما يفعله بها.

سألت الأم فجأة:

- كم عامًا مضى علينا من العيش بسلام؟

ولكن أحدًا لم يجب، لأنها هي نفسها قالت وهي تلتهم نصف حبة بندورة:

- غدًا يمكن أن يكتمل انقضاء ثمانين عامًا.

وواصلت على الفور المضغ باستياء.

ودون أن ترفع «أنخيلينا» بصرها، سألت:

- وأنت، هل ستذهب أم لا؟

فوجئ «غريغوريو»:

- أنا؟ إلى أين؟

- وأين سيكون؟ إلى رؤية الجنرال. لقد قلتُ لك ذلك ثلاث مرات.

تلعثم:

- لا، لا، أنا متعب. تؤلمني أضراسي.

صرخت الأم بسخرية لم تغب عنها نبرة التأنيب الأخلاقي:

- دائمًا هناك شيء يؤلم هذا الرجل.

لم يردَّ عليها «غريغوريو»: لقد كان متعبًا جدًّا بالفعل، متعبًا إلى حد يفتقد معه حتى القوة للشعور باقتراب النكبة. «هنالك متسع من

الوقت حتى يوم غد. متسع أبدي»، قال لنفسه، لأنه كان مقتنعًا بأن حياته بحاجة إلى لحظة واحدة من أجل اتخاذ القرار.

استيقظ في منتصف الليل محاطًا بكابوس. تبول طويلًا، وسمع قرقعة أحشائه، وقبل أن يعود للنوم أحس بملامسة المصيبة له، وواصل الإحساس بها في الحلم وهو يمر بأناس يأتون ليقولوا له شيئًا ولكنهم لا يستطيعون، لأنهم ما إن يفتحوا أفواههم حتى تتفتت كلماتهم مثل جرة، ثم تجتمع الحروف بعد ذلك لتشكل رسائل غير معقولة: «وصلت الإزعاجات المؤجلة»، «أغلق باب البلاهة»، «أستُحقت صلعة خيط القمر»، كانوا ينصحونه، يحذرونه. عند الفجر شعر بالبرد، حاول الاستيقاظ وكان أن ظن عندئذ أنه حلم برسول يطل من الباب ليخبره بأن يوم النكبة قد حلَّ أخيرًا: «انهض أيها البطريق، فقد صارت الطبول تُسمع قريبة!»، قال له.

الساعة الآن هي الثانية وقد نامت الطفلة في مقعدها الصغير كملكة. الرجل ذو الملابس السوداء ينظر إلى أسفل، وقامته تستند إلى حاجز الشرفة. ساد الصمت فجأة. وقال أحدهم بصوت خافت: «ها هو الزعيم آتٍ». سُمع لحن بوق رصين. وردَّ عليه «كلارينيت» ضابطًا النغمة في جواب. دوَّى رعد في البعيد. ومن إحدى الشرفات، فقد أحدهم قطع عملة تبعثرت على الأرض. «ها قد وصل»، سُمع من جديد. عندئذ شد قائد الفرقة الموسيقية سترته، شدَّ رقبته، رفع يديه وأبقاهما عاليًا لوقت غير متناه، متوعدتين ومعلقتين. وفجأة أنزلهما معًا إلى جانبي جذعه في حركة غطس وعاد للظهور ليس مع دوي نشيد وطني وإنما مع نداء صفارات يأتي من خلالها وقع موسيقى نائية. رأى «غريغوريو» مرور وميض أنوار. ووراءها، كما في الأحلام، كما لو أن انبجاسًا متدفقًا قد شق طريقه في منتصف الصخب بالذات، مرَّت كوكبة الدراجات النارية، ووراءها موكب

سيارات سوداء، واختتمت المسيرة فصيلة خيالة تتقافز رياش خيولها المزدهية في قفزات تزداد ضيقًا إلى أن تتلاشى في النهاية.

ظلت الحشود كالمسحورة بسرعة الخاتمة وزخمها. وفي الأعلى كان الرجل ذو الملابس السوداء قد اختفى من الشرفة. انتهز «غريغوريو» تلك اللحظة من الاضطراب العام ليشق طريقه إلى معبر حجري. توقف هناك دون أن يدري ماذا يفعل. رأى كلبين يتجامعان إلى جانب واجهة قصر، برأسين ملتفتين وبتركيز توسلٍ مذعور. تجاوزهما بالالتفاف حولهما وغذ الخطى وهو يزداد كدرًا. مشى دون وجهة، كما لو أنه يهرب من نبوءة، باحثًاعن شوارع منعزلة ومتجنبًا الحشود الاحتفالية، وعندما وصل إلى البيت كان الوقت عصرًا.

والآن، إنه هناك مرة أخرى، يجلس في العتمة الخفيفة، في منتصف متاهة بالضبط ولا يدري إن كان عليه أن يفسرها على أنها ملجأ أم سجن.

سألته «أنخيلينا»:

- أين كنت؟

لم يجبها «غريغوريو».

- أما زالت أضراسك تؤلمك؟

- قليلاً في الجذور.

قالها «غريغوريو» مدركًا أن تلك الإجابة هي الحاجز الأخير المتبقي له ليعارض اليأس الوشيك.

«لقد صار «خيل» الآن في المدينة»، فكر، «وربما هو في هذه اللحظة في المقهى يسأل عني، محاولًا أن يعرف أين أسكن».

أغمض عينيه بقوة ليهرب من الرعب. وعاد يسمع في ذاكرته رنين أبازيم وقال لنفسه: «ستة وأربعون عامًا»، كما لو أنه يتطهر بذلك من خطاياه. وقفزت ذكريات أخرى من الزمن وتوجهت إلى

الحاضر، مثل كلاب مألوفة تأتي لتلحس جرحًا كبيرًا في ثور. تنهدت إحدى المرأتين، وللحظة أحس أن الوعي يلامس وجهه بذيله الذي كذيل ثعلب. «ما زال هنالك وقت للراحة»، قال لنفسه، ولكنه ما كاد يتكور على المقعد حتى فكر: ««خيل» آت إلى هنا، إنني أسمعه يصعد الدرج ويطرق الباب. رباه، لقد انتهى الوقت! ماذا سأفعل؟»، وعندئذ توافق مع الكشف عن المكان البائس الذي كان يشغله في العالم، وأتت صرخة من الشارع: «أسنان اصطناعية! أسنان اصطناعية!»، وبدأت الساعة تدق الثامنة. «إنها الإشارة!»، فكَّر «غريغوريو» بصوت عال. نهض متصنعًا- حتى في تلك اللحظة - تعبًا لامتناهيًا.

ذهب إلى حجرة النوم، ملأ بتعجل كيسًا ببعض الملابس، وأخذ بالتلمس حفنة لا بأس بها من الأوراق النقدية. تناول علبة الحذاء، وقبل أن يخرج، أبدى في المرآة ابتسامة حماسة. وحين صار في الردهة قال: «سأنزل للحظات بحثًا عن أقراص دواء». وصل إلى الباب، فتحه بتكتم، عد حتى أربعة، رفع ياقة المعطف، رسم إشارة الصليب، وغطس نزولًا على الدرج وهو يهز كتفيه.

القسم الثالث

الفصل السادس عشر

- ولِكم من الوقت تفكر في البقاء؟

لم يتردد «غريغوريو»:

- لشهر أو شهرين، وربما أقل.

وقد عرف هذه المرة أن تأكيده ذاك لم يكن حصيلة جرأة مغامِرة، ولا إلهام عابر، وإنما حصيلة النضج الذي كان قد بلغه آنذاك، دون أن يدري، مشروع هروبه.

كان كشفًا مفاجئًا، ولكنه متوقع.

- سأرجع!

كرر وهو ينزل الدرج. وعندما خرج من البوابة، كررها أيضًا وهويتخذ طريقه نحو الأمكنة التي رأى فيها ذات مرة إعلانات بنسيونات متواضعة. ولكن خطر له على الفور، ربما مبهورًا بوضعه المستجد، أن يتسكع في دروب الحي المتعرجة، تحت مطر غزير، دون أن يقرر أي وجهة يتخذ، منتظرًا في بعض الأحيان أوامر القَدَر الذي يحدد إن كان عليه الهروب أو الرجوع، ومُقدرًا في أحيان أخرى الظروف التي تتطلبها المناسبة للعيش على تخوم القرارين كليهما، في منطقة لا يصيب في تخيلها، وارتضى في نهاية المطاف أن تكون جزيرة صغيرة وسط المحيط. لا مفر: كان يسمع خطواته التي يضاعفها

الصدى في ممرات وأفنية خلفية، يعود فيها للقاء مخاوفه المعهودة. بحث دون طائل عن عبارة تاريخية مشهورة توفر له الحماية في هذه الساعة. تذكر عبارة المسيح على الصليب، وعبارة يوليوس قيصر عند اجتيازه النهر، وعبارة «ديوجين» أمام ملك، وعبارة «فرانثيسكو بيثارو» وهو يخطُّ خطًّا على الأرض ويقسمها إلى عالمين: عبارات سعيدة تسوغ الحياة وتوضحها بالكامل.

أما هو، فماذا يخطر له؟ ما الذي يقوله هو من فوق قاعدة تمثال حظه العاثر؟ كان يمضي تحت المطر، في شوارع مقفرة، مفكرًّا إن كان يحمل في أمتعته السراويل الداخلية والنقود الكافية للهروب، وفي الوقت نفسه، وهذا هو غير المفهوم، كان يفكر في جزيرة وفي عبارات حكيمة. رجع ثلاث مرات إلى مدخل البيت، وثلاث مرات اجتاز الحديقة، وثلاث مرات عد النقود ورقة ورقة على أمل أن يحول المستجدات إلى عادات معهودة، دون أن يجلب له التكرار سلامَ الروح المنشود ليتخذ قرارًا كان قد اتُخذ، ويعرف جيدًا أنه لا رجعة عنه. ولكنه عندما ذرع الطريق للمرة الرابعة، وحين وصل إلى أقصى حدود الصمود، وبدأ المطر والوقت يصيران الشيء نفسه، توقف فجأة بصرخة مرسومة على وجهه: في مكان ما، لا يدري جيدًا أين، رأى للتو هيئة معينة (بالقبعة الغاطسة والياقة المرفوعة والنظارة الشمسية، بصورة لا ريب فيها). نظر إليها للحظة بإمعان مذعور وذاهل. «إنه خيل»، قال لنفسه وهو ينزوي جانبًا. استدار راجعًا، وما كاد ينعطف عند إحدى الزوايا حتى غذ الخطى وتوغل في شوارع قاتمة أكثر فأكثر. وعندما تجرأ على النظر إلى الخلف، مديرًا رأسه وهو يمضي مسرعًا، عندئذ فقط خامره الشك في أن ما رآه ربما يكون صورته هو نفسه، معكوسة في واجهة زجاجية ما أو في بركة ماء مطر. ولكنه كان قد صار بعيدًا في تلك الأثناء ولم يعد

للأمر أهمية، لأن تلك الرؤيا تعادل تحذيرًا، و«غريغوريو» متأكد الآن أن أي طريق، باستثناء طريق العودة إلى البيت، هو الأفضل، وأنه الطريق الوحيد الممكن دون ريب.

قوة القرار نفسه كانت كافية لإبعاده نحو شوارع ضيقة والتوغل فيها بخطى متعجلة، بعناد وخوف تحت المطر الطوفاني، واضطرته القوة نفسها إلى التوقف قبالة إعلان لا يختلف عن إعلانات أخرى لا في التواضع ولا في الأهمية، ولكنه بدا له المطلوب لتلبية متطلبات إلهامه الآنية. إعلان يقول «بنسيون دونيا غلوريا»، وتحته: «غرف. سادة ثابتون. الطابق الأول. الباب الأيسر».

ودون أن يفكر في الأمر مرتين دخل في الدهليز، واجتاز فناء إسمنتيًّا فيه براميل وحزم، وينسكب من أعلى ماء مزراب مكسور. صعد سلمًا ذا درجات وديعة، تستقر دون شك على آلام عدة أجيال من المستأجرين، وحين وصل إلى أعلى كان قد تحول إلى رجل يسيطر على تصرفاته. بدأ يلمح تفاصيل خطة حاكها بصورة لاواعية في الأيام الأخيرة. وللحظةٍ أذهلته الدقة التي يتوافق بها إحكام أجزاء الخطة، وتناسق تلك الأجزاء كلها فيما بينها، وحتى بساطة التنفيذ. ولكن الخوف من أنه يتصنع تفاؤلًا مبالغًا به أجبره فورًا على المبالغة في المصاعب وعلى تعذيب نفسه مسبقًا بنتائج هزيمة مدوية. غير أن الوقت لم يكن مناسبًا للضياع في تأملات غير مجدية. ضغط أسنانه، وضبط وضع النظارة. بحث عن الجرس بالتلمس وقرعه.

سُمع تنبيه موسيقي بعيد، وعلى الفور، تعالى من الصمت وقع خطوات.

صوت أنثوي ما بين تخميني وخدوم، سأل من خلال كوة الباب.

– ماذا تريد؟

وردَّ «غريغوريو»:

- غرفة.

ولكنه أدرك على الفور أن في كل توسل ظلًّا خاطئًا، بل وتذبذبًا لا يمكن أن يبدده إلا التشدد، فأضاف:

- غرفة صغيرة وهادئة.

أزيحت المزاليج ووجد «غريغوريو» نفسه مرة أخرى أمام ممر مظلم. ما إن دخل فيه حتى ظهرت من وراء الباب امرأة قصيرة، شبه قزمة، ذات مظهر فج ووقح، أغلقت الباب من جديد واختفت في الممر ويداها في المنديل وهي تصرخ:

- «دونيا غلوريا»، يوجد سيد بالانتظار!

فانطلق صوت موجوع من إحدى الجهات:

- في مثل هذا الوقت؟ سيدٌ في هذا الوقت؟ تفضل، تفضل يا سيد.

نظر «غريغوريو» فيما حوله، ولكنه لم يدر أين يذهب. لم تكن هنالك أضواء، ولا شيء يُسمع باستثناء حركة غسل أطباق منطفئة في الجانب الآخر من البيت، وبعيدة جدًّا بحيث يُخلط بين صوتها وصوت المطر. وعلى الجدران، تُحدد الأبعاد هيئة مرتعشة لومضات بريق ميتة، وفي كل الأنحاء هنالك رائحة أناس تناولوا عشاءهم، وقشور فاكهة ورائحة نظافة مكتسبة بالقوة ومعروضة بالفضلات المشروعة المنتزعة من الضد. من رائحة نظافة في حالة طوارئ، رائحة بول مهدور، ولحم هرم محشور في بيجامات.

قال وهو يتقدم بضع خطوات في الظلام.

- سيدتي؟

تردد الصوت القوي والعميق بصورة غير متوقعة في الردهة. سُمع اضطراب نحنحات وتنهدات، وصرير سرير وصوت أحدهم

يحاول قول شيء في نومه. وعلى الفور سُلطت حزمة ضوء وردي على الردهة.

سأل الصوت الشاكي نفسه:

- هل هنالك أحد في الخارج؟

قال «غريغوريو» مذعورًا، وبما يشبه الفخر بقوة صوته:

- أريد غرفة.

- رباه، يا لها من آنسة! وهل تنتظر أيها السيد منذ وقت طويل؟ تفضل، تفضل واجلس.

كانت «دونيا غلوريا» تجلس على كرسي ذي مسندين، تضع شالًا على كتفيها وتلتف ببطانية بيضاء من خصرها حتى القدمين. إنها عجوز مربوعة وذات هيئة مميزة. لعينيها لون أزرق قاتم، وشعرها أبيض ووقور، تستخدم نظارة معدنية معلقة بخيط مخملي، ويدها اليمنى تستريح فوق مقبض عكاز فضي. الحجرة تجعل تلك الهيئة تبدو عذبة وقديمة. الأثاث جدِّي، وذو بهاء غابر يعتقه من تحديد الأزمنة ويبدو أنه يعفيه من واجبات مهمته. وفي فترينة صوان زينة يُرى طقم خزف مزين بتنانين وطيور جنة، والجدران مغطاة حتى السقف بلوحات تمثل ساحة وحمارًا على الدوام. يمكن للحمار فيها أن يظهر وهو يشرب، ينهق، يحمل حطبًا، شمامًا، قشًّا، يذهب أو يجيء، عاريًا أو ببردعة، براكب يمتطيه أو من دونه، نهارًا أو ليلًا، تحت الشمس أو تحت المطر، وفي هذه الأوضاع كلها هنالك مستويات وتوليفات يمكن تخيلها: ساحة تضم برجًا، ومبنى بلدية مع شرفة، وحوض بركة مركزية، تظهر إلى جانبه أحيانًا امرأة تحمل إبريقًا. ومن الممكن أو غير الممكن، حسب المنظور، أن يظهر رجل عجوز يجلس على كرسي (يبدو أنه كان هناك على الدوام، نائمًا أو مطأطئ الرأس)، وكلب ذيله بين قائمتيه، وفوق ألوان محل حلاقة،

إعلان لـ«نترات تشيلي». إنها غرفة عصية على الفهم، والمنضدة وحدها، ذات المشمع المزين بديوك برتغالية، وعليها مذياع نقال، وسلة أدوات خياطة، وطنجرة لوبياء نيئة، هي التي تمنح الغرفة مظهرًا جوهريًّا وحياة يومية.

قالت «دونيا غلوريا» وهي تُخرج منديلًا من كمها وتمسح من مآقيها قطرات من دموع النعاس:

- تفضل، تفضل واجلس. إنك مبتل جدًّا.

تقبل «غريغوريو» الدعوة بابتسامةِ قنوط وامتنان. كانت علبة الحذاء قد ابتلت كثيرًا بالماء، وكان المطر في القبعة، وقدماه تبدوان كما لو أنهما تواصلان المشي وحدهما تحت ماء المطر.

قال كمن يسوغ شيطنة طفولية:

- حسنٌ، إنني غريب وقد أمضيت اليوم ضائعًا في البحث عن بنسيون.

هزت «دونيا غلوريا» رأسها في هوة ما لا علاج له.

قالت بعذوبة وتكتم، وكأنها تحاضر أمام مستمعين عن تأكيداتها اليقينية:

- ليس مُستغربًا، لقد كان يومًا مجنونًا. ليلة أمس استقبلنا هنا أحد عشر سيدًا لستُ أدري من أي نقابة لمزارعي القمح، ضخام كما الأبراج، وقد أمضوا الليل كله في فتح أبواب وإغلاقها، وإشعال أنوار وإطفائها، وسؤال بعضهم بعضًا كم الساعة. حالة جنون (وتوقفت عن الكلام قليلًا لتظهر مرارة كلماتها الجليلة). ولكنهم غادروا. لدينا الآن ثلاثة سادة ثابتين فقط، وقد انسحبوا إلى غرفهم قبل قليل للنوم. أنت يا سيدي آتٍ إلى الاحتفال أيضًا، أليس كذلك؟

قال «غريغوريو» مدافعًا بيديه عن نفسه من السؤال:

- لا، لا. لقد جئت من أجل أعمال تجارية.

تنهدت «دونيا غلوريا».
- ولِكم من الوقت تفكر في البقاء؟
- لشهر أو شهرين، وربما أقل.

وعرف عندئذ، دون مساعدة الإلهام أو الجرأة، أن تلك هي المدة التي يتطلبها مشروعه.

كان «غريغوريو» قد هيأ بعض الكلمات، أجزاء من قصة مشوشة تتلخص قيمتها في تأثيرها في المشاعر أكثر مما في مضمونها. شيء يعتذر به مسبقًا، قبل أن يبرر تصرفه، عن الخبث المفهوم الذي يمكن أن يوحي به مظهره. ولكنه اختصر الشكليات بعرض أمتعته والتوضيح بأن حقيبته ومحفظة وثائقه الثبوتية قد نُشلت منه عند نزوله من القطار.

- ذهبتُ إلى الشرطة ووافقوا على إصدار أوراق أخرى لي.

قالها وهو يمر بيده على وجهه، من أعلى إلى أسفل، وأضاف:
- إنني منهك.

أكدت «دونيا غلوريا»:
- لقد كان يوم مجانين.

فكرتْ للحظة ونظرها متخثر في الفراغ، وراحت تتحرك على الفور في المقعد، وصلت إلى الحافة وتمكنت هناك من التوصل إلى توازن بمرفقيها، ومن النهوض.

- ستتحدث أيها السيد مع «باكيتا»، ابنة أخي، فهي المسؤولة عن هذه الأمور. والآن تعال معي. سأريك حجرتك. يجب ألا نُحدث ضجة.

بدت، وهي واقفة، أكثر امتلاء. كانت طويلة القامة، وعلى الرغم من أنها تمشي منحنية - العكاز يتقدمها ويدها الأخرى تثبت البطانية على حضنها - فقد كان لها مظهر ملكةٍ أم.

- ستكون هنا على ما يرام. هذا بيت سادة محترمين ومستقرين، وهو أنظف بنسيون والأكثر تعقيمًا. مع أنك تعلم بالطبع (وأشارت بالبطانية منكمشة على نفسها باستسلام) أن الجراثيم موجودة في كل مكان. وأنا أدافع عن نفسي منها قدر المستطاع، بتدثري بصورة خاصة في الجزء السفلي، لأنها تصعد من هناك. هذا ما كان يقوله أخي، فليحفظه الرب في مجده: «السياسة والجراثيم هما أسوأ أعداء الإنسان». وأنت، ألست مريضًا؟

- لا يا سيدتي.

- الأشخاص المرضى يأتون بالجراثيم التي تبقى بعد ذلك هنا، ولا بد من مكافحتها. ما علينا، أقلت لي إنك تاجر؟

سألته وهي تخرج إلى الممر.

- لا، لا، أنا مندوب مبيعات أنبذة وزيتون جوال.(قالها بمرح، وخرج في إثرها). حسنٌ، إنني موزع جوال وفنان، إذا كان عليَّ قول الحقيقة. إنني كاتب.

- في أزمنة أخرى كان الفنانون يموتون بالسل. أما الآن، ومع التقدم، فصاروا يهرمون، فانظر كيف أصبحت الأمور. في هذه الشقة لا، ولكن في شقق أخرى من البناء لا بد أنه لا تزال توجد جراثيم من القرن الماضي، من زمن الرومانسيين. أما أقدم المسنين هنا فهم حسب تقديراتي من مرحلة الجمهورية. بعض الجراثيم كبيرة مثل القمل، وفي الليل يُسمع صوتها وهي تتحرك.

وروت، دون أن تتوقف عن تقدمها الشاق، أن ذلك البنسيون قد أسسته جدتها، وكان اسمها «دونيا غلوريا» أيضًا، في الأزمنة التي كان فيها السادة يستخدمون الصدارات الصفراء ويقتتلون في مبارزات، وكانت نظافتهم ونزاهتهم مشهودة آنذاك. لدى المرور قبالة أحد الأبواب سُمعت نوبة سعال، فانتهزت «دونيا غلوريا»

الفرصة لتوضح أن السادة الثلاثة ينزلون هناك منذ عشرين عامًا. وقد تقاعدوا، والثلاثة كانوا موظفين في وزارة المالية، فضلًا عن أنهم عازبون، وحسيرو البصر، وقشتاليون، ومن هواة المسرح وآكلي خس عظماء. وهم يكادون لا يخرجون الآن من حجراتهم. ما زالوا يذهبون أحيانًا إلى المسرح، أو للتنزه في الحديقة العامة، ولكنهم لا يذهبون معًا أبدًا. ليسوا أشخاصًا سيئين، ولكنهم لم يحبوا بعضهم البعض جيدًا قط. أنت تعرف غرائب الطباع.

أوضحت أيضًا أن البنسيون يقدم خدمة كاملة.

- هل ستتناول طعامك هنا أيضًا؟

قال «غريغوريو»:

- لا، حاليًّا لا.

وأضاف:

- مع أنني أنتظر أخبار كتاب وبعض الطلبيات، ولا أدري كم من الوقت ستتأخر في الوصول.

واصلت «دونيا غلوريا»:

- أخي أيضًا كان فنانًا. كل اللوحات التي في هذا البيت رسمها هو. كان اسمه «كابريرا»، «أوريليو كابريرا»، وكانوا يلقبونه «كافيلا». ربما تكون قد سمعت باسمه، لأنه كان في شبابه رسام الملك. ولكنه في أحد الأيام رأى منامًا، حلم بساحة وحمار، وقد استحوذت تلك الرؤيا على عقله إلى حد لم يعد يعرف معه منذ ذلك الحين رسم أي شيء آخر. لقد رسم مشهد الرؤيا مئات المرات، وكان يقول دومًا: «لا، لم تكن رؤياي على هذا النحو»، ويبدأ من جديد. كان يعتقد أن ذلك المشهد هو القرية التي عاش فيها في إحدى حيواته السابقة، حتى إنه قال ذات مرة إنه ربما كان حمارًا في تلك الحياة السابقة. وقد وضعَ للوحات كلها (توقفت في الممر مشيرة إلى الجدران

بالعكاز) العنوان نفسه: «الأطفال الأحرار». وأنت ترى أنه لا وجود فيها لأي طفل. هنالك حمار على الدوام، وفي بعض الأحيان امرأة، ورجل عجوز وكلب، ولكن لا وجود لأي طفل. والأغرب هو أن الجرذان حمراء. وأنت أيها السيد، هل لديك نزوة ما أيضًا؟

- لا يا سيدتي، إنني رجل طبيعي.

- وأي نوع من الكتب تؤلف؟

- شعر، وبعض الروايات. ودراسة بين حين وآخر. ما هو مستطاع!

وأطلق صيحة تهليل مستكينة.

انعطفت «دونيا غلوريا» بمشيتها غير المستقرة والموجوعة في الممر. كانا يمضيان في الظلمة، مستدلين بصعوبة ببريق اللوحات الذاوي.

- أخي كان يحب القراءة كثيرًا. القراءة والتأمل. كان لديه الكثير من الكتب، وكان يميزها من رائحتها. فمن أجل إعادة قراءتها، كان يشمها. يغمض عينيه، ويرفع الكتاب إلى أنفه، ومن خلال الرائحة يرِد محتوى الكتاب إلى ذاكرته مرة أخرى، بكل تفاصيله. أنا، هل تعلم؟ (وتوقفت خافضة صوتها بصورة سرية)، لا أقرأ، وأكاد لا أتحرك كذلك، كي لا أُستهلك. عمري سبعة وثمانون عامًا، وإذا ما استطعت التقليل من استهلاك نفسي واحتميت من الجراثيم، فإنني آمل أن أصل إلى المئة عام. لقد كان هذا اليوم مع ذلك يومًا شديد الاستهلاك. بمثل هذا الإيقاع لن أَعيش سنة واحدة. وأخيرًا (قالت وهي تفتح بابًا)، هذه هي غرفتك.

كان هناك سرير خشبي كبير ومرتفع جدًّا، وخزانة بثلاثة أبواب ذات زجاج قوطي ملون، ومنضدة وكرسي خشبيان. وعادت للظهور على الجدران لوحات الساحة والحمار، والأرضية مغطاة ببلاط

أخضر عتيق، ويتدلى من السقف مصباح والكُمَّة التي تعلوه. وهنالك نافذة ضيقة لها باب واحد وستارة مزينة برسوم مطبَّعة، تطل على فناء داخلي.

- أتعجبك؟

ابتسم «غريغوريو»:

- أجل، ما أريده شيء كهذا.

- سأتركك الآن، فقد تأخر الوقت، وغدًا ستتفاهم مع ابنة أخي. الحمام في نهاية الممر، من هناك. وإذا احتجت لأي شيء ما عليك سوى إخبار ابنة أخي. طابت ليلتك.

حين صار وحيدًا، خلع المعطف، والقبعة والنظارة، ووضع علبة الحذاء على المنضدة، أخرج ورقة وقلمًا وكتب:«عزيزتي «أنخيلينا»». توقف، تراجع إلى الوراء مُقدرًا ثبات الخط. لم تكن يداه ترتجفان. ولا بد أن ملامحه كانت صارمة، ونظرته باردة ومحسوبة. درج المنضدة الذي فتحه لمجرد متعة التلهي واختبار براعة حركاته، كان مغطى بأوراق صحف صفراء، حيث تظهر إعلانات وفيات. أرهف سمعه: لم يكن يُسمع، أعلى من صوت المطر، سوى مزراب الفناء. نظر إلى السرير: فراشه أزرق مزين بمنظر غابة صغيرة وكورال حوريات، وفوقه المعطف الذي له ثقل التراب وتنبعث منه رائحة ريش مغلي، وكان قد اتخذ هيئة رداء آلام. انتظر قليلًا مقتنعًا بأنه إذا ما توصل إلى عدم الاستسلام للغمِّ في هذه اللحظات، وإذا ما نظر إليه وجهًا لوجه دون أن تضعف حماسته أو يرتعش نبضه، فإنه سينجو من هجماته خلال الوقت اللازم لوضع مشروعه موضع التنفيذ. عندئذ سيتراجع الغمُّ أمام متطلبات العمل. انتظر، وعندما أحس بعد قليل بالثقة المستقرة في إرادته عاد إلى تناول القلم:

عزيزتي «أنخيلينا»،

أكتب إليك هذه الرسالة من مكان سري، لا يمكنني أن أخبركِ به حاليًّا. سوف أشرح لك كل شيء فيما بعد بهدوء. ثقي بي وافهمي جيدًا ما سأقوله لك، واعملي بتعليماتي بحذافيرها، مهما بدت لك عبثية، لأن حياتي وربما حياتك أيضًا تعتمد على هذا الأمر. لقد حان الوقت لتعرفي الحقيقة. لا بد أن تعلمي أنني منذ زمن بعيد، منذ ما قبل تعارفنا، أتدخل في السياسة، مع أنني لم أخبركِ من قبل بأي شيء كي لا أُخِيفك وأورطك. لقد كان هذا سر حياتي. وحين كنت أذهب إلى المقهى الذي تعرفين، إنما كنت أذهب، فضلًا عن الشعر، من أجل الاجتماع مع جماعة الحزب (لا يمكنني أن أقول لك أكثر من هذا في رسالة، ولكن يمكن لك أن تتخيلي ما أعنيه). لقد كنتُ واحدًا من القادة ومنذ زمنٍ والشرطة تقتفي أثري. ولهذا كان لي اسم مستعار وكنت أضع نظارة وقبعة. أتدركين الآن كل شيء؟

حسنٌ إذًا، حين نزلتُ من أجل أقراص ألم الأضراس أخذت معي، مثلما أفعل دائمًا منذ سنوات، بعض الملابس والنقود، تحسبًا لاضطراري إلى هروب مفاجئ، وما إن خرجتُ حتى ظهر لي رجلان كانا مختبئين وطلبا مني التوقف. لا بد أنكِ سمعت ذلك وأنت في الأعلى. فقد صرخا بي: «فاروني»، أنت رهن الاعتقال! فاندفعتُ راكضًا وأطلقا رصاصة من الخلف على كتفي. ولكن لا تخافي، كانت إصابة سطحية، وأنا في حالة جيدة تقريبًا. إنني الآن، مثلما قلت لكِ، في

مكان سري، في قبو، وسأظل هنا لبعض الوقت، لشهر أو شهرين، لا أظن أن تصل المدة إلى شهرين، إلى أن تهدأ الأجواء. ويأتي الآن قول ما هو أهم. ربما في الغد أو بعد غد، أو في أي وقت غير متوقع، سيأتيك «خيل» الذي حدثْتُكِ عنه، ويكون مرتديًا ملابس مثل ملابسي إلى هذا الحد أو ذاك، وربما يقول لك إن اسمه «داثيو خيل مونروي». سيقول لكِ إنه يعمل في شركة «بيلسون» وإنه وصل للتو من الأرياف. فلتعلمي أن هذا ما قد يقوله لكِ. لا تصدقيه. فهو شرطي في الواقع ويأتي إليك للبحث عن أدلة ضدي. وسيحاول استدراجك في الكلام. سيقول لك إنه صديقي وإنه يعرفني منذ سنوات. لا تصدقي شيئًا مما يقوله، لأنه رجل بلا وازع من ضمير. عليكِ أن تقولي له فقط إن «فاروني» قد سافر إلى الخارج. ولا يخطرن لك أن تُريه أي صورة لي، ولا تخبريه باسمي الحقيقي، ولا تقدمي له وصفًا لملامحي، ولا تخبريه بعمري، ولا بأنك امرأتي، ولا أنني أعيش هناك. قولي له إن الشيء الوحيد الذي سمعتِه هو أن «فاروني» قد غادر إلى الخارج لأسباب سياسية، وأنني أُصبتُ برصاصة وتمكنتُ من الهرب، وأنني في حالة حرجة، لا كلمة أكثر ولا كلمة أقل. وإذا ما سألك عن المقهى، فقولي له إنك تعتقدين أنهم قد أغلقوا المنتدى هناك. وإذا سألكِ عن امرأة تدعى «مارلين»، فقولي إنك لا تعرفين شيئًا عنها، أو ربما أنها غادرت إلى الخارج أيضًا. وإذا سألك عن «غريغوريو أولياس» (لأنهم يظنون أن «فاروني» و«غريغوريو أولياس» شخصان مختلفان،

وسأشرح لك كل شيء فيما بعد) فقولي له إنك لا تعرفين عنه شيئًا كذلك، ولكنك تظنين أنه في السجن أو أنه متخفٍّ. وإذا سألكِ من تكونين أنت، فقولي إنك معجبة بـ«فاروني». وقولي له إنه إذا كان «داثيو خيل» حقًّا فسوف يجد «فاروني» الطريقة المناسبة للتواصل معه، وإذا ما واصل توجيه الأسئلة، فاطرديه من البيت. سجلي جيدًا هذه الأمور كلها، وإياكِ أن تُطيلي لسانك كي لا ينتهي بي الأمر في الرحيل إلى الخارج حقًّا أو في الذهاب إلى السجن بسببكِ. غدًا، يوم ٥ أكتوبر، اخرجي للتنزه في الحديقة، عند مستديرة التمثال، في حوالي الساعة العاشرة. سوف أظهر في تلك الأنحاء وأخبرك بكل شيء. أحضري لي معك ملابس وحاذري من أن يتبعك ذلك المدعو «خيل».

مَنْ يحبك أكثر من أي وقت، «غ».

بدت له الرسالة نزوعًا بسيطًا وبارعًا إلى الحقيقة. ففيها لا يسترضي «أنخيلينا» ويتودد إليها وحسب، وإنما يجعلها تشارك معه في صراعه ضد «خيل». التهديد الأول تم تجاوزه. ولكن هنالك تهديدات أخرى - وهنا نهض مكدرًا وبدأ بخلع ملابسه - حلها أكثر صعوبة. فقبل كل شيء، يجب البحث عن طريقة لمنع خيل من دخول المقهى يوم السبت القادم. ولم يخطر له أي شيء. بل خطر له، أجل، أن يرشو النادل ليتظاهر بأنه مرسل من «فاروني»، ويوقفه عند الباب بهمسة تحذير سرية من أن رجال الشرطة يحتلون المقهى متنكرين كفنانين، وأن حياته ستتعرض للخطر ما لم يهرب فورًا. ولكن ربما يبدو مثل ذلك التكليف مخيفًا للنادل. أو ربما سيُقدم «خيل» نفسه على التهور والاندفاع إلى المنتدى وهو يهتف صارخًا

«يحيا «فاروني»! الموت للزبانية!»، ويستغل المناسبة للتضحية بنفسه في سبيل التقدم. لا، لا، من الضروري التوصل إلى طريقة للتكلم مع «خيل» ومطالبته، باسم التقدم، والحزب، وأمن أعضاء المنتدى، بالامتناع حاليًّا عن الدخول إلى المقهى. توقف قبالة المرآة: «مع وصولكَ إلى المدينة جرت الوشاية بالجميع. أناس رفيعو المقام يغوصون في الوحل. علماء يمضغون عشبًا. أكاديميون متميزون يصعدون إلى قطارات ماشية. فلاسفة بلا نظارات. بيولوجي ينتعل صندلًا. كُتاب مسرحيون بسراويل داخلية. متكلمون بعدة لغات مكممو الأفواه. كل هذا بسببك يا «داثيو» البائس. جاء الكيميائي فانتهى العالم».

رأى نفسه بسرواله الداخلي، وكما لو أن الذي في المرآة «خيل»، بينما هو نفسه ينظر إليه، من الجانب الآخر، بشفقة الازدراء المنتصرة. توعده بإصبعه: «آي، «خيل»، «خيل»، «خيل»، فليعاقبك الرب أخضر العينين على جرأتك؟!» وتراجع إلى الخلف بجزالة خطيب، مثبتًا بحركة تمثالية مفرطة سلطة بلاغته المأمولة. و«خيل» خَجِلٌ من الشعور بالذنب، منصاعٌ للقدر، يهرب من المدينة، تمامًا مثلما ارتأت خطته بصورة مسبقة. وعندئذ يكون بمقدوره العودة إلى البيت، واستعادة وظيفته، وغسل العار.

ومتحمسًا بتلك التوقعات، ارتدى «البيجاما» وأطفأ النور. دقات ناقوس الثانية عشرة، آتية من كنيسة قريبة، خلَّفت في الصمت أصداء كئيبة. عندئذ، وخلال لحظة ذات زخم لامتناهٍ، تجرأ «غريغوريو» على تقدير عمق غمه، متخيلًا إياه كجرح سبَّبه قرن ثور. راجع أحداث حياته، والمهمات والظروف التي قادته إلى ذلك الوضع، والخطايا التي يمكن أن يكون قد اقترفها ليجد نفسه هناك بعد كل تلك السنوات، في ليل يوم أحد، بعيدًا عن البيت، يتنفس هواء ليس

هواءه، ويتشاطر مع مجهولين صمتًا أبديًا. عندئذ سمع وراءه نباح كلاب النكبة السوداء، ولكي يهرب من مطاردتها، فكر في يوم طفولة صيفي. ربما يتمكن ذات يوم من توجيه كلمات واضحة لا تزول إلى مستمعين شباب. «ذات صيف في أواخر القرن، في مرج ذي حفر وغربان».

رأى مجيء جماعة شباب في الطريق على المرج وهم يغنون نشيدًا. ودون أن ينهض عن الحجر حيث كان يجلس، هز العكاز، وحين رآه الفتيان رفعوا أذرعهم مثل فزاعات عصافير، وبحماسة مفاجئة، ارتفعت الغربان محلقة. «واك، واك»، سمعها تنعب، قبل أن يغفو.

الفصل السابع عشر

في اليوم التالي خرج «غريغوريو» إلى الشارع منذ الصباح الباكر مفكرًا في «مسلمين ونصارى»[(١)].

كان حيًّا ذا شوارع ضيقة، يعرفه «غريغوريو» من الماضي. وكان اليوم مشمسًا والمدينة تبدو وكأنها في يوم عمل. البعض يمضون حاملين سلمًا أو سلَّةً على الكتف، والممرض الجوال بحقيبته، والسيدات بسلالهن المترعة بالسِّلق؛ وذاك يمضي مستعجلًا رشيقًا ومتأنقًا لإنجاز معاملة، ويأتي هذا وهو يهمز ردفه بحمالة مفاتيح، يتفلسف التاجر بمرارة وقلم الرصاص على أذنه، يمر المتقاعد بعكازه الذاهلة ودون وجهة، تتعالى فجأة ضجة أصوات ويخرج

---

(١) احتفالات شعبية تقام تخليدًا لمرحلة الحكم الإسلامي في شبه الجزيرة الإيبيرية وللمعارك التي كان يجري فيها تداول السيطرة على المناطق بين الإمارات الإسلامية والنصرانية. وتقام هذه الاحتفالات، التي تتخذ هيئة التمثيل الاستعراضي الضخم، في عدد كبير من المدن والبلدات الإسبانية، وتشارك فيهاحشود كبيرة من الأهالي المنقسمين إلى فريقين، فريق يمثل المسلمين وفريق آخر يمثل النصارى، وهناك على الدوام هامش واسع للمبالغة في الزينات، وتتضمن الاحتفالات مشاهد تمثيلية عديدة، تختلف من مدينة إلى أخرى، ولكنها تبدأ جميعها بفقرة استعراض حشود الجانبين في أحد الميادين العامة، ومشاهد تبادل السفراء، والمواكب، والمعارك. (المترجم).

الحلاق إلى الباب وهو يتلاعب بمقصه في الهواء، ينزل الشرطي البلدي المنحدر بتمهل مَنْ تناول الطعام، ويمر متمايلًا ومستخفًا بجماعة عمال يأكلون من قصعة مستخدمين السكاكين حول موقد تشتعل فيه قطع الخشب، وجميعهم يقدمون مشهدًا مدينيًّا لقرية تتحرك، للوحة جدارية تعليمية، بصورة نموذجية.

كان «غريغوريو» يمشي بخطى حثيثة، القبعة مائلة، الياقة مرفوعة، الوجه لا يُسبر غوره. يخامره الشك في أن يكون «خيل» قد مُنح يومًا ليستقر في المدينة ويصل إلى البيت قبله، أو أن تكون «أنخيلينا» قد أخبرتْ عن اختفاء زوجها، فيدفعه ذلك إلى المشي مسرعًا بمحاذاة الجدران وبعينين مصوبتين إلى الأرض. لم يكن هنالك لون أو شكل إلا ويتحول في هذا الصباح إلى نبوءة، ولا نبوءة إلا وتعلن مسبقًا عن أمل وكارثة. أدنى ريح، أو الغيمة العالية التائهة، أو رائحة غرف النوم المتسربة من النوافذ، أو الشمس الدافئة عند تقاطعات الشوارع، كلها تعلن أن الدنيا حظ وفوضى. ولكنه عندما وصل إلى شارعه ورأى على الشرفة أحد قمصانه معلقًا ليجف، فكر في أن الوئام ما زال ممكنًا في العالم. كان القميص يهتز كما لو أنه قد تعرف عليه ويطلب منه المساعدة، فتأثر وفكر رغمًا عنه في خياطين صغار وتنانين وأميرات.

اجتاز الشارع دون أن يتردد لحظة واحدة، وانسل من البوابة، صعد الدرج دون رغبة منه وقرع الجرس. وما إن سمع وقع الخطوات حتى ترك الرسالة على ممسحة الأقدام وركض على رؤوس أصابعه محنيًا ظهره باتجاه الطابق السفلي وهو يحرك ذراعيه بحركة خفق أجنحة خرقاء. توقف هناك وإحدى يديه على مسند الدرج متأهبًا لنزول متعجل، وانتظر إلى أن صاحت «أنخيلينا» مرتين «من هناك؟»، وبعد صمتها صمتًا تأمليًّا راح يتحول إلى دهشة، أغلقت الباب.

وعلى الفور رأى «غريغوريو» ظله المطبوع على الجدار يصعد أربع درجات ويمد رقبته: الرسالة غير موجودة. وبأقصى سرعة، مصغيًا أكثر فأكثر إلى صخب «المسلمين والنصارى»، خرج إلى الشارع واتخذ مجددًا وجهة المنفى.

بالقرب من النزل، عند ناصية، دخل إلى بار وجلس إلى منضدة معزولة. طلب قهوة وخبزًا محلى، فتح الدفتر، كتب تاريخ اليوم في أعلى صفحة بيضاء: «حروب الوطن» لأن «غريغوريو»، منذ هذا الفجر، كان يفكر طيلة الصباح في «المسلمين والنصارى». في البدء أحس بالاستغراب والرعب لرؤية نفسه عاطلًا عن العمل في يوم اثنين، بعيدًا عن البيت وعن العمل، بينما «خيل» يستقر ليس في المدينة وحسب وإنما في الأراضي التي اغتصبها من صاحبها الشرعي بتكتم أفعى. بعد ذلك، لدى خروجه إلى الشارع، خطر له أنه هو أيضًا يبدأ مثل النصارى من هناك، من حصنه الأخير، من أجل استعادة الأراضي الوطنية، وأن تلك هي بداية حرب يتمثل هدفها النهائي في طرد الغازي إلى أراضيه الأصلية. ولكون الأمر تخيلًا وأكثر من قابل للنقاش، مثلما لم يغب عنه في لحظة صفاء ذهني، فإن تلك اللقية توفر له مكانًا في الدنيا، وقضية عادلة، وطريقة نشطة وعامة لفهم الأمور، وراح ذلك كله يملؤه بالشجاعة والتعقل والفعالية.

وضع خط تشديد تحت العنوان ونظر إلى الساعة: إنها التاسعة إلا عشرين دقيقة. وفي البار، وهو أقرب إلى أن يكون حانة، كان يُعلق عند الباب قفص فيه فراخ حجل. ومنضدة «الكونتوار» فيه مرتفعة، ومن إسمنت خام، والجدران مزينة بموضوعات كروية وثيرانية. وفي العمق توجد بعض المناضد عليها أواني خل صغيرة ومغطاة بشراشف مربعات، وفي مكان مرتفع يوجد جهاز تلفزيون

ورأس ثور محنط يبرز لسانه خارجًا. هناك جلس «غريغوريو» إلى جانب الجدار. حمل إليه رجل له يدان كبيرتان ومتثاقلتان القهوةَ مع خبز محلى أكله بشهية متعجلة وساهية. رجع بعد ذلك إلى الدفتر. شكَل أربعة أعمدة سماها «داثيو خيل»، «غريغوريو فاروني»، «مقهى هيسبانو- الدارسين»، «أنخيلينا دل مار»، وبدأ يكتب بنزق ويربط ما بين الأعمدة بسهام، ومفاتيح، وملاحظات جانبية، وإشارات من اختراعه. وفي الساعة التاسعة واثنتين وعشرين دقيقة كان المخطط قد تحول إلى تشابك رؤى وإيحاءات غزيرة وواعدة. قدر أنه ما زال شخصًا ذا معنى، وأنه ما زال قادرًا على ملء صفحة بإشارات تعلن عن مستقبل إن لم يكن باهرًا، فهو مطابق على الأقل لجنة عدن التي طُرد منها. وهكذا تذكَّر أنه كان قد كرس في شبابه قصيدة لتقصي أين هو الفردوس، في الماضي أم في المستقبل، وهل هو حديقة نائية فقدناها إلى الأبد أم إنه مدينة فيها مجمعات رياضية وجادات جوية معلقة، وهل نحن بالتالي محكومون بالأمل أم بالحنين. وعلق: «إننا الشاب الذي يسأل والعجوز الذي يجيب أو يصمت»، وربما يجد الآن جوابًا على تمادي ذلك الشاب، بينما هو يناضل من أجل استرداد عملٍ، وامرأةٍ قد لا يكون يحبها، وشرفِ شبح لا يستسلم للتخلي عنه. كان مستغرقًا في الأمر، يبحث عن سخرية تهزأ من السؤال نفسه أكثر من بحثه عن إجابة، عندما سمع من يقول وراء ظهره:

- رقم حظ؟

التفت «غريغوريو» ودُوار الشَّك لا يزال في عينيه. وكان هناك رجل قصير القامة ومربوع، في حوالي الستين من العمر، له مظهر مُعقَّد وغير معقول، يرتدي رداءً مطريًّا من مشمع أسود يصل حتى قدميه تقريبًا على الرغم من أنه مثبت بحزام عند الخصر، ويعلق على

صدره قسائم يانصيب مثبتة بدبابيس، ويتباهى بشعر مستعار ضارب إلى الصفرة، أشبه بليفة، وحذاءِ ميتٍ، ونظارة سوداء كنظارة مغنٍّ جوال أعمى، وشاربِ خبيرٍ في القوانين النقابية. نظر إليه راضيًا ثم لوى رأسه:

- أتريد رقمًا؟

الصوت المشوه من شدة خشونته خرج من الأعماق عبر نصف فم كحولي تظهر فيه أسنان متعفنة خضراء.

ابتسم «غريغوريو»:

- لستُ رجلًا محظوظًا.

هز الآخر رأسه وهو يلتف حول الكرسي. كان الرداء المطري يضفي عليه مظهرًا أخرق ومتصلبًا، ويجعل أدنى حركة منه تعمُّ جسده بكامله.

- أتسمح لي بأن أقدم نفسي: «أنطون ريكيخو». لم يسبق أن رأيتك هنا من قبل، أقول لك، وقد قلت: النبالة تفرض نفسها. ولهذا جئت لأعرض عليك خدماتي، ومعها احترامي. هل أنت زائر عابر؟

قالها بمجاملة مسرحية.

أغلق «غريغوريو» الدفتر:

- أجل، إنني غريب.

- وأقول لك، هل أنت آتٍ من بعيد جدًّا؟

- من باريس.

- مدينة النور. أتسمح لي بأن أجلس لحظة؟

كان يلفظ الكلمات بتفخيم، وبنبرة تأثر محترفة، أشبه بإلقاء خطاب.

- بكل تأكيد.

قالها «غريغوريو» سعيدًا بأن القدر قد أمده، في ساعات الوحدة تلك، بصداقة تريحه.
قال «أنطون» مشيرًا إلى الدفتر:
- هل انتهيت من الكتابة، سأسألك؟
- بالنسبة لليوم، أجل.
أجاب «غريغوريو» مستعدًّا لأن يعلن عند أول فرصة عن وضعه كفنان.
- أنا... أتعلم يا سيدي؟ (قالها الآخر بخجل مؤلم، كما لو أنه يأسف لاضطراره إلى المضي بعيدًا للبحث عن أسباب قوله) أنا رجل حدس. أقول لك. أحدس جنس من لم يولد بعد، وأكتشف الأسماء من ورق اللعب - إذا كانت الأسماء موضوعة بما يتوافق مع السجية الطبيعية - أتنبأ بالمطر والحروب، وأستطيع بصورة خاصة أن أميز بنظرة واحدة من يعانون لواعج الحب. وهؤلاء أجيد التعرف إليهم. اسمح لي بسؤال اعتراضي: أكانت رسالة حب؟
وأشار إلى الدفتر.
- بل رسالة تجارية.
قالها «غريغوريو» بنبرة سخرية ودودة.
- ما كان لأحد أن يقول هذا. لقد راقبتك، وأرجو ألا تغضب، ومن خلال تبدلات ملامح وجهك ووضعك وأنت تكتب، قلتُ لنفسي، إنها رسالة حب أو انتحار. أو إنها أشعار على الأقل.
ردَّ «غريغوريو» متحمسًا للبوح:
- حسنٌ، لم تبتعد كثيرًا عن الصواب. فأنا شاعر في الواقع.
هتف بابتهاج:
- كاتب أشعار؟ لم أكن مخطئًا إذًا؟
- أشعار ونثر. شاعر وروائي.

- يمكن لي إذًا أن أروي لك قصصًا جيدة، فلنقل كقصص «دانتي». قصص أزمنة أخرى، عاطفية وحقيقية. لقد أبكيتُ أناسًا بها. أقول لك، هل أنت متزوج؟

تردد «غريغوريو»:

- أجل.

- وأنا أيضًا. إنني متزوج ومُكلَّلٌ بقرون. لستُ أخجل (ورفع سبابته). فقدتُ شرفي مثلما يفقد آخرون الصحة أو الأملاك. وحيث يقول آخرون: أنا كهربائي أو مريض بالسكري. أقول أنا: إنني مُكلَّل. وهنا قصة مناسبة لبحة صوتي المزمنة. رويتها منذ زمن مقابل قطعة سجق وزجاجة شراب «هيبوكرا». ولكن لا تفهمني خطأ. لا يذهب بك الظن إلى أنني آتٍ لأقدم لك دموع مناسبات. أقول لك. إنني رجل مُثل عليا، أعمل من أجل عقيدة، مثل المبشرين. أدنو من الشخص المحترم حين ألمح إشارات تستدعي حضوري، مثلما هي هذه الحالة الآن. ميدان عملي حاليًّا في الأماكن العامة بالحي. الجميع يعرفونني. اسأل عني. وسيقولون لك: ««أنطون»؟ إنه شخص عظيم، صاحب رؤى». أنا أنشر قصتي مثل حواريي الدين. كل يوم أرويها مرتين، ثلاث مرات، وحتى خمس مرات.

وابتسم كشيطان، وأضاف:

- إنها مهمتي في هذا العالم.

نظر إليه «غريغوريو» بدوره باسمًا، متفهمًا ومصالحًا.

قال متشجعًا بملامح «غريغوريو» الباسمة:

- ألديك نصف ساعة لتسمع قصتي؟ ألديك نصف ساعة؟ إنه الوقت الذي تحتاجه قصتي. خمس وعشرون دقيقة. لقد هيأتها بالميليمتر. قبل عشر سنوات كانت روايتها تتطلب مني ثماني

ساعات، وأكثر من ذلك أحيانًا، حسب الإلهام. ولكنني رحت أشذبها بما يتوافق مع روح الأزمنة، وأقدر أنني بعد بضع سنوات من الآن سأتمكن من روايتها في أربع أو خمس دقائق. سأقول لك. القصة مؤلفة من بداية أو ديباجة، ومن جزء مركزي، ومن نظرية ما بعد التحلية. أرويها وفق هذه الصور الأربع (وأَخْرَجَ ورقة حرير وردية متسخة فتحها ببطء أخرق)، وهي توضح القصة، إضافة إلى أشياء أخرى تظهر فيها وسأعرض كل شيء منها في حينه. أنا أسميها القصة-المتحف. أقول لك. في هذا الزمن، النظر هو ما يعمل، وإن كانت القصة غير مرئية، فلن يصدقها الناس. ولهذا اجلسْ مسترخيًا يا صديقي البارز، كما لو أنك تجلس في السينما. ومن أجل البدء، انظر إلى هذا، (عـرض عليه يده التي ليس فيها سوى إصبعي السبابة والخنصر). لا تغضب. ولا تحزن أيضًا. هذا الحادث أتاح لي في سنوات فتوتي أن أكون فنان سيرك ومنوعات. وكنت قبل ذلك راعي ماعز. تأكد من ذلك (وعرض أول صورة يظهر فيها فتى بارز الأسنان وقليل الرشاقة، يقف على نتوءات صخرية، يحمل عصا وبين ساقيه تظهر قوائم معزى وكلب).

– التقطها لي تاجر مقابل بعض بيض الدجاج الرومي. أترى المشهد؟ لقد ولدتُ بعيدًا، في هذه الوديان، حيث كانت أزمنة أخرى مضت (ورفع رأسه بصورة مسرحية، وبينما هو يهز صدره ويضبط إيقاع صرخاته بيديه، مثل مغني تينور على الطريقة الإيطالية يقدم أغنية رومانية)، عندما كانت البوم تدخل إلى البيوت وتشرب القهوة بالكريمة، وحين كانت الأفاعي تنوم العصافير وكانت القطط المريضة بالغراميات تذهب لتشم أزهار الليلك، حين كان الناس يتكلمون شعرًا وكان المسافرون يستضيئون بمصابيح من البطيخ! كانت تلك أزمنة الثعالب الحكيمة، حين كانت الخرافات لا تزال

تحدث في الجبال وكانت الحيوانات لا تزال تقوم بمحاكمات واجتماعات. وكانت الفراشات آنذاك هي من تقدم الطالع الفلكي بغريزتها الخاصة. أتريد أن تصدقني؟ الطائر الذي يسمونه «فيريرويلو» كان يُنبه إلى وجود العقرب، وطائرا الوروار والسمان يقدمان تغريدًا متوافقًا. آه، تلك الأزمنة التي كانت الحمير فيها تغرق من مؤخراتها، ولم يكن بالإمكان العثور في الدرب على خاتم ذهبي! لم يكن التقدم والصناعة قد وصلا إلى تلك الأودية، وكان الناس يعيشون في العصر القديم. أنا أحد الرجال القدماء القليلين المتبقين. بينما كنت أتحدث في أحد الأيام إلى أستاذ جامعي في التاريخ عن الطريق الذي قطعته من الوديان إلى المدينة، في هذه الحانة بالذات، وأمام شهود، قدر لي خمسمئة عام من الخبرة. وحين عرف بعد ذلك نظريتي، وأنني كنت مؤسس طائفة دينية، أطلق علي، بين المزاح والجد، تسمية «الهرطوقيريكيخانو». انظر هنا في الصورة كلتا يدي كاملتان. ما الذي حدث؟ سوف تسألني. وسأقول لك. ذات ليلة، وبينما أنا أنبش عند أصل شجرة سنديان، حيث كنت أسمع همهمة، تبين أنه ثعلب، وعند محاولتي الإمساك به أكل أصابعي الثلاث هذه. وسأمنحك الآن خروجًا عن القصة لأقول لك، وأقول لك إنه كان هناك في القديم ثعالب في البيوت. وكانت حيوانات وديعة تعيش مع القطط، تتجول في غرف النوم وهي تحرك ذيولها دون أن تعض أو تخمش أحدًا. ولكن، انظر يا سيدي؟ لم يعد لدى أحد الآن ثعالب. فجميعها في حدائق الحيوان، تعيش يتيمة. لم يعد هنالك من يحتاج إلى خدماتها. الثعالب، القطط، الفئران، جميعها صارت خارج الاستعمال. أما في تلك الأزمنة، فكان أحدنا يصاب بأذى فيأتي بثعلب ليلعق له جرحه. وقد جاءني أحدهم وقال لي: «لا وجود لشر إلا ويأتي بخير». وهكذا وجدت نفسي عاجزًا عن ممارسة حياة

الزراعة وتربية الحيوانات، فتناولت الثعلب وطفت به في العالم إلى ما قبل نحو خمسة عشر عامًا، عندما مات وفقدته. كنت أحمله في صندوق وأعرضه في الساحات، وأروي في الوقت نفسه القصة التي نَظَمْتُها أنا نفسي شعرًا وزينتها بمعاناة. فعندما يتعرض أحدنا لمعاناة شديدة، تنبثق زهرة القريحة حتى في هذا الروث. انظر (وأخرج من جيوبه ذيل ثعلب ونابين). هذا ما أحتفظُ به منه. والآن انظر هذه (وقدم إلى «غريغوريو» الصورة الثانية).

يُرى فيها الراوي مرتديًا زي فلاح تقليدي من إحدى المناطق الريفية، وسط جوقة صغيرة من الفضوليين. وبينما اليد المتضررة مرفوعة عاليًا، يشير باليد الأخرى إلى الصندوق، حيث يطل الثعلب بأنفه.

- هكذا عشت بضع سنوات، تسع أو عشر سنوات، ولم تكن الحال سيئة. ولكن فلنواصل قدمًا لأننا بدأنا نصل إلى القسم الأوسط من القصة. وأقول لك، إنه مقتضب جدًّا. في تجوالي ذاك تعرفت على امرأة، وهي من أهل الفن أيضًا. ما الحياة إلا جرةٌ في الطريق إلى الينبوع. تعارفنا، مال كل منا إلى الآخر، شكَّلنا فريقًا، وبعد سنة بالتمام ذهبت بها وهي لا تزال عذراء إلى مذبح الكنيسة. كانت تغني وترقص بينما أرافقها أنا، بهذين الإصبعين الطليقين، بعزف على قيثارة صغيرة. اخترنا لنفسينا اسمين فنيين. سأقول لك. هي كانت «كارمينثيتا دل غران سور»، وأنا كنت «زورو»، الراعي الطيب، ومعنا الحيوان المتوحش. اسمع، لأن هذه القصة، فضلًا عن أنها مُوضحة بأشياء مرئية، لها كذلك موسيقاها، مثل الأفلام.

وقام بالقرع بأصابعه على المنضدة ودوزن صوته بنحنحة، ثم غنى بصوت خافت مقطع فلامنكو:

«كارمينثيتا دل غران سور»
والراعي الطيب والوحش،
استعراضُ «دانتيّ»
رقص وغناء وآلام.

مسح بمنديل غَمَصًا انفعاليًّا عن عينه قبل أن يواصل.

- انظر (وأخرج علبة صَدَفٍ فيها خاتم زفاف بين قطع قطن)، إنه ذَهبٌ أصلي. أتريد أن تصدقني؟ لقد كانت أيامًا مزدهرة وسعيدة. سأقول لك. كان لدينا مذياع وشاحنة صغيرة. وأنا الذي كنت راعي ماعز في الوديان، وجدت نفسي أستخدم الكولونيا، وولاعة غاز، وسروالًا داخليًّا له فتحة وحذاء بمقدمة رفيعة. لم تكن أسناني تنقص سنًّا واحدة، بل إن إحداها كانت ذهبية. وإذا كان هذا كله قليلًا، فقد كلمني الطبيب عن أنه سيصف لي نظارة للقراءة، وكنتُ قد اخترت موديلًا في محل للنظارات، عدستين مع إطار فضي وعلبة مبطنة. ووصف لـ«كارمينثيتا»، وكانت على شيء من الصمم، مسماعًا، فصارت تقول - إن روحي تتمزق وأنا أقول هذا - إنها تفكر، وقد أصبحنا ميسورين، في استصدار رخصة سياقة. وكم كانت تضحك العاهرة لتلك الفكرة! وحتى الثعلب كان يطل من الصندوق ويُحدث بأسنانه صوتًا هكذا، «تشاك، تشاك»، لأنه هو أيضًا كان سعيدًا على طريقته. ولكن فلنترك الكلام الزائد ولنتأمل الآن الصورة الثالثة في هذا الجزء الأوسط.

يظهر كلاهما في الصورة أمام الشاحنة الصغيرة المغلقة. هي ترتدي فستانًا بكشاكش، بارزة المؤخرة ووقحة، تحتضن القيثارة الصغيرة؛ و«أنطون» ببدلة بيضاء وحذاء بمقدمة رفيعة، مقدمًا إحدى

ساقيه ويشير إليها بيده الممدودة، كما لو أنه يعرضها على منصة. والثعلب في الأسفل يطل من الصندوق متوحدًا ومتشممًا.

- أترى هذا؟ (وأشار إلى هيئة مطموسة في زاوية من الصورة)، كان هذا بائع عسل متجولًا، التقطناه معنا من الطريق في ذلك اليوم. شخص وضيع، ذلق اللسان ويتلاعب بيديه. أقول لك، وأختصر. طيلة شهرين كنا نجده في كل القرى التي نذهب إليها، «وأنت هنا أيضًا يا «رولينو»؟»، كنت أقول له. فيرد علي بأن العالم صغير. وباختصار، حدث ذات يوم ما لا بد من حدوثه. عند استيقاظي ذات صباح في النزل وجدت نفسي مكللًا بفراشات زرقاء. وكانت الفراشات الزرقاء لا تزال في تلك الأزمنة تحيط بالمكلل في لحظة نكبته بالذات. تشكل له موكب عزاء. هرعتُ إلى النافذة وكانت الشمس تطلع. رأيتُ طريقًا يمضي باحثًا عن التفافات السهوب، وفي عمق المشهد رأيت نقطة سوداء تنطلق بعيدًا. إنها الشاحنة الصغيرة. إنها زوجتي «كارمينثيتا دل غران سور» يا صديقي البارز، وقد هربتْ مني مع ذلك الوضيع! وبقيتُ وحيدًا مع الفراشات، والثعلب ونظارة القراءة. وما سوى ذلك أخذاه كله. النقود، والملابس وكل شيء.

أخفض رأسه ودفع بإصبع الصورة الأخيرة نحو «غريغوريو»، ويظهر فيها «أنطون» بمظهر معاصر، يحمل قرني كبش في إحدى يديه ومطوى مفتوحة في اليد الأخرى.

قال:

- هنا بدأت رهبنتي. تصورتُ هذه الصورة كي لا أنسى من أنا وما الذي أفعله في العالم. لقد كنتُ آنذاك شابًّا. لم أكن أعرف، مثلما صار مؤكدًا تمامًا الآن، أن النساء جميعهن يملن إلى أن يكنَّ عاهرات بطبعهن. أنحن متفقان على هذا أم لا؟ أليست هذه حقيقة كونية؟ (واندفع إلى الأمام بملامح بين المتوعدة والمتوسلة).

و«غريغوريو» الذي كان قد استمع بجدية مجاملة، وكان متشككًا في ما إذا كان ذلك الرجل صاحب رؤى أم مجرد ثرثار، ابتسم مصالحًا:

- هنالك من هي ليست كذلك يا رجل.

اعترض الآخر:

- سأقول لك. باستبعاد زوجتك التي سأعدها قديسة، المتبقيات جميعهن عاهرات، إما مضمرات أو معلنات. اسمح لي، هذا مُثبت. جميعهن، القديمات والمحدثات. بالفعل أو بالتفكير. أو ليس لهن جميعهن الشيء نفسه في المكان نفسه؟ فلنكن واقعيين. إنها طبيعتهن، هذا ما يقوله الكتاب المقدس، ويُقرأ عند القديس أغسطين وآباء الكنيسة. لقد قمتُ بدراسات معمقة. منذ أقدم العصور، في أزمنة الحكماء، لا وجود لفيلسوف ولا كبير كهنة إلا وأكد ذلك. إنهن يقارنَّ بالدجاجات، والثعلبات والحيات. وفي هذا تتساوى الملكات والخادمات. جميعهن يسرِّحن نواصي شعورهن، ويحلقن شعر إبطهن، ويصوبِنَّ أثداءهن، وعندما يضحكن تُرى اللهاة في حلوقهن. هل هذا صحيح أم لا؟

كان صوته منخفضًا وموحيًا. أنفاسه نتنة، وقد أمسك ذراع «غريغوريو» بيد حديدية من أجل إقناعٍ أفضل بسلطة نميمته.

قال موشوشًا:

- إنهن بنات زنًى للصراخ وشرعيات للهمس، من الخصر إلى أسفل يتكثف فيهن الضباب كله. لديهن هناك الروح في صلصة من الخل. حتى الراهبات منهن لسن سوى ورعات بسراويل داخلية، سراويل بيضاء وسوداء، ومن كافة الألوان، أكثر من ألوان قوس قزح. يخلعنها ويرتدينها. نظيفة أو متسخة. جميعهن. ويفعلن هذا طوال العمر. مجرد التفكير في ذلك يبعث على القشعريرة، أليس

صحيحًا؟ تصور، أيها الصديق السامي، الملكة مع السائس، رئيس الكهنة مع عاملة الخياطة، المركيزة مع الكلب، الحلاقة مع عامل التفريز، فوق وتحت، لبس السروال وخلعه، ودائمًا الشيء نفسه. لن تُنكر لي هذه الوقائع. انظر (ورفع يديه إلى جيبيه) أترى هذا؟ (ووضع على المنضدة كرة بنج بونج وثلاث حبات بندق، وأربعة دبابيس شعر، وقلم أحمر شفاه، ومشبكي ملابس، وبعض السراويل الداخلية النسائية الذاوية). هذا هو كل ما بقي في المنزل. أترى؟ ما زالت تعبق بالرائحة (ودسها في أنف «غريغوريو»).

جمع بكلتا يديه الأشياء التي على المنضدة ونظر إليها وهو يهز رأسه.

- عشر سنوات مضت وأنا أبحث عنها، كي أقتص منها. ولكنني لم أجدها وها أنت ذا تراني هنا، رجلًا مكللًا بالعار. وهذا هو الشيء الأخير في قصتي (وأخرج من جيبه مطوى، عرض فولاذها للضوء). إذا ما وجدتها، أتريد أن تصدقني؟ سأعرف أين أغرسها فيها. فحم متأجج، حيث تقول الكتب إنه يمكن لسمكة حنكليس أن تدخل، لا شيء ينفع معها. لا يمكن حتى لقرد «الأورانغتان» أن يُشبعها. الشرف يُغسل يا صديقي بقتل الحنكليس، وهنا أنتهي. لقد انقضت خمس وعشرون دقيقة وأنا رجل أحفظ كلمتي. والآن قل لي، ألم تكن رسالة حب؟

و«غريغوريو» الذي كان، في أثناء استماعه إلى «أنطونيو»، يشعر بالقلق من فكرة غير واضحة بقدر ما هي مضيئة، ردَّ عليه بإيماءة مبهمة.

قال «أنطون» على الفور، ملتقطًا الإيماءة بسرعة:

- إنني رجل حدس، رجل مثالي. ولهذا رويت لك قصتي.

وعاد إلى إمساكه من ذراعه وتطويقه بدائرة صوته الحميمة.

- لدي مشاريع عظيمة. نحن المكللين نشكل جيشًا. علينا أن ننظم أنفسنا، أن نؤسس ناديًا أو أخوية، مثل «الكوكلوكس كلان»، ونخرج في الليل حاملين مشاعل نحرق بها فُروجًا. الناس يجتمعون ويشكلون طوائف متنوعة. منها السياسية، والدينية، والمهنية من كافة الأنواع. حتى المخنثون والعاهرات لهم مقراتهم الخاصة. بينما نحن المكللون نمضي في العالم غير متضامنين. مع فقداننا الشرف نفقد شجاعتنا. ولأننا على ما نحن عليه، ضحايا الطبيعة البشرية، يجب ألا نؤسس طائفة سرية، وإنما نقابة ملكية. يجب زعزعة ركائز العالم وتعلم شريعة الحيوانات. التواضع سيعلمنا كبرياء المصائب. بل سأقول لك أكثر: جميع الرجال مكللون. حتى أشد الواثقين منهم، ولو بمجرد التفكير. هنالك مكللون جويون وأرضيون. وعيشك الحياة يعني أنك على الطريق. حتى العزوبية والكهنوت تحت السلاح، أو إنها في الخدمة الاحتياطية. إنني أتكلم باعتباري رجلًا قديمًا. يذهب المرء إلى الحرب، يفقد ذراعًا ويكسب ميدالية. ونحن في الحال نفسها. فنحن المكللون مكللون بالغار أيضًا. علينا أن نحمل هذه الإضافة مثلما يحمل آخرون العضو المبتور، مثل دمغة مجد. تخيل جيشًا من المهزومين. هجمة مكللين عالمية سيكون لها مفاعيل مشابهة لحرب ذرية. ستغير مسار التاريخ، مثلما حدث لطوائف كبيرة أخرى، كالماسونية أو الاشتراكية. انظر هذا (وأخرج سوطًا صغيرًا ينتهي بأطراف من رصاص). أتتصور؟ أي جيش أكبر عددًا منا؟ الجيش المكلل!

وضيَّق أكثر فأكثر حصار صوته:

- إننا ثلاثة حتى هذه اللحظة. ثلاثة جنود. نجتمع في أيام السبت بعد منتصف الليل. ولكنني سأقول لك. في هذا الحي وحده أحصيت ما يزيد على أربعمئة جندي محتمل. لكنهم يخافون العار. لم يفهموا

بعد فخر هذه النكبة الطبيعية. لدينا أسلاف أباطرة، وأمراء، وقديسون، وباباوات، وحكماء. سِجل أنساب يجعل منا أرستقراطيين. ولدينا راية، وشعاعان أحمران على خلفية بيضاء، وعما قريب سيكون لنا نشيدنا. يا صديقي، إذا ما وقعتَ ذات يوم في نكبة، أو أنك واقع فيها من الآن، فانضم إلينا. أنا موجود هنا كل ليلة، بعد الساعة التاسعة. ارفع صوتك. شعارنا هو: «الشرف يحترق!».

نهض وضرب كعبيه ضربة عسكرية:

- «أنطون ريكيخو» في خدمتك! لقد صرتَ تعرف أين هو بيتك.

ذهب إلى منضدة «الكونتوار»، طلب كأس خمر، تناوله في جرعة واحدة وخرج إلى الشارع. «أرقام الحظ! النتائج غدًا!»، سُمع صوته وهو يبتعد.

تأخر «غريغوريو» المشوش والذاهل في التقاط خيط مخاوفه. وبينما هو يأكل واقفًا، في أي مكان، ومحتفظًا بذهوله من قصة ذلك الرجل الغريب، عاد لمراجعة الخطة التي كان يفكر في أن يضعها في ذلك المساء موضع التطبيق وتفحص احتمالات تمكن «أنطون» من المشاركة فيها، وهو ما كان قد لمحه خلال رواية القصة. «ربما تكون العناية الإلهية قد هبت لمساعدتي»، فكَّر. ولكنه لم يتوصل إلى تخمين الدور الذي يمكن له أن يحتفظ به لـ«أنطون» في مشروعه. تذكر أن الواقع كثيرًا ما يستفيد من المصادفات لفرض منطق مُحكم لا تشوبه شائبة، ولكن ذلك يعتمد أيضًا على أن الشقاء نفسه، في تلهفه إلى الأمل، يفسر الأحداث الطارئة وغير المتوقعة تفسيرًا مواتيًا، خالقًا علاقة قَدَرٍ أو حتمية حيث لا وجود لها في الواقع.

خطر التورط مرة أخرى في تناقض غير مجدٍ دفعه إلى التعجل في التركيز على مشاريعه المباشرة. وتتلخص الخطوة التالية، وفق هذه المشاريع، في منع «خيل» من الدخول إلى المقهى. ومع

أن اليوم هو الاثنين، فقد كان واثقًا من أنه سيظهر هناك في ذلك المساء بالذات ليسأل عن «فاروني»، وفي حال غيابه، سيسأل عن «غريغوريو أولياس» أو عن «مارلين». وسيبحث عن لوحة الفنار البحري وتفاصيل أخرى من الوصف الذي كان قد قدمه إليه، وحين يدرك أنها غير موجودة سيبدأ في التفكير في أنه وقع ضحية خداع. والأسوأ من ذلك: إذا فقد «خيل» الإيمان بـ«فاروني»، فلن تكون هنالك طريقة لإبعاده عن المدينة. «بل على العكس»، فكَّر «سيبحث عني لمحاسبتي، ولن أتمكن عندئذ من العودة إلى البيت وسأفقد وظيفتي إلى الأبد»، لأنه كان يقدِّر أن تغيبه مدة شهر لن يؤدي إلى طرده من العمل. فلديه أربعة عشر عامًا من الإخلاص في عمله، وسيعرف كيف يروي قصة فيها ما يكفي من الدراماتيكية والصدقية كي يبرر انشقاقه المفاجئ عن عمله. بل يمكن له كذلك أن يستبدل ذلك الشهر من التغيب بإجازته السنوية. أجل، المسألة بهذه السهولة. وقد كانت هذه مسالة إيمان أساسية. إذا ما آمن «خيل» به، فسينتهي به الأمر إلى الانصياع له. وهنا تكمن، أجل، عقدة الخلاف.

أمضى طيلة المساء في تقليب تلك المسائل بينما هو يتسكع وينتظر الساعة التي يتوقع ذهاب «خيل» فيها إلى المقهى. «لا بد من تدعيم هذا البيت المتداعي»، كان يقول لنفسه، «يجب العمل قبل أن يكتشف «خيل» الخدعة، لأنني لا أعرف عندئذ ما سيحل بي»، وكانت رؤية مستقبله تملؤه بالرعب. وأخيرًا، في الساعة السادسة والنصف، بعد كثير من التقليب لكل تفاصيل الخطة، وصل إلى أمام المقهى. وقف يترصد عند إحدى النواصي، وما إن رأى الميدان خاليًا حتى اجتاز الباب مواربة وتوجه ليكمن بين الزبائن الشاربين على «الكونتوار». ومن هناك بحث عن مكان منعزل. وعلى الفور استدعى بإيماءة خفية ومتعجلة النادلَ المتواطئ، والتقى به وراء أحد الأعمدة.

- هل تتذكرني؟
- ليس تمامًا.
- أنا «فاروني».
- السيد «فاروني».

قال نازعًا الأهمية عن المناجاة السرية:

- هو نفسه. انظر، سيأتي اليوم إلى هنا، في حوالي الساعة السابعة والنصف، شخصٌ قصير القامة، يلبس مثلي، يدعى «داثيو»، «داثيو خيل مونروي» أو شيءٌ من هذا القبيل. سوف أنبهك إليه. سيأتي ويسأل عني أو عن المدعو «غريغوريو أولياس». إنها مسألة رهان، أو هي أقرب إلى مزحة، وتتلخص في ألا يتمكن «داثيو» هذا من الدخول إلى هنا، إلى المقهى. إذا دخل سأخسر الرهان، الشرف في اللعبة، أتفهمني؟

هز النادل رأسه بحركة نائية.

- سوف تسأله: «هل أنت «داثيو»، صديق «فاروني»؟» وسيقول لك أجل. عندئذ ستقول له: «لقد غادر «فاروني» إلى الخارج، إلى «شيكاغو» على ما أعتقد». وتقول له: «أعطني رقم هاتف يمكنه أن يتصل بك عليه ولا تفعل أي شيء إلى أن يتصل بك. اذهب الآن إلى بيتك، من أجل مصلحتك، لأن الشرطة هنا في الداخل». وقل له أيضًا: «ألا ترى أنهم قد غيروا لنا حتى الاسم؟»، في إشارة إلى اسم المقهى. أما إذا أصر، فقل له: «هذا أمر من «فاروني»». قل له هذا وحسب. ولا يخطرن ببالك أن تقول له إنني هنا لأني سأفقد عندئذ الرهان. مفهوم؟

- إلى الخارج.
- أجل، إلى «شيكاغو».
- قد غيروا لنا الاسم.

- أجل، وتطلب منه رقم الهاتف.

قرب الآخر رأسه:

- ألا يكون في هذا شيء من السياسة؟

- إذا رغبت سأترك معك بطاقة هويتي رهنًا.

ومد يده إلى صدره.

أوقفه النادل بحركة من يده، كما لو أنه يحلف في محكمة:

- تكفيني كلمتك.

طمأنه «غريغوريو»:

- الأمر مجرد مزحة فنانين.

مرر له بعض الأوراق النقدية.

- إذا كسبتُ الرهان سأعطيك المزيد.

وذكَّره صوته الهامس بصوت «أنطون». قام الآخر بانحناءة احترام مقتضبة كحركة كبير خدم كئيب، وانصرف.

ومن وراء العمود، راح «غريغوريو» يرصد الباب من خلال مرآة، ويدرس الميدان تحسبًا لاضطراره إلى هروب مستعجل. كان يشعر برمل في فمه وبعقدة حلفاء في حلقه. يريد أن يبتلع ولا يستطيع، ويأخذ ذلك الجهد بالتسبب في ألم حديدي في فكيه. كان في الصالة متقاعدون وطلاب، وكانت ضجة الأصوات تشوش الهواء والأفكار. تصور مفاجأة «خيل» حين سيرى الاسم الحقيقي للمقهى ولوحة الفاكهة وطيور الحجل، وقال لنفسه إنه لا يستحق كفارة كبيرة على أكاذيبه هذه التي هي أقرب إلى أن تسمى عدم دقة. فقد تصرف كالفنان الذي هو عليه في الواقع، وبدَّل الأشياء ليجعلها أفضل وأجمل، مثل أفلاطون وآخرين كثيرين. ولكن «خيل» لن يراعي العقلانية. فخيل يخلط الفن، وحتى الثقافة نفسها، بالدين ويجعل من اللعب مسألة

إيمان. إنه يريد الخلاص بأي ثمن، والدخول إلى الفردوس الذي يشك في أنه موجود في هذا العالم، ويتصرف بالتصميم الساذج نفسه الذي يسعى من خلاله آخرون لكسب ملكوت السماء. فالحالة هي، بالفعل، مسألة إيمان، وبالإيمان وحده يمكنه طرد «خيل» وإعادته إلى جحيمه الريفي.

نظر في المرآة. كانت ملامحه قذرة ولحمه رخوًا، فضلًا عن مظاهر بؤس أخرى بسبب السن والروح التي ظلت معلقة لأن ساعةً، في ركن، تظهر في عمق المرآة، كانت تشير إلى السابعة والنصف. التصق «غريغوريو» بالعمود، وتلاشت جميع أشباح الانتظار دفعة واحدة. لم يكن هنالك ظل أو هيئة إلا وتسبب له مفاجأة. كان الباب الدوار يقدم مستجدات متواصلة وغير قابلة للتمييز، ولأن المرآة تنعكس كذلك في مرايا أخرى، فقد راح «غريغوريو» يفقد سريعًا الإحساس بالمسافات والقدرة على التوجه. فهو يقف على رؤوس أصابعه، يتقوقع على نفسه، يتخذ وضعًا جانبيًّا، ولا يدري إن كان عليه أن ينظر. وفجأة، في واحدة من تلك الترصدات، ميز بين الهيئات هيئة لا يمكن له الخطأ فيها. تعرف إليها في ذاكرته قبل عينيه. إنه شبح قصير - قبعة، معطف مطري، ونظارة شمسية- كان يقف عند الباب، معرقلًا الحركة دون أن يحسم أمره بالدخول.

بحث على الفور عن النادل، فرقع له بأصابعه منبهًا وأومأ له برأسه إلى الشارع. فجاراه النادل بحركة عميقة من رموشه كبومة. «إنه هناك»، قال له «غريغوريو» دون أن يحرك شفتيه، «ذلك الشخص القصير الذي هناك، يضع نظارة وقبعة. أسرع، إياك أن يدخل». قرص الآخر أذنه: «هذه المسألة لا تعجبني». «أتريد بطاقة هويتي الشخصية؟»، همس «غريغوريو» بعنف. «حسنٌ، سأذهب. ولكن إذا واجهت مشاكل سأرجع»، وتوجه نحو الباب.

رأى «غريغوريو» في المرآة الشبح الطويل يصل إلى الشبح القصير ويبدأ الكلام. الشبح القصير ينظر إلى أعلى ويستمع. وفجأة - رفع يده إلى حنجرته ليكبح قيء خوف - رأى كيف أن كليهما يوجه نظره إلى أعلى، حيث توجد لوحة اسم المقهى، وكيف أن الشبح القصير، بعد رفع ذراعيه كما لو أنه لا يصدق ما يسمعه، أخرج ورقة وقلمًا وكتب شيئًا. وعلى الفور أخذ النادل الورقة، ثم أدار الباب ووصل إلى العمود.

سأله «غريغوريو» دون أن يزيح بصره عن المرآة:

- كيف جرى كل شيء؟

- على ما يرام. قلتُ له ما أوصيتني به. قلت إنك قد غادرت إلى الخارج، وإن الشرطة موجودة هنا في الداخل وإنهم قد غيروا لنا اسم المقهى.

- وهو، ماذا قال هو؟

- لا شيء. شحب لونه. وهذا هو رقم الهاتف.

كان الشبح القصير لا يزال يقف خارجًا. ودون أن يرفع «غريغوريو» بصره عنه، خبأ الورقة وقدَّم للنادل ورقة نقدية وقال:

- شكرًا.

رأى للحظات كيف أن قبعة «خيل» تطفو على امتداد الواجهات الزجاجية وكيف كان يتوقف أحيانًا لينظر إلى الخلف. وأخيرًا اختفى. ووراءه خرج «غريغوريو» حاملًا القبعة بيده وخافضًا ياقة معطفه المطري.

مختبئًا بين الناس رأى «خيل» يجتاز الشارع راكضًا، ومتعرقلًا بالمعطف الذي يبدو طويلًا على قياسه وجديدًا ويضطره إلى المشي بشيء من تصلب رجل آلي. عاد ينظر إلى المقهى من الجانب الآخر للشارع. و«غريغوريو» الذي كان ينتظر الضوء الأخضر على

الرصيف المقابل، استدار في اللحظة نفسها واختبأ وراء الإشارة المرورية. رأى «خيل» بين المشاة العابرين يتقهقر بسبب التدافع وهو يضع إحدى يديه على القبعة دون أن يرفع بصره عن المقهى. لحق به عن بُعد مستعينًا بأفضل فنونه التجسسية. كان «خيل» يمشي كمن لا يتحكم بنفسه، بكتفين منكمشتين بعض الشيء، يمشي في بعض الأحيان مسرعًا وفي أحيان أخرى يخفف من خطواته ويمتنع عن تحريك ذراعيه. يتوقف أحيانًا كمن هو منبهر بكشف مفاجئ، ويبدو عندئذ كأنه سيقفل راجعًا، ولكن دافع ذلك القرار الضعيف نفسه يدفعه إلى إطالة أمد التردد للحظات، وبقوة الشك التائه يجدد المشي بلا صرامة. التصق عند ناصيةٍ بالجدار كي يربط رباط حذائه، فقفز «غريغوريو» إلى بوابة، وبينما هو يطل مجانبة رآه منحنيًا هناك وأذيال معطفه المطري تصل إلى الأرض.

كان على تلك الحال حين مرت فجأة سيارة مطافئ، بأضواء وصفارة إنذار. ركض «خيل» إلى حافة الرصيف ليرى السيارة، وواصل النظر إلى أن لم يعد يُسمع صوت صفارة إنذارها. وهناك بالذات أنهى ربط حذائه. عاد للمشي من جديد، ومن جديد هرع نحو حشد فضوليين يحيطون بمنادٍ في الشارع. وقف «غريغوريو» على رؤوس أصابعه كي يرى «خيل» الذي كان يقف أيضًا على رؤوس أصابعه ليطل من بين الحشد. اتخذ موقعًا له وراء أحد أعمدة النور إلى أن واصل «خيل» طريقه بعد أن اشترى شيئًا ما. اقترب «غريغوريو» من الحشد. كان هناك رجل له شعر زيتي ومجعد يبيع صلبانًا ممغنطة من أجل الصحة. يثرثر صارخًا دون توقف ويعرض اختبارات على سلعته. يضع فخذي ضفدع مسلوخين فوق صفيحة معدنية، ثم يُقَرِّب الصليب الممغنط من الحافة فيرتعش فخذا الضفدع طافرين.

يصرخ عندئذ:

٤٤٤

- إنها وسيلة مؤكدة! بلا خدع ولا رسوم متحركة! معجزة المغنطة الخفية! آخر منجزات علم المغنطة! العلم والفن يجتمعان في هذه الدُّرة العملية والرائعة بسعر شبه مجاني!

واصل اللحاق بـ«خيل». يفقده ويعود إلى العثور عليه، ليس على «خيل»، بل على قبعته التي تتقافز بين المشاة العابرين. وهو ما ينطبق عليه أيضًا: قبعتان تتقافزان إلى حيث لا يعلم إلا الله. ومع ابتعادهما، حين تناقصت أعداد الناس في الشارع، فكر في أن يواجهه. خطر له أنه إذا ما قدم نفسه إليه على أنه «غريغوريو أولياس» أو أي مبعوث آخر من قبل «فاروني»، فإنه يستطيع مطالبته بأن يغادر المدينة، يتوسل إليه باسم التقدم أن يُقدم على تلك التضحية التاريخية. ولكنه أحس بالخوف من مقابلته وجهًا لوجه، أو من أن يكون إيمان «خيل» قد ضعف لعدم وجود الأعاجيب الموعودة، ويمتنع عن الإقدام على تلك التضحية. «الإيمان أولًا، وبعد ذلك التضحية»، قال لنفسه. وعلى الفور تقريبًا، كما لو أنه يريد نسيان ذلك الإغواء، خطر له أن يطلق تسميات على الأمكنة التي مر منها «خيل»: «مقهى السراب»، «ناصية رباط الحذاء الصالح»، «حافة المفاجآت»، «ثرثار الإكسير»، وبتلك الاختلاقات يحاول مخادعة المرارة التي تتغلب عليه للحظات. مرَّا، أحدهما في إثر الآخر أمام بوابة نادٍ ليلي تعلوها مظلة، وخفف كلاهما خطواته للنظر إلى الظلمة الحمراء وصمت المخمل الغامض على البوابة.

إلى الأمام قليلًا، توقف «خيل» قبالة كنيسة، وبعد لحظات من التردد قرر الدخول أخيرًا. كان الباب مفتوحًا ورآه «غريغوريو» يخلع قبعته، ويغمس يده في الماء المبارك، ويرسم إشارة الصليب ثم يواصل التقدم نحو المذبح الكبير. ذهب للجلوس على أحد المقاعد في الصف الأول. ومن عتمة العمق رآه «غريغوريو» يصلي

جاثيًا ويداه مضمومتان، مثلما يفعل الأطفال قبل النوم. توجه بعد ذلك إلى كابيلا جانبية صغيرة، وهناك كانت عجوز واقفة وذراعاها على الصليب. قبَّل رداء السيدة العذراء، ولدى الخروج ألقى قطعة نقدية في صندوق الصدقات. رآه «غريغوريو» يمر بجانبه وهو يمسك قبعته بكلتا يديه عند مستوى الصدر، ولم يكد يميز، أو أنه تكهن في الظلام بملامح وجهه الحزينة والمركزة.

توقف بعد قليل عن التقدم، منتصب القامة ووقورًا، عند موقف للحافلات. سأل أحدهم عن شيء ما، احتفظ في قبضته بقطع نقدية واستسلم للانتظار. وبينما هو يراه هناك، بقبضته الملتصقة بفخذه ومنكمش الكتفين، عاد «غريغوريو» إلى التشكك فيما إذا كان عليه مواصلة الوفاء لمشروعه أو أن يقوضه دفعة واحدة باعتراف طوعي وصريح بكل أكاذيبه.

لكنه كبح نفسه. «هذا هو «خيل» إذًا»، فكَّر. رآه يخلع القبعة ويمسح بداية صلعه بذراعه. «إنه أقصر مني، أقصر جدًّا». ولأنه تعلَّم في مغامراته، وهو تحرٍّ شاب، معرفة الوجوه، وحتى الطباع، من قفا الأعناق - التي تشير بدقة غريبة، مثل سدى سجادة، إلى الوجه غير المرئي - قدَّر أن وجه «خيل» هو صورة نيجاتيف لملامح هيابة وقليلة الوسامة. «مسكين «خيل»»، قال لنفسه، وأضاف: «مسكين الضبع القبيح». إنه هناك، ضائع، مهجور في مدينة لن يعرف اكتشاف أعاجيبها أبدًا. لا أهرامات، ولا زقورات، ولا مناطيد هوائية ثابتة، ولا أنهار صالحة للملاحة، ولا روبوتات، ولا منتديات سُبوت، ولا جوقات موسيقية. «أين هي إذًا ينابيع نهر التقدم العظيم؟»، لا بد أنه تساءل، ولا بد أنه قال لنفسه إن له («أنا أقول لك يا سيد «فاروني»، لأنني أعرف») قَدَرًا سيئًا وإنه محكوم عليه بأن ينظر إلى المأدبة من الخارج، كما لو أنه يعيش على هامش الزمن.

«هذا هو خيل إذًا»، كرر مغمضًا عينيه بارتعاشة شفقة. وعلى الفور، وبالرغم عنه، أضيء مشهد وعيه المظلم إضاءة قوية ورأى نفسه شابًّا متأنقًا، بوسامة بهية ومعذَّبة، كما في لوحة الشاعر الرومانسي الإنجليزي. رأى نفسه يتقدم باسمًا، مندفعًا، بشعره الطويل المتطاير في الهواء، يقترب من «خيل» ويقول له (آه، بأي ابتسامة شبابية عذبة! بأي نار في النظرة! وبأي مجاملة رقيقة مُحبة!): «صديقي «داثيو»، يا شقيق الروح الصغير، اتبعني، لأن المدينة قد فتحت لك أبوابها».

وبيدٍ تحيط بكتفيه، كما لو أنه يحميه من مخاطر رؤية سرابية، اقتاده إلى المنتدى، وهناك رأى كيف أن الجميع، لدى رؤيته يدخل، ينهضون واقفين احترامًا له. رآه يتقدم حتى منتصف الجماعة ويردُّ على التصفيق بانحناءات احترام مُضيفٍ صيني. أكثرها عمقًا كانت موجهة إلى روبوت جاءه بباقة أزهار وألقى خطبة تكريم موجزة بصوت روبوت أنفي ومتقطع. «مارلين» قبلته، والمعلم الذي كان قد تعرف إليه راح يطلب الصمت من أجل تقديم مشهود، وأخرج أسنانه الاصطناعية الذهبية وأشار بها في إيماءة وقورة، ثم قام بمعانقته معانقةَ ترسيم مصارع ثيران جديد. وعندئذ رأى كيف أنه هو، «فاروني»، يأخذ الكلمة ويبدأ بتقديم «خيل» للمعلمين: «انظر يا «داثيو»، هذا هو السيد «فاوستو ثينفوينتيس»، الكيميائي العظيم مخترع الطاقة العاطفية، ولديك هنا «فيليثيانو باييستيروس ماتاموروس»، المهندس المعماري المشهور ومصمم ناطحات السحاب تحت الأرضية، وهذا هو «أوكتافيو فريسو»، الفيلسوف اللامع، وهذا «كارك سبيرمان»»، بينما «خيل» ينحني انحناءات احترام صينية ويقول: «سعيد بمعرفتك يا سيد «ثينفوينتيس»؛ هذا شرف لي يا سيد «ماتاموروس»؛ أنا لا أستحق هذا كله يا مستر «سبيرمان»»، وينظر بين حين وآخر إلى «فاروني» بعينين مغرورقتين بالدموع. بعد

ذلك، وبناء على رغبة المستمعين، سمعه يتكلم عن الغراب. وسمع أحدهم يسأل: «من هو هذا؟»، وأحدهم يرد عليه: «إنه «داثيو خيل مونروي»، ضبع السهوب».

ومرة أخرى، وسط التصفيق، رأى «خيل» يخرج إلى الشارع، حيث ينتظره منطاد. ركب في سلة المنطاد وصعد مرتفعًا وسط هتافات وموسيقى ومناديل وأسهم نارية. وكان يحيى من بين مزق غيوم، وهو يضع نظارة طيار، وتحته تمتد المدينة مضاءة وغير متناهية. «ها هي مدينة أحلامك تحت قدميك. انظر النهر والأهرامات، افتح عينيك جيدًا وشاهد كل شيء جيدًا يا عزيزي «داثيو»، لأنك الآن في الصف الأول من استعراض القرن العظيم». وفتح عينيه وابتسم بأسى. ولكنه لم يجد الوقت ليُروِّح عن نفسه في كآبة حلم اليقظة. فقد كانت الساعة الثامنة والنصف عندما رأى «خيل»، من العتمة، يصعد إلى الحافلة ويختفي ممسكًا بقضبان الحافلة التي تعلو رأسه.

التفت «غريغوريو» إلى عمق مدخل البناء. «ما أنت إلا شخص بائس»، قال لنفسه، وأغمض عينيه كي يتولى ازدراء نفسه بالكامل.

الفصل الثامن عشر

كانت الساعة الثامنة والنصف. ما زال الوقت مبكرًا للموعد مع «أنخيلينا» ومن الضروري عدم التفكير، عدم النظر إلى الكرب وجهًا لوجه، وعدم فقدان الهدوء، وإقناع النفس بأنه غير قلق في الوقت الراهن بالقدر الذي يظنه. لا شيء، مجرد فقاعة تنفجر بين حين وآخر في معدته وتجبره على تقيؤ هواء ودعاء مناسب للظروف: «انجديني يا مسامير يسوع في هذه اللحظة من الحياة الاضطرارية». وإن لم يكن هنالك مفر عندئذ من التفكير في أن الجميع سيكونون صلعانًا بعد عشرين أو ثلاثين عامًا، رؤية تلك الأجساد المتضائلة فيما حوله تمشي على قشرة الكوكب، تدحرج كرة الأيام بهمة لا تزيد عن همةِ جُعل يلاعب كرة، يهرب من الفلين ومن الموريين، من شجنه إلى المجد، أبقار وبُقول، وكذلك أفلاطون و«مارلين» والجميع، جميعهم سيكونون صلعانًا بعد عقود قليلة. هكذا، أجل، عدم التكدس، عدم خلط مياه الزمن، الاختلاط بالإيقاع الطبيعي للأشياء، للمطر، للشمس، للدم نفسه، للريح، للأزهار، للنيلوفر على سبيل المثال. التركيز على هذا، على النيلوفر، التفكير فيه كلما شممتَ رائحة القلق. نيلوفر، مطر، دم، لن يحدث أي شيء. عشرون، ثلاثون عامًا، وعندئذ ستكونون جميعكم، الجميع صلعانًا ومشذبين. هدوء،

صرامة، نيلوفر. البقاء في قاع الحفرة والظهر إلى الضوء، الغرق في دوار الكلمات وعدم التفكير في «خيل» وفي قذاله السلحفائي. عدم القول «يا للمسكين «خيل»»، عدم قول «آه»، عدم قول إنه بائس أو ضبع أو الشفقة عليه. عدم التفكير. أو التفكير في النجوم. هو نفسه إنما أشد شحوبًا ونحولًا، بقلنسوة فلكي وعباءة تنانين مذهبة، في برج دائري، آي، أزمنة أخرى، مخاوف أخرى. آي، ربما ينبثق عما قريب في أحد الشوارع، بصورة مفاجئة، القمر المتوحد ويتجرأ هو على النظر إليه بالسخرية الخاصة بمغوٍ أربعيني، باستسلام متفهم، الاثنان معًا تحت الحافة السرية للقبعة. أجل، لقد كانت النجوم بديعة، يا للعنة، وتوقف عند عتبة وكالة مصرفية. هكذا، عدم التفكير، أو التفكير في أفكار غريبة عنك، تذكَّر، أحدهم روى لك ذلك في الطفولة، رجل عجوز أدرد وكثير التبول، أنه بين الرياح الكثيرة التي تذرع العالم آخذة وآتية بروائح ونبوءات، هنالك ريح واحدة منها تسرق الذكريات. ولأن إحدى تلك الذكريات تتيه في مكان ناءٍ عن المكان الذي سُرقت منه، يحدث أن من يجدها يبدأ بتذكر وقائع غريبة عن ماضيه، فينسبها إلى حياة سابقة، ومن يجد الكثير من تلك الذكريات يصاب بالجنون، يتحول إلى شخص آخر، ومن يفقدها يصبح أبله لا خلاص له. ولهذا من غير المناسب التفكير في أيام شديدة الرياح مثل هذا اليوم. يجب عدم التفكير. التفكير في أنه قريبًا أو في ما بعد سيكون أصلع، وأن الكلاب أيضًا صلعاء، أجل، هكذا، السيطرة على التفكير السليم وتثبيته، التفكير في أن الأمراض ستكون قريبة لأن التقدم في السن يتطلب عبرة وربما قريبًا جدًّا يصبح من الواجب إعداد الحقيبة للمستشفى. «الحقيبة نفسها التي قمت برحلة الزفاف بها»، تذكَّر، «الملابس المحببة التي اشتريتها على الموضة دون التفكير في أن بدلة الزفاف الأنيقة تلك ستكون كفنك ذات يوم،

وستكون عندئذ ميتًا ممشوقًا وأنيقًا وعلى أحدث ما يكون، لقد قال لك صاحب المتجر إن هذا القميص يبدو عليك جيدًا جدًّا ويُظهرك أكثر شبابًا». أجل، الجميع صلعان، و«مارلين» والجميع. «نابليون» أصلع، «همنجواي» أصلع، الشبان ذوو اللفاعات أيضًا صلعان ومتدثرون بمعاطف. أجل، وبدأ يشعر بتحسن. التفكير على هذا النحو يهدئ كثيرًا. إنه يمضي الآن ببطء أكبر ويرى المارة مثلما هم في الواقع: صلعان مستقبليون يلبسون أكفانًا على الموضة. وكذلك، آي، المسكين «خيل»، ميت بحذاء محلول الرباط، ألديك الشجاعة لأن تطرد، وأن تخدع حتى النهاية ذلك القذال البائس؟ ولكن لا، سيكون هنالك متسع من الوقت لمراجعة الضمير. آي، «خيل» المسكين، يا للضبع القبيح المسكين. وبالمناسبة، أو ليس «خيل» هذا هو الذي تركه بلا وظيفة؟ أي لعنة يفعلها المخنث «خيل» هنا في المدينة، يلاحقه كقاطع طريق؟ «آه، لا»، فكَّر، «بلى بالطبع! كفى شفقة! هكذا هي الحياة، إنها صراع، اصطفاء طبيعي! الإنسان ذئب على الإنسان! تكون أو لا تكون، تلك هي المسألة! أعطني نقطة استناد وسأحرك لك العالم! في البدء كانت الكلمة! أتيت، رأيت، اقتنعت! أنا أفكر إذًا أنا موجود!». أجل، بالطبع، ضميره يؤلمه لأنه خدع ذلك الرجل المسالم، ولكنه هو أيضًا كان ضعيفًا وكان مسالمًا في مواجهة العالم. حتى «فاروني» نفسه (مهما كان وهميًّا ذلك المخلوق الرائع فقد اختلقه باستلهام أحلام شبابه بالذات، وبقدر ما تظل جمرة منهما حية، سيكون هو «فاروني» مع كل ما يترتب على ذلك من نتائج)، إنه جريح في المنفى. أضف إلى ذلك، يا للعنة! ليس لـ«خيل» أسرة في المدينة، إنه غريب في المدينة وليس لديه الكثير مما يفقده. وهذا دون حساب أنه إذا بقي في المدينة فسينتهي به الأمر إلى اكتشاف كل شيء، وحين يعرف أنه كان ضحية سخرية

سيغرق في قنوط حاسم، أما إذا غادر فسيحمل معه إلى جانب خيبة الرجاء الإصرار على الأمل أو على الإيمان. وهكذا، «لا شيء من وساوس الضمير! إعلان الحرب على الدخيل! التركيز على الخطة! تبصر، وحظ، ومواجهة الثور!». رَفَعَ ياقة المعطف المطري، ضغط فكيه، وغذ الخطى باتجاه الحديقة.

في المكان المحدد كانت «أنخيلينا» تنتظر جالسة على حافة المقعد. كانت تجلس هناك هادئة، متيبسة، كأنها تنتظر قطارًا، وتمسك بكلتا يديها حزمة في حضنها. وبينما هي تُخرج ذراعًا من الكم، وبمنديل حول عنقها، وتضعها مائلة على صدرها، فكر «غريغوريو» في أن ذلك اليوم ذا الأشباح وأنصاف الكلمات يوضح بدقة ما كانت عليه حياته: العيش في أعماق الكهف ورؤية مرور ظلال وهو يدير ظهره إلى الضوء. ومقتنعًا بأن العالم ما هو إلا وهم، خرج يعرج من الأجمة ودخل متنهدًا إلى الضياء القمري للفسحة الدائرية. نهضت «أنخيلينا» في الجانب الآخر وظلت واقفة دون حراك، محتضنة الحزمة، وبركبتيها متلاصقتين وقدميها متلاصقتين، كمن تستهلك بالتدرج انهيار الكتفين المتهدلتين. بدا له أن لجسدها بكامله ملمحًا لم يستطع «غريغوريو» أن يميز فيما إذا كان ذهولًا أو بَلادة. لم يتوقف لتقدير ذلك. بل توجه نحوها مباشرة وهو يعرج، إنما بحسم، أمسكها من ذراعها واقتادها إلى حميمية أجمة الشجيرات.

سألها بهمس متوعد:

- هل لحق بك أحد؟

هزت «أنخيلينا» رأسها بالنفي.

- هل تلقيتِ الرسالة؟ هل حضر الشرطي لرؤيتكِ؟

أكدت «أنخيلينا» ذلك بهز رأسها هزات متشنجة.

- وماذا قال لك؟ أخبريني بالتفصيل. هيا، الوقت متأخر ونحن معرضان للخطر!
نظرتْ إلى وجهه، وبينما هي تقول:
- ولكن ما الذي يحدث؟ وأي بلبلة هذه عن شرطة ولا شرطة؟
شدَّ هو على ذراعها كي يهرب من نظرتها، وتوغل أكثر قليلًا بين الشجيرات.
سألها بقسوة:
- هل جاء لرؤيتك؟
أجابت «أنخيلينا»، بخيط صوت نزق:
- أجل، جاء في وقت الغداء.
- وماذا جرى؟
- لا شيء.
- وكيف هو؟
- قصير، بمثل طول قامتك، ويلبس مثل دمية أراجوز، مثلك.
- أهو مؤدب؟
- أجل، ينحني كثيرًا باحترام.
همس «غريغوريو»، كما لو أنه لا يصدق كل تلك الوقاحة:
- إنه مؤدب كي يكسب ثقة الآخرين، ويلبس مثلي كي يبدو واحدًا منا.
وأعاد الضغط على ذراعها:
- عليكِ أن تكوني حذرة جدًّا معه. فحين تنظرين إليه يتظاهر بأنه مجرد ذبابة ميتة، ولكنه في العمق رجل بلا قلب، ضبع حقيقي. هل أخبرته بأنني غادرتُ إلى الخارج؟
- أجل.
- إلى أين؟

- إلى الخارج.
- جيد. هل سألك عن المدعوة «مارلين»؟
- أجل.
- وماذا قلتِ له؟
- قلتُ إنها غادرت أيضًا إلى الخارج.
- وهل سألكِ عن «غريغوريو أولياس»؟
- أجل. وقلت له إنه ربما يكون في السجن. ولكن، أي فوضى أسماء ومغادرة إلى الخارج وإلى السجن هذه يا «غريغوريو»؟

قالتها «أنخيلينا» بقلق.

تملص «غريغوريو»:

- سأخبرك فيما بعد. وماذا قال لك عن اسمه؟
- «داثيو خيل مونروي».
- وماذا عنكِ؟ هل سألكِ من تكونين أنتِ؟
- أجل.
- وماذا قلتِ؟

-قلت إنني معجبة بـ«فاروني». ولكن، ما الذي حدث؟

عادت «أنخيلينا» إلى القول بهياج:

- أي جنون هذا؟

سأل «غريغوريو» بقسوة وحزم:

- وبعد ذلك؟
- لا شيء. قام بانحناءة احترام وانصرف.
- هل أخبركَ بشيء عن حياته؟
- قال إنه يعمل معكَ وإنه حضَر للتو إلى المدينة. وإنه بحاجة إلى أن يراكَ بأي طريقة.
- وماذا قلتِ أنت؟

- أنا، قلت إنني لا أعرف شيئًا ولا أريد مشاكل. وسألَ أيضًا عن شخص يدعى «سانتوس ميرلين». ومن باب الحذر، قلت له إنه قد غادر أيضًا إلى الخارج.

توسلت:

- ولكن ماذا بشأن عملك؟ بالله عليك يا «غريغوريو»، أخبرني ما هذا كله.

خرج «غريغوريو» يعرج من المخبأ بين الشجيرات وتفحص محيط المكان.

- لا يوجد شيء. فلنذهب إلى المقعد.

ما إن جلسا حتى تلمس «غريغوريو» ذراعه الأيسر ولوى وجهه من الألم.

- أيؤلمك كثيرًا؟
- أي شيء تعنين؟
- ذراعك.

همس لنفسه بمرارة:

- كادوا يقتلونني، أولئك التعساء.
- عليك أن تذهب إلى الطبيب يا «غريغوريو». يمكن لجرحك أن يتعفَّن.

زمجر «غريغوريو»:

- لقد زارني طبيب. أخرج الرصاصة بسكين وزجاجة كونياك، وقال لي إنه لن يبقى سوى أثر خفيف، وإنني نجوت بمعجزة.

نظرت إليه «أنخيلينا» عندئذ بإمعان دهشة جعل «غريغوريو» يشعر بعري وجهه الأعزل الوقح، وكي لا يتورط في ملامح مؤثرة، أخفض عينيه وأبدى ابتسامة حزن صبيانية.

هزت «أنخيلينا» رأسها غير مصدقة:

- ولكنني لا أفهم شيئًا. لماذا يطلقون عليك أنت رصاصة؟ ما الذي فعلته أنت؟

- لقد أخبرتكِ في الرسالة. لقد كان سرًّا. اعذريني (وتحول وجهه إلى وجه مشفق وحالم). لا أريدك أن تقلقي عليّ. فمنذ سنوات طويلة، منذ ما قبل تعارفنا، وأنا في الحزب.

- ولكن أي حزب هو؟

نظر «غريغوريو» في ما حوله نظرة مرتابة.

همس بفقدان صبر:

- وأي حزب سيكون؟ الحزب الشيوعي!

- أنت شيوعي؟ «غريغوريو»، أنت لستَ على ما يرام. لا بد أن هنالك شيئًا غير سوي في رأسك.

- هسسس.

حثها «غريغوريو» وهو يعيد النظر مرة أخرى فيما حوله، ثم أخفض نبرة صوته:

- من الصعب شرح ذلك، وليس لدينا وقت الآن. الحقيقة أنه ليس الحزب الشيوعي. بل شيء مشابه. إنني أحد المؤسسين. ندعوه «الرابطة الدولية للمنتديات المجتمعة». إنها مجرد غطاء. ولكن، ليتني أكون مجنونًا، مثلما تقولين! (واكتسب صوته نبرة أسى وتهكم)، ليتني كذلك. فأنا أفضل مستشفى المجانين على السجن!

سألت «أنخيلينا» مستردة صوتها المعهود:

- إذًا، أنت بلا عمل الآن، أو كيف هو الأمر؟

تحول «غريغوريو» إلى الغضب.

- ولكن، ألا ترين أنني جريح؟

وقال صارخًا:

- ألا ترين أنهم قد أصابوني بطلق ناري وأنهم يلاحقونني؟ وإذا

أردتِ أن تعرفي، سأخبرك بأن اسمي ذُكر في الإذاعة، وعما قريب سيضعون إعلانات في كل مكان عليها صورتي. وأنتِ لا يخطر لك سوى الحديث عن العمل! ما أهمية عمل بائس حين تكون الحياة في خطر؟ (وأحس بسخط حقيقي حيال ذلك الجور).

نظرت إليه «أنخيلينا» بصبر.

- لقد فقدتَ عملك إذًا؟

وكان على «غريغوريو» أن يتصنع في هذه المرة كي يضفي انكسار تعذيب على صوته:

- لا أدري. ربما سأرجع إلى العمل، هذا مؤكد تقريبًا، خلال شهر أو شهرين، أو ربما خلال أسبوع. وإذا لم أسترجع عملي، سأبحث عن وظيفة أخرى عندما ينتهي كل شيء.

- أي وظيفة ستبحث عنها وأنت في السادسة والأربعين من العمر؟ رباه، لم أعد أفهم شيئًا.

- هنالك أمور أهم من الوظيفة.

- ماذا مثلًا.

- العدالة، الكبرياء، الحرية.

- هذه تفاهات. وأضف إلى ذلك، ما علاقة الوظيفة بهذا كله؟

- مرة أخرى؟ ألا تدركين أنهم يطاردونني؟

- ولكن ذلك المدعو «خيل مونروي» يعمل أيضًا في شركة «بيلسون». فكيف يكون شرطيًّا؟

قال «غريغوريو»:

- لأن شركة «بيلسون» ليست سوى وكر فئران. لقد تعاقدَت الشركة معي كي تضعني تحت المراقبة. ألا تدركين؟ كانوا يعرفون أنني من الحزب، ووضعوا المدعو «خيل» ليراقبني، كي يتجسس علي.

كانت «أنخيلينا» لا تزال متيبسة والحزمة على ركبتيها وهي تنظرفي اتجاهه.

- يا للمشكلة. ألا تكذب عليَّ؟ هذه الأمور لا تحدث حقًّا في الحياة.

استغرب «غريغوريو» وهو يشير بسبابتيه إلى صدره:

- أكذب؟ ولكن ألا ترين أيتها التعيسة أنني جريح، وأعيش في قبو، بلا وظيفة، متسخًا وجائعًا؟ وما مصلحتي أنا في الكذب؟ ولماذا أغادر البيت لولا ما أنا فيه؟

أخفضت «أنخيلينا» رأسها:

- لا أدري. ربما كانت المدعوة «مارلين» هي زوجة المدعو «خيل مونروي»، وربما تكون «مارلين» عشيقتك ولهذا أطلق زوجها عليك النار ويمضي في أثرك باحثًا عنك. لا تظن أنني لم أفكر في الأمر.

- «مارلين» عشيقتي؟

ذُهل «غريغوريو»، وشعر بالاعتزاز بصورة غامضة لتلك الشبهة، ولإحساسه بأن الحديث يتخذ وجهة ملائمة.

- ولكن، ألا ترين يا «أنخيلينا» أن هذا مجرد سخف؟ أولم يقل لكِ «خيل» إنه وصل للتو إلى المدينة؟ إضافة إلى أن «مارلين» هي زوجة «فاروني»!

- ولكن، ألست أنت «فاروني»؟

- نعم ولا. فلنر. انظري، اسمي المستعار «فاروني»، وهذا أيضًا هو اسم رجل حقيقي. وهو فنان كبير في الواقع، عبقري مثل قلة من أمثاله. وقد أطلقوا اسمي على «فاروني» كاسم مستعار. لقد تبادلنا الأسماء لتضليل الشرطة. و«مارلين» هي امرأة «فاروني». ولكن «خيل» يظن بالطبع أنها امرأتي لأنه يظن أنني أنا «فاروني»، وأنك

أنت امرأة «فاروني» الذي يخلط بينه وبين «غريغوريو أولياس». هل تفهمينني الآن؟
- هذا أمر عويص.
أبدى «غريغوريو» أسفه:
- هكذا تجري الأمور كلها في الحزب. أترين كيف أنه من السخف التفكير في أنه يمكن لـ«مارلين» أن تكون عشيقتي؟ أترين الأمر بوضوح الآن؟
لم تجب «أنخيلينا». وضعت الحزمة على المقعد بينهما، فتحتها وأخرجت منها قصعة ونصف رغيف خبز طويل.
- أحضرتُ لك شيئًا تأكله.
تشجع «غريغوريو»:
- هل تناولتِ أنت عشاءك؟
- أجل. هيا، كُلْ، كي لا تمرض على الأقل.
كان في القصعة عجة مع كثير من البصل، وجبن غنم. وضع «غريغوريو» القبعة جانبًا، وتناول العجة بيده السليمة.
- ولماذا ورطت نفسك في السياسة؟ السياسة ليست جيدة.
قال «غريغوريو» بفم ممتلئ:
- لأنني رجل مُثل عليا. أناضل من أجل مجتمع أفضل، مجتمع نقي وحر. ولكنك قد لا تفهمين هذا كله.
- وفي أثناء ذلك، ماذا سنأكل؟
- لا أدري. سنعاني الجوع إذا اقتضى الأمر.
كانا هناك، في الفسحة المقفرة، منكمشين على المقعد ويتكلمان بهمس. وكان الهواء الجليدي يحرك الأشجار ويأتي بهبات ضجيج بعيدة عن المدينة.

قال «غريغوريو»:

- سأعود قريبًا، وسترين. وسنذهب مرة أخرى إلى الساحل. وسنشتري سيارة.

سألته «أنخيلينا»:

- ولماذا لا تسلم نفسك؟ تذهب إلى الشرطة وتقول لهم إنك لا تعرف شيئًا، وإنك «السيد نكرة»، وإنهم قد خدعوك كأحمق. قل لهم إنك نادم. وسترى كيف أنهم لن يفعلوا لك شيئًا.

قال «غريغوريو» وهو يقلب اللقمة في فمه:

- أنت مجنونة، سيزجون بي في السجن إلى الأبد. سيعذبونني كي أتكلم، وربما سيرمونني بالرصاص. أضيفي إلى ذلك أنني لستُ «السيد نكرة». إنني مثالي. أناضل في سبيل مثل أعلى، ألا تفهمين هذا؟

- على كل امرئ أن يهتم ببيته. لن يأتي أحد ليقدم لك أي شيء مجانًا.

- إذا كنا كلنا على هذه الحال، فسنواصل العيش في الكهف. المجتمع بحاجة إلى حالمين كي يتقدم. سأموت جوعًا وبردًا إذا تطلب الأمر، ولكنني لن أتخلى أبدًا عن مُثلي العليا، مطلقًا! (همس من أعمق أعماق مخاوفه).

- أنت مجنون.

- لا، هذا هو الثمن الذي يجب دفعه من أجل التقدم. سيأتي يوم لا يكون العمل فيه ضروريًا من أجل الحصول على طعام. الآلات ستفعل كل شيء. ولن يكون هنالك أغنياء وفقراء، ولا لصوص ولا شرطة، ولا حكومات ولا أي شيء.

وكان يتكلم بقناعة تبدو له في أعماقه صادقة. «إنني محق فيما أقول»، فكَّر، «ربما يكون كذبًا في التفاصيل، ولكنها كلمات نبيلة،

تمنحني الجدارة وأفكر بها في أعماق قلبي. ليت الحياة منحتني فرصة امتلاك مثل أعلى عظيم».

قال وهو يقطع شريحة جبن:

- لن نعاني الجوع والبرد. سيكون كل شيء على ما يرام. سيكون لدينا متسع من الوقت للذهاب إلى الريف، أو لتبادل الحديث، أو كتابة الشعر، أو تطيير طيارات ورقية. لن يكون هنالك جنود، وسيكون لدى كل شخص طائرة نفاثة صغيرة يسافر بها عبر أرجاء العالم. وستكون لدينا بيوت بحدائق. نضغط زرًّا، فلا يكون ثمة ذباب.

- أجل، لأنك تقول هذا. أمي تقول، وهي محقة، إنك مجرد قصبة جوفاء. فما لا يعجبك أنت هو العمل.

قال «غريغوريو» وهو ينظف يديه بمرارة:

- لقد اشتغلتُ على الدوام، كنت أعمل في المكتب وبعد ذلك في البيت، أكتب وأفكر. وبعد ذلك المنتدى، دائمًا على هذه الحال. لقد عملت أكثر بكثير مما تظنين.

قالت:

- لا أدري.

أمسكها من كتفيها وأجبرها على أن تنظر في عينيه. كان الوقت قد تأخر، ولا بد لهما من مصالحة مستعجلة.

- أجيبيني، هل كنت ستوافقين على الزواج بي لو عرفتِ أنني من الحزب؟

- لا أدري.

- هل كنت ستتزوجين؟

- إذا كنتَ رجلًا طيبًا لِمَ لا.

- وأنا، هل أنا رجل طيب أم لا؟

٤٦١

- بلى.

- ستساعدينني إذًا، أم إنك تفضلين أن أذهب إلى الأبد؟

- إلى أين؟

- إلى الخارج أو إلى السجن.

- وما الذي أستطيع أنا أن أفعله؟

- تنتظرينني. كما لو أنني قد ذهبتُ إلى الحرب. هل ستنتظرينني؟

- أجل.

وهكذا قررا بعد قليل أن يلتقيا مرتين كل أسبوع في ذلك المكان نفسه وفي التوقيت نفسه، حيث سيأتي «غريغوريو» بالملابس المتسخة ويأخذ منها الملابس النظيفة، ومعها بعض المؤونة وقليل من النقود.

- قولي لأمك إن الشركة قد أرسلتني للعمل خارجًا. في خارج البلاد إن أردتِ. وإذا رجع «خيل» لا تفتحي له الباب. وانتبهي بصورة خاصة إلى أنه لا يتبعك عند مجيئك إلى هنا.

قالت «أنخيلينا» عند الوداع:

- «غريغوريو»، أنا لا أعرف ماذا سيكون من أمرنا.

كانا قد نهضا ومشيا بضع خطوات وهما الآن واقفان، الاثنان ساكنان ومحددان بالرؤية القمرية لتمثال فروسي. كانت «أنخيلينا» ترتدي معطفًا معاقبًا بشتاءات كثيرة، وحذاء مسطحًا ومنضبطًا يبدو أن فردتيه ذاهبتان معًا إلى المدرسة، والشعر وقور بدبابيس تثبيت، وقد تعرف «غريغوريو» في ذلك كله على إشارات رهيبة لعالم ربما سيفقده إلى الأبد.

قال قبل أن يبتعد:

- سنعود إلى الساحل.

عندما وصل إلى البنسيون كان الوقت قد تأخر وكان النزلاء قد انسحبوا للنوم.
- هيا، يكفي هذا!

سمع صراخ امرأة الليلة الأولى الفظة الوقحة نفسها. كان «غريغوريو» يرغب في أن يكمل يومه ببعض التفسيرات اللطيفة والمسلية، لكن المرأة مضت بعيدًا وكانت غرفة «دونيا غلوريا» مظلمة لا يُسمع فيها سوى نبض ساعة الحائط البطيء. انقاد بالتلمس حتى وصل إلى حجرته. كان السرير مرتبًا، ووجد على السرير بطاقة تعريف وورقة مدرسية صغيرة جدًّا عليها كتابة تقول: «إيصالات برسم التحصيل».

وبينما هو يُخرج الملابس التي في الحزمة ويرتبها، أجرى حسابًا ذهنيًّا للنقود ووجد أنها تكاد لا تكفيه للأسبوع الأول. خلع ملابسه دون مزيد من التفكير، وأطفأ النور وأغمض عينيه باندفاع طفولي. عندئذ فقط تذكر الورقة التي سلَّمه إياها النادل، والتي احتفظ بها دون أن ينظر إليها. ربما غريزة التعاسة هي التي حذرته، دون أن يدري، من مخاطر اكتشاف سيئ. أعاد إشعال النور. ولم يذهله عدم ذهوله عندما قرأ رقم الهاتف واكتشف أنه الرقم نفسه الذي استخدمه في اتصاله مع «خيل» طيلة تسع سنوات. انتظر إلى أن اندس في الفراش، وصار في الظلام مرة أخرى، ليتساءل عما يفعله «خيل» بشغل وظيفته، ربما يلبي طلبات خليفته في الأرياف. ولكن الإنهاك جاء لمساعدته مرة أخرى، وقبل أن يغفو رأى نفسه في الساحل، يرتدي ملابس رياضية، إلى جانب سيارة مكشوفة، «لينكولن كابريولت»، انكشفت له في الحلم.

الفصل التاسع عشر

عند الفجر تبدأ سيمفونية البنسيون السرية. فبعد تمرين موجز، يضبط فيه كل عازف منفرد آلته (وتلك التدخلات في صمت الفجر تبدو أحيانًا كأنها استعدادات عسكرية، بهمهمة خيول، ونفير أبواق، وصرخات مراسلين وصخب أكل)، تبدأ بالوصول من بعيد نغمات صولفاج باب خزانة كئيبة. تتعالى الموسيقى وتنخفض كما لو أنها تقترب من متاهة، إلى أن تستقر على ما هي عليه في الواقع. أزيز ماكينة حلاقة تستثير ما بين اليقظة والحلم ذكرى لحن سُمع ونُسي منذ سنوات طويلة مضت. وعلى الفور، مع استجماع القوى، تنقض الأوركسترا مهاجمةً: أنين أَسِرَّة، وقع خطى في الردهة، إغلاق أبواب وفتحها، تدفق صنبور أو تفريغ خزان مرحاض، زفرات قطع أثاث، مباول، نواقيس، صرخات، سعال، رنين أوان زجاجية. إنها سيمفونية يسمعها «غريغوريو» مختلطة بأصوات كثيرة أخرى يختزنها في الذاكرة، مفكرًا في أن كل صوت منها ما هو إلا قليل من تاريخ الغرف التي آوته ومن الصخب الذي اعتاد على سماعه. وربما يمكن عندئذ للحياة أن تقاس وتوصف بالأمتار المربعة، فكَّرَ «غريغوريو»، أو بكبر أو ضآلة أصوات القرين، بنشاطات الحي المحمومة أو بحسن حظ أو تعاسة أن يكون من يسكن الشقة العليا راقصة أو فيلسوفًا، وربما

يُحدد قَدَر كل يوم بتلك اللحظات التي يستيقظ فيها أحدنا ويسمع ضجة العالم، وبتعرفه إليها يُثَمّنه أو ينكره وفقًا لنوعية الإشعار...

ومع ذلك، فإنه لا بد لأي مستمع بارع من أن يكون قد أدرك أن العازفين المنفردين يُدخلون بعض التنويعات في يوم الثلاثاء ذاك من شهر أكتوبر، وحتى «غريغوريو» نفسه لاحظ أن الانتقال من الحلم إلى اليقظة كان أقل مشقة عليه في ذلك الصباح. ذلك أنهم يقومون مرة كل شهر بعملية تنظيف عامة. وقد بدأ ذلك الصباح بإعلان جلبة مريبة بدت كما لو أنها ستتبدد في الوهم إلى أن دوى، فجأة، صوتٌ محتد ومضحك آت من الردهة صارخًا:

- الاستعداد للمعركة! الحرب على الجراثيم! إلي أيها الفيلق!

كان صوت «باكيتا»، ابنة أخي «دونيا غلوريا»، يوقظ النزلاء ويستعجلهم لإخلاء غرفهم.

توقفت أيضًا عند باب حجرة «غريغوريو».

- الاستيقاظ يا سيد القلم والقبعة، فالطيران آتٍ!

إنها قصيرة القامة ومتينة البنية، شعرها بلاتيني بلون الذرة، وأحمر شفاه قرمزي على شفتيها، ولها شارب. تبدو كمجند يرتدي زي مغنٍّ في جوقة، هذا ما خطر لـ«غريغوريو» عندما أطل على الممر. كانت بملابس العمل، فهي تنتعل جزمة من مطاط، وتضع قفازات مطاطية، وتلبس تنورة كشاكش قصيرة تبدي مؤخرتها البارزة وفخذيها العضليين، وتكشف عن ركبتين قاسيتين، وعرتين ومسلوقتين للتو.

توقفت أمام «غريغوريو » عند التفاتها وقالت:

- تنظيف من الجراثيم! إلى الأمام يا جنودي! أطلقوا النار كما تشاؤون! إما أن تخرج الآن أو تبقى في الداخل حتى الساعة الثالثة!

(ونظرت إليه من أعلى إلى أسفل وهي تقوم بحركة تهكم بردفيها). وقبل أن تغادر، املأ بطاقة التعريف وسدد قيمة الإيصال!

قامت بحركة مسرحية وقحة، كمن تصد عجوزًا متصابيًا، وواصلتْ قُدمًا مطلقة شعاراتها الحربية.

ارتدى «غريغوريو» ملابسه بأقصى سرعة، ثم ملأ بطاقة التعريف وجهز النقود. ربما كان ذلك التسرع نافعًا. ومثلما كان قد قرر، كتب في خانة الاسم: «أغسطو فاروني»، بخط يده الحقيقي، كي لا يُلحظ الكذب، وفي خانة الحالة الاجتماعية وضع «عازب»، وإلى أسفل - وهذا هو الأساسي، لأن عليه الظهور كغريب - مولود في «بيابانوكو»، وهذه قرية لا يدري إن كان قد اخترعها للتو أم إنه قرأ اسمها في رواية ما. ولم يتردد كثيرًا بشأن العمر أيضًا. حسمَ ثماني سنوات، ولكنه احترم تاريخ يوم ميلاده الحقيقي. وأخيرًا اختار مهنة كاتب ومستشار مبيعات، ثم خرج فورًا إلى الردهة وتوجه نحو «باكيتا» التي صرخت لدى رؤيته من أقصى الجهة المقابلة:

- انتباه للسيد بقدونس! النظر إلى اليمين! لا جديد في الفيلق!

اقترب «غريغوريو» منها بابتسامة متودد متهور ساخرة:

- إنني أستسلم.

قالها وهو يرفع يديه. استند إلى الجدار، ودون أن ينتظر إلى أن تنتهي «باكيتا» من تهجي البطاقة، قال مُظهرًا في صوته ضبابية حرج:

- لا بد أن «دونيا غلوريا» قد شرحت لك أن أوراقي سُرقت. وقد قدمتُ شكوى بخصوص السرقة، والتحقيق جار. ومع ذلك، إذا كنت تحتاجين إلى أدلة، فإن هذا يمكن أن ينفع.

وقدم إليها الكتاب.

- إنه يتضمن كافة المعلومات الشخصية.

قلبت «باكيتا» الكتاب، كما لو أنها لا تفهم آلية استخدامه، إلى أن وجدت صورة الغلاف الخلفي.
سألتْ بنوع من الازدراء الذاهل:
- وهل هذا هو أنت؟
أشعل «غريغوريو» سيجارة، ثم خبأ الولاعة في جيبه بحركة تلاعب دائرية وأبعد رأسه عنها كي ينفخ الدخان.
قال أخيرًا:
- إنني أنا بالذات.
بدأت المرأة تقليب الصفحات.
- وهنا تركبُ في سفينة؟
قال:
- في البحر الكاريبي.
ثم سألته:
- وهذه؟
فقال:
- أنا في هذه الصورة، كي أكون دقيقًا، عند الدرجة ثمانين على خط العرض الشمالي، أي في القطب.
- أنت؟
- أنا بالذات.
وابتسم متسامحًا، دنيويًّا، مغويًّا.
- وهذا، هل كتبته أنت؟
- هذا وكتب أخرى. نحو عشرة أو اثني عشر كتابًا ما بين رواية وشعر ودراسات.
- أنت يا سيد؟

داعب «غريغوريو» السيجارة، أخفض رأسه وابتسم مستسلمًا. وعندما حاولت «باكيتا» إعادة الكتاب إليه، مدَّ يده وأوقفها:

- لا، لا، احتفظي به، إنه هدية، كما أنه ينفع كضمانة.

وضعته تحت إبطها وعدَّت النقود وهي تصيح معلنة العدد.

صرخت في النهاية بينما هي تدخل إلى المطبخ مشددة خطواتها وخرقة التنظيف على كتفها:

- ويقولون إن هؤلاء الشبان المسنين ليسوا غريبي الأطوار!

انطلق «غريغوريو» ماشيًا، وهو راضٍ عن التسوية المناسبة آنيًّا لتلك المسألة. رأى في جانب من الردهة «دونيا غلوريا» جالسة على مقعد والبطانية تتدلى حتى قدميها. حياها، دون أن يتوقف، بحركة من رأسه لم يُتَحْ الوقت للمرأة لتتعرف إليها. وفي الجانب الآخر، من خلال باب موارب، رأى بصورة خاطفة السادة الثلاثة الثابتين. كانوا يجلسون في صف إلى منضدة. والثلاثة يلبسون بدلات قاتمة ولهم ملامح تركيز وكآبة، كما لو أن الوقار يثقل عليهم. لا بد أنهم قد انتهوا من تناول الفطور، لأن زبدية كبيرة ما زالت تظهر أمام كل واحد منهم، وما زالت الفوط تتدلى من عنقي اثنين منهم.

واصل «غريغوريو» قدمًا، مسرعًا، كمن يهرب من بيت يحترق. ولم يلتفت إلا بعد أن فتح الباب الخارجي وأحس أنه بمنجى. وفي الجانب الآخر من الردهة كانت «باكيتا» تموت من الضحك وهي تصرخ:

ماء يذهب! مزيد من الماء يذهب! هات يا ماء!

وكانت تسكب دلاء ودلاء ماء ومزيدًا من الماء وهات ماء. بينما «دونيا غلوريا» تقول من حجرتها:

لا رحمة مع الجراثيم، وخاصة في الزوايا، فلتغرق كلها.

خرج «غريغوريو» إلى الشارع تثقل عليه القناعة بأن هذا الصباح سيحسم حياته. فعليه، وفق الخطط، أن يتظاهر بأنه «نِك بورتر»، تلميذ «فاروني» وصديقه، بهدف سبر «خيل» والتأكد من قوة إيمانه، وكي يتجنب قبل ذلك كله مطالبة «خيل» له بالحساب بشأن العجائب التي لم يرها قط. ولكنه في اللحظة الأخيرة، وبعد أن أدار قرص الهاتف على الرقم وراح ينتظر إشارة الاتصال، قرر أن يُسرِّع الأحداث ويقدم نفسه مباشرة على أنه «فاروني». «الجبناء لا يأتي أحد على ذكرهم»، قال لنفسه، وأحس بالطمأنينة إلى وسائله بحيث لم تفتر حماسته عندما سمع من بعيد صوت «خيل» الأنفي:

- هنا شركة «ريكينا وبيلسون». «خيل» على الهاتف. تفضل بالكلام.

طرق «غريغوريو» على سماعة الهاتف وحكَّها بقطعة عملة بينما هو يتصنع صوت ببغاء ضعيف وناءٍ:

- Hello! That’s of Spain? That's of Belson?

هتف «خيل»:

- سيد «فاروني»! أهذا أنت؟

قال بصوته الحقيقي مُبعدًا السماعة ومشوشًا إياه لإظهار بعد المسافة:

- Who's there? Listen!

- أجل! إنني أسمعك! إنني أنا يا سيد «فاروني»، أنا «خيل»! أسمعك!

وعادت الببغاء إلى التلعثم:

- That's of Belson? Is Deisio Mounro?

- أجل، هنا «داثيو خيل مونروي»!

قرقر الخط:

Moment please, Here Chicago! Mister Faroni - speaking

- أتسمعني؟ هل أنت «داثيو»؟
- أجل، إنني أنا، «داثيو» يتكلم!

ودون أن يتوقف عن حكِّ سماعة الهاتف بقطعة العملة بنعومة، مع وضع منديل في فمه كي يُظهر الصوت نائيًا، توصل «غريغوريو» إلى القول إنه يتصل من «شيكاغو». وعلى الفور توقف التشويش.

صرخ «خيل» بصوت يكاد يسمع:

- أجل، لقد أخبرني النادل بذلك! وعلمتُ أيضًا أنك جُرحت. أخبرتني المرأة بهذا. لحسن الحظ أنك اتصلت! كيف حالك الآن؟
- إنني أتعافى (أخبره «غريغوريو»). لقد أطلقوا النار عليَّ من الخلف وأنا في الفراش الآن.
- رباه، يا للمصيبة! لقد أخبروني كذلك بأن جميع أصدقائك قد هربوا، وكذلك الآنسة «مارلين»، وأن «غريغوريو أولياس» في السجن!
- هذا صحيح (وأخذ يُقرِّب السماعة ويُبعدها، بحيث يذهب وضوح الصوت وخفوته ويجيء مثل ضوء دوار في الليل)، لقد اكتشفونا وكانت فوضى التشتت شاملة. أظن أن «مارلين» في الهند، لا أعرف بصورة مؤكدة. كل واحد هرب كيفما استطاع، وقد قتلوا اثنين منا.
- أتقول قتلوهما!

أجاب بصوت منكسر:

- أجل. دَرزوهما بالرصاص. أحدهما فيلسوف والآخر كاتب مسرحي.
- ولكن هذا فظيع...

- إنها مأساة.

في الصمت الذي تلا ذلك، تخيل «خيل» محزونًا، لا يدري ماذا يقول، ولا يتجرأ على السؤال، ولكنه يتساءل عن الجزء من الذنب الذي يتحمله عند توزيع مسؤولية الكارثة.

- وأنت، كيف حالك؟

- أنا؟ في أسوأ حال. كيف تريدني أن أكون؟ عندما نزلت من القطار وقعت على وجهي وكسرت اثنين من أسناني. والآن أفقد القدرة على الكلام بسبب الفجوة في اللثة. وإذا كان لي أن أقول الحقيقة فإنني أعاني إمساكًا. مضى عليَّ أسبوعان دون خروج. ولكن لا أهمية لهذه الأمور طبعًا. فالأسوأ هو ما حدث لكم. كل هذه النكبات معًا، تصور! ذهبتُ إلى عنوان وجدته هنا في المكتب. ظننتُ أنه عنوان بيتك. تحدثت هناك مع امرأة قالت لي إنك لا تعيش هناك، وإنك غادرت إلى الخارج وإنك جريح.

تردد الصوت:

- أجل، إنه عنوان زائف، من أجل تضليل الشرطة. أظن أن اسمها «لوثيندا» وهي غير موثوقة جدًّا. ولهذا لا تفكر في العودة للقائها.

- أجل، لقد كان كل شيء غريبًا جدًّا معها. قالت لي إن «غريغوريو أولياس» شخص طيب، نزيه ورأسه مليء بالأوهام. وإنهم قد غرروا به وورطوه بين جماعة وأخرى. وطلبتْ مني أن أسامحه، لأنه مثل طفل، ولأن المذنبين الحقيقيين هم جماعة المقهى. ففكرتُ في أنها تحاول استدراجي في الكلام.

- هذا ممكن.

- وكانت هناك سيدة متقدمة في السن أيضًا تسأل صارخة من

الذي أتى، فتقول لها المرأة إنه موظف الضرائب. لا أدري، بدا لي ذلك غريبًا.

- حسن، ربما ظنت أنك شرطي.
- أنا؟
- أجل، هنالك كثير من الذئاب بجلود حملان. لقد حدثت أمور كثيرة لم يعد أحدنا يدري بمن يثق. فعندما أعطوني رقم هاتفك على سبيل المثال، (قال، وتلاشى الصوت وأصبح بعيدًا) فوجئتُ بوجودك هناك في المكتب. عندئذ يتساءل أحدنا هل كان «خيل» يعلم مسبقًا أن هذه الوظيفة ستصبح شاغرة؟

اعترض «خيل»:

- أنا! أقسم لك أن لا يا سيد «فاروني»! أقسم بالله! لم أكن أعلم شيئًا. لقد جئت للعمل كموظف بائع، لأن موظف المبيعات المختص بالمدينة ربح اليانصيب وترك العمل. وقد كان هذا هو سري، ولم أبح به لأنني شعرت بالخجل لعدم تأسيسي المنتدى. ولكن بما أنك يا سيدي قد غادرت، وصارت وظيفة الكاتب شاغرة حولوني إليها. لقد علمتُ بالأمر يوم أمس ولك أن تتصور مدى مفاجأتي.
- وهناك في المكتب، ألم يدر أي تعليق عني، عن هروبي؟
- لم أسمع شيئًا. لقد أخبروني بتعييني في الوظيفة خطيًّا.
- هل أنت وحدك؟ ألا يسمعك أحد؟ (اتخذ «غريغوريو» جانب الحيطة).
- لا، أظن أن لا.
- اسمعني جيدًا إذًا. لقد قلت لهم هناك بأنني غادرت لأسباب عائلية، ولكن ليس من المستغرب أن يستجوبك هؤلاء ذات يوم

بشأني. لا تقل كلمة واحدة. إذا سألوك، قل لهم إنك لا تعرف شيئًا، ولا يخطرنَّ لك القول إنك تعرفني، اتفقنا؟

- لا تقلق يا سيد «فاروني»، لن أقول شيئًا. أقسم لك. ولكن ما الذي حدث؟ لماذا هربتم جميعكم فجأة؟

في هذه اللحظة عاد التشويش، سُمع شيء عن وكر فئران ومرة أخرى جاء ترنم الببغاء:

- Hello, mister Faroni! That's of Belson?

وما إن استقر وضوح الخط، حتى ظهر «غريغوريو» على الجانب الآخر بصوت منذهل ومتألم:

- ها أنت ذا ترى يا «خيل»، ما سببته بمجيئك إلى المدينة.

تلعثم «خيل»:

- أنا؟ لستُ أفهم. أنا لا أعرف ما الذي يحدث. أقسم لك أنني لا أعرف.

قال «غريغوريو» بسخرية مريرة:

- أنت لا تفهم أي شيء يا «خيل»، ولن تفهم أبدًا. لقد نبهتك إلى أن صداقتي ستجلب لك المخاطر. لقد قلتُ لك هذا، هل تتذكر؟ بينما أنت، من كثرة الشكوى، اعتدت على أن تظل ساذجًا على الدوام. سأشرح لك الأمر بكلمتين على أي حال. منذ زمن والشرطة تقتفي أثرك، وخاصة منذ عرفوا أنك سوف تؤسس منتدى وأن لك اسمًا مستعارًا. وهكذا اعتبروك، عند مجيئك إلى المدينة، صلة الوصل في تنفيذ مؤامرة، وعندئذ، وحيال الخوف من ثورة شاملة، قرروا تشتيت شمل الحزب. نصبوا بعض الكمائن. فقتلوا البعض، واعتقلوا آخرين ومن تبقوا تمكنوا من الهرب. هذا هو ما حدث، وأنت ترى أنك تتحمل جزءًا من المسؤولية؟

أعلن «خيل» بصوت ضعيف:

- أنا يا سيد «فاروني»، أقسم لك أنني تصرفتُ بطيب نية. كيف كان يمكن لي تصور هذا كله!
- أجل، وقد أخبروني كذلك بأن قوات النظام قد قوضت خلال يومين كل ما عملناه. عمل سنوات طويلة يُدمر في يومين! المدينة السرية التي أقمناها! (وراح صوته يضعف) ما جرى أشبه باستبدالهم أثاث غرفة. حتى اسم المقهى لم يعد هو نفسه.

قال «خيل» متأسفًا:
- لقد صار اسمه الآن كما في السابق، مقهى «الهيسبانو إكسبرس». لقد ذهبتُ إلى هناك يوم أمس، لأرى المقهى عن قرب وللسؤال عنك يا سيدي، فخرج نادل ليحذرني من الدخول. قال لي إنهم غيروا الاسم وإن الشرطة في الداخل.
- أجل، هذا النادل يدعى «إسكيبيل دورانتس»، وهو واحد منا. إنه رجل وفيٌّ. ولا حاجة بي إلى القول لك ألا تحاول العودة للتحدث معه. يمكن لذلك أن يورطه، وقد احتجنا سنوات طويلة من أجل التغلغل في المدينة.
- أنا يا سيد «فاروني»، أقسم بالله... ـ بدأ «خيل» من جديد.

قاطعه «غريغوريو» بقسوة:
- أنت لا علاج لك. ما يجب فعله الآن هو إنقاذ القليل المتبقي، وإعادة البناء انطلاقًا منه.

توسَّل «خيل»:
- وأنا؟ ما الذي يمكنني عمله؟
- متأسف من قول هذا لك، ولكن لا وجود إلا لحل واحد، يتناسب مع الضرر الذي تسببت به: أن تغادر المدينة (ورسم إشارة الصليب ذهنيًّا).
- أنا؟ أغادر المدينة؟ لا، لا أفهم.

- فكِّر يا «داثيو»، تأمل، قدر، حلل الوقائع ببرود أعصاب! (أصاب «غريغوريو» اليأس) الشرطة تقتفي أثرك. تلاحقك. أنت لا تراهم، ولكنهم يترصدون منتظرين. ينتظرون أن توصلهم إلى مخابئ الحزب السرية. سيحاصرونك كي يجبروك على طلب المساعدة، وإذا أنت لم تطلب مساعدة فسينتهي بهم الأمر إلى اعتقالك. وهل تعرف ما الذي سيحدث عندئذ يا «داثيو»؟ هل تعرف؟

- لا يا سيد «فاروني»، أنا لا أعرف شيئًا.

- سيعذبونك. سيُدخلون شظايا خشب دقيقة تحت أظفارك. سيحرقونك بحديد محمى. سيضعون ناقوسًا فوق بطنك وبداخله فأر يكاد يموت جوعًا. وسيكون عليك أن تخبرهم بما تعرفه. وستتكلم، ويا لهول ما ستقوله! ستقول إن المنتدى ما هو إلا غطاء للحزب. وستقول من أكون أنا في الواقع، وأين كنت أعمل. وستشي بـ«لوثيندا»، وبـ«إسكيبيل دورانتس». ستعترف بما تعرفه عن «غريغوريو أولياس»، ستقول إنه كاتب سيرتي، وقد تُقْدِم من أجل نجاتك على اختلاق أمور أخرى. أتفهم الآن لماذا عليك أن تغادر المدينة؟ حبًّا بالرب، هل تفهم ما أقول؟

- ولكن، إلى أين سأذهب؟

- إلى حيث جئت، أو إلى الخارج، لا فرق.

- ولكنني سأبقى عندئذ بلا عمل، وماذا سيحدث لي؟

- وماذا سيحدث بالمقابل للجميع، للحزب، للمنتدى؟ انظر يا «داثيو»، من الأفضل فقدان العمل على فقدان الشرف أو الحياة. لا تضحِّ بنا جميعًا. لا تعرض مستقبل هذه البلاد للخطر.

كابينة الهاتف تقوم بجوار مدرسة، وقد تسلق بعض الأطفال السياج الحديدي وراحوا يسخرون من «غريغوريو» مخرجين له ألسنتهم. و«غريغوريو» الذي كان يضع أمامه الدفتر وفيه تعليمات

الخطة، استدار إلى الجانب الآخر، فصار يرى الآن جماعة عمال يشتغلون في حفر خندق. وبينما هو يحك السماعة، انتظر أن تغرق كلماته تمامًا في الصمت وتتلف وعي العدو. حاول أن يبرر ذلك لنفسه: «هذا ضروري، إما هو وإما أنا، لا مفر من ذلك». ولكنه سمع فجأة صوت «خيل» وكأنه يخرج ظافرًا ووقورًا من انكساره بالذات:

– سيد «فاروني»، سأقول لك شيئًا. كن مطمئنًّا فيما يتعلق بي. لقد كنتُ جبانًا على الدوام، هذا صحيح. ولكن جاء اليوم الذي أكشف فيه للعالم عن الضبع الكامن فيَّ. أؤكد لك أنني لن أتكلم. أَخبر الجميع بهذا. لن أتكلم حتى لو حرقوني حيًّا أو وضعوا لي فئرانًا. وإذا قتلوني، سأموت فخورًا بأنني مت ميتة بطولية بعد أن عشت جبانًا. إنها الفرصة العظيمة لإنقاذ حياتي ويبدو لي أن الرب قد هيأ لي هذه المحنة كي يفتديني. إذا هربتُ ستكون نهايتي. سأظل إلى الأبد الجبان الذي ربما لستُ عليه في الواقع. سيد «فاروني»، إنني أطلب منحي هذه الفرصة!

كان العمال يواصلون الانكباب على الحفرة. التفتَ، والأطفال الذين كانوا ينتظرون هذه اللحظة بالذات، أخرجوا له ألسنتهم على الفور. ابتسم «غريغوريو» وحياهم بحركة متماوجة من أصابعه.

– هل تسمعني يا سيد «فاروني»؟

ولكن «غريغوريو» المرتبك من ردِّ فعل «خيل»، قال:

– هيا، هيا.

فتابع «خيل» الكلام:

– مثلما سمعتني. إنني أرى الأمر بوضوح الآن. إنه شأن من شؤون القدر. إنني أراه، إنني أراه! لقد كنت أطلب من الرب دومًا في صلواتي أن يمنحني فرصةً قبل أن أموت. ففي طفولتي، قبل أن أرغب في أن أصير صحافيًّا، أردت أن أكون شهيدًا. ويبدو أن بلاهات

الطفولة تلك ستتحقق الآن. فنحن من نعيش حياة بالغة التعاسة، الشيء الوحيد المتبقي لنا انتظاره هو أن نموت ميتة بطولية. وربما سيدور الحديث ذات يوم في المقاهي عن «داثيو خيل مونروي»، كضحية مُثل عليا (وكانت لصوته نبرة خارقة للطبيعة). إما أن يكون المرء جلادًا أو شهيدًا، وأنا لا أنفع كجلاد.

أغلق «غريغوريو» الدفتر. حكَّ سماعة الهاتف وأشعل سيجارة.

- أظن أنك لم تفهمني.

ردَّ «خيل» دون تردد:

- بلى، لقد فهمتك. إنني أسمع أصواتًا. إنهما صوتان. أحدهما صوت الشيطان يقول لي: «اهرب، انجُ بنفسك يا «خيل»!»، بينما صوت الرب يقول: «ابق ومت يا «داثيو»!». سيد «فاروني»، أشعر بأنه يوحى إلي!

- هيا، هيا، دع عنك...

- ولهذا أقول لك: لا يساورك أي خوف من جانبي! سأعرف كيف أتصرف كرجل! سأظل مثلًا لأجيال البلاد الآتية! ستكونون أنتم في الخارج مشهورين في منفاكم. أجل، مشهورون. وأنا هنا، موظف ككاتب، في فم الذئب. حسن، ستكونون فخورين بي، لا تنسوا ذلك! أخبر الجميع بهذا! قل لهم إنني سأذهب يوم السبت إلى المقهى حتى لو كانت الشرطة هناك. وقل لهم إنني لن أورط السيد «إسكيبيل». أنا لا أعرف أحدًا! بل إنني لن أنظر إليه! إنني أسمع أصواتًا في داخلي، أسمعها، وأنا مستعد للموت!

قال «غريغوريو» مجرجرًا الحروف:

- ليست المسألة هي خلاصك وإنما إنقاذ الحزب. إننا نعمل من أجل حرية شعب، من أجل العدالة. ليس لأحد الحق في البحث

عن خلاصه الفردي، ولا التضحية بنفسه من أجل منفعته الشخصية. ستكون تضحية أنانية وغير مجدية. إذا أردت يا «داثيو» أن تكون منا، عليك أن تتقبل أوامر «اللجنة».

- وأنا يا سيد «فاروني» أطالب بمنحي فرصة. ولأنني لستُ كيميائيًّا ولا مفكرًا، دعني أكن شهيد التقدم على الأقل. تفَّهم الأمر، لقد جئتُ إلى المدينة ويبدو كما لو أن المدينة تهرب مني، ولكي ترجع المدينة عليَّ أن أغادرها. أيبدو لك مصيرًا يدعو إلى الحسد؟ إنني أعيش في هذا العالم على الفتات. أصل متأخرًا إلى كل شيء على الدوام. لهذا أتوسل إليك، لا يمكن لي أن أسبب لكم ضررًا أكبر من الذي تسببتُ به دون إرادتي.

وجد «غريغوريو» نفسه أعزل حيال ذلك العناد البطولي، ولم يدر ماذا يقول.

- وجه إلي أمرًا آخر غير مغادرة المدينة. قل ما تشاء وسأنفذ.

ولم يخطر لـ«غريغوريو» المستغرق في رؤيا المستقبل المتوعدة إلا أن يطلب منه أن يغير اسمه. فرد عليه «خيل» بأنه مستعد لتقبل أي اسم تختاره له «اللجنة»، بالرغم من أنه سيظل في أعماق قلبه «داثيو» إلى الأبد. وعلى الرغم من أنه كان يرغب في اسم أكثر دسمًا، إلا أنه وافق على أن يُسمى من الآن فصاعدًا «X- ٦٣»، بينما سيكون «فاروني» «X - ١».

قال «خيل»:

- ومع ذلك «اللجنة» هي من سيقرر إن كان بإمكانك البقاء في المدينة أم لا. سأتصل بك في أحد هذه الأيام الآتية لأخبرك بما يتم التوصل إليه، وإذا أردتَ أن تكون واحدًا منا، لا بد أن تبدأ الاعتياد على أنه عليك أن تتقبل أوامرنا.

ومرة أخرى بدأ «خيل» الدفاع عن مسوغاته والحديث عن الرب وعن الشيطان، ولكن «غريغوريو» الذاهل والمشوش افتعل تشويشًا في الهاتف، وتصنع صوت الببغاء الآمرة وأغلق الهاتف.

وكمتآمر مدعو على وجه السرعة في ساعة متأخرة من الليل، بفكين مشدودين وذهن قلق، انطلق «غريغوريو» ماشيًا بسرعة ودون وجهة محددة. توقف وهو ساهٍ في متجر مأكولات، حيث ابتاع خبزًا وسجقًا وعلبة سمك أنشوفي. وعلى الفور، دون أن يفكر في الأمر، ودون تردد، بحث عن مقعد منعزل في أقرب حديقة، وتهاوى هناك بكامل ثقله مؤجلًا التفكير في نكبته السوداء. وما إن تآلف مع المكان حتى ترك حزمة مشترياته جانبًا، وأخفض القبعة، ثم فتح الدفتر وسجل بصورة مستعجلة بعض الملاحظات. واستغرق على الفور في التفكير، فكان يضرب أسنانه بقلم الرصاص ويهز رأسه في دوار التأمل. كم كان ساذجًا. لم يضع في حسبانه أن ضعف «خيل» سيجد له حلًا في البطولة، وأن كل خططه التي وضعها لإجباره على الهرب إنما كانت في الآن ذاته دعوات إلى المثابرة والإيمان. ولكن أي سذاجة وأي بلوط. لقد ارتاب في إيمان «خيل»، ولكنه لم يفكر في شططه في ذلك الإيمان. وقرأ من الدفتر: «المسلم يصمد ومؤونة صاحب المكان الأصلي تتضاءل». لأنه ما بين الرشى والبنسيون، لم يبق معه من النقود ما يكفيه لأيام. ويا للحال التي آل إليها صاحب المكان! لقد رأى على زجاج كابينة الهاتف هيئته المزرية: إنه عجوز ومتسخ، بذقن لم تُحلق منذ أربعة أيام ذكرته بنعوة وفاة غير مؤرخة، كما أن حذاءه ملوث بالوحل، وفمه لزج، وأظفاره سوداء، وياقة قميصه دبقة بسبب الوساخة. «لا بد أن «فاروني» كان يمضي على مثل هذه الحال في باريس»، فكَّر، وحاول للحظة أن يتفهم عظَمة الحياة البوهيمية. ولكن لا، هز رأسه، إنه يبدو أشبه بمتسول منه بفنان

معوز، كما أنه لم يعد لديه العمر ولا الأحلام التي تعينه على تحمل ذلك العوز.

ملأته بالرعب رؤيا مستقبل متوحد وبائس. تذكر بيته، وفرشاة الحلاقة، والرز في موعده، والخف المريح، ورائحة القميص المكوي للتو، وعتمة غرفة النوم الدافئة في المساءات الماطرة. وراح تعداد تلك الأشياء يلوي فمه في تكشيرة مرارة. ليس لديه الآن أي شيء. ليس لديه حتى علبة خيطان وأزرار، ولا مرآة خاصة به، ولا علبة أقلام.

كلمات، هذا هو الشيء الوحيد الذي يملكه. بعض كلمات الاستخدام الحميم فقط، بعض أسماء العلم التي يحذفها ويعيد وضعها. كان هذا هو كل شيء. تذكر الأزمنة التي تحوَّل فيها الحب والشعر إلى سيديِّ العالم، الحقبة السعيدة أو غير المعقولة حيث كان تكفي دعوة الأشياء بأسمائها السرية أو نظمها في قوافٍ للتسيُّد عليها وامتلاكها. خطَّ بعودٍ بعض الرموز على الرمل، ومحاها بعد ذلك. هكذا كانت الحياة، قصيرة وحالمة. انحنى ليلتقط عشبة، وبينما هو ينهض من جديد، ومن خلال ظلال بعض الشجيرات رأى جماعة من العدائين بألبسة رياضية يتقدمون طفوًا باتجاهه. يقفزون دون مشقة، كما في الأحلام، ويهزون أيديهم وجذوعهم إلى الجانبين مثل دمى الكراكوز. كانوا شبانًا طويلي القامة ووسيمين. بعضهم يضع عصابة على شعره وجميعهم يمضون بجد وبنظرات شاردة في أفقها الخاص، مهتمين بسعادة لا يبدو أنها من هذا العالم. تراخى «غريغوريو» على المقعد، بلا شهية، كما لو أنه يقوم بواجب غير مستحب، دفع القبعة إلى الوراء، أخرج قطعة عملة وألقى بها في الهواء. ومع كل دوران لها كان يرفع بصره فيرى العدائين يتقدمون من خلال فجوات الضياء بين الشجيرات، وأثناء نزول قطعة العملة يخفض بصره وعندئذ يسمع

أقرب فأقرب وابل الخطوات على الرمل. انتظرهم دون تعجل، مبالغًا في الشيخوخة، في البؤس، في الوساخة، وحين مروا بجانب المقعد واجههم بتكشيرة متهكمة، متحدية، فاحشة، تكشيرة رجل متمرس في البهرجات الشبابية، وحين ابتعدوا ظل ينظر إلى الفراغ، يبحث عن طريقة وقورة للتوقف عن قذف قطعة العملة والتقاطها دون أن يدري ماذا يفعل بابتسامة الازدراء.

لا، حياة التشرد ليست له، كرر وهو يأكل. لا بد من وضع حد لذلك الكابوس مهما كان الثمن، ولو أدى به الأمر إلى رهن ذَهب الكرامة: أي شيء قبل الانحدار إلى الأبد في جحيم الحاجة. عندئذ خطر له أنه يستطيع العودة إلى البيت من أجل الأكل والنوم على الأقل، إلى أن يتمكن من إقناع «خيل» بمغادرة المدينة. كيف لم ينتبه من قبل؟ لأنه إذا كان «خيل» يمتلك الإيمان - والتهم محتويات علبة الأنشوفي- لا يمكن أن يكون قد ضاع أي شيء. إنها مسألة وقت. أضف إلى ذلك أنه يعتمد على سلاح سري يمكن لمفعوله أن يكون قاتلًا، أما بالنسبة إلى الوظيفة، فسوف يبدأ هذا المساء بالذات عملية الاسترداد. أجل، إنه مصمم: خلال أسبوعين أو ثلاثة أسابيع سيرجع بصورة نهائية إلى البيت وسيقر نظامًا جديدًا لحياته. سيكون رجلًا طيبًا، نموذجيًا. وانبطح على المقعد وبدأ يغفو تحت شمس الخريف الخافتة.

رجل نموذجي، أجل. لن يرفع الصوت أبدًا. سيكون عادلًا حتى في أتفه الأفعال اليومية وأشدها براءة. سيحلل القضايا بهدوء. سيكون محترمًا. سيأكل باعتدال مفكرًا في أن هنالك قيمًا أكثر سموًّا من الأكل، ولكن الأكل صحي وضروري لمن عمل بدأب ونزاهة. سيترك التدخين. سيتعلم شيئًا من الاقتصاد ومن القانون. سيكون رجلًا واسع الاطلاع. ربما سيدخن الغليون. يتحدث وهو يهزه،

يلعب به، مثلما رأى ذات مرة في السينما. كم كان ضئيلًا اهتمامه بإتقان الإيماءات والحركات! وتذكَّر أنه كان قد وقع في حب «أليسيا» بسبب حركة يديها تحديدًا، وأن سلطة الرجل ذي الملابس السوداء تنبثق من يديه، وأن المعلم في المقهى يسحر الحضور بحركة يديه بقدر ما يسحرهم بكلماته وربما أكثر، وأن «إيليثيو» أيضًا قد نوَّمه بحكمة إيماءاته الدنيوية. أجل، وحركاته هو أيضًا منذ الآن، حين يعود إلى المنزل، ستكون موزونة، رشيقة، مقنعة. لا شيء من حركات باليدين لا دلالة ولا مناسبة لها! إيماءات بطيئة، مدروسة، تتضمن فكرة، موقفًا. يدان نظيفتان جدًّا إذًا، وأظفار مشذبة بإتقان. وبعد ذلك النظرات. تقويس الحاجبين، فتح العينين قليلًا بدهشة أو بسخرية، إغماضهما قليلًا ببعد نظر أو بارتياب، وكل هذا مع وضع ظاهر إصبع بين الشفتين المزمومتين بقلق، أو بإصبعين متشابكين على الخد، أو ثلاثة أصابع تسند الذقن كمنصَب ثلاثي، أو يد كواقية على الجبين المجعد بحكمة (لقد رأى هذه الحركة في كتاب مدرسي يقوم بها فيلسوف له وزنه)، أو تثبيت الأنف بظاهر السبابة كمن يحاول وقف العطاس بينما إبهام اليد نفسها يثبت أسفل الذقن، أو قرص الأذن، وحركات كثيرة وكثيرة أخرى يفكر في دراستها حين يرجع إلى البيت ويقطع علاقته بالماضي، وبفعالية الشباب المحزنة.

أجل، سيكون رجلًا في أوج سن النضج. أو إنه سيدخن أقل، ثلاث لفافات في اليوم. وسيفكر كثيرًا قبل أن يتكلم، وسيتكلم بتحكم بالنفس. سيعرف كيف يكون مجاملًا: «إنك بديع المظهر اليوم يا سيد «بيميتيل»!»، «ملاحظتك مهمة جدًّا يا سيد «فيريرويلو»!». سيكون مجاملًا ولكن غير ضعيف، إيه؟ سأعرف أيضًا كيف أكون متصلبًا في بعض المناسبات. متصلب بأدب: «أتُلمح يا سيد «كابانيياس» إلى أنه علينا أن نعطيك الحق في اندفاعك دفاعًا عن فرضيتك؟»، «فلنعد

أيها السادة إلى خيط جدلنا. إذا سمحت لي يا سيد «جارثينونييث»، سأؤكد على كلماتك الأخيرة»، «دعني أقل أيها السيد إن الوضع الدولي، حسب ما لدي من أخبار، ليس بالخطورة التي تطرحها». وفي لحظة معينة، التراجع فجأة بيدين مرفوعتين عاليًا: «أرجوكم أيها السادة، فلنكن جديين! فلنستخدم مناهج علمية!». آه، أجل، سمعته كرجل مرن وجدي ومتزن ستجلب له تقدير الجميع! سيذهب إلى المسرح، إلى المعارض الفنية، إلى المتاحف. وسيعبر عن رأيه. سيتعلم الرقص. وسيقتصر على تدخين السيجار فقط. سيجاران اثنان في اليوم. وفي حفلات الكوكتيل، سيقرّب كعبيه من بعضهما ويقبل يد السيدة «بيميتيل». حمام يومي، تدليك تنشيط، ترنم رجولي. وباختصار، سيكون رجلًا مستقيمًا بكل معنى الكلمة.

وفي إحدى السنوات الآتية، سيعود إلى الساحل وسيدرس هناك النشاط التجاري للمرفأ. سيستجوب صيادي الأسماك. سيشتري مفكرة، ويضع نظارة للرؤية عن قرب، وسيدرس كذلك عادات نوع ما من الرخويات، والتيارات البحرية، وآلية الفنارات البحرية. سيكون ملاحظًا، سريع البديهة، صبورًا. أو ربما ست سجائر يوميًّا، اثنتان صباحًا، وواحدة بعد الغداء، واثنتان في المساء، وواحدة عند النوم. أجل، هكذا. والاستماع بوجه قلق إلى الأخبار من المذياع. وضع خطوط تشديد على صفحات كتاب ما. الجدال مع أحدهم حول روح العصر. والإحساس بالفخر لعدم البقاء في ذاكرة الآخرين مع الإيمان، بلا مرارة، بأن ذلك هو العدل في عالم غير مبالٍ. القبول برئاسة جمعية الجيران بالمبايعة. طلب ميزانية من أجل طلاء واجهة البناء. تهدئة الأهواء في الاجتماعات بهز الغليون، دون حاجة إلى رفع الصوت. عدم فقدان الهدوء. اقتراح تحسينات في المكتب. وأن يكون متفهمًا ومتسامحًا ولكن نموذجيًّا في كل شيء. نموذجيًّا

في تفهم أن الآخرين ليسوا نموذجيين. الاستياء دون جزع. التكلم ببطء، كل كلمة في مكانها، مختارة ومصوغة بعناية. معرفة الاستماع. مقاطعة أصابع اليدين، وثنيهما، ومرافقة كلمات الآخرين بهز الرأس إعجابًا والاستماع، الاستماع دون استغراب، أو غم أو تذلل، وإنما باهتمام فقط وبشيء من المُراءاة. بلا تجديف. بلا شرب باستثناء كأس في المناسبات. بلا كثير من التدخين. بلا صراخ. بلا تجشؤ. بلا ممارسة للعادة السرية. بلا تفكير ببلاهات. وباختصار، حياة متمدنة ونموذجية.

رجع إلى البنسيون بالرؤيا السعيدة لنواياه. لم يكن يبدو له أنه من السهل عليه تطبيقها، وإنما كان يرى الآن كل شيء واضحًا. لا شيء من الشكوك والوساوس والمخاوف. وكرجل مستقبلي مستقيم عليه البدء بإثبات ميزاته قبل أن يؤدي الواقع إلى ذبول مشروعه، انهمك في المهمة على الفور.

أخذت منه الرسالة إلى شركة «ر. وبيلسون» أكثر من الوقت المتوقع. فبعد أن استبعد مسودتين طويلتين ومسهبتين، بقيت لديه رسالة مقتضبة جدًّا، يقول فيها إن أباه قد توفي في حادث قطار وإن شؤونًا عاطفية وأخرى لها علاقة بالميراث تفرض عليه البقاء في أمكنة الطفولة لأكثر من شهر. تأسف للعمل المتأخر والمتراكم ووعد بإنجازه عند عودته، في الليل، وإنه سيتخلى في العام القادم عن شهر الإجازة. ووقع باسم «أولياس» وحسب، وكي لا يفتح «خيل» الرسالة، كتب على المغلف: «خاص. لعناية مجلس الإدارة»، بحروف حمراء كبيرة.

نزل عند الغروب لإلقاء الرسالة في صندوق البريد. وتمشى بعد ذلك في الشوارع المركزية، يتأمل واجهات متاجر ويدخن دون كابح. «استغل الفرصة أيها البطريق»، كان يقول لنفسه، «فبعد قليل

سيتوقف التمادي في الشطط». كان يشعر بأنه سيد نفسه وممتلئ بآمال عظيمة، ولكن لم يكن لديه مكان معين يذهب إليه. مشى على غير هدى، خفيفًا وبلا تسرع، وكان يمكن له أن يواصل المشي بصورة غير متناهية، إذ ليس هنالك من سيحاسبه على أفعاله، وكل ما يفعله سيجد الإنكار أو الخلاص عما قريب من خلال ممارسته حياة نموذجية. ولكنه رجع إلى البنسيون قبل أن ينتصف الليل، كما لو أنه يؤكد على فضائله الآتية أو على مخاوفه السابقة.

الفصل العشرون

يقول في الورقة إنه لا حاجة بها لأن تأتيه بملابس نظيفة، ولكن لا بأس بأن تأتيه بشيء للعشاء، ويطلب أن تكون دقيقة في الموعد لأن لديه أخبارًا عظيمة. وكما في المرة السابقة، كان قد أوصل الرسالة برنة طويلة من مجهول على الجرس، وفي الساعة العاشرة تمامًا، بعد أن حلق ذقنه في صالون حلاقة، وتناول الطعام في مطعم يضع شراشف ورقية على المناضد، وفيه نادل يضع قلم رصاص على أذنه، وبعد أن أنفق كذلك آخر حفنة من قطع النقود المعدنية الصغيرة على عرض سينمائي لفيلمين دفعة واحدة، أحدهما عن الرومان والآخر عن الفرسان، اجتاز الفسحة المستديرة مبتسمًا تحت القمر المضيء، وجلس إلى جانب «أنخيلينا» بزفرة تعبه الظافرة. «كذبتان أخريان وسأكون رجلًا جديدًا»، شجع نفسه قبل أن يتكلم. وعلى الفور تلعثم، وراح يشير بيده إلى أن التأثر لا يمكِّنه من الشرح بكلام متواصل، وروى لها بتعثر أن مطارديه قد خففوا من حصارهم وأنه سيتمكن منذ الغد بالذات من العودة إلى البيت ليأكل وينام، وإن كان سيظل خلال النهار خارج البيت لثلاثة أسباب، وأشهر ثلاث أصابع: السبب الأول، (وأخفى الإصبع الوسطى) هو الحذر؛ والسبب الثاني، (وأخفى السبابة) من أجل عدم استثارة ذعر الأم،

والسبب الثالث والأهم، (وهنا رفع الإبهام أمام عيني «أنخيلينا» غير المتأثرتين) لأنه ينهي إجراءات لاستعادة وظيفته:

- مسألة أسبوعين أو ثلاثة أسابيع، (وأنهى بزفرة راحة) ولكن المهم أننا سنكون معًا مرة أخرى، وسترين كيف أن كل شيء سيكون مختلفًا الآن.

أما «أنخيلينا» التي استمعت بحذر مترقب، فنظرت مغمومة إلى الأفق. قالت:

- إياك أن تفكر بهذا. إذا ما رأوك تدخل سيعتقلونك من البيت.

لم يفقد «غريغوريو» رباطة جأشه.

- أقول لكِ أن لا.(عرض حجته) إنهم يبحثون عني في أمكنة أخرى. يظنون أنني في الخارج. إضافة إلى أن الأمر سيان لديهم. فقد اكتشفوا من هو «فاروني» ومن أكون أنا، وهم الآن (وأحدث بإصبعه خطًّا حلزونيًّا صاعدًا) يصوبون إلى أعلى.

نفت «أنخيلينا» ذلك برأسها:

- يوم أمس رأيت الشرطي قبالة البيت. إذا ما رأوك تدخل سيصعدون، وربما سيعتقلوننا أنا وأمي أيضًا. تصور ما الذي سيحدث لأمي إذا ما صعدوا إلى البيت لأننا شيوعيون. لا، هذا جنون. ما عليك عمله هو أن تُسلِّم نفسك وتقول إنهم ورطوك، وإنك لا تعرف شيئًا في السياسة.

دمدم «غريغوريو»:

- الشرطي؟

- أجل، ذاك الذي صعد إلى البيت. لقد ظل لأكثر من ساعة يراقب البيت من الجهة المقابلة.

أغمض «غريغوريو» عينيه وجعَّد شفتيه. إنه يقع مرة أخرى ضحية أكاذيبه. بدا كما لو أن الواقع، وهو رحيم بصورة لا متناهية،

٤٨٧

يحتضن في بيته كل الأوهام التائهة التي تطرق الباب. وفكَّر مرة أخرى في أن الحياة عادلة: إنها شديدة التعقيد إلى حد تبدو معه قصيرة جدًّا. واستغرق في التفكير: «سأموت بوجهِ أبله».

قالت «أنخيلينا»:

- ويجب أن تذهب إلى الشركة وتطلب منهم الصفح. اطلب منهم أن يقبلوا توظيفك من جديد. قل لهم إنك رجل شريف وجديٌّ، وإن هناك من غرر بك.

بدأ «غريغوريو» يفقد صبره.

- لقد كتبتُ لهم موضحًا كل شيء. صار كل شيء واضحًا. والمسألة هي أنني لا أستطيع الذهاب إلى كل مكان طالبًا الصفح من الجميع. إنني رجل مُثل عليا، أنتِ تعرفين ذلك.

ودون أن يدري كيف راح يتورط من جديد في الرؤيا الطوباوية لعالم سعيد خالٍ من الخطيئة. سألها إن كانت تتصور ما يمكن أن تكون عليه تلك المدينة الممتلئة بحدائق، مع موسيقيين عند كل ناصية وروبوتات تقوم بالعمل عن الجميع. كان يشك في قدرتها على فهم ذلك، وعلى أن تفهم مثلًا كيف أنه رأى يوم أمس بالذات بعض العمال يحفرون خندقًا، وقد تساءل عما إذا لم يكن فضيحة أن يأتي المرء إلى هذا العالم من أجل أن يحفر خندقًا.

قالت «أنخيلينا»:

- الأحرى بك أن تتعلم منهم.

- ها قد رجعنا.

- لا بد للناس من أن يعملوا كي يأكلوا. أما أنت فإن العمل لا يروق لك كثيرًا.

التفت «غريغوريو» وفي وجهه سورة غضب، وتكلم مرة أخرى صارخًا عن ليالي سهره ونهاراته في المكتب:

- أنا لست مثل أبيكِ الذي كان يمضي كشخص أرعن، ببضع نجوم وحصان! منذ الثامنة من عمري وأنا أعمل دون توقف، من شروق الشمس حتى مغيبها! متى كنت بلا عمل؟ فلنرَ! متى؟

- حسنًا، اهدأ.

قال بقنوط ويداه تتضرعان إلى السماء:

- ستة وأربعون عامًا. حياة كاملة. في طفولتي قرأت ذات يوم قصة الصياد الذي نزل إلى ممالك أعماق البحر وظل هناك بضعة شهور، مع أميرة. وعندما صعد، كانت قد انقضت في العالم ثلاثمئة سنة. لم أفهم الأمر آنذاك، كيف يمكن حدوث ذلك، ولكنني الآن أفهمه، لأنني أنا أيضًا عشتُ ستةً وأربعين عامًا ويبدو أنني وصلت أمس إلى هذه المدينة ورأيت عمي «فيلكس». إنني أراه الآن بالذات في المحطة. كان يلبس معطفًا عتيقًا. أرى دخان القطار وأشم رائحة الفحم المبلل. ألحظ ثقل يد عمي على كتفي وأسمعه يتكلم عن سمكة قُد. وأرى أبي جالسًا على حجر وأسمعه يتنفس ويتحرك. ومع ذلك، فقد انقضت ست وأربعون سنة. الحياة لا تساوي شيئًا. ما إن تعي نفسك حتى تكون عجوزًا وتقترب من الموت. عندئذ تقول: «آي، لو أنني أعيش مرة أخرى، كم سيكون مختلفًا كل شيء!». ولكن الوقت يكون قد فات، وما تبقى من سنوات ينقضي بالمرارة والتحسر، وهكذا هي الأمور. حتى إننا لم ننجب ابنًا، ولم نرجع إلى الساحل، ولم نذهب إلى المسرح، ولم نركب طائرة. أنا في المكتب وأنت تخيطين، هذه هي قصتنا. كرسيان وأربع أيدي.

قالت أنخيلينا بصوت محايد:

- أنا كنت سعيدة، لم نعانِ الجوع ولم نمرض. ولم تقع حروب. ما الذي تريده أكثر؟

لم يجب «غريغوريو». واستغل الحزن ليوضح أن القبو الذي

يعيش فيه رطب ومظلم، وأنه يشرب ماء فيه ديدان صغيرة ويأكل قطع بسكويت فقط، مثل الناجين من الغرق. وقال إن هنالك فئرانًا وعناكب وإنه يستضيء بعقب شمعة. ولا وجود سوى لكوة في الأعلى، ويُسمع رشح الماء من السقف، والفراش من قش قاس. قال هذا كله بصوت موجوع، بينما كانت «أنخيلينا» تفرد العشاء (حساء شعيرية وجبن غنم) دون أي إيماءة شفقة.

خلال العشاء المنسي والفاتر، واصل الحديث عن نكباته، واثقًا من أنه سيتوصل إلى تليين قلبها. ولكن «أنخيلينا»، بالحجج نفسها التي استخدمها «غريغوريو» لتبرير الهروب ومنحه مصداقية، رفضت عودته إلى البيت ولو لقضاء الليل فقط، بل حظرت عليه كذلك إرسال الرسائل إليها من تحت الباب.

- ستظل في القبو إلى أن تطلب الصفح.

أزاح «غريغوريو» قصعة الحساء جانبًا.

- سأغادر القبو غدًا بالذات. الشرطة صارت تعرفه. عليَّ أن أبحث عن نُزل، وليس معي نقود.

قالها بخذلان.

- فليطعمك الآن ذلك المدعو «سانتوس ميرلين» الذي تُكثر من الكلام عنه، كي تعرف أن كل شخص لا يهتم إلا بنفسه عندما تحين ساعة الحقيقة. أو تلك العاهرة التي من يدري إن لم تكن عشيقتك كما تقول أمي، وما هذا الذي أنت فيه كله إلا مشكلة نساء.

قال «غريغوريو» بتصلب:

- لقد أنفقتُ عليكِ لسنوات طويلة ولم أمننكِ بذلك. وبالنسبة لـ«مارلين»، خطيبة «فاروني»، يجب أن تعلمي أن المرأة المسكينة صارت في الهند، تعاني من المشقات والعوز ما لم تعرفيه قط.

قالت أنخيلينا:

- لم يجبرها أحد على التدخل في السياسة. لو أنها ظلت في بيتها لما حدث لها أي شيء. وأنت، ضع في اعتبارك يا «غريغوريو»، وأنا أفعل هذا لمصلحتك، إذا ما صعدتَ إلى البيت، فسوف تورطنا جميعًا. سيعتقلوننا ومن يدري ما الذي سنفعله عندئذ.
- وأنا، كيف سأدفع أجور النزل؟
- لا أدري.
- لديكِ مدخرات.
- بما أنك لا تعمل الآن فإننا بحاجة إليها للعيش.
- وأمك؟
- أمي لديها الراتب التقاعدي فقط.
- ما الذي سيحل بي إذاً؟

قالها «غريغوريو» بتأثر صادق.

أخفضت «أنخيلينا» رأسها وحاولت الرد:

- سلِّم نفسك واطلب الصفح.

وبعد بعض الإلحاح اتفقا على أن تعطيه «أنخيلينا» قليلًا من النقود، وأن تأتيه يوم الجمعة بملابس نظيفة وفي أثناء ذلك يكون «غريغوريو» قد اتخذ القرار إما بتسليم نفسه أو بالمنفى.

قال عند الوداع:

- يحدث لي كل هذا لأني صاحب مُثل عليا.

أجابته:

- لا، بل يحدث لك هذا لأنك أحمق.

ولكنه على الرغم من كل شيء، قرر أن عليه الآن، أكثر من أي وقت آخر، ألا يفقد الحماسة. بل على العكس، فعندما أحس بأن الخناق يشتد عليه فكَّر في أن الوسيلة الوحيدة المتبقية لديه هي

الاندفاع فورًا إلى الفعل. «لم يتركوا لي طريقًا آخر؛ لقد أغلقوا جميع الأبواب في وجهي واحدًا بعد آخر، وصرت بالفعل كمن هو جريح في الصحراء. سوف أغسل يدي من الأمر»، راح يحدث نفسه. كان يمشي مسرعًا في الشوارع، وما إن وصل إلى الحانة التي لا بد أن يكون «أنطون» موجودًا فيها الآن، حتى توقف خارجًا ليقدر مدى فوران دمه ومقدار تعاسته. أحس بأنه قد خلَّف وراءه آخر وساوس ضميره، مثلما تُخلِّف أفعى جلدها، وأنه لن يكون له منذ الآن أصدقاء سوى مصالحه الخاصة بالضبط. كان وحيدًا، وقد حانت ساعة الثأر. ««خيل» لا يريد المغادرة، و«أنخيلينا» لا تسمح لي بالدخول. لا مزيد من التوسل بعد اليوم. وسنرى الآن من هو الضبع أكثر من الجميع».

ومن مدخل البار رأى «أنطون» عند «الكونتوار» مستغرقًا في الشرب والتكدر. ورأى هيئات صامتة لزبائن متوحدين، ومتفرقين مثل قرى مبعثرة، وفي عمق المحل جماعة لاعبي ورق يلفها الدخان. لم يفكر في الأمر مرتين. دخل، طلب كأسًا من خمر اليانسون، وبعد أن شربه دفعة واحدة بحركة من معصمه نظر حوله فوجد نفسه في مواجهة نظارة «أنطون» السوداء والتحليلية.

- «أنطون ريكيخو» في خدمتك!

قال ذلك وتأهب في حركة عسكرية.

ما زال يحمل بعض قسائم اليانصيب معلقة على ياقة معطفه، وكانت شفتاه زائغتين بفعل الكحول.

قال «غريغوريو» دون أن ينظر إليه:

- يجب أن نتحدث..

هز «أنطون» رأسه موافقًا وعلق العصا بذراعه ليبحث في جيوبه، ولكن «غريغوريو» سبقه إلى دفع قيمة الشراب ثم أشار له بذقنه إلى الداخل. ذهبا لشغل منضدة منعزلة. كان «أنطون» يعرج الآن بإحدى

ساقيه ويمسك يده السليمة بأصابعه المجتمعة والذاوية كأنها عنقود ميت. ما إن جلسا حتى نظر إلى «غريغوريو»، وتابع خيط نظره حتى وصل إلى يده.

- إنك تستغرب، أليس كذلك؟ (قال هذا وأخرج من جيبه قارورة صغيرة جدًّا ومغلقة بغطاء ملولب). سأقول لك. حياتي مثبَّتة هنا، في هذه العبوة التي تضم الماء الذي عمدوني به. ويوم ينسكب هذا الماء أو يتبدد، أو تنكسر القارورة، تنتهي أيام حياتي أيضًا. حيواتنا جميعًا مرتبطة بشيء ما. ولكن إلى أن تحين تلك الساعة المشؤومة، أهيئ نفسي للمصائب. اسمح لي باعتبارين اثنين. الأول: من المناسب امتلاك بعض الرذائل من أجل الوصول إلى الشيخوخة. والثاني: لا بد من استباق النكبات. بشأن الأمر الأول، أقول لك. من الجيد رعاية بعض الرذائل مثل التدخين، أو أكل لحم الخنزير، أو تناول بعض كؤوس الشراب الزائدة، أو عدم ممارسة الرياضة، فهكذا إذا ما سقط أحدنا مريضًا، يجد الطبيب شيئًا يمنعه عنه، فيشفى الشخص. أما إذا كان المرء كتلة فضيلة بالكامل، فإنه سيموت حين يصاب بمرض، لعجزه عن التحسن. الخطيئة وحدها هي التي تتطلب الندم. ودون وجود الشراهة لا وجود للصيام. أما بالنسبة إلى الأمر الثاني، فأخبرك بالإجراءات الإضافية التي اتخذتها لمواجهة المحن. في كل أسبوع أتصنع داءً جديدًا، أقول لك. في أحد الأيام أمضي كأعرج، وفي أخرى كأعمى، وفي غيرها كأصم وأبكم، أو أحدب، أو أبتر، أو مرتجف، أو متخلع، أو أدرد، أو أبله، أو مجنون، أو بتوليفة منها، وبهذه الطريقة أتدرب على ما هو آتٍ، إذا ما فاجأتني الإصابة بعاهة. لقد رأيت الكثير من المصائب، وهي مفاجئة إلى حد لا أريد لها أن تأخذني على حين غرة. لقد أمضيت عشر سنوات على هذا النحو وأعرف كيف أتدبر أمري مع كافة العلل التي أعرفها. أكل لحم

الخنزير وتصنع العمى (وابتسم بقبح قناع)، أي شيء أفضل من هذا يمكن أن يفعله الإنسان الحذر؟

مرَّ «غريغوريو» بإصبع على شفتيه ولم يرد بابتسام على الابتسامة. قال:

- ومع ذلك لا جدوى من هذا كله. من غير الممكن الصراع ضد القدر.

خفف «أنطون» من نبرته:

- أقول لك أنا لا أصارع، إنني أتكيف. أحافظ على القارورة بعناية. لقد رأيتُ كلبًا صغيرًا يتصنع العرج أمام كلب آخر كي يبث فيه الشفقة. يجب التوصل إلى جعل الرب يشفق على أحدنا. فلنتحول الآن إلى ما تريد قوله لي. وأقول لك. قل ما لديك.

شرد «غريغوريو» وهو يمسد جبهته:

- حسنٌ، إنه موضوع حساس، وباختصار، لا أدري كيف أبدأ...

- اسمح لي باستفهام أولي. هل للموضوع علاقة بامرأتك؟

تردد «غريغوريو»:

- أجل.

- فلنكن صريحين إذًا. أنا محترف. هل أنت مكلَّل أيضًا؟

فكر «غريغوريو» مطولًا، ثم قال أخيرًا:

- أظن ذلك.

- لقد كنتُ أشك في الأمر منذ اللحظة التي رأيتك فيها. صافح هذه الخمس يا صديقي!

- انظر، لستُ متأكدًا و...

- ما اسم امرأتك؟

- «مارلين».

- «مارلين». أقول لك. اسمح لي بتقديم رأي خبير. إن لها اسم عاهرة. أهي شقراء؟
- أجل.
- وهذا ما كنت أشك فيه أيضًا. هل يمكنني أن أوجه إليك سؤالًا حميمًا؟

هز «غريغوريو» رأسه موافقًا.

- لا تغضب، ولكنني بحاجة إلى معلومات كي أشخِّص الحالة. هل خاصَّتها أشقر أيضًا؟

نظر إليه «غريغوريو» مبهورًا.

قال «أنطونيو»:

- تفهم الأمر. الأطباء أيضًا يسألون أسئلة حميمة.

دمدم «غريغوريو»:

- همم... أجل.
- ما كنتُ أشتبه به بالضبط. هؤلاء هن الأسوأ، صدقني. أين هي الشكوك إذًا؟

نبهه «غريغوريو»:

- أرجوك الحفاظ على التكتم.
- اعتبر نفسك في حالة اعتراف مع كاهن.

تلعثم «غريغوريو»:

- انظر، لقد ترددتُ كثيرًا ما بين إخبارك وعدم إخبارك، ولكنني فكرتُ بعد ذلك في أنك قد تستطيع مساعدتي. وأخيرًا، سأخبرك بكل شيء.

وروى له، مع تفاصيل أخرى، أنه غادر البيت يوم الأحد الماضي متظاهرًا بأنه ذاهب في رحلة عمل، لأنه مندوب مبيعات جوال، وربما يكون قد فقد العمل بسبب خطته، ويعمل في شركة

أجبان وسجق، ويدعى «ألبار أوسيان»، وقد استقر هنا في مكان قريب، في بنسيون، بهدف التجسس على زوجته وضبطها متلبسة. العاشق على ما يبدو شخص يدعى «خيل»، «داثيو خيل مونروي» كي أكون أكثر دقة، ويلبس مثل الزوج إلى هذا الحد أو ذاك، كي يتمكن، في غيابه، من الدخول إلى البيت دون لفت انتباه الجيران. ولكن العاشقين ارتابا الآن في أمر ما، لأنهما لا يلتقيان في البيت وإنما في مقهى، مقهى «الهيسبانو إكسبرس»، في أيام السبت مساء وربما في أيام أخرى. والواقع أنهما يطلقان على هذا المقهى تسمية سرية هي «مقهى الدارسين».

- هل تتابعني؟
- بكل انتباه.

قالها «أنطون» الذي كان يستمع بوجه مائل وشفتين مجعدتين وضاريتين وملامح تركيز ماكرة.

واصل «غريغوريو» بنبرة متذللة:

حسنٌ إذًا، «مارلين» تذهب إلى المقهى بصحبة شخص عجوز، شعره طويل وشائب، وهو حسب كل المؤشرات يقوم بدور قواد، واسمه أو يدَّعي أن اسمه «سانتوس ميرلين» أو شيء من هذا القبيل. لديه منتدى وهذا الرجل هو أكثر من يتكلم. إنه نوع من المعلم. يجلس إلى جانب عمود، في كل يوم سبت منذ الساعة السابعة، ويتكلم بتدفق. حسن، فلنعد إلى موضوعنا. العشيق، المدعو «خيل»، متورط في السياسة. يدين بالشيوعية وهو جزء من عصابة زعيمها المدعو «فيروني» أو «فاروني». أجل، «فاروني»، هكذا هو اسمه. و«فاروني» هذا موجود الآن في الخارج، والشرطة تلاحق تلك العصابة التي تنتمي إليها «مارلين» أيضًا وكذلك المعلم. حسنٌ، إنهم مشبوهون ومراقبون. والمسألة أن «خيل» الذي كان يعيش في

قرية ويأتي منها بين حين وآخر للقاء «مارلين»، أعمى العشق بصيرته وانتقل نهائيًّا إلى المدينة وهو يعمل حاليًّا في شركة ليست موضع اهتمامنا الآن. هذه هي القصة باختصار.

حلب «أنطون» ذقنه بإصبعين وعوج فمه بمكر.

قال أخيرًا:

- الأمر واضح كالماء. إنك مكلَّل يا صديقي «أوسيان»!

قال «غريغوريو» معذبًا نفسه:

- لا أدري، هذه هي شكوكي.

- وماذا تريدنا أن نفعل؟

- هذا هو الموضوع. إنني أقلِّب الأمر...

أمسك «أنطون» بذراعه، وبلل شفتيه وبحث عن أذنه.

- فلتعلم أن هنالك عدة حلول، وأحد هذه الحلول: أتريد أن نقتلهما؟

ارتعب «غريغوريو» متراجعًا إلى الوراء:

- هل أنت مجنون!

ابتسم «أنطون» باستهانة:

- ولم لا؟ إنه فعل دفاع عن النفس.

- أنا لست قاتلًا.

رفع الآخر يده:

- هذا فعل عدالة. إنه وارد في الكتب.

- لا، لا، بمثل هذه الطريقة لن نتوصل إلى تفاهم.

- حسنٌ، تبقى لدينا صيغة أخرى. أن ندس لها جمرة في...، هناك حيث تنبثق الخطيئة ويكمن أصلها.

قال «غريغوريو» بنبرة قاطعة:

– انظر، إذا كنت تريد مساعدتي فستقوم بالأمور على طريقتي.

– اعتمد عليَّ، ولكن دعني أنصحك، وأقول لك، إن لطخات الشرف لا يمكن إصلاحها بالكلام. إنها تتطلب الدم والنار. هذا قانون قديم، ولأنه قديم فإنه حكيم. ولا تظنن أن التعذيب مسيء للمتهم، إنه مثل الفصد للمريض. فالخاطئ الذي يفنى في العقاب، يبلغ المجد غيابيًّا. هذا تقرؤه في كتابات آباء الكنيسة، إنه القانون المقدس.

نفى «غريغوريو» ذلك بحركة من رأسه وقال إن لديه خططه الخاصة. فهو يريد أولًا أن يمنع «خيل» من دخول المقهى أيام السبت.

– المقهى؟ وهل هناك (وجمع رأسي سبابتيه معًا) يُمارس الجماع؟

أوضح «غريغوريو» أن المطلوب إخافة «خيل»، إذ يبدو أنه رجل جبان، والتأكيد له أن الشرطة تلاحق خطواته لأسباب سياسية، من أجل إجباره على العودة إلى القرية.

– وبكلمة واحدة، أنت ستتظاهر بأنك شرطي وتخيفه من أجل أن يغادر المدينة. بعد ذلك (وابتسم بتلميح شؤم) سأتولى أنا بنفسي تصفية الحساب مع امرأتي. سأجعلها تدفع الثمن عن كليهما.

– أقول لك إن هذه الأمور، إذا لم تُجتث من جذورها، فإنها ستبرز من جديد (تأسف «أنطون»). ولكننا سنفعل ما أردتَ على أي حال. يوم السبت القادم سأنتظره عند باب المقهى وسأهدده بالموت، أليس كذلك؟

– من الأفضل تهديده بالسجن. قل له إنك إذا رأيته هناك مرة أخرى فسوف تسجنه، وستعذبه. وانصحه، بالتحدث إليه كصديق، بأنه إذا كان يخاف على نفسه فليغادر المدينة فورًا. وقل له أيضًا إن

«سانتوس ميرلين» على وشك السقوط، أما بالنسبة لـ«فاروني» فأيامه معدودة.

وافق «أنطون»:

- سنفعل هذا. وبالمناسبة، هل تحمل معك سلاحًا؟

أجاب «غريغوريو» متفاجئًا:

- لا.

- اسمح لي إذًا بهذا التمادي. (ثم تلفت حوله، ووضع بين يديه هراوة صغيرة من الجلد) أما بشأن قضيتك فأقول لك إن الزنى والسياسة يمضيان في حالات كثيرة يدًا بيد. السياسة منبع القوادين. وهكذا فإن تكللك مزدوج، ومن نوعية لا يعلى عليها. إنني أرى فيك سمات أرستقراطية يا صديقي «أوسيان».

ومن هناك، بناء على رغبة «أنطون»، انتقل «غريغوريو» إلى رواية بعض أحداث حياته، وكيف سافر كثيرًا في شبابه، وكيف كرس مرحلة نضجه للإبداع الأدبي. تحدث عن كتبه، بينما هو يتأكد من أن الكتاب الذي في جيبه مُخبأ جيدًا. وبعد أن طلب بعض كؤوس خمر اليانسون، ألقى من الذاكرة بعض القصائد. و«أنطون» الذي يعرف شيئًا عن الشعر منذ أزمنته في السيرك والمنوعات، استمع إليه باهتمام رجولي ومتسامٍ.

- لم تفتقر «إيبيريا» إلى المواهب قط.

أفتى في النهاية، ثم أضاف:

- أنت شخص لم يفهمه الآخرون يا صديقي «أوسيان»! إنك عبقري مُغْفَل!

تناولا قليلًا من السمك المنقوع في الخل، شربا مزيدًا من خمر اليانسون - وفي كل جرعة يطفئان أحزانهما الرجولية غير القابلة

للتحويل - وعند حدود منتصف الليل خرجا إلى الشارع وسارا مقطعًا من الطريق معًا.

- في الشدائد يتجاوز الرجال الحدود.

قالها «أنطون» بنبرة يحولها الكحول والندى إلى نبرة درامية، ولدى مرورهما تحت مصابيح الإنارة يُلمح ثقب فمه الذي يبدو أنه يتصل مباشرة بأعمق أعماق الوعي.

- لقد تعرفتُ إلى حالات كثيرة من الممتع سماعها، قصص مهيبة. وصل إليَّ من خلالها صدى الجحيم. أعرف قنصلًا شعره يتهدل على جبهته وينتعل حذاء أزرق، وأحب شيء إليه في الدنيا تناول الصدف البحري مع ليمون. وكان يعاني الزكام على الدوام. وعرفتُ حالة راعٍ برتغالي لم يكن يلبس قميصًا، والممتلكات القليلة التي أحرزها في هذه الدنيا حولها إلى متحف. كان رجلًا قصيرًا جدًّا إلى حدٍّ يرغب أحدنا في الركض إليه وقياسه بالأشبار. وأثمن مقتنيات متحفه هي ستة قمصان صوف سميكة تركتها له أمه، قبل يوم من وفاتها، نظيفة ومكوية. أقول لك إنها قصص تدفع إلى بكاء جاف. أعرف الكثير من هذه القصاصات، وهي جيدة جدًّا، مثل تلك التي تروى عن رجل له جار مُقامِق، من أولئك الذين يتكلمون من بطونهم، وحين كان يلتقيه، يحييه بصوت واضح وعادي. «صباح الخير، كيف حالك»، يقول له، فيظل الآخر مذهولًا ومحل تندر طيلة ذلك اليوم. من ذا الذي يفهم الحياة يا صديقي «أوسيان»؟ اترك شعرة مع جذرها في أثر دعسة بقرة مملوءة ماءً، فما الذي سيحدث؟ بعد خمسة عشر يومًا تتحول الشعرة إلى فرخ ثعبان. كل شيء يأتي من الماء والأفعى. هكذا هي أمور هذا العالم. هل تعلم، لديك تردد؟ أترغب في أن تسمع ألف قصة عجيبة؟ ولكن انظر! هنالك امرأة آتية. فلنتنحَّ جانبًا (وأمسك به من ذراعه ولاذا معًا بمدخل أحد الأبنية)

أتراها؟ إنها تضع نظارة، وتحمل كتابًا هذه الماكرة. مجرد مظاهر. فهذه المرأة، مثلهن جميعًا، ترتدي سروالًا داخليًّا، وتحته ذاك الشيء. أتنكر قولي هذا؟ أما النظارة والكتاب، أو حتى كتاب الصلوات، فما هي إلا مظاهر خداع. تصور الممالك والملكيات الشاسعة التي غرقت في ذلك المكان الرطب. وها نحن كلانا هنا. ما هي حياتنا، ما الذي يجمعنا هنا معًا وبلا عشاء تقريبًا، من وحَّد قدرينا سوى قصة مثل تلك القصص ؟ من ذا الذي يمكنه أن يهدأ ويستكين بوجود هذا الغم؟ آه، الحرقة تتآكلني، ولست أريح تفكيري! (زمجر، ثم واصل المشي متصنعًا العرج).

وقبل أن يفترقا، أعادا دراسة التفاصيل لمناوشة يوم السبت. قدم «غريغوريو» وصفًا لـ«خيل»، ولكنه قرر في النهاية أن يذهب بنفسه إلى المقهى كي يدله على الهدف.

- عدني بألا تفعل إلا ما اتفقنا عليه، وألا تقول لـ«خيل» أي كلمة عن الزنى.

قال «أنطون»:

- سيكون لك هذا، ولكن إذا فشلت الخطة، عليك أن تعدني بأن تسمح لي بالاستعانة بأفضل أحكامي في هذه الشؤون. الشرف يحترق!

صاح، وودع بضرب عقبيه على الطريقة العسكرية.

مضى «غريغوريو» المشوش من الخمر متلمسًا طريقه نحو البنسيون وتاركًا تفكيره يهيم على هواه مع الأمل والتعب. كان القمر بدرًا، والشوارع مقفرة، والرؤى غير واقعية. الهواء يخف عند النواصي، والصمت صاف آنذاك بحيث يمكن أن تُسمع، من بعيد جدًّا، أغنياته القديمة النائية. راحت برودة الليل تبعث الشباب في وجهه، فكان يشعر بأنه متقدم وخفيف، يشعر بأنه مختار من أرقِّ

أشكال البؤس في الحياة، وكان واثقًا من أنه سيتمكن قريبًا جدًّا من العودة إلى البيت وإلى العمل وبدء حياة نموذجية. وقبل أن يدخل إلى البنسيون، ألقى الهراوة في مجرور عام، وما كاد يستلقي حتى جاء النعاس ليمحوه.

في الأيام التي تلت، تصرف بالصرامة وبالحس العملي اللذين تتطلبهما مشاريعه. كانت المخاوف الآن دقيقة إلى حدٍّ يبدو معه أي قلق ضربًا من الخرافة أو لا طائل منه. كانت هناك أولًا وقبل كل شيء المشكلة الاقتصادية، يعذبه تهديدها طوال الوقت. بدأ يقرأ عروض عمل، بل إنه اشترى قلمًا أحمر كي يحيطها بدوائر وكي يتصرف وفق نظام ومعيار محددين. ولكنه في كل الأمكنة التي تقدم إليها كانوا يطلبون بيانات عمالته السابقة، فيضطر إلى الكذب - وبطريقة شديدة الاضطراب بحيث إنه عندما يبدي انتباهًا تكون مزاعمه قد أصيبت بوهم الكذب. عندئذ حاول البحث عن عمل مؤقت بائس، كي يدفع على الأقل نفقات النفي ريثما تسمح له «أنخيلينا» بالعودة إلى البيت. ولكن ذلك لم يكن سهلًا أيضًا. فعند البنائين يطالبونه بقوة الشباب أو بالخبرة، وفي الأسواق حيث كان يعرض نفسه للعمل لساعات كحمال، لم يكن مظهره يبدو ملائمًا: ينظرون إليه من أعلى إلى أسفل ويصرفونه بأي اعتذار، أو شبه ساخرين. وهكذا في هذه الليلة، حين جاءته «أنخيلينا» بملابس نظيفة، لم يكن لديه شيء محدد يقوله لها. حاول إقناعها مرة أخرى بأن تسمح له، على سبيل الشفقة، بالعودة إلى البيت، ثم وصل به الأمر إلى تهديدها بالذهاب إلى الخارج، ولكن ذلك كله لم يُجدِ نفعًا. وبعد كثير من التوسل والتأنيب توصل إلى تحديد موعد آخر في الأسبوع التالي: ستأتيه «أنخيلينا» بصرة طعام، أما النقود، فلن تأتيه بسنتيم واحد.

انصرف خافضًا رأسه وظل خافضًا رأسه في صباح يوم السبت،

تتنازعه مشاعر الغبطة والنُّذُر ودون أن يدري إلى أين يذهب. أكل في الحديقة جبنًا وعجينة كبد دجاج مستخدمًا في تناولها رأس المطوى، وقبل الساعة السادسة توجه إلى المقهى.

بعد جولة تعرفٍ على المحيط، ذهب ليكمن وراء كشك للصحف، مثلما كان قد اتفق مع «أنطون». وفي الساعة السادسة والنصف جاء حليفه. رآه يقف كحارس أمام الباب. وراح يضرب بعصاه على الأرض ضربات تعجل أكثر مما هي إيقاعية، أما «غريغوريو» الذي كان يختبئ وراء جريدة يفتحها بكلتا يديه، وبينما تخفي القبعة عينيه، أطل بتكتم وحيَّاه بحركة من ذقنه. ردَّ «أنطون» بضربات قوية من عصاه. وفي الساعة السابعة إلا ربعًا ظهر المعلم و«مارلين»، وسط جماعة من الشباب. لم يتحرك «أنطون» من مكانه، فقَسَم جماعة الداخلين، وتابعهم بنظره، ثم نظر إلى «غريغوريو» الذي رد بهز رأسه في حركة تواطؤ. وما إن دخلوا، وبينما هو يبلل إصبعه ليقلب صفحة الجريدة، لمح «خيل» على الرصيف الآخر.

سارع إلى فتح الجريدة، وكانت هذه هي الإشارة المتفق عليها، وبغمزة غطت نصف وجهه أشار بإبهامه إلى جهة الهدف. التف حول الكشك بإيقاع يتناسب مع إيقاع حركة «خيل»، فصار وراءه. اجتاز الشارع متعجلًا إضاءة الإشارة المرورية برأسه المائل جانبًا وإحدى يديه على القبعة، كما لو أنه يحميها من الهواء، وقبل إن يصل إلى الجانب الآخر التفت من فوق كتفه ورأى قذال «خيل» يتقدم باتجاه باب المقهى. في تلك اللحظة تحولت الإشارة المرورية إلى حمراء. فركض قليلًا كي يبلغ الرصيف. ومن فوق السيارات، وبين الفجوات الفارغة من الناس رأى «خيل» يقف قبالة «أنطون». كان هذا الأخير يوجه طرف عصاه إلى صدره ويتكلم إليه بحزم. وعلى الفور أمسك به من ذراعه وأوقفه جانبًا باتجاه زجاج الواجهة. وهناك هز العصا

وعرض بعض الأشياء التي راح يُخرجها من جيوبه. رأى «خيل» يُظهر بعض الأوراق ويومئ بيديه، ويفعل ذلك ببراءة أكثر مما هو بنشاط، ورأى «أنطون» يعيد إمساكه من ذراعه، ويجذبه إليه ويكلمه في أذنه. ظلا على تلك الحال للحظات لا بأس بها. ثم رأى دَفْعَ «أنطون» لـ«خيل» فجأة واقتياده كمن يبعثر شيئًا حتى إشارة المرور. تعثر «خيل». سُمعت مكابح سيارة تتوقف بعنف، مع نفير بوق. التفت الجميع وتحول «غريغوريو» إلى فضولي آخر حين جاء «خيل» راكضًا باتجاهه وقبعته مائلة وهو يثبت بكلتا يديه تطاير معطفه المطري. لم يتجرأ «غريغوريو» على النظر إليه، ولم يكد يجد الوقت للتعرف على غلاف الكتاب الذي كان يهزه وهو يركض. استدار عندئذ وأحس به يمر بمحاذاته، حتى إنه استطاع سماع اضطراب أنفاسه.

ومن خلال إشارة المرور نفسها اجتاز الشارع وتبع «أنطون» عن بعد. لحق به بالقرب من الحانة، وسارا لمسافة معًا، بصمت وعصا «أنطون» أمامهما. دخلا دون أن يتكلما، جلسا في عمق المحل، وبعد أن طلبا بعض كؤوس خمر اليانسون، أطلق «أنطون» زفرة وقال:

- صديقي «أوسيان»! أزف إليك انتصارًا!

وبكلمات قليلة راح يروي أن كل شيء سار حسب ما هو متوقع. فبعد أن قدم نفسه على أنه شرطي من الشرطة السرية، طلب منه أوراقه وهدده بالسجن المؤبد إذا ما رجع إلى هناك.

- أقول لك إنه حاول في البدء أن يكون ديكًا بعض الشيء. قال إنه ليس جبانًا وإنه لا يريد أن يتكلم ويعترف. عندئذ نصحته بواحدة من اثنتين: إما أن يغادر المدينة أو يتعرض للتعذيب. ومن أجل مزيد من التوضيح قدمتُ إليه وسائل إيضاح للنصيحة بعرض بعض أدوات التعذيب، وأقول لك إن ما أعنيه هو مواد تعليمية. فأنت تعلم أن الناس في هذه الأيام لا تصدق إلا ما تراه بالعين. وسمحتُ

لنفسي كذلك بالقول له إن من هم في محيطه سيتلقون تعذيبًا مكثفًا. قلت له مستوحيًا الكتابات المقدسة: «وليكن في اعتبارك أن ما أفعله بك سأفعله أيضًا بأصدقائك وأقربائك». فماذا فعل هو؟ ارتعب! صار لونه أبيض مثل الورق يا صديقي «أوسيان»! فلنشرب نخب الانتصار!

بعد تناول الأنخاب انتقلا إلى دراسة المراحل التالية من الخطة. ورأى «أنطون» أنه من أجل التمسك بالخطة وكي لا يقترف وقاحة عدم تنفيذ التهديدات الموعودة، فإنه يمكن للخطوة التالية أن تكون التعذيب، وذكر منطقة خلاء لتنفيذ التعذيب فيها، على الأقل من أجل التوصل إلى جعل الضحية يعترف بذنبه ويقسم بأنه سيغادر المدينة فورًا. لكن «غريغوريو» عاد إلى التأكيد بأن الأمور ستجري على طريقته وأنهم لن يتخذوا أي قرار حتى يوم الاثنين. ووافق «أنطون» على مضض.

أمضى «غريغوريو» يوم الأحد معتكفًا في غرفته، دون أن يدري ما يفعله أو إلى أين يذهب. فإذا فكر في المستقبل، سرعان ما يرى نفسه وقد تحول إلى متسول أو إلى مواطن مثالي، وإذا فكر في «خيل»، يُقدِّر نفسه لعدم إحساسه بتأنيب الضمير أو الأسى وإنما بنوع من الاستغراب الذي يمكن الخلط بينه وبين القسوة أو الازدراء. لم يتزحزح في أي لحظة عن المسوغات التي تثبت براءته. لا، فهو ليس مخطئًا، بل على العكس، لأنه لو كان مخطئًا لما وجد نفسه يشعر بالضيق كما هو الآن. آه، و«أنخيلينا» على حق: فقد جرى له ما جرى لأنه أبله، لأنه شديد الطيبة. فقد أراد أن يساعد المسكين «خيل»، أن يمنحه السعادة، وأن يُخرجه من بؤسه مع المجازفة برهن حياته هو نفسه في أمور بالغة السخاء بقدر ما هي غير معقولة، وما الذي حصل عليه؟ لقد تشبث به ذلك البائس مثل قُرادة. ولم تكتفِ

القُرادة «خيل» بحصة الدم التي تلقتها، بل انتقلت إلى المدينة بهدف الحصول على مأدبة نهائية كبرى على حساب من أحسن إليه. وكيف كان له أن يعرف ذلك كله! إذا ما تطلب الأمر، فسوف يوافق على أخذه إلى تلك المنطقة المهجورة، بل يمكن له هو نفسه أن يتحمس ويجلده ويقول له مع كل جَلدة: «لم تكن سعيدًا بالأهرامات، أليس كذلك؟ خذ أهرامات إذًا! ألم تكن تريد مقهى؟ خذ مقهى إذًا! الأخبار التي كنت تتلقاها عن العالم بدت لك قليلة، أليس كذلك؟ إليك إذًا المزيد! وهذه الجَلدة عن «مارلين»! وهذه عن «همنجواي»! وهذه عن القصيدة الملحمية! وهذه عن النقود التي أنفقتها بسببك! وهذه من أجل كل النكبات التي جعلتني أمر بها!»، وعندما انتبه إلى نفسه كان في منتصف الغرفة يوجه ضربات دون شفقة في الهواء.

اضطجع للنوم مقتنعًا بأنه بقدر ما كان شديد الطيبة لديه الحق في الانتقام الآن. إنها عملية دفاع عن النفس، وفعل عدالة في نهاية المطاف. وعندما استيقظ في منتصف الليل، وكان أكثر هدوءًا، دَوَّن في الدفتر: «الصبر هو فن كسب حروب دون خوض معارك»، أحس بأنه قوي، معافى، وحكيم مثل الرجل المثالي الذي سيصير إليه عما قريب.

في يوم الاثنين، حين رجع من الحمام وهو نظيف ويُصفِّر، وجد على السرير إعلانًا: «الإيصالات مستحقة التسديد»، وكان اهتمامه الوحيد في تلك اللحظة أن ينظر في المرآة ليتأكد من أن ملامح وجهه لم تتبدل. التقى في الممر بـ«باكيتا» وغمزها بعينه دون أن يتوقف عن الصفير، ومصفرًا نزل الدرج وخرج دون تسرع إلى الشارع.

عند زاوية الشارع تناول قهوة وكأس خمر، وتدخل في مجادلة ليؤكد باقتضاب أن الفرص المناسبة لتسجيل هدف في كرة القدم لا يمكن أن تتوافر إلا من الجهات الركنية، ثم خرج متراخيًا وساخرًا

ومضى في شارع تجاري. وعند حدود الساعة الحادية عشرة دخل إلى كابينة هاتف واتصل بـ«خيل» من «شيكاغو».

سمع من بعيد:

- أأنت «إكس-١»؟. هنا «إكس-٦٣» يتكلم، هل تسمعني؟

وبعد أن سأله عن الجرح وتأسف لأنه قد التهب، سارع «خيل» إلى إخباره بما حدث له يوم السبت في المقهى. قال إن المقهى كان محاطًا بالشرطة وإن أحدهم قد أوقفه وطلب منه وثائقه الشخصية.

- سألني عن «سانتوس ميرلين»، وعن «مارلين» وعنك، ولكنني لم أقل شيئًا. بل قلت إنني لا أعرف أي شيء وإنني لا أفكر في أن أتكلم حتى لو قاموا بقذارات. وذلك الشرطي رجل رهيب. كان يتنكر كأعمى وقال أشياء لا أتجرأ على قولها.

دمدم «غريغوريو»:

- أجل، إنني أعرفه. إنه المفتش العام «ريكيخو»، رجل دموي وينفذ ما يعد به.

- حسنٌ، كان رهيبًا. لم أمرَّ في حياتي بمثل تلك اللحظة. في البدء قال لي أشياء لم أفهمها. قال لي: «أنا لا يمكن خداعي. أعرف أنك من أجل تكليل أفضل، تلبس مثل المكلل. هل الخائنة موجودة هناك في الداخل؟» ولكن الأسوأ جاء فيما بعد. أتريد أن أخبرك بما قاله لي؟ ألن تغضب؟ حسنٌ، في البدء هددني بالسجن، وبعد ذلك قال إنه سيدس العصا في... في مؤخرتي، وأنه سيقطع... عضوي بشفرة الحلاقة وسيجبرني على أن آكل (اعذرني يا سيدي، ولكنني أخبرك بما قاله، كي تعلم) نهدي الـ... الآنسة «مارلين» المقطوعين. وقال لي: «ومن جلد، من جلد أجزائك سأصنع قبعة، ومن... قل لـ«مارلين» إنني سأنتزع لسانها بكماشة لأطعمه لقطة عندي». وأراني بعض الأشياء: شفرة حلاقة، أزميلًا، هراوة، سوطًا ولا أدري أية

أدوات أخرى. «هذه الأشياء كلها سأدسها فيكم أنتم الثلاثة»، قال. ولكنني ظللتُ صامدًا. أجبته بأنه لن يخيفني بذلك، وأنني لن أتكلم بكل تأكيد. أظن بكل تواضع أنني تصرفت كرجل.

سأله «غريغوريو»:

- ألم يقل أكثر من ذلك؟
- لا أتذكر.
- لم يتحدث عن مغادرتك؟
- مغادرتي أنا؟ إلى أين؟
- مغادرتك المدينة مثلًا.

قال «خيل» بشرود:

- أجل، قال شيئًا من هذا أيضًا.
- توقعتُ ذلك. لست أدري ما هي إستراتيجيته، ولكن عليك الانصياع له. وإلا سيقضي عليك.

قال «خيل»:

- لا يهمني.
- أجل، ولكن هناك الحزب أيضًا. اسمع، لقد تحدثتُ إلى الجميع، ولهذا اتصلتُ بكَ، والجميع يرجونك أن تغادر. يطلبون منك المغادرة راجين. يطلبون ذلك منك باسم العلم والفن والشعب. أناس متميزون، معتادون على التكريم، يركعون أمامك.
- ولكن أنا... ما الذي سيكسبونه بذهابي؟ فأنا لا أسبب الأذى لأحد هنا.

قطع الطريق على شكواه:

- المسألة بالغة البساطة. إذا أنت غادرت، فسوف تلاحقك الشرطة، لأنهم يظنون أنك المسؤول عن المنظمة في الأرياف،

وهكذا تخف الملاحقة عن جناح المدينة، فنتمكن نحن من البدء بالعودة شيئًا فشيئًا وإعادة ترميم المنظمة. هل تفهمني؟

- ولكنني لن أتكلم يا سيد «فاروني»، أقسم لك.

- المسألة ليست مرتبطة بك، بل بالجميع. إذا أنت نجوت سوف يُقضى علينا جميعنا نحن الآخرين.

أعلن «خيل» بصوت شاكٍ:

- سأنتظر إذًا إلى أن يقتلوني وعندئذ لن أسبب مزيدًا من المشاكل.

قال «غريغوريو» حرفًا فحرفًا:

- أنت أناني يا «خيل». وهذا ما سأخبر به الجميع. سأقول لهم إنك تتمسك بعملك أكثر من تقديرك للفن والعلم والتقدم.

صرخ «خيل»:

- هذا غير صحيح! ليس الأمر على هذا النحو! أضف إلى ذلك أنني لا أعتبر نفسي مهمًا لأصدق بأن ذهابي سيؤدي إلى ترتيب الأمور كلها.

قال «غريغوريو» بصوت لا يلين:

- هكذا هي الحال. الشرطة تظن أنك مهم جدًّا. وإلا لماذا تلاحقك، ومن يتولى ذلك ليس أقل من المفتش العام «ريكيخو»؟

قال «خيل» بيأس:

- لا أدري يا سيد «فاروني»، أقسم لك أنني أريد مساعدتكم. ولكن، إلى أين يمكنني الذهاب وأنا في هذه السن؟ أين؟ (سأل بدراماتيكية).

- أنت ترفض إذًا يا «خيل»، أليس كذلك؟

لم يجب «خيل».

- أترفض؟

- أقسم لك أنني لن أتكلم.

- أي إنك لن تغادر.

- حتى لو قتلوني لن أتكلم.

أغمض «غريغوريو» عينيه وأوكل خذلانه للسماء. «ماذا يمكنني أن أفعل؟»

- غدًا أو بعد غد.

قالها ساهيًا، دون أن يدري ماذا يقول، ودون أن يفقد هدوءه أضاف:

- سأسافر إلى الهند. وهناك سأعيش دون أي شيء في جيوبي، بصدر عارٍ، وربما متسولًا على تقاطعات الشوارع. سأذهب بحثًا عن «مارلين»، وربما لن أعود.

- لا تقل هذا يا سيد «فاروني». ستعود، سترى كيف أنك ستعود. أنت شاب وقادر على مقاومة كل هذا. وإذا سمحت لي، دعني أقل لك إنه بإمكاني أن أترك لك بعض المال. ليس لدي الكثير، ولكن كل ما أملكه لك.

«غريغوريو» المقتنع بأن «خيل» أناني فعلًا وقُرادة بلا وازع من ضمير، ولأنه كان مدفوعًا بالحاجة، استسلم ووافق على العرض. «ليس من أجلي فقط، فلدي هنا أصدقاء»، قال، ثم أضاف: «ومن أجل التخفيف أيضًا من وضع «غريغوريو أولياس» الذي في السجن، وآخرون يمضون هائمين على وجوههم في العالم».

اتفقا على أن يذهب «خيل» مساء ذلك اليوم بالذات ويسلم مغلف النقود خفية للنادل، وسيتولى هذا بدوره تحويل المبلغ على الفور جوًّا إلى «شيكاغو».

- أما بشأن مغادرتك، فسوف أمنحك فرصة أخيرة. إنني واثق من أن ضميرك سيكون أقوى من خوفك. تذكر أننا جميعًا نثق بك،

وأنا أكثر من الجميع، ونحن نعرف أنك لن تخذلنا. ننتظر قرارك ببالغ اللهفة (وأنهى المكالمة دون أن يتيح له الرد).

في الساعة السابعة والنصف، سلَّم «خيل» المغلف للنادل، وسلَّمه النادلُ بدوره إلى «غريغوريو» الذي كان يرصدهما من وراء أحد الأعمدة. وفي مساء ذلك اليوم بالذات دفع أجر الأسبوع ومازح «باكيتا» حول الصرامة التي تدير بها البنسيون.

قال مبتسمًا وهو يستند إلى عارضة الباب:

- يمكن لي في أي يوم أن أعجز عن الدفع. فنحن الفنانين فقراء جدًّا.

ردت عليه وهي تحرك يديها حركة دورانية:

- هيا، ودعك من ذلاقة اللسان هذه!

فرفع «غريغوريو» رأسه كمن يستسلم لها دون شروط تحت ضوء القمر، ومن هناك وجه نظرة حالمة وغامضة.

قال:

- إننا فقراء ولكننا عاطفيون.

ترنمت «باكيتا»:

- كفى، كفى.

- ستُوضع ذات يوم على المدخل هنا لوحة تقول (وأغمض عينيه): «هنا عاش «أغسطو فاروني»، هنا كانت ربات الشعر تزور العبقري».

صرخت وهي تبتعد في الممر ناظرة من فوق كتفها:

- هيا، هيا، أكاد أراها آتية!

بقي «غريغوريو» للحظات مغمض العينين ثم دخل غرفته على الفور. جلس على السرير وظل لوقت طويل يُصفر لحن «لاهافانيرا». لم يكن يدري إن كان عليه أن يكون حزينًا أم راضيًا. وقرر أخيرًا أن

ردَّ فعل «خيل» هو ما كان يتوقعه منطقيًّا. القُرادة يصر على البقاء في المدينة، يصر على عدم مغادرة طريدته. هذا منطقي. ولكن تلك المقاومة لن تدوم طويلًا، لأنه لا يزال في القُرادة شيء من السذاجة والكبرياء. وإذا كان قد امتلك الشجاعة لمواجهة الشرطة، فإنه سيمتلكها أيضًا للهرب. هو نفسه سيأخذ بالاعتياد على الفكرة التي ربما يرى في أعماق روحه أنه لا مفر منها. المطلوب قليل من الوقت فقط. من اللباقة. من الدبلوماسية. هذا هو كل شيء. لا يمكن للعالم أن يسمح بمثل ذلك الاضطراب وعدم التوازن. هنالك قانون، انسجام عام، يرغب في أن يكون جزءًا منه، ولهذا سيكون انتصاره بكل بساطة انتصارًا للنظام. إنه يتقاسم قدره مع علم الهندسة. هذا هو كل شيء. تدخلان آخران من «أنطون»، ومكالمتان هاتفيتان أخريان من الهند، وتسقط الثمرة بثقل نضجها بالذات. في ذلك المساء، أدرك «غريغوريو» أن الصبر، بالفعل، هو أم كل الفضائل. وقال لنفسه إنه يمكن له أن يثق بالعناية الإلهية وحدها.

الفصل الحادي والعشرون

أسلم «غريغوريو» نفسه لزمن توالي الفصول بتدخل العناية الإلهية، لزمن الينابيع والحدائق: الزمن الحتمي للنظام الذي لا بد أن ينقذه. كان ذاك هو المهدئ الوحيد الذي وجده في مواجهة تعسف الحاضر. كان يفكر في أن «شيئًا»، «كائنًا إلهيًا»، أو «الانسجام الطبيعي» نفسه، يوازن نكباته ليضع لها حدًّا في اللحظة التي يحين فيها موعد التعويض. ولا بد له من الثقة بتلك الروح السامية، بذلك «المُشرِّع العظيم» الذي يولف الرياح وينظم مسار الأنهار. هو نفسه من وضع النبي أيوب موضع الاختبار ليُبيِّن أن دروب العدالة لا يُسبر لها غور. وهو من يجعل النعجة وديعة والنمر ضاريًا مفترسًا ويمنح كل شيء مكانًا في الدنيا وطريقة في الحياة والوجود. عما قريب سيأتي النظام ليخلِّص «غريغوريو» من ظلمات الفوضى. لا مفر من ذلك. وإلى ذلك الحين، لا بد من الانتظار وعدم فقدان الإيمان.

وكان أن استسلم لبعض الوقت على هذا النحو ليكون شاهدًا على مكايده نفسها. فمن خلال «أنطون» كان يعرف بدقة أخبار غزوات «خيل» وتحركاته. كانا يجتمعان مرتين كل أسبوع في الحانة ويحللان مستجدات الخطة المشتركة متحمسين للقضية. مضى «أنطون» في بحثه إلى ما هو أبعد كثيرًا من تعليمات «غريغوريو».

فهو يكرس النهار كله تقريبًا لمراقبة «خيل». لقد درس عاداته بدقةٍ صار يعرف معها المكان والساعة التي يجب عليه التواجد فيهما ليحضر طريدته في الحال إلى ما يبدو أنه موعد أكثر مما هو كمين. في واحدة من تلك الليالي، عدد الأمكنة الخمسة التي يتردد عليها الخصم: المكتب، النُّزل، المدرسة التي يصلها في الساعة الثامنة ويغادرها قرابة الساعة الحادية عشرة، والمقهى، وفي بعض الأحيان، وهنا يجب أن يكون حسب رأي «أنطون» مفتاح السر، البيت الذي لا يدخل إليه ولكنه يراقبه من الخارج.

- ما الذي يبحث عنه في ذلك البيت، ما زلت لا أعرف، وإن كنتُ أتساءل عما إذا كان بيت المدعو «فاروني» الذي قد يكون مختبئًا هناك بدلًا من أن يكون غادر إلى الخارج. وقد لاحظتُ أيضًا أنه عندما يراقب البيت، تكون هناك في الطابق الثالث امرأة تراقبه من خلال ستارة النافذة. أتعرف أنت من يمكن أن تكون تلك المرأة؟

قال «غريغوريو» الذي كان قد أعد الجواب مسبقًا:

- أعرفها طبعًا. تلك المرأة هي أختي. و«خيل» يذهب إلى هناك ليتأكد إن كنتُ مسافرًا أم مختبئًا في البيت. يجب عليك يا «أنطون» أن تحول دون مضايقة ذلك الوغد لأسرتي!

أكد «أنطون» أن ذلك سهل الإنجاز: مجرد لعب أطفال. وأنه لم يتصدَّ له بعد في ذلك المكان على أمل اكتشاف أثر جديد، ولكن بما أنه صار يعرف نواياه فإنه سيتصرف وفقًا لذلك في المرة القادمة.

- أقول لك إن هذا الرجل رخو، مجرد خشبة منخورة! (وهمس بعنف) تكفي نفخة واحدة لإسقاطه.

أخبره في ليلة أخرى:

- أما بالنسبة للمقهى حيث تذهب زوجتك في أيام السبت، فأقول لك إن الزاني يحوم حوله مثل ذئب. يذهب ويجيء على

الرصيف المقابل، ولكنه حين يراني أحرس المكان لا يتجرأ على اجتياز الشارع. ينظر من بعيد وينسحب. وهكذا من هذه الناحية يمكنك أن تطمئن يا رفيق «أوسيان». منذ أن بدأت أسهر على عارك، لم تتعرض أنت لزيادة في التكليل. أما إذا كنتَ قد تعرضت إلى ذلك من قبل المعلم أو أحد الشبان الذين تتعامل معهم زوجتك، فإنني أتحفظ في رأيي من هذه الناحية، ولا يمكنني أن أقول شيئًا. أما فيما يتعلق بعادات ذلك الداعر، فأقول لك إنه لا يشرب الكحول ولا يدخن. رذيلته الوحيدة على ما أظن هي الشبق. في الصباح يتناول حليبًا وحسب، ويأكل قطعة خبز مُحلى. ويتناول على الغداء طبق اليوم في مطعم رخيص قريب من النزل. وعند خروجه إلى الشارع يرسم إشارة الصليب مرتين. يوم الأحد الماضي دخل إلى متحف. دخلتُ في أثره، تحسبًا لأن يكون قد تواعد هناك مع الخائنة، ولم يكن الأمر كذلك. إنه متحف أحجار وحيوانات قديمة. توقف أمام الديناصور وظل ينظر إليه لأكثر من نصف ساعة. وأخيرًا لمسه، كما لو كان حيًّا ويمكن له أن يعضه. إنه شخص رخو. في أيام الآحاد يذهب إلى الكنيسة. يعترف، ويشارك في تناول القربان ويلقي على الدوام شيئًا في صندوق الصدقات. يذهب أيضًا إلى مكتبة عامة، ولكنه يخرج فورًا. عند رؤيته لا يمكن لأحد أن يقول إنه مغوي نساء. هو يعرف أنني ألاحقه. أقول لك إنه بعد كل بضع خطوات يلتفت ليراني. وهو يخاف مني. في إحدى المرات تقابلنا ونحن نعبر إشارة مرور. وأقول لك إنني قلت له وكأنني أقول لنفسي: «لو تُرك الأمر لي لأحرقتُ جميع الزناة والشيوعيين، وأولهم فاروني». فنظر إلي مذعورًا وابتعد. ولكن يا صديقي «أوسيان»، أشك في أننا ستتمكن من طرده من المدينة بمتابعتي له فقط. لا بد لنا من الانتقال

إلى الفعل (وأضيء وجهه لمجرد التلميح تلك الرؤيا)، سواء لجعله يهرب ولعدم تركه يذهب دون عقاب.

طالبه «غريغوريو» بالهدوء. قال له:

- الصبر هو أم الفضائل كلها.

وأضاف:

- اطلب من «خيل» حاليًّا ألا يحوم حول أختي وألا يدخل إلى المقهى وحسب. وحاول ألا تتركه يخرج من النزل إلا للذهاب إلى المكتب.

أصيب «أنطون» بخيبة أمل من تلك المعاملة الملطَّفة غير المناسبة للقضية. فقال له في ليلة أخرى:

- أقول لك إنني كنت هذا السبت في الماخور الذي تذهب إليه السيدة زوجتك. وقد راقبتها لوقت طويل. إنها شابة وجميلة جدًّا هذه «المارلين»، ولكن لو سمحت لي بتصويب حِرفي، إن لها مظهر حورية فاجرة وخرقاء، ولستُ أريد إغضابك في قولي هذا. إنها تجلس وفخذاها مكشوفان وترتدي كنزة تُظهر ما بين نهديها. هذا واقع موضوعي. كانوا يتكلمون هناك طيلة ثلاث ساعات تقريبًا. وما أدراني أنا عمَّ كانوا يتكلمون. لأن المهم هناك هو الأمور التي يقولها بعضهم لبعض همسًا في الأذن، والنظرات، والوكزات بالمرافق، والضحكات، والإيماءات، ولعبة الحركات الخفية. وما يثير شكوكي أن الجميع في ذلك المقهى يهتمون بالتملق أكثر من اهتمامهم بالخطاب. وفي النهاية خرجت زوجتك مع القواد وذهبا معًا. ومعًا دخلا متشابكي الذراعين من بوابة بناء. وأنت تعلم أي نوع من الأشياء يمكن أن يفعلها كلاهما هناك.

ولكي يتجنب «غريغوريو» ذلك التفرع الجديد في تشابك

القضية، قال إنه يعرف من مصدر موثوق أن المعلم شاذ جنسيًّا، وليس هناك ما يمكن خشيته منه من هذه الناحية.

قال أنطون بعد تفكير طويل:

- إنني أتساءل إذًا عما إذا لم يكن ذلك العشيق الداعر له علاقة مع القواد والسيدة زوجتك. بهذه الحالة ستكون أنت يا رفيق «أوسيان» مكللًا بمجون جماعي.

أمسك به من ذراعه وجذبه نحو نصف فمه المظلم وحثه بهمسة حماسية:

- دع زمام هذه القضية التاريخية بين يدي! أعتقد أن من ارتكب الخطيئة يطلب التكفير عن خطيئته صارخًا، مثلما يطلب المصاب بالتخمة أملاحًا كربونية! ثق بي ولنعمل بكفاءة! فلنزود الأمل بأجنحة ملاك كروبين!

قال «غريغوريو» مهدئًا:

- أريد أن أحلَّ هذه المسألة بالحسنى، ولن نلجأ إلى أساليبك إلا بعد استنفاد كافة الوسائل.

وضع «أنطون» يده على كتفه ونظر بنُبل إلى عينيه:

- صديقي «أوسيان»، أنت قديس! ولكنني أتساءل عما إذا كان الصبر والكلام يكفيان وحدهما لجعل الداعر يهرب.

وبالفعل، لم يكن يبدو أن «خيل» مستعد لمغادرة المدينة، بالرغم من حصار «أنطون» له وتوسلات «اللجنة». فقد تلقى اتصالين من الهند وفي كليهما تهربَ من التوسلات ومن الإلحاح بالقَسَم المهيب بأنه لا يمكن لشيء في العالم أن يحوله إلى واشٍ. ودون جدوى كان «غريغوريو» يلجأ إلى «اللجنة» (وقد بدأ أحد أعضائها يشتم «خيل» ويدعوه «يهوذا التقدم»)، وإلى نكبات «مارلين»، وإلى روائح نهر «الغانج» النتنة، وإلى نمور حقول القصب، وإلى المستقبل الغامض

لبلاده التي تتخبط بين العبودية واليأس والجهل بعد أن فقدت أفضل رجالاتها. أيكون ممكنًا أن «خيل» لا يريد تقبل الدور المجيد الذي خصه به القدر في تلك المأساة العظيمة؟ وهل سيكون تأثير وظيفة بائسة، في روحه، أقوى من تأثره بمصير الأمة؟ ولكن دون جدوى. فـ«خيل» يتحصن في ضمانة صمته وفي اليقين بأنه سيلقى عما قريب المصير نفسه الذي لقيه المتآمرون الآخرون.

قال ذات يوم ثلاثاء من شهر نوفمبر:

- إنني أَشبَه بتجسيد لـ«نومانثيا»[1]، إنني أقاوم وأنا متأكد من أن الموت أفضل من الهروب. إنني واثق من أن هذا المفتش الذي يلاحقني سيقضي علي، ولا يهمني ذلك. فشعاري هو: ««نومانثيا» لا تستسلم!» قل هذا الكلام لأعضاء «اللجنة»».

وكان يتعلل كذلك بأنه قد سجل في أكاديمية كي يحصل على البكالوريا ويبدأ ذات يوم - إذا ما تجاوز مخاطر الحاضر حيًّا- دراسة الكيمياء جامعيًّا:

- أشعر بأنني مضحك بعض الشيء، أن أجلس على مقعد الدراسة وأنا في هذه السن، ولكنني ماض في الأمر، وأقَدِّم بهذا مثلًا للشباب.

---

(١) مدينة سلتية في «هسبانيا» القديمة، تصدت للقوات الرومانية التي قامت بعدة محاولات لغزوها. وبعد عشرين عامًا من الهجمات المتواصلة قرر مجلس الشيوخ الروماني في العام ١٣٣ قبل الميلاد تدمير المدينة والقضاء عليها بأي ثمن. فحاصرتها القوات الرومانية وأحاطتها بأسوار وأبراج وخنادق. استمر الحصار ثلاثة عشر شهرًا، استُنفدت خلالها المؤن وقرر أهالي المدينة وضع حد للحصار. استسلم بعضهم بشرط تحولهم إلى عبيد، بينما قرر معظمهم الانتحار جماعيًّا، فجمعوا ممتلكاتهم في وسط المدينة وأحرقوها وألقوا بأنفسهم إلى النار مفضلين الموت بحرية على حياة العبودية. (المترجم)

لكن أسوأ ما في الأمر هو الشرطي. إنه رهيب. فما إن يخرج من البيت، أو من الأكاديمية، أو من المكتب، حتى يسمع وراءه ضربات عصاه على الأرض. وإذا حاول الابتعاد عن دروبه المعهودة، يقترب منه ويحاذيه آمرًا إياه بالرجوع.

قبل أيام أراني مِطواة وقال لي: «إما أن ترجع إلى النزل أو سأشطب وجهك». وهكذا لم أستطع رؤية النهر ولا الأهرامات، ولم أتمكن من الدخول إلى المقهى.

ولكنه استطاع مع ذلك الذهاب إلى المكتبة الوطنية، وبحَث وعثر على بطاقات كتب «فاروني»، ولكنه لم يتجرأ على طلب الكتب كي لا يكشف نفسه. وباختصار، حياته كئيبة، مثلما كانت على الدوام، والأمل بتضحية نومانثية هو وحده الذي يبقيه ثابتًا على أهدافه. وكذلك الشعور بالفخر، طبعًا، لجلوسه على الكرسي نفسه واستخدام الأشياء نفسها التي استخدمها «فاروني». يقول له:

- افهمني.

ويضيف:

أطلب منك هذا حبًّا بالرب. إنني رجل فقير وليس لأحد الحق في مطالبتي بأي شيء آخر سوى الوفاء حتى الموت.

حيال ذلك الإخلاص الأخرق، كان «غريغوريو» يجد نفسه في كل يوم أشد قلقًا. إنه يثق بالمستقبل، أجل، ولكن يبدو أن الحاضر يتفلت من تفويض العناية الإلهية. ففي يوم الاثنين ١٩ نوفمبر، عاد إنذار «الإيصالات مستحقة الدفع» للظهور مجددًا. أحس بذلك التهديد كشيء تخيلي ضمن النظام العام، وتساءل كيف يكون ممكنًا أن الغباء الكبير الذي يحكم آلية العالم، وحتى الكون نفسه، يسير بصورة أفضل من الواقعة المدينية المتواضعة لموظف مكتبي عادي.

وكان يفكر في مقاصد النظام الكوني في صباح اليوم الذي رأى فيه، لدى مروره بدكان مأكولات، إعلانًا يقول: «نحتاج صبيًّا متدربًا».

كان المكان متجرًا صغيرًا وقذرًا، على الرغم من وجود لوحة كبيرة مضيئة تعلن: «محلات شبه الجزيرة للمؤونة». راوده هاجس بأن تلك الوظيفة ستكون له، وأن القدر هو من يقدمها إليه كما لو أنه يمد إليه من المستقبل جسرًا من قصب. بل بدا له أن العناية الإلهية نفسها هي من أرسلت إليه تلك الإشارة الأولى من نظام قادم في اللحظة التي بدأ يتدحرج فيها إلى الهاوية بالضبط، حين لم يبق لديه سوى بضع قطع نقدية تكفي لاتصال هاتفي بـ«خيل»، ويكاد لا يجد ما يقيم به أوده من مؤونة، تشح بازدياد، مما تأتيه به «أنخيلينا» في صرة كل أسبوع. وقال لنفسه: «إذا قبلوني فسوف أنجو».

خلع القبعة والنظارة وأظهر أسنانه كي يبدي ابتسامة شبابية غير مجربة. لم يكن هنالك في الداخل متسع للتحرك براحة. ففي عمق المحل توجد منضدة «الكونتوار» التي يمكن الإحاطة بها بكلتا اليدين، وعلى جانبيها فوضى أكوام من مواد غير متجانسة وسيئة التنضيد. ويظل هنالك ممر يتسع لأربعة أو خمسة أشخاص. لم يكن يوجد في تلك اللحظة أي زبون (لا شك أن القدر يسهر على رعايته). تقدم «غريغوريو» باتجاه «الكونتوار»، حيث يجلس رجل عجوز، طويل، نحيل، له رأس صغير ومائل، وشعر أبيض ومُسرَّح بفرق في منتصفه، وشفتا سمكة دقيقتان، وذقن حادة، يكتب في سجل. كان مستغرقًا، ولكنه ما إن سمع وقع الخطوات حتى استوى واقفًا وهو يغلق السجل بكلتا يديه، قام بإيماءة مفخمة، كما لو أنه يحتضن مشهدًا بانوراميًّا من فوق قمة، وقال:

– أهلًا بك في محلاتنا التموينية أيها السيد. بماذا يمكننا خدمتكم؟

رد عليه «غريغوريو» بابتسامة اعتذار وقام بإيماءة أخرى تحيط بالمدى الواسع نفسه الذي أحاط به محدثه.

- أأنت صاحب المحل يا سيدي؟

اتخذ الآخر مظهرًا جديًّا على الفور، وهز رأسه مؤكدًا وكأن هنالك احتمالًا بألا يكون كذلك.

قال «غريغوريو» والقبعة بين يديه وهو مطأطئ الرأس:

- انظر. دخلتُ من أجل الإعلان الذي على الباب.

- ربما من أجل ابنك؟

- من أجلي أنا بالذات.

- أنت؟ (أشار إليه صاحب المحل بالقلم).

- حسنٌ، لقد جئتُ منذ أيام من القرية وما زلت لا أعرف جيدًا عادات المدينة. وقد فكرت في أنني قد أكون حائزًا على الشروط التي تطلبونها يا سيدي.

ثنى صاحب المحل أصابعه على منضدة «الكونتوار» ونظر إلى «غريغوريو» من أعلى إلى أسفل.

- ما نبحث عنه هو صبي، متدرب.

قال «غريغوريو» دون أن يتخلى عن نبرة الاعتذار:

- يمكنني القيام بالعمل بصورة أفضل وبالسعر نفسه. ضعني قيد التجربة بضعة أيام. وإذا أردت يمكنني البدء الآن بالذات. انظر، سأكون صريحًا معك (وأخرج الكتاب). أترى؟ إنها أشعار. كتبتها أنا. لقد منحوني جائزة في احتفالات القرية. إنني شاعر وقد جئت إلى هنا، إلى المدينة، بحثًا عن مستقبل أدبي. لقد كنت أعمل وأنا في القرية في دكان بالتحديد. كنت بائعًا. الحياة في القرية، مثلما تعرف، أكثر هدوءًا، ولكنني لم أشأ أن أموت دون أن أتعرف إلى هذه المدينة الجميلة. لم يخطر ببالي قط أنها كبيرة بهذا القدر.

وناطحات السحاب العالية هذه! والمتاجر! وكثير من السيارات! وهذه الحشود في كل الأوقات! الحقيقة أنني لم أتجرأ على الدخول هنا بهذا المظهرالقروي. ولكنني قلت لنفسي: «إنك شخص شريف يا رجل، وهذا هو المهم! أضف إلى ذلك، يا للعجب! أنت تعرف المهنة». وهكذا تشجعت وها أنذا هنا.

وبينما هو يقلِّب القبعة وينظر إلى أسفل، قال متوسلًا:

- أرجوك، جربني! لا مكان لديَّ أذهب إليه.

أمال صاحب المحل رأسه بمكر وأطبق عينيه قليلًا.

- هل أنت متزوج؟

- لا، يا سيدي.

- أين تسكن؟

- في بنسيون قريب من هنا.

قال بنبرة تساهل مترددة:

- لا بأس. هذه الوظيفة غير مقررة لرجل في مثل عمرك. ولكن بالنظر إلى الظروف التي أنت فيها، سنبذل جهدًا ونقبلك على سبيل التجربة لمدة أسبوع. أما بالنسبة إلى أجرك، ماذا يمكننا أن نقدم لك؟ (أبدى تحسره) المحل يمضي في حال سيئة. إننا على حافة الإفلاس كما ترى. يمكن لك طبعًا أن تحصل على أجر من الإكراميات. وباختصار، انظر إن كنت توافق.

وافق «غريغوريو» دون شروط وبدأ العمل في ذلك الصباح بالذات.

صار يتنقل خلال بضعة أيام وهو يرتدي رداءً رماديًّا قصيرًا، على جيبه اسم المتجر مطرزًا، وكان يدفع بكلتا يديه عربة مؤونة. يصعد وينزل أدراج خدم مظلمة، يتكلم مع خادمات، يقدر قيمة

الإكراميات باللمس، وحين يرجع إلى المتجر، يستقبله المالك وهو ينظر إلى الساعة بتكتم باهر، ويكون قد أعد له الطلبية التالية. كان صاحب المتجر رجلًا يبدل مظهره حسب وجود أو عدم وجود زبون في المحل. فإذا كان وحيدًا، يقضي الوقت متكئًا بمرفقيه على منضدة «الكونتوار» والقلم في يده، في حالة من الاستغراق والوجوم. ولكن ما إن يدخل أحد حتى يتحول إلى رجل متفائل، مفوَّه ونشيط. «أهلًا بك في محلات شبه الجزيرة للمؤونة»، ويحيي مبالغًا في توسيع المسافات حتى اللانهاية. وعلى الرغم من ضيق المكان، إلا أنه قسمه إلى عدة أقسام لكل منها هويته الخاصة. فيُسمع وهو يقول: «تفضل إلى قسم السجق ومشتقاته»، ويشير إلى جزء من «الكونتوار». أو «تكرم بزيارة قسم منتجاتنا من الحليب»، ويشير إلى حيز غير محدد، لا يمكن أن يتعرف عليه أحد سواه. عندئذ يتقدم الزبون مقدار بلاطة. فيواصل التاجر الكلام عن «مستودعاتنا»، «مندوبينا»، «ممونينا». وعندما يحين دفع الحساب يقوم بحركة تودد بَلاطية ويمد يديه داعيًا: «تفضل إلى الصندوق»، يقول ذلك وينسل إلى حيث درج النقود وكأنه يتحول إلى مستخدم آخر. وكان «غريغوريو» وعربته يشكلان «قسمنا الخاص بالتوزيع والنقل»، وحين يرد على الهاتف يحيي بالقول: «هنا مقسمنا المركزي، بماذا يمكننا خدمتكم؟»

ولكن هوسه الحقيقي هو الدعاية. فهو يفكر طيلة الوقت في صياغة لوحات دعائية وكتابتها للإعلان عن وفرة المنتجات، وهذا ما يبقيه مستغرقًا في التأمل فوق دفتر السجلات. كان المتجر يُغلق في الساعة التاسعة. وفي هذه الساعة يكون على «غريغوريو» أن يرمم نقص السلع، وترتيب غيرها، وتقديم حساب الطلبيات وأخيرًا كنس المحل. وخلال هذا الوقت لا يتكلم. فصاحب المحل يظل جالسًا إلى منضدة «الكونتوار»، محاطًا بمساطر وأقلام وملصقات إعلانية،

وفقط حين تخطر له فكرة تبدو متميزة ومناسبة للسماح بلحظة ابتهاج يطلق تعليقًا بصوت عال حول طبيعة عمله. قال ذات ليلة:

- في زمننا هذا، الكلمة هي البضاعة الأثمن.

وقال في ليلة أخرى:

- لم تعتمد التجارة على النباهة وحدها قط. اسمع يا فتى، بما أنك شاعر، كيف تُعلن عن هذه الشحنة من اللوبياء الجيدة؟

استند «غريغوريو» إلى المكنسة ونظر إليه بعجز مجامل.

- ألا يخطر لك أي شيء؟ ليس مستغربًا. فالشعراء يتغنون بالأزهار دون أن يكونوا باعة أزهار. أما نحن تجار التجزئة فنغني للعمولة، ليس لموضوع حر وإنما حسب قانون العرض والطلب، وهذا أكثر تميزًا. فنحن فقط من عرفنا كيف نغني لكيلو من البقول. اسمع، اسمع.

وقرأ لوحات سيعلن بها في اليوم التالي عن سلع الواجهة: «فاصوليا عريقة السلالة»، «أنبذة شمالية فاخرة»، «منتجات حظائر استثنائية»، «لوبياء ناعمة خاصة»، «طعام آلهة مختار»، «بواكير من «أراغون»»، «لذائذ ما وراء البحار».

- أترى عبودية التجارة؟ يشاع أننا مستغلون، ولكن هل نحن، في أعماقنا، سوى شعراء فرع التغذية؟

وعندما يغادر «غريغوريو»، يظل الرجل مستغرقًا في التفكير بشعارات دعائية ويكتبها بخط منمق.

هناك وجده «غريغوريو» جالسًا يوم السبت التالي، حين خلع رداء العمل عند الضحى، وبينما هو يضع المعطف المطري تحت إبطه، بدأ خطابًا تتخلله عبارات تهرب، ويغص بالاعتذار والتردد، ما أتاح الوقت للتاجر لأن يُدخل في نظرته، على خلفية النزق عديم

اللون، تلونات من الذهول، من الريبة، من الغيظ، من الذهول، وحتى من التسامح. أكد مستجوبًا:

- ألا تحصل على ما يكفي من الإكراميات؟

قام «غريغوريو» بإيماءة خذلان. فقد لاحظ أن ذلك الرجل المتقوقع في ارتياب دائم، لا يمكن لأحد أن يطلب منه شيئًا، وهو لا يرفض شيئًا قط، وتحوله تلك التبادلية، بصورة غامضة، إلى شخص طيب، بل وكريم أيضًا.

قال صاحب المتجر وهو ينظر نظرة حالمة إلى الأفق:

- الإكراميات نقود خالصة. يمنحونها للشخص ويضعها في جيبه، لا أحد يطلب منه حسابًا عنها. لا يتحمل أية مسؤولية. يحصل على منافع وحسب. أما التجارة مع ذلك، فتغص بالمسؤوليات وبالضرائب، والتبنُ فيها يأكل القمح. وأنتم العاملون لا تريدون فهم هذا كله. تُنهون يوم عملكم وتهرعون إلى بيوتكم بلا قلق وسعداء. أما التاجر، فيحمل على كاهله ثقل المؤسسة أينما ذهب. أنت نفسك، جئت من القرية إلى المدينة. وأنت حر في الذهاب والمجيء، مثل عصفور. قدرك يدعو إلى الحسد. أما نحن التجار، عبيد متاجرنا، فمحكوم علينا بالبقاء على الدوام في المكان نفسه. إلى أين يمكننا الذهاب نحن؟

تساءل بمرارة. وقام غريغوريو» المتفهم بفتح ذراعيه. قال:

- إنني بحاجة إلى سلفة من أجل البنسيون. يجب أن يكون لدي مأوى.

وكان ما يقوله صحيحًا. فبضمانة الوظيفة وافقت «دونيا غلوريا» على بقائه في البنسيون خلال الأسبوعين الأخيرين.

- لهذا السبب نطلب متدربًا، صبيًّا له بيت.

قالها التاجر كمن يحنُّ إلى أزمنة أكثر سعادة.

بعد لحظات صمت مثبتة على التوالي بمسوغات حنينية، كان التأمل خلالها يكتسب مرارة بقدر ما تتضاءل فرص «غريغوريو» المالية، أخرج صاحب المحل من الدرج ورقة نقدية وتركها فوق منضدة «الكونتوار»، كما لو أنه يدعو إلى تأمل مشترك بشأنها. نظر إليها كلاهما وتنهدا في آن واحد، بخيبة أمل باحثين يتأملان نتيجةً مؤسفة أو عبثية لتجربة علمية.

في تلك الليلة بالذات، وكان يستند في بقائه طافيًا على القناعة بأنه يعيش مرحلة مؤقتة من حياته، توجه «غريغوريو» إلى الحديقة بمشية تتناسب مع بعض الأزهار التي اشتراها بلا سعادة ولا إلهام وبدون أي هدف آخر ربما سوى أن يضفي على قدره لمسة شخصية. وفي العاشرة تمامًا اجتاز الفسحة الدائرية، ووصل إلى حيث تجلس «أنخيلينا» وقدم إليها باقة الأزهار بحركة تكاد تكون تقليدية. وللحظة ظلت الأزهار معروضة لنظرة ذهول متضامنة، ذكرت «غريغوريو» بالنظرة التي تبادلها مع التاجر، كما لو أن ذلك حدث بقرار خاص أو كمعجزة تكثير خبزٍ وسمكٍ، لدى ظهور الورقة النقدية على منضدة «الكونتوار».

- لقد جئتُكِ ببعض الزهور.

قال هذا وهو يتركها على المقعد، مدركًا أن الكلمات التي سينطق بها في تلك الليلة ستكون امتدادًا لفعل التودد المخفق ذاك.

لم يقل أي منهما شيئًا لبعض الوقت. وفجأة انتبه «غريغوريو» إلى أن ذلك الصمت لم يكن يسود هناك من قبل، في الحديقة، وإنما جاءت به «أنخيلينا» معها، بدلًا من صرة المؤونة. وأنها هي وحدها التي تواصل صامتة وناظرة إلى أمام بإصرار متراخ، كمن تمتلك على ما يبدو امتياز تجاوزه دون مخاطر. امتلأ «غريغوريو» بالذعر. قال:

- الأمور آخذة بالتحسن.

- تحسن؟

تحمَّسَ:

- أجل. إلى أن أسترد وظيفتي، لدي الآن عمل آخر مؤقت. كنت أريد المجيء لإخبارك والاحتفال بذلك.

فتحت «أنخيلينا» حقيبتها التي كانت تضعها على حضنها، في المكان نفسه الذي كان يجب أن تكون فيه قصعة الطعام أو حزمة الملابس، وأخرجت منها رسالة تعرَّف «غريغوريو» على شعار ترويستها فورًا.

قالت وهي تلتفت:

- هذه وصلت يوم أمس.

كانت رسالة من شركة «ر. وبيلسون». وعلى ضوء الولاعة، قرأ «غريغوريو» السطور الأربعة التي تتضمنها وتخبره («نظرًا لاستحالة تقبل ظروفك وأمام حاجة هذه الشركة») إنه طُرد من العمل.

قالت أنخيلينا:

- وهكذا بعد ستة وأربعين عامًا، تخرج بلا عمل ولا منفعة، والشرطة تلاحقك، من سيشغِّلك الآن؟

انهارت نظرة «غريغوريو» الذي تراخت الرسالة في يده، وتلعثم:

- هذا ظلم. بعد كل تلك السنوات الطويلة بلا خيانة، بلا تأخير، بلا أي تذمر، هذا ظلم. صَدَقَ حقًّا من قال إن الإنسان ذئب على الإنسان. لا حاجة بي للذهاب إلى الأدغال يا «أنخيلينا»! إننا نعيش فيها، ولم أكن أعرف ذلك!

واصلت كلامها، غارقة في المأساة:

- فلنرَ ما الذي سنفعله الآن. اضطررتُ يوم أمس إلى طلب نقود من أمي. قلتُ لها إنك سقطتَ مريضًا في قدَرِك الجديد.

حاول «غريغوريو» تقدير الوضع على ضوء الحدث الجديد. لا

جدوى، لأن الحياة بدت مشوشة إلى حدٍّ أفلتتْ معه من رقابته. ولم يخطر له أن يقول سوى إنه إذا أمعنا النظر، ربما يكون الفصل من العمل خبرًا طيبًا في العمق. قال:

- كيف؟ الأمر بسيط جدًّا. سأتفرغ للعمل التجاري. حين ينتهي هذا كله ويتوقف البحث عني (هذا يعني بعد يومين أو ثلاثة أيام)، أفكِّر في أن أقيم - وانتبهي جيدًا لما أقوله - تجارةَ فطرٍ وقوارض هَمستر. الأمر سهل جدًّا. لدينا أربع غرف خاوية، إضافةً إلى حجرة القبو. ثلاث منها نخصصها لإنتاج الفطر واثنتان لتربية الهمستر. أو العكس، سوف نرى ذلك. إنها نقود سهلة ومضمونة، وبلا ضرائب. فإذا اشترينا زوج همستر، فسوف يُنتج لنا عشرين وليدًا أو أكثر في السنة الأولى. وبعشرة أزواج، سنبيع في الموسم الثاني حوالي مئة همستر، وبعد بضع سنوات سنكون أغنياء.

نظرت إليه «أنخيلينا» بشفقة شبه عدائية.

- أنت لا تتحكم بنفسك جيدًا يا «غريغوريو»، وقد بدأت أتعب من نزواتك.

حاول «غريغوريو» أن يُثبت وجهة نظره بالأرقام («الأرقام تتكلم»، قال)، ولكن «أنخيلينا»، لم تتركه يكمل، وتجاوزت المسألة:

- إما أن تسلم نفسك للشرطة وتبحث عن عمل آخر أو ليس لدينا ما نتكلم فيه.

جمع «غريغوريو» أصابع يديه مفتوحة وهز رأسه حيال ذلك البناء الهش. «إذا ما ورد ذكري ذات يوم في موسوعة»، فكَّر بحنين، «سيقال ما يلي: «غريغوريو أولياس»، رجل متقدم في السن من شبه الجزيرة، معروف في بعض الأوساط باسم «فاروني»، منبوذ من امرأته بالذات في حديقة عامة، بعد أن حمل إليها أزهارًا مقابل جبن وسجق، وكان الشاهد على ذلك تمثال فروسي والقمر وهو يغيب.

وهذا كله في وقت متقدم من القرن، في ليلة خريفية»». الاستحضار التاريخي لحدث عن كونه رجلًا متميزًا هدأ من روعه. ليس لديه خطط، ولكن لديه أمل. ولأن عليه أن يواصل الحياة، ولأن عيش الحياة يتطلب الكلام، فقد فتح فمه ليرى ما الذي سيخرج منه، وسمع نفسه يقول إنه سيسلم نفسه حتى لو لم يطلب منه أحد ذلك (وفكَّر في الخدمات الجيدة والمتنوعة التي يمكن له الحصول عليها من «أنطون»)، ليس لأنه يعترف بالهزيمة وإنما ليمنح نفسه هدنة في الطريق إلى عالم سعيد.

أضاف:

- ولكن لدي شرطًا، أريد أن أسلم نفسي في البيت، نهارًا، وأن أكون نظيفًا ومرتديًا أفضل بدلة عندي.

قالت «أنخيلينا»:

- هذا غير ممكن، لأنك إذا ذهبت إلى البيت، فإن ذلك الشرطي الذي لا بد أن يكون مختبئًا هناك في مكان قريب، سيعتقلك عند الباب ولن يمنحك الوقت لتسلم نفسك. سلِّم نفسك أولًا، وعندما يصفحون عنك تعود إلى البيت وتبحث عن عمل. وإذا لم تجد عملًا، تذهب مع عمال البناء. ولا أريد سماع كلام عن الهمستر ولا عن السياسة (وبقوة اندفاع الكلمات الأخيرة نهضت ودست يديها بنشاط في جيبي المعطف).

أدرك «غريغوريو» أنه ضائع وبحث عن ملاذ له في فكرة سامية تؤكد عدم تفهم العالم وازدرائه للأرواح النبيلة والمثالية، ولكنه لم يستطع الذهاب في التذكر إلى ما هو أبعد من عربة المؤونة.

قال وهو يُخرج الورقة النقدية:

- خذي. هذه قدمها إلي الحزب من أجلك.

أمسكت «أنخيلينا» ورقة النقد بيدها الرخوة، ومرة أخرى تلقتْ الورقةُ نظرة عدم تصديق مشتركة.

قال «غريغوريو»:

- مبلغ صغير، ولكنه شيء ما. هذا كل ما أملكه. والشيء الحقيقي الوحيد الذي يمكنني تقديمه.

مشيا باتجاه سياج الحديقة الحديدي مطرقين وصامتين. كانت الليلة باردة ولا نجوم في السماء. لا يزال هنالك في الانتظار شتاءٌ طويل وقاس. ولكن خلال بضعة شهور- فكر «غريغوريو» - حين يرجع الربيع، يمكن له أن يكون سعيدًا لبضعة أيام. قليل من الشيخوخة الإضافية، وقليل من السعادة. وربما يمكن له، ما لم تجرِ الأمور بصورة سيئة جدًّا، أن يصبح صياد سمك بقصبة صيد. سيسافر مع «أنخيلينا» إلى أحد الأنهار ويُمضي المساء مستلقيًا على الضفة، دون أن يفكر في أي شيء، يمصان شراب عشبة ما ويلعبان لعبة مراقبة الغيوم. المساءات في الصيف طويلة. ومع ظهور أولى النجوم يعود إلى البيت عبر طريق متعرج وهو يشم العشب الطازج ويسمع خرير خيط ماء خفي متدفق. وستكون هناك جداجد وعصافير، وجوقة ضفادع، وجز صوف أغنام، وأسماك في برك الماء الراكد، ونباح كلب من بعيد. سيرى سحابة غبار يُحدثها قطيع. وعندئذ، أجل، سيعود ليكون سعيدًا. وستكون الحياة سعيدة بذاتها. ولا يعود هنالك مستقبل. وإنما هنيهة ماء فقط، وعصافير، وجز صوف أغنام، ومواقد، وقطعان... وسيكون سعيدًا حتى دون أن يدري. بلا خوف، بلا كلام، ما زال هنالك أمل من غير المناسب إنكاره.

قال عند الوداع:

- كنتُ أفكر أنه يمكننا أن نبيع الشقة ونذهب للعيش في مكان

آخر. يمكننا الذهاب إلى قرية. سأعمل هناك في الحقل. وستكون لديكِ دجاجاتك ويمكن لأمك أن تستريح عند الباب، تحت دالية كرمة. إنها فكرة جيدة، أليس كذلك؟ وسنكون سعداء بعض الشيء.

انتظرت «أنخيلينا» إلى أن أفقد الصمتُ ذلك العرض قيمته. ثم قالت:

- لقد أدخلتَ نفسك في مشكلة كبيرة يا «غريغوريو»، ولا أدري كيف ستخرج منها. لا تنتظر مني أن آتي بعد الآن إلى هنا. إنني في البيت. حين تُسلِّم نفسك، عد إليه. ولكن لا تظن أنك ستخدعني. إذا رجعت، فليكن رجوعك مع ذلك الشرطي الذي يلبس على طريقتك، وأن يقول لي هو نفسه إنهم قد صفحوا عنك أو يوضح ما الذي يحدث.

رآها تبتعد ملتصقة بسور الحديقة.

- آسف.

قالها عندما لم يعد بإمكانها أن تسمعه.

في تلك الليلة، وبينما هو يغسل بعض السراويل الداخلية، أدرك «غريغوريو» أنه يخسر المعركة وأن الطريق الذي انطلق فيه يتحول إلى طريق لا عودة منه. وعلى الرغم من أن الذعر كان يعيش نابضًا فيه منذ أيام عديدة، إلا أنه أحس به هذه المرة قريبًا بصورة لا تُطاق، أحس به مجسدًا في شوارع جليدية، في جوارب متسخة، في أظفار نامية، في لحية وسخة، وفي وجبة سجق يومية وقطع نقدية تُعد واحدة واحدة. كان لا بد من وضع حد لتلك الحال، لا بد من قطعها بفعل حاسم وجازم، قبل أن تفلت من سيطرته. لأنه لم يكن واثقًا من أن العناية الإلهية تسهر على حمايته، ولا من أن الصبر هو أم الفضائل كلها. «ما لم أتصرف بسرعة سأضيع ما بين هؤلاء وأولئك»، فكَّر. وهكذا قرر في تلك الليلة بالذات أن يحدد لـ«خيل» مهلة يوم أو

يومين من أجل مغادرة المدينة، وفي حال رفضه الرحيل، سيسمح لـ«أنطون» بالتصرف على طريقته.

في اليوم التالي مساءً ذهب لمقابلة «دونيا غلوريا» ليطلب منها منحه أسبوعًا آخر للدفع. وهذا هو الوقت الذي يحتاج إليه لإنهاء خطته. دعته «دونيا غلوريا» لتناول قهوة وبسكويت وأبدت اهتمامها بخبرة الفنان الريفي بالمدينة الكبيرة. قال لها «غريغوريو» بنبرة متأثرة إنه آسف لتماديه، وإنه تقدم بكتاب جديد إلى مسابقة تنظمها الأكاديمية الملكية للغة وقد منحوه آمالًا جيدة جدًّا. فإذا كسب الجائزة، سيصير غنيًّا ومشهورًا.

أضاف ذاهلًا:

- ولكن، حتى ذلك الوقت، لا أدري كيف سأعيش.

وقال إن لديه في القرية برج حمام وبعض البيوت الخربة وإنه يفكر في بيعها كي يستقر في المدينة بصورة نهائية. لم يكن يعرف إن كان قد قرأ ذلك في كتاب ما أم إنه من اختراعه، ولكنها بدت له كذبة بائسة إلى حدٍّ لم يجد معه مفرًّامن قطع القصة بزفرة حزن.

وأخيرًا ابتسم، وبعد بعض الصمت تحول إلى موضوع آخر، استغل الجو البهيج ليوضح أن الأجر في عمله يُدفع شهريًّا، وأنه لن يستطيع دفع المبالغ المتأخرة عليه إلا في نهاية الشهر.

قالت «دونيا غلوريا»:

- أنت تبدو شخصًا طيبًا.

وانتهز هو الفرصة على الفور ليشكرها على الضيافة بانحناءة احترام.

أمضى «غريغوريو» يومي السبت والأحد دون أن يخرج من الغرفة، وبينما هو مستلق على السرير غير المرتب، وفي حالة مشوشة من التراخي، تحول تفكيره إلى نوع من الهذيان. كان ينهض

بين وقت وآخر ليأكل قضمة سفرجل وخبزًا رخيصًا، أو ليطل من النافذة ليرى جزءًا من سقف عليه هيكل مظلة وخرق حمراء، وينظر بين حين وآخر إلى اللوحات ويتخيل نفسه مستلقيًا على ضفة نهر في مساء صيف طفولي وطويل. فيفكر عندئذ، كي يضفي طابعًا واقعيًّا على حلم اليقظة، أي طُعم سيكون أفضل لاصطياد سمك البوجة أو أي زي لصيد السمك سيكون مناسبًا أكثر لمواطن مثالي. وينظر أحيانًا إلى سراويله الداخلية المعلقة على مقبض الباب، والحذاء في ركن ومقدمتا فردتيه متلاصقتان، مثل حاملي أسلحة خاصة بفارسين يتهامسان من وراء ظهر سيديهما؛ والبنطال بجانب المعطف المطري وهما يعلنان بوفاء عن ظروف مستعملهما، ومساراته، وسنه؛ وعلبة الأشعار المغلقة بخيط من القنب، وإلى جانبها السفرجل والخبز، وفي مكان ما بضع نسخ من كتاب النوارس. هذه هي مقتنياته. بعد ستة وأربعين عامًا هذه هي مملكته في هذا العالم. والآن يمضي مفكرًا في تغيير هذه الأشياء كلها بقصبة صيد سمك. يا لبؤس الصفقة! كل تلك السنوات كي يأتي ليلوذ بالأمل أو بمساء صيفي على ضفة نهر!

كانا يومين لانهائيين، يومي كوابيس وبؤس، ولكنه استيقظ يوم الاثنين بقرار حازم. «سأمنح "خيل" المهلة المناسبة، وبالحسنى أو بالإكراه سينهي منفاه خلال أسبوع».

التقى في الممر بـ«باكيتا» وتوقف ليشرح لها أنه قد اتفق مع «دونيا غلوريا» على الدفع شهريًّا.

صرخت وهي تبتعد:

- وماذا عن وثائقك الشخصية؟
- هذا أمر تتولاه الشرطة.
- صحيح، وأنا اسمي «إنريكيتا»!

والتفتت من أمام باب المطبخ:

- الديون غير ممكنة من دون وجود الوثائق!

قال «غريغوريو» وهو يشير بيده الممدودة إلى حجرة العجوز:

- تكلمتُ في الأمر مع «دونيا غلوريا».

- إنها لا تفهم في هذه الأمور! يا لفناني القرى هؤلاء الذين لا يعرفون شيئًا! (واختفت صافقة الباب).

دفعه تهديد «باكيتا» إلى التشدد في قراره، ولكنه فيما بعد، طيلة النهار كله، راح يفكر في أنه ليس من السهل القضاء على «خيل». وربما لا يمتلك الشجاعة للتكلم معه بقسوة، ناهيك عن إمكانية تعذيبه في منطقة مهجورة. ولكن فعل ذلك، من جانب آخر، هو أمله الأخير ومن غير المناسب المجازفة به كله دفعة واحدة. وهكذا لم يتجرأ على الاتصال يوم الاثنين، وكان عليه أن يعود في الليل إلى سماع تهديدات «باكيتا»: إذا لم يدفع خلال أسبوع، ستقدم شكوى ضده. وليومين وجد نفسه ضائعًا في يقين أن المخارج الأخيرة تُغلق من حوله واحدًا بعد آخر وأنه سيعلق في مصيدة الفئران التي نصبها بنفسه، ولكن هذا الإحساس بالذات ساعده على اتخاذ القرار مساء يوم الخميس.

لقد كان إلهامًا مفاجئًا. «شيء ما سيحدث»، قال لنفسه، «أشعر بأن القدر على وشك التعبير عن نفسه»، لأنه استنفد ممرات المتاهة كلها باستثناء ذاك الذي يوحي له بأكبر قدر من الثقة. لا بد أن المهرب هناك. لا وجود لحل آخر: حان الوقت لأن تتحول نسمة القدر الخفيفة والثابتة إلى إعصار، وأن تبدل مسار حياته. كان يمضي وهو يدفع العربة عبر شارع منعزل ويقول لنفسه: «لست أدري ما الذي سيحدث، ولكن شيئًا ما سيحدث». وإلى الأمام قليلًا، حين رأى كابينة هاتف، لم يتردد لحظة واحدة في أن القدر هو الذي أرسلها

إليه، أو فرضها عليه بكلمة أصح، كما لو أنه يدعوه إلى حفل الزفاف الذي هيأه له المستقبل.

ترك العربة عند الباب، ودون أن يدري جيدًا ما الذي سيقوله، أدار القرص على الرقم وانتظر إشارة الاتصال مستندًا بأحد مرفقيه وبكاحليه متلاصقين.

سمع صوت «خيل» الذي صار مكروهًا ومعاديًا:

- سيد «فاروني»! فليكن مباركًا الرب! أين أنت وكيف حالك؟

لم يكن «غريغوريو» مضطرًّا إلى التظاهر بالحزن كي يرد بجفاء إنه في حالة سيئة، وإنه في «تشيتالدورغا»، قرية في الهند، ويشعر بالحنين إلى موطنه وبحزن غير متناهٍ على جميع الرفاق الذين هم الآن في السجن أو منتشرين في أنحاء العالم، فضلًا عن أنه يعاني من مشاكل مادية خطيرة.

قال بجرأة:

- إنني متنكر بهيئة موزع بضاعة متجر. لدي هنا إلى جانبي عربة مؤونة.

- أنت يا سيدي؟

- أجل، أنا، «فاروني». كما في الأزمنة القديمة.

سأل بصوت غائب عن الوعي:

- والآنسة «مارلين»؟

- لا أعرف شيئًا عنها. آخر مرة شُوهدت فيها كانت تطلب الصدقات عند ناصية. وكانت حافية، ترتدي أسمالًا حمراء اللون وتحمل مظلة فقدت قماشها.

تألم «خيل»:

- يا للنكبة، رباه! سيد «فاروني»، أنت تعرف أن كل ما أملكه تحت تصرفك. أخبرني إلى أين أستطيع إرساله إليك.

- لا تكن ساذجًا يا «خيل». لا أنا ولا أي شخص آخر من «اللجنة» يقبل بأي حال نقودك. احتفظ بها لنفسك من أجل جولاتك في المدينة. وأخيرًا يا «داثيو» البائس، أظن أن علينا هنا أن نتبادل الوداع إلى الأبد. لم يبق لديَّ سوى أن أخبرك، باسم «اللجنة»، بأمنياتنا لك بالشفاء من الإمساك وأن يكون ذلك بداية للأثر الخصيب والدائم الذي ستتركه في المدينة. الوداع يا «داثيو»، وداعًا لا لقاء بعده.

صرخ «خيل»:

- سيد فاروني! لا تغلق الخط، أرجوك! اسمعني!

دمدم «غريغوريو» بسخرية عذبة، ولم يكن ليغلق الخط بأي حال وحسب، وإنما كان يخشى أن يكون ذلك الوداع هو الأخير فعلًا إلى الأبد:

- قل ما لديك يا صديقي البائس.

قال «خيل» مع رعشة دموع في صوته:

- اسمعني! قاس جدًّا كل هذا الكلام الذي قلته لي، إنه قاس جدًّا، ولكنني أستحقه لأنني جبان.

سأله «غريغوريو» بازدراء:

- أهذا كل ما لديك؟

- لا. أريد أن أخبرك بشيء. أردت أن أخبرك بأنني أول أمس، أثناء القداس، قمت بفحص لضميري وقال لي صوت داخلي، مثلما تقول أنت يا سيدي، إنني أناني. حسنٌ، إنني جبان، من أجل مزيد من الدقة.

قال «غريغوريو» متأثرًا بذلك الدليل على النزاهة:

- «خيل»، أنت رجل حقيقي.

- أجل، ولكن لاحظ. إلى أين سأذهب إذا ما خرجت من هنا؟

- العالم واسع. أي مكان سيكون جيدًا لقضاء سنوات العمر

بشرف. ها أنذا هنا في الهند، وكثيرون آخرون مثلي. لديك بعض المدخرات، أليس كذلك؟ خذ إذًا أول طائرة دون أن تسأل إلى أين هي متجهة. تقبل قدرك. أو اذهب إلى باريس، كبوهيمي. الحقيقة أنه ليس هنالك ما يستحق عناء الوفاء لنهر أو لبيت.

قال «خيل» بأسف أكثر مما هو بسعادة:

- سيكون ذلك رائعًا، أعني الذهاب إلى باريس. ولكنك تعرف أنني رجل جبان. ربما لهذا السبب لا أعرف لغات، ولستُ شابًّا مثلك. إنني في الخامسة والأربعين، وهذه سن الاستعداد للرحيل.

- «دون كيخوته» كان في الخمسين عندما غادر بيته.

- ولكنه كان مجنونًا وشجاعًا. وأنا يا سيد «فاروني»، من أكون أنا؟ مجرد شيطان بائس. حتى إنني لست مجنونًا. ما الذي سأفعله أنا في الخارج؟ أنت رجل عركته الحياة. ومن جهة أخرى، أنا أسعى لنيل البكالوريا. ولاحظ أنه ليس لي سوى أمل وحيد: أن ترجع أنت، ولهذا عليَّ أنا أن أرحل. يا لمصيري الحزين! إنني أتساءل أحيانًا لماذا ولدتُ.

عندئذ أحدث «غريغوريو» تحولًا في سياق الحوار. سأله كيف تمضي أموره. فقال «خيل» إنها سيئة، ولكنه يتقبلها ككفارة، حتى إنه يتقبلها بسعادة، لأنه بهذه الطريقة يشاطر أعضاء المنتدى مصيرهم الشاق. وسأله إن كان لا يزال يعاني الإمساك (وأسف لقول ذلك، ولكن هذه الأمور لها أهميتها حين يعاني المرء منها: «أعرف أن المقارنة مع قصيدة أو معادلة كيميائية مضحكة، ولكن أحدنا يشعر بتلويات وتظهر له بواسير ويصبح مشيه ثقيلًا، وهذه الأمور مشكلة أيضًا، فضلًا عن أنني لا أستطيع مشاركة أحد في مشكلتي»)، تؤلمه قدماه، وفي النزل ما زالت هنالك نسوة يتكلمن بأصوات مرتفعة («أعرف أنها صغائر تافهة، ولكن أحدنا مضطر إلى سماعهن وعدم

التمكن من النوم»). لم يعثر في المدينة على أبويه، ولا على خطيبته، ولا على أحد يقدم إليه خبرًا عنهم.

- ولكنني وجدت مع ذلك البيت الذي كنا نعيش فيه. لم يهدموه مثلما قلتَ لي. إنه لا يزال هناك، مع شرفته المعهودة.

شرد «غريغوريو»:

- لستُ أتذكر.

- ربما لم أعبر عن نفسي جيدًا. أنا لا أحسن التعبير عما أريده أبدًا. ومن جهة أخرى، أظن أن الأعاجيب لمن يستحقها، مثلها مثل الأسماء. أعرف أنها موجودة، ليس فقط لأنك يا سيدي كلمتني عنها، وإنما لأنها إن لم تكن موجودة في المدينة، فأين ستكون إذًا؟ المدن الكبيرة هي مهد التقدم. أنا أعرف أنه يوجد بالقوة هنا فنانون وعلماء، وربما أمر بهم في الشارع. ولكنهم لا يُعرفون. أظن أن الإيمان وحده غير كافٍ، لا بد من التأهيل أيضًا. وهذا ما لا أمتلكه. لو كنتَ هنا يا سيدي لكانت المدينة مختلفة جدًّا. لأنك كنت ستأخذني إلى المنتديات وتقدمني إلى الرجال العظام. لكنني شخص غير محظوظ، أو شخص غير جدير بعبارة أدق. وأمر آخر. مفوض الشرطة لا يرفع مراقبته عني. أترى؟ هذا سبب للفخر، لأنها أعجوبة تفوق الأعاجيب الأخرى. أن يعتبروني بهذه الأهمية ويكلفوا مفوضًا لمراقبتي أنا وحدي! أظن أن توصلي إلى هذا يُعتبر إنجازًا كبيرًا. إنني أراه امتيازًا لي. وقد اكتشفت أعاجيب أخرى أيضًا. لقد رأيت موجة حبيسة تتحرك في قضيب من البلور، ورأيت أجهزة تلفاز بحجم قالب السكر، وساعات معصم تحل مسائل اللوغاريتمات والجذر التكعيبي، وحمالات مفاتيح تصدر منها موسيقى، وآلات حاسبة تعمل على الشمس وأشياء كثيرة أخرى. لقد فكرتُ في هذا كله في مراجعة للضمير، وقلت لنفسي: «لقد عشتَ تجارب عظيمة

يا «داثيو» بالمقارنة مع الوقت القصير الذي أمضيته، وبالمقارنة مع قيمتك».

تلا ذلك صمتُ آمالٍ غير محدودة، مبشر بمستجدات خشي «غريغوريو» أن تكون مسوغاته، بالغة التماسك في الظاهر، قد أظهرت العبثية الكبيرة التي تستند إليها. فسارع إلى القول:

– وأخيرًا يا صديقي «داثيو»، لقد حانت ساعة حسمك الخيار، كما الرجال العظماء. إن طريق حياتك يتفرع إلى فرعين، وعليك اختيار أحدهما.

أطلق «خيل» ما يشبه زفرة احتضار أو تلذذ.

رفع من تحسره الأنفي:

– ولكنني، افهمني، فأنا في الخامسة والأربعين، ضعيف، وجبان، كيف يمكن لي أن أعيش في بلد أجنبي، بلا عمل ولي ملف عند الشرطة؟ لا بد أن هنالك حلًّا يمكنني من مواصلة العيش والعمل في المدينة.

أعلن «غريغوريو»:

– لا وجود لخيار آخر. يجب أن تقرر الآن. افعل ما يمليه عليك ضميرك.

زفر «خيل» بقوة، مُخرجًا مهابة ووقارًا من نبرة تهدد بالانكسار والتحول إلى نحيب، وقال:

– إذا كان عليَّ أن أغادر ولم يبق لي مخرج آخر، فسوف أسافر إلى الخارج مثلك يا سيدي.

أوضح «غريغوريو» أن تضحية «خيل» تعني بالضبط عودة «اللجنة» إلى البلاد.

– إذا كنت تغادر، فإنما كي نعود نحن الآخرين. وهذا كما لو أنك تفتدينا جميعنا. أي مغزى أعظم من هذا يعنيه رحيلك؟

٥٣٩

- يبدو أنني لن ألتقي بك شخصيًّا أبدًا.

صاح «غريغوريو» بابتهاج:

- بلى بالطبع! بعد سنوات قليلة، وربما بعد شهور، حين يُنسى هذا الأمر كله، ستتمكن من العودة إلى المدينة. وسيذهب أعضاء المنتدى جميعًا، وأنا على رأسهم، لانتظار نزولك من الطائرة ونحن نحمل لافتة تقول: «المدينة تسترد أفضل أبنائها». فكر من جهة أخرى في أنك بذهابك إلى الخارج ستتعلم لغات، وستصبح رجلًا كونيًّا.

توسل «خيل»:

- ولكن مم سأعيش هناك؟

- هذا غير مهم. يمكن لأحدنا أن يعيش، من له غلاصم فإنه يعيش على الهواء. يمكنك أن تشتغل بالعزف على العود، أو كبحار. أتتخيل ذهابك لتجول في أنحاء العالم في سفينة؟

- ولكنني لم أرَ البحر قط!

- وماذا في ذلك؟ السفر في سفينة هو أسهل شيء في الدنيا. أما إذا كنت تخاف من المجهول فارجع إلى الريف. واشتر أرضًا بما لديك من مدخرات وتوجه للعمل الزراعي. أو تزوج من «سوكوريتو». واعلم أن هذا هو نمط الحياة الذي أحب أنا أن أعيشه. في الريف، إلى جانب نهر، بعيدًا عن الضجيج الدنيوي.

قال «خيل» معذبًا:

- لا أدري، لا أدري.

- فكر في الأمر، ولكن اتخذ القرار. وتذكر أمرًا واحدًا- خطر له فجأة -. عندما تتمكن من العودة إلى المدينة، سأتولى أنا بنفسي البحث لك عن عمل في الحزب، كأمين عام مساعد للجنة العلمية مثلًا، أو شيء من هذا القبيل. ستكون واحدًا منا ولك كامل الحقوق.

قال «خيل»:

- سأذهب إذًا يا سيد «فاروني»، سأذهب. أنا لستُ جبانًا. سأذهب بعيدًا، لا أدري ألإلى الخارج أو إلى أين، ولكنني سأذهب. اليوم هو الخميس، أليس كذلك؟

- الثامن والعشرون من نوفمبر.

- سأغادر إذًا يوم الاثنين (وغرق صوته في البكاء).

ناداه «غريغوريو»:

- «داثيو»، لم أكن أنتظر منك أقل من هذا. اكتب لي إلى المقهى أينما ذهبت، ولا يخامرك الشك: أنت أيضًا سترجع، وستكون عودتك ظافرة وإلى الأبد. لا تدع هذا الأمل يفارقك.

دمدم «خيل»:

- سأحاول.

- وتذكر: ستعيش في ذاكرتنا كل يوم. وعندما تمر بمصاعب فكر في أن تضحيتك لم تذهب سدى. وفكر: «إن المنتديات مجتمعة الآن بالذات بفضلي». وكلما ظهر اختراع جديد، فكر في أنه كان لك دور في إنجازه.

- سأفكر. ولكن عاهدني أن تتصل بي فورًا عندما يمنحونني هذه الوظيفة.

- أقسم لك بالله يا «داثيو»!

- إلى اللقاء قريبًا إذًا يا سيد «فاروني»، وأرجو من الله أن ترجعوا جميعكم سالمين.

- الوداع يا «داثيو»، وحظًّا سعيدًا.

وأغلق الهاتف فورًا.

الفصل الثاني والعشرون

عند رجوعه إلى متجر المؤونة طلب منه صاحب المحل تفسيرًا لتأخره، فأخبره «غريغوريو» بهدوء أولمبي، بدا أقرب إلى الوقاحة، بأن حادثَ مرورٍ قد وقع، وأنه اضطر إلى المشاركة في مساعدة الضحايا ونقلهم. وصاحب المتجر الذي كان يقطع لزبونةٍ شرائح من فخذ لحم مجفف ومعلق، فتح عينيه بإحساس بالريبة وهو يصوب نظره إلى شفرة السكين.

قال «غريغوريو» بينما هو يُحمِّل طلبية أخرى:

- مصابان اثنان بجراح خفيفة وواحد جراحه خطيرة.

فعلق صاحب المتجر بكآبة:

- ها أنت ترين يا سيدتي، لقد صار المتجر يشارك الآن في أعمال الإنقاذ. أتريدين قليلًا من الدهن؟

لم يتوقف عن تصويب النظر إليه إلى أن رجع «غريغوريو» إلى الجانب الآخر من الواجهة الزجاجية وأراه أصابع الوئام الثلاث، ثم رفع واحدة منها إلى جبهته على سبيل التحية.

أجبر «غريغوريو» نفسه بعد ذلك على رسم ابتسامة متحمِّسة اضطرارية. فمحادثته مع «خيل»، على الرغم من انتصاره الباهر فيها، جعلته حزينًا بصورة غير متوقعة. كان يفكر أو يشعر، دون أن يتوصل

إلى تقدير ذلك، بأنه ليس له الحق في الإلقاء بذلك الرجل الضعيف إلى حياة مجهولة المصير مقابل غنيمة بائسة تتمثل في منزل ووظيفة. إنه ثمن مرتفع جدًّا، ولا يخلو مع ذلك من المجازفة في أن يرجع «خيل» ذات يوم ليحاسبه على الإساءة غير المبررة. لم يفكر قط في أن الانتصار سيحمل إليه كل تلك الهواجس. ربما لم يأخذ في الحسبان أنه، هو نفسه، رجل شديد النزاهة أو أنه يخشى من تدهور الضمير إلى الهاوية. لم يأخذ ذلك في الحسبان حين كان يورط في وعودِ خلاصٍ مجنونة من لم يكن خصمه، وإنما على العكس تمامًا، الشخص الوحيد الذي أحبه وقدره في هذا العالم، حتى ولو كان ذلك من خلال اختلاقات وخدع. ولم تتوصل مكاسب الانتصار كذلك إلى إقناعه. فالاحتمال الأكبر أنه لن يتمكن، بعد مغادرة «خيل»، من استعادة موقع عمله، أو ربما لن يتجرأ على محاولة استعادته، كيلا يطيل من أمد احتضار تلك المهزلة، ولا يتعسف في استغلال رحمة القدر. ولكن، طبعًا، إذا ما ظل «خيل» في المدينة، فلن يكون بإمكانه، هو، أن يتجنب التهديد الدائم من توصل ذلك الرجل الوفي والمعاند إلى اكتشاف الخديعة. فعاجلًا أو آجلًا سيتمكن من الدخول إلى المقهى، حيث سيكتشف دون ريب أن اسم المقهى كان على الدوام هو نفسه المذكور فوق الباب، وأنه لا وجود هناك لمن يعرف «فاروني»، ولكنهم يعرفون «مارلين» التي لن يتردد في استجوابها. وعندئذ سيتحول ذهول «خيل» إلى غضب عادل، ويتحول هو نفسه في نظره إلى ضبع، وسيهرع «خيل» إلى بيت المحتال طالبًا الانتقام. هذا ما سيحدث. ولكن إذا أبعده عن المدينة، كيف سيتحمل القناعة بأن ذلك الرجل النزيه سيقضي كل يوم من حياته وهو ينتظر أن يتصلوا به كي يرجع إلى المدينة لتولى منصب الأمين العام المساعد للجنة الحزب العلمية؟ فسواء أذهب «خيل» أم بقي، ستظل المشكلة

الكبرى هي نفسها. من المستحيل القول أي الأمرين هو الأسوأ: خزي الاعتراف باحتياله أو خزي العمل على ضياع من يمكن له أن يكلِّله بالخزي. كان يشعر بأنه قذر وبائس، وأنه مهزوم بصورة سرية ونهائية.

بعد تقدمه بضع خطوات، بدأت الصورة المقيتة التي راح يصوغها عن نفسه تحرره قليلًا من أحزانه. تذكر أنه في حالة حرب، وأنه هو أيضًا رجل بائس، مثل «خيل»، وربما أكثر منه، لأنه متزوج وأكبر منه بعام، وهذا دون الأخذ في الحسبان أنه لا وجود في الحروب لما هو غير مباح من أجل الإفلات من النكبة. ولكن أعظم النكبات - وهنا توقف قبالة مرآة واجهة أحد المتاجر - تتمثل في الخجل من نفسه بالذات. بدا عجوزًا متَّسخًا، يرتدي رداء عمل ويدفع عربة حديدية. «ستة وأربعون عامًا لينتهي بي الأمر إلى هذه الحال»، قال لنفسه، وتقبل دون تحفظ - أجل، دون أن يلمح أدنى قدرٍ يحطُّ من الكبرياء التي يمكن للصدق وازدراء النفس أن يتيحاها له - أن «خيل» أفضل منه ألف مرة، حتى لو اقتصر الأمر على تواضعه وعلى الشجاعة التي تقبَّل بها تضحيةً تفوق قدراته. رأى نفسه مضحكًا في مرآة الواجهة الزجاجية وفي ذهنه، بذلك الرداء وتلك الخطط الدنيئة من أجل أن يحتل كرسيًّا ومخدعًا بأي ثمن («وبعد ذلك الشيخوخة، والمرض، والموت والضياع بين الأموات مخلفًا وراءه سلسلة من الإخفاقات والاحتيالات»)، فحوَّل طريقه إلى ركن الحديقة الذي اعتاد أن يأكل فيه، وكان يدفع العربة بغضب شامل ومتأجج ذكره بقزم الحكايات المتأفف الذي ضُبط وهو يخبئ كيس زمرد، وهرب بكنزهِ متوعدًا إلى قلب الغابة المظلمة.

وقبل أي تفكير آخر، فتح علبة بسكويت، وأكل الصف الأول منها واحدة فواحدة. وبينما فمه لا يزال ممتلئًا، نزع السيلوفان عن

زجاجة كونياك، وتناول جرعة كبيرة منها، ثم مسح فمه بكمه وتجشأ. وفي البعيد كان شبح المدينة يُرى بصعوبة وسط ضباب الغسق. لا، لا يمكنه أبدًا أن يكون رجلًا نموذجيًّا، وذلك لأسباب عديدة منها أن العالم سيئ التكوين. إنه تركيبة خردة هائلة، هذا هو ما عليه العالم. فكَّر بالغرور الاحترافي لمن يعدُّ نفسه موظفًا مكتبيًّا جيدًا. فهو لا يمكن أن تخرج منه أبدًا رسالة فيها الكثير من الشطب. كان إيحاء غضب الكارثة قد زوده، وهو قادم إلى الحديقة، بأنوار مفاجئة في عينيه. بدا له ذلك أشبه برؤيا: سيارات تزمر، سائقون يصرخون، عصافير تهرب، ريح تدفع قطع بلاستيك وأوراقًا، عابر سبيل يكلم نفسه بتناوب صوتي مجاملة وغضب، طفل يبكي عند ناصية بحماسة عِجل، سيارة إسعاف تزأر، كلب يبول على عجلة سيارة، بينما هو يدفع العربة بغضبٍ ممسوس وكل شيء حوله يبدو كأنه مستخرج من صورة مشهد جحيمي. ما الذي يمكنك انتظاره من الحياة؟ «كيف أمكن لك أن تثق بالعناية الإلهية يا أحمق البراز؟». ما العالم إلا توليفة خردة يوم أحد.

تناول جرعة أخرى. الجو بارد (ويبدو له أشد برودة وهو لا يرتدي المعطف المطري والقبعة اللذين تركهما في المتجر)، والحديقة مقفرة ومكشوفة. ستة وأربعون عامًا، كيف يمكن له أن يكون مثاليًّا في عالم كهذا؟ وإذا ما حاول ذلك على الرغم من كل شيء، كيف سيحقق رغبته مع ثقل خيل على ضميره؟ وفجأة، فكر في أن الإخفاق وحده يمكنه أن يضمن له انتصارًا غير مؤكد. «وماذا لو سافرتُ أنا؟»، تساءل. «وماذا لو اخترتُ الخسارة التامة بدلًا من مواصلة حرب الاسترداد؟»

لم يكن بحاجة إلى عصر مخيلته كي يرى نفسه متحولًا إلى متشرد، مستلقيًا على ضفة نهر وبطنه تحت الشمس وعشبة في فمه.

رأى نفسه يصعد إلى قطار شحن منطلق، يشعل نارًا في الريف، ويشوي قطعة سجق وينام بين القصب. رأى نفسه يصل إلى الأفق بصفير بين شفتيه وشذا إكليل الجبل في أذنه. استشعر المهابة، الجوهر الحكيم لصفير لحن «بوليرو» عند الضحى، بينما نصف العالم يكدُّ في المكاتب والمصانع. وفي المساء، بينما يكون آخرون يزعقون وسط دخان المنتديات، سيصفر هو في الظل صفيرًا بديعًا أو سيروي ماضيه الخاص والجمعي، غير عابئ بالأخطاء، لمستمع رعديد ربما يكون بستانيًّا أو راعي غنم. سيكون قارضًا جيدًا لِقِطع خبز يابسة، وثمار برية، وأعشاب، وجذور. سيحمل على ظهره كيسًا يضع فيه خبز الصدقات، سيتدبر مصائد أفخاخ للعصافير وشصوصًا للأسماك، وربما يقرأ أشعاره أو يعزف غيتارا في الميادين والدروب، وفي الليالي المقمرة المضيئة سيصطاد ضفادع وسلطعونات. سيشعل موقدًا في الشتاء. ويقدم في مواسم جني العنب والزيتون خدمات موسمية، وإذا ما سقط مريضًا ستحمله الدولة إلى مستشفى إحسان. ربما يغوي بعض النساء في القرى. نساء يبحثن عن المتعة الفوضوية والآنية. وعندما يشيخ سينهي أيامه في ملجأ راهبات، وسيُرى هناك، متلعثمًا وبلا أسنان، يُضحك الآخرين بشيطنات عجوز حامٍ. هذا إن لم يجد وظيفة راعٍ ثابتة، يصنع في بيته نايًا من قصب كي يعزف عليه لحن «لاهافانيرا»، وسيبحث في الموسم عن أعشاش طيور وشك حراذين بسفود. أي حياة أفضل من هذه يمكنه أن يعيشها؟ سيكون حرًّا، بلا رب عمل وبلا توقيت دوام. سيكون سعيدًا كما في الطفولة، ونموذجيًّا على طريقته.

ولكن، أيجد الشجاعة للتحول إلى بوهيمي؟ إذا ما فكر جيدًا، سيخطر له مثلما خطرلـ«خيل»: لم يعد في سن مناسبة لمثل تلك المغامرات. وهو ليس مجنونًا. ليس شابًّا ولا مجنونًا. ما هذا: وضعه

هو الوضع الخريفي والحذر. ومع أنه لا يعاني أمراضًا إلا أنه لاحظ منذ بعض الوقت إحساسه ببعض الآلام الخفيفة، بعض الوخزات والتشنجات التي تأتي لتغيم في أفق السنين. تلمس وجهه بتدليل أمومي: ماذا لو سقط مريضًا في يوم ماطر، بين شجيرات دغل؟ التهاب في البطن أو في العصب الوركي. أو اعترضت طريقه في عزلة حقل زيتون كلاب ضخمة. أو أصيب بحمى في موسم رعي القطعان لبقايا الزرع. كم من الأخطار تترصد في عوالم الرب غير المتقنة تلك! وفجأة استكان وقال لنفسه: «فلنقم بتجربة». نهض ورسم بالزجاجة خطًّا على الأرض. «في ذلك الجانب»، أعلن بصوت سكير مخمور، «ينتظرك البرد والجوع والبلبل والدرب والكرامة والأسمال. وفي هذا الجانب ينتظرك العار ومجمر التدفئة وسقالة البناء ورئيس العمل، الملابس النظيفة والرز جيد الطهو. وعليك أن تنظر ما الذي تختاره، ولكن إذا ما اجتزت هذا الخط، فكِّر جيدًا، لا يعود بإمكانك التراجع، لأنك ستكون عندئذ غير جدير بنظر نفسك». ظل خمس دقائق يفكر هناك، يقوم بتوازنات مخمور ويُنضج خياره. وأخيرًا تقدم خطوة، ووضع قدمًا في كل جانب من جانبي الخط، وابتسم. فقد لمح خطة نهائية، مفيدة للجميع، بسيطة وسعيدة بحيث لا يمكن لها أن تخيب.

يدرك الآن أنه اتخذ قراره بالتحول إلى متشرد بثقة غريزية في أن واجبات أشد خطورة تحول دون تنفيذه. لم يكن قد فكر في «أنخيلينا»، وفي أن واجبه تجاهها - الآن وهو مستعد لتصفية كافة ديونه - لا يقبل الاعتذار أو أنه أكبر من واجبه تجاه «خيل». ولهذا سوف يتحدث معها غدًا بالذات. سيتحدث إليها بكل جدية. سيعود إلى الاقتراح عليها أو أنه سيأمرها، بتعبير أدق، باعتباره رأس الأسرة، بالانتقال من الحي. وبما أنهما سيكسبان نقودًا من تغيير

الشقة - وهنا الجديد في الخطة -، فسوف يفتحان متجرًا صغيرًا؛ بارًا أو متجر قرطاسية أو دكان فاكهة مجففة أو مشغولات حياكة. سيصبحان تاجرين. أصحاب أعمال. سيعملان كلاهما. إنها توليفة عقلانية، وستزيد من عقلانيتها السلطة التي سيطرح بها الفكرة، ومن المؤكد أن «أنخيلينا» ستوافق عليها دون أن تنبس ببنت شفة. وحيال تلك الرؤية البانورامية اللطيفة والحالمة لمستقبله، تأثر «غريغوريو»، بل إنه تحسر على تخليه عن مغامرة حياة كسولة بصورة سرية. مع أن الحال هكذا ستكون أفضل. فخلال بضع سنوات سيبدآن بالتحول إلى الشيخوخة، وسيكون الاحتماء في حجرة متجر خلفية مع مدفأة أفضل من النَّدَى الشتائي بين شجيرات دغل. وسيكلم «أنطون» في الغد أيضًا كي يحرره من التزامه، وسيهرب في الليل من البنسيون دون أن يدفع أجور إقامته، ولكنه سيترك ملاحظة يَتعهد فيها بتسديد ديونه بعد وقت قصير ويشرح أسباب هروبه.

لم يكن يعذبه أي شيء سوى أن «خيل» سيكتشف الخدعة عما قريب. ولكنه سيكون آنذاك في متجره الخاص وبمنجى من الأخطار، بل ربما سيكتب إليه، أجل، ويوضح له أنه تحول إلى ناسك وقرر البقاء في الهند إلى الأبد. «لقد تخليت عن الدنيا»، قال بصوت عالٍ، «وقطعت علاقتي بـ«مارلين»، ملاذ الحب كله. وعقدت اتفاقًا أبديًا مع الصمت. لقد وجد هذا اللحم الحزين طريقه إلى الرب. وفيما هو آت من الأيام ستكون حجرة المتجر الخلفية مغارتي كناسك»، وبدأ يدور حول نفسه وذراعاه مفتوحان، ويفعل ذلك بتسارع متزايد متسببًا في تطاير أذيال رداء العمل، إلى أن تعثر بسبب الكحول والدوار وسقط على الأرض مثل مهرج يوجه صفعة مبالغًا فيها.

«حُسم الأمر، غدًا سأنجز إخفاق حياتي الشامل»، قال لنفسه، وتخيل نفسه بزي جنرال مهزوم، وملوث بالدم والغبار، تحت

الشجرة الهرمة نفسها التي شكلت مأوى مواعيده مع «مارلين»، والسيف على الأرض متساميًا ومحمومًا، مثل «إرنان كورتيس» في «ليلة أوتومبا الحزينة»[1]. ولم تزعجه هذه الصورة التاريخية له. وبينما تلك الصورة لا تزال في ذهنه، نهض عن الأرض، وشرب جرعة الخمر الأخيرة وألقى الزجاجة بعيدًا قدر ما استطاع.

كان الليل قد تقدم عندما سحب العربة إلى سياج نباتات شوكية، وأغرقها فيها ثم ألقى برداء العمل فوقها، وحمل المؤن التي كانت فيها ورجع إلى البنسيون. وعند المنعطف الأخير في الردهة أهدى إلى «دونيا غلوريا» و«باكيتا» مرطبان عسل وبضع علب بسكويت فاخر. وأوضح وهو مشرق بالكحول أن تلك السلع أرسلها إليه المشرف على برج الحمائم كدفعة من حساب الدخل السنوي.

- اسمحا لهذا الغريب يا سيدتي أن يقدم إليكما هدية طعام آلهة، من نتاج النحل هناك في حقول طفولتي. واسمحا لي أن أحتفي بالكرم واللطف، أو اسمحا لي، من أجل قول ذلك بخبث شاعر، بأن أضع جُلجلًا على هذه اللحظات، كيما ترن في الذاكرة في المستقبل ولا نفقد العجول. سيدتَيَّ، بهذه الكلمات يودعكما شاعر الشباب. من سيطلع عليه الصباح كناسك. اعذراني.

قالها بصورة مشوشة من العتمة، ولم تكن مفاجأته من خطابه أقل من مفاجأة المرأتين، ثم دخل إلى غرفته ونام على الفور.

في صباح اليوم التالي، ما إن استيقظ حتى قام بمراجعة سريعة لضميره ووجد أن قناعات اليوم السابق راسخة لديه. وبينما هو يرتب

(١) هي تسمية الهزيمة التي تعرضت لها القوات الإسبانية بقيادة «إرنان كورتيس» على يد الجيش الأزتيكي ليلة ٣٠ يونيو ١٥٢٠ خارج مدينة «تينوتشيتلان» (مكسيكو حاليًّا). (المترجم).

أمتعته من أجل الهروب في تلك الليلة، راجع الخطة، ووجد أنها متماسكة إلى حد بدت له أنها الحصيلة المنطقية لقصور الوقائع أكثر مما هي ثمرة مصادفة وقعت عليها نباهته. وبهذا اليقين خرج من النزل، ومرَّ قبالة بيته دون أن يرفع بصره عن الرصيف، وبعد أن ابتعد قليلًا كَمَنَ بالقرب من السوق. كان واثقًا من أن «أنخيلينا»، التي تحركها خيوط القدر نفسه، لن تتخلف عن الظهور. «سأمنحها مهلة ترنمي بأغنية «لاهافانيرا»»، قال لنفسه. ولكي يستغل النبوءات بصورة أفضل، بدأ يغني الأغنية بحروف مرقمة، متنبئًا أن الرقم الذي ستصل عنده «أنخيلينا» سيكون عدد السنوات التي عاشها.

جلبت هبةُ هواء جليدي إلى ذاكرته المعطف المطري والقبعة. وبهما كان يودع جزءًا من شخصيته، ويُصفي رسميًّا أوهام الشباب. أحزنه أن تنتهي تلك الملابس في جحيم متجر مؤونة. ماذا سيكون مصيرها وقد صارت مثل كلب بلا سيد؟ ربما سينتهي بها المطاف إلى دكان ملابس مستعملة، أو ستقدم خدماتها الأخيرة في كسوة جسم متسول يجهل تمامًا قصة أنها لم تكن ملابس بقدر ما كانت رموزًا لحياة نكبات وآمال سرية. وشيء مشابه يحدث له هو أيضًا، لأن العدل يقتضي أن يتشاطر الممثل قدَره مع قِناعه، وأن يتقاسما النجاح والإخفاق بإنصاف قبل أن يعود كل منهما إلى وظيفته اليومية. «آي، يا للمصير البائس الذي لاقته تلك الملابس المسكينة معي!»، استذكر دون أن يفقد إيقاع «لاهافانيرا».

كان قد وصل إلى العدد ثلاثة وستين، وفي منتصف اللازمة الثانية من الأغنية، رأى «أنخيلينا» آتية وهي تحمل سلة المشتريات بين الحشود. لم يلحق بها. سرَّع إيقاع الموسيقى ودخل من بوابة أخرى مدفوعًا على الدوام بنزوات الحاجة الملحة. ودون أن يفكر في الأمر، تقصى عن أسعار الخضار واللحم، اشترى بعض العنب

كي يموه الانتظار ويخفف من مشيته، وراح يأكل حبات العنب واحدة فواحدة، متسليًا في التكاسل. بحث عن ركن هادئ، استند إلى أقفاص طيور وبيض، وما إن رمى عرموش عنقود العنب، ونظر من فوق كتفه إلا وكانت «أنخيلينا» هناك. بدت كما لو أنها قد انبثقت من ركود ذهوله نفسه، ولم تجد الوقت للتعبير عن مفاجأتها لأن «غريغوريو»، بعد أن بصق، بحركة رجولية، قشرة عنب، أشار إليها بإصبعه أن تقترب.

أمرها دون أن ينظر إليها ودون أن يرفع صوته:

- حضِّري الأوراق والوثائق من أجل بيع الشقة. سوف ننتقل من الحي.

- من الحي؟

- أجل، سأتولى أنا أمر كل شيء. شراء شقة ومحل. سأفتتح دكان فواكه مجففة.

ومستبقًا الاعتراض، أمسكها من ذراعها، وبينما هو يقتادها باتجاه البيت، راح يشرح لها تفاصيل الخطة. كان يتكلم بثقة بالنفس مكفهرة ومتوعدة.

- وابدئي بإعداد نفسك من أجل التصرف والتكلم مع الناس بطلاقة ولطف، وليس بمظهر الذبابة الميتة الذي أنت عليه، مفهوم؟

لم تجب «أنخيلينا».

- وابدئي بالإعداد للانتقال. سأتولى أنا مسألة البحث عن شقة في أحد الأحياء، تلك الأحياء الجديدة التي فيها حدائق وملعب تنس. اتفقنا؟

- أجل.

- ولا تعودي إلى سؤالي أبدًا عن «فاروني»، ولا عن شركة «بيلسون» ولا عن أي شيء آخر، أتفهمين؟

- أجل.
- وبالنسبة إلى أمك، قولي لها ما يخطر لك، على ألا تأتيني بإزعاج السؤال عن أين كنت أو ماذا فعلت. ألا تأتيني بالمضايقات التي لن أرد عليها. هل سمعتني؟
- أجل.
- ومن الآن فصاعدًا ستنتهي الحماقات.
- أية حماقات؟
- جميعها. أيًّا تكن. أشعر بخيبة أمل من العالم. أنت ترين ما الذي يحدث للمرء لأنه طيب. ولهذا سأقيم متجري الخاص ولن أتحمل حماقات مسؤول أو أي شخص! أي شخص! وما أقوله من الآن فصاعدًا سيكون قداسًا. بالحسنى أو بالإكراه. ومسألة الحياكة والتطريز، دعكِ منها. وحين تضجرين، ستقرئين، أو تلعبين التنس، لا فرق لدي. وسنذهب إلى المسرح! وسوف نرجع إلى الساحل! وسنبني صداقات! وسنكون حديثين ويمشي في البيت ما أقوله أنا! أتفهمين؟

هزت «أنخيلينا» رأسها موافقة.

- وأنا سأنهض في الرابعة فجرًا كي أذهب إلى السوق من أجل شراء السلع. وسنشتري شاحنة صغيرة. وعند عودتي من السوق سأطلق نفيرها فتنزلين لمساعدتي، اتفقنا؟
- أجل.
- وإضافة إلى الفواكه المجففة، ستكون لدينا سكاكر وألعاب، لأنها تباع كثيرًا. ومشروبات كذلك. لقد درستُ كل شيء منذ زمن بعيد. منذ ما قبل مغادرتي البيت. منذ أن لاحظتُ أنه من المستحيل عليَّ في المكتب أن أرتقي، وأننا لن نخرج أبدًا من الفقر. أما هناك، في الشقة الجديدة، فسيكون الأمر مختلفًا. وإذا لم تمض الأمور

بصورة جيدة ولو قليلًا، فسوف نقيم متجرًا آخر، ثم آخر، وآخر، إلى أن تصبح لدينا سلسلة متاجر. وسوف ترين. يجب على المرء أن يكون شجاعًا في الحياة. كيف تظنين أن رؤوس الأموال الكبرى تراكمت لولا ذلك؟

– ولكن يا «غريغوريو»، هذا الذي...

– ولا كلمة! أنا رأس الأسرة وأنا من يأمر هنا (وضغط على ذراعها إلى أن تسبب لها بألم). واعلمي جيدًا، أنا سأعمل بعد الظهر وأنت ستعملين في الصباح. سوف نهيئ ألفًا أو ألفي إعلان ونوزعها على البيوت. الدعاية أساسية في التجارة. وهل تعرفين التسمية التي سنطلقها على المتجر؟ «ركن جنة عدن». أيعجبك؟

– أجل.

– لقد فكرتُ في الاسم جيدًا. وستكون لدينا في المتجر حجرة خلفية وسأتولى أنا تنظيم الحسابات. سنحتاج إلى مدفأة، بل ربما يكون لدينا قِط. لقد رغبتُ في امتلاك قط من زمن بعيد (قالها بسخط)، ولم أستطع لسبب أو لآخر. ولكن الحماقات انتهت الآن.

توقفا عند البوابة.

– سأذهب الآن إلى الضاحية الصغيرة لأرى شققًا. وهذه الليلة بالذات سأرجع إلى البيت، بعد الساعة الثانية عشرة، فأعدي عشاء أو أي شيء، اتفقنا؟

– أجل.

– حسنٌ، أعطيني قبلة الآن.

قدمت له «أنخيلينا» وجهها.

– هل أنتِ سعيدة؟

– لا أدري (وأخفضت رأسها).

٥٥٣

- ألا يروق لك الانتقال؟

- بلى، ولكن...

- هيئي إذًا كل شيء لأنني سأذهب غدًا بالذات إلى وكالة كي أعرض الشقة للبيع. وعندما تكونين في المتجر، لا أريد أن تبيعي شيئًا بالدين، مفهوم؟ (وغمزها بعينه)، كل شيء مقدمًا ونقدًا! (وشعث لها شعرها مداعبًا كطفل لعوب وظل يقف هناك مبتسمًا، يحميها بابتسامته، إلى أن اختفت «أنخيلينا» في بوابة البناء).

«كل شيء على ما يرام!»، قال بصيحة ابتهاج حميمة. فهذه الليلة سيرجع إلى البيت، وخلال أسبوع سينتقلون من الحي، وقبل مضي أقل من شهر سيكون بمنجى في حجرة المتجر الخلفية. لقد انتهت متاعب تلك الورطة المعقدة. لم يبق عليه سوى التكلم مع «أنطون»، والاتصال بـ«خيل» وإخباره بأن «فاروني» قد قرر البقاء إلى الأبد في الهند كناسك. وعند منتصف الليل سيهرب من البنسيون وسيهرب بذلك من الحلقة الجهنمية التي تحولت إليها حياته مؤخرًا. وفجأة، بعد أن بدت النُّذر شديدة السواد والآمال بعيدة جدًّا، عثر على نورٍ في الظلمات، وها هو المستقبل ينفتح أمامه باسمًا ومرضيًا. «لا، ما دمتُ سأخرج في النهاية رابحًا»، راح يفكر، لأنه كان يرغب على الدوام في امتلاك متجر صغير يتجنب فيه صرامة ساعات الدوام الوظيفي ووجود رئيس مسؤول عنه. ومن يدري، فلربما سيتمكن هناك في حجرة المتجر الخلفية، وهو في مأمن من المفاجآت، من نظم أحد أعماله المتخيلة وإرساله إلى «خيل» من الهند، كي يحيي صورة «فاروني» في ذاكرته. إنه يفكر أن يطلب منه، حين يستيقظ غدًا، ألا يذهب إلى المقهى، لأن ذلك أمرٌ لا يستحق العناء، ولأن رواد المنتدى الحقيقيين قد انتشروا في العالم، ولأن من هم هناك الآن ليسوا سوى محتالين مأجورين للحكومة. وفي أسوأ الحالات،

ستظل هنالك شكوك لدى «خيل»، ولا بد أن الرؤية المثالية المتنامية للماضي وخيبة الأمل من الحاضر ستزيد من تماسك تلك الشكوك. أجل، ربما سينقذ «فاروني» نفسه أيضًا في نهاية الأمر. المهم الآن هو في امتلاكه شاحنة صغيرة مغلقة عما قريب. فقيادة سيارة هو أحد أحلامه القديمة التي لم تتحقق. سيستخرج رخصة سياقة، وسيذهبون في أيام الآحاد إلى الريف ويسافرون في الصيف إلى الساحل وربما إلى الخارج أيضًا، ولم لا؟ يمكن لثلاثتهم الذهاب معًا في السيارة إلى روما لرؤية البابا، وهكذا يتصالح مع حماته أيضًا. سيقضي الليل بين الأطلال، كما في أحلام اليقظة، وسيرسل إلى «خيل» بطاقة بريدية: «من المدينة الخالدة، تذكار خالد من صديقك، «فاروني»». وإذا ما سارت الأمور على ما يرام سيشترون بيتًا في الريف، إلى جانب نهر، وهذه رغبة أخرى من رغباته التي لم تتحقق.

أجل، ربما يكون ذلك هو التعويض عن عدم سماحه بأن يغادر «خيل» المدينة. لقد كان طيبًا وكريمًا. بل إنه كان مستعدًّا لأن يتحول إلى متشرد لمجرد إنقاذه. وها هي العناية الإلهية تكافئه الآن. مثلما حدث لإبراهيم حين مد إليه الرب يده في اللحظة نفسها التي كان سينجز بها تقديم القربان. آه، ما زالت هنالك عدالة في الدنيا؛ ما زال الأمل والنظام ممكنين في العالم. وكان يشعر بأنه خفيف وشاب، ومرح تقريبًا، ولم يكن يدري إن كان أكثر سعادة بوعد المستقبل أم بالطمأنينة الروحية التي تملأ نفسه.

بالقرب من الحانة، قرر فجأة عدم التحدث إلى «أنطون». إنه يشعر بالاشمئزاز من مواصلة تمثيل دورٍ كان قد تخلى عنه لحسن الحظ. كما أن ذلك اللقاء سيتسبب في تعكير طمأنينته وإحياء وساوس قديمة، بل يمكن كذلك لـ«أنطون» أن يضعه، بأسئلته، في موقف حرج، أو أن تُداخله الشكوك في أنه كان ضحية خدعة. لا،

ليس من المناسب المجازفة بنصر صار مؤكدًا. من الأفضل أن يترك له ملاحظة مكتوبة. بضعة سطور ما قبل أخيرة في مسيرته كمخادع. لقد بقي الدفتر في المعطف المطري، ولكنه ما زال يحتفظ بإيصال تسليم بضاعة من أوراق المتجر، وعلى قفا تلك الورقة كتب:

صديقي «أنطون»: إنني ذاهب في رحلة ولن أستطيع التحدث إليك شخصيًّا. سأسافر إلى الهند، حيث لديّ صديق، وآمل أن أبدأ حياة جديدة هناك. وبشأن موضوعنا، أقول لك إنني قد تخليت عن استعادة امرأتي. فهي لا تستحق العناء، وحتى لو رجعتْ إليَّ فإنني لن أستطيع أن أغفر لها. أما بشأن «خيل»، فهو أقل الاثنين ذنبًا، ولهذا فإنني أتخلى عن الانتقام أيضًا. فهو أمر لا يستحق العناء كذلك. أُفضِّل الهرب بعيدًا ونسيان خيبة الأمل.

اعلم أنني سأظل ممتنًا لكل ما فعلته من أجلي. ولن أنساك أبدًا. عناق مودة من صديقك،

«ألبار أوسيان».

ترك الملاحظة مساء ذلك اليوم بالذات في الحانة، وعند الغروب، بعد أن تسكع بسعادة في شوارع الحي، مستمتعًا بالبؤس والوحدة وبكل النكبات التي ستصبح عما قريب مجرد طرائف لطيفة أو دعوة مسالمة إلى الحنين، رجع إلى البنسيون.

صرخت «باكيتا» في وجهه وهي تفتح له الباب:

- ماذا؟ ألم يرسل إليك برج الحمام اليوم أي شيء؟

قال «غريغوريو» مازحًا:

- اليوم لا. اليوم أجيء بيدين خاويتين، أو أنهما مملتئتان بآمال عظيمة بكلمة أدق.

- هيا، لم أعد أثق بكلامك!
- ولكنني في أحد هذه الأيام (وأشار إليها بسبابته)، سأدفع ما عليَّ مع الفوائد. هذا ليس مزاحًا. سآتي في سيارة (ورفع إحدى يديه ليحيط عاليًا بالمشهد الذي يستحضره)، سأجيء مع أسرتي لأقدم لك احترامي. وسآتيك بهدية. زينة شخصية. بل يمكن أن تكون صورة مع إهداء من البابا، وسترين ذلك. لا، أقول بجد، (اقترب منها مصالحًا) إنني شخص طيب، صدقيني.

صاحت «باكيتا» وهي تبتعد في الممر:
- أجل، أجل! حين تأتي الشرطة سوف نرى مزاح المتودد! لن يتجاوز الأمر يوم غدٍ!

دخل «غريغوريو» إلى غرفته وهو يكبح ابتسامة تفهم أو سخرية. «ما الذي ستكون قد أعدته لي «أنخيلينا» من أجل العشاء؟»، تساءل وهو يستلقي على السرير بشيطنة طفولية. «شرحات «إسكالوب»؟ فلفل محشو؟ عجة بطاطا؟ آه، الحياة جميلة». وأغمض عينيه وتمطى بمتعة وانكمش بطريقة هرِّية. قريبًا ستأتي فترة عيد الميلاد وسيشتري حلوى لوز ومشروبات من ماركة مشهورة. وهناك، في الشقة الجديدة، حيث لا أحد يعرفه، سيتمكن من أن يكون رجلًا نموذجيًّا دون خشية من أن يكون مضحكًا. سيؤسس لنفسه صورة محترمة ولطيفة، صورة رجل له عالمه الخاص ووجهات نظره المتحررة.

في تلك اللحظة سُمع هدير خزان حمَّام، وبينما هو ينتظر ردًّا من قفل الباب ومفتاح النور، بدأ يغفو. حلم أنه يمضي في شاحنته، يقودها بانسيابية وبراعة. كان الوقت صيفًا وهو يجتاز سهلًا يمتد بلا حدود، ملتهبًا ومقفرًا. ضجة المحرك جعلته يشعر أنه في حلم ضمن الحلم. وأخيرًا رأى شجرة في البعيد، وأحدهم يجلس في الظل. تأخر كثيرًا في الوصول، وعندما ترجل من السيارة فقط تعرَّف في

تلك الشجرة على شجرة كينا طفولته، والشخص الجالس هناك على حجر وينظر إلى الأرض هو أبوه.
- سيارة جيدة.
قال هذا دون أن يرفع عينيه، ثم أضاف:
- ألستَ أنت «غريغوريو مونروي»، ابني محب البحر؟
ولكنه لم يجد الوقت للرد لأن أباه، دون أن ينتظر ردًّا، صعد بقفزتين إلى السيارة، وأدار محركها واختفى بها منطلقًا بسرعة كبيرة.

عندئذ ظن أنه استيقظ. وراح يفكر في ذلك الحلم الحزين إلى أن سمع «باكيتا»، بعد هنيهة، تغني في المطبخ. ولم يستغرب أنها كانت تغني أغنية «لاهافانيرا» تحديدًا، بهيام صوت وحماسة حورية بحر. وعلى الفور، دوت في مكان ما دقات ساعة، ففكر في آن واحد، كما لو أن الأمر هو نفسه، أن عليه أن يتناول العشاء وأن يُصلح تلك الساعة. «يجب تقديم عشاء للساعة!»، سُمع من يقول بصوت عالٍ، واستوى في السرير وهو يحسُّ بالاختناق.

كانت الساعة الثانية عشرة بالضبط. وكان الحلم قد استبدل انشراحه بنوع من الاستياء الغاضب. فقد شعر، بصورة عبثية، بالغضب من أبيه الذي سرق السيارة. ولكنه حين تذكر، فورًا، أن تلك الساعة هي موعد هروبه، انحسرت حدة غضبه إلى ضيقٍ ضجرٍ، وتسبب له تذكر العشاء بفقدان للشهية. ربما هي شِباك الحلم العنكبوتية، والجزء المؤلم من الواقع على الدوام. وصل حتى المنضدة بالتلمس، أشعل النور وكتب ملاحظة الوداع. «لقد أثبتُّ لكما بأكثر ما يمكن أنني رجل شريف. وأطلب منكما أن تثقا بي»، قال في نهايتها، وأعاد إليه هذا اليقين الأخلاقي الثقة بالنفس والحيوية.

جمعَ الأمتعة، فتح الباب وأنصَتَ. لم يكن يُسمع سوى فوران الصمت. لا، هنالك شيء آخر في العمق: إنه إيقاع، جلبة، ترديد

متعدد ومحموم مثل جحر نمل. تقدم على رؤوس أصابعه، ملتصقًا بالجدار، انعطف في الممر ووصل إلى جوار حجرة «دونيا غلوريا». وهناك كان يُسمع صوت. أصاخ السمع، لكنه لم يميز شيئًا سوى الإيقاع اللجوج وبعد ذلك وابل من التصفيق. كل شيء كان مظلمًا. أطل من الباب: كانت العجوز نائمة على أريكة، وعلى المنضدة المستديرة الصغيرة يلمع صف أنوار محطات مذياع. كان الطريق مفتوحًا أمامه، ولم يكن عليه سوى الوصول إلى باب المدخل وتجاوزه. ولكن خطر لـ«غريغوريو» فجأة أن يدخل هناك لحظة، ربما من أجل التحدث إلى «دونيا غلوريا» وترتيب أمر هروبه بصورة ودِّية، وربما منجذبًا نحو ذلك الصوت الذي لا يلمح منه سوى النبرة والإيقاع. لقد كان انجذاب شعوذة، إذ فكَّر بصورة مبهمة في أنه إذا غادر دون أن يقول أي كلمة، فسوف يخلف وراءه مسائل غير مفهومة، وأحاسيس غير مستنفدة، يمكن لها أن تضايقه فيما بعد. أو ربما أنه أراد أن يثبت حُسن نيته لمستمع افتراضي. فهو ليس شريرًا ويحتاج إلى ترك أدلة براءة في تنفيذ الجريمة ذاتها.

خطا خطوة إلى الأمام. من الذي كان يتكلم في تلك الساعة ولماذا يصفقون له هكذا؟ لأن التصفيق يحول دون فهم الخطاب. يبدو كما لو أن المستمعين، ما إن يفهموا مغزى كل جملة حتى يبدؤوا التصفيق، دون انتظار نهايتها. وهناك من جهة أخرى شخير «دونيا غلوريا» الذي يعكر السمع أيضًا، ولو أصاخ السمع بمزيد من الاهتمام لأمكن له اكتشاف أصوات كثيرة أخرى: همهمة الأرضة، تداخل موجات بث أخرى (وفي بعض الأحيان كان يُسمع ما يشبه غناء عربيًّا نائيًا)، وتنهد قطع الأثاث وأنينها، ونبض الساعة، ووقع خطى في الطابق العلوي (وهي خطوات غير متواصلة بصورة نزوية تجعل من المستحيل استنتاج المهمة التي تقوم بها)، ونحيب الأشياء

الخائفة من الظلام وحتى خرخرة القِط الصادرة عن أحشائه هو نفسه. تقدم خطوة أخرى، وأرهف سمعه إلى أن جمع حواسه كلها في أذنيه، وتوصل أخيرًا إلى التقاط كلمة «حياء»، ثم كلمة أخرى، «ضمان». «كيف أمكن للمتكلم المزاوجة؟» تساءل وهو يتأهب للخروج. والآن بعد أن أشبع فضوله، لا بد له من الإسراع. كان من العبث إيقاظ العجوز في ذلك الوقت والتوضيح لها أنه سيغادر دون أن يدفع وأنه سيرجع بعد وقت قصير لتسديد ديونه. من العبث. ومع ذلك كان يقاوم الذهاب. تذكر أنه في الليلة التي وصل فيها إلى النزل ظل تائهًا للحظات في الممر أيضًا وأنه أحس في ذلك الحين كذلك بانجذاب إلى الظلام، كما لو أنه وجد فيه ملاذًا آمنًا من هموم الحياة.

كان عليه أن يجمع أشتات إرادته المبعثرة كي يبدأ الانسحاب، ولكن عندئذ بالضبط، وبالتوافق مع لحظة تمكنه من سماع جملة كاملة من الخطاب (شيء من قبيل «لن نتنازل عن شبر واحد من الأرض») وتعرف في الخطيب على الجنرال، أُشعل النور وظهرت «باكيتا» وهي تصرخ خارجة عن طورها.

تلقى «غريغوريو» الضوء كما لو أنه انفجار، واستدار بتكشيرة توسل ورعب.

كانت «باكيتا» تصرخ على بُعد ثلاث خطوات منه، مشيرة إليه بإصبعها وناظرة إلى الممر:

- النجدة، إنهم يسطون علينا! النجدة! الشرطة! الشرطة! الحقوا باللص فهو يهرب!

مدَّ «غريغوريو» يديه المحملتين بحزم الأمتعة في محاولة للتوضيح والوئام. ولكن تلك المرأة لم تتوقف عن الصراخ، وفي مكان ما بدأت تُسمع أصوات وتراكض. خلَّع الرعب أوصاله، والتفت نحو «دونيا غلوريا»: ربما يمكنه أن يفسر الأمر لها، أن يقول

لها إنه جاء بالضبط كي يتحدث إليها عن الهروب ويتوسل إليها أن تفهمه، كدليل حاسم على أنه رجل نزيه وبنوايا لا تشوبها شائبة. وإلا لماذا هو هناك؟ فلو أراد الذهاب لكان ذهب، حتى دون أن يترك أية ملاحظة.

قال وهو يفتح ذراعيه ويقدم نفسه بالذات كدليل براءة:
- سيدتي، دعيني أشرح لك.

كانت «دونيا غلوريا»، تجلس نصف مستوية على الأريكة، وتنظر إلى «غريغوريو» وهي شبه نائمة من الذهول. ولكن بينما هي تتقدم إلى الأمام وتنتصب بنصف جسدها بكل مشقة وتصلب قوة الكرامة وثقل السنين، راحت ملامحها تكفهر بظلال اشمئزاز لامتناهية.

هتفت وهي تبصق عليه احتقارها من وجهه حتى قدميه:
- أيها المحتال!

فكان ذلك أشبه بإشارة إلى «باكيتا» كي تزيد من صراخها. ووسط الصراخ كان يُسمع صوت المذياع، والتصفيق، وتكتكة الساعة. نظر «غريغوريو» يائسًا إلى المرأتين. وبذعر وإشفاق فكر في العشاء الذي لا بد أن «أنخيلينا» قد أعدته له، وعندئذ تعجل وحاول شق طريقه بكلمة اعتذار. لكن «باكيتا» التي كانت تسد الباب بيديها المخلبيتين زادت من صراخها واتخذت وضعًا حربيًّا.

- دعيني أرجع إلى غرفتي.

توسل إليها «غريغوريو»، محاولًا إبعادها بالقوة.

بدأت تدافع عن نفسها بالخرمشة والركل وبكل بدنها المتكهرب والشوكي، وفي تلك اللحظة ظهر وراءها السادة الثابتون الثلاثة وظلوا هناك، بنظرات قلقة ونائية.

توجه إليهم «غريغوريو» بينما هو يحتمي من هجمات «باكيتا» التي لم تتوقف عن الصراخ:

- إنهما لا تسمحان لي بالذهاب إلى غرفتي.

- الشرطة! الشرطة! إنهم يسرقوننا! امسكوا اللص! سيهرب اللص!

عندئذ فكر «غريغوريو» أنه ليس لديه ما يمكِّنه من تبرير وجوده هناك في تلك الساعة وبالأمتعة التي بين يديه. «سيعتقلونني»، قال لنفسه، «ستأتي الشرطة وتعتقلني. سيذهبون إلى البيت، ويتحدثون إلى «أنخيلينا» وسيُكتشف كل شي، مسألة «خيل» و«أنطون» وكل شيء، ولن أتمكن من إعادة ترتيب حياتي. سأظل بلا عشاء، وبلا سيارة، وبلا متجر وبلا هرّ. يجب أن أهرب بأي طريقة».

كان هناك على المنضدة شمعدان برونزي. لم يفكر في الأمر مرتين. تنفس بعمق، مرة واحدة، وفجأة رفع ذراعه بقوة من به مس، القوة نفسها التي يمكن له أن يجرَّ بها العربة نحو الحديقة ولكن، في الوقت نفسه، بالمهارة نفسها التي كان يمكن له أن يحرك بها قصبة صيد السمك، وهوى بها (أو بدا له بعبارة أدق أنه يُنزلها في صندوق خرق وفضلات أقمشة صوفية) على «باكيتا» التي انهارت متهاوية وهي تطلق أنَّة ذليلة، هي أقرب إلى أنَّة لذة غير مستحقة، مثل من يجد ملاذًا في هوة. وعندئذ توقف الصراخ. لم يعد يسمع الآن إلا دوي تصفيق من المذياع.

كان ذلك غريبًا: لقد بدا فجأة لـ«غريغوريو» أنه قد وصل إلى مملكة تحت مائية، حيث كل شيء عجيب وخيالي. نظر إلى يده. كان الشمعدان ملطخًا بالدم. كما لو أنه دليل براءة، أو الهدية التي يحملها لأمراء تلك المملكة الخرافية، أراها لـ«دونيا غلوريا» وللسادة الثلاثة، دون أن يبدو على أي من الخمسة أنه فهم ما الذي حدث بالضبط. وأخيرًا نهضت «دونيا غلوريا» وتقدمت شاخرة نحو «غريغوريو» وهي ترفع عكازها بنظرة مشتعلة بالغضب. حاول «غريغوريو»

إيقافها أو الحفاظ على المسافة بينهما بإيماءة سلام، ولكنها تقدمت خطوة أخرى، ومع أن ضربتها أخطأت الهدف، إلا أنها سقطت في اندفاعها على «غريغوريو» وتدحرج كلاهما على الأرض.

ظلا للحظات مثقلين ومتجمدين، متضامنين في وضع مفيد للجانبين. بدا أن العجوز التي سقطت بتراخ فوق «غريغوريو» تشعر بالراحة هناك، بل بأنها مستقرة في وضع مريح، لأنها لم تقتصر على عدم القيام بأي جهد للخروج من ذلك التشابك بل كانت تتحرك قليلًا أحيانًا كمن تريد تحسين وضعها. بينما «غريغوريو» المختنق بثقلها ينظر إلى جهة فيرى عند مستوى نظره وجه «باكيتا» الدامي، وفي الأعلى السادة الثابتين الذين يتأملون المشهد من الظلمة الخفيفة بحذر وفضول. وعلى الفور بدآ يجاهدان، فتمكن «غريغوريو» وهو يضرب بركبتيه من اكتساب فسحة تمكنه من دفع العجوز البدينة وقلبها عنه. نهض واقفًا بقفزة مبارز، التقط أمتعته، بما في ذلك الشمعدان، نظر فيما حوله وخرج إلى الممر قافزًا فوق المرأتين.

تراجع السادة إلى الخلف لفتح الطريق له. وفي أقصى الممر كان الباب مفتوحًا وتشغله جماعة من الناس. لم يحاول أحد منهم وقفه، بل انفصلت الجماعة لتفتح له ممرًا وخرج «غريغوريو» شاحبًا، مخلَّعًا، وهو يحيي مجاملًا برأسه، ويبتسم برهبة ويشكر من في هذا الجانب والجانب الآخر ويتحرك بانعدام جاذبية إعجازي، مثل سمكة تتحرك نائمة في بركة عميقة راكدة وشفافة.

عند منتصف الدرج فقط، حين صرخ أحدهم في الأعلى: «القاتل، القاتل!»، أدرك بوضوح ما الذي حدث، وانطلق راكضًا على أجنحة الذعر.

٥٦٣

الفصل الثالث والعشرون

هرب «غريغوريو» إلى خارج المدينة بحثًا عن ملجأ (أجمة شجيرات، على سبيل المثال، هو أول ما خطر بباله) يخبئ فيه خوفه ويتأمل وحيدًا حظه العاثر. كان يحتضن الأمل السري بأن أي مكان سيكون نافعًا لنواياه، ذلك أنه لا وجود لمكان محدد يذهب إليه. لديه أمور كثيرة يفكر فيها، وأمور أخرى كثيرة يندم عليها، وربما لن يكون ما تبقى في حياته من سنوات كافيًا لاكتشاف مدى اتساع حزنه وعمقه، وربما سيعيش فيه إلى الأبد كما لو أنه جزيرة حزنه الحقيقية التي بحث عنها منذ طفولته دون طائل.

كان يمشي مسرعًا. الساقان مضطربتان في خبب دمية اراجوز غير متناسق، تتعثران هنا وهناك عثرات مخمور، وينظر بشيء من المواربة ليراقب بطرف عينه ما وراء ظهره بحذر. خطواته ترن في الشوارع الخالية، إلى الوراء أحيانًا وإلى الأمام أحيانًا. ويبدو فجأة أنهما تبتعدان كما لو أنهما تنضمان إلى خطوات عابر سبيل متوحد آخر كي تتبعه، كلها معًا، في تعجل مضطرب. عندئذ يسرع في خببه ويحرك رأسه بترصد هلع.

لم يكن يعي ما حدث للتو. فبينما هو يضرب «باكيتا» ويتصارع مع «دونيا غلوريا»، اطمأن إلى الظن، أو شبه القناعة، بأنه كان يحلم،

ولكنه بعد ذلك، حين سمع وقع خطواته المتعجلة في الشارع، عرف دون أي مجال للخطأ أنه لم يكن مستيقظًا قط مثلما هو في تلك الليلة. «رباه! ولكن ما الذي يحدث هنا؟ ولكن هذا غير ممكن! ولكنني لا أحلم!»، هتف غير مصدق، مرتبكًا من الخوف، وراح ذهنه كله يمتلئ بفكرة واحدة: الهرب بعيدًا، إلى الريف، والاختباء في دغل كثيف.

سيحاول هناك حل رموز شيفرة وضْعه وتقدير النتائج، لأنه لا يستطيع بكل تأكيد أن يرجع إلى البيت. لا الآن ولا في أي وقت مقبل. ظن أنه عرف ذلك مذ رفع يده ليوجه الضربة الأولى بالشمعدان، وربما منحه خوف هذا اليقين وغضبه القوة ليواصل توجيه الضربات إلى الهواء دون رحمة، وليس إلى الهواء ولا إلى المرأة إنما إلى خوفه الذي كان يتعاظم مع كل ضربة. «لا الآن ولا في أي وقت مقبل»، كررها مرات عديدة. لأن الشرطة ستكون قد بدأت التحقيق دون شك، وبما أن اسمه الحقيقي مذكور في كتاب الأشعار، فإن إمساك طرف هذا الخيط سيكون كافيًا لحل كبَّة الخيطان كلها. وكيف يمكن له، من جهة أخرى، أن يخبر «أنخيلينا» بأنه قتل امرأة وسرق شمعدانًا عند هروبه من البنسيون؟ لقد كان واثقًا من أنه قد قتل «باكيتا». رأى ذلك مرسومًا في وجهه وفي وجوه من نظروا إليه وهو يخرج. «ها هو القاتل»، كانت تقول تلك الوجوه. وهو نفسه كرر في تلك اللحظة، بوضوح وحرفًا فحرفًا «أ-نـ-ا قـ-ا-تـ-ل»، دون أن يتوصل إلى فهم كامل لمعنى الكلمتين الحقيقي، والدقيق، والمبهم. حتى إنه، كي يتوغل فيهما بصورة أفضل، فكَّر في أنه سيظهر له تمثال في متحف شمع بعد سنوات قليلة، يمثله محاطًا بأشيائه العزيزة عليه. ربما وهو يصلح الساعة، أو وهو ينظف أظفاره بسكين متعددة الاستعمالات. «هذا هو خفه»، ستقول لوحة إعلان، «وهذه علبة الحذاء التي كان يحفظ فيها أشعاره»، «وكانت هذه هي قبعته» و«هذا هو الشمعدان

الذي نفَّذ به الجريمة». هذا ما سيقولونه، وسيُعلق الجيران حين يرون التمثال: «ولكن كم كان صامتًا «غريغوريو» هذا!». سيُظهرونه في التمثال قصير القامة، وسيبالغون في سنوات عمره، وفي استهتاره، وفي إهمال هندامه، وفي اتساع صلعه. وما الذي سيقوله «خيل» أمام ذلك الرجل القذر والعجوز، بل وربما الأحدب قليلًا، أمام تلك النسخة العبثية لمن كان بطله، لـ«فاروني» الشاب والساحر؟ «إنني قاتل الشمعدان»، راح يقول لنفسه، «قاتل علبة الحذاء»، ولكنه لم يكن يتوصل إلا إلى مفاقمة الخوف والاستغراب.

إلى أسفل، حيث الشوارع تصبح أشد وحشة وبؤسًا وظلامًا، داخلته رغبة في البكاء. ليس لشعوره بأنه مذنب، وإنما لأنه كان متعبًا ويخشى أن يقبضوا عليه. القبض عليه. هذا رهيب. سيلتقطون له صورًا على خلفية جدار، سيبهرون عينيه بضوء قوي، سيوجهون إليه أسئلة، سيحاكمه رجال صارمون يضعون شعورًا مستعارة، وسيأتي «خيل» إلى المحكمة كشاهد، وسيأتي «أنطون» بعصاه، وستأتي «أنخيلينا» بمعطفها كيتيمة، وستأتي الأم مع كلبها، وستأتي «دونيا غلوريا»، وسيأتي السادة الثلاثة الثابتون، و«مارلين»، والمعلم، والرجل ذو الملابس السوداء وجميع أعضاء منتدى المقهى، وسيشيرون إليه جميعهم بالإصبع ويدينونه ويحكمون عليه بالسجن عشرين عامًا ويومًا واحدًا. عشرون عامًا يعيشها مع أناس أفظاظ، مع أشخاص في وجوههم ندوب جراح ويستعملون المِدى، ينظرون جانبيًّا مثل الديكة، ومع أنهم ليسوا شديدي الفحولة إلا أنهم لا يتورعون عند الحاجة عن مجامعة أي شخص من الخلف. ورأى «غريغوريو» نفسه في مرحاض فيه مباول من إسمنت، يحيط به رجال بقمصان قطنية قصيرة الأكمام، يثبتونه ويُنزلون بنطاله بالقوة ويقتربون منه متلفظين ببذاءات ومشهرين قضبانهم الموشومة. وهو ضعيف وجبان. يضربونه،

يسرقون طعامه، يسخرون منه بوحشية، يضاجعونه. ولكنه لن يسمح بذلك لأنه يفضل الموت على فقدان شرفه، ولكن من غير الممكن طبعًا معرفة ما يمكن للمرء أن يفعله وهو محاصر بالبؤس والرعب. إما أن ترضخ أو يُشَرِّحونك بالسكاكين. وأي الأمرين أسوأ؟ لقد سمع قصصًا مرعبة عن السجن. ورأى أفلامًا. سمعَ قصصًا عن أكل صراصير، واعتداءات جماعية، واغتصاب للسجناء. لقد سمع ذلك. وهو يتخيله. آه، لا، أي شيء إلا السجن! لأن المسألة ليست في تهديد أولئك الأشخاص الأفظاظ وحسب. هنالك أيضًا مسألة الربيع على ضفة نهر. فمعرفة أن هنالك أمسيات صيف، وقطعانًا وجداجد، بينما عليه أن يكون هناك، سجينًا بين أربعة جدران، لعشرين سنة، في القذارة، يلتهمه البؤس والحنين. آه، لا، فليتركوه يفرض كفَّارة على نفسه بنفسه، يعاقب نفسه بيده! إنه يعرف كيف يفعل ذلك بسخاء ولكن بعذوبة. ليس هنالك من هو أشد قسوة وتصلبًا منه، ولكن لا أحد كذلك أكثر رقة منه في العقاب. «لن يسمحوا لي بذلك طبعًا»، أزاح الوهم جانبًا، «من المؤكد أنهم يبحثون عني الآن وربما هم في البيت يسألون «أنخيلينا»، وربما يكونون قد ذهبوا كذلك للبحث عن «خيل» وأيقظوه واكتشفوا كل شيء. ولكن، هل يمكن أن أكون قاتلًا حقًّا وأن أكون هاربًا من الشرطة؟ رباه، ماذا سيحدث لي!»، وهزت أعماقه قشعريرة رعب.

إلى الأسفل، تتبعثر المدينة في ضواح. وفي سيره منحنيًا من أجل الإسراع في المشي، ومولّيًا ظهره لآخر الأنوارالركنية، ابتعد متوغلًا في أرض خلاء، وتقدم لمسافة بين أكوام أنقاض وقمامة. وعلى أحد تلك الأكوام، ألقى بالشمعدان دون أن يتوقف. كانت تُلمح بصعوبة في البعيد كتل أبنية صناعية قاتمة، وأقرب منها بعض المواقد المتفرقة هنا وهناك، وقد تجنبها «غريغوريو». وفي نهاية الأرض

الخلاء ظهرت قرية أكواخ صغيرة. قام «غريغوريو» بالالتفاف حولها. اقترب كلب ليتشممه فأدار وجهه عنه كيلا يرى ملامحه كمجرم. نزل راكضًا على حاجز ترابي، بطفرات وتعثرات وهو يحتضن أمتعته، ومرة أخرى توغل في اجتياز حقل مقفر. إنها أرض بلا أشجار، بلا شجيرات، بلا أي شيء، تخترقها أعمدة خطوط كهرباء. وفي البعيد تُسمع أصوات كلاب. مشى إلى أن لم يعد يسمعها. وأخيرًا اصطدم ببناء مهدم، ليس فيه سوى جدران محروقة ونوافذ تطل على الليل. دار حوله. هنالك في الخلف خطوط حديدية وبعض أكوام الفحم والحديد وألواح الخشب. توقف «غريغوريو». إلى أين سأواصل؟ كان متعبًا ويشعر بنعاس قديم، كأنه نعاس متراكم منذ سنوات طويلة، وتلك المدينة التي تبدو بلا نهاية. «غدًا سأهرب إلى دغل»، قال لنفسه. ثم كرر: «غدًا، مع بزوغ الفجر».

وجد فجوة وسط كومة ألواح خشبية، وتمكن من الاندساس فيها. غطى المخرج، ثم أغمض عينيه وحاول تهدئة نفسه بتنفس بطيء وعميق. أحس كما لو أنه في الكشك من جديد، يخشى من مجيء «أليسيا» ويتلهف إلى مجيئها. إنه بمنجى هناك، إنه في جزيرته الصغيرة مرة أخرى. بدأ ذهنه يتيه في صمت لامتناهٍ. لا يُسمع أي شيء، باستثناء أفكاره. «لو أن الحياة كذبة لظللتُ هنا إلى الأبد»، قال لنفسه، ورنت الكلمات الداخلية كما لو أنها في كنيسة. «لو أن الحياة عربة أطفال»، أضاف وقد تاه ذهنه في النعاس. غدًا أو بعد غد، حين يصبح في جحيم الدغل، وهو فردوس أيضًا، سيجد الوقت لتصفية الحساب مع ضميره. أمامه الحياة كلها ليتطهر من الخطايا. «أو من الأخطاء بكلمة أدق». وهذه الكلمة الأخيرة انضمت إلى الحلم على شكل شخير.

استيقظ مرتين مذعورًا لدى مرور قطار. رأى وميض الأنوار من

مخبئه، ولكنه عاد للنوم، وأمضى الليل كله ما بين كوابيس وهذيانات. فكَّر أو حلم بكاهن بدين ومحزون يشير إلى حجرة مترعة بتماثيل دينية غائمة، ويقول له:

- ماذا سنفعل بهؤلاء القديسين؟ ماذا سنفعل بالعذراء؟

ويرد عليه «غريغوريو»:

- فلنخرجها خارجًا، إلى فناء الدير.

نظر إليه الكاهن مغمومًا:

- غير ممكن في الفناء، فهناك لا وجود لعبادات والبرد شديد. لاحظ مدى ألم هؤلاء الناس المهملين هنا.

وبدأ يعددهم بأسمائهم. بعض التماثيل تسمى «تيرابينثيو» قديس المعجزات، أو القديس «خوستو مارافا»، أو القديسة «آغايا» قديسة الهولنديين، ولكن تماثيل أخرى كانت تدعى فقط «ميرا»، «تشومبري» أو «باكاثيو»، وجميعها ترتبط فيما بينها بتقاطعات قرابة. إحداها هي أخت زوجة أخ ابنة خال صهر القديس «ميليتو ميليتون»، وأخرى هي ابنة بالعماد لحميٍّ عم الأخت غير الشقيقة للقديسة «زومايا بيسكادورا»، وذاك هو عراب هذا والجد الثاني لتلك التي في الأعلى، وهذا الذي لا تظهر منه سوى قدم واحدة إنما هو المشهور الذي لا يقل رحمة «دون مانغاس ترومباخوثو»، ابن أخ ثالث لابن زوج كنة «الطوباوي سيلفينو» الذي كان يُلقب بـ«الخنزيري». ظل «غريغوريو» في ذلك الهذيان المتشابك المنهك طيلة الليل. وعندما استيقظ أخيرًا، كانت أول أنوار فجر شاحب تتسلل من بين ألواح الخشب. كان يرتجف، وبدا مخدرًا إلى حد لا يستطيع معه التحرك. ظن لهنيهة أن الألم الجسدي يشكل جزءًا من الكابوس أيضًا، ولكنه تذكر فجأة أين هو واجتاح بدنه كله وميض هواء جليدي. وبحزن وبلاهة ظل ينظر إلى ضياء الفجر العكر.

أمضى «غريغوريو» الصباح دون أن يتجرأ على الخروج من مخبئه. وكان يسمع بين حين وآخر حديث أناس عابرين، وخلال وقت طويل ظل أحدهم بالقرب من كومة الخشب يعزف على هارمونيكا. يبدو أن المكان مطروق أكثر مما ظنه. لا بد من الانتظار حتى الليل من أجل الهرب. ولكن إلى أين سيذهب؟ ليس لديه معطف ولا نقود. ليس لديه أي شيء باستثناء الجوع والبرد والندم. وجد نفسه ضائعًا قبل انتصاف النهار إلى حد قرر معه تسليم نفسه. سيقدمون له فراشًا، وشيئًا يأكله، وربما يجد في ألم العقاب معادلًا للإحساس بالذنب. ولكنه استحضر في الحال أهوال السجن وتمكن من كبح نفسه. أضف إلى ذلك، شجع نفسه، أنه يفكر في التَّكفير عن خطيئته في الدغل. سيتحول حقًّا إلى ناسك. سيصلي لساعتين يوميًّا. سيجلد نفسه بعصا. وراح يفكر في أساليب تعذيب أخرى: سيمشي حافيًا، سيترك التدخين، سيبقى واقفًا ومتجمدًا لساعة دون حراك، سيجعل عقربًا يلدغه مرة كل ثلاثة شهور، فيكون مجموعها في عشرين عامًا حوالي ستين لدغة، سيضع عناكب على رقبته، سيقضي يومًا من كل شهر مغمض العينين، وسيصوم كل يوم جمعة، سيقفز مئة مرة في اليوم على ساق واحدة، وكل هذه التضحيات وغيرها مما يحاول ابتكاره سيكرسه من أجل «باكيتا» التي لن تكون منذ الآن «باكيتا» وإنما أكثر من ذلك بكثير: «ستكون صغيرتي المدللة، طفلتي المريضة، قديسة روحي، دمعتي المهدورة، يتيمتي السماوية. سأصنع لها تمثالًا في الدغل، وأخترع لها أناشيدَ وتراتيلَ وأشعارًا صوفية». القاضي والجلاد والضحية، جميعهم معًا في الشخص نفسه. أيمكن تصور أفضل من هذا الحكم وأقسى منه؟

أعاده الإحساس بالجوع وقشعريرة البرد إلى الواقع. إنها الواحدة من بعد ظهر يوم رمادي وعاصف الرياح. لا بد له من مغادرة المخبأ،

وأكل شيء ومواصلة المسير. حاول تشجيع نفسه. ربما لا يكون وضعه ميئوسًا منه إلى الحد الذي يظنه. لن يكون سهلًا على الشرطة أن تحلَّ التشابك العويص لتلك الأسماء الحقيقية والمختلقة. الاحتمال الأكبر أن يكونوا يبحثون عن «أغسطو فاروني»، وعليه في هذه الحال أن يستغل عدم تأكدهم ليذهب إلى البيت، ليودع «أنخيلينا» ويأخذ ملابس ونقودًا وكل ما يحتاج إليه من أجل العيش في الأجمة الكثيفة. وراح يعدد على سبيل المثال: سكين، مقلاة، كبريت، مقص، أدوية، مصباح يدوي وأشياء كثيرة أخرى، لا يمكن له الصمود من دونها. «لا بد من المجازفة، لم يبق مخرج آخر. وإلا فإنني سأموت هنا من البرد هذه الليلة»، قال لنفسه، وقرر أنه إذا ما تعرض لموقف حرج، فسوف يناضل حتى الموت. سيهرب عبر أفنية، وأراجيح دوارة، وسطوح بيوت، وسلالم نجاة من الحريق، كما في نهايات أفلام العصابات.

أزاح أحد الألواح الخشبية جانبًا وأطل برأسه. لا يُرى أحد. خرج زاحفًا، متأوهًا من الألم، وتكلف مشقة في الوقوف على قدميه. السهب يمتد فيما حوله مقفرًا وصامتًا. وفي أحد تخومه تظهر عمارات عالية من الآجر، مجتمعة في كتل مختلطة. وفي تخم آخر تزاحم مخيم أكواخ، وفي ثالث، أبعد بكثير، تُرى متباعدة بعض المصانع القذرة والمدخنة. ومن ذلك الاتجاه يقترب رجلان يمشيان بخطى سريعة، وبمعطفين منتفخين بالريح. ودون أن يرفع بصره عنهما، جمع «غريغوريو» أمتعته وتوجه بحسم نحو كتل أبنية الآجر.

إنه أحد الأحياء الجديدة، وكانت الشوارع في تلك الساعة قد بدأت تمتلئ بعمال يرجعون من العمل وبأطفال يخرجون من المدرسة. أحس «غريغوريو» بالأمان وهو يمشي بينهم. تناول في أحد البارات بعض السردين المقلي، دفعها إلى جوفه بكؤوس من

٥٧١

خمر اليانسون. رأى نفسه في المرآة: كان مشوهًا بالقذارة ويبدو كمتسول. وكي لا يثير الشكوك، ودَّع بتحية عامة وخرج دون تسرع وبوجه مرفوع جيدًا. مضى يصفر، ويتأمل واجهات المتاجر بفضول، ويداعب شعر بعض الأطفال، ويفسح الطريق للسيدات، حتى وصل إلى ساحة وصعد هناك إلى حافلة متوجهة إلى مركز المدينة. كان واثقًا من أن كل شيء سيسير حسب ما خطط له، وراح يعدد أجزاء الخطة. أولًا: سيتصل بـ«خيل» الذي سيكون على وشك مغادرة المكتب، ويبلغه بموت «فاروني». وبهذه الطريقة يجد كل منهما نفسه مضطرًّا إلى التخلي عن شخصيته المتخيلة والبدء بحياة جديدة، حيث يبدآن بتقبل الدور الذي خصهما به القدر. ثانيًا: يزور «أنخيلينا»، ويروي لها الحقيقة بصورة تقريبية، ويأخذ أمتعة الهروب ويهرب في قطار. إلى أين؟ إلى أمكنة الطفولة. سيعود لرؤية شجرة الكينا والبئر. وهناك توجد شِعاب جبلية وعرة وربما يتمكن من بناء كوخ فيها، بل قد يجد عملًا كراعٍ. وفي ذلك المكان النائي لن ينتبه إليه أحد. سيقولون: «إنه «أولياس»، ابن ذلك الـ«أولياس» الذي كان في السهب، وقد رجع». وفيما بعد، مع مرور السنوات، سيستدعي «أنخيلينا» لتجتمع معه في الشعب الجبلي. شجعته تلك الآمال على العمل بصورة حاسمة.

ما إن نزل من الحافلة حتى بحث عن كابينة هاتف، وسمع من بعيد تحية الصوت الأخنّ:

- هنا شركة «ريكينا وبيلسون». «خيل» يتكلم. تفضل.

وضع «غريغوريو» يدًا على فمه، كي يشوه صوته، وأضفى عليه نبرة إنجليزية مختلطة، وأخبره أنه «نِك بورتير»، رئيس المركز الثقافي لأصدقاء «فاروني» في أمريكا، وأنه قد تلقى للتو رسالة بالتلكس من الهند، وأنه يتصل لينقل خبرًا سيئًا مشؤومًا ومأساويًا.

قال له:
- اسمع ولا تتكلم. لقد مات «فاروني» العظيم. لا تقل شيئًا يا مستر «مونرو» (استبق لعثمة التعجب التي أحس بها في الجانب الآخر من الخط) لا تقل شيئًا. العالم كله في حداد اليوم. لقد قتله أعداء التقدم. وهم نفسهم يلطخون الآن ذكراه بوسخ أكاذيب. لا تصدقهم. ستأتي شرطة إليك. سيقولون لك إن «فاروني» لص، إنه قاتل. لا تصدق شيئًا. أنكر ذلك كله. لا حاجة بك الآن لأن تغادر المدينة. ابق فيها وكن سعيدًا. عناقي يا صديقي «خيل». يعيش المعلم! (ودون أن يمنحه وقتًا للرد، أغلق الهاتف).

ظن «غريغوريو» أنه قد خرج من كابينة الهاتف مغمومًا لخبر موته. ولكن ألمًا كهذا- توجس خيفة على الفور- لا يمكن إلا أن يخفي التهديد بألم أعظم، ربما لن يكون قادرًا على مواجهته. عندئذ بدأ يرتاب بأن مهارته كمهرج ربما لا تصل إلى براعته في القدرة على تصنع المعاناة. وتحولت الريبة إلى يقين حين انتبه إلى أنه قد تأثر لموت «فاروني» أكثر من تأثره لموت «باكيتا» الحقيقي والبائس، وأن جميع مشاريعه في الخلاص والتَّكفير لم يكن لها في العمق من هدف سوى التهرب من شرطِهِ كمجرم. وبينما هو يمضي بمحاذاة الجدران، بخطوات فاقدة الذاكرة ومترددة، بدأ التوجه نحو البيت. أجل، لقد زيف حتى الألم، بالغ فيه لمصلحته حتى إذا ما تخيل العقاب المناسب لذلك الشطط، يتحول الألم والتَّكفير على السواء إلى شيء وهمي، فيفيده ذلك في التهرب ونيل المغفرة أكثر مما في الحزن والانكسار. فاقمت تلك اللامبالاة المستهترة من الصورة المزرية التي كوَّنها عن نفسه. لأنه ليس قاتلًا وحسب، وراح يغرق في بركة راكدة من ضيق مفاجئ وقانط؛ ففي غطرسته المتسترة بنكران للذات، نصَّب نفسه كذلك كمتواطئ، ومتستر، وقاض، ومحامي دفاع، ومدع

عام، وجلاد. إلى هذا الحد بلغت صفاقته. على هذا النحو الباعث على الازدراء كان مشهد براءته، وكان هو فيه مدير الفرقة والمهرج في آن واحد. وهاهو يقف هناك، عند الناصية، باردًا وماكرًا مثل أفعى، بينما أبناء جنسه يسعون فيما حوله في مهمات شريفة.

عندئذ أدرك أن العقاب الذي يُنزله المرء بنفسه فيه من اللذة أكثر مما فيه من الألم. وأدرك أن الحق في تحديد ثمن الجريمة وحدود الذنب محجوز للآخرين، وأنه لا يمكن لأحد أن يكفِّر بنفسه بدقة عن الجرائم المقترفة ضد العالم. وفي هذه اللحظة بالذات فقط أحس «غريغوريو» بحزن حقيقي على «باكيتا» وشعر بالضرورة الحتمية والمؤكدة لتسليم نفسه. فهو رجل غير قادر على التفلت من القوانين دون عقاب. وهو ليس ضبعًا كذلك. كيف لم يفهم ذلك من قبل؟ وعلى الفور بدا له أن عار المحاكمة العلنية وأهوال السجن هما ثمن تافه بالمقارنة مع ضخامة خطاياه. وهذا دون حساب ما يتضمنه الندم الطوعي من تخفيف. وحين راح يتأمل، ما الذي يمكن قوله عن ذلك التصرف المتمدن والورع بالاندفاع إلى مفوضية الشرطة، وفتح الذراعين والتصريح: «أيها السادة، لقد اقترفتُ جريمة قتل وجئت لتسليم نفسي وتوسل العدالة»؟ وسيتولى بنفسه توضيح كيف تمكن من الهرب بسهولة وكيف تخلى بوداعة عن حياة حرة ورعوية، وفضل عليها أحكام الضمير. وبدأ يُعد الخطاب الذي سيلقيه في المحاكمة.

وحين صار قريبًا من الحي، فكر من جديد في «خيل»، وما إن استذكره حتى قرر أنه عليه، قبل تسليم نفسه، أن يقوم بأمرين على الأقل: أولهما، وداع «أنخيلينا». والثاني، الاقتراب من المقهى وأن يكتب هناك رسالة إلى «خيل» يوصلها إليه النادل، ويفكر في أن يكتب إليه فيها أنه هو، «غريغوريو أولياس»، سيذهب ليسلم نفسه ويعترف بجريمة لم يكن المذنب فيها، بهدف حماية اسم «فاروني»

الطيب (لأسباب لا وقت لديه الآن ولا حماسة لشرحها). و«خيل» الذي يعرف، من تجربته الخاصة، المكايد التي تدبرها الشرطة، ربما سيفسر الحقائق الجلية لا باعتبارها أدلة على الجرم وإنما حيلة بطولية يستخدمها كاتب السيرة الوفي من أجل تضليل أعداء المعلم. وهو يفكر في أن يُضمن الرسالة، فضلًا عن أمور أخرى مقتضبة وملغزة، رجاء يطلب فيه منه عدم الذهاب إلى المحاكمة، على الرغم من أنه صار بإمكانه الآن، وقد تخلص من حراسة «أنطون»، أن ينزل حتى النهر لرؤية السفن، وأن يبحث عن الأهرامات والجوقات الموسيقية، وأن يدخل أخيرًا إلى المقهى، فربما يظل لديه الشك إلى الأبد (وهو شك مبهج لكونه سريًا) بأن من ينكرون «فاروني» إما أن يكونوا محتالين أو يفعلون ذلك بسبب الخوف أو الحذر، فيجد في كل مكذب نقيضه أيضًا في الإثبات.

بقي يقلب هذه التأملات طويلًا، وكانت الساعة قد قاربت السابعة حين وصل على مقربة من المقهى. وبينما هو يجتاز الساحة مرتجفًا، سمع من بعيد جلبة أصوات مختلطة، ودفعته الغريزة إلى التوقف بجفلة خوف مفاجئة. فهناك عند باب المقهى رأى تزاحم أناس واضطرابًا، حشدًا مائجًا آخذًا بالتعاظم بانضمام عابري سبيل يأتون راكضين من كل الجهات ليشهدوا الحدث عن قرب. ووسط الصخب يتعالى صوت بدا مألوفًا لـ«غريغوريو» بصورة قاسية. أسرع هو أيضًا، دون أن يدري كيف، وراء جماعة من الراكضين واختلط بهم واضعًا يدًا على وجهه كما لو أن أضراسه تؤلمه، واتخذ موقعًا بين آخر الفضوليين. وبحذر شديد وقف على رؤوس أصابعه ونظر إلى وسط الجوقة. وهناك كان «أنطون» يهز عصاه ويصرخ خارجًا عن طوره، ويمسك بيده، كمن يمسك أرنبًا، ياقة معطف رجل لم يستطع «غريغوريو» رؤيته جيدًا، ولكنه تعرف فيه فورًا على «خيل».

كلاهما كان يوليه ظهره. وفي مواجهتهما تقف جماعة خاصة، رأى «غريغوريو» ضمنها «مارلين» والمعلم والكائن الرمادي وعددًا كبيرًا من رواد المنتدى. كان «أنطون» يشير إليهم شاملًا إياهم جميعًا بعصاه ويصرخ بغضب:

- جميعكم شيوعيون! جميعكم تظهرون تحت راية «فاروني»! وهذا (وأشار إلى «خيل» بضربة على رأسه) هو المنحل، الشهواني، مغازل النساء، والثوري. أما هذا المخنث (وأشار إلى المعلم) فهو القوادة «ميرلينا»، وهذه (وحاول الوصول إلى رأس «مارلين» بعصاه) هي المومس، الخليلة العظيمة، المرأة المنحلة، المتهتكة، الفاسقة، تقوم مع هذا الخبيث بتكليل زوجها «ألبار أوسيان» الطيب! وجميعهم شيوعيون ملحدون، وزعيمهم «فاروني»! وهذا المحل ما هو إلا ماخور!

كان المعلم ينظر إليه شاحبًا وفاغر الفم. أراد أن يقول شيئًا، ولكن «أنطون» تقدم نحوه بمحاكاة مخنثة وسخرية في الصوت:

- ما الذي تقوله المخنثة، العجوز المتصابية، اللواطية ذات الفراء، الغراب المخنث، المتعهرة المقيتة؟ (ومع كل صفة كان يخطئه بلمسة من العصا).

اندفع بعض رواد المنتدى نحوه، فوجه «أنطون» إليهم غضب ضربات عصاه الشاردة.

في تلك اللحظات، شق شرطيان الطريق إلى وسط الجمع المضطرب.

- أيها الشرطيان، أحتجزُ لكم هنا عصبة من الشيوعيين! (زمجر أنطون) أفضل من في الفرقة موجودون هنا، باستثناء قائدهم!

رصَّ حشد الفضوليين الصفوف حول ما بدا أنه لحظة الذروة

في الدراما. ساد الصمت، وانتهز المعلم الفرصة ليتكلم. توجه إلى الشرطيين:

- لا أدري من يكون هذا الشخص.

استعاد «انطون» الحماسة ورفع من نبرته:

- آه، لا؟ الماركسية العجوز لا تعرف من هو «فاروني»، ولا «ألبار أوسيان»، ولا هذا الداعر المنحل؟

- لا أدري ما الذي تكلمني عنه.

توجه إلى «خيل» بلكمة:

- وأنت ألا تعرف كذلك هذا المخنث؟

وسُمع صوت «خيل» المغموم إنما الراسخ:

- إنه أحد معلمي المنتدى.

قوَّس المعلم حاجبيه بارتياب.

واصل «خيل» الكلام وهو يفلت من قبضة «أنطون» ويعيد ترتيب معطفه بوقار:

- أنا يا سيدي، أدعى «داثيو خيل مونروي». صاحب فكرة الغراب وقطعة الجبن. أتتذكرني؟

قام المعلم بحركة تعبر عن الدهشة مستسلمة وصابرة. وتابع «خيل» الكلام:

- أتعلم؟ لقد جئت لأخبرك بأن «فاروني» العظيم قد مات. لقد اتصل بي السيد «بورتير» من أمريكا.

زمجر «أنطون»:

- إنها كلمات رموز سرية! أترون أيها السادة الشرطيون كيف أن كليهما يعرفان «فاروني»؟ أنتما تعرفان هذه الفاسقة أيضًا، أليس كذلك؟ أليست هذه هي «مارلين»، زوجة «أوسيان»؟

قال «خيل» بصرامة:

- لا يا سيدي. الآنسة «مارلين» في الهند.
صرخ «أنطون» وهو يهز «خيل»:
- أنت تكذب أيها الوغد (وللحظة تمكن «غريغوريو» من رؤية جانب من وجهه وقد شوهه الغضب). لقد كشفت نفسك بنفسك وحسب! لأن «أوسيان»، المكلَّل، هو الذي في الهند، وليس برغبته وإنما بسببك أنت يا من أغويت امرأته!
أشارت «مارلين» بإصبعها إلى أنه مجنون.
قال المعلم:
- أجل، لا بد أنه مجنون.
صرخ «أنطون»، ورفع عصاه ووصل بها إلى وجهه، فكسر له نظارته:
- أنا مجنون أيها المخنث؟
اندفع أحد الشرطيين للفصل بينهما، بينما صاح الشرطي الآخر وهو ينفخ صدره ويرتب وضع قبعته:
- تفرقوا! فلينصرف الجميع!
بدأ الحشد مكرهًا بانسحاب خائف. أما «غريغوريو» المذعور والذاهل فاجتاز الساحة متواريًا بين المشاة العابرين، مشى مجانبة مثلهم. ومن الجانب الآخر للساحة التفت إلى الوراء بوجه ممتقع من الهلع ورأى كيف اقتاد الشرطيان أبطال ذلك الشغب. «أنطون» يهز العصا صارخًا ويشق طريق المسير باتجاه مفوضية الشرطة، ووراءه تمضي معظم الجماعة والشرطيان على جانبيها.

أول ما أحس به «غريغوريو» هو أنه يخشى الآن عدالة «أنطون» أكثر من خشيته عدالة القضاة. كان الرعب الذي يوحي به ذلك الرجل عظيمًا، - وسيكون انتقامه رهيبًا حين يكتشف خداعه له - حتى إنه لم يجد الوقت للإشفاق على «خيل». لا بد له من تسليم

نفسه، وبأسرع وقت، لأن اسم «فاروني» قد ظهر في جبهات عديدة، وسرعان ما سيذهبون، ربما جميعهم معًا، وقد جمعهم الآن الغيظ من السخرية منهم، لاستجواب «أنخيلينا». كل منهم باتهامه الخاص وجميعهم متعطشون للانتقام: «خيل»، و«أنطون»، والشرطة نفسها، والأم، و«دونيا غلوريا»، والتاجر، و«مارلين»، والمعلم. جميعهم ضده. ويا لصخب الاستنكار الذي سيتعالى في المحاكمة! «فاروني العظيم!»، هكذا ستكون عناوين التقارير الصحفية. وستظهر نكات عنه، وألقاب له، ورسوم كاريكاتير حوله. وبعد ذلك هناك الكتاب، والصور التي فيه، والرحلات، ومقدمة «همنغواي»، ومقدمة كاتب سيرته، وغرامياته مع «مارلين»، وأعماله الضائعة، واختلاقات كثيرة أخرى. سيكون أضحوكة العالم بأسره. امتلأ وجهه بالدموع حيال عار اضطراره إلى الاعتراف باحتيالاته الكثيرة واحدة فواحدة. والمسألة أنه لم يكن رجلًا سيئًا، ولا يستحق بكل تأكيد تلك المعاملة. «ما دمتُ رجلًا طيبًا»، قال لنفسه، ولكن هذه القناعة زادت من أحزانه بدلًا من أن تواسيه، «فلن أسلم نفسي، لن أسمح لهم بأن يسخروا مني. ولكنني لن أهرب أيضًا. ما سأفعله هو الانتحار»، فكر بشجاعة، بضغينة، وبما يشبه الغبطة، وتحمس لهذا الحل الرهيب إنما الأنيق، لأن أحدًا لن يسخر ممن عاقب نفسه بالموت، راح يفكر بأفضل طريقة ينفذ بها نواياه.

قرر أولًا وقبل كل شيء أن ينتحر بعيدًا عن المدينة، حيث لا يتم العثور على جثته. وهكذا يتجنب مهانة أن يفسر أحدهم موته على أنه اعتراف بالذنب، وسيترك في الوقت نفسه أكثر من شخص في انعدام يقين وبلبلة بشأن من هو «فاروني»، وأين هو الآن. سيعلم الجميع ما كان المخادع قادرًا عليه! سيوصل المهزلة إلى نتائجها الأخيرة القصوى. أولم يُشِع الخبر عن موت «فاروني» في الهند؟ حسنٌ إذًا،

هذا الأمر أيضًا سيكون صحيحًا بصورة متوسطة. وبعد موته، فليكن كل شخص وضميره! وبينما هو يركض باتجاه البيت، تمثل له جسده وقد التهمته نسور الرخمة وبنات آوى، بل إنه تصور هيكله العظمي، مختفيًا في مكان شديد الوعورة والكآبة، تغطيه الحصى. وأبعد ما يكون عن الشعور بالخوف، امتلأ بنوع من الحماسة الكئيبة، ليس لما في فعله من تكفير بقدر ما فيه من تغذية سرية للانتقام. مسح دموعه بلطمات من كفيه، وبدا له للمرة الأولى أن القنوط يهدأ في ركود سلام مشوش وكئيب.

وخلال لحظة وصل إلى البيت، صعد الأدراج راكضًا وقرع الجرس.

سألته «أنخيلينا» على الفور:

- ولكن، ألم نتفق على أن تأتي في الليلة الفائتة؟

استند «غريغوريو» إلى حافة الباب، أخفض عينيه، وابتلع لعابه وقال معتذرًا:

- لم أستطع. لقد حدثت أشياء.

- أية أشياء؟

هز «غريغوريو» رأسه بخمود همة ودخل إلى الردهة متمايلًا وقال:

- أشياء رهيبة. لقد جئت لأخذ بعض الأمتعة وسأغادر فورًا. إنهم يبحثون عني ولن يتأخروا في المجيء.

نظرت إليه «أنخيلينا» من أعلى إلى أسفل.

- هل رأيت نفسك كيف تبدو؟ أين تراك كنت؟

قال متحسرًا وهو يشعث شعره:

- كنت مختبئًا.

قالت:

- هيا، ادخل إلى الداخل، تبدو أشبه بمتسول.

دخلا إلى الصالة المعتمة. ومن الجهة الأخرى تقدم الكلب الصغير بضع خطوات وواجهه بنباح ضعيف.

صاحت الأم:

- من الذي جاء؟

أجابت «أنخيلينا»:

- إنه محصِّل عدادات الكهرباء!

ثم التفتتْ إلى «غريغوريو» ودمدمت:

- ما الذي حدث إذًا؟

رد «غريغوريو» وهو ينهار على الأريكة المعهودة، وبنبرة لم تبدُ له صادقة:

- لا شيء، لقد جئت للوداع وكي تسامحيني.

اجتازت «أنخيلينا» الصالة لتشعل النور، لكن «غريغوريو» أوقفها وهو يهز يده:

- لا، الظلام أفضل. إنني متعب وشبه مريض.

همست:

- كيف تقول إذًا إنك آت للوداع؟

ثم تقدمت ووقفت جامدة قبالة «غريغوريو».

- أجل، لقد جئت لأخذ بعض الأشياء. سأغادر إلى الأبد.

- إلى أين؟

- لا أدري. بعيدًا. إلى الخارج.

- رجعنا إلى الكلام عن الخارج. ولكن لماذا ستذهب؟ ما الذي حدث؟

اعترف «غريغوريو» بنبرة شكوى طفولية:

- لقد أمسكوا بنا جميعًا. حدث شجار وسقط قتيل، وهم يبحثون عنا في كل مكان.

نظرت إليه «أنخيلينا» بصبر.

سألته حائرة:

- هل قتلت أحدًا إذًا؟

- وما أدراني أنا، أظن أن لا. كنا هناك جميعنا ولم يكن الميت يسمح لنا بالخروج. تعالى صراخ وفقد أحدهم أعصابه. كان كل شيء مشوشًا جدًّا. ولم يكن هنالك نور.

- وهل أنت من قتله؟

زفر «غريغوريو» قانطًا.

- ما هذا الكلام؟ ولكنني كنت هناك، ومعي الأمتعة. من الصعب شرح ذلك.

- سلِّم نفسك إذًا. سترى كيف أن كل شيء سيتضح وسيعفون عنك. أخبرهم بما جرى.

- لا، سيقتلونني، أو سيحبسونني في السجن إلى الأبد. يجب أن أهرب.

صاحت الأم من حجرتها:

- مع من تتكلمين؟

قالت «أنخيلينا»:

- إنه المذياع!

- وماذا يذيعون في هذه الأوقات؟

- إنه قداس! هيا، نامي!

أخفضت «أنخيلينا» صوتها قليلًا:

- يمكنك الاختباء هنا في البيت، في القبو.

صرفها «غريغوريو» عن الفكرة:
- القبو هو أول مكان سيفتشونه.
- فلننتقل من الحي إذًا. ألم تقل إنك ستفتح متجرًا؟
- هذا غير ممكن أيضًا. كما أن الوقت قد فات. ألم أقل لكِ إنهم يبحثون عني؟

صمتا دون أن يدريا ما يمكن أن يقولا. وسمع «غريغوريو» في أعماق البيت همهمات الصمت المتداخلة.

سألته «أنخيلينا» أخيرًا:
- ومتى سترجع؟

لوى «غريغوريو» يديه، بينما هو يرجع إلى الخلف مستندًا وهو يغمض عينيه. قال بخيط من صوته:
- لا أدري. ربما لن أرجع أبدًا.

وبدت نبرته، على الرغم من صدقها، زائفة بصورة درامية، ما دفعه إلى أن يضيف:
- حسنٌ، وعليَّ أن أغادر الآن!

نهض بعنف وراح ينظر فيما حوله، كما لو أنه يبحث عن مخرج. وضعت «أنخيلينا» يدها على كتفه:
- انتظر لتناول العشاء على الأقل. ما زالت العجة التي أعددتُها بالأمس موجودة.

تردد «غريغوريو» بصوت متواطئ:
- وماذا لو جاؤوا للبحث عني؟
- لن نفتح الباب.
- ولكن، ماذا عن أمك؟
- سأقول لها أي شيء.

هز «غريغوريو» رأسه باستسلام، وخرجت «أنخيلينا» باتجاه المطبخ. وبينما هو يسمعها تتحرك ذهبَ إلى الحمام، تناول أنبوبي أقراص دواء وخرج دون أن ينظر إلى المرآة.

رجع إلى الأريكة. لقد بدأ الظلام يخيم، وعلى الناصية يلمع مصباح عمود الكهرباء الذي وجَّه هذياناته الليلية لسنوات. بدا له، كما في كل مساء، أنه قد رجع للتو من العمل وجلس ليستريح. أغمض عينيه، وعلى الفور تعرف في العتمة على الرائحة الخفيفة إنما التي لا يمكن الخطأ فيها لحياته. إنها الرائحة التي أفرزها لسنوات طويلة وكانت في الهواء وفي الأشياء، تحدده دون خطأ. «المرء ينتمي إلى المكان حين يُنتج هناك رائحة ويعبق المكان برائحة ما هو ذلك الشخص»، فكر دون قلق. وما سوى ذلك (سواء أكان كاثوليكيًا أم ملحدًا، وسواء أكان له أبناء أم طالبًا، وسواء أكان يركب منطادًا، أم يتقن فنًّا، أم يمتطي حصانًا) بدا له ضئيل الأهمية. فذاكرة الجسد لا يمكن لها أن تظل في مكتبة، ولا حتى في تمثال، وإنما في ستارة، في بنطال، أو في هواء حجرة أو ردهة. «التوصية ببيجامة للأجيال التالية»، قال لنفسه بحزن بدا له حزنًا أخيرًا، ووديعًا، ونهائيًا.

وبينما هو يتناول العشاء، عادت «أنخيلينا» إلى طلب تفاصيل ما حدث، ولكن «غريغوريو» واصل ردوده المتهربة. كانا يتكلمان همسًا كي لا يثيرا ذعر الأم. ظلت «أنخيلينا» واقفة بلا حراك، بينما كان «غريغوريو» يأكل بمرارة محاولًا أن يفرض سلطة حزنه كدليل وحجة. أزاح بعد ذلك الطبق، واضطجع على الأريكة وأغرق عينيه في الفراغ. عندئذ فقط انتبه إلى أنه أمضى يومًا تقريبًا دون تدخين. أرعبه أن صدق مرارته وكفاءتها -وقد تبدت دون وعي منه- ستجعله يفقد السيطرة على أفعاله.

عادت «أنخيلينا» إلى أسئلتها المكرورة:

- أنا لا أفهم شيئًا يا «غريغوريو». لا أعرف لماذا ستغادر ولا ما الذي حدث. أنت أدرى بما يحدث.

واصل «غريغوريو» بصوت بطيء وخائب الأمل:

- ما يحدث هو أنني حيوان. لقد كنت حيوانًا على الدوام. ففي طفولتي قتلت قطًّا. حشرته في قفص وأغرقته في الماء. أتفهمين؟ حياتي كلها كذبة تقريبًا. لقد خدعتُ الجميع، بدءًا بنفسي. ولا بد أنني شديد البَهيميَّة إلى حد لا أشعر معه بوضوح أنني خدعتُ أحدًا. ما حدث هو أنهم بدؤوا فجأة بتوجيه الأسئلة إليَّ وأنا أجبت عنها. ولكنني لم أقل أي كذبة إلا وكانت ردًّا على سؤال. في الطفولة كان جدي يسألني «ماذا تريد أن تكون؟»، فكنتُ أقول من أجل قول شيء: «ثور». فتقول أمي: «ألا تريد أن تصير كاهنًا؟». فأقول لهما: «بلى، أريد أن أصير كاهنًا وثورًا، ثورًا مقدسًا»، لأنني كنت أريد أن أرضي كليهما. فيقول أبي: «من الأفضل أن تصير أميرالًا». وأقول: «وأميرالًا أيضًا، سأكون ثورًا مقدسًا أميرالًا». هكذا بدأ كل شيء. وأنتِ، ما الذي قلتُه لكِ؟ قلتُ إنني سأصير مهندسًا، بل واقترحتُ عليكِ أن نسافر إلى الأدغال كي أبني جسورًا، أليس كذلك؟ حسنٌ، وها أنا هنا الآن. ألا أستثير شفقتكِ؟ كنتُ أتمنى إنجاب ابن كي أعلمه أن يكون رجلًا حقيقيًّا، وليس بهيمةَ خبيثة مثلي.

قالت «أنخيلينا» دون تبدل في صوتها:

- لا، أنت رجل طيب، نزيه. ما يحدث هو أنك لا تعرف ما الذي تريده. أنت مؤخرة تسيء الجلوس وبين هؤلاء وأولئك أدخلوك مدخلًا سيئًا. هذا هو ما يحدث.

- يسعدني أن تقولي هذا. أتمنى عندما أغيب أن تتذكريني بـ... بـِ... لا أدري... بمحبة واحترام. وأريد أن تسامحيني على كل شيَء

وألا تسيئي الظن بي مهما سمعتِ عني. فأنا أظن أيضًا أنني رجل نزيه في أعماقي. هل ستفعلين؟
- أجل.
- وستسامحينني؟
- أجل.
- ولا تصدقي ما سيُقال عني. تذكريني مثلما كنتُ عند تعارفنا.
صاحت الأم:
- ولكن، أما زال القداس متواصلًا؟
- أجل!
هتفت بإعجاب:
- كم هو طويل هذا القداس! أهو قداس موتى؟
- أجل!
قالت الأم بعد هنيهة:
- هذا ما ظننته أنا!
بدأ «غريغوريو» يغفو.
سأل:
- كيف حالها؟
- أتعني أمي؟ المسكينة هناك، في الفراش، شبه مشلولة.
- وهذا الكلب (وأسقط إحدى يديه في الفراغ) كم سنة صار عمره؟
- لا أدري، ثلاثون سنة على الأقل.
- كنت أظن أن الكلاب تعيش أقل من هذا.
قالت «أنخيلينا» وهي تطأطئ رأسها:
- هاهو ذا موجود.
قال «غريغوريو» بدرامية، وبصوت مثقل بالنعاس:

- ثلاثون عامًا. أتتذكرين عندما كنا مخطوبين وكنا نذهب إلى الأكاديمية؟
- أجل.
- يا للأزمنة. وحين ذهبنا إلى الساحل؟ أتتذكرين أننا ركبنا في زورق ذي محرك؟
- أجل.
- وحين جمعنا أصدافًا، هل تتذكرين؟
- أجل.

أحس «غريغوريو» بالحزن، مع التواء ألم في فمه:
- لقد كنا سعداء في أعماقنا.

بدأت «أنخيلينا» بجمع بقايا العشاء.
- ما الذي ستفعله هناك في البعيد؟
- سوف نرى. وأنتِ؟

قالت دون تردد:
- سأخيط.

قال مستغرقًا:
- أجل، الحياة لم تكن سيئة مثلما ظننتها آنذاك.

وتثاءب تثاؤبًا مديدًا.

سمع كيف غادرت «أنخيلينا» بتكتم، وعلى الفور بدأ النعاس يتلاشى. تذكر أنه يمكن لهم أن يباغتوه هناك، ولكن لم يعد لديه خلال لحظة أي فرق بين السجن والموت، وترك القدر يقرر بدلًا منه. «إذا ما أتوا سأعترف بكل شيء، وإذا لم يأتوا سأغادر عندما أستيقظ». تلمس جيبه بحثًا عن أنبوبتي الأقراص، وبينما يده عليهما غفا واستغرق في النوم.

لم يتأخر في الاستيقاظ. خُيل إليه في البدء أنه في النزل ينتظر

موعد الهروب وأن الساعات كلها دقت للتو معلنة الثانية عشرة. الإحساس المفاجئ بالواقع جعله يدرك أنه لم يكن يحلم، وأنه سمع منذ اللحظة الأولى جرس الباب وخطوات «أنخيلينا» المتعجلة والمتكتمة تجتاز الصالة. «ها هم هنا»، قال لنفسه وهو ينهض واقفًا ويتأكد من أن الأقراص ما زالت في مكانها. كان العرق يغطي وجهه ويديه، وكان يشعر بجمود تمثال يمنعه من الركض باتجاه الحمام ويمنعه حتى من اتخاذ هيئة وقور. لم يكن لديه إحساس بجسده بالذات، وحين سمع دقة الجرس الثانية عانى من الإحساس بأنه ما زال يحلم. ولكنه سمع عندئذ صوت رجل ثم تبعه صوت «أنخيلينا» تقول «أجل»، قالتها مرة، مرتين، ثلاث مرات. وعلى الفور اقترب من الردهة وسمع إغلاق الباب. أحس بالصمت كبحرٍ من النُذُر، وأنه يمكن أن تسمع في آفاق بُعدها الحلمي أغاني حوريات بحر غير مرئية.

وبشحوب وهلع رأى تقدم «أنخيلينا» في الظلام. كانت تحمل ورقة في يدها وتتقدم وحدها. تبادلا النظر قبل أن يتكلما.

تلعثم:

- من كان؟

- إنه ابن أخي «دون إساياس» الذي يقيم في الطابق السادس. يقول إنه آت من طرف عمه ليطلب منك أن تصعد للقائه. وقد جاء بهذه الورقة.

قال مستغربًا:

- ورقة؟

- أجل، ورقة. أنت أدرى بما بينكما.

- ولكنني لا أعرفه!

- قال إنه يريدك أن تصعد للقائه.

- ومن يكون «دون إساياس» هذا؟
- لا أدري، إنه عجوز لا يخرج من البيت. يقال إنه ساحر. لقد قرأ طالع أبي في النجوم وقال له إنه سيشارك قريبًا في معركة كبرى. وكان ما قاله صحيحًا، لأن أبي سقط مريضًا بعد شهر من ذلك ثم توفي.

تناول «غريغوريو» الورقة، اقترب من النافذة وقرأها على ضوء مصباح الشارع:

قبل أن تهرب، أرجوك بإلحاح أن تصعد للقائي.
ستكون هنا بمنجى من الشرطة. أنتظرك على الشرفة، إ.

سألته «أنخيلينا»:
- ماذا تقول الورقة؟
- يريدني أن أصعد للقائه. لا أدري ما الذي يريده مني. أنا لا أعرفه، أما هو فيبدو أنه يعرفني.

صاحت الأم متفاجئة:
- وما هذا الذي يحدث الآن؟

قالت «أنخيلينا»:
- لا شيء! نامي! إنه المذياع!
- أما زال القداس متواصلًا؟ ألن ينتهي أبدًا؟
- إنه على وشك الانتهاء! نامي!
- آي، يا للحياة الحياة! (سُمعت تقول).

وبينما هو يعدُّ الأمتعة، عاد «غريغوريو» إلى توضيح أنه لا يعرف المدعو «دون إساياس» وأنه لا يفكر في الصعود لمقابلته، لأن ذلك قد يكون فخًّا. وكانت «أنخيلينا» تطوي الملابس في الحقيبة وتقدم له نصائح حين يكون بعيدًا عن المنزل.

- اطوِ البنطال في الليل كيلا يتجعد. وقد وضعتُ لك خيطًا

وإبرة من أجل الأزرار. ولا تطوِ أذرع كنزات الصوف لأنها ستتهدل، والملابس غالية الثمن. وعندما تصل إلى حيث أنت ذاهب، لا تنسَ أن تكتب، كي نعرف أين أنت. ولديك هنا عبوة بودرة «تالك» من أجل بقع الدهن. عليك أن تضعها فورًا ثم تفركها جيدًا بفرشاة. رباه، ما الذي فعلناه كي نستحق مثل هذا العقاب.

قال «غريغوريو» والحقيبة في يده:

- إنني بحاجة إلى بعض المال أيضًا.

بحثت «أنخيلينا» في الخزانة وقدمت إليه بعض الأوراق النقدية المطوية كثيرًا.

أخفض «غريغوريو» رأسه وقال:

- إنني أدرك الآن كم أنتِ طيبة.

ردت عليه:

- بلاهات. ما عليك فعله الآن هو العمل وتهدئة رأسك.

- إذا لم أكتب إليك، فلأنني لا أكون قادرًا على ذلك، ولكن اعلمي أنني سأتذكرك كثيرًا، وأريد منك أن تغفري لي.

قالت دون انكسار في صوتها:

- أنا سأظل هنا وإذا ما رجعتَ، فسأكون هنا، كالعادة.

هز «غريغوريو» رأسه، أبدى تكشيرة تأثر رجولي، وفجأة، احتضنها وانفجر بالبكاء والارتعاش على كتفها.

قال متباكيًا:

- أنا حيوان! حيوان خبيث لا يستحق صفحك عنه!

تركته «أنخيلينا» يبكي دون أن تقول شيئًا ودون أن تتجاوب مع عناقه. بعد ذلك أبعدته عنها ونظرت إليه بملامح محايدة وهادئة.

- والآن انصرف، قبل أن يمسكوا بك. واذهب لرؤية «دون إساياس»، فلربما يمكنه مساعدتك.

خرجا إلى الردهة.
قال لها وهو مطأطئ الرأس باكيًا عند الباب:
- وداعًا يا «أنخيلينا». لقد أسأتُ إليك.
قالت له:
- بلاهات.
ودون أن تنتظر أكثر أغلقت الباب بخفة سريعة.

الفصل الرابع والعشرون

كان الدرج يغرق في ظلام دامس. بحث «غريغوريو» عن حاجز الاستناد الجانبي، نزل درجتين، وبعد أن توقف هنيهة لينظر إلى أعلى، بدأ نزولًا سريعًا. ولكنه حين وصل إلى درجة السلم الأخيرة عاد للتوقف. من يكون ذلك العجوز، وكيف عرف أن الشرطة تلاحقه وبأن لديه نوايا للهرب؟ وماذا لو صعد إليه ليرى ما الذي يريده؟ «أنخيلينا» قالت له إنه قد يستطيع مساعدته، وحتى لو لم يستطع ذلك فإنه لن يخسر شيئًا. ومن جهة أخرى، كانت مشاغل الهروب ومجازفاته تسبب له إحساسًا مختلطًا من الخوف والتكاسل. وهنالك تأنيب الضمير أيضًا، وأنبوبتا الأقراص، وكان مترددًا بشأن ما هو الأسوأ، شجاعة استخدام تلك الأقراص أم عذاب عدم التجرؤ على استخدامها والاضطرار إلى عيش حياة الضواري. «مهما كان ما سيحدث، ليس لديَّ ما أخسره»، كرر، ثم راح يصعد الدرج.

كان يصعد في الظلام ببطء غواص، وسط همهماتٍ وصريرٍ ودقاتِ ساعة، وعند الطابق السادس صعد درجًا آخر، ضيقًا ومظلمًا يعبق بروائح أمتعة متعددة مخبأة هناك كما لو أنها تنتظر فرصة أخرى لتكون ذات فائدة. رائحة آرائك بالية من توالي عدة أجيال من المؤخرات النزيهة عليها. إنها رائحة النوع البشري، تختلط فيها

رائحة الأموات والأحياء. ومستدلًّا بعود ثقاب، وراء سلم حلزوني متعِب، وصل إلى باب سيئ التركيب، انفتح إلى الخارج بأنَّة مديدة. وقبل أن يجتازه، تخلى «غريغوريو» عن التقدم وراح يجمع أسباب الشجاعة، لعله يجد بينها سببًا يشجعه على الرجوع، ثم قال لنفسه: «الحياة قصيرة، وفي نهاية المطاف لن يبقى سوى الجمجمة وهي تضحك منا». انحنى، وبخفة جويةٍ بالغةٍ بدا له أنه يرتقي سلمًا نورانيًّا في هروب صوفي، خطا ثلاث خطوات وخرج إلى الهواء الطلق.

أنعشت وجهه هبة ريح خفيفة في الأعلى. وقف بسكون في الظلام، أشعل سيجارة، تركها متدلية بين شفتيه، وألقى بعود الثقاب من فوق كتفه، ودس يديه في المعطف وفق أشد أنظمة الفن البوليسي صرامة، وأخيرًا نظر فيما حوله. كان هناك كرسيان في أحد أطراف الشرفة، وبينهما مصباح كيروسين، وإلى البعيد قليلًا، بجانب سور السطح، هيئة ثابتة لرجل مربوع ومتدثر جيدًا يدير ظهره للضوء، ويتوجه بنظره إلى الفراغ. وأعلى من أزيز المصباح، يُسمع صخب تنفسه، تنفس بلا إيقاع وغير منتظم يخرج بزفرات كِير قوية يبدو أنها تتشكل وفق نظام قدري. خطا «غريغوريو» خطوتي اقتراب والتفاف. فكر في لو أنه بالنظارة والقبعة لتوافرت له ضمانة أكبر في مواجهة موقف خُيِّل إليه فجأة أنه غير واقعي. تقدم خطوة أخرى، وعندما أدرك أن ذلك اللهاث يكاد يتحول على ما يبدو إلى كلام، أحس بالندم لأنه لم يأت وقد هيأ جملة مسبقة، جملة قاسية ونافية، عبثية وسعيدة، يدافع بها عن نفسه في مواجهة النكبة الطارئة. ولكنه لم يجد الوقت للبحث عنها، ولا للتراجع، لأن المتأمل الليلي التفت قليلًا على الفور، وقال:

- لقد جئتَ أخيرًا. كنت أنتظرك لأقول لك إنك، حسب

تخميني، لم تصعد قط عاليًا مثلما فعلت اليوم. وإن لم أكن مخطئًا، فأنت لم تتجاوز الطابق الثالث من قبل، أليس صحيحًا؟

ودون أن ينتظر جوابًا، كما لو أنه أكد للتو واقعًا يمنحه الوضوح قيمة عاطفية خالصة، أضاف:

- اقترب وانظر.

كان صوته خشنًا ومكتومًا، مثل سيل أحجار ضعيف، ويخرج ببطء يدفع إلى النعاس والسكون. لا يبدو أنه يتكلم عن أشياء جديدة إنما يستعيد بمشقة تناول خطاب قديم انقطع منذ هنيهة فقط.

افتتن «غريغوريو» بتلك اللاواقعية الودودة، وبدا له أنه يتوغل في الفضاء المشهدي لحلم، فرفع ياقته وتقدم باتجاه الضوء. كانت ليلة باردة، صافية ومفعمة بالنجوم، وفي الأسفل تمتد المدينة ناثرة الأضواء إلى حيث يصل النظر. رأى خطوط أنوار الشوارع العريضة، ودوائر أنوار الساحات، وتسلل ومضات هاربة باتجاه الضواحي، حيث لا وجود سوى لغمزات ضعيفة تقارع الظلام، وفيما وراءها اتساعات الليل، كأنها بحر صمت هائج.

قال المراقب بصوت صاف وأبح:

- انظر يا بني، هذه هي المدينة التي عشتَ فيها منذ طفولتك. من هناك (وأشار إلى الجنوب) قدِمتَ منذ ثمانية وثلاثين عامًا وشهرين وأحد عشر يومًا. أتتذكر؟ كنتَ ترتدي معطفًا أخضر وتحمل حقيبة من الكرتون (أضاف بصوته المعجون بحصى والذي يتدحرج صاعدًا من أحشائه). منذ ثمانية وثلاثين عامًا، وهذا كمن يقول: إنه لم يحدث قط، أو إنك وصلت محلقًا في سلة صغيرة خضراء.

أدار «غريغوريو» رأسه بالتفاتة متفحصة. لم يكن يميز في الظلمة الخفيفة سوى كتلة المراقب، ولكن القمر غير المكتمل ظهر فجأة فوق رأسه وجاءت هَبة هواء جعلت بعض ألياف الشعر ترفرف

في دائرة الضوء. خطا خطوة أخرى. ومع أنه كان مشوشًا، إلا أنه لم يكن خائفًا: اللاواقعية، والليل، ووداعة الصوت، وقبل ذلك كله القناعة بأنه لم يعد لديه ما يخسره، ملأته بإحساس لا يُهزم بالأمان. فتح عينيه قليلًا، وسأل:

- كيف عرفت هذا كله؟

فأشار الآخر بإصبع من فوق كتفه:

- ألم يقولوا لك عني إنني ساحر، وإن لي قدرة سحرية وعلمًا بالنجوم؟

قال «غريغوريو» باحتراس:

- سمعتُ شيئًا من هذا.

قال المراقب وهو يستدير ببطء:

- خرافات.

وعلى انعكاس ضوء المصباح، رأى «غريغوريو» بريق الحنجرة العارية.

- لقد تخليت منذ سنوات طويلة عن النظر إلى النجوم. منذ حوالي ستين عامًا على الأقل، منذ تحولي إلى محب للبشر (وبدا في الصوت إنهاك عذب وحاسم يستبعد السخرية).

أضاف:

- ما علينا، فلنحاول الإيجاز.

ثم تقدم خطوتين بجمود شبح، أو مثل تمثال قديس شفيع تنقله الحماسة الشعبية فوق منصة هشة بعجلات، وعندئذ أضاء نور المصباح وجهه بصورة غامضة. لا بد أن سنوات عمره كثيرة جدًا بالنظر إلى نسيج بشرة وجهه المتحولة إلى ما يشبه رِقًا جلديًا، والمتصدعة في أخاديد متاهةِ تجعداتٍ عميقة، تلمع فيها نقطتا ضوء مؤرقتان، مثل عيني حيوان من القوارض. تحيط حفنتا شعر طحلبي

بجمجمته الصلعاء ذات الهامشين، والهائمة بصورة بديعة، كأنها بصلة كوكبية، ومن أذنيه تبرز خصلتا شعر غزير. كان فيه مزيج غير مفهوم من الشيخوخة والمتانة الحيوية، ربما لأن ما في هيئته، على الرغم من كونه مربوعًا، ليس قوة بل ما يشبه إسرافًا في الضعف، وهذا الضعف لدى المبالغة بإظهار بعض النشاط، يُخلط بينه وبين المتانة، وهذا ما يؤكد الضعف من جديد، وهكذا على التوالي. كان له ثبات فزاعة عصافير مفرط، ومظهر خذلان ووفرة في آن واحد، ومظهر امتلاء هو أقرب إلى العرقلة منه إلى الإسناد. ومع ذلك فإن ملامحه تبدو لطيفة وواثقة. انحنى «غريغوريو» قليلًا كي يراه بصورة أفضل، ولكنه تراجع إلى الخلف فجأة وصرخة رعب مرسومة على وجهه: فقد رأى في جبينه للتو لطخةً وردية، تعرف فيها قبل أن يميزها بوضوح على ندبة عريضة، طرية ومتعرجة، وتبدو بالفعل مثل أم أربع وأربعين. «الشيطان!»، فكر بصوت عالٍ محاولًا الاستيقاظ. ولكنه لم يشعر بالخوف، وإنما أحس بأنه يتخبط في زمن متحول إلى طين.

قال «دون إساياس»:

- هل عرفتني الآن؟

و«غريغوريو» الذي كان ينظر إليه فاغرًا فمه، هز رأسه من هوة الافتتان.

- أتتذكر إذًا كتب عمك «فيلكس» السحرية الثلاثة؟ أتتذكر عندما وقعتَ في الحب وواسيتك أنا؟ وذلك الصيف الذي اكتشفتَ فيه الشعر، وحين غيرت اسمك واشتريت البدلة والقبعة والمعطف المطري كي تذهب إلى المقهى؟ لقد حددتُ لك الموعد على الشرفة لأننا سنكون هنا بمنجى من الشرطة. أريد أن أودعك فقط (ومدَّ يدًا كأنها مخلب مريض باتجاه دائرة الضوء)، لأني أظن أنك تفكر في الهرب، أليس هذا صحيحًا؟

أمال «غريغوريو» رأسه، وسأل مُخرجًا الكلمات حرفًا فحرفًا:

- كيف تعرف هذا كله؟

قال العجوز وهو يقترب من الضوء:

- لي من العمر سنوات كثيرة.

ثم أضاف:

- انظر.

وقرص لحمه قائلًا:

- إنني برجٌ آيل إلى الخراب، تسكنه الخفافيش والبوم. وفي هذه السن، وحتى قبلها بكثير، يصبح القدر سهل الحمل ويحمله أحدنا معه كحمل جهازٍ لتقويم العظام.

تراجع وهو يسعل نحو الظلام واستند إلى حاجز السطح.

واصل الكلام ضابطًا نبرة صوته لتتوافق مع الاتساع الوشيك للرواية:

- مع أننا جميعًا نحمل شيئًا على كاهلنا. فأنت مثلًا، واستنادًا إلى ملاحظتي منذ سنوات طويلة، لا بد أنك تحمل قردًا على كتفك.

- أنا؟

- أجل، تحمل قردًا. وهنالك من يحمل جذع شجرة أو قليلًا من نشارة الخشب. إنها طريقة في التعبير، ولكنها لا تخلو مع ذلك من صرامة علمية. إن لي من العمر سنوات طويلة جدًّا ولا أعرف التعبير عما أريده دون إيجاز. فالقول الموجز بالنسبة إلي أشبه باحتفال. ألا تسمعني؟ (وبالفعل، فقد سُمع في الصمت المشترك ما يشبه التموج) إنني أعاني مرضًا في الصدر ولا أستريح إلا بكوني كلاسيكيًّا.

مرَّ بيده على عينيه واستجمع قوته ليقول:

- الحِكَم والبطاطا المهروسة هما غذائي الوحيد.

انتظر «غريغوريو» هنيهة ريثما تفقد تلك الكلمات مفعولها.

عاد يسأله بصوت بين المتوسل والمتحدي:

- كيف تعرف يا سيدي هذا كله؟

ضبط المراقب ياقة ردائه وظل صامتًا في الظلام، يتنفس بقوة بينما هو يسترد عافيته من الجملة الأخيرة. أنزل خصلتي شعره الطحلبي اللتين شعثتهما الريح، وكانت لوجهه ملامح لا يُسبر غورها وسكينة عظاءة.

- اسمع يا «غريغوريو»، أو يا «فاروني»، أو أي اسم تشاء: يجب ألا تخاف. اطمئن يا رجل، ولا تولِ أهمية كبيرة لما أقوله لك. فنحن المسنون نتكلم كي نسمع أنفسنا، وحين نسمع أنفسنا نعرف أننا مازلنا أحياء. فمن يتكلم أكثر يبدو أقل موتًا. ولكنني من جانب آخر لا أريد أن أموت وكلام تافه بين شفتي، ولأنه لم يبق لي إلا القليل في الحياة، فإنني أتكلم مع إضافة حواشٍ وعبارات اعتراضية إلى كلامي. لو كان لدي ناي وكنت أعرف العزف عليه، ولو كنت في سن مناسبة للرقص، لكنتُ رقصت أمامك على إيقاع رقصة «مينويتو»، ولدعوتك بعد ذلك إلى المنافسة برصانة. ألن يكون ذلك بديعًا؟ سنكون عربًا متسللين في حديقة آخرين، أمراء متنكرين بهيئة جمَّالين، ولأن الليل سيكون صافيًا، وسنكون نحن شابين، فلن يحول شيء كذلك دون أن نكون حكيمين وشهمين. ولكن لا تولني اهتمامًا. فأنا لستُ عربيًا، ولا عازف ناي، ولا مشعوذًا، ولا ساحرًا، وليس لديَّ أي سلطة أخرى سوى سلطة السنين الطويلة. يجب ألا تخاف. لقد استدعيتك كي أودعك، وكي أوجه إليك بعض الأسئلة إذا ما سنحت الفرصة. ولكنني سأروي لك قبل ذلك قليلًا من قصتي، أضف إلى ذلك أن التوعكات في هذه السن لا تسمح لي بأن أغزل غزلًا دقيقًا، وسترى كيف أن كل شيء بسيط وبلا أسرار. وربما ستفهم، إن لم يكن كل شيء، فعلى الأقل ما يكفي لأن تسامحني.

- أسامحك؟ أنا؟

- أجل يا بني، هناك دَين واجب عليَّ نحوك. ستعرف ذلك قريبًا. ولكن اسمع الآن. لو كنا في زمن آخر لكنت أخبرتك بالأسباب التي دفعتني إلى مبادرة التصدي لمهمة كبرى. ولكن أمرًا من اثنين: إما أنني قد نسيتها في انهماكي بالمهمة نفسها، أو أنها كانت تافهة إلى حد فقدتْ معه شرطها النبيل كقضية. أما الآن، ومن أجل الإيجاز، فسوف أبدأ من البداية. صحيح أنني قررت في شبابي أن أكرس حياتي للنجوم. وهذا الفضول لم يوصلني إليه التدين. لم يكشف لي أيُّ شيءٍ من ذلك شيئًا. ما جرى لي مع الإيمان شبيه بما جرى لي مع الجوارب، أُتلف عقبها حين أمشي. ولم أجد المجد كذلك لا في الفن، ولا في العلم، ولا في الإلهام، ولا في المصادفة. لم أشرب من أي واحد من ينابيع الماء البارد هذه. لقد كانت خيبة وحسب. أجل، هذا ما كانته: سمراء بجديلة، ذات حميمية متأججة، وإن كانت تتنشط في مخيلتي البائسة بأشد الملابس الداخلية نعومة وبكبرياء حدقتيها. كان لها اسم يجمع بين عذراء وزهرة. وليس من المهمّ أنني نسيته. التعبير الأدق أنه تكرر كثيرًا. لقد تلفظتُ به مرات ومرات إلى أن انتهى بي الأمر إلى فقدان معناه واختلط بتوابع أخرى. الحب هو الوفرة القاحلة. حدث ذلك في شهر أكتوبر. وكنت قد فكرتُ في الدراسة، ليس دراسة العزف على الناي، بل الطب على الأقل. ذهبت للتسجيل، برشاقة أكثر من التفاؤل، وهناك بالذات، في البهو، بينما أنا أقف في الدور، وقعتُ من جانب واحد في حب الاسم والجديلة. أتذكر أنه كان جوًّا احتفاليًّا، وريفيًّا تقريبًا. الناس يتكلمون من بعيد، أحيانًا تقاطع كلمات، ولم تكن هنالك أسئلة: كل شيء كان إجابات. فأجواء الطلاب، والشباب كذلك، هي هكذا، صريحة وصائحة. وأنا وقعت في الحب بصورة منفصلة، قبل أن أراها هي نفسها، سمعتُ

اسمها عدة مرات. «فلانة!»، «فلانة!»، كانوا يقولون من كل الجهات. وعندئذ كانت جديلة شَعر تلتفت مع كل صرخة منادية. كنت أسمع الاسم وأرى الجديلة كشيئين مستقلين أحدهما عن الآخر، وفيما بينهما كنتُ أوزع لهفتي. ولكنني عندما ربطتُ بينهما وانتبهتُ إلى أنهما جزءان من الشيء نفسه، عندئذ أصبت بمسٍّ من جنون الشهوة. أدركتُ دفعة واحدة أن الجهل في الحب أصلع، وقلت لنفسي: «لقد سقط شعرك من الظل يا أخي «إساياس». تنكر لأبوقراط، اهرب حتى لو فات الأوان، مكانك في مستشفى الجذام». كنتُ قبيحًا ومُنطويًا على نفسي، وهي الحال التي ما زال بإمكانك رؤيتي عليها، وهكذا لم يبق أمامي من مخرج سوى اللجوء إلى اليقين. وهناك كنت أنا، مجنونًا بالشهوة أدرِّب نفسي على الفضيلة. لأن كل شيء يتحول إلى توتر في الحب. يمشي أحدنا بقامة أكثر انتصابًا، يصير أطول وتتسع نظراته، ويصبح حكيمًا وأكثر سخاءً، والمسألة أنه يكون في حالة انتصاب كاملة. وحين يفكر أحدنا من الخصر إلى أسفل، فإن العقل والوهم معًا يعقدان كما هو معروف اتفاقيات غريبة، وينجبان أبناء غريبي الأطوار. وهكذا لجأتُ، كما قلت من قبل، إلى الثبات وعشت فيه، إلى أن أضاء اليأس الذي يصل إلى كل شيء باستثناء ما يسعى إليه المرء، أقول إلى أن أضاء لي بالشك مصيرًا فريدًا. فالحب، حسب مراقبتي لك، جعلَ منك أنت شاعرًا. أما أنا فحوَّلني إلى فلكي. أمر يدعو إلى الصراخ بأعلى صوت: «أيها الحب! يا لدروبك العصية على الوصف!».

ومستنفدًا بإطلاقه اللعنة، وكابحًا السعال، منح نفسه راحة، ولم يعد يُسمع للحظات سوى ظلال هيجانه الصدري.

واصل العجوز المربوع والمخذول خافضًا صوته ومشيرًا بكلتا يديه إلى «غريغوريو» أن يقترب:

– لن أخبرك بأحزاني التي عانيتها آنذاك لأن المرء حين يهرم، كما هو معلوم، يمكن حتى لحديثه عن تعاساته أن يبدو تبجحًا. يكفي أن تعلم أنني، وقد أصابني مس الشهوة، خرجت من البهو راكضًا وجئت متألمًا إلى البيت، كما لو أنني نفاية، أو طفل سرق لعبةً. والتجأت هنا مع شهوتي، وهنا عشت سنوات طويلة على مصدر دخل أملكه، أكاد لا أخرج إلى الشارع. ولكن قبل أن أواصل، ربما من المناسب معرفة أي نوع من الشباب كنته آنذاك. فأبي الذي صار في مجد الرب، كان له أجمل صوت في العالم، صوت عميق وموسيقي، مترع بالرجفة والانسجام، وكان يملك موهبة جعل الطيور تنصاع له، ويعلمها دون أي جهد سوى نطقه الكلام أولًا وانتظار أن تحاكيه الطيور بعد ذلك. أنا ولدتُ في ورشته للطيور المتكلمة، وكنت أسعد الأطفال وأكثرهم براءة في العالم، لأني تعلمت الكلام بالاستماع إلى الطيور ولم تكن الطيور تعرف إلا قول الكلام الطيب واللطيف الذي يوصي الأغنياء بتعليمها إياه: صلاة السيدة العذراء أو قانون الإيمان، ترنيمات انتصارية، تحيات مجاملة، مقاطع غنائية بسيطة ومرحة، وكلمات تهنئة وتملق. كان هناك طائر سمن أحمر الجناح يقول: «"إساياس" طفل جميل، دكتور محظوظ». وهكذا ترعرعتُ دون أن أعرف أي شيء تقريبًا عن شرور العالم. ومع ذلك، وقعت نكبة في أحد الأيام. فقد كسب أبي أموالًا كثيرة، ولكي يمتلكها جميلة ومضمونة جيدًا بحيث تتسع لها يده، استثمرها في شراء ماسة، وكان يحفظها في قصبة مجوفة. وذات يوم أخرجها ليعرضها للشمس ويملأها بالنور، فالتقطها طائر عقعق بمنقاره وطار بها إلى الأبد بعد أن لفظ العبارة الوحيدة التي يعرفها: «تحيا إسبانيا الاستعمارية!». كانت تلك هي النكبة الأولى. وتتالت النكبات الأخرى بعد ذلك. فتحول أبي فجأة إلى رجل سيئ الكلام، وفقد صوته الجميل ولم تعد الطيور تنصاع

له. انغمس في الشراب وفي ألعاب المراهنات. ثم مرض ومات وهو يطلق لعنات التجديف. ومع ذلك، كنتُ لا أزال أعتقد بطيبة العالم وكماله، وإن يكن مع بعض العيوب والنقائص، بما يكفي لأن أرغب، كما قلت لك، في أن أصير طبيبًا وليس عازف ناي. ولأن النكبات لا تأتي فرادى أبدًا، ذهبت إلى البهو وهناك، لاحظ يا سيدي أين، اكتشفت الحب، ومعه الجحيم. وقد حدث لك أنت نفسك، حسب استنتاجاتي، شيء مشابه جدًّا، أليس كذلك؟

نظر إليه «غريغوريو» نائيًا وأجاب بنبرة غامضة لا تؤكد أي شيء:

- إلى هذا الحد أو ذاك.

واصل «دون إساياس»:

- مريض الحب يفعل الشيء نفسه على الدوام: يبحث عن مكان منعزل يلعق فيه ساقه الجريحة. وهذا ما فعلته أنا. جئت هنا واختبأت. ورثتُ مصادر الدخل وورثت معها منظارًا مقربًا اشتراه أبي ليراقب رجوع طائر العقعق، وصرتُ أستخدمه في الصعود إلى هنا، إلى الشرفة، في أي ساعة من ساعات النهار أو الليل، وأصوبه بالاتجاه الذي يهيّأ إليَّ أن الجديلة ستكون فيه. لم أرها، كما هو طبيعي، ولم أهتم كثيرًا بذلك، لأن الأمل أمر قائم بذاته. ولكنني بالمقابل، نظرت في إحدى الليالي إلى أعلى واكتشفت وجود النجوم. من المعروف أنه لا وجود بين الحب والفلك لأكثر من خطوة واحدة. الحب يصبو عاليًا: إنها مسألة انتصاب. عندئذ أدركتُ أنني لن أجد السلام إلا هناك في الأعلى. فالكواكب وحدها بمنجى من هول العواطف. وفيها فقط يمكن استعادة انسجام الطفولة الضائع. يا لها من لُقية عظيمة لشاب شاء له سوء الحظ، بما أنه لن يكون سعيدًا، أن يكون كلاسيكيًّا! وباختصار، استبدلتُ الجديلة بالنجوم وجئتُ إلى هنا، وهنا صرت أقضي الليالي ناظرًا إلى الأعالي. ولكنه كان مكتوبًا:

سرعان ما اكتشفتُ حالات الضعف البشري أيضًا هناك في الأعالي. فالإنسان، مثلما قال الحكيم، هو مقياس الأشياء والأشكال حسب قناعاته، ولهذا صنَّف الكواكب في تنانين، وماعز، وثعابين، ودببة، وكلاب كي يترك إثباتًا على كوابيسه. وأدركت عندئذ أن العاطفة تعيش معي، وإن عاطفة الجديلة هي التي أوحت إلي بتلك الشهية إلى الانسجام. ولهذا صعدتُ إلى هنا، ليس للبحث عن السلام وإنما من أجل إشعال الروح بنار بانوراميات ملعونة. هنا في الأعلى يشعر أحدنا بالقوة، يتضمخ بامتياز الأبعاد والأحجام ويدرك وهم ما هو إلهي وسرمدي، ولهذا ليس من المستغرب أن يتسنم المتأمل عندئذ مهمة الوعظ في القرى. وهناك يمضي، شبه معطوب، بعصا مسيره في الدروب ليصرخ في الساحات: «اسمعوني، لقد كنت هناك في الأعلى ولديَّ ما أقوله لكم، ما أعدكم به وما أهددكم به! ولا وجود لديانة بلا جبال. المنبوذ ينزل إلى ماخور، أما كاشف الغيب فيرتقي جبلًا. يمكن لكليهما أن يمشيا بأحذية ممزقة. أحدثك هكذا، بمواربة، كي أوفر دروبًا وكي لا نعاني وهم تفاهمنا بوضوح شديد ويبهرنا الضوء. في العتمة يتجدد الحب، والحذر نفسه ينصحنا بأن نكون أكثر جرأة. ولكن، فلنعد إلى ما كنا فيه. لقد عرفت عندئذ أنني حيثما أنظر هناك سأجد انعكاسًا لعواطفي نفسها، لأن العاطفة الإنسانية تلوث الأشياء. وقلت لنفسي: «ابحث فيما حولك يا «إساياس»، تعرف إلى نفسك من خلال النظر إلى ما يحيط بك». ونظرتُ، واكتشفت أن روحي في كل مكان. في غرفة نومي، على سبيل المثال، وجدتُ في بقع رطوبة السقف قطًّا مجنحًا وصاروخًا فضائيًّا، وبقوة البحث، انتهى بي الأمر إلى استنساخ جديلة بمساعدة عاطفتي وحدها. هذه هي قوة النوع البشري. وهناك حيثما نظرت ستجد الإنسان دومًا، «الوسيط العظيم» للأشياء. الإنسان الذي يحمل الواقع إلى الجو

بمثل لمح البصر، يحمله كصينية هائلة فيها عجل مشوي. وإذا ما رأيتَ ضفدعًا، لا تستطيع إلا أن تسميها ملكة الأوبريت، وإذا رأيت وردة، ستطلب منها على الفور درسًا أو ازدراءً. أجل، ستجد هناك كيف أن «الوسيط العظيم» للأشياء قد لوث الكون بكوابيسه. عندما اكتشفت هذه الأمور، قلتُ لنفسي: «لا تهرب يا أخي «إساياس»، أذعن لمستشفى الجذام». ومطهرًا بالرحمة، أدرتُ المنظار عندئذ إلى أسفل، إلى الشوارع، من بانوراميتي البائسة. حدث هذا قبل سنوات كثيرة. انظر (وأشار إلى أنوار متقطعة تمخر سماء الليل). هذه طائرة الساعة العاشرة وأربعين دقيقة المتوجهة إلى نيويورك.

تابعا غمزات أضواء الطائرة إلى أن أصبحت تُدركُ في الذاكرة. بدت تلك الأضواء لـ«غريغوريو» غير واقعية بقدر لاواقعية وجوده هناك، على الشرفة، يستمع إلى ذلك الرجل الذي اعتبره عمه شيطانًا. وقال لنفسه: «يجب ألا أخشى شيئًا، لأن كل ما يمكن أن أسمعه، مهما بدا مفاجئًا، لا يمكن له أن يواسيني في نكبتي، ولا يمكن له أن يغير قراري»، وأحس مرة أخرى بأنه ضائع لا محالة.

واصل «دون إساياس»، وهو يُخرج من بدانته الخصبة منديلًا هائلًا ويمسح به متاهة وجهه:

- أجل، نظرتُ إلى أسفل، إلى مركز الفوضى بالذات، ورأيت الناس الذين يذهبون ويجيئون حاملين أشياء غير مرئية على الأكتاف: أوانيَ، حيوانات، زهورًا، أحجارًا وأشياء كثيرة أخرى. هذا ما بدا لي. كانت رؤية مؤكدة جدًّا عرفتُ على الفور أنها ستكون وجيزة أيضًا، وأنه قبل ضياعها لا بد لي من تثبيتها في الذهن بعبارة تظل عصية على الوهم. «ليس للإنسان خُرْج»، وقلتُ أيضًا: «علينا أن نخترع عربة للجاموس»، وعندما فقدت تلك الرؤيا، بقيت لي الجملتان على شفتي، وأنا أكاد لا أفهم مغزاهما. كانت تلك هي تجربتي البانورامية

الأولى التي شهدتها في الدنيا. ولكن كان هنالك شيء آخر لم أستطع تحديده. شيء استطعت فقط أن أعبر عنه بعبارة عرضية أخرى: «الناس غير سعداء لأن الحمولات التي يحملونها على أكتافهم غير متناسبة». رأيتُ ماردًا يحمل غصن زيتون، وهزيلًا ضعيفًا يحمل حجر طاحون. فقلت لنفسي: «إنهم يشعرون بالثقل، أجل، بعضهم يعزونه إلى الملاك الحارس، أو إلى قانون الجاذبية، أو إلى سنوات العمر، أو إلى تعسف التجربة، ولكنهم لا يعرفون أن ذلك الثقل هو ثقل القَدر، وعلى دقته تعتمد السعادة أو التعاسة». فمن المُثبت أن البشر ليسوا أقوياء ولا ضعفاء، وإنما مزيج من الأمرين. وليسوا طيبين ولا سيئين، وإنما هم قادرون على القيام بأفضل مأثرة وبأسوأ عمل مشين. كان هذا هو علمي الشبابي الوحيد. ربما يمكن التفكير في أنه من المناسب للإنسان أن يعرف أن الأشياء الثمينة بحاجة إلى أن تكون لها علبة خاصة بها. في هذه الحالة كنتُ أنا في العراء، يساورني شك يُثقِلُ عليَّ أكثر مما يحميني. ولكنني راقبت بعض الأمور. فرأيت مثلًا بناء أبنية بديعة، بتناسق متكبر، ورأيتُ وسمعت البنائين يجدفون، يضيعون، يهرسون إصبعًا، يتشاجرون خلال الغداء، يتبرزون بوضع القرفصاء، يغنون أغنيات بذيئة. وأخيرًا ينتهي البناء، وقد قلت لنفسي: «هذا البناء الضخم والهادئ يمثل ما نحن عليه بالضبط. الجمال ينكرنا». ورأيت ما هو خلاف ذلك. رأيت تاجرًا يغش أرملة ثم يعطي بعد ذلك صدقة لمتسول أو لأرواح المطهر، فقلت لنفسي: «لا يتوصل الإنسان كذلك إلى أن يكون شيطانًا. الشر ينكرنا أيضًا. ويريد دون طائل أن يجعل من نفسه بناء مفرطًا في الجمال والقبح». وراقبت أشياء أخرى. راقبت على سبيل المثال رجلًا يتوقف، لدى عودته إلى البيت مساء، عند ناصية ويتطلع في ما حوله كمن يبحث عن شيء. لقد أضاع ذلك الرجل هناك، أو

يظن أنه هناك، ولاعة ذهبية تحمل حروف اسمه الأولى. وكان ذلك قد حدث منذ ثلاث سنوات. حسنٌ، بعد مضي عشرين عامًا، وكان الرجل قد صار عجوزًا تقريبًا، ظل يقف في بعض الأيام عند الناصية، أو يتطلع من فوق كتفه، ربما على أمل أن يجد الولاعة. عرفت ذلك لأني نزلتُ في أحد الأيام لسؤاله فأخبرني بالأمر بشعور من الخجل والفخر. لقد كان ذلك العناد مضحكًا بالطبع وليس بالأمر الطريف، بل لا يمكنه أن يكون عزاء أيضًا، ومن هنا جاء إحساسه بالخجل. لأن من يخرج لاصطياد تنانين وجواميس خرافية ويعود خالي الوفاض، يمكنه أن يروي ذلك في ما بعد وأن يعرض فضلات قصة عظيمة، وإن تكن بائسة، وبالطريقة نفسها يمكن لورثة مفلسين أن يستخدموا مفتاح أنقاض قصر أسلافهم كثقالة أوراق أو تحفة زينة. غير أن الوقائع الضئيلة لا تخلف أثرًا ولا تنفع لأي شيء فيما بعد. بل إنها، على العكس، تسقط في النسيان، تعري الماضي وتحول الحياة أخيرًا إلى رماد. بل قد يحدث أن تخلو تلك الوقائع من عظمة كونها فعل إيمان. هل قرأت «الدون كيخوته»؟ بصورة وسطية فقط؟ لا بأس، يمكنك أن تقرأ فيه أن «سانتشو» يسأل سيده عما إذا لم تكن قصة الحصان «كلافيلينيو» تخفي سخرية في أعماقها. فقال «دون كيخوته» ما يعني إلى هذا الحد أو ذاك إنها مسألة منوطة بالساخرين، لأنه لا يمكن لأحد أن ينتزع مجد المحاولة منهما هما الاثنين. هذا فعل إيمان. ولكن لا يحدث كل يوم طبعًا أن يخدعوا أحدنا بأحصنة سماوية. يمكن للمرء أن يتعثر بأحجار صغيرة في الطريق، ويتعرض لسخريات صغيرة. مع أن هنالك، من جهة أخرى، فكرتُ، نوعًا من العظمة كذلك في تلك العثرات. فمجد من يتعثر ألف مرة بحجر صغير، من يبحث لسنوات عن ولاعة عند ناصية، إنما يحوِّل فشله إلى أسطورة، ويتوصل في هزيمته المتواصلة إلى أن يكون عصيًّا

على الهزيمة. وفي هذا صورة أخرى للقدر. ولهذا كان رجل الولاعة يتكلم بفخر أيضًا. لأن ذلك الفعل التافه، المكرر ألف مرة، صار له ثِقله الخاص، ويمكن أن يُروى.

صمت للحظات لاهثًا ومستنفدًا.

واصل الكلام:

- هذه القصة طويلة جدًّا ومتشابكة بالنسبة لقواي، كما أن ذاكرتي بدأت تضعف. ولكن باختصار، كنت أقول لك إنني من بانوراماي كنت أرى أن الإنسان ليس إلهًا ولا شيطانًا. في التكرار ينبض المزاج المأساوي. كل شيء ينفينا ويُثبتنا، السعادة والتعاسة. وتذكرتُ «سيزيف»، من كان يصعد حاملًا الصخرة في الجحيم، فقلتُ لنفسي إنه هو أيضًا يمكن له أن يتحدث عن صخرته بفخر، وحتى بامتنان، لأنه لولاها لما كان له أي ذكر: مجرد رجل بلا ماضٍ، قليل من الرماد البارد ولا شيء أكثر. هكذا هي الأشياء التي نحملها نحن البشر، فهي تُثقل علينا من جهة، وتُنعم علينا من جهة أخرى. إنها تؤلم، ولكنها توفر لنا ما نتكلم عنه. ولهذا تجد أن القراصنة ذوي السيقان الخشبية، تجعلهم إعاقتهم أشد شراسة. راقبتُ هذه الأمور وفكّرتُ فيها من هنا، بمساعدة المنظار. وقلتُ لنفسي: «ما الذي تنتظره؟ فلنَصُغْ نظريةً تُدفئنا في الشيخوخة، وما دمنا غير قادرين على أن نكون عاشقين، ولا عازفين على الناي، فلنكن على الأقل محبين للبشر بالانتصاب الكئيب». واصلت المراقبة، وتأكد لي أن البعض لا يحملون على كاهلهم سوى حفنة من غبار، بينما آخرون يجهدون منهوكين تحت ثقل عارضة حديدية. وقلت لنفسي: «من الصعب العثور على شخص قادر، مثل المسيح على الصليب أو مثل «دون كيخوته» بأسلحته، على تحمل العبء العادل والجوهري الذي

خصه به القدر». وكانت لتلك الأفكار أبوان ظنّيان يتمثلان في اسمٍ وجديلةٍ. وهنا يتبين كيف أن الحب ينتهي عادة بكابوس. هذا الأمر أشبه بطفل تدعوه إلى رحلة ريفية، تضع حجرًا بين ذراعيه وتقول له: «هيا، انطلق أيها اللعين!». فيأخذ ذلك الطفل، مع مرور الوقت، بالتعب من حمولته، تؤلمه عظامه وتتكون لديه فكرة ثابتة: الجلوس في أي مكان لا يلحظ والنوم مهما كان الثمن. عندئذ يبدو سعيدًا، يشعر بأنه خفيف، يقفز قفزات رياضي، يفرك أنفه ولا يعود له ماضٍ. وإن لم تصدق، انظر إلى نفسك بالذات، تفحص حالتك. في مراهقتك كنت تعيش منكبًّا على مهمة عظيمة. كنت تمضي حافيًا نحو الأرض الموعودة. ولكن الحبيبة غابت، فغابت ربات الشِّعر، ومثل العبرانيين حين تركهم موسى وصعد إلى الجبل لتلقي إشارات، صنعتَ أنت عجلًا ذهبيًّا وعبدته. الحب والشعر كانا وزنًا ثقيلًا عليك. كنت تمضي أكثر خفة ودون كبير اهتمام. بعد ذلك عشت زمنًا لا يمكنك أن تروي منه الآن إلا القليل. كنت تمضي مخلفًا لدى المرور، في تسرعك، أثرًا من الرماد، ولهذا، لعدم رضاك عن خفتك، ألقيتَ قردًا على كاهلك في أول فرصة أتيحت لك، وصار ذلك القرد، بالطبع، يُثقل عليك كثيرًا الآن وصرت ترغب في استبداله بجرة صغيرة أو بقش جاف. أتفهم ما الذي أعنيه؟ (وباغتته نوبة سعال، رقيقة وعميقة، حوَّلت خطابه إلى غرق).

لم يُبد «غريغوريو» المنكمش على الكرسي أدنى إيماءة مفاجأة قال:

- لا أدري ما الذي تحدثني عنه.

أعرب «دون إساياس» عن أسفه:

- ومع ذلك لا يمكن لي أن أعبر عما أريد بطريقة أفضل. أو

ربما هي أمور قد نسيتُها. فلنواصل قُدمًا إذًا إلى أن نجد شيئًا واضحًا. كنتُ أقول لك، وسأنتهي قريبًا، إن المرء لا يتوصل إلى السعادة أيضًا لأنه يمضي خفيفًا، أو لأنه يتوقف للراحة. وكنتُ أتساءل، لماذا ذلك؟ ما هو مصدر استياء النوع البشري؟ وواصلتُ المراقبة لأجد ما ظننته آنذاك جوابًا. قلت لنفسي إن الإنسان، بالمقارنة مع الحيوانات الأخرى، هو الوحيد الذي يبدأ البيت من السطح. يظن أن هناك طريقًا مباشرًا يؤدي إلى السعادة، والجميع يمضون فيه مستعجلين. ربما الأمر ليس كذلك. ربما أننا لا نريد أن نفهم أنه على كل شخص أن يكون هو نفسه أولًا وقبل كل شيء، أما كونه سعيدًا أو تعيسًا فهو أشبه بكمثرى على شجرة دردار أخرى وأرنب بري في بحر آخر، مثل من يشتري عبوة قهوة وفيها هدية صغيرة كجائزة. ولكن لا يا سيدي: الناس يريدون الهدية الصغيرة بأي ثمن، الهدية الصغيرة وحسب، دون أن يدركوا أن تلك الهدية ما هي إلا إضافة، تقدمة لطيفة من التاجر كما يمكن لنا أن نقول. إنها هذا وحسب. ولكن لا: تجد الإنسان يبحث عن الجائزة في الأقبية وفي القمم. يبحث عنها كثيرًا، وبشراسة بالغة، فينتهي إلى العثور على بديل، على عجل ذهبي، يظن في أوهامه أنه الهدية الحقيقية. فقلت لنفسي: «الإنسان هو الحيوان الوحيد القادر على أن يجعل من عَرَجِه فقرة استعراضية في السيرك». وكتبتُ في دفتري: «من يبحث عن الهدية الصغيرة، فلتلتهمه حوريات البحر». بهذا الطموح كانت مرحلة شبابي. وشعرت في عاطفتي بأنني نبي وامتلأتُ بالشفقة على الغير. تقصيتُ على سبيل المثال أن متوسط عمر الإنسان يزيد بعض الشيء عن متوسط عمر البومة، وأقل بعض الشيء من متوسط عمر محار المياه العذبة، وأن الإنسان في السرعات القصيرة، يركض أقل من ابن آوى، ونصف الأرنب البري وأكثر قليلًا من الخنزير الداجن. وحيال هذه الوقائع رحت أبكي،

وقلت لنفسي: «إذا لم تحبني سمرائي، فقد أحببت باسمها الإنسانية كلها، بمن في ذلك أنا نفسي». لقد كان ذلك خطيئة، اليوم صرت أعرف هذا، ولكنه بدا لي آنذاك قداسة. كنتُ أخلط بين العاطفة وحب البشر، وكان الجهل نفسه يخدم كنورٍ لعمى بصيرتي. وعلى أنقاض هزيمتي رحت أشيد برج بابل. ولكن الإيثار متعة يائسة. وفي إيثاري سألتُ نفسي هذا السؤال: «ما الذي يناسب الإنسان أكثر، أهي السعادة أم القدر؟» لأن ما يناسبه، إذا كان قويًّا، المجازفة بأن يكون هو نفسه، وإذا كان ضعيفًا، أن يستلقي للراحة في التخيل وأن يكون سعيدًا. ولكن بما أنه ليس قويًّا ولا ضعيفًا، وإنما الأمران في آن واحد، فإنه يبدو كمحكوم بالانقسام والمساومة. ومن أجل قليل من الفهم لما كنت أقوله (لأني كنتُ أتكلم بالتلمس، برأس مُنكَّس، مثل الخراف عندما تعطس)، فقد تخيلت في البدء جماعة من البشر يرقصون في فسحة وسط غابة على أنغام ناي، وبعد ذلك جيلًا كاملًا من بشر رفيعين لا يبتسمون، لهم لحى ويحملون أبواقًا على أكتافهم كي يقوضوا سورًا. «أي أسوار هي تلك؟» تساءلت، «ولماذا لا يرقص البواقون أبدًا؟ لماذا يبتسم الراقصون؟ لماذا لا توجد إجابات عن أسئلتي؟» وكانت لدي النظرية الكبيرة التي لا يتسع لها الباب الآن. وهكذا نظرتُ إلى أسفل ولم يكن هناك راقصون باسمون ولا بواقون جديون. رأيت أحدهم يتعثر ويقع أرضًا، وأن الهواء يُطيِّر قبعة آخر عن رأسه، وآخر يمشي وهو يسعل وبلا نقود والذي أبعد قليلًا يحك رأسه بلا توقف. ولكن آخرين، بالمقابل، يصرعون ثيرانًا ضارية، أو يوازنون أنفسهم على حبل، أو يرفعون الأطفال بأذرعهم كي يروا المواكب. أحدهم يحرق خفية أحد البيوت ويأتي آخر راكضًا لإطفاء الحريق. أحدهم يعترض بقدمه قدمي امرأة مسنة فيبادر على الفور سيد محترم إلى حملها بين ذراعيه إلى موقع إسعاف. يا للمشهد

العبثي والمهيب! فقلت لنفسي متأثرًا: «أنت يا «إساياس»، يا من تعلمت من الطيور، يا من ولدت مرتين، يا من تتخبط بين الإيثار والشهوة ولك قلب ما بين ساقيك، بحق حبك لسمرائك، تلك العذراء الصغيرة الحارقة، كن نافذ البصيرة، كن طيبًا، كن واقعيًّا، كن متسامحًا وعلميًّا مع الآخر. نصِّب نفسك رائدًا لعلم خفي، لعلم جديد وعجيب ليسطع تواضعك بلا ضوء وسط البريق، مثل حلقة من صفيح في كنزٍ بخيلٍ». هذا ما قلته لنفسي بقريحتي الشبابية، وعندئذ، في نوبة تفاؤل، وكتكريم لبني جنسي، رحت أرقص هنا، فوق، للمرة الأولى في حياتي، رقصة إثاريَّة مضطربة وسريعة، وبسوء حظ جعلني في إحدى الالتفافات أتعثر وأسقط على حاجز السطح وأكسر جبهتي. ظللتُ غائبًا عن الوعي مدة أسبوع، وعندما استيقظت كنت قد تحولت إلى رجل عملي، وتجريبي بالكامل. فقد أشرقت فكرة كانت في الوقت نفسه موسيقى ودواء. «أنا لا أستطيع تعليم الإنسان البحث عن قدره»، قلت لنفسي، «ولكنني أستطيع مساعدته على الإذعان لسراب السعادة»، وقلت لنفسي: «لا بد من جَلْدِ الوحش الضاري كي لا ينام ويصير وديعًا في أحلامه». ووضعتُ خطة. كنت قد لاحظت أن الناس يقضون حياتهم وهم يصارعون في نزاعات يومية صغيرة، ويمنعهم حلها من السير مباشرة نحو القدر. وكنتُ أفكر آنذاك بأن لنا جميعًا قدرًا واحدًا، إما أنه لا يتبدى، أو أنه يُستبدل بآخر لا يتناسب وزنه مع قوانا. تلك النزاعات الصغرى تلتهم طاقاتنا. وهذا أشبه بمن يذهب لقتل تنانين ولا يتمكن من ذلك بسبب وجود حصاة صغيرة في حذائه. فقلت لنفسي: «لو لم يكن الإنسان مضطرًّا إلى بذل الجهد في هذه الصغائر، وغير مضطر إلى حمل أعباء الآخرين وأحمال إضافية، ولو أن لديه ضمانًا مسبقًا بهذا الانتصار القصير، فربما لن يتمكن عندئذ، وهو سليم الإرادة والطاقة،

ووجهًا لوجه مع نفسه، من صمٍّ أذنيه عن صوت القدر. وسيأتي عند ذلك جيل من البواقين الملتحين. وربما سيعرف النوع البشري لماذا دُعي إلى هذا المكان. ونمهد بذلك الدرب»، أصدرتُ حكمي. لأن ما يعرفه الإنسان يا بني، وما يرد في الكتب والمتاحف، ما هو إلا جزء صغير من كل ما يمكن أن يعرفه لو أنه استغل خبرة كافة بشر العالم وحكمتهم، منذ نشأتهم حتى يومنا هذا. خبرة الجميع، دون ازدراء أحد منهم، حتى آخر أبله يمص إصبع قدمه متسلقًا شجرة تين في القرية التي ولد فيها. وفكّرت: إذا كان ممكنًا جمع هذه الثروة الهائلة من المعرفة، جمع كل هذا الفكر الثاقب، فلن يبقى أي شيء تقريبًا لتعلمه. سيكون لدينا عدد مرقوم من حالات محددة، من الدروس والعِبر والمخارج البارعة، ومن الأخطاء المرتكبة ألف مرة لأسباب مختلفة، حتى إن الاستثناءات تصبح شبه مستحيلة. سيُجمع هناك التاريخ الكامل للمشاكل كلها، الكبيرة منها والصغيرة، التي لا نعرف حلها وتُثقل علينا وتُوقفنا في منتصف الطريق، وتحكم علينا بالبحث المباشر والمبكر عن السعادة. ولكن انظر، هنالك شيء لم يفعله الإنسان. تبذير شديد في التعلم، نقص كبير في الحذر، إنه أمر غير معقول. «فلنصلح الزلات»، قلتُ لنفسي. «فلنبدأ نظامًا يُباشر في جمع هذا الكنز المهدور». رحت أحسب ووجدت أنه يكفي حوالي عشرة آلاف مراقب مثلي من أجل دراسة معمقة، منذ الولادة حتى الوفاة، لعشرة آلاف حياة مغفلة، مصنفة حسب الأمزجة والأوضاع، لنستخلص منها قوانين عامة وخاصة، تتضمن الحل التقريبي أو الدقيق لجميع أو لمعظم الصروف التي يمكن لأي إنسان أن يواجهها في الحياة، كي يتمكن بذلك من الاستدلال بها ولا يتورط ويُستنزف في خلافات قديمة كانت موجودة منذ آلاف السنين. ما نسميه اليوم مستقبلًا أو قدرًا ليس إلا فوضى، كي لا نقول إنه نسيان. فجميع

الحالات غير المتوقعة والطارئة قد وُجدت وحدثت مرات كثيرة من قبل. ومن خلال التجربة والإرادة، يمكن الاحتياط من معظمها ومعالجتها. أفلا يمكن من اخترع علم الطيران أن يخترع السعادة أيضًا؟ كان هذا هو جنوني الذي أعترف به اليوم بخجل وفخر. عشرة آلاف حياة مغفلة (استذكر بسخرية). ووضعت للكتاب عنوانًا: «دليل السعادة والقدر». ما رأيك؟

قال «غريغوريو» بعدم إيمان أكثر مما بصدق:

- كان يمكن له أن يكون عملًا عظيمًا.

- عمل عظيم بقدر ما هو سخيف. عمل مستحيل بقدر ما هو غير مجدٍ. لقد تأخرتُ طويلًا في إدراك ذلك. كنت أستبعد الشكوك بتحذير أن الرواد مدينون للإيمان. وكانت العاطفة تضيء عمى بصيرتي. تأخرتُ في فهم أن الإنسان يقترف على الدوام الأخطاء نفسها، ولكن كل خطأ بذاته لا يمكن إصلاحه، لأن من يقترفه وحده هو من عاشه، والعيش بحد ذاته خطأ. تأخرتُ في فهم أنه لا وجود لقدر لا يكتمل في كل لحظة، وأن سعادة كل فرد إنما تستند في معظم الأحيان إلى تعاسة آخرين. ولكن حتى في حالة توصل جيل من الحكماء إلى اختراع السعادة الصغرى لكل يوم في ملايين الكتب، على سبيل المثال، فماذا ستكون الفائدة من ذلك؟ لأن حياة المتطلع إلى السعادة ستنقضي في التقصي والبحث في تلك المراجع. فإذا بحث عن علاج لنكبة، مهما كانت تافهة، فقد يحدث أن تكون الحالة منظورة وأن حلها في واحدة من فقرات آلاف الكتب تلك. ولكن من ذا الذي يستطيع العثور عليها؟

صمت مرتجفًا في قشعريرة وأحدث فرقعة بحنجرته.

- وأخيرًا، سنتحول إليك الآن وننتهي. فقد انكببت على المهمة. بحثتُ عمن أراقبه بالقلم والورقة. واخترتُ عمك «فيلكس». لاحظتُ

لبعض الوقت أنه رجل سعيد بصورة متوسطة. ولكنني رأيته، مع ذلك، يطل في أحد الأيام على الورش والمكاتب ويقضي الليالي في النظر إلى شرطيي المرور، بطريقة معذبة جدًّا، وأدركت على الفور أنه يحسدهم وأنه غير سعيد في حياته الخاصة. ويبدو فجأة أنه يشعر بالخجل من سعادته. عندئذ قمتُ باختبار. اخترت ثلاثة كتب تكون أعلى من جهله ولكنها بمستوى طموحاته، وحملتها إليه لأرى ما الذي يحدث. ولم يكن في نيتي إلا ترسيخ تردده بفتحي له أبواب عالم كان محظورًا عليه. بعد وقت قصير من ذلك جئت أنت، وأصيب هو بالجنون حسب ما قيل لي. أنا أظن أن ما حدث هو أنه أدرك أخيرًا، بعد فوات الأوان، أنه قد أخطأ في قدره. وأنه تخلى عنه مقابل طبق عدس. لا بد أن شيئًا من هذا قد حدث له. ولكنني كنت قد قررت في أثناء ذلك أن أتابع خطواتك أنت. وقد تابعتها طيلة ثمانية أعوام. تابعتُك إلى أن مات عمك بالضبط ودخلتَ أنت للعمل في مكتب. تابعتُك في الشوارع، وفي بعض الأحيان بالمنظار، من هنا، وكذلك بمساعدة ابن أخ لي، لا بد أنك تعرفه بالنظر. وبهذه الطريقة راقبتُ، بشفقة ورقة، كيف وقعتَ في الحب. وحزرت بعد ذلك أنكَ قد اكتشفت الشِّعر، ولم أستغرب، لأن الحب يجعلنا حكماء. استنتجتُ ذلك ذات مساء رجعتَ فيه راكضًا إلى البيت ولم تخرج خلال أسبوع، وعندما خرجت كنت تمضي على الدوام ومعك دفتر لا يمكن أن يتضمن سوى أشعار. فقلت لنفسي: «هذا الفتى يحمل عبئًا ثقيلًا على كاهله. إذا لم يتوقف للراحة فسوف يستكمل قدره». وفيما بعد، بالتزامن مع خيبة أملك الغرامية، أُصبت أنا بخيبة أمل من نظرياتي، كي لا أقول إنني شفيت من جنوني، ولذتُ بالبيت أكاد لا أخرج منه. ومع ذلك، وبدافع الفضول، أو لمجرد التسلية، تابعتُ الاستعلام عن الخطوط العريضة لمغامراتك. حضرتُ حفلة

خطوبتك وزواجك، إلى أن تحولتْ حياتك في ما بعد إلى رماد، مثلما هي حياتي أيضًا. ومع ذلك، فإنني أعرف أشياء عنك تجهلها أنت نفسك. فمنذ خمسة عشر عامًا كنت تتأخر عشرين دقيقة عن الذهاب إلى المكتب. ومنذ حوالي شهر صرت تتأخر ثمانيًا وعشرين دقيقة. وبمثل هذا التدرج المطرد، إذا ما كنا خالدين، سيأتي وقت لا نصل فيه إلى أي مكان. يجب أن ينفعنا هذا القانون كعزاء، فالخلود نفي للحركة. أتفهم الآن كل شيء؟ (سأله بعذوبة).

نظر إليه «غريغوريو» مذهولًا.

قال دون أن يدري إن كان عليه أن يستنكر، أم يخجل، أم يشكره على صبره:

- أي إنك كنت تراقبني طيلة هذا الوقت. أمر لا يُصدق.

قال «دون إساياس» باستغراب لا يقل عن وضوح الأمر لديه:

- ولكنه صحيح مع ذلك، ومنطقي وطبيعي مثلما هي حال العالِم الذي يكرس حياته لمراقبة حشرة.

وظلا للحظات يتيمي الصمت نفسه.

واصل العجوز بصوت مستغرق في التفكير:

- لقد تحوَّلتَ إلى رجل سعيد. جلستَ لتستريح إلى الأبد تحت أول ظل على الطريق، حسب نظرياتي آنذاك. لم يبق في مسيرة حياتك سوى القليل من الأمور المهمة إلى أن بدأتُ أرتاب في أن أمرًا طارئًا قد حدث في حياتك. بدا لي كما لو أنك قد نهضتَ وعدت للمسير من جديد. وبدافع الفضول، جددتُ بحثي، كمن يقرأ رواية أو يرى فيلمًا. أرجو أن تعذرني يا بني سواء على جنوني أو على فضولي. أيمكنك ذلك؟

هز «غريغوريو» كتفيه. لم يشعر بالخجل مثلما شعر به في تلك اللحظة، وكي لا يلحظ الآخر ذلك قال بتراخ:

- ليس مهمًّا.
قال «دون إساياس»:
- يسعدني أن يكون الأمر كذلك (وزفر)، فقد استدعيتك كي أطلب منك المعذرة، فضلًا عن أمور أخرى. حسنٌ إذًا، في أحد الأيام، كما كنت أقول لك، شهدتْ حياتك تحولًا غير متوقع. غيرتَ طريقة لبسك، إلى حد أنني لم أتعرف إليك في أول الأمر. وطبعتَ بطاقات تعريف قرأتُ فيها أول مرة اسم «أغسطو فاروني». فقد سقطت منك في الشارع، هل تتذكر؟ ونزلتُ لأخذ واحدة منها. بعد ذلك بدأتَ تذهب إلى المقهى، ثم نشرتَ كتابًا فيه صور وأسماء متخيلة، وصرت تتردد على دكاكين العاديات القديمة، ولم أكن أفهم شيئًا. وفجأة تهربُ من البيت وتترك العمل. عندئذ أجل، عندئذ بدأت تخامرني الشكوك فيما يحدث. واستنتجتُ أنه لا بد من وجود شخص ثالث، ربما تكون امرأة، تحاول خداعها. ولكن الشخص الثالث لم يكن يظهر أبدًا. فقد كنتَ تمضي وحيدًا على الدوام. وأنا لم أكن أفهم شيئًا، وفهمي صار أقل وأنا أقرأ اليوم أنك ضربت امرأة لدى هروبك من نُزل.

جفل «غريغوريو» فجأة.
- ماذا قلت؟
- ألم تقرأ ذلك؟
- أي شيء؟
- الصحف.
- الصحف؟
- إنها هناك، على الكرسي.

وأخيرًا فهم «غريغوريو». تناول الصحيفة، وعلى ضوء المصباح رأى الصورة الرئيسية لكتاب أشعاره. وإلى جانبه، بحروف سوداء

كبيرة، عنوان يقول: «موظفة نزل تتعرض للضرب على يد أحد النزلاء»، وتحته، بحروف أصغر حجمًا: «الضحية تجاوزت مرحلة الخطر».

تلعثم «غريغوريو»:

- تجاوزت الخطر! أي إنني لم أقتلها (وأحس برغبة في معانقة «دون إساياس» وأن يصرخ للمدينة كلها، من هناك في الأعلى، أنه ليس قاتلًا).

قرأ بسرعة رواية الصحيفة للأحداث. وقد ذكروا فيها أن «شخصًا عمره حوالي خمسة وأربعين أو خمسين عامًا»، يُدعى أو يدَّعي أنه يدعى «أغسطو فاروني»، ويبدو أنه مؤلف كتاب أشعار أهدى نسخة منه إلى الضحية قبل أيام من مهاجمته لها، قد نزل في البنسيون مدعيًا أنه وصل للتو من قرية - «بيبابانوكو»، وهذه قرية لا وجود لها - وأن وثائقه ونقوده قد سُرقت منه في المحطة. قال إنه بائع وشاعر، فاستغل طيبة قلب «دونيا غلوريا»، صاحبة البنسيون، وأقام هناك عدة أسابيع بالدين. لدى الشرطة شكوك راسخة للاعتقاد بأن الجاني جانح متمرس. فقبل أيام من محاولة السطو، تمكن من إقناع مالك متجر مؤن لقبوله موزعًا لديه. ومرة أخرى أهدى إليه مجهول الهوية نسخة من الكتاب المذكور، بهدف كسب ثقة الضحية، وبعد بضعة أيام، وعلى إثر اختلاسه مبلغًا كبيرًا من المال، اختفى مع عربة توصيل الطلبيات. استولى الغضب على «غريغوريو» المذهول حين قرأ الفقرة الأخيرة. «كاذب! قواد»، همس عاليًا وهو يشد قبضتيه ويضغط فكيه. ويتحدث الخبر بعد ذلك عن الكتاب: الشرطة ترى أنه ربما كان خدعة لاجتذاب شفقة ضحاياه، ولا بد أن كافة الأسماء الواردة فيه زائفة. ولكن الغريب في الأمر أن الصور تبدو حقيقية، كما يؤكد الضحايا، ولهذا السبب لا يُستبعد أن يكون الجاني مختلًّا

عقليًّا. الشرطة تواصل التحري وتأمل أن تتضح ملابسات القضية خلال وقت قصير.

ألقى «غريغوريو» الجريدة على الكرسي ونهض واقفًا. كان غاضبًا ومبتهجًا.

أعلن بحماسة:

- معظم ما يقال هنا كذب. ولكن المهم أنني لم أقتل المرأة. جرحتها قليلًا فقط، وفي دفاع عن النفس.

بدا له أنه قد أيقظ للتو كابوسًا فظيعًا. ومع ذلك كان قراره في الهرب في تلك اللحظة أشد رسوخًا من أي وقت مضى. فمن جهة سيتهمونه ظلمًا بأنه لص، وجانح متمرس ولديه نوايا إجرامية، ولكن الأسوأ هو عدم شعوره الآن بأنه مذنب، ولن تنفع المحكمة لحصوله على عزاء العقاب العادل وإنما لتعريضه بصورة مَرَضية للعار العام، ودون أي منفعة أخرى سوى سلخه بافتراءات وسخريات.

قال:

- لقد شهروا بي. إنني ضحية مؤامرة (وأحس بأنه مفعمٌ بالوقار وبالحق).

سأله «دون إساياس»:

- ما الذي حدث إذًا يا بني؟

- إنهم يلاحقونني. لقد خلطوا بيني وبين شخص آخر (وراح يتمشى على الشرفة).

- ومن هو؟

توقف «غريغوريو» مترددًا وهو يمسك ذقنه بإحدى يديه.

دمدم:

- «فاروني».

- أيعني هذا أن «فاروني» شخص له وجود؟

قال «غريغوريو» متفاجئًا:

- أجل، طبعًا له وجود. إنه يعيش في الخارج. وأنا ممثله. أو بعبارة أدق، كنتُ ممثله، لأنه مات مقتولًا يوم أمس، في الهند. لقد علمتُ بالخبر هاتفيًا. وقد كان ثوريًّا، وكاتبًا عظيمًا. لهذا كنت أذهب إلى المقهى (تحمس في الكلام)، كي أطلعه على ما يحدث هناك. والكتاب الذي طبعته، وكذلك البدلة التي صرت ألبسها، لم يكونا إلا لتضليل الشرطة، ولأنني في أعماقي شاعر أيضًا. ومسألة كاتب سيرته حقيقية أيضًا. إنني أكتب سيرة حياته. هذا هو السر كله.

نظر إليه «دون إساياس»، من ظلمته، بإمعان.

- ومتى تعرفت إلى «فاروني»؟

قال دون تردد:

- متى؟ لقد تعرفت إليه في إحدى المكتبات، منذ نحو عشر سنوات. وكان مختبئًا هناك. كانت الشرطة تبحث عنه، بسبب تلك الأمور السياسية. تبادلنا الحديث، وبعد ذلك كتب إليَّ من الخارج. قرأتُ بعض كتبه، تعرفت على بعض أصدقائه وتحولت إلى واحد من المعجبين به وصرت من أتباعه.

أشعل سيجارة وأضاف:

- لقد كان رجلًا عظيمًا.

قال «دون إساياس»:

- لم أسمع أي شيء عنه قط.

- حسن، إنه مشهور جدًّا في الخارج، ولكنه محظور هنا.

تنهد العجوز:

- هذه قصة غريبة. أترى، لقد ظننتُ أن هناك شخصًا ثالثًا وأنك كنت تريد خداعه.

- في الواقع (وقام «غريغوريو» بفتح ذراعيه باستسلام) هنالك

شخص ثالث. لقد وقع سوء فهم. فقد كنت أتظاهر أحيانًا بأنني «فاروني» أمام ذلك الشخص ثم تعقدت الأمور في ما بعد دون أن أدري كيف. لقد فعلتُ ذلك أولًا بتعقل ولكنني فعلته بصورة جزئية أيضًا، وأعترف بذلك، بدافع الزهو.

- ومن هو المخدوع؟

- وكيل تجاري جوال، لم أره سوى مرتين أو ثلاث مرات، ومن بعيد أو من الخلف فقط. كان يتصل بي هاتفيًّا في المكتب. اسمه «خيل»، «داثيو خيل مونروي».

قال بغموض وهو يحرك إحدى يديه:

- وفي النتيجة، جاء إلى المدينة وبدأ البحث عني. كان يبحث عني وكانت الشرطة تبحث عن «فاروني»، وكان الجميع يرتابون في أنني أنا «فاروني». وهكذا ذهبتُ إلى بنسيون كي لا أورط أسرتي، وعندما أعدت ترتيب الأمور كلها، وتهيأتُ للمجيء إلى البيت هنا، خلطوا بيني وبين لص وهاجموني. فكان عليَّ الدفاع عن نفسي، وها أنذا هنا.

سأله «دون إساياس» وفي صوته نبرة توسل محزونة:

- ألست تخدعني يا بني؟

أخفض «غريغوريو» رأسه وابتسم، وقال بيأس وتسامح:

- إذا شئت يمكنني أن أقول لك إن هذا كله كذب، وإن «فاروني» لا وجود له، وإنني محتال. هنالك من يظنون هذا. وباختصار، ما أهمية أن يكون «فاروني» موجودًا حقًّا أو غير موجود؟ فـ«فاروني» في نهاية المطاف ليس الرب.

تمتم «دون إساياس»:

- بالفعل، «فاروني» هذا ليس الرب، ولكنه ليس نازع سدادات

فلين كذلك، يمكن لوجوده أن يسبب لنا مشاكل. ولكن بالنسبة إليك أنت و«خيل»، هل كنتما سعيدين؟

- لا أدري. لقد بلغ بي الأمر في بعض الأحيان حد الكذب عليه لإسعاده، مع الأخذ في الاعتبار أن تكون للأكاذيب خلفية من الحقيقة على الدوام.

- بعض الأكاذيب القليلة هي سعر بخس إن كانت تمنح المرء سعادة. لقد ثبت لدي أن الحقيقة ليست عجلة يمكن دفعها لتدور، وليست رباط حذاء ينفع لصنع عقدة، وليست كذلك ساقًا خشبية تُحدث صوتًا مختلفًا لدى المسير وتوفر سببًا للكلام. أما الكذب فيشبه هذه الأشياء كلها، يمكن لأحدنا أن يحمله في جيبه تقريبًا، مثل مفاتيح أو مشط. أريد أن أقول إنه شيء نافع، أداة عمل صغيرة. والناس الكاذبون يُلحظ عليهم ذلك لأنهم يبدون كمن يحملون قردًا على الكتف، يحاكي صاحبه. ولهذا، حين تؤكد أنك كذبت من أجل قضية خيِّرة، فلا بد أن تكون محقًّا، لأن الأكاذيب تنفع في هذا الشأن تحديدًا، كي تكون محقة. لا يمكنني التعبير عن نفسي بصورة أفضل ولا يمكن لي مساعدتك.

قال «غريغوريو» وهو يقدر المسافات:

- أنا لا أعدُّ نفسي مذنبًا.

- ومع ذلك خدعتَ ذلك المدعو «خيل».

صمت «غريغوريو» وانتظر أن تغرق تلك الكلمات فيه وقال:

- لقد تأخر الوقت.

- أجل، لقد حان موعد الانسحاب.

- سؤال واحد فقط، ما الذي كنت ستفعله يا سيدي لو كنت مكاني؟ أكنت تسلم نفسك أم تهرب؟

- إنني أدرك أن الدروب كلها تؤدي إلى فوضى الهروب، وستهرب بأي طريقة. ولهذا كن كريمًا واهرب بعيدًا.

نظر إليه «غريغوريو» بامتنان وقال:

- وأرجوك أيضًا إن كنت تعرف السر فاحفظه.

هز العجوز رأسه موافقًا. وتقدم منه «غريغوريو» وشدَّ على يده وقال له:

- أنت بحاجة إلى الراحة.

ردَّ «دون إساياس»:

- أجل، أحتاج إلى الراحة، وربما تكون هذه الراحة هي النهائية. منذ زمن طويل (تلعثم وهو ينظر إلى أعلى) ظننتُ أنني اكتشفت اثنين وثلاثين نجمًا تتحرك وفقًا لأنظمة الشطرنج. وظننت أن حكيمًا من القدماء قد اكتشف هذه اللعبة من مراقبته، مثلي، التحولات السماوية. وظننتُ عندئذ أن تاريخ الكون ليس سوى دور شطرنج، وحين يوصل أحد اللاعبين الآخر إلى كش ملك ينتهي العالم. ولكن ذلك كان منذ سنوات طويلة. وكنت آنذاك شابًّا. وأخيرًا، لقد تأخر الوقت وصار الجو باردًا.

- ألن تنزل؟

- سأنزل فيما بعد. انتبه كي لا يمسكوا بك يا بني. وإذا كنت بحاجة إلى نقود أو أي شيء، أخبرني.

تراجع «غريغوريو» حتى الباب وحمل الحقيبة.

- لا، أريد فقط أن تحفظ السر وأن تقدم المساعدة، إن استطعت، إلى «أنخيلينا».

قال ذلك، وتأمل للحظة العجوز المربوع، المستند إلى حاجز السطح، وعلى انعكاس ضوء المصباح المتناقص، قام بانحناءة احترام خفيفة وبدأ يهبط الدرج.

كان الوقت قد تجاوز منتصف الليل. توقف هنيهة في الطابق الثالث مفكرًا فيما إذا كان عليه رؤية «أنخيلينا» من جديد ليحذرها من المؤامرة ويَعِدَها بأنه بعد بعض الوقت، حين يجد عملًا وتسقط الجنحة بالتقادم، سيلتقيان في مكان بعيد وآمن، حيث سيعودان ليكونا سعيدين من جديد. ولكنه حين اقترب من الباب خُيِّل إليه أنه يسمع أصواتًا داخل البيت وخاف أن تكون الشرطة، فصرفه الرعب والخجل والسجن عن نيته. يجب الهرب، وبأسرع وقت. ومع ذلك، أغمض عينيه للحظات وتنفس ذلك الهواء المظلم والعائلي بعمق. تعرَّف في الرائحة على مساعيه الشبابية والسلام الذي لا يُهزم في أمسيات نضجه الطويلة. ومرة أخرى مر الماضي عابرًا ذهنه في برهة. استذكر جسده يخرج من الزمن كمن يخرج من ضباب: عجوز مستنفد. ذُهل من الطريق الطويلة المتاهية التي سار فيها حتى هناك، وسببت له رؤيا مستقبله تعبًا أكثر مما سببته من خوف. وهتف مستغربًا: «كم هي معقدة الحياة».

نزل دون تسرع، كاتمًا وقع خطواته، وقبل أن يخرج إلى الشارع رسم على وجهه خربشة إشارة الصليب أربع مرات. ثم هز كتفيه، دون أن يلتفت، ومشى مسرعًا حتى أول ناصية، وبعد ذلك بقليل ركب في سيارة أجرة إلى المحطة.

خاتمة

ومثلما خطط، بدأ «غريغوريو» الهروب نحو أمكنة الطفولة. فربما يوفر له أحدهم، أحد أصدقاء أو معارف أبويه عملًا هناك، أو أرضًا يستأجرها، وسيكون هذا أفضل. وفكر في أنه سيُغلق عندئذ، دون التفات إلى أي شجن، دائرة وجوده وسينتظر الشيخوخة ضمن ذلك الزمن المنغلق بصورة نهائية. وقارن نفسه بالحِرفي الذي ينهي ما يقوم بصنعه (وليكن سلة على سبيل المثال)، ثم يجلس عند الباب ليستريح ويتأمل حصيلة مهارته الوحيدة والطويلة. أما بالنسبة للسنوات المتبقية، فإنها تعني أنه قد تبقى لديه فائض من القصب وأنه كان يمكن للسلة أن تكون أكبر حجمًا أو أكثر جمالًا، ولكنها صارت ناجزة لا يمكن المس بها ولم تعد تتقبل التعديل. إنها العودة إلى البداية، إغلاق الدائرة، الاستراحة من السلة: هذا هو ما تعنيه له العودة إلى مسرح الطفولة.

عندما خلَّف القطار وراءه آخر الضواحي، أدرك عندئذ فقط أنه لا بد أن العدالة ستذهب إلى هناك بالتحديد للبحث عنه. ومضطربًا بغم أنه كان عليه أن يتخلى عن هذا الأمل الأخير أيضًا، ولانبهاره المفاجئ باتساعات العالم الموحشة التي تعرض نفسها عليه الآن - حين لم يعد لديه مكان يذهب إليه- بكل امتداداتها العظيمة وغير

المجدية، أحس بضياع شديد إلى حد فكَّر معه في العودة إلى البيت وقبول عرض «أنخيلينا» بالاختباء في القبو. لسوف يجد هناك على الأقل مكانًا آمنًا يستقر فيه، وسيجد من يهتم به. وبدوافع من تلك النية التي يعرف أنها غير قابلة للتحقيق ولكنها تفيده آنيًّا لتقبل الوجهة الأخرى التي يرغب في أن يفرضها عليه القدر، خرج إلى الممر وانتظر أن يتوقف قطار آخر في المحطة.

وفي المحطة، بعد أن تناول ثلاث كؤوس من الخمر، اشترى بطاقة سفر في القطار التالي، دون أن يستفسر ما هي وجهة ذلك القطار. وحين سُئل: «الوجهة؟». قال: «نهاية الخط».

انتظر خارجًا، في الظلام، وكان يشعر أنه على حافة حوض ماء. كانت الساعة الثالثة فجرًا. وكانت تصل من الحانة أصوات جماعة من الجنود يغنون في كورال أغنيات ريفية. كان الجو باردًا، وفي أقصى الرصيف تظهر هيئة غائمة لأكوام تراب، وخطوط حديدية وعنابر. «فلنوضح هذا الأمر»، قال لنفسه، مقدرًا بحد يده حساسية دقة الفكرة. ولكنه كان عاجزًا عن التفكير في أي شيء آخر سوى صورة بركة راكدة فيها أسماك. فما إن يحاول البدء في تحليل وضعه حتى تمر الأسماك في ذهنه، بطيئة ومخبولة، وتشوش تفكيره محولة إياه إلى متاهة مُنهِكة. بدا له عندئذ أن حياته غريبة عنه، وكما لو أنه قد انتهى بالفعل من صنع سلة ولم يعد لديه سوى الاستراحة من عمله. لمس بأطراف أصابعه الماء، بينما هو ينظر إلى أعلى، حيث تلمع بوهن بعض النجوم. أحسَّ أنه على وشك أن يصير سعيدًا بصورة إعجازية، ولكن شيئًا ضئيلًا أو لا يمكن إدراكه يحول دون ذلك في كل لحظة. حاول دون طائل البحث عن منشأ ذلك الأمر الضئيل الذي يحكم عليه بالتعاسة، فقد كانت الأسماك تعود مرة بعد أخرى إلى ذرع الماء الراكد بمساراتها العجيبة. وأخيرًا، تعالى في مكان ما

رنين هاتف، وبرز رجل على الرصيف يحمل قنديلًا ومطرقة، وعلى الفور أطلق القطار صفيرًا إلى البعيد.

وبذهن مشوش بفعل الكحول والبرد، وبينما هو يتابع الأسماك، قفز «غريغوريو» إلى العربة الأخيرة، وما كاد يستقر في المقصورة شبه المظلمة حتى غرق في مطهر حلم مشحون بالتوعد.

عندما استيقظ كانت الشمس قد ارتفعت كثيرًا. وكان القطار ينطلق، وسط سهب، وديعًا ودون جهد. وكان يصفر أحيانًا، وقد بدت تلك الإشارة لـ«غريغوريو» كأنها إنذار بوق عسكري لمدينة محاصرة. فهو يضيع أحيانًا في متاهة مونولوج يُخيَّل فيه إليه أنه يسمع خطاب وعيه بالذات غير المترابط والمتدفق. كان اليوم هادئًا ومنيرًا. في العمق، تبدو ظلال بعض الجبال القاتمة مختلطة بالسحب، وأقرب منها، بموازاة النهر، ما يبدو أنه أشجار حور تحف بمسار نهر. كان وحيدًا في المقصورة، ومفتونًا بمشهد الضياء والاتساع الفسيح ذاك (وكان يضطر أحيانًا إلى أن يرمش منبهرًا بآخر ومضات الندى الليلي). رأى «غريغوريو» شجيرات متفرقة وصخورًا، وبيتًا معزولًا بين حين وآخر، أو شجرة سامقة، أو سياجًا، أو دربًا، أو قطيع أغنام، وأكثر من شعوره بالقلق كان يشعر بالهيجان الذاهل لطمأنينته. بدا له الماضي القريب نائيًا وغير واقعي، ولم يكن قادرًا كذلك على تخيل المستقبل بصورة عقلانية قابلة للتصديق. رغب في أن يظل هناك، في أبدية الحاضر، يسمع صوت القطار ويرى مرور أشياء، ومجرد فكرة الحركة سببت له التقزز والاستنكار. كان الضوء، بزرقته الصافية والباردة، يضفي على الأشياء هالة نقية من الاستقلال والتجدد. «الفردوس! الطفولة! الحياة الفسيحة والحرة»، دمدم «غريغوريو»، «جمال العالم!». ولكن الأسماك ظهرت له من جديد في تلك اللحظة، وعاد «غريغوريو» إلى الواقع مع رعشة ذعر.

نهض بتثاقل، تناول الحقيبة وخرج إلى الممر. كانت المقصورات الأخرى خاوية أيضًا، والهواء يدخل إليها ويخرج منها جاعلًا ستائر الأبواب تتطاير. راح «غريغوريو» المشعث الشعر والمرتبك يزيح الستائر مترنحًا وهو يمشي نحو أقصى العربة باتجاه معاكس لسير القطار. انتظر هناك متشبثًا بحاجز حديدي، وأخذ يدخن متأرجحًا على المنصة خارج العربة دون أن يفكر في شيء. بدا كما لو أن ذلك القطار لن يتوقف أبدًا، وأنه يمكن للسهب ودرب الحور أن يواصلا الركض إلى الوراء بصورة لانهائية. ولكن القطار مرَّ فجأة عبر دسكرة وبدأ يخفف سيره على الفور. أطلق صفيرًا طويلًا، وخلَّف وراءه بساتين وتوقف أخيرًا.

حمل «غريغوريو» الحقيبة وقفز إلى الرصيف. لقد كان في محطة صغيرة مقفرة، ليس فيها سوى عنبر انتظار وخزان مكسور وصدئ. لم يصعد أحد إلى القطار ولم ينزل منه أي مسافر آخر، وجدد القطار مسيره على الفور. رآه «غريغوريو» يبتعد، وبعد ذلك نظر بتمهل فيما حوله. لم يكن يُرى أي بيت. دار حول العنبر الطويل. وجد هناك منبت عليق، وبرازًا وأوراقًا محروقة. ومن هناك طريق يمضي باتجاه درب الحور. حمل المسافر الحقيبة، تنفس بعمق، وضغط فكيه وانطلق ماشيًا في الطريق.

سار «غريغوريو» طوال أحد عشر يومًا على غير هدى، يتزود بالمؤن من أطراف القرى، ويأكل على الدروب وينام حيث يفاجئه الليل.

في اليوم الأول خيَّم بجانب النهر. رأى سلحفاة وكلب ماء، ألقى أنبوبتي الأقراص إلى الماء، قرصًا فقرصًا، أجرى منافسة ملاحية بين قطعتين من لحاء الشجر، شذب عصًا للمسير، وحاول أن يصطاد سمكًا بخيط ودبوس ودودة. وعند العصر استحثه الجوع، فواصل

المشي بمحاذاة النهر. كان يتقدم ببطء، بسبب ثقل الحقيبة ووعورة الأرض. وعند الغروب وصل إلى بيت. قال إنه خبير آلات زراعية جوال وإنه يدرس نوعية التربة وخصائصها بهدف إدخال جرارات ذات سلاسل إلى السوق. باعوه خبزًا ونصف قالب جبن وقدموا إليه مأوى في الحظيرة.

في اليوم الثاني اجتاز النهر وتوغل نحو الجبال التي في عمق المشهد. اشترى في إحدى القرى كيس مؤن وبطانية، وانتهز الفرصة ليسأل إن كانوا يستخدمون في تلك الأراضي جرارات بسلاسل. فقالوا له لا. شكرهم على المعلومة، وتكلم بمرارة عن التخلف الزراعي والصناعي في البلاد، وذكر عمى الحكومة، وأشاد بجمال تلك الحقول وخصوبتها، ثم واصل رحيله. تناول طعامه جالسًا على حجر، وقبل العصر، وكان منهوكًا من المشي، توقف تحت شجرة سنديان. أشعل نارًا، وألقى البطانية على كتفيه، مدَّ يديه وركز بصره على اللهب. لم يدر إن كان سعيدًا أم تعيسًا، وكلما حاول تقصي ذلك، كان تفكيره يغص بأسماك. وعند الغروب أطفأ النار كي لا ينبه الفضوليين. أمضى الليل في نوم متقطع، يوقظه التعب والبرد أو سماع أية ضجة، ومع أول ضباب الفجر أوقد نارًا من جديد وعاد إلى المجاهدة مع الأسماك.

طلع فجر اليوم الثالث غائمًا، وفي اليومين الرابع والخامس هطل رذاذ خفيف دون توقف. جعل من كيس بلاستيكي قبعة وواصل المسير، ببطء متزايد أكثر فأكثر. وصل إلى الجبال عبر شِعب صخري واجتازها وخرج إلى سهب آخر. وكلما كان يلتقي بأحد يسأله إن كان يعرف منافع الجرارات ذات السلاسل. وفي إحدى القرى قال إنه في الواقع مندوب معهد زراعي من أجل التوسع في الزراعات وتحسينها. وابتداء من اليوم السادس قدم نفسه في المزارع على

أنه راعٍ، ومربي خنازير، وعامل، وحارس غابات، وكان يروي أنه كاتب يبحث عن أجواء. وعلى الرغم من أنه لم يكن يطلب شيئًا سوى الطعام وأي مكان للنوم، كان طلبه يقابل بالرفض دون إبداء أعذار. وفي هذا اليوم بالذات جرى اعتقاله واستجوابه، عند تقاطع دروب، على يد اثنين من شرطة الحرس الأهلي. أراهم وثائقه وقال إنه مبعوث من شركة مواد غذائية لدراسة إمكانية نشر خلايا نحل في تلك الناحية. وأوضح أنه قرر التقدم مشيًا على الأقدام حتى القرية التالية بنية القيام بفحص - دقيق وفي عين المكان - لتشكيلةِ ووفرة النباتات العطرية البرية وجمع بعض العينات منها، وأراهما قصفة زعتر بري صغيرة كان قد التقطها مصادفة في طريقه. سأل باستغراب:

- وبالمناسبة، ألا توجد في هذه المنطقة جرارات بسلاسل حديدية؟

نظر إليه الشرطيان بريبة خرقاء ودوَّنا شيئًا في سجلهما. منذ ذلك اليوم، صار «غريغوريو» يمشي عبر البراري، أو يبحث عن أشد الدروب وعورة وعزلة. صار مزاجه عدائيًّا ومكفهرًّا. بدأت نقوده تشح. وظهرت ثآليل في قدميه، وقروح في فمه وبثور في يديه وأذنيه.

في اليوم السابع التقى بمتشرد آخر وأمضيا فترة بعد الظهر معًا. أشعلا نارًا وجمعا ما لديهما من زاد. أخبره المتشرد - وهو شخص كبير الأنف، كحولي، ومتعالٍ - أنه ذاهب إلى موسم جني الزيتون، وسيذهب بعد ذلك إلى الشرق، حيث يفكر في أن يعمل نوتيَّ قارب مياه عذبة. وأوضح أن فكرته تقوم على الاستقرار عند ضفة نهر غزير والتقاط كل ما تحمله المياه، وهي تحمل أشياء كثيرة وثمينة في موسم الفيضان: قطع أثاث، ملابس، أعمالًا فنية، حيوانات غارقة للتو، أدوات كهربائية، ساعات جدران وكل أنواع الممتلكات الخاصة والعامة.

قال المتشرد كمن يبوح بسر، بعد أن نظر فيما حوله:

- في بعض الأحيان تجرف المياه متاجر كاملة، ولكن الأهم هو المجوهرات والعملات القديمة التي تُخبأ دائمًا في قطع الأثاث. فبحدوث عاصفة جيدة، يمكن أن تنتقل ثروة من يد إلى أخرى في ليلة واحدة. وليس هذا وحسب، بل هي صفقة شرعية، لأن ما تحمله المياه يكون مباحًا كما هو معروف. ومن يصل إليه أولًا يصير مالكه. ولكن هذا يجب أن يبقى بيننا، لا تخبر أحدًا بكلمة واحدة منه.

تحدث بعد ذلك عن النساء وشؤون عامة أخرى. وأضاف أن أفضل خبز مُحلى في العالم يُصنع في محل حلويات بطليطلة يعرفه جيدًا، وأن سرطان النهر ألذ بكثير من سرطان البحر، وطبخ السجق مع البطاطا ألذ من المقانق نفسها. وقد أعطاه «غريغوريو» الحق في كل ما قاله، وعند الغروب افترقا. دعا المتشرد «غريغوريو» إلى مشاركته في صفقة الملاحة النهرية. حاول إقناعه:

- تعال معي وسنكون اثنين.

تذرع «غريغوريو» بأن لديه أعمالًا في بعض القرى هناك. فأومأ المتشرد وهو شبه غاضب:

- اسمع، أنا لم أقل أي شيء.

في اليوم الثامن توقف المطر تمامًا ودخل «غريغوريو» في غابة سنديان. نبحت عليه بعض الكلاب من بعيد. غذ «غريغوريو» الخطى والتف بعيدًا عنها. وجلس بعد ذلك ليستريح. كان مستنفد القوى، ومهما تعمق في التفكير لم يكن يجد حلًّا لحياته. لا يمكنه مواصلة الترحال إلى ما لا نهاية. فلا بد له من التوقف ذات يوم، وستكون تلك هي نهايته. «فالحبَّار الذي ينام يحمله التيار»، كان هذا المثل يرد إلى ذهنه بين حين وآخر.

نام تلك الليلة هناك بالذات، نومًا متواصلًا، وفي اليوم التالي، ما إن فتح عينيه مع تغريد أول العصافير، حتى اكتشف أن حقيبته قد سُرقت. وأكثر من الشعور باليأس كان إحساسه بالراحة لأنه سيتمكن الآن من المشي بخفة أكبر. وبالبطانية على كتفيه، واصل المسير مرتعشًا وهرِمًا ومهزومًا ولكنه مقتنع بأن عليه ألا يتوقف لأي سبب في الدنيا.

أبقاه العناد منتصبًا على قدميه. لم تبق لديه سوى قطعة نقود واحدة. وردت إلى ذهنه واحدة من التهيؤات أو الطرائف المدرسية القليلة التي ما زال يتذكرها، فألقى بقطعة النقد من فوق كتفه إلى جدول دون أن يتوقف للنظر إلى الوراء. شجعه ذلك الفعل الجريء على المواصلة قُدمًا. التقى في ذلك الصباح ببستاني سأله إن كان ذاهبًا إلى بعيد جدًّا، فأخبره «غريغوريو»، بصورة مضطربة، بأنه كاهن حُكم عليه بالحرمان الكنسي، وأنه متوجه إلى روما ليتوسل مغفرة البابا. وصرخ بصوت طفولي يوشك على البكاء:

- حكموا علي بالحرمان وأنا ذاهب في حج لعلهم يغفرون لي.

قال له الآخر:

- فليحالفك الحظ إذًا.

وواصل الحفر. بهذه الذريعة وذرائع أخرى مثلها كان «غريغوريو» يتوسل في القرى والدروب. في بعض الأحيان يقول إنه جُرد من رداء الكهنوت لأنه منح ذهب الكنيسة للفقراء، ويقول في أحيان أخرى إنه يمضي على غير هدى بسبب خيبة غرامية، أو إنه كان مغني أوبرا وقد فقد صوته، فكانوا يقدمون له في بعض الأمكنة شيئًا يأكله، وفي أمكنة أخرى يبتسمون له، وفي غيرها يحرضون عليه الكلاب. وعند أحد تقاطعات الدروب سألوه:

- ألست أنت رجل جرارات السلاسل؟

فهز كتفيه وواصل طريقه.

أما الليلة العاشرة فأمضاها «غريغوريو» متكورًا على نفسه في دغل شجيرات، يبكي نكبته. وطلع عليه صباح اليوم التالي محمومًا ومرتعشًا. كان يشعر بآلام في كل أنحاء جسده. ولكنه جدد المسير على الرغم من الحمى والبرد. اجتاز مجرى مائيًّا، وحين صعد مرتفعًا، رأى قرية قريبة. «لقد وصلتُ أخيرًا»، قال لنفسه. وكان مستعدًّا لتسليم نفسه، وتوجه إليها ماشيًا كمن يسير وهو نائم. البيوت في معظمها كانت واطئة وبائسة، تتجمع حول أطلال قلعة مهدمة، ومن هناك تنتشر مبعثرة حتى درب أشجار حور على ضفة نهر. غاص «غريغوريو» في الوحل وهو يجتاز أراضيَ محروثة ثم اتخذ طريقًا إسفلتيًّا. سبقه كلب يتضور جوعًا ويركض بصورة مواربة وذيله بين ساقيه، كما لو أنه يريد إرشاده إلى الطريق والإعلان عن وصوله. ومرَّ أحدهما بعد الآخر قبالة سياج المقبرة ودخلا بعد ذلك إلى القرية عبر شارع طويل ومنحدر. التفت بعض السكان بفضول وأطل آخرون من الأبواب. مظهر «غريغوريو» كان يرثى له حقًّا. ذقن متسخة لم تُحلق منذ اثني عشر يومًا، الشعر مشعث، المعطف ممزق وملطخ بالطين تحت البطانية المبتلة، والمشية مشية مخبول. عند أحد التقاطعات كانت تقف جماعة رجال بمعاطف مبطنة بالفرو وقبعات ذات واقيات. سألهم «غريغوريو» أين يجد مركز شرطة الحرس الأهلي. فمد أحدهم إصبعه وأوضح الإشارة ببضع كلمات. حاول «غريغوريو» دون جدوى أن يبتسم امتنانًا. دخل في أزقة مقفرة، يُسمع فيها تغريد الطيور وفوران القدور بصفاء غير واقعي. انحرف إلى اليسار ثم إلى اليمين، وكان يفكر طيلة الوقت في عذابات السجن ولكنه يفكر قبل ذلك كله بالراحة النهائية التي سيجدها هناك أخيرًا.

وفجأة، حين انعطف عند ناصية، وقف متجمدًا بإجفالة رعب. فهناك في مواجهته بالضبط - وكان عليه أن يفرك عينيه ليقنع نفسه بأنه لا يحلم ولا يعاني هذيان الحمى - يوجد بيت واطئ وشبه مقوض، جدرانه مطلية بالكلس ومرقع ببقع إسمنت، فيه شقوق سيئة المعالجة تظهر منها دعائم خشبية وأنقاض وتنمو منها أعشاب. وتحته، فوق بوابة مهلهلة، إعلان مكتوب بحروف فجة وحمراء، سالت منها خيوط طلاء، يعلن عن: «منتدى فاروني الثقافي». ودون أن يصدق «غريغوريو» ما تراه عيناه، راح يرمش ويبتلع لعابه، ثم اجتاز الشارع وتوقف قبالة الإعلان. ومن خلال ألواح الباب الخشبية غير المطلية وغير المشذبة تنسل بعض حزم الضوء. مدَّ «غريغوريو» يدًا مترددة، كما لو أنه يوجهها إلى فراغ سراب، وما كاد يمسك القبضة حتى افلت الباب من إطاره وانفتح فجأة على مصراعيه. وفي الداخل، فيما يشبه إسطبلًا، بالنظر إلى وجود معالف في العمق، مخبأة بصورة سيئة ببعض الرفوف، توجد بضعة صفوف مقاعد طويلة، وفي أحد الجانبين هنالك كرسي بلا مسند ومنضدة، وعلى الكرسي كان يجلس رجل يرتدي معطفًا مطريًّا ويضع قبعة، نهض واقفًا في وضعيّة تأهب.

انحنى «غريغوريو» عند العتبة ونظر مذهولًا فيما حوله. الأرضية مرصوفة بأحجار ملساء غير منتظمة. ومن خطاف في الأعلى يتدلى مصباح، على نوره الخافت تعرَّف «غريغوريو» على لوحتي الفنار البحري والشاعر الرومانسي الإنجليزي معلقتين على جدران الطين المطلية بفجاجة بطلاء أزرق، وعلى الرفوف وُضعت، كما في معرض، اللقى الأثرية من ماضيه المتخيل. رأى المنظار، وقلنسوة وكتفية الكردينال، وكأس بطولة الشِّعر الأوروبي، وقبعة «مارلين»، وبرجًا مشيدًا من كتب متماثلة، يتوالى فيها هندسيًّا رسم نوارس الغلاف مع صورته على الغلاف الخلفي. وأخيرًا التقت عيناه

الممتلئتين بدهشة متعِبة بعيني «خيل»، وتبادل الرجلان النظر مطولًا فاغري الفم وذاهلين.

همس «غريغوريو»:

- أنت إذًا...

قال «خيل» مرفقًا قوله بهزات تأكيد سريعة برأسه:

- أجل أنا «خيل»، «داثيو خيل مونروي». وأنت يا سيدي، دعني أخمن، وأنت يجب أن تكون... (ومدَّ يده بصورة متشككة).

قال «غريغوريو» ببطء، كما لو أنه يحلم بالكلمات:

- «غريغوريو أولياس»

هتف «خيل» بإعجاب:

- «غريغوريو أولياس»! لقد أطلقوا سراحك من السجن إذًا!

ابتسم «غريغوريو» بكآبة، جلس على أول مقعد وأخفض رأسه. قال فورًا، وبدأ يهدأ ويستوعب الموقف:

- لا، لقد هربت. منذ عشرة أيام وأنا أمضي هاربًا عبر الريف.

هتف «خيل»:

- هربت!

وذهب لإغلاق الباب. قال لدى عودته:

- وإذا سمحت لي كيف وصلت إلى هنا، ولماذا؟

أجاب «غريغوريو» وهو يلتف بالبطانية ويكبح عدم تصديقه أنه هناك مع «خيل»:

- حسنٌ كنت أظن أنك مازلت في المدينة وأنه لا بد من إتلاف الأدلة التي يمكن لها أن تورطك (وأشار إلى ما حوله) ولكن بما أنك هنا (ونظر إليه مباشرة محاولًا أن يقرأ في عينيه مخاطر مواصلته التخييل)، أريد أن أنتهز الفرصة لأشكرك باسم الجميع، ولاسيما باسم «فاروني».

وما إن سُمع اسم «فاروني» حتى طأطأ كلاهما رأسه واعتصما بالصمت.

سأله «غريغوريو» أخيرًا:

- ولكن، ما الذي حدث بالضبط؟ لماذا لستَ في المدينة؟ فبعد موت «فاروني» لم تعد هنالك حاجة لأن تغادر المدينة.

- حسنٌ، أنت لا تعرف ما جرى لأنك كنت في السجن. لقد كان الأمر فظيعًا (وضم أصابع يديه وحركها كما لو أنه يقولب قطعة لباب خبز). كان فظيعًا. وسترى، كان هناك شرطي، لا بد أنك تعرفه، المفوض العام «ريكيخو»، يلاحق خطواتي طيلة الوقت. وحدث أنه في يوم السبت نفسه الذي علمتُ فيه بموت السيد «فاروني» جرى اعتقالي عند باب المقهى. كنت ذاهبًا إلى هناك لأنقل الخبر ولأضع نفسي تحت تصرف اللجنة. وجرى اعتقالي عند الباب. كان الجميع متفقين على تشويشي ودفعي إلى التكلم. الجميع. من يتظاهر بأنه المعلم، و«مارلين»، والجميع. لقد كانوا شرطة متنكرين، وقد انتبهت إلى ذلك فيما بعد. اتهموني بأنني شيوعي ومتواطئ مع «فاروني». وكانوا يريدونني أن أصدق أن «فاروني» لص، وأنه ضرب امرأة وأنني أنا عشيق «مارلين»، لاحظ يا سيدي أي قدر هذا. ولكنني لم أتكلم يا سيد «أولياس». لقد كان فخًّا وكانوا يقولون أمورًا حقيقية، مثل إن «فاروني» في الهند، ولكن باسم «ألبار أوسيان»، ويخلطونها بأمور أخرى زائفة. كان الوضع رهيبًا. هددوني، وقام المفتش «ريكيخو» بضربي. وأخيرًا، حين رأوا أنني لن أتكلم، أطلقوا سراحي. ولكنني طُردتُ من العمل في الشركة لأن الرجل ذا البدلة السوداء راح يقول إنه لا يمكن لهم الإبقاء هناك على شخص تحيط به شبهة الشيوعية ومتواطئ في اعتداء مسلح. طردوني من العمل ولكنني لم أتكلم. وهكذا رجعتُ إلى هنا، وها أنذا (وجلس على الكرسي الذي بلا

مسند) لقد وصلتُ قبل يومين، ومنذ ذلك الحين لم أخرج من هنا. لا أفعل شيئًا سوى التفكير في السيد «فاروني» وفي كل ما جرى في الفترة الأخيرة. والآن، لاحظ... تظهر يا سيدي فجأة، وأنت هارب من السجن، أليس أمرًا عجيبًا؟ أليست الحياة عجيبة؟ أترى؟ هذا هو المكان الذي كنت أهيئه من أجل أن يأتي هو أو أنت يا سيدي للتكلم فيه. إنه مكان متواضع، لا يليق بكما، ولكنه كل ما استطعت الحصول عليه. إنه مكان على مستوى مزاياي أنا وليس أنتما.

نظر إليه «غريغوريو» الذي كان يستمع مطأطئ الرأس، ولم يكن أقل دهشة من الخاتمة التي وصلت إليها الوقائع، وقال:

- أنت رجل عظيم يا «خيل».

تشجع «خيل»:

- شكرًا، هذه الكلمات نفسها قالها لي السيد «فاروني» عندما أخبرته بأنني سأغادر المدينة.

كان له نظرة زخمة ونظيفة تحت كثافة حاجبيه، وملامح هدوء، واستغراق إرادي في التفكير. ففكر «غريغوريو»، بسخف غير معقول، في أن له وجه من ينزف كثيرًا من أنفه.

قال «خيل» فجأة:

- أتعرف؟ صوتك مشابه لصوت السيد «فاروني».

ومثل تلميذين مدرسيين، تبادلا نظرة حزينة في آن واحد.

قال «غريغوريو» مازحًا:

- إننا ابنا عم. كما أني أكثر من مجرد كاتب سيرته، وأحاول محاكاته قدر ما أستطيع.

قال «خيل» بتذلل:

- إنني سعيد جدًّا بمجيئك (وبدا عليه الخجل).

- وأنا سعيد بالتعرف إليك. لقد حدثني «فاروني» كثيرًا عنك!

كان يقول لي: «"داثيو" رجل عظيم، والمشكلة أنه هو نفسه لا يعرف ذلك».
- هل قال هذا؟
- وأشياء أخرى كثيرة سأخبرك بها فيما بعد.
وانكسر صوت «خيل»:
- لقد كان رجلًا كريمًا.
- أنا أقول إنه كان رجلًا عادلًا.
- وبسيطًا.
- وبعيد النظر.
- ومثل جميع العباقرة، لم يفهمه معاصروه. هل تظن أنه سيأتي يوم يدور فيه الحديث عن «فاروني» مثلما يدور اليوم عن «إديسون»؟
- إنني واثق من ذلك.
- وأنا أيضًا. إننا نعيش أزمنة سيئة، ألا ترى ذلك؟
قال «غريغوريو» دون تردد:
- بل سيئة جدًّا.
- أنا أعتقد أن الحسد هو ما قتل «فاروني».
- هذا ممكن. ولكنها شؤون القدر في نهاية المطاف.
- ولاحظ كذلك أنه شاب صغير.
تنهد «غريغوريو»:
- أجل. مع أنه... كيف يمكن تخيله عجوزًا؟
صمتا من جديد وهما ينظران إلى بعضهما.
قال «غريغوريو» مضفيًا بهجة على صوته:
- حسنٌ، كيف كانت أمورك في المدينة؟
- أعتقد أنها كانت جيدة. لم أرَ الأهرامات، ولا السفن، ولا

النهر، ولم أرَ كذلك الفرق الموسيقية، ولا متحف الإنسان ولا الأشياء العظيمة، بل إنني لم أتمكن من الدخول إلى المقهى. ولكن المغامرة التي عشتها كانت أكثر استثنائية من هذا كله. لقد لوحِقتُ واعتقلتُ وتعرضت للتعذيب تقريبًا، ثم طُردت في النهاية من المدينة، مثلما حدث لـ«فاروني» نفسه. هذا أمر عظيم. أشعر في داخلي بنوع من الفخر والعظمة، لا أدري كيف أعبر عن ذلك.

قال «غريغوريو»:

- إنني أفهمك وأحتفي بشعورك هذا. لو أن «فاروني» سمعك لشعر بالفخر بك. إنني واثق من هذا.

- شكرًا (وعاد خيل إلى الاحمرار خجلًا). لقد كان «فاروني» طيبًا جدًّا.

قال «غريغوريو» وهو يربت براحته على ركبة «خيل»:

- وأخيرًا، ماذا ستفعل الآن؟

- انظر، لقد فكرتُ في أنه يمكن لي بالتعويض الذي قدموه لي في الشركة وبما لدي من مدخرات أن أشتري قطعة أرض أعرفها وأن أتحول إلى مزارع. لقد نصحني السيد «فاروني» بذلك منذ بعض الوقت. وقال لي إنها الحياة التي كان يرغب في أن يعيشها هو نفسه.

أكد «غريغوريو»:

- وهذا صحيح، إنها حياة بسيطة ومنعزلة، مثل حياة الحكماء القدماء.

- وهذا ما أظن أني سأفعله. وقد فكرتُ في شراء نعاج، وبعض الخنازير، وبعض الدجاج، وزراعة قليل من الخضروات، وبعض البرسيم والحبوب.

استحضر «غريغوريو» المشهد وهو يعمق نظرته:

- حياة تدعو للحسد. هذا هو ما كنت أرغب فيه أنا أيضًا.

تلعثم «خيل»:

- إذًا... ابق معي.

فوجئ «غريغوريو»:

- أنا؟ لا، بالله عليك. إنني مُطارَد ويمكن لي أن أورطك. وقد تسببنا لك جميعنا بما يكفي من الضرر.

- ضرر؟ ولا بأي حال، لم أتعرض لأي ضرر. بل على العكس. أشعر بالفخر لأني تعرفت على «فاروني» العظيم ولأني كنت موضع تقديره. أظن أن معرفتي به هي الشيء الوحيد الجدير بالذكر في حياتي. وأنت يا سيدي؟ ما الذي تفكر في عمله، إذا ما سمحت لي بالسؤال؟

- لا أدري. ليس لدي مكان أذهب إليه. ربما أسلم نفسي.

صرخ «خيل» مستنكرًا:

- كيف تسلم نفسك؟ من أجل أن يقتلوك! ولا بأي حال! فالمعلم لا يستحق الآن، بعد وفاته، أن يستسلم تلاميذه. سيكون ذلك أشبه بالخيانة، واعذرني لقولي هذا.

- ربما كنتَ على حق، ولكني متعب في الحقيقة من الهروب. إنني محموم، وجائع، كما أنني أتجه إلى الشيخوخة.

- ابق معي إذاً! سرعان ما ستشفى. سوف ترى. سنزرع الأرض معًا. ونتناوب رعي الماشية مدة شهر لكل منا، وبعد ذلك نعمل في البستنة. نبني بيتًا ونشتري كتبًا، ودراجة نارية من أجل الذهاب والإياب، لأن قطعة الأرض بعيدة. وتُنهي أنت كتابة سيرة حياة «فاروني» وأكرس أنا وقتي للقراءة والتفكير. وأنت يا سيدي تساعدني. يشجع أحدنا الآخر. وفي كل يوم، عندما نتصافح، نجلس لتبادل الحديث والكتابة والقراءة. أرجوك، إذا لم يكن لديك مكان تذهب إليه، ابق معي (توسل خيل).

دمدم «غريغوريو» حالمًا:

- ستكون حياة رائعة: الاستيقاظ فجرًا، والمضي مُصفرًا وراء الأغنام، والاستلقاء على العشب لرؤية مرور السحب، والذهاب لصيد السمك بين حين وآخر... إنها حياة بديعة لا يمكن تصور ما هو أفضل منها.

- فلتبق إذًا!

- لا أستطيع. إنني مطارد، كما أن لدي امرأة، أتعرف ذلك؟ و...

قاطعه «خيل»:

- فلتأتِ هي أيضًا. يوجد مكان للجميع. احسم أمرك! وفيما بعد، عندما تُنسى قضية هذا النزاع بعض الشيء، سنفتتح المنتدى ونتكلم عن «فاروني» العظيم وعن موضوعات أخرى في العلم والفن. سنقيم هنا منتدى أسبوعيًّا، تترأسه أنت، وأكون أنا معاونك.

فتح «غريغوريو» ذراعيه بأسى:

- ولكنني لا أملك نقودًا ولا ملابس، ولا أي شيء.

غضب «خيل»:

- وما أهمية هذا كله؟ أنا لدي كل شيء وكفى. وبالمقابل ستروي لي أشياء عن «فاروني» وعن موضوعات هذا العصر العظمى، وسأكون أنا من يخرج رابحًا. هيا، لا تفكر كثيرًا! ابق هنا، أرجوك! افعل ذلك إكرامًا لي!

نظر إليه «غريغوريو» بإمعان، وبعينين محمومتين، وانفجر فجأة في البكاء وهو يضع وجهه بين يديه. انتظر «خيل»، باحترام وتيقظ، ثم وضع بعد ذلك يده على كتفه.

قال:

- لا تبك أكثر على المعلم (وقدم إليه منديلًا)، إنه ما زال حيًّا في ذاكرتنا، وسيعيش بعدنا في ذاكرة الأجيال الآتية. تشجع. هذا ما

كان سيقوله لنا هو نفسه. يجب أن نكون أقوياء في النكبات. هيا، دعك من البكاء وفكر في سنوات حياتك القادمة!

انتحب «غريغوريو»:

- ولكن، ليس لدي مكان أذهب إليه!

- لديك مكان بالطبع! ابق معي! لن يعثروا عليك هنا. فالأرض بعيدة عن القرية. أضف إلى ذلك أنني سمعت أن الجنرال مريض وأنه لن يعيش طويلًا. وستكون الأمور مختلفة بعد ذلك. فكِّر في «فاروني»، ولا تسمح لهؤلاء القوادين بأن يحصلوا على بغيتهم!

قال «غريغوريو» وهو يمسح دموعه ويحاول الابتسام:

- إذًا... إذًا، أنا موافق! سأبقى! ومنذ اليوم (ونهض واقفًا بوقار)، أتخلى عن العالم وطموحاته! سأتحول إلى مزارع!

ونهض «خيل» أيضًا، وقد تعاظم إحساسه بخطورة اللحظة:

- هذا ما أحب سماعه منك! والآن، أترغب في أن نذهب لرؤية الأرض التي سنعيش فيها؟

صاح «غريغوريو» مشيرًا إلى الباب:

- هيّا بنا!

- إن فيها جدولًا صغيرًا وبئر ماء، وسبع شجرات تين.

فتح «غريغوريو» ذراعيه وابتسم مدهوشًا.

أضاف «خيل»:

- وإذا أنت رغبت يمكننا استبدال أسمائنا، وخاصة اسمك أنت، من أجل تضليل الزبانية. دعني أختر لك اسمًا جديدًا.

- هيا يا «داثيو»! عمِّدني الآن بالذات باسم جديد!

- فورًا، سأسميك... ما رأيك باسم «لينو أورونيويلا»؟ لقد اخترعته الآن، ولا بد أنه اسم فريد في العالم كله.

قال «غريغوريو»:
- «لينو أورونيويلا» موافق! ولكن بشرط واحد. أن يكون اسمي فيما بيننا، وإلى الأبد، «غريغوريو أولياس» وحسب.
مهرا الاتفاق بمصافحة طويلة باليدين.
قال «خيل» وقدمه على عتبة الباب:
- أتدري؟ وسنطلق على قطعة الأرض تسمية «دارة فاروني». ما رأيك؟
- هذا ما يجب أن يكون.
- لا مزيد من الكلام في هذا الشأن إذًا! وبينما نحن في الطريق الآن سنرى كيف سنُسمي البئر، والبستان والكلب الذي أفكر في شرائه. وأريد منك أيضًا أن تروي لي كيف هربت من السجن، وأشياء كثيرة عن حياة «فاروني» العظيم كنت أرغب دومًا في معرفتها. مثل، ما هو طعامه المفضل، وهل كان يستخدم قمصانًا داخلية أم لا. أنمضي؟
هتف «غريغوريو»:
- هيا، إلى الأمام!
وخرجا معًا إلى الشارع.

كلمة المؤلف[1]

لماذا المقدمة

لم أتكلم، خلال سنوات طويلة، عن كتبي، بسبب الحياء من جهة (كيف يمكن لأحدنا تجنب الشعور بأنه مُضحك إذا ما أشار إلى أحد «مؤلفاته»؟) وبسبب الارتيابية من جهة أخرى (ما الذي يمكن إضافته إلى ما قد كُتب ولا سبيل إلى تبديله؟)، ولأن الذكريات تكاد تكون أشبه بحلم أيضًا. فأثناء كتابتي الرواية أستسلم إليها جسدًا وروحًا وأكاد أصل إلى حفظها عن ظهر قلب. ولكن ما إن تُنشر حتى أنساها بسرعة وبعمق، ولا أعود إلى قراءتها أبدًا. لقد طُلب مني ذات مرة كتابة مقدمة لأحد كتبي، فبدأت المهمة لأرى ما الذي يمكن أن تكون عليه النتيجة، ولكنني اضطررت إلى التخلي عن الأمر بعد سطور قليلة، لأني لم أكن أتذكر جيدًا مضمون الرواية ولا شخصياتها، ولأن الموضوع فوق ذلك يسبب لي ضجرًا قاتلًا.

ولكن في إحدى المناسبات، ومن أجل دورة عملية في الكتابة، ولأنه كان عليَّ أن أتحدث عن الحِرفة الروائية، خطر لي أن أتصفح روايتي الأولى،«ألعاب العمر المتقدم»، كي أوضح عرضي بمثال

(١) نشر الكتاب عام ١٩٨٩، وأعيد طبعه أكثر من ١٧ مرة، وقد أضاف المؤلف هذا النص كمقدمة لطبعة عام ٢٠٠٥. (المترجم).

شخصي. ولم أكن قد عدت إلى تصفح الرواية منذ نشرها، قبل نحو اثني عشر أو ثلاثة عشر عامًا. عالم منسي بكامله توارد إلى ذاكرتي بزخم لم أعشه قط. واكتشفت عندئذ، أو ظننتُ أنني اكتشفت، بخبطة حدس واحدة، خلفية السيرة الذاتية الغائمة التي تنبض في الرواية دون أن أكون قد وعيت ذلك حتى تلك اللحظة. وهكذا فإن هذه المقدمة ما هي إلا تفسير لبعض مظاهر الرواية التي لا يمكن أن يقدمها إلا الكاتب نفسه. وربما تكون هذه القصة مثيرة لفضول قارئ ما.

ملخص الرواية

سأتذكر، باختصار، مضمون الرواية من أجل من لم يقرأها أو من لم يعد يتذكر مضمونها.

في البدء كان كل شيء مجرد صورة غائمة في ذهني. هنالك رجل ناضج، في حوالي الأربعين من العمر (كان عمري آنذاك أكثر قليلًا من عشرين عامًا)، يعملُ موظفًا في مكتب ويعيش حياة عادية تافهة. وكان مظهره تافهًا أيضًا. جميع القصص تقريبًا تبدأ على هذا النحو: شخص يعيش حياة هادئة، روتينية، وفجأة (على الدوام هنالك «وفجأة») يجد نفسه متورطًا في حدث فريد... حتى في الأعمال التي «لا يحدث فيها أي شيء» (مثلما لدى «تشيخوف» مسرحيًا أو «جويس» روائيًا)، غياب هذا المنظور الجوهري يمنح الحبكة سياقًا وطابعًا لا يمكن الخطأ فيهما لهذا السبب بالذات.

حسنٌ، شخصية روايتي سيحدث لها شيء ما أيضًا، لم أكن أعرف ما الذي سيحدث بعد. كنت أعرف، أجل، أن ذلك الرجل كان في تلك السن التي ماتت فيها أوهام كثيرة ويكاد لا ينتظر من الحياة أن تقدم له مستجدات. إنها حياة شبه منغلقة. كنت أرى

شخصية روايتي تمشي في مدينة هي مدريد: رجل بين الرجال، هكذا وحسب. ومع ذلك ثمة ما يدور في داخله، شيء كنت أتخيله كمادة كيميائية لا تحتاج إلا إلى آلية تحفيز كي تتفعَّل، أو ككرات البلياردو التي تنطلق- كما في صورة سعيدة على حد قول الكاتب «هوراسيو كيروغا»- متخذة مسارًا مستقيمًا ولكن أدنى اصطدام يحولها إلى اتخاذ وجهة غير متوقعة.

غير أن هناك أمرًا كان واضحًا لديَّ: إنه رجل فاشل - ومعنى الفشل هنا هو عدم تحقيق الذات، وما هو أسوأ من ذلك، خيانة مُثل مرحلة الشباب. ففي مراهقته وبداية شبابه فكر في مشاريع عظيمة بشأن مستقبله. سيكون رجلًا متمردًا، نقيًّا، شديد الحماسة، متميزًا. هذا هو الحلف الأوليُّ، غير القابل للخرق، الذي عقده مع ضميره. لن يتلوث بوحل الابتذال، ولن يقدم امتيازات أخلاقية، ولن يحوك دسائس مع القدر، ولن يستسلم لحب رتيب ووسطي، ولن يضحي بالدهشة لمصلحة العادة، ولن يسقط في أي أحبولة من أحابيل الورع تلك التي تنصبها لنا السنون. لا، لن يفعل ذلك. فقد عرف الشعر، والتطلع إلى السفر والمغامرة، الحب، والوحدة، ودوار اللامتناهي الممتع... إنه شخص تثقف عاطفيًّا على الرومانسية وفي ضواحيها الفسيحة، وتمثلت نماذجها عنده في «فرتر»، و«لورد بايرون»، و«إسبرونثيدا»، و«بوغارت»، و«جيمس دين». أما الآن، بعد بلوغه الأربعين، فها هو ذا هناك، أصلع بعض الشيء، وعلى شيء من البدانة، متحولًا إلى رجل أخلَّ بمُثله حتى صار نقيضها. إنه فاشل إذًا.

بالتالي لا بد أن يكون القسم الأول من القصة عن المراهقة وبداية الشباب: مرحلة الأحلام والمشاريع. بعد ذلك يمرُّ الزمن ويأتي ضياع أحلام الشباب والشباب نفسه، تأتي المرحلة الوسيطة، مرحلة الدخول في الحياة الرمادية والمريحة، حيث يبدأ النسيان

بطي الحماسة القديمة إلى أن تتحول إلى ذكرى مريرة، إلى حلم من الأفضل عدم تذكره خجلًا من السخرية. حتى هنا يتم طرح المرحلة الغنائية والمندفعة من الحياة. وقد قدرتُ أن هذا القسم، وهو سابق للنزاع، يمكن إنجازه في صفحات قليلة. وبالفعل، في النسختين الأوليين اللتين كتبتهما (وكلتاهما كانتا في الواقع بلسان المتكلم) لم يتجاوز عدد صفحات هذا القسم سبع أو ثماني صفحات. غير أنها في النسخة النهائية، وهي الثالثة، صارت ثمانين صفحة. ولكن هذه قصة أخرى لا مجال لروايتها الآن.

يلي ذلك قسم ثانٍ يتعرف فيه الرجل - من سُمي في البدء «أغسطو» وفي النهاية «غريغوريو»- إلى رجل آخر لأسباب لها علاقة بالعمل، والآخر هو شخص يُدعى «خيل»، فتُجدد تلك العلاقة (وهي هاتفية حصرًا) أشجانه القديمة وتتيح له إدعاء مُثل شبابه العليا واستردادها انطلاقًا من الاختلاق والخداع. وهذا الشخص الثاني يجب أن يكون رجلًا يعيش بعيدًا عن المدينة، في منطقة ريفية منسية ونائية. وهو أيضًا في حوالي الأربعين من العمر، ويعدُّ نفسه رجلًا فاشلًا أيضًا، وقد رسم بينه وبين نفسه صورة مثالية للمدينة، وربط بينها وبين التقدم والثقافة والعلم والفن والحداثة... ليس هذا وحسب، بل إنه يرسم صورة مثالية لمحدثه، وينتهيان فيما بينهما إلى خلق شخصية متخيلة: البطل الذي كان يمكن لكليهما أن يكونه أو يحلم في أن يكونه. وبهذه الطريقة يتحول «غريغوريو»، بطل الرواية، إلى «فاروني»: شاب وسيم، وشاعر، ومهندس، ومتعدد اللغات، وناشط سياسي... وباختصار، شخص ظافر. («فاروني العظيم»: هكذا كان عنوان الرواية إلى ما قبل نشرها بقليل).

القسم الثالث يتناول تدخل الواقع العادل. فـ«خيل»، رجل الأرياف، يتمكن من الانتقال إلى المدينة كي يعيش إلى جانب مثله

الأعلى المحبوب «فاروني». عندئذ يجد «غريغوريو» نفسه مضطرًّا إلى الهرب من البيت وترك عمله كي لا يتعرض لإماطة اللثام عن حقيقته. وهنا تحدث تحولات ومفاجآت تؤدي إلى الخاتمة.

مدينة/ ريف

أظن أن أبناء جيلي هم آخر من توصل إلى معرفة مصطلح «ريف» بمعناه الكامل، ذلك المعنى الذي يظهر كثيرًا في روايات القرن التاسع عشر، والذي انقرض قبل سنوات من نهاية دكتاتورية «فرانكو». فعبارات «العيش في الأرياف»، و«كون المرء ريفيًّا» (بما تتضمنه من وقعٍ ساحرٍ ومؤكد من التخلف والفجاجة ونزعة المحافظة القديمة، ومن رائحة خبز و«كازينو»...)، هي عبارات فقدت اليوم معناها، ولكنها في أزمنة ما بعد الحرب التي تدور فيها أحداث الرواية، كانت لا تزال تحتفظ بكامل بريقها. وكان «خيل»، في ريفه البعيد، قد أَسْطَرَ العاصمة. فهي في نظره مهد ومقر الثقافة والعلم والتقدم. إنها عالم الحداثة السحري القادر على اجتراح أية أعجوبة وأي خلاص. المدينة هي المكان الذي يمكن فيه للأحلام، الشخصية منها والجماعية، أن تكون قابلة للتحقيق. وهي المسرح الذي تنتهي فيه أحلام التنوير القديمة إلى الفوز. إنها، بكلمات قليلة، المكان الذي يمكن لليوتوبيا فيه أن تكون ممكنة التحقيق. هذا هو معنى المدينة، إلى هذا الحد أو ذاك، عند «خيل».

أما الريف، فيشعر به «خيل» كمنفى، كجو منعزل وهمجي، لا تصل إليه أفكار الخلاص والانعتاق والحداثة. إنه مكان الأزمنة القديمة، وهو بذلك، رمزيًّا، مكان الإخفاق والوسطية والواقع الرمادي والحط من القدرات في مواجهة بريق اليوتوبيا المحرِّرة في المدينة. وهذا هو السبب (أقولها بصورة عابرة) الذي حال دون

تمكني من أن أطلق على المدينة اسم مدريد، وهي المكان الذي تدور فيه الأحداث كلها تقريبًا، لأنه سيكون عليَّ في هذه الحالة أن أذكر اسم الريف الذي يعيش فيه «خيل»، وكان يمكن لي عندئذ أن أتورط، بصورة جلية، في حالة يصعب تصديقها. فإذا كان «خيل» في ريف «ويلبا»، على سبيل المثال، فلماذا لا يركب القطار ويأتي إلى مدريد في إحدى عطلات نهاية الأسبوع؟ هذا ما سيتساءل عنه القارئ، ويكون محقًّا. لا، فالريف يجب أن يحدَّد ببعده النائي جدًّا: فمن هناك تكون المدينة بعيدة المنال، مثل حلم أو سراب، ويمكن لذكر الأسماء وتحديد الأمكنة أن يكسر هذا الوهم.

حسنٌ، لقد تصورتُ الرواية وكتبتها دون أدنى وعي برمزية محتملة في خلفيتها. وفيما بعد، بعد سنوات طويلة، تساءلت في أحد الأيام لماذا كتبتُ أنا بالذات هذه الأمور، لماذا خطرت لي أنا بالذات مثل هذه القصة، وبتلك الطريقة الهاجسية المتسلطة. وهذا هو تفسيري.

حقل/ قرية

لقد ولدتُ في «ألبوركيركي»، إحدى قرى «إكستريمادورا» المتاخمة للبرتغال، وعشتُ طفولتي في الخمسينيات. ما الذي يمكن قوله عن التخلف والهجران والعزلة والظلامية، عن العلاقات شبه الإقطاعية بين أسياد وخدم؟ كان أبي فلاحًا متوسط الحال، يملك أرضًا زراعية بعيدة عن القرية، على بعد حوالي خمسة عشر كيلومترًا. وهذه المسافة كانت كبيرة آنذاك، لأن الرحلة إليها تتم في عربة أو على دابَّة، ومشيًا على الأقدام في بعض الأحيان، وتكون الرحلة على الدوام لحاجة ضرورية وليس للمتعة. فالذهاب إلى الحقول، والذهاب إلى القرية، كانا في ذلك الحين سَفرًا حقيقيًّا.

ولهذا السبب، فضلًا عن أسباب أخرى، كان أهالي القرية وأهالي الحقول مختلفين جدًّا. يُلاحظ ذلك في طريقة الملبس، والتحرك، والإيماء، والتعامل... وكذلك في طريقة الكلام، وكيف لا. فطريقة الكلام الفلاحية فظة، مغلقة، تتخللها عبارات سوقية، وحرف الهاء يلفظ بملء النفَس[1]، وتلفظ الثاء سينًا، ويتعثر اللفظ أو تؤكل بعض الحروف الصوتية، أو تلفظ كيفما اتفق، وتُستخدم كلمات قديمة، وقد كانت هذه لُقى لغوية حقيقية، وبين لحظة وأخرى تظهر كلمات برتغالية في الكلام. أما في القرية بالمقابل، فالكلام أكثر تهذيبًا: إنه معجم آخر، وقواعد أخرى. وهناك مزيد من الأشياء: بشرة الفلاحين المدبوغة والملفوحة بالشمس، وملامحهم نفسها التي تبدو كأنها نُحتت بتقلبات الجو، وباختصار، تلك الهيئة التي لا يمكن الخطأ فيها لمن لم يدخلوا مدرسة في حياتهم ولم يتعلموا كيفية التصرف في جو مديني. هنالك أيضًا بيت مَنْ كان لهم، مثلنا، مسكن في القرية، فيه عنبر للتبن، وحظيرة، وقبو، ومستودع حبوب، ومقاعد من فلين... وهناك الاختلاف في الطعام؛ فمن أطباق الطعام التي تؤكل بالملعقة، على سبيل المثال، كان جميع من في البيت يأكل من الطبق الكبير نفسه، على الطريقة الفلاحية آنذاك (مع قَدَر مرهف، في الواقع، من حسن التربية، إذ لا يخطرن لأحد أن يتردد بملعقته على الطبق أكثر من الآخرين، ولا أن يلتقط بملعقته أفضل مكونات الطعام). ولم نكن نشتري من الدكان إلا ما هو ضروري بصرامة، وهذا يعني ما لا يمكن إنتاجه في الحقل: سكر، قهوة، رز، ملح، سمك القُدِّ... أتذكر أنني لم أتذوق الحليب المكثف إلا في وقت متأخر جدًّا، حين صرت في مدريد، وكان اكتشافًا عجيبًا إلى حد أن أحد أحلامي آنذاك كان

---

(١) حرف الهاء يكتب ولا يلفظ في اللغة الإسبانية. (المترجم).

التوصل إلى امتلاك علبة حليب مكثف لي وحدي. أو الموز، وكان يباع بالواحدة، ولم يكن يُشترى في بيتنا أبدًا، ليس لأنه غالي الثمن بل لأن التقشف الفلاحي يحظر شراءه. والمرطبات؟ لم يدخل إلى بيتنا قط أي نوع من المرطبات، ولا أي صنف من أصناف الحلوى كذلك، فمن أجل هذا لدينا الحلويات البيتية الغليظة، المغذية، التي تصنعها أمي في الفرن. وكلمة «تورتا» عرفتها في مدريد، واحتجت إلى وقت طويل كي أعرف ما الذي يعنيه ذلك.

هكذا كانت القرية وأهالي القرية عالمًا آخر في نظري.

وكانت لدى أبي، من جهة أخرى، عقدة كبيرة من أهالي المدينة، من أساليبهم المهذبة، من معارفهم. وقد نقل إلينا جميعًا عقدته تلك. فهو لم يكد يذهب إلى المدرسة وكان يكن تقديرًا كبيرًا للناس المتعلمين إلى هذا الحد أو ذاك من محامين وأطباء ومعلمين وعسكريين، ويكن تقديرًا كذلك للموظفين المكتبيين وسائقي سيارات الأجرة، وكل من يتقن مهنة جيدة أو يعيش في عالم مديني. فأي قاض أو شرطي مرور في نظره (في نظرنا) أقل قليلًا من كائنات أسطورية.

والواقع أن «خيل»، عندما يتصل بالمدينة الأسطورية من منفاه الريفي، إنما يعكس بطريقة ما هذه العلاقة البدئية بين الحقول النائية والقرية التي عشت فيها طفولتي، ورؤية ذلك كله من خلال أبي الذي كان الشخصية المركزية في حياتي. فما بالك بالحديث عن مدينة «بداخوث» عاصمة الإقليم، وعن الناس الاستثنائيين الذين يعيشون هناك؟ لا وجود لكلمات تعبر عن التقدير والإعجاب.

أما مدريد، فكانت بكل بساطة مكانًا خياليًّا، ولا سبيل إلى تخيله.

مدريد

في الثامنة من عمري، بذل أبي جهدًا اقتصاديًّا عظيمًا، وأرسلني إلى مدرسة داخلية في مدريد. كان ذلك أقصى ما يمكن له عمله من أجلي: إرسالي إلى العاصمة العظيمة، إلى مدينة الخلاص العظمى، إلى مركز التقدم والحداثة بالذات، حيث سأتحول (وفق حساباته) إلى رجل عظيم. فالمدينة الكبرى ستُحدث معجزة في تكويني. وأتذكر أنني حين كنت أرجع إلى القرية في إجازة، كان يسألني عن أحوال مدريد، بكثير من الإيمان، بكثير من التوقع، فكنت أكذب عليه كي لا أخيب أمله. وهذا هو بالضبط ما يفعله «غريغوريو» عندما يستجوبه «خيل» عن أعاجيب المدينة: «تحدث خيل عن حديقة رأى فيها، وسط تلويح مناديل، صعود منطاد بالوني؛ وردَّ عليه «غريغوريو» أنه صار من المعهود الآن رؤية حتى نصف دستة من مناطيد «زبلن» تمخر سماء يوم الأحد؛ تكلم خيل عن فرقة موسيقية كانت تعزف في إحدى الساحات، فقال له «غريغوريو» إن فرقًا موسيقية كثيرة الآن تعزف في الميادين. أما المتاحف، والمسارح، والتماثيل التي عرفها خيل، إما أنها لم تعد موجودة أو أنها تحولت إلى أمكنة لاستخدامات أخرى. ووسَّع قدر ما يستطيع حدود المدينة، ولوَّن عربات الترام بالأحمر، وشيَّد ناطحات سحاب، واختلق أنفاقًا وجسورًا معلقة، وأقام تماثيل وأسس متحفًا سماه «متحف التقدم والأشياء الجديدة».» حتى إنه جعل النهر صالحًا للملاحة (أفترضُ أنه يعني نهر «مانثاناريس»)، واختلق عجائب أخرى مماثلة لتلك التي كنتُ أختلقها كي أرضي أبي. أتذكر أنه في شهر ديسمبر ١٩٥٩، حين زار الرئيس «أيزنهاور» إسبانيا، أخذونا جميعنا من المدرسة إلى طريق مطار «باراخاس» كي نهتف للزعيمين. وكانت فرقة سيرك قد استقرت في العقار الذي تنتصب فيه اليوم العمارات التي تمثل رمزًا لمدريد، «الأبراج

البيضاء»، وانضمَّ إلى الاحتفال: مروض الوحوش، والمهرجون، والبهلوانات، والفارسة، والفقير الهندي، جميعهم بملابس الفنانين. وكان مروض الوحوش يفرقع بسوطه في الهواء، وأحد المهرجين يلعب بثلاث كرات، وأخيرًا ظهرت سيارة «الرولزرويس» المكشوفة وسط صفارات الإنذار ودوي الدراجات النارية. كان الجنرال «فرانكو» يرتدي زي القائد العام، وقفازات بيضاء، ويحيي بوهن، وآليًّا، بيد متيبسة. وكان «أيزنهاور» يرد على الحشود بنزع قبعته وإعادة وضعها على رأسه. بدا لي أن الحركتين منسجمتان في ما بينهما. وبدا لي أيضًا أنهما رجلان آليان ضعيفا البطاريات. هكذا رويت المشهد لأبي، ولم يكن يملُّ من سماع الوصف:

- ارو لي ذلك مرة أخرى، ماذا كان يفعل المروض؟ كيف كان يحرك «أيزنهاور» قبعته؟

فكنت أعيد رواية ذلك له، وكان يستغرق أخيرًا في التفكير ذاهلًا، ومرفقه يستند إلى ركبته ويده على جبهته، كما لو أنه معذب بأحجية لا حل لها.

هكذا يرد إلى ذهني هذان المكانان (منفى الريف وعبوديته وجهله من جهة، وحرية المدينة وتقدمها من جهة أخرى)، من الطفولة، ومن العلاقة التي كانت قائمة بين الحقل والقرية، وبعد ذلك بين القرية والمدينة. ولكنها تصلني، قبل كل شيء، مفروضة من أبي الذي كان مختلق خرافات هذين المكانين، وأناسهما أيضًا. الواقع أنه هو من تصور القصة، وقد كتبتها أنا بعد سنوات من ذلك.

فيما بعد، في عام ١٩٦٠، هاجرت الأسرة كلها إلى مدريد، مع أبي الذي كان يفتح بوقار طريق الشتات طبعًا: إنه موسى يقود شعبه نحو الأرض الموعودة. وكانت تلك هي سنوات الازدهار الاقتصادي والصناعي، وموجات السياحة الأولى، وأول رياح الحداثة التي هزت

ستائر مأتمية كانت تحجب حتى ذلك الحين رؤية أوروبا. المجيء من «ألبوركيركي» إلى مدريد، ولا نقول من الحقول إلى مدريد، كان أشبه برحلة من القرن التاسع عشر إلى القرن العشرين. وربما هذا هو ما فعله «خيل»: الاتصال من عزلات القفر بـ«المتروبول»، الاتصال من القرن التاسع عشر بالقرن العشرين، أخبار كثيرة عن الحداثة، عن التحقق السعيد لليوتوبيا، للفردوس المديني الذي تمكن الإنسان من تأسيسه في هذا العالم. ويمكن القول إنه إنسان مات لديه ركامٌ من المعتقدات (منها، وأكثرها أهمية، موت الرب)، وراح إيمانه الذي لا يزال متوفرًا ينعكس حالمًا في فكرة الخلاص المتمثلة بالتقدم.

وباختصار، كافة تجارب طفولتي ومراهقتي تلك أوحت لي فيما بعد، دون أن أخطط لذلك، بأحد الموضوعات الأساسية في «ألعاب». ومحقٌّ من قال إن المرء لا يختار موضوعاته أحيانًا، وإنما هي التي تختاره.

أبي

أبي هو الشخصية المركزية في شياطيني الأدبية. لقد كان رجلًا لديه وعي عميق بإخفاقه. أتاحت له الحرب السفر والتعرف إلى الدنيا: سرقسطة، «ترويل»، برشلونة (وفي هذه المدينة رأى البحر لأول وآخر مرة في حياته)، ومدريد... تعرَّف كذلك إلى أناس استثنائيين كان يتحدث عنهم فيما بعد بذهول وحماسة لا تعرف الكلل: شخص يعزف بالبراعة نفسها على الأكورديون والغيتار، وآخر يتقن الكتابة على الآلة الكاتبة بسرعة لا تُرى معها أصابعه، وآخر يرتجل أشعارًا، وآخر يتكلم الفرنسية، وآخر... وباختصار، مهن، تسليات، مهارات، لم تكن جدارات مكتسبة بقدر ما هي مزايا الأزمنة الحديثة، هِبات تُمنح بذورها بلطف لمن يرغب في التقاطها ولديه حد أدنى من

الموهبة لزراعتها. إنها رؤية مقتضبة ومبهرة ومأساوية لعالم جديد وعجيب كان محظورًا عليه، لأنه مع انتهاء الحرب رجع إلى القرية، أو إلى الحقول بكلمة أدق، إلى أرض الزراعة البعلية، إلى البغل، إلى العزلة، إلى حنين لا عزاء فيه. أفترضُ أنه منذ ذلك الحين، وطيلة ما تبقى من حياته، وكعلامة استسلام، صار يلبس بالطريقة نفسها دومًا: بدلة جوخ سوداء مع صدار، وقبعة ليِّنة، وجزمة حمراء من جلد عجل. باستثناء هذا لا أحتفظ منه إلا بصورٍ يرتدي فيها زي الحرب العسكري.

كان يمقت، بالطبع، كونه ريفيًّا، أو فلاحًا كما كان يقال آنذاك، ويُفضِّل لو أنه دَرَسَ، أو لو أن لديه مهنة راقية (ميكانيكي، طاهٍ في مطعم كبير، سائق حافلة)، ولن نقول موظفًا مكتبيًّا. لو أنه محام أو عسكري (وكان يُجري الحسابات للرتبة العسكرية التي سيكون قد وصل إليها لو أنه انضم إلى الجيش: «سأكون الآن وكيلًا، ولكنت الآن ملازمًا، والآن نقيبًا»...) لقد كان ينتمي إلى عالم الأحلام بعيدة المنال. هناك في الرواية مقطع يتحدث عن أن أبا بطل الرواية وجدَّه ينهمكان في رغبة أحدهما في أن يصير الطفل كولونيلًا بينما يريد له الآخر أن يصير كاتب عدل، ويسمِّيان تلك التطلعات «الشجن». لن يتحقق شيءٌ من ذلك أبدًا بكل تأكيد، ولكنهما ينكبان بكل قواهما على التمني، لأن التمني - حسب رأي الجد - هو ما يُبقي الإنسان حيًّا، مع أنه ما يسبب له المزيد من الألم أيضًا.

لقد كان أبي، فوق ذلك، رجلًا ذا مزايا نوعية. فهو ذكي، سريع البديهة، وواسع المخيلة، ومُحدِّث بارع. ولكن القدر لم يمنحه الفرصة لتطوير كفاءاته. ولم تتحقق كافة رغباته وأحلامه. وقد كانت أحلامًا بسيطة مثل العزف بصورة مقبولة وسطيًّا على آلة موسيقية، أو تعلم قيادة سيارة، أو ركوب طائرة... لقد كانت حياته تَمَنيًا خالصًا

ومتواصلًا وعدم تحقيق أي شيء من تلك الأمنيات. ومنذ وعيتُ على الدنيا كان يسألني: ماذا تريد أن تصير عندما تكبر؟ كان هذا هو سؤاله العظيم. وكان يُغضبه، ويذهله، ويخيب أمله بعمق أنني لا أعرف ما الذي سأكونه حين أكبر. كان يحثني:

- محامٍ؟ طبيب؟ طيار؟ ميكانيكي؟

ويعدد مهنًا دون حساب. ثم يقول لي بعد ذلك:

- يمكنك أن تصير ما تشاء، على أن تكون الأفضل دائمًا، الأول دائمًا، الرجل العظيم دائمًا.

أظن أنه لم يكن يمر يوم دون أن يسألني حول مستقبلي (حول «الغد»)، ويحثني على اختيار مهنة أو حرفة. كان ذلك هاجسًا، وقد كان يملؤني بالخوف والشعور بالذنب.

أستنسخُ مقطعًا من الرواية. الجد يسأل «غريغوريو» عما يريد أن يصير حين يكبر.

«- أريد أن أصير ثورًا.

قال الأب:

- بلاهات. ستكون أميرالًا. يبدو في وجهك أنك ستصير بحارًا وأنك ستتزوج أميرة.

صرخ الجد:

- دع الصغير يتكلم! فلنرَ، ماذا تريد أن تصير؟

- ثور.

اعترض الأب:

- هذه ليست مهنة.

عاد الجد للصراخ:

- إذا كان راغبًا في أن يكون ثورًا فسيصير ثورًا!

- هل حقًا هذا ما تريد أن تكونه؟

- أجل، ثور.
هتف الجدُّ مبهورًا:
- ثور!
عندئذ تدخلت الأم:
- بني، ألا تريد أن تصير كاهنًا؟
صرخ الجدُّ:
- أبدًا! قديس على الأقل! أو بابا!
- أنا أريد أن أصير ثورًا.
قال الجدُّ:
- ستكون ثورًا إذًا. من الإجرام انتزاع طموح طفل. ثور! يا للشجن العظيم!»

إنه مشهد يبدو عبثيًّا في الظاهر، ولكنه واقعي في العمق، فالحقيقة، وأقول هذا على الهامش، أن أحد أصدقاء طفولتي، وكان يسكن قبالة بيتنا، كان يسأل أبويه وهو طفل:

- من هو أعظم، فرانكو أم الثور؟

ففي إسبانيا ما بعد الحرب، كانت هاتان الصورتان، الدكتاتور والثور، تمثلان رمزي السلطة التي لا يُعلى عليها، وخصوصًا السلطة غير العاقلة. ربما لا يبدو السؤال سخيفًا مثلما يبدو للوهلة الأولى، بل على العكس: يبدو لي أنه حدس عبقري، وله مغزى بالغ العمق. ولكن، فلنرجع إلى ما كنتُ فيه. لقد كان أبي يمثل أمنية خالصة، شجنًا خالصًا. وكان بالمطلق إخفاقًا خالصًا. في «ألعاب»، يرغب خيل في أن يكون كيميائيًّا ومفكرًا، بينما أراد «غريغوريو» أن يصير مهندسًا وشاعرًا ومكتشفًا وأشياء إضافية أخرى، ولم يتوصل إلى أي منها. ربما تكون هذه الاختلاقات رشحًا لبعض تجاربي، وبإلقائها في تيار قصة تكتسب، فور انطلاقها، استقلالها الذاتي، وتحول وقائع

السيرة الذاتية إلى طرفة مثيرة للفضول إلى هذا الحد أو ذاك. فمن أين سيُخرج الروائي قصصه وأجواءه وشخصياته ما لم يكن من الواقع اللامتناهي الذي لا مفر منه؟

وبطريقة أو بأخرى، فرضتْ عليَّ حالة أبي مهمة محددة: أن أكون شيئًا معتبرًا في الحياة، وبهذا أفتديه وأفتدي نفسي. وقد خيبتُ أمله بالكامل. فعند موته، وأنا في السادسة عشرة من عمري، كنت قد تركتُ الدراسة، وتحولتُ إلى ولد عربيد من فتيان حي «بروسبير» ولم تعد هنالك من علاقة بيننا. فالضغينة بيننا نحن الاثنين كانت كبيرة. إنني أتذكر محاولة أو أخرى كان يُقدم عليها لإصلاحي في تلك المرحلة الأخيرة، فهو يضربني وأنا أتلقى الضربات دون أي تذمر، كلانا صامت، كما لو أننا متواطئان في مهمة التضامن نفسها. بعد قليل من ذلك، مثلما قلتُ سابقًا، توفي أبي، وتلك الوفاة هي الحدث الأعمق مغزى في حياتي حتى الآن. إنها ميتة لم تنته، بطريقة ما، إلى الآن، ولن تنتهي إلى الأبد.

حسنٌ، أظن أن خيل، في العمق، هو أبي، وأنني أنا «غريغوريو». هو يتصل بي وأنا في المدينة من ريفه النائي (وربما من الموت) ويطلب مني كشف حساب بما توصلت إلى أن أكونه في الحياة. لم يعد يسألني: «ماذا تريد أن تصير حين تكبر؟» بل يسألني: «ما الذي توصلت إلى أن تكونه وأنت كبير؟» وأنا، «غريغوريو»، من المدينة الأسطورية التي حلمَ هو بها، أكذب عليه وأقول له أجل، لقد تحققت مقاصده، وأنا الآن رجل عظيم: مهندس وشاعر ولا أدري كم من الأمور الأخرى. وأن لديَّ مهنة، وليس مهنة واحدة وإنما عدة مهن، وأنا الأفضل فيها جميعًا. إنني «فاروني»، «فاروني» العظيم: الرجل الذي أراد لي أبي أن أكونه. وآخر ما كان يمكن أن يخطر لأبي، بكل تأكيد، هو أن أصير كاتبًا وأن يكون هو نفسه ربة إلهامي الرئيسية.

المزيد حول الشيء نفسه

هناك أحداث أخرى لها خلفيتها الواقعية أيضًا. فـ«فيلكس أولياس» مثلًا، رجل عجوز، وعم «غريغوريو»، يأتي هذا الأخير للعيش معه في المدينة بعد يتمه، ويتحول العم إلى مربيه. في هذه الشخصية يتجسد الشبح الأبوي مرة أخرى.

«إلى ما قبل سنوات كنت سعيدًا بقدري وكان ضميري مطمئنًّا، وإن ظلَّ لديَّ، في الحقيقة، ألم أنني لم أستطع الوصول إلى ما هو أفضل. ليس شيئًا عظيمًا مثل قاضٍ أو طبيب وإنما حِرفي جيد، ميكانيكي أو نجار أثاث أو أي مهنة مهارة يمكن لي التوصل إلى إتقانها بصورة متوسطة. (...) فإذا ما رأيتُ ميكانيكيًّا يعمل، قلت لنفسي: «يا للميكانيكي العظيم الذي ضاع فيَّ!»، وإن رأيتُ بناء، «يا للبناء العظيم!»، وأقضي الساعات مطلًّا من أبواب الورش، أرى عمل معلمي المهن وأتحسر على سوء حظي. ووصل بي الأمر إلى الاقتناع بأنه كان يمكن لي أن أكون شرطي مرور متميزًا. وأصابني الهوس إلى حد أنني كنت أغلق متجري في أي وقت وأذهب إلى تقاطعات الطرق لمراقبة عمل الشرطة، وأجد فيهم عيوبًا على الدوام. «يمكن لي القيام بالعمل بصورة أفضل»، أقول لنفسي، وأتخيل نفسي أرتدي زي الشرطة وأوجه حركة المرور بحركات أنيقة ونشطة، وأترنم بالصفارة مثل حسون. كان ذلك يملؤني بالفخر، ولكنه يحزنني أيضًا ويسمم تفكيري.»

وهذا الرجل، «فيلكس أولياس»، يكتشف مصادفة ثلاثة كتب: موسوعة شاملة، ومعجمًا، وأطلس. ما يعني، المعرفة كلها مجتمعة في تلك الكتب الثلاثة:

«كان الكتاب الأول معجمًا. «هنا ترد كل الكلمات الموجودة، لا تنقص ولو كلمة واحدة منها». والثاني أطلس: «وهنا كافة أمكنة

وتضاريس العالم»، والثالث موسوعة: «وهذا أشد الكتب الثلاثة استثنائية، لأنه يورد في ترتيب أبجدي جميع معارف الإنسانية، من أصولها حتى اليوم.»

وبهذه الكتب الثلاثة راح يُعلِّم «غريغوريو»:

«ها قد صرت تعرف، منذ الغد سنبدأ بتعليمك، ولا سبيل إلى إضاعة الوقت».

استدار بمشقة، ووضع يده على رأس «غريغوريو»، ثم هتف بصوت غيره الوقار:

- بُنيّ، أنت ستكون رجلًا عظيمًا.»

أجل، هنا يظهر انعكاس الأَسْطَرة التي أضفاها أبي على الرجال العظماء وعلى المعرفة البشرية. لقد كان يقال في القرن الثامن عشر إن الثقافة قد جاءت لتملأ الفراغ الذي خلَّفه الرب... لتتأله. وعلى طريقته، مثل أناسٍ كثيرين لم يُتح لهم دخول المدارس، توصل أبي أيضًا إلى تأليه الثقافة؛ ولهذا كانت الموسوعة والمعجم والأطلس ثلاثة كتب مقدسة، شيئًا أشبه بكتاب مقدس لرب طيب.

ولكن هذه الشخصية، «فيلكس أولياس»، مستوحاة أيضًا من رجل حقيقي، السيد «إميليو» (مثلما كنا ندعوه جميعنا)، وكان له كشك يبيع فيه أطايب حَلَوية وتفاهات أخرى وسجائر فرط، ويستبدل - مقابل نصف بيزيتا -مجلات كوميك وروايات بوليسية وأخرى عن الغرب الأمريكي.

كان السيد «إميليو» سائق ترام. وقد أُحيل على التقاعد. راتبه التقاعدي ١٥٥٥ بيزيتا، وهو يستعين بذلك الكشك كي يتمكن من العيش. لم يكن السيد «إميليو» يعرف شيئًا أكثر من القراءة والكتابة والعمليات الحسابية الأربع، وذلك كله بكثير من التلعثم والتأسف. والسيد «إميليو» يميز بين نقود كبيرة ونقود صغيرة. وكنت أسأله:

- وما هي الكبيرة؟
فيقول:
- آه، الكبيرة! إنها لا تُرى، مثل الرب. فهو في كل مكان ولكنه لا يُرى.

وكان يميز كذلك بين دكتاتوريين كبار ودكتاتوريين صغار، الصغار هم، قبل كل شيء، مفتشو الشرطة الذين يأتون أحيانًا ويصادرون ما لديه من سجائر تبغ أشقر مُهرَّب. وأضيفُ أنا من جانبي إليهم رئيس عمال ورشة الميكانيك التي كنت أعمل فيها آنذاك. أما الدكتاتور الكبير فكان يبدو لي غير مؤذ. فهو في نهاية المطاف يعيش بعيدًا، في قصر، وأنا لا أعاني من قسوته. ولكن السيد «إميليو» قال لي:
- لا يا سيدي، الدكتاتور الكبير مثل النقود الكبيرة، موجود في كل مكان ولكنه لا يُرى.

وهكذا تعلمتُ أن مظاهر روعة هذا العالم وبؤسه متحدة بخيط مصادفة غير مرئي. إنه درس أيديولوجي حقيقي.

وكان يروق للسيد «إميليو» ألّا يمنحوا جائزة «نوبل» في الاقتصاد إلى أناس مثل «روكفلر» أو «أوناسيس» وإنما إلى رجال ممن يتقاضون راتبًا، ويعيشون أحيانا حياة متواضعة. وقال ذات مرة:
- وفي هذه الحال، من الأفضل أن يمنحوها لأي فقير بائس.

وأكد أنه لا وجود لعِلم أصعب من عدِّ قطعتين أو ثلاث قطع نقدية حين يكون المرء جائعًا، لأن ما يحسبه أحدنا في الواقع عندئذ هو الحاجات والرغبات وليس القطع النقدية، ولهذا لا يمكن لحسابات النقود الصغيرة أن تكون دقيقة أبدًا.

وذات يوم توصل السيد «إميليو» إلى اكتشاف أذهله. فبين كمية من الكتب ومجلات الكوميك المستعملة التي اشتراها وجد موسوعة

صغيرة جامعة. لم يكن يعلم بوجود كتب من هذا النوع: كتاب يتضمن، وفق حساباته، جميع المعارف التي توصل الإنسان إلى جمعها على امتداد القرون. فكان في نظره كتابًا سحريًّا دون شك. وراح يفكر عندئذ في أنه، لو اكتشف وجود هذا الكتاب في شبابه، لكان الآن رجلًا حكيمًا. وبدأ يملأ حياته بالمرارة والندم واعتبارها حياة لم تُستغل جيدًا وبالتالي حياة ضائعة. ولكنه قرر، على الرغم من ذلك، أن يتعلم من الكتاب ما تتيحه له قواه ويسمح به العمر. بدأ بالحرف (أ) طبعًا، وبالرغم من أن ذاكرته كانت ممتلئة آنذاك بالثقوب، فقد تمكن من تعلم أشياء غريبة وعجيبة. فكان يقول لي:

- فلنرَ، من هو عبد الرحمن الجليقي؟

ثم يتكئ إلى الخلف بتفوق مقامر واثق من أوراقه.

- ألا تعرفه؟ أأنت طالب ومن «إكستريمادورا» ولا تعرفه؟

ويقول أخيرًا، عندما أُعلن استسلامي:

- لقد كان من أبناء منطقتك، انظر من أين هو. إنه قائد مُولَّد، كان حاكمًا على ماردة في عام ٨٦٠، وقد تمرد ضد الأمير محمد الأول الذي انتصر عليه وأجبره على أن يعيش في قرطبة. وقد هرب في الواقع منها واكتسب قوة في قلعة ألانخي.

ويواصل على هذا النحو رواية تحولات حياة المُولَّد والأموي كما لو أنها قد حدثت أمس وكان هو نفسه شاهدًا على الأحداث.

يقال إن من لديهم في بيوتهم كتبًا قليلة يميلون إلى تعظيمها. وكان السيد «إميليو» يفعل الشيء نفسه بمعارفه الثقافية. الحلم التنويري لانعتاق الشعب من خلال التعليم (وهو حلم لم يشفَ كثيرون منا من إخفاقه بعد) يتجسد في حلم السيد «إميليو» كمحاكاة ساخرة تمتلئ بالدراما والشفقة. يبدو لي أنني أرى الكبرياء والفخر في وجهه وهو يسألني:

فلنرَ، أنت باعتبارك طالبًا، ما الذي تعنيه بالضبط كلمة «abanto»[1].

وفي يوم آخر اكتشف بين ذلك الركام المتسخ من الروايات الرخيصة كتابًا حول سيرة حياة «ألفرد نوبل»، مخترع الديناميت، وقد كان اكتشاف ذلك الكتاب ديناميتًا خالصًا بالنسبة إليه. إنه الكتاب الوحيد الذي قرأه في حياته. وبرؤية الأمر عن بعد الآن، كان ذلك الكتاب في نظره، جنبًا إلى جنب مع الموسوعة، مثلما كانت سير حياة القديسين في نظر القديسة «تيريسا»، أو كتب الفروسية في نظر «دون كيخوته»، لأن للتقدم سجل قديسيه أيضًا، وقد كان «ألفرد نوبل» في نظر «دون إميليو» أحد كبار القديسين وأصحاب المعجزات. وكان، مثل كثيرين، قد أَسْطَر المعرفة والتقدم، تلك الأصداء الآتية من الفردوس الذي استُبعد منه منذ طفولته.

وباختصار، يمكن لهذه السطور أن تكون تكريمًا لذلك التواضع التنويري في إسبانيا ذلك الحين التي يمثلها السيد «إميليو».

احتيال

وكي أنهي، هنالك أمر أخير حول بطل «ألعاب». بما أن له حياتين - إحداهما موضوعية والأخرى متخيلة - فإن «غريغوريو أولياس» يتحول، حكمًا، إلى محتال. ولكن احتياله ليس مجانيًّا بأي حال: إنه لا يختلق شيئًا إلا ويكون بوحي من أحلام شبابه، لا شيء إلا ويكون في الأصل مشروعًا صادقًا وفيه ميل طبيعي إلى الواقع.

---

(١) كلمة متعددة المعاني، أبرزها تسمية لطائر جارح يشبه العقاب ولكنه أصغر منه حجمًا. وهي تعني أيضًا: أخرق، وذاهل، ومتهور، ومندفع. كما أنها تسمية لبلدتين إحداهما في سرقسطة والأخرى في بلاد الباسك. (المترجم).

هذا يعني أنه لا يكذب بصورة مجانية. إنه يقتصر على تحديث أو استعادة طموحاته القديمة التي لم تفقد صلاحيتها بأي حال، وإنما هي موجودة، تنتظر صرخة جديدة تعيدها إلى بُكُوريتها التي فقدتها في آن واحد مع ضياع الشباب...

قصة هذه الشخصية مستقلة عني طبعًا ولا تمت لي بصلة، ولكن بما أننا في سياق نمائم السيرة وتقولاتها، أظن أنني استفدتُ من بعض التجارب الشخصية من أجل توضيح مسيرة البطل الاحتيالية. لقد عشتُ غير متكيف، بطريقة ما، مع الأجواء، وقد اضطرني ذلك أحيانًا، أو أنه حكم عليَّ بنوع من التظاهر والتصنع. ففي القرية كنت ابن فلاحين، وكان ذلك يُلاحظ من طريقتي في الكلام والملبس. أما في الحقول، فأنا شخص يتلقى التعليم ومُختار للحياة المدينية. ولكنني لم أكن هذا ولا ذاك. ولم أكن - لم نكن - أيضًا مهاجرين تقليديين. كان أبي فلاحًا متوسط الحال - يملك «رأس مال» مثلما كان يقال آنذاك، ولم يعد يقال أبدًا الآن - وإذا كان قد هاجر إلى المدينة، فإنه لم يهاجر من أجل نفسه، وإنما من أجل أبنائه، وافتتانًا بالمدينة والتقدم. وقد أضفى ذلك علينا جميعًا شيئًا من غرابة الأطوار. ففي الحي، كان لي أصدقاء «مترفون»، أبناء أناس «مترفين»: أساتذة، عسكريين، موظفين... ولكن (لأني كنت تلميذًا سيئًا، فقد أخرجني أبي من المدرسة وأنا في الرابعة عشرة وأنزلني إلى سوق العمل) كان لي أصدقاء آخرون يعملون أيضًا موزعين في متاجر، ومتدربين، وحمالي حقائب في الفنادق... (وبالمناسبة، كان عملي الأول صبي متجر مؤونة، في محلات منتجات ألبان مشهورة جدًّا في وسط حي «سلمنكا». وكان يعمل هناك أيضًا خمسة أو ستة موظفين، ولست أدري لماذا كانوا جميعهم صلعانًا أو على طريق الصلع، وجميعهم معتدون جدًّا بأنفسهم، وجميعهم وقورون جدًّا، وجميعهم متصنعون

جدًّا حين يتكلمون، ويرتدون جميعهم أردية بيضاء، تظل ناصعة البياض على الدوام. وكنت أتولى إيصال الطلبيات إلى البيوت. أرتدي رداء رماديًّا قصيرًا وأدفع عربة حديدية - أتذكر جيدًا أنها حديدية لأن اليدين في أيام الشتاء تظلان ملتصقتين على مِقوَد العربة متجمدتين، وكان ذلك بردًا لا يمكن التخلص منه طيلة اليوم. هذا الموزع وهذه العربة يظهران في «ألعاب»، والاختلاف الوحيد هو أنني كنت في الرابعة عشرة بينما «أولياس» في السادسة والأربعين من العمر. وحين أصل إلى البيت، يكون أبي هناك:

- إيه! هل فكَّرتَ فيما تريد أن تكون عندما تكبر؟

ولكن الشيء الوحيد الذي كان يروق لي حقًّا هو الحياة في الحي. وكلمة الحي تعني الأصدقاء، والبنات، والسينما، والدراجات النارية، وحفلات الرقص، وسجائر التبغ الأشقر الأمريكية التي ندخنها بفن ممثلي السينما الأبيض والأسود، أو المشي دون هدف وعلى غير هدى في ذلك العالم الفاتن الذي لا ينفد والذي كان يمثله حي «بروسبير» آنذاك. وكان الشعر يروق لي أيضًا، ويضفي عليَّ مسحة خروج عن المألوف، ويمنحني، ضمن القبيلة، ما يشبه مكانة الساحر. وكانت أشعاري إخبارًا عن وقائع فظيعة، أو تبجحات متكلفة الحساسية حول طبيعة العالم الخبيثة، وخبث النساء بصورة خاصة، وحول المصير المشؤوم الذي ينتظر بعضنا... وكان أفراد القبيلة الفتيان يدخنون حولي ويهزون رؤوسًا مثقلة بالتجارب. كنا نعيش في تلك السن الملتبِسة والانتقالية حيث «النقاء» و«الفساد» يلعبان أوراقهما الحاسمة، ولم يكن أحد منا آنذاك، على ما أتذكر، يتمتع بوعي سياسي. كنا نعرف، أجل، أننا نعيش في ظل دكتاتورية. ولكن الدكتاتور يسكن في قصر بعيد، ولا علاقة له بنا. فدكتاتوريونا الحقيقيون هم آباؤنا، وضباطنا، ورؤساء عملنا، ومسؤولو الأقسام أو

الورش. لم نكن قد اكتشفنا بعد - وبعضنا لن يكتشف أبدًا- متاهة التواطؤات التي تستند إليها كل أشكال الاستبداد.

أعود إلى ما كنت فيه. لقد كنتُ في نظر أصدقائي «المترفين» نوعًا من سوقيي حي «بروسبير». وفي نظر أصدقائي السوقيين، كنتُ نوعًا من المثقف. وكنتُ على الدوام الأسوأ ملبسًا لدى البعض والأكثر أناقة لدى البعض الآخر.

بعد ذلك صرت عازف غيتار (كنت قد بلغت السابعة عشرة وكنت أعمل آنذاك في «كليسا»، وهذه شركة ألبان، وكان الغيتار وسيلة للهروب من سواد عالم العمل الذي راح ينغلق حولي). توصلت إلى أن أكون عازف غيتار فلامنكو جيدًا. ولكنني واصلت الكتابة ودراسة مواد غير متكاملة من منهاج البكالوريا. فكنتُ شاعرًا وطالبًا في أوساط عازفي الغيتار والفرق الفنية المتجولة (أي إنني لم أكن واحدًا من جماعتهم)، أما في أوساط الطلاب وغيرهم فكنت أُعَدُّ عازف غيتار.

عندما أنهيت دراسة علوم اللغة الإسبانية، ذهبتُ إلى باريس لأعزف الغيتار في مطعم إسباني تقليدي. غير أن نشاطي الحقيقي والمفضل كان الكتابة والقراءة، وبخاصة قراءة «فيرجيل» و«خوان كارلوس أونيتي»، وكانا من كتَّابي المفضلين آنذاك. وكان لديَّ طموح غامض بأن أصنع من «الإلياذة» شيئًا مشابهًا لما فعله «جويس» بالـ«الأوديسة». وكانت فرنسيتي تقتصر على بعض العبارات والجمل الناجية من النسيان من دراستي الثانوية غير المنتظمة. ولكنني حسنت مع ذلك، في تلك الفترة، معرفتي باللغة اللاتينية، وهو ما يبدو علامة واضحة على عدم التكيُّف. وقد شهدت تلك الشهور بروز مشاعر كراهية للأجانب في فرنسا، وبسبب كراهية النازية ألقوا باثنين من الأتراك إلى نهر «السين»، ولست أدري إذا ما كانوا فعلوا ذلك أيضًا

ببرتغالي أو آخر. وأتذكر أنني من أجل إخفاء مظهري اللاتيني، كنت أتجول في باريس مخبئًا «الحياة القصيرة»[1] أو «الإلياذة» بغلاف كتاب لـ«أندريه موروا». تعرفت على بعض المثقفين (لقد كنت في نظرهم، طبعًا، عازف غيتار، عنصرًا فلكلوريًّا إلى هذا الحد أو ذاك)، أما بين الموسيقيين والفنانين فكان يحدث العكس: فأنا قبل كل شيء مثقف، وأعرف اللاتينية فوق ذلك.

عندما رجعت إلى إسبانيا، كنت بحاجة ماسة إلى عمل وجاءتني فرصة العمل كأستاذ مساعد في قسم اللغة الفرنسية بجامعة «كُمبلوتنسي».

- أنت تعرف الفرنسية جيدًا، أليس كذلك؟

سألوني معتبرين ذلك أمرًا مفروغًا منه. وخرج مني جواب بالغ المهارة، يقول الكثير ولا يَعِد بأي شيء:

- لقد عشت في باريس.

ولأنهم طلبوا مني بحثًا موجزًا كذلك، فقد كتبت خلال عشرة أيام حوالي مئتي صفحة وضعت لها عنوانًا مدويًا «بعض مظاهر فن القص عند «خوان كارلوس أونيتي»»، من الأفضل لي ألا أتذكرها. عملتُ هناك سنتين، توليت خلالها أمر المكتبة، وكنت بين حين وآخر أعطي درسًا في الأدب المقارن (بالإسبانية دومًا وحول مؤلفات إسبانية)، وكنت أعيش حياة سرية، أقرب إلى حياة محتال. اكتسبت سمعة أني شخص قليل الكلام، حذر، ولا أدري إن كان قد أشيع عني أنني مُنعزل الطباع أيضًا. وهناك بدأت ألمح ما يمكن أن تكون عليه روايتي الأولى.

---

(١) رواية «الحياة القصيرة» من أهم أعمال الكاتب الارغوائي «خوان كارلوس أونيتي». (المترجم).

وكمن يحاول أن يعزف لحنًا، كنتُ أداعب وترًا وأستغرق في تردد أصداء نغمته. وعلى امتداد سنوات طويلة، منذ مراهقتي المبكرة، كان هدف حياتي الكبير تعَلُّم الكتابة، وبعد ذلك كتابة الروايات. فكنت كمن يجمع المهارات والأدوات من أجل محاولة اقتحام عالم الخيال الواقعي ذاك الذي كنت أشعر به في أعماق قلبي، حيث لم يكن الوعي ينهض متقدمًا، وبدا عندئذ أنه يريد أن يتخذ شكلًا ويتحول إلى واقع موضوعي... إنه ماضيٌّ متحولًا إلى تخييل مستقل وذي سيادة يخرج الآن للقائي.

في النهاية

لا أدري إن كان يمكن للأدب أن يعكس الواقع مواجهة. يبدو لي أن ذلك غير ممكن. فالواقع هو شيء غير قابل للتصديق حتى في حالته الخام. إنه يحدثُ مثل كلام أولئك الأشخاص شديدي الظُّرف في أحاديث المآدب، ولكن ظُرفهم يصبح أقل من مثير للرثاء أمام كاميرا سينمائية. كيف يكون، في المسرح، وقع البكاء الصريح على ميت مسجى؟ لا أريد الحديث عن تلك السيناريوهات السينمائية أو التلفزيونية التي تسعى إلى استنساخ كلام الشارع مثلما هو، ربما في محاولة لإضفاء صدقية أكبر على المَشاهد، ولكنها لا تتوصل إلى ما هو أكثر من عجينة لفظية عسيرة الهضم، مصطنعة وخالية من الحياة. أجل، إن العلاقة بين الواقع والأدب، بين الأرق والحلم، هي علاقة غامضة ومبهمة على الدوام. ولكنه غموض مفعم بالصرامة. فبالطريقة نفسها التي نجد فيها تجارب موضوعية تبدو ظاهريًّا أنها روائية جدًّا ولكنها لا تُلهمنا أي شيء فيما بعد، هنالك أيضًا تجارب خفية، سرية، عروق منجمية عميقة في حياتنا نكاد لا نَعِيها، ربما تطفو إلى السطح متحولة إلى وقائع مقتضبة غير ذات

مغزى، ثم تستمر وتتنامى في الذاكرة، دون أن ندري السبب، إلى أن تضطرنا ذات يوم إلى تناول القلم لتصفية الحساب، لمواجهة ما تحول إلى هاجس متسلط وأحجية لا سبيل أمامنا إلى الهرب منها. الرواية في معظم الأحيان ليست في الرحلة أو في مغامراتها بقدر ما هي في منعطف الطريق حيث نتوقف ذات مساء للراحة والنوم لبرهة. أو ربما يجب علينا أن نمنح وقتًا للذاكرة (وللنسيان) كي يشتغلا على الذكريات ويضفيا عليها بُعدًا تخيليًّا، كأمر نصف معيش ونصف حلمي، هذا الشيء المُقلق الذي لا أعرف كنهه والذي تبثه فينا القصص الحقيقية، الحقيقية بصورة غامضة، دون أن تخلف هذه الحقيقة آثارًا مرئية تسمح بتتبعها حتى مخبئها من قبل الشكلانية، والتحليل النفسي، والتفسير... وباختصار، هذا ما تطلعت إليه دومًا، مثل أي كاتب يستحق هذه التسمية: كتابة صفحات، فيما وراء قيمتها الأدبية، تكون حقيقة في نهاية المطاف.

لويس لانديرو
مدريد، يونيو ٢٠٠٥